BASTEI
LÜBBE

JUDE DEVERAUX

DIESES HEISS-ERSEHNTE GLÜCK

DIE VERFÜHRERIN

BASTEI LÜBBE

BASTEI-LÜBBE-TASCHENBUCH
Band 12210

1. Auflage 1994
2. Auflage 1995
3. Auflage 1996

Dieses heißersehnte Glück
Titel der amerikanischen Originalausgabe: RIVER LADY

Die Verführerin
Titel der amerikanischen Originalausgabe: THE TEMPTRESS

Herausgeber des Sammelbandes:
Gustav Lübbe Verlag GmbH, Bergisch Gladbach
Printed in Germany
Einbandgestaltung: Roberto Patelli
Titelzeichnung: PELLEGRINO/Agentur Schlück
Satz: Froitzheim, Bonn
Druck und Bindung: Ebner Ulm
ISBN 3-404-12210-0

JUDE DEVERAUX

DIESES HEISS-ERSEHNTE GLÜCK

Aus dem Englischen von
Bodo Baumann

BASTEI
LÜBBE

Kapitel 1

Virginia Riverfront

September 1803

Der Regen hüllte die kleine Taverne wie ein Mantel ein und machte sie so düster, daß das goldene Licht der Laterne unheimliche Schatten warf. Die späte Herbstsonne, die am Vormittag noch behagliche Wärme gespendet hatte, war von grauen Wolken verdrängt worden. In der Gaststube hing ein Hauch von Frost. Hinter der hohen eichernen Theke stand eine hübsche, saubere, dralle Frau, das weiche braune Haar von einer weißen Haube aus Musselin gebändigt, und spülte tönerne Bierkrüge. Sie summte bei der Arbeit vor sich hin, lächelte hin und wieder, wobei ein Grübchen auf ihrer Wange erschien.

Die Seitentür – Gäste kamen nur durch die Vordertür – öffnete sich, und ein Mädchen schlüpfte, begleitet von einem feuchtkalten Windstoß, in die Schänke. Es blieb einen Moment stehen, bis sich seine Augen an das Licht gewöhnt hatten, während die Frau hinter der Theke stirnrunzelnd hochsah und dann mit einem mißbilligenden Zungenschnalzen hervorkam.

»Leah, du siehst von Mal zu Mal schlimmer aus, wenn du mich besuchst. Setz dich so lange hierher, bis ich dir einen Punsch heiß gemacht habe«, sagte die stramme Schankwirtin und schob das vor Kälte zitternde Mädchen zu einem Sessel. Während sie das Schüreisen vom Haken nahm und über das Feuer hielt, betrachtete sie verstohlen ihre jüngere Schwester. Leah schien noch magerer geworden zu sein. Der Körper unter ihrem schmutzigen, geflickten Kleid schien nur aus Haut und Knochen zu bestehen. Sie hatte blaue Ringe um die Augen, die tief in ihren Höhlen lagen, und auf der vom Sonnenbrand geröteten Nase schälte sich die Haut. Drei blutige Schrammen zogen sich über ihre linke Gesichtshälfte, während die andere Seite von einem bläulichgrün schillernden Bluterguß entstellt war.

»Hat *er* dir das verpaßt?« fragte die Schankwirtin entrüstet, wobei sie den heißen Schürhaken in den mit Punsch gefüllten Krug tauchte.

Leah zuckte nur mit den Achseln, während sie begierig die Hände nach dem heißen Gebräu aus Bier und Melasse ausstreckte.

»Hat er dir gesagt, weshalb?«

»Das übliche«, erwiderte Leah, nachdem sie den Krug zur Hälfte geleert hatte und sich im Sessel zurücklehnte.

»Leah, warum gehst du nicht . . .«

Leah öffnete die Augen und warf ihrer Schwester einen warnenden Blick zu. »Fang nicht wieder damit an, Bess. Ich kenne das Lied in- und auswendig und will es nicht mehr hören. Du tust, was du tun mußt, und ich sorge für mich und die Kinder.«

Bess wirkte einen Moment wie versteinert, ehe sie sich abwandte und sagte: »Sich für ein paar saubere Gentlemen auf den Rücken zu legen ist viel leichter als das, was du tun mußt.«

Leah hatte sich das schon so oft von ihrer Schwester anhören müssen, daß sie sich darüber nicht mehr aufregen konnte. Vor zwei Jahren hatte Bess es nicht mehr ausgehalten bei ihrem Vater, der sie ständig verprügelte, weil »Frauen in Sünde geboren« seien. Leahs ältere Schwester hatte das armselige, heruntergekommene Farmhaus verlassen, um sich woanders eine Arbeit zu suchen. Nebenbei war sie »freundlich« zu einigen Herren, und Leah bekam die Prügel für Bessens Sünden. Deshalb versuchte Bess immer wieder von neuem, sie zu überreden, sich von ihrem rabiaten Vater und dessen »Hundehütte« zu trennen. Doch Leah blieb bei ihrer Familie und versorgte ihre sechs jüngeren Geschwister. Sie pflügte, säte, erntete, kochte, reparierte das Haus und schützte vor allem die Kleinen vor dem Zorn ihres Vaters.

»Schau dich doch an!« sagte Bess. »Du siehst aus wie fünfundvierzig! Und wie alt bist du wirklich? Zweiundzwanzig?«

»Fast«, antwortete Leah müde. Es war das erste Mal, daß sie an diesem Tag sitzen konnte, und der Punsch tat ihr gut. »Hast du ein paar Kleider für mich?« flüsterte sie schlaftrunken.

Eigentlich wollte Bess ihr ins Gewissen reden, ging dann aber hinter den Tresen und legte Schinken, Brot und Senf auf einen Teller. Sie stellte ihn neben Leah auf den Tisch und setzte sich ihr gegenüber. Aus den Augenwinkeln bemerkte sie, daß Leah zögerte, zuzulangen.

»Wenn du glaubst, ich hätte dir das Essen vorgesetzt, damit du es für die Kinder zu Hause einpacken sollst, stopfe ich es dir eigenhändig in den Rachen!«

Da huschte ein Lächeln über Leahs Gesicht, während sie über das Essen herfiel. Mit vollem Mund und niedergeschlagenen Augen fragte sie, als wäre ihr nicht sonderlich an einer Antwort gelegen: »Ist er inzwischen mal hiergewesen?«

Bess warf einen scharfen Blick auf den schmutzigen Scheitel ihrer Schwester. »Was versprichst du dir eigentlich davon ...«, begann sie, verstummte dann aber und sah zum Feuer zurück. Ein Blitz warf sein grelles Licht durch die Fenster.

Arme Leah, dachte Bess. Ihre Schwester war in manchem dem Vater so ähnlich – genauso stur und dickschädelig. Bess war es nicht schwergefallen, ihr Heim und die kleinen Geschwister zu verlassen; doch für Leah bedeutete die Familie alles, selbst wenn ein verrückter, cholerischer alter Mann dazugehörte. Nachdem ihre Mutter gestorben war, hatte Leah beschlossen, die Kinder so lange zu versorgen, bis das letzte aus dem Hause gegangen sein würde. Egal, was passierte oder der Alte ihr antat – sie weigerte sich, vorher zu gehen.

Und so geduldig Leah bei ihrem Vater ausharrte, so hartnäckig hielt sie an einem Traum fest. Sie träumte nicht wie Bess von erreichbaren Dingen: Nahrung, Unterkunft und Wärme – Leahs Traum würde sich niemals erfüllen.

Leah hatte sich einen gewissen Mr. Wesley Stanford in den Kopf gesetzt.

Als Leah noch ein kleines Mädchen gewesen war, war dieser Mr. Stanford einmal in ihre Hütte gekommen. Er hatte ein paar Fragen gestellt und sich für Leahs Antworten mit einem Kuß auf ihre Wange und einer goldenen Zwanzig-Dollar-Münze bedankt. Als Leah Bess von dieser Begebenheit erzählte, hatten ihre Augen wie Sterne geleuchtet. Bess hatte das Geld sofort für Kleider ausgeben wollen; doch Leah hatte getobt und geschrien, die Münze stamme von *ihrem* Wesley, den sie liebte und der sie ebenfalls liebte und der sie heiraten würde, wenn sie erwachsen sei.

Damals hatte Bess immer wieder an die schimmernde Goldmünze denken müssen, die ungenutzt und sinnlos in irgendeinem Versteck schlummerte. Sie wünschte sich, dieser Wesley hätte Leah statt einer Münze einen Blumenstrauß geschenkt. Sie versuchte, die Münze zu vergessen, doch zuweilen geschah es, daß Leah, das Pfluggeschirr über den Schultern, plötzlich neben ihr anhielt und ins Leere starrte.

»Woran denkst du jetzt?« pflegte Bess sie dann zu fragen, worauf Leah ihr jedesmal antwortete: »An ihn.« Bess hatte sich daraufhin mit einem Stöhnen abgewendet. Ihr brauchte man nicht zu sagen, wer damit gemeint war.

Dann war Bess von zu Hause weggelaufen, weil sie von der jahrelangen Plackerei und dem Gezänk ihres Vaters völlig zermürbt war, und hatte auf der anderen Seite des Flusses eine Stellung als Schankmädchen angenommen. Elijah Simmons hatte seine älteste Tochter enterbt und ihr verboten, die Farm oder ihre jüngeren Geschwister zu besuchen.

In den letzten zwei Jahren hatte Leah sich ein paarmal von zu Hause fortstehlen können, um ihre Schwester in der Taverne zu besuchen und die Kleider abzuholen, die Bess für sie gesammelt hatte. Die Leute in der Stadt wollten der bettelarmen Simmons-Familie helfen; doch Elijah erlaubte seiner Familie nicht, irgendwelche Almosen anzunehmen.

Gleich bei ihrem ersten Besuch in der Schenke hatte sich Leah nach Wesley Stanford erkundigt. Damals war Bess noch tief beeindruckt gewesen von den Gästen, zu denen alle wohlhabenden Plantagenbesitzer gehörten, und Wesley samt seinem Bruder Travis zählte zu den reichsten. Bess hatte Leah eine gute halbe Stunde lang vorgeschwärmt, wie gut Wesley aussähe, was für ein rücksichtsvoller Mann er sei, wie oft er die Taverne besuche – und wie glücklich Leah als Ehefrau an seiner Seite sein würde. Für Bess war das nur ein Hirngespinst gewesen, ein Zeitvertreib an langen Winterabenden, und sie hatte geglaubt, daß Leah es ebenfalls so auffassen würde.

Bis sie dann vor ein paar Monaten Leah mit einem Lachen erzählte, Wes habe sich mit einer schönen jungen Lady namens Kimberly Shaw verlobt. »Wem wirst du nun deine Liebe schenken?« hatte Bess im scherzenden Ton gefragt. Doch das Lachen war ihr sofort vergangen, als sie in das Gesicht ihrer Schwester sah. Unter den Blutergüssen und dem Schmutz war Leah weiß wie eine Wand geworden.

»Leah! Du hast doch nicht im Ernst daran gedacht, daß du so einen Mann wie Wesley zum Mann bekommst! Er ist reich, *sehr* reich, und solche Leute wie uns – eine sogenannte ›Lady‹ und ein spindeldürres, schmutziges Bauernmädchen – läßt er nicht mal in seine Vorhalle. Diese Miss Shaw ist ein Mädchen von seinem Stande.«

Da war Leah von ihrem Hocker heruntergerutscht und rasch zur Tür gegangen.

Bess war ihr nachgelaufen und hatte sie beim Arm gefaßt. »Begreifst du denn nicht, daß es nur ein Traum gewesen ist?« Und dann: »Aber Wesley hat einen Gärtnergehilfen, der sich vielleicht für eine Frau von ... von unserer Seite des Flusses erwärmen könnte.«

Leah hatte sie nur wieder stumm und bleich angesehen und war dann aus der Schenke geeilt. Und als sie das nächste Mal zu Besuch kam, benahm sie sich, als hätte sie nie etwas von Wesley Stanfords Verlobung erfahren. Sie wollte noch mehr Geschichten von Wesley hören. Und als Bess sich spröde zeigte und die Schwester noch einmal an Wesleys Verlobung erinnern wollte, warf Leah ihr einen so eisigen Blick zu, daß Bess die Augen abwenden mußte. Trotz ihrer Zerbrechlichkeit konnte Leah zuweilen eine imponierende Härte zeigen.

Seither hatte Bess nicht mehr versucht, Leah von ihren Illusionen abzubringen, sondern gab ihr jedesmal, wenn sie zu ihr kam, einen gleichgültigen Bericht von Wesleys letztem Besuch in der Taverne. Sie erwähnte nicht, daß er in jüngster Zeit viel öfter hereinschaute, weil die Taverne auf dem Weg zwischen seiner Wohnung und dem Haus der Shaws lag.

Nun lehnte sich Leah zurück und steckte die Hand in die Tasche ihres mit Flicken übersäten Kleides. Sie schloß die Finger um die Goldmünze, die Wes ihr vor Jahren geschenkt hatte. Sie hatte sie so oft in Händen gehalten, daß die Oberfläche ganz glatt geworden war. Nachts, wenn ihr Vater sie verprügelt hatte und sie nicht schlafen konnte vor Schmerzen, hatte sie auf ihrem Strohsack gelegen, mit den Fingern über die Goldmünze gerieben und sich dabei an jede Sekunde erinnert, die sie mit Wesley Stanford verbracht hatte. Er hatte sie auf die Wange geküßt – und nach ihrem Wissen war das der einzige Kuß, den sie bisher in ihrem Leben bekommen hatte. Manchmal schilderte ihn Bess als einen Mann, der glaubte, er sei Gott und allen anderen überlegen, doch Leah wußte es besser. Er hatte ein kleines, mageres schmutziges Mädchen geküßt, das er noch nie zuvor gesehen hatte, und es fürstlich beschenkt. Eitle, überhebliche Männer taten so etwas nicht. Eines Tages, dachte sie, würde sie Wesley wiedersehen, er würde die Liebe in ihren Augen lesen und . . .

»Leah«, rief Bess, »schlaf nicht ein! Der Alte wird dich bald vermissen. Du mußt zur Farm zurück!«

»Ich weiß. Es ist nur so warm hier und angenehm.«

»Das könntest du immer haben, wenn . . .«

Leah erhob sich und schnitt Bess das Wort ab: »Vielen Dank für alles, Bess, und auf Wiedersehen im nächsten Monat. Wir kämen nicht über die Runden ohne deine Hilfe, und . . .«

Die schwere Vordertür ging auf, und ein Mann kam herein, der mit seinem Körper den Türrahmen gänzlich ausfüllte und die Tür hinter sich ins Schloß warf.

»Oh, gütiger Gott«, stammelte Bess, die einen Moment wie gelähmt schien, ehe sie mit einem Lächeln auf den Mann zuging. »Scheußliches Wetter heute, nicht wahr, Mr. Stanford? Da mag man nicht gern im Freien sein. Darf ich Ihnen das abnehmen?« Sie half ihm aus dem Mantel und sah dabei verstohlen zu Leah hinüber, die wie eine Statue dastand und den Gast mit offenem Mund anstarrte.

Er hat sich kaum verändert, dachte Leah. Er war größer, auch etwas muskulöser, als sie ihn in Erinnerung hatte, und noch attraktiver. Sein dichtes Haar bildete feuchte Locken um seinen Hals, und Regentropfen hingen an seinen Wimpern, so daß seine Augen noch dunkler, noch zwingender wirkten.

Bess stellte sich auf die Zehenspitzen und wischte ihm mit der Hand das Wasser vom dunkelgrünen Wolljakkett. Die Hose aus Rehleder spannte sich wie eine zweite Haut über seine kräftigen Schenkel, und hohe Stiefel umschlossen seine Füße und Waden.

»Ich war mir nicht sicher, ob du heute geöffnet hast. Gibt dir Ben denn abends nie frei?« fragte er, auf ihren Chef anspielend.

»Nur wenn er weiß, daß ich den Abend anderweitig nutzbringend verwende. Da aber kein Gast zugegen ist, mit dem ich den Abend verbringen könnte, kann ich mich ebensogut hinter die Theke setzen«, fügte sie in neckischem Ton hinzu. »Nun setzen Sie sich erst einmal, während ich Ihnen etwas Heißes zu trinken bringe.«

Bess schob Wesley Stanford auf eine hohe Seitennische zu und bemühte sich, seinen Rücken Leah zugekehrt zu halten, die immer noch mit offenem Mund mitten in der Schänke stand.

Mit einem leisen Lachen schob Wesley ihre Hände weg. »Was willst du denn mit mir anstellen, Bess?« fragte er scherzend und entdeckte in diesem Moment Leah.

Bess sah ein kurzes Flackern in seinen Augen. Er betrachtete sie mit dem typischen Blick eines Mannes, der sich ein Urteil über die Qualität einer Frau und über ihre soziale Stellung bilden will. Er fand sie offensichtlich in beiden Punkten mangelhaft. »Wer ist deine . . . hübsche Freundin, Bess?«

Manieren, dachte Bess. Diese Leute lernten schon in der Wiege gutes Benehmen. »Das ist meine Schwester Leah«, antwortete sie mit gepreßter Stimme. »Leah, du gehst jetzt am besten nach Hause.«

»Es ist noch zu früh dazu«, antwortete Leah und trat in den Lichtkreis der Laterne. Bess sah sie mit den Augen einer Fremden an: die Armut und die Entbehrungen hingen über ihr wie eine dunkle Wolke. Doch Leah schien sich ihrer Erscheinung nicht bewußt zu sein. Sie verschlang Wesley mit schmelzenden Augen. Er erwiderte ihren Blick und wurde nachdenklich.

»Vielleicht setzen sich die beiden Ladies zu einem Glas zu mir?«

Bess stellte sich zwischen Leah und Wesley. Leah warf in ihrer Unschuld Wes Blicke zu, wie sie gewöhnlich nur erfahrene Dirnen zustande brachten. »Ich habe noch an der Theke zu tun«, sagte Bess und setzte mit einem bösen Blick auf Leah hinzu: »Und du mußt nach Hause.«

»Zu Hause erwartet mich niemand und nichts«, erwiderte Leah und schob sich geschickt an ihrer Schwester vorbei. »Ich würde sehr gern ein Glas mit dir trinken, Wesley.«

Sie sprach seinen Namen aus, als würde sie ihn hundertmal am Tag sagen – was sie insgeheim auch tat –, und bemerkte nicht, wie Wes die Augenbrauen hob, als sie in der Nische Platz nahm und erwartungsvoll zu ihm hochsah.

»Der Punsch ist gut«, sagte Leah.

Wes blickte einen Moment lang auf ihr schmutziges, zerkratztes und blutunterlaufenes Gesicht hinunter, ehe er ihr gegenüber auf der Bank Platz nahm und im ruhigen Ton zu Bess sagte: »Dann also zwei Krüge Punsch.«

Wütend entfernte Bess sich wieder zur Theke.

»Arbeitest du jetzt auch für Ben?« fragte Wes Leah.

»Ich wohne immer noch bei meiner Familie.« Sie verschlang ihn mit den Augen und erinnerte sich an jede Kante und Linie seines Gesichts. »Hast du damals die Frau deines Freundes wiedergefunden?« fragte sie, während ihr der Tag, an dem sie Wes zum erstenmal begegnet war, lebhaft vor Augen stand.

Zuerst schien er nicht zu verstehen, was sie meinte. »Clays Frau?« fragte er und lächelte dann erstaunt. »Du wirst doch wohl nicht das kleine Mädchen sein, das uns damals geholfen hat?«

Stumm und ehrfürchtig zog Leah die abgewetzte Goldmünze aus ihrer Rocktasche und legte sie auf den Tisch.

Verwundert nahm Wesley sie auf und hielt sie ins Licht, um das Loch zu betrachten, das auf eine primitive Weise durch die Münze gebohrt worden war.

»Wie ...?« fragte er.

»Mit einem Nagel«, sagte sie und lächelte. »Ich brauchte eine Weile dafür; aber ich fürchtete, ich würde sie verlieren, wenn ich sie nicht mit einer Schnur an meinem Körper befestigte.«

Stirnrunzelnd legte Wesley die Münze auf den Tisch

zurück. Seltsam, daß dieses Mädchen das Gold so lange aufbewahrt hatte, wo es doch offensichtlich kaum das Nötigste zum Leben hatte. Ihr unglaublich schmutziges Haar war aus der Stirn gestrichen, und Wes fragte sich beiläufig, was für eine Farbe es wohl haben mochte, wenn es gewaschen wäre.

Als Leah wieder nach der Münze griff, berührte sie seine Fingerspitzen. Mit angehaltenem Atem strich sie mit zwei Fingern darüber hin, bestaunte die sauberen Nägel und die Form der breiten, leicht gewölbten Kuppen.

Bess stellte zwei Krüge auf den Tisch, daß der Punsch überschwappte, und meinte mit einem wütenden Blick auf Leah: »Mr. Stanford, warum erzählen Sie meiner Schwester nicht mal was von der hübschen jungen Dame, die Sie demnächst heiraten werden? Leah möchte zu gern alles über sie wissen. Sagen Sie ihr, wie schön sie ist, wie gut sie tanzen kann, und was für hübsche Kleider sie besitzt.«

Wes entzog Leah seine Hand und lachte glucksend. »Vielleicht solltest du ihr das lieber erzählen, Bess, da du offenbar so viel über meine zukünftige Frau weißt.«

»Ich denke, das werde ich auch übernehmen«, antwortete Bess resolut, holte sich einen Stuhl vom Nachbartisch heran und schob ihn ans Ende der Nische. Doch ein scharfer Blick von Leah hielt sie davon ab, sich hinzusetzen.

»Ich würde mir lieber anhören, was Wesley über sie zu erzählen weiß«, sagte Leah leise, während sie Bess dabei beschwörend ansah.

Diese hielt den flehenden Blick ihrer Schwester einen Moment lang aus. Warum versuchte sie, sich schützend vor Leah zu stellen? War es denn nicht ihr Wunsch, daß Leah sich einer solchen Tätigkeit widmen sollte? Wenn

Leah es nur nicht so *ernst* mit diesem Mann meinen würde!

Mit einem Seufzer ließ Bess die beiden allein.

Wes nahm einen tiefen Schluck aus seinem Punschkrug, während er das ausgemergelte Mädchen auf der Bank gegenüber betrachtete und sich überlegte, wie lange sie wohl schon eine Prostituierte sein mochte. Sie wußte die Aufmerksamkeit von Männern auf sich zu lenken, trotz ihrer unappetitlichen Erscheinung. Die Art, wie sie ihn ansah, vermittelte ihm das Gefühl, als habe sie ihr ganzes Leben lang nur auf ihn gewartet. Das war schmeichelhaft, zugleich aber – auch beunruhigend. Es war fast so, als schulde er ihr etwas .

»Was sagtest du eben, Wesley . . .?« wollte ihn Leah zum Erzählen ermuntern. Sie beugte sich vor, und er nahm den Geruch ihres Körpers wahr.

»Kimberley«, sagte er, aber nur mit halblauter Stimme. Es war vielleicht besser, wenn er mit seinen Gedanken bei Kim war. Brachte ihn dieses Geschöpf mit seinem starken Körperduft tatsächlich in Versuchung? »Bist du sicher, daß du es hören willst? Ich meine, in der Regel haben es Frauen nicht gern, wenn Männer ihnen etwas von einer anderen Frau erzählen.«

»Ich will alles von ihr wissen«, sagte Leah mit einer von Herzen kommenden Aufrichtigkeit.

»Eigentlich gibt es da gar nicht so viel zu erzählen. Wir haben uns vor zwei Jahren kennengelernt, als sie ihren Bruder, Steven Shaw, besuchte. Ihre Eltern starben, als sie noch sehr jung war, und Kimberly wurde an die Ostküste zu ihrer Tante und ihrem Onkel geschickt, während Steve bei Verwandten in der Nachbarschaft blieb.«

Obwohl Wesley angeblich ›nicht so viel‹ von Kimberly zu erzählen wußte, sang er eine Stunde lang ein begeistertes Loblied auf sie. Wes hatte sich auf der Stelle in die schöne Kimberly verliebt, doch dieses Schicksal teilte er mit ungefähr zwanzig anderen jungen Männern, und er mußte zwei Jahre lang gegen diese Konkurrenz um sie werben, ehe er die Schlacht um ihre Hand gewann. Er redete eine halbe Stunde davon, wie hübsch Kim sei, wie sanftmütig, wie gütig und fein, und daß sie so schöne Dinge wie Bücher und Musik über alles liebte.

Leah verkrampfte die Hand so fest um den Tonbecher, daß ihre Knöchel weiß wurden. »Und du wirst sie bald heiraten?« fragte sie mit flüsternder Stimme.

»Im nächsten Frühjahr. Im April! Dann reisen wir zwei und mein Schwager Steven in den neuen Staat Kentucky. Ich habe dort Land gekauft.«

»Du willst Virginia verlassen?« fragte sie keuchend. »Was wird dann aus deiner Plantage hier am Fluß werden?«

»Ich glaube nicht, daß Virginia groß genug ist für meinen Bruder Travis und mich. Trotz meiner vierunddreißig Jahre werde ich immer noch der ›kleine Bruder‹ von Travis genannt. Deshalb will ich meine eigene Farm haben. Zudem ist es für einen Mann verlockend, mit einer schönen Frau in einem neuen Land ganz von vorn anzufangen.«

»Du wirst nie mehr zurückkommen?« flüsterte sie.

»Vermutlich nicht«, antwortete er stirnrunzelnd, weil sie ihn so eindringlich fragte. Trotz ihres Aussehens und ihres Körpergeruchs fühlte er sich zu ihr hingezogen. »Es hat aufgehört zu regnen, und ich sollte nun lieber nach Hause reiten.« Er stand auf. »Es war mir ein Vergnügen, dich kennenzulernen.« Er warf Münzen auf den Tisch für die beiden Getränke. »Wir sehen uns in acht Tagen wieder«, rief er Bess zu, während er zur Tür ging.

Leah wollte ihm nachlaufen, doch Bess hielt sie am Arm fest. »Weißt du wirklich, was du da tust?«

Leah riß sich von ihrer Schwester los. »Ich dachte, du wolltest schon immer, daß ich mich mit Männern vergnüge!«

»Gut – von mir aus, ja; aber ich fürchte, du bist besessen von Wesley Stanford! Und du wirst dir dabei schlimmere Wunden und Schmerzen holen als von Pas Schlägen. Du kennst die Männer nicht. Du verstehst nur etwas vom Pflügen und wie man aus wilden Kräutern Gemüse macht. Du hast keine Ahnung . . .«

»Vielleicht kann ich etwas lernen!« zischte Leah. »Ich liebe ihn, und er wird Virginia bald verlassen. Ich habe nur diese Chance, und ich werde sie nützen.«

»Bitte, Leah, bitte renne ihm nicht nach. Etwas Schlimmes wird daraus entstehen. Ich fühle es!«

Wesley wollte sich gerade in den Sattel schwingen.

»Nimmst du mich ein Stück auf deinem Pferd mit?« rief Leah und stolperte im Dunklen über den Fahrweg.

Wes stand still, beobachtete das Mädchen und wünschte von ganzem Herzen, es möge weitergehen. Sie hatte etwas Erschreckendes an sich. Es kam ihm so vor, als habe das Schicksal sie zusammengeführt, und nun könne er den kommenden Ereignissen nicht mehr ausweichen. Verdammt! Er war brav gewesen und Kimberly seit ihrer Verlobung treu geblieben. Und er hatte sich vorgenommen, bis zu seiner Hochzeit keusch zu leben. Dennoch war es weniger der Seitensprung, der ihm Sorgen machte, sondern vielmehr die Ernsthaftigkeit und leidenschaftliche Hartnäckigkeit dieses Mädchens. Warum, in aller Welt, hatte sie die Münze über so viele Jahre aufbewahrt?

»Laß uns gehen«, sagte er, das Pferd am Zügel führend, weil er nicht wollte, daß ihn Leahs magerer Körper berührte, wenn er ihn vor sich auf den Sattel nehmen würde.

Leah hatte sich noch nie in ihrem Dasein so glücklich gefühlt. Sie war mit dem Mann zusammen, den sie liebte. Hier und jetzt geschah, wovon sie seit ihrer Kindheit geträumt hatte. Sie hielt mit der linken Hand die Münze in der Tasche fest, während sie sich mit dem rechten Arm bei Wesley einhängte.

Er blickte auf sie hinunter, und ob es nun am Mondlicht lag oder die nächtlichen Schatten ihm einen Streich spielten: sie sah plötzlich verdammt hübsch aus. Die Blutergüsse und die Schrammen, die von der Nacht gnädig zugedeckt wurden, hatten ihn von ihrem Mund abgelenkt. Nun sah er ihn und bemerkte, wie schön er war mit seinen vollen Lippen. Ihre Augen waren groß und verführerisch. Er stöhnte wie ein Mann, der sich verloren weiß, und ging mit ihr den Fahrweg entlang.

Leahs Herz klopfte heftig, als sie die Schenke nicht mehr sehen konnte. Ihr Gewissen, das von drei Bechern Punsch betäubt gewesen war, regte sich nun um so stärker und sagte ihr, daß Bess recht gehabt hatte. Sie hätte diesem Manne nicht nachstellen dürfen. Doch eine Stimme in ihrem Herzen sagte, daß dies die letzte und einzige Chance ihrer Liebe sei, die sie ergreifen mußte. Später, wenn Wesley an einem weit entfernten Ort wohnte und sie sich immer noch hier für ihre Familie abplagte, konnte sie sich mit der Erinnerung an diese Nacht trösten. Vielleicht würde er sie heute wieder küssen . . .

Mit diesem Gedanken sah sie zu ihm hoch, und Wesley, der an gar nichts dachte, neigte den Kopf und küßte sie.

Sie schmolz an seiner Brust. Ihr Körper fühlte sich so zerbrechlich und verletzlich in seinen von der Arbeit gestählten Armen an; doch sie hielt ihren Mund auf eine kindliche Art geschlossen. Er bog sich zurück und blickte sie augenzwinkernd an. Das Mädchen war eine Mischung von raffinierter Dirne und jungfräulicher Unschuld.

Mit immer noch geschlossenen Augen drückte sie ihre Lippen wieder auf seinen Mund, und Wesley schob mit der Zunge ihre Lippen auseinander. Er hatte das Empfinden, daß sie sehr rasch lernte.

Das Mädchen gab sich hin, als würde es vom Hunger nach ihm verzehrt, und Wesley beantwortete diese Hingabe mit einem seit Monaten aufgestauten Verlangen. Er schob mit seinem Kopf den ihren nach hinten. Er vergrub seine Hand in ihren verfilzten Haaren und drehte ihr Gesicht herum, damit er ihre Lippen besser erreichen konnte. Er löste sich mit glasigen Augen und keuchendem Atem wieder von ihr. Ihre Haare hatten sich aus ihrem Band befreit und fielen ihr nun bis zu den Hüften hinunter; ihre Lippen waren gerötet.

»Du bist schön«, flüsterte er und suchte wieder ihren Mund, während er mit der Hand am oberen Saum ihres Kleides riß.

»Nein!« sagte Leah mit jähem Erschrecken. Sie hatte von einem Kuß geträumt, von einem Kuß und mehr nicht; aber während seine Hände ihre nackte Haut suchten und sie noch nein zu ihm sagte, wußte sie, daß sie ihm ernsthaft nichts verwehren konnte.

»Wesley«, flüsterte sie, »mein Wesley.«

»Ja, Liebes«, sagte er zerstreut, während sein Mund an ihrem Hals entlangwanderte.

Der Stoff ihres grob gewebten Gewandes war alt und brüchig. Er zerriß im Nu. Innerhalb von Sekunden stand Leah nackt vor ihm im Mondlicht. Ihr magerer Körper ließ jeden Knochen, jeden Muskel erkennen. Das einzige Zeichen ihrer Weiblichkeit waren ihre vollen Brüste, stolz und prächtig geformt.

Vorsichtig hob Wesley sie auf seine Arme und legte sie dann auf seinen Umhang, der ihm von den Schultern geglitten war.

Leah, die weder wußte, was sie tun, noch wie sie das Wonnegefühl, das sie empfand, erwidern sollte, lag still, während er mit seinen Händen über sie hinfuhr und gleichzeitig seine Kleider öffnete.

Als er in sie eindrang, schrie sie laut auf vor Schmerz. Wesley lag einen Moment still auf ihr und berührte ihr Haar. Er küßte ihre Wange.

Leah schlug die tränenfeuchten Augen auf und sah zu ihm hoch. Eine Woge unendlicher Liebe erfüllte sie. Das war ihr Wesley, der Mann, den sie immer geliebt hatte, für den sie liebend sterben würde.

»Ja«, flüsterte sie, »ja.«

Wesley begann mit vorsichtigen Stößen, steigerte sie allmählich, und erst am Schluß spürte Leah einen Hauch von Lust. Als er mit einem harten Stoß zum Ende kam, packte er ihre Schultern und flüsterte »Kimberly« an ihrem Ohr.

Es dauerte einige Sekunden, ehe Leah richtig verstand, was mit ihr geschehen war. *Kimberly* hatte er gesagt!

Er rollte von ihr weg, etwas benommen, die Augen halb geschlossen, während Leah aufstand und sich ihr zerlumptes altes Kleid wieder über den Kopf zog.

»Gutes Mädchen«, sagte Wesley mit schlaftrunkener Stimme und langte in die Tasche seiner Hose, die er nicht ganz ausgezogen hatte. »Für deine Mühe.« Er schnippte eine Goldmünze in ihre Richtung, die vor ihren Füßen landete. »Wenn wir uns regelmäßig treffen, wirst du bald einen Koffer voll von diesen Dingern haben.«

Benommen sah Leah zu, wie er aufstand, seine Hose

hochzog und Umhang und Hut vom Boden aufsammelte. Dann streckte er den Arm aus und faßte sie unter das Kinn. »Kleines Mädchen, wirst du mich in Schwierigkeiten bringen?« Er zog die Hand wieder zurück. »Ich hoffe, daß wenigstens *etwas* an dir sauber gewesen ist.« Damit bestieg er sein Pferd und ritt davon.

Es dauerte eine Weile, bis Leah sich wieder bewegen konnte. Was für eine Närrin hatte sie aus sich gemacht, dachte sie, eher verwundert als enttäuscht. Sie fühlte sich wie ein Kind, das eben erfahren hatte, daß es keine gute Fee gab, die an der Wiege Pate stand. All die Jahre über hatte sie der grimmigen Wirklichkeit ihres Lebens widerstehen können, weil am Ende des Regenbogens der große Gott Wesley auf sie wartete. Doch nun am Ende war er nur ein Mann gewesen, der sich genommen hatte, was ihm kostenlos geboten wurde.

»Kostenlos!« rief sie, während sie sich bückte, um die Münze vor ihren Füßen aufzuheben. Sie hielt sie einen Moment in der Hand, spürte, wie kalt sie war, dachte an das viele Essen und die vielen Kleider, die sie damit kaufen konnte, und was es sie gekostet hatte, diese Münze zu erwerben.

Mit einem Lachen über die Jahre ihrer kindischen Träume tat sie, was man die erste vollkommen unpraktische Verhaltensweise ihres Lebens nennen konnte: Sie hob den Arm und schleuderte die Münze so weit, wie sie es vermochte, dorthin, wo der Fluß in der Tiefe eines schwarzen Grundes zu vermuten war. Als sie ein lautes Plätschern hörte, lächelte sie zufrieden.

»Nicht alle Simmons sind Huren!« rief sie, so laut sie konnte.

Sie fühlte sich schon ein wenig besser. Die Tränen unterdrückend, weil sie bereits vor Jahren gelernt hatte, wie nutzlos Tränen waren, machte sie sich auf den Weg zu der Farm ihres Vaters. Ihr Körper schmerzte. Sie ging langsam, da sie wußte, sie würde die Farm nicht vor Tagesanbruch erreichen können und Prügel bekommen. Der Verlust ihres Traumes machte ihr die Füße schwer, und mehr denn je fürchtete sie das Leben, das vor ihr lag.

Kapitel 2

März 1804

Das hohe, von einem Turm überragte Kirchenschiff von Whitefield Church war innen herrlich anzusehen mit seinen weißen Stuckwänden und den schlanken Bogenfenstern, durch die goldenes Sonnenlicht fiel. Die Kanzel des Priesters, zu der eine geschnitzte Wendeltreppe aus Nußholz hinaufführte, schwebte hoch über den Köpfen der Gemeinde, die auf harten Bänken zwischen den bis zu den Fensternischen getäfelten Wänden saß.

Wesley Stanford hatte neben seiner zukünftigen Braut Platz genommen und hielt ihre Fingerspitzen unter einer breiten, seine Hand verdeckenden Falte ihres rosafarbenen Seidenkleides.

Kimberly Shaw hob andächtig den Kopf und blickte zum Reverend auf. Sie war eine sehr hübsche junge Frau mit vollen Wangen, großen blauen Augen und einem weichen, angenehmen Mund. Hin und wieder warf sie einen Blick auf Wesley und lächelte, wobei ihre Wangen Grübchen zeigten.

Rechts von ihr saß Steven Shaw, eine große, kräftige, männliche Version von Kimberly, blond, hübsch, mit einer Spalte im Kinn.

Neben Steven hatten zwei Ehepaare Platz genommen: Clay und Nicole Armstrong sowie Travis und Regan

Stanford. Travis war unruhig und schien es offensichtlich kaum erwarten zu können, daß er wieder nach Hause gehen durfte, während seine hübsche Frau ihm giftige Blicke zuwarf, die ihr hünenhafter Mann geflissentlich übersah. Clay hingegen verhielt sich vollkommen still und sah nur hin und wieder seine dunkelhaarige Frau an, als könne er nicht recht glauben, daß sie wirklich da sei.

Wesley, der nun Kims Hand etwas fester faßte, dachte an all die Dinge, die er noch erledigen mußte, ehe er mit ihr in zwei Wochen nach Kentucky aufbrechen würde. Sie sollten am Sonntag getraut werden, die Nacht – oh, herrliche Nacht! – auf der Stanford-Plantage verbringen und sich früh am Montag auf den Weg machen. Im frischgebackenen Staat Kentucky erwartete sie dann das Land, das Wesley gekauft hatte, mit einem neuen Haus und einer neuen Scheune darauf und dem Vieh, das inzwischen von Nachbarn versorgt wurde. Zum erstenmal in seinem Leben würde er dort nicht mehr daran gemessen werden, was sein älterer Bruder sagte oder tat.

Während Wesley sich in diese idyllischen Zukunftsvisionen vertiefte, flog die Seitentür des Kirchenschiffes auf und krachte gegen die Wand. Reverend Smyth unterbrach seine mit monotoner Stimme vorgetragene Sonntagspredigt, um sich nach dem Störenfried umzusehen, und als er ihn erblickte, verschlug es ihm vollends die Sprache.

Der verrückte alte Elijah Simmons zerrte mit einem vor Wut hochroten Gesicht ein an beiden Händen gefesseltes weibliches Wesen hinter sich her. Vermutlich handelte es sich um eine seiner Töchter, die man jedoch nicht identifizieren konnte, weil ihr Gesicht völlig verquollen und entstellt war.

»Sünder!« brüllte der alte Elijah Simmons. »Ihr sitzt hier mit scheinheiligen Gesichtern in Gottes Haus; ihr seid jedoch alle Unzucht treibende Sünder!«

Er stieß das gefesselte Mädchen so heftig, daß es auf die Knie fiel. Als Elijah es an den Haaren in die Höhe zerrte, konnten alle sehen, daß es in gesegneten Umständen war. Ein harter runder Bauch wölbte sich über mageren Beinen.

»Travis!« wandte sich Regan bittend an ihren Mann; doch der war schon auf den Beinen, um den verrückten Alten aufzuhalten.

Elijah zog eine Pistole aus seiner Rocktasche und setzte sie dem Mädchen an die Schläfe. »Diese unzüchtige Hure verdient es nicht, zu leben.«

»In Gottes Haus!« stöhnte der Reverend.

Elijah hielt das Mädchen fest und stieg, rückwärts gehend, die Wendeltreppe zur Kanzel hinauf. »Schaut sie an!« schrie er und zwang das Mädchen, den Bauch noch weiter nach vorn zu strecken. »Wer von euch Sündern hat das getan?«

Der Reverend wollte von seiner Kanzel heruntersteigen; doch Elijah preßte die Mündung seiner Pistole nur noch fester gegen die Schläfe des Mädchens. Es schien bereits mit einem geschlossenen Auge und einem müde herabhängenden Lid über dem anderen, halbtot zu sein.

Travis bewegte sich langsam an der Wand neben den Kirchenbänken entlang. »Gemach, Elijah«, sagte er beschwichtigend, »wir werden den Schuldigen herausfinden, und er wird sie heiraten.«

»Der Teufel hat es ihr gemacht!« schrie Elijah, den Kopf in den Nacken geworfen. Die Gemeinde, die Augen auf ihn gerichtet, stöhnte im Chor.

»Nein«, sagte Travis ruhig, sich zollweise auf ihn zubewegend, »ein Mann hat es ihr gemacht. Und wir werden ihn zwingen, sie zu heiraten. Nun gib mir erst mal deine Pistole.«

»Sie hatte keinen Mann!« rief Elijah. »Ich habe sie immer im Auge gehabt. Ich habe sie Tag und Nacht beobachtet, habe versucht, etwas Gutes in sie hineinzuprügeln; doch diese Schlampe . . .« Der Alte hielt inne und bog den Arm des Mädchens noch weiter nach hinten. »Am zwölften September blieb sie die ganze Nacht weg. Am dreizehnten September versuchte ich, etwas Scham in sie hineinzuprügeln; doch sie ist in Sünde geboren und wird in Sünde sterben.«

Wesley Stanford, dessen Gesicht bei jedem Wort blasser wurde, sah seine Welt um sich zusammenbrechen. Er wußte, dieses Mädchen war Leah, mit der er eine Stunde lang beisammengewesen und deren jungfräuliches Blut er am nächsten Morgen auf seinem Umhang entdeckt hatte. Er wußte, daß das Kind, das sie unter ihrem Herzen trug, von ihm sein mußte. Daran konnte er nicht zweifeln. Wenn er nun nach vorne ging, würde er sie vielleicht gar nicht heiraten müssen; aber er hatte große Bedenken, daß Kimberly bereit war, ihm diesen einen Fehltritt zu vergeben. Wenn er nicht nach vorne ging, würde dieser verrückte Alte wahrscheinlich Leah erschießen.

Er stand auf.

»Halt dich da raus, Wes«, raunte Travis ihm noch aus dem Mundwinkel zu.

Wesley sah den alten Elijah an. »Ich bin der Vater des Kindes, mit dem sie schwanger geht«, sagte er mit klarer Stimme.

Eine Sekunde lang war es totenstill in der Kirche. Das erste Geräusch war ein halb schluchzender, halb stöhnender Laut aus Kimberlys Mund.

»Packt diesen Sünder!« kreischte Elijah und stieß Leah vor sich her die Kanzeltreppe hinunter.

Wesley und Travis meisterten die Lage gemeinsam. Wes fing Leah auf und hielt sie mit den Armen fest, damit sie nicht zu Boden stürzte, und Travis entwand Elijah die Pistole.

Nun bewegten sich alle zugleich. Die Gläubigen verließen aufgeregt die Kirche, Steven hielt Kim fest, die versuchte, den Kopf oben und die Augen trocken zu behalten; Clay, Nicole, Reverend Smyth und Elijah folgten Wesley in die Sakristei.

Regan hob die Röcke an und lief durch die Seitentür ins Pfarrhaus hinüber, wo sie heißes Wasser und saubere Tücher verlangte, die sogleich in die Sakristei gebracht werden sollten. Als sie dorthin zurückkehrte, herrschte ein Chaos.

Das Mädchen lag leblos auf einem Sofa, daneben die aufgeschnittenen Fesseln und Nicole kniend davor. Clay stand neben Elijah, der sich damit abfinden mußte, stumm auf einem Stuhl zu sitzen. Reverend Smyth kauerte in einer Ecke. Und in der Mitte des Raumes standen Wesley und Travis und brüllten sich an wie zwei wütende Bullen.

»Man hätte zumindest verlangen können, daß du dich von unberührten jungen Mädchen fernhältst! Es gibt ja schließlich genug andere . . .«, brüllte Travis.

»Die Schlampe hat sich mir doch an den Hals geworfen«, gab Wesley zurück. »Wie konnte ich wissen, daß es nicht ihr Beruf war? Ich habe sie sogar dafür bezahlt!«

»Du Idiot! Warum mußtest du den Heiligen spielen und vor der Gemeinde bekennen, daß du der Vater des Kindes bist? Ich hätte das schon für dich geregelt.«

»Wie du auch alles andere in meinem Leben regelst, Travis?« schrie Wesley und ballte die Fäuste.

Das heiße Wasser kam, die Haushälterin lief mit vor Schrecken geweiteten Augen wieder davon, und Regan kniete sich neben Nicole. Sie achteten nicht mehr auf die beiden sich streitenden Männer und begannen, das Mädchen behutsam zu waschen.

»Glaubst du, Kimberly wird Wes auch jetzt noch heiraten?« fragte Regan mit hoffnungsvoller Stimme.

»Wahrscheinlich«, antwortete Nicole, und Regans Schultern sackten eine Idee nach unten.

»Ich frage mich, warum sie mit Wesley geschlafen hat, wenn sie noch Jungfrau war. Und warum sie hinterher zu diesem verrückten Alten zurückkehrte. Du weißt das doch von ihrer Schwester, nicht wahr?«

»Ich habe davon gehört«, antwortete Nicole. Dann sah sie Regan mit hochgezogenen Brauen an. »Du brütest etwas aus, wie?«

Regan blickte Nicole wie ein Unschuldsengel an. Sie deutete mit dem Kopf auf den Prediger. »Die beiden machen dem Reverend angst. Sag Clay, er soll Wes hinausschaffen, während ich Travis aus der Sakristei entferne. Ich möchte mich mal gern mit diesem Mädchen unterhalten.«

Regan mußte sich, schmächtig wie sie war, zwischen ihren Mann und ihren Schwager schieben und mit beiden Fäusten gegen Travis' Brustkasten trommeln, damit dieser ihr zuhörte.

»Ich möchte, daß endlich Ruhe einkehrt in der Sakristei!« schrie sie zu ihm hinauf. »Geht woanders hin, wenn ihr euch anbrüllen müßt!«

»Wenn du mir sagen willst, was ich zu tun habe«, begann Travis; doch Clay faßte ihn am Arm. »Laß uns nach draußen gehen. Dem Mädchen geht es schlecht.« Er deutete mit dem Kopf zur Couch, auf der Leah lag.

»Sünder! Frauen sind alle Sünder!« kreischte jetzt Elijah, und Clay packte ihn beim Arm und schob ihn hinter Travis und Wesley durch die Tür ins Freie, wo die beiden sogleich wieder lautstark ihre Meinungsverschiedenheiten auszutragen begannen. Der Reverend schlich auf Zehenspitzen hinüber in das Kirchenschiff.

»So ist es schon besser«, seufzte Nicole, als es still wurde im Raum. »Wie kannst du es nur mit den beiden unter einem Dach aushalten?«

»Es ist ein großes Dach«, antwortete Regan, »aber es wird immer schlimmer mit den beiden, je älter sie werden. Nein!« rief sie rasch, als Leah sich aufsetzen wollte. »Du bleibst hier ganz ruhig liegen.«

»Bitte«, flüsterte Leah mit aufgesprungenen, geschwollenen Lippen. »Ich muß gehen, solange er fort ist.«

»Du kannst jetzt nicht gehen. Ich bezweifle, daß du überhaupt stehen kannst. Leg dich wieder hin«, befahl Nicole.

»Ich glaube, wir müssen sie mit nach Hause nehmen und füttern«, sagte Regan, wobei der Zusatz »und sie waschen« ungesagt in der Luft schweben blieb.

»Nein«, sagte Leah. »Ich will Wesley keine Schwierigkeiten machen. Er soll seine Kimberly heiraten. Es tut mir leid. Das mit dem Baby, meine ich.«

Nicole und Regan wechselten einen Blick. »Wie lange kennst du Wesley denn schon?« fragte Regan das Mädchen.

»Schon immer«, flüsterte Leah und lehnte sich in die Kissen zurück. Mit dem einen, noch nicht geschlossenen Auge erblickte sie zwei Frauen, die aussahen wie Engel, unglaublich hübsch, mit weichen Wolken aus dunklen Haaren, und Kleidern, deren Stoff von den Göttern gewebt sein mußte. »Ich muß jetzt gehen.«

Regan drückte sie sanft wieder auf die Kissen hinunter und begann, vorsichtig Leahs zerschlagenes Gesicht mit einem Tuch zu waschen. »Du hast Wesley schon immer gekannt, bist aber nur einmal zu ihm ins Bett gestiegen?«

Leahs Mund verzog sich kurz zu etwas, das man als Lächeln deuten konnte. »Ich habe ihn in meinem Leben nur zweimal gesehen.«

Damit schlief sie ein, vielleicht war es auch eher eine Ohnmacht.

Regan setzte sich auf die Fersen zurück. »Ich würde gern den Rest der Geschichte hören. Warum hat sich Wesley mit so einem Mädchen abgegeben, obwohl er sich doch geschworen hatte, ihrer Königlichen Hoheit Kimberly treu zu bleiben?«

»Ihrer Königlichen . . .«, sagte Nicole mit einem Lächeln. »O Regan, so hast du sie doch hoffentlich nicht in Wesleys Gegenwart genannt, oder?«

»Nein; aber einmal vor Travis. Diese dummen Männer! Sie halten sie beide für den Inbegriff höchster Weiblichkeit. Wenn du mich fragst, würde ich Wesley lieber mit . . . mit dieser da«, sie deutete auf die schrecklich entstellte Leah, »verheiratet sehen als mit dieser teuren, ach so lieblichen Miss Shaw.«

Ehe Nicole etwas erwidern konnte, flog die Tür auf, und Bess Simmons, Leahs Schwester, stürmte herein.

»Ich werde ihn umbringen!« rief sie, fiel auf die Knie und ergriff Leahs leblose Hände. »Ist sie tot? Ich bringe ihn um!«

»Sie lebt, und wen gedenken Sie denn umzubringen? Ihren Vater oder Wesley?« fragte Regan, die über Bess stand.

Bess wischte sich eine Träne ab. »Den Alten! Leah ist selbst schuld, daß sie ein Baby von Mr. Stanford bekommt.«

»Oh?« gab Regan zurück und half Bess beim Aufstehen. »Dann hat sich Leah Wesley also an den Hals geworfen.«

»Oh, ja. Idiotisch!« Sie blickte liebevoll die schlafende Leah an. »Sie würde für Mr. Stanford alles getan haben.«

Gemeinsam führten Nicole und Regan Bess zu einem Stuhl. »Erzählen Sie mal«, sagten sie wie aus einem Mund.

In wenigen Minuten war alles erzählt.

»Dann war es also Leah zu verdanken, daß Clay mich noch rechtzeitig auf jener Insel fand«, sagte Nicole nachdenklich.

»Und sie hat Wesley die ganzen Jahre über geliebt?« fragte Regan.

»Es ist keine richtige Liebe gewesen«, antwortete Bess, »da sie ihn in all diesen Jahren ja gar nicht gesehen hat. Doch Leah hat sich eingebildet, sie würde ihn lieben.«

»Besser als Kimberly«, bemerkte Regan leise.

»Regan ...«, warnte Nicole. »Ich glaube nicht, daß mir gefällt, was du gerade denkst.«

»Bess«, sagte Regan mit einem strahlenden Lächeln, während sie Bessens Arm nahm. »Es war eine ausgezeichnete Idee von Ihnen, hierherzukommen, und ich schwöre Ihnen, daß wir gut auf Leah aufpassen werden.« Und mit großem Geschick beförderte Regan die Frau aus der Sakristei hinaus.

Dann lehnte sich Regan mit strahlenden Augen gegen die geschlossene Sakristeitür. »Das Mädchen hat dir das Leben gerettet und ist ihrer Liebe zu Wesley jahrelang treu geblieben.«

»Regan, willst du dich in diese Angelegenheit einmischen? Sie geht doch nur Wesley und Kimberly etwas an. Wir sollten das Mädchen nach Hause mitnehmen, es gesund pflegen, bei der Geburt des Kindes helfen und ihm dann vielleicht eine Stellung verschaffen.«

»Und was wird aus Wesleys Kind?« fragte Regan sie

entrüstet. »Sollen wir es von Fremden aufziehen lassen?«

»Vielleicht könnten Kimberly und Wes es adoptieren...?« Nicole hielt inne, und schränkte dann ein: »Vermutlich ist das etwas weit hergeholt.«

»Du vermutest richtig. Das kann man doch der teuren, süßen Kimberly nicht zumuten. Ich bezweifle, daß sie sich die Mühe macht, eigene Kinder großzuziehen, ganz zu schweigen von einem fremden.« Regan setzte sich wieder. »Schau sie dir an, Nicole, und sage mir, wie sie deiner Meinung nach sauber gewaschen und mit heilem Gesicht aussehen würde.«

Nicole kam Regans Aufforderung nur zögernd nach. Sie ahnte, was Regan vorhatte, und sie war überzeugt, sie müsse sie daran hindern – doch insgeheim mußte sie Regan auch wieder recht geben. Monatelang hatte sie gehofft, daß etwas passieren möge, was Wesley davon abhalten konnte, diese Kimberly zu heiraten.

So leidenschaftslos, wie es ihr möglich war, studierte Nicole Leahs zerschlagenes Gesicht. »Sie hat gute Züge, gute Knochen. Ich kann nichts über ihre Augen sagen, solange sie in diesem Zustand sind. Vielleicht würde sie nie eine Schönheit sein; doch häßlich ist sie meiner Meinung nach auch nicht.«

»Oh, wir dürfen doch nicht erwarten, daß wir das reizende Aussehen von Kimberly übertreffen könnten, Nicole!« sagte Regan und stand wieder von ihrem Stuhl auf. »Ich denke, wir sollten darauf bestehen, daß Wes die Mutter seines Kindes heiratet, wie es sich für einen Ehrenmann geziemt.«

»Regan...« Nicole ließ einen ärgerlichen Seufzer hören. »Das kann doch nichts werden. Du weißt, daß Travis dieses Mädchen so gut versorgen könnte, daß es ihm an nichts mangelte und Wes es nicht heiraten müßte.«

»Aber er würde sicherlich glücklicher mit diesem fremden Mädchen als mit seiner teuren Kimberly. Dieses Mädchen liebt Wes, und ich weiß, daß Kim niemand lieben kann außer sich selbst.«

»Aber Wesley liebt Kim«, antwortete Nicole, die hartnäckig versuchte, ihre Freundin zu überzeugen. »Er liebt dieses Mädchen nicht. Und außerdem – was wissen wir schon vor ihr? Vielleicht ist sie schlimmer, als Kim es jemals werden könnte.«

Regan schnaubte ungläubig. »Du hast ihre Schwester gehört. Dieses Mädchen hätte in der Schänke ein bequemes Leben haben können, doch es blieb lieber bei seinen Geschwistern, um sie zu versorgen, obwohl sie täglich von ihrem verrückten alten Vater dafür verprügelt wurde. Wie viele Leute würden deiner Meinung nach so etwas tun? Miss Shaw?«

»Vielleicht nicht Kimberly, aber . . .«

»Wir haben nur die Wahl zwischen Kimberly und diesem mißhandelten, ungeliebten und verkannten Mädchen.«

Nun mußte Nicole lachen. »Oh, Regan, jetzt übertreibst du aber! Wesley wird darüber entscheiden.«

Regan blickte einen Moment nachdenklich vor sich hin. »Wenn Clay und du mich unterstütztet und wir Travis bewegen könnten, sich auf Kims Seite zu stellen – Wesley macht immer das Gegenteil dessen, was Travis von ihm verlangt –, könnten wir vielleicht erreichen, was wir wollen.«

»Clay kann Kimberly nicht ausstehen«, sagte Nicole, mehr zu sich selbst.

»Und wie steht es mit dir, Nicole? Was hältst du von ihr?«

Nicole sah einen langen Moment auf Leah hinunter. »Ich möchte keinen, den ich liebe, unglücklich sehen.

Wesley hat zu lange Travis' Nörgeleien ertragen müssen.«

»Und wäre es nicht gut für ihn, mit einer neuen Frau in einem neuen Land eine Chance zu bekommen – eine echte Chance, glücklich zu werden, und nicht eine, die von vornherein zum Scheitern verurteilt ist?« flüsterte Regan.

»Clay dachte einmal, er wollte Bianca heiraten, doch da griff das Schicksal ein, und statt Bianca wurde ich seine Frau«, sagte Nicole, wieder mehr zu sich selbst.

»Wir werden dem Schicksal ein bißchen nachhelfen, nicht wahr, Nicole?« drängte Regan.

Nicole blickte hoch und sah sie mit lachenden Augen an. »Ich fürchte, ja. Fürchten ist genau das richtige Wort dafür.«

Obwohl Nicole in der Sakristei recht einsilbig gewesen war, wurde sie nun zur eifrigsten Fürsprecherin einer Heirat zwischen Leah und Wesley. Clay sah seiner Frau in die Augen und erinnerte sich nur zu gut daran, wie er eine Frau heiraten wollte und dann mit einer anderen getraut und glücklich geworden war. Zudem war er zu oft mit dieser Kimberly zusammengerasselt und hatte nie geglaubt, daß sie die richtige für Wesley wäre.

Während Clay, in Erinnerungen versunken, sich das Kinn rieb, sagte er: »Ich schulde Wesley noch einen Gefallen. Er hat mir geholfen, von Bianca wegzukommen. Ich hoffe nur, daß diese Leah sich als die bessere Frau erweist.«

»Das ist auch meine Sorge«, sagte Nicole.

Doch als Clay, Regan und Nicole auf Travis und den jetzt seltsam schweigsam gewordenen Wesley zutraten, bestand keine Notwendigkeit mehr, jemanden zu überreden.

»Sprich du mit ihm!« wandte Travis sich erbittert seiner Frau zu. »Er glaubt, er müsse diese kleine Hure heiraten. Er ist bereit, seine ganze Zukunft aufzugeben, nur weil diese schlaue Schlampe es so einrichtete, daß er ihr erster Kunde wurde. Wenn er nur so vernünftig gewesen wäre, noch ein paar Sekunden in der Kirche den Mund zu halten, würden vermutlich zwanzig Männer aussagen, daß sie mit dieser Schlampe geschlafen haben. Ich frage mich, ob sie deren Mäntel nicht auch mit ihrem jungfräulichen Blut beschmiert hat!«

Regan, die ihre Hand auf den Arm ihres Mannes gelegt hatte, schien nicht die richtigen Wort zu finden.

Nicole stellte sich neben Wesley und blickte in seine düsteren Augen. »Das glaubst du doch nicht, oder?«

Wesley schüttelte den Kopf. »Ich möchte sie nicht heiraten; aber es ist meine Pflicht. Sie trägt mein Kind unter dem Herzen.«

»Und was wird aus Kimberly?« fragte Nicole leise.

»Sie ...« Wes drehte sich einen Moment weg. »Sie ist in jenem Moment für mich gestorben, als ich in der Kirche aufstand und mein Geständnis ablegte.«

»Wesley«, sagte Nicole, ihre Hand auf seinem Arm. »Ich kenne das Mädchen zwar nicht; aber ich glaube, sie hat Qualitäten, die eine gute Frau aus ihr machen könnten.«

Wesley schnaubte. »Sie ist auf alle Fälle fruchtbar! Wollen wir das jetzt hinter uns bringen?«

»Um Himmels willen, laß dir wenigstens ein paar Tage Zeit, dir alles noch einmal zu überlegen!« explodierte Travis. »Vielleicht kommst du bis dahin zur Vernunft. Wir können dem Mädchen einen Mann besorgen. Der Sohn des Schusters sucht eine Frau. Er könnte ...«

»Travis, du kannst deinen Schuster nehmen und mit ihm zum Teufel ...«

»Wesley!« mischte sich Regan hier ein. »Wirst du diese Leah hassen, sobald sie deine Frau geworden ist?«

»Ich werde sie und ihr Kind aufs beste versorgen. Sollen wir jetzt nicht hineingehen zu meiner –«, er lächelte auf eine häßliche Weise, »Braut?«

Ehe die Sonne an diesem verhängnisvollen Sonntag unterging, wurde aus Leah Simmons Mrs. Wesley Stanford.

Irgendeine Kraft in ihrem Inneren half ihr, sich aufrecht zu halten und die Fragen des nervösen Predigers deutlich zu beantworten. Sie hatte zwar nicht ganz begriffen, wie das alles zustande gekommen war; doch es war ganz wie in einem ihrer Träume: Bei der Trauungszeremonie stand sie neben dem Mann, den sie schon immer liebte. Da schienen sogar die Schmerzen in ihrem Leib wie weggepustet.

Die feierliche Gruppe von Leuten sagte kein Wort, als die Trauung vollzogen wurde. Man half Leah, ihr Kreuz neben Wesleys Unterschrift in das Kirchenbuch zu machen, und dann trug Clay mit starken Armen sie zu einer wartenden Kutsche. Sie war zu krank, um zu bemerken, wo sie war oder daß ihr frischgebackener Ehemann und ihr Schwager sich weigerten, sie anzusehen.

Sie wurde in ein Boot gesetzt, stromaufwärts gerudert und wieder in eine Kutsche geladen. Endlich legte man sie sacht in ein weiches, sauberes Bett.

»Mein Zimmer«, schnaubte Wesley, als Regan und Clay das Mädchen auf das Bett legte. »Dann schickt es sich wohl, daß ich das Haus verlasse.«

»Das Haus verlassen!« keuchte Regan. »Mit einer frischvermählten Frau und . . .«

Wesleys Blick brachte sie zum Schweigen. »Wenn du glaubst, ich kann mir das da jeden Tag ansehen und dabei meinen Verstand behalten, kennst du mich aber schlecht. Ich muß für eine Weile aus dem Haus, um mich an alles Neue gewöhnen zu können.«

Er nahm seine Reisetasche aus einem Schrank und stopfte Kleider hinein.

»Wo willst du denn hin?« fragte Regan ihn flüsternd. »Du wirst sie und das Baby doch nicht sitzenlassen?«

»Nein, ich kenne meine Pflicht! Ich werde für beide sorgen, aber ich brauche etwas Zeit, um mich . . . damit abzufinden.« Er blickte höhnisch auf die schlafende Leah in seinem Bett. »Ich werde zu meiner Farm in Kentucky fahren, dort arbeiten und im Frühjahr wiederkommen. Das Kind wird dann alt genug sein, daß es reisen kann.«

»Du kannst uns doch das da nicht einfach hierlassen«, sagte Travis von der Tür her. »Du bist doch der Ehrenmann gewesen, der eine ehrliche Frau aus ihr machen mußte. Nimm sie mit. Ich möchte durch sie nicht ständig an deine Dummheit erinnert werden.«

»So dürft ihr nicht voneinander scheiden«, sagte Regan, doch Wesley war schon aus dem Zimmer gegangen. »Lauf ihm nach«, rief sie Travis zu. »Nicole und ich werden uns um das Mädchen kümmern! Laß deinen Bruder nicht im Groll von hier weggehen.«

Travis zögerte, tätschelte dann seiner Frau kurz die Wange und raste die Treppe hinunter. Durch das Schlafzimmerfenster beobachtete Regan, wie die Brüder sich umarmten, ehe Wesley zur Mole hinunterging und das Boot bestieg, das ihn in den Westen bringen würde.

Kapitel 3

Zwei Tage nach Wesleys Aufbruch nach Kentucky brachte Leah ein totes Kind zur Welt. Sie weinte über dem kleinen Sarg, wurde dann mit sanfter Gewalt wieder in das Bett zurückbefördert, wo sie tagelang schlief und nur kurz erwachte, um ein wenig zu essen.

Als Leah dann endlich richtig zu sich kam und ihre Umgebung wahrnehmen konnte, war sie überzeugt, sie wäre im Paradies. Sie lag in der Mitte eines gewaltigen Vier-Pfosten-Bettes, über sich einen Betthimmel aus kremfarbenem Tuch. Die Wände waren weiß gestrichen, Bilder von Segelschiffen und jagenden Männern auf Pferden hingen daran. Und im Zimmer standen kostbare Möbel, wie sie sie noch nie gesehen hatte.

Sie gestattete sich nur kurz, diese Aussicht zu genießen, ehe sie die Beine aus dem Bett schwang. Sie trug eine Haube auf dem Kopf und ein schneeweißes Nachthemd. Staunend berührte sie das Gewand, während das Zimmer aufhörte, sich um sie zu drehen.

»Was machen Sie denn da?« rief eine Frau von der Tür her. »Miss Regan!« schrie sie dann über die Schulter.

Als Regan ins Zimmer kam, rang Leah mit der Frau, die sie nicht aus dem Bett lassen wollte. »Es ist gut, Sally«, sagte Regan.

»Sie hat ja keine Ahnung, wie Leute Ihres Standes sich benehmen«, sagte die Kammerzofe mit gerümpfter Nase.

Regan richtete sich auf. »Sally!« befahl sie. »Du verläßt sofort das Zimmer. Ich rede später mit dir!«

Als die Zofe gegangen war, wandte sich Regan Leah zu, die schon wieder versuchte, aufzustehen. »Du mußt ruhen.«

»Ich muß nach meinen kleinen Geschwistern sehen. Der Alte läßt sie verhungern.«

Mit sanfter Gewalt drückte Regan sie wieder in die Kissen zurück. »Deine Geschwister sind gut versorgt. Travis und Clay sind zu deiner Farm gefahren und haben alle deine Schwestern und Brüder mitgenommen. Sie wurden bei anderen Leuten untergebracht. Was deinen Vater betrifft, so hat ihn schon seit Wochen keiner mehr gesehen. Nicht mehr seit dem Tag, als er . . . in die Kirche kam. Im Augenblick darfst du nichts anderes tun als schlafen, essen und dich erholen. Wenn es dir wieder bessergeht, kannst du deine Familie besuchen. Ah, da kommt das Tablett!«

Leah sah verwirrt zu, wie ein hübsches Tablett aus bemaltem Holz, auf dem Berge von Essen standen, auf die Decke quer über ihre Beine gestellt wurde.

»Ich wußte nicht, was du gerne ißt«, sagte Regan. »Also bestellte ich von jedem etwas.« Regan hob ein paar silberne Topfdeckel an, damit der Duft der heißen Speisen Leahs Appetit anregen sollte.

»Ich . . .«, stammelte Leah.

Regan tätschelte ihre Hand. »Iß so viel, wie du kannst, und nimm, was dir schmeckt! Dann möchte ich, daß du wieder ruhst. Wir werden dich erst mästen, ehe du wieder an die Arbeit gehst. Der Nachttopf steht unter dem Bett.«

Damit ging Regan aus dem Zimmer.

Leah fiel mit beiden Händen über die Speisen her und aß, wie sie es gewohnt war – so schnell sie konnte. Sie merkte gar nicht, daß sie die Laken und den Betthimmel dabei vollkleckerte. Als sie das Tablett leer gegessen hatte, ging sie auf den Topf. Dann kippte sie den Inhalt durch das Fenster über den Rosenbeeten aus. Zu Hause hatte sie immer das Nachtgeschirr auf diese Weise geleert. Sie kratzte sich ausgiebig, kehrte ins Bett zurück und schlief wieder ein. Travis' Zetern, was sie mit seinen Rosen angestellt habe, konnte sie nicht mehr hören.

Zehn Tage lang tat Leah nichts anderes als schlafen und essen, und als ihre Kratzer und Blutergüsse abgeheilt waren, blickte Regan sie gedankenvoll an. Regan hatte Leah erzählt, daß Wesley nach Kentucky abgereist war, und dabei so getan, als habe er das von Anfang an vorgehabt.

Leah lernte nun auch, daß sie das Nachtgeschirr den Dienstboten zum Leeren übergeben mußte; sie hatte jedoch nie den Mut, das Schlafzimmer zu verlassen. Sie saß am Fenster und schaute auf die vielen Häuser hinaus, die zu Travis' Plantage gehörten, und sah, daß Hunderte von Leuten darauf arbeiteten. Allmählich begann sie, sich ruhelos zu fühlen.

»Wann soll ich mit der Arbeit anfangen, die Sie erwähnt haben?« fragte sie Regan.

Diese faßte unter Leahs Kinn und betrachtete ihr Gesicht im Sonnenlicht. Die Blutergüsse und Schrammen waren fast verschwunden. »Wie wäre es mit morgen früh?«

»Gut!« Leah lächelte. »Haben Sie etwas, das ich anziehen könnte? Etwas Altes«, sagte sie, während sie mit dem Kopf auf Regans blaues Seidenkleid deutete.

»Ich glaube auch, daß wir uns allmählich über deine Garderobe Gedanken machen müssen«, sagte Regan nachdenklich. »Ja, ich glaube, wir beginnen morgen früh, sobald Nicole verfügbar ist.« Sie ließ Leah keine Zeit, Fragen zu stellen. »Ich muß gehen. Es ist viel für morgen vorzubereiten«, sagte sie zerstreut, während sie das Zimmer verließ.

Als Leah am nächsten Morgen erwachte, standen Nicole und Regan an ihrem Bett. Sie trugen beide abgewetzte, grobe Kleider aus Musselin, hatten die Haare mit Hauben bedeckt und einen strengen Ausdruck auf dem Gesicht.

»Es wird nicht leicht sein«, murmelte Regan. »Wo fangen wir an?«

»Zuerst den Körper, die Haare morgen!«

Ehe Leah ein Wort sagen konnte, faßten die Frauen sie links und rechts bei den Armen, zogen sie aus dem Bett und führten sie aus dem Schlafzimmer. Während Leah durch das Haus mehr geschleppt als geführt wurde, betrachtete sie staunend Teppiche, Bilder, Tapeten und prächtige Möbelstücke. Sie wurde ins Erdgeschoß in einen verhältnismäßig schlichten Raum gebracht, der immer noch schön war im Vergleich zu jenem, in dem sie auf der Farm gewohnt hatte.

»Soll das mein Zimmer werden? Aber, was machen Sie da . . .!« rief sie erschrocken, als Regan und Nicole ihr buchstäblich das Nachthemd vom Leib rissen. Sie beugte sich vor und versuchte, ihre Blöße mit den Händen zu bedecken. »Sie können doch nicht . . .«

»Du wirst dich daran gewöhnen müssen, Leah«, sagte Regan. »Weil du ein paar Tage gar nichts mehr anhaben wirst.«

»Sie haben doch nicht das Recht . . .«, begann Leah wieder und bückte sich nach dem Nachthemd, das vor ihr auf der Erde lag.

»Da hinein!« befahl Regan und deutete auf einen riesigen Zuber in der Mitte des Raumes.

Leah blieb stocksteif stehen und hielt sich das Nachthemd vor den Leib.

Nicole übernahm nun die Regie.

»Leah«, sagte sie energisch. »Du bist nun eine Stanford, und mit diesem Namen und dem herrlichen Haus sind gewisse Pflichten verbunden. Du kannst nicht am Eßtisch sitzen und dabei übler riechen als ein Maultier, was im Augenblick der Fall ist. Deshalb werden Regan und ich die nächsten Wochen – oder Monate, wenn es sein muß – damit verbringen, aus dir eine Stanford zu machen. Wir werden dich waschen, einkremen und dir Gesichtsmasken machen; und wenn wir das hinter uns haben, werden wir uns mit deiner Grammatik befassen, deinen Manieren, deinem Gang und eben allem, was der Verbesserung bedarf.«

Leah blickte von der einen Frau zur anderen. »Und wenn Sie damit fertig sind, werde ich dann auch so riechen wie Sie? Werde ich so ein schönes Kleid tragen dürfen, wenn Wesley zurückkommt?«

Regan und Nicole wechselten lächelnd einen Blick. »Du wirst ein wunderschönes Kleid tragen. Wesley wird stolz sein, dich als Frau zu haben.«

Einige Tage darauf fragte Leah sich, ob sie in diesen Waschzuber gestiegen wäre, wenn sie geahnt hätte, was die beiden tückischen Frauen mit ihr vorhatten. Sie hatte angenommen, die beiden würden sich über ihre saubere Haut freuen; doch Nicole schüttelte nur den Kopf.

»Das genügt keineswegs. Das ist alles zu viele Jahre vernachlässigt worden.«

Leah wurde in einen Baumwollmantel gehüllt und in einen anderen Raum geführt. Da stand wieder ein Zuber. »Was ist denn das?« fragte Leah erschrocken.

»Modder«, antwortete Regan lachen.

Und so wurde sie in diesen schwarzen Schlamm getaucht und mußte dann so nackt, wie sie Gott erschaffen hatte, in dem Zuber stehen, bis der Schlamm auf ihrer Haut getrocknet war. Dieses Schlammbad mußte sie noch dreimal hintereinander nehmen, ehe sie von Nicole und Regan auf einen Tisch gelegt wurde, die ihr dort mit rauhen Lederhandschuhen das Zeug wieder von der Haut abrieben. Dann kam sie noch einmal in einen Zuber, der diesmal mit Wasser und einem fetten Pflanzenöl gefüllt war, und als sie dieses Bad hinter sich hatte, wurde sie von den Ladies mit Gurkenkreme eingerieben.

»Nicht übel«, sagte Regan am Ende dieses Tages mit schmutzigem Kleid und strähnigen Haaren, die ihr über die Augen hingen, »ich glaube, wir haben eine Menge erreicht!«

Sie gab Leah einen Klaps auf die nackte Kehrseite, hängte ihr einen Mantel um und eskortierte sie in ihr Zimmer im ersten Stock.

Erschöpft, aber mit einer prickelnden Haut, die sich sehr lebendig anfühlte, fiel Leah in ihr Bett.

Am nächsten Morgen standen Nicole und Regan abermals an ihrem Bett. Leah stöhnte und zog sich die Zudecke über den Kopf.

»Oh, nein, Leah«, rief Regan lachend, »begrüße den neuen Tag mit einem Lächeln!« Sie zog ihr die Zudecke weg, doch diesmal ging Leah von allein nach unten in die Folterkammer.

»Darauf war ich schon immer gespannt«, sagte Nicole, als sie die Haube von Leahs schmutzigen Haaren zog. »Ich frage mich, was für eine Farbe sie wohl haben mögen.«

Leah saß auf einem harten Stuhl, während Nicole mit einer Borstenbürste ihren Skalp bearbeitete. Sie bürstete so kräftig, daß Leah die Tränen kamen.

»Schuppen«, murmelte Nicole, doch Leah wußte nicht einmal, was das Wort in diesem Zusammenhang bedeuten sollte.

Während Nicole bürstete, trug Regan eine Maismehl-Mixtur auf Leahs Gesicht auf. Als die Maske trocken war, begannen die beiden, ihr den Kopf zu waschen. Sie mußten das Haar viermal mit Shampoo behandeln, um das Fett und den Schmutz von Jahren herausspülen zu können.

»Ich möchte es zwar nicht beschwören«, sagte Nicole, »aber ich glaube, es hat einen rötlichen Schimmer.«

Selbst als das Haar noch naß war, fühlte sich Leahs Kopf schon viel leichter an als je zuvor; doch ehe Leah etwas sagen konnte, begann Nicole mit vollen Händen Mayonnaise auf den frischgewaschenen Haaren zu verteilen. Dann wurde Leahs Kopf in ein sehr heißes Handtuch gehüllt, und sie mußte allein in einem verdunkelten Raum sitzen, den Kopf in den Nacken zurückgebogen, eine geriebene rohe Kartoffel unter den Augen.

Wesley, dachte sie ununterbrochen. Ich bin wirklich und wahrhaftig deine Frau, und du verdienst das alles!

Abends wurde ihr Haar dann noch einmal gewaschen und mit Regenwasser ausgespült, das mit Zitronensaft, Essig und Rosmarin versetzt war. Nicole hatte alle Spiegel auf dem Weg von Wesleys Schlafzimmer zu den Kammern, wo sie Leah in die Mangel nahmen, verhängt. Leah hatte also keine Ahnung, wie sie aussah. Sie sank in ihr Bett und wußte nur, daß sie besser roch.

Leah erfuhr zu ihrem Schrecken, daß Nicole und Regan sogar von ihr erwarteten, daß sie täglich badete und die Unterwäsche wechselte. Sie meinte, wenn sie das einmal getan hatte, genügte es für ihr ganzes Leben; aber am dritten Tag wurde sie wieder in einen Zuber gesetzt. Die beiden waren entschlossen, Leahs Haut, die die Schwielen jahrelanger harter Arbeit trug, weich und geschmeidig zu machen. Also wurden ihre Ellenbogen und Knie fast bis auf das rohe Fleisch abgescheuert, dann mit Zitronensaft gebleicht und schließlich mit Erdbeerkrem massiert.

Und dabei gab es immer einen Vortrag. Nicole unterrichtete sie, wie sie ihr Haar und ihre Haut pflegen müsse, auch wenn sie einen ganzen Tag lang auf dem Feld hinter einem Gespann von Pferden hergegangen wäre. Da Leah nicht lesen konnte, mußte sie die Rezepte für Hautkrems, Gesichtsmasken, Haartinkturen und Shampoos auswendig lernen und immer wieder herbeten, bis sie die Rezepte sogar im Schlaf aufsagen konnte.

Nachdem Leah zwei Wochen lang in die Mangel genommen worden war, trat Nicole, die Hände auf Leahs sauberen, weichen schimmernden Haaren, einen halben Schritt zurück. »Glaubst du, wir können sie jetzt vorzeigen?« fragte sie lächelnd.

»Warte«, erwiderte Regan lachen. »Zieh das an, Leah!« Sie hielt ihr einen dunkelgrünen Frisiermantel aus gesteppter Seide hin, der mit winzigen bunten Vögeln bestickt war.

»Das kann ich doch nicht . . .«, wehrte Leah ab, doch Nicoles Blick ließ sie verstummen. Sie legte das einfache Musselinkleid beiseite, das sie sonst immer trug, und schob die Arme in die Ärmel des Mantels. Sie rollte leicht die Augen, als sie die Seide auf der Haut fühlte. »Herrlich!«

»Und nun stell dich hierhin«, befahl Regan und schob Leah vor einen Wandspiegel, der mit einem Bettuch verhängt war.

Als Regan mit einer schwungvollen Handbewegung das Laken vom Spiegel entfernte, reagierte Leah nicht. Sie wußte nicht, wer die Person war, deren Spiegelbild sie sah. Sie drehte sich um, weil sie wissen wollte, wer da hinter ihr stand – doch das Spiegelbild drehte sich mit ihr. Da stand sie wieder still.

Die Frau in dem Spiegel war nicht nur hübsch – sie war eine Schönheit. Langes, üppiges kastanienrotes Haar floß über ihre Schultern den Rücken hinunter, und große, grüne leuchtende Augen blickten aus einem Gesicht mit einem vollen, sinnlichen Mund über einem festen Kinn. Leah hob vorsichtig die Hand und berührte sacht ihre Wange – und in der nächsten Sekunde brach sie auf dem Bett zusammen, während Nicole und Regan in ein befreites Lachen ausbrachen.

»Ich glaube, unsere Mühe hat sich gelohnt«, rief Regan triumphierend. Dann hob sie den Kopf. »Ich würde sie gern mal vorzeigen. Nur ganz kurz.«

»Dafür ist es noch zu früh«, warnte Nicole.

»Komm mit mir, Leah«, widersprach Regan und nahm Leah bei der Hand.

Regan führte Leah durch einen Bereich des Hauses, den sie noch nie gesehen hatte, durch lange Korridore, an einem riesigen Speisezimmer vorbei. »Hat dieses Haus denn gar kein Ende?«

»Du wirst lernen, dich darin zurechtzufinden. Wir gehen jetzt in Travis' Büro.«

»Zu Wesleys Bruder?«

Regan lachte kurz. »Man pflegt Wesley als den kleinen Bruder von Travis zu bezeichnen.«

»Für mich ist er das nicht«, sagte Leah selbstbewußt.

Travis saß hinter einem mächtigen Schreibtisch vor aufgeschlagenen Kontobüchern; einer seiner Sekretäre stand neben ihm. Regan stellte Leah vor dem Schreibtisch auf, und als der Sekretär sie ansah, fiel ihm vor Verblüffung die Kinnlade herunter. Travis blickte von den Büchern auf und drehte sich um.

»Gütiger Gott!« sagte er und sog die Luft geräuschvoll durch die Zähne. »Das ist doch nicht . . .«

»Das ist sie«, sagte Regan stolz.

»Bestelle für uns Tee«, befahl Travis seinem Sekretär. »Und hör auf, sie anzugaffen! Hier, setz dich! Leah, nicht wahr?«

Als wäre sie schon immer wie eine Lady behandelt worden, nahm Leah mit züchtig gesenkten Wimpern auf einem Polstersessel Platz, den Travis ihr hinschob. Dabei teilte sich der Mantel etwas und entblößte einen nicht geringen Teil ihres Brustansatzes, was Travis sichtlich genoß. Als er hochsah, funkelte ihn Regan wütend an.

»Sie kann etwas vorzeigen, nicht wahr?« meinte Travis grinsend.

Der Tee wurde fast in Sekundenschnelle gebracht, auf einem großen Silbertablett, das von zwei Dienstmädchen und einem Butler getragen wurde. Alle drei und dazu noch der Sekretär gafften nun Leah mit offenem Mund an.

»Hinaus! Hinaus mit euch!« befahl Travis.

Leah saß still in ihrem Sessel, gab ihre Blicke neugierig zurück und fragte sich, wer diese Leute wären und was sie im Hause täten.

Als das Personal sich aus dem Büro entfernt hatte, schenkte Travis Leah den Tee ein und reichte ihr artig die Tasse aus hauchdünnem Porzellan.

»Ich habe einen Mordshunger«, sagte Leah und rückte ihren Sessel dichter an den Schreibtisch heran, auf den das Tablett mit den Törtchen und den belegten Broten gestellt worden war. Sie blies geräuschvoll über den Tee, schlürfte ihn gurgelnd hinunter und stellte die nasse Tasse auf die polierte Oberfläche des Schreibtisches. Dann nahm sie sich drei Törtchen auf einmal, zerkrümelte sie auf der Untertasse, goß Sahne aus dem silbernen Milchkännchen darüber und begann, sich diese Mischung mit dem Teelöffel in den Mund zu schaufeln. Als sie den Unterteller halb geleert hatte, sah sie hoch und bemerkte, daß Travis, Regan und Nicole sie mit halboffenem Mund anstarrten.

Nicole faßte sich als erste wieder. »Wir haben doch noch einiges zu arbeiten«, sagte sie leise, während sie ihre Teetasse elegant zum Munde führte.

»Das möchte ich auch meinen«, brummte Travis. Leah aß ihre Untertasse leer.

Drei Tage später verfluchte Leah diese kleinen Tassen und Untertassen, die so hübsch aussahen, ihr aber immer unter den Händen zu zerbrechen schienen. Regan drohte ihr Schreckliches an, wenn sie noch ein Stück von diesem teuren Import-Service kaputtmachte. Deshalb bemühte Leah sich wirklich ernsthaft, den Umgang mit diesen zierlichen Dingern zu lernen.

»Was spielt es denn für eine Rolle, wie man ißt, solange man es in den Schlund bekommt?« rief Leah, den Tränen nahe, als Nicole zum hundertsten Male kritisierte, wie Leah die Gabel hielt.

»Denke an Wesley«, warnte Nicole.

Dieser Satz war zum Slogan geworden, mit dem sie Leah zum Lernen anspornte, und er hatte noch nie versagt. Die beiden Frauen benützten Wesleys Namen, um Leah zu zwingen, sich mit Geduld und Ausdauer die Manieren anzueignen, die sie an seiner Seite brauchte. Dabei erfuhren sie von Leah die ganze Geschichte, wie sie Wesley kennengelernt und ihm für immer ihre Liebe geschenkt hatte.

Leah wohnte schon zwei Monate auf der Stanford-Plantage, als man ihren Vater, Elijah, ertrunken im Fluß fand. Travis sorgte dafür, daß es ein würdiges Begräbnis wurde. Zum erstenmal, seit sie Wesley geheiratet hatte, sah Leah bei diesem Anlaß ihre Brüder und Schwestern wieder. Sie hatten alle zugenommen, waren frei von Beulen und Blutergüssen, und klammerten sich an die Hände der Leute, die sie in ihr Haus genommen hatten. Sie betrachteten Leah mit großen, staunenden Augen und waren sich nicht mal mehr sicher, wen sie vor sich hatten. Danach zogen sie mit ihren neuen Familien wieder ab. Leah vergoß Freudentränen, weil sie alle so glücklich zu sein schienen.

Einmal sah Leah vom Sarg ihres Vaters auf und direkt in die Augen einer schönen jungen Frau. Doch ehe Leah sich an ihr satt sehen konnte, gab ihr Regan heimlich einen Stoß mit dem Ellenbogen, so daß Leah den Blick von dieser Schönheit abwandte. Als sie später wieder dorthin sah, wo die Frau gestanden hatte, war sie verschwunden.

»Wer war das?« erkundigte Leah sich nach der Trauerfeier.

»Kimberly Shaw«, erwiderte Regan knapp.

Das ist die Frau, die Wesley heiraten sollte, dachte Leah nicht ohne Selbstgefälligkeit. Sie hätte ihn vielleicht gern haben wollen, doch sie, Leah, hatte ihn bekommen!

Nachdem Leah diese Frau gesehen hatte, beschloß sie, noch härter an sich zu arbeiten, damit Wesley sich über sie freuen konnte, wenn er im Frühjahr zurückkäme.

Leah setzte ihre Tasse graziös und geräuschlos ab, als habe sie schon immer gewußt, wie man sich bei Tisch benehmen mußte. Sie beugte sich zu Travis hinüber und lächelte liebenswürdig. »Und du glaubst, diese neue Baumwollmaschine wird dir helfen, die Produktion zu beschleunigen? Befürchtest du nicht, daß der Baumwollmarkt genauso zusammenbrechen könnte wie vorher der Markt für Tabak?«

Regan und Nicole lehnten sich in ihren Sesseln zurück und beobachteten voller Stolz ihre Schutzbefohlene. Sie hatten Monate gebraucht, um dieses Ergebnis zu erzielen, doch offensichtlich bestand Leah jeden Test. Sie hatten nie versucht, Leah vorzuschreiben, worüber sie sprechen sollte, sondern hatten nur ihre Aussprache und ihre Wortwahl verbessert. So nahmen sie nun überrascht zur Kenntnis, daß Leah sich hauptsächlich für die Landwirtschaft interessierte. Natürlich hatte Leah nie etwas gelesen – sie hatten noch gar keine Zeit gehabt, ihr Unterricht im Lesen und Schreiben zu geben –, und so redete Leah über ein Thema, das sie verstand: über die Landwirtschaft.

Und Travis verschlang geradezu ihre Worte, stellte Regan mit einigem Befremden fest. Zuweilen, wenn sie mit ihm über Haushaltsprobleme sprach, sah sie ihn die Augen verdrehen oder zerstreut zur Decke blicken. Aber als Leah ihn nun nach dem Zustand seiner geliebten Felder fragte, mit ihm über Pferde und die Schmiede redete, saß Travis buchstäblich gespannt auf dem äußersten Rand seines Sessels.

»Morgen früh«, schlug Travis vor, »kannst du mit mir ausreiten und meinen Tabak besichtigen.«

»Nein«, sagte Nicole leise. »Morgen kommt Leah mit mir nach Hause. Ich bin schon viel zu lange von Clay weggewesen; und es wird höchste Zeit, daß wir sie einkleiden.«

»Sie scheint mir doch recht gut gekleidet zu sein«, sagte Travis und betrachtete wohlgefällig Leahs tief ausgeschnittenes Musselingewand.

»Travis«, warnte ihn Regan. Sie hatte gute Lust, ihm einen Vortrag darüber zu halten, daß man seiner Schwägerin nicht in den Ausschnitt schielt.

Nicole lachte und verhinderte so einen kleinen Ehestreit. »Nein, Leah muß mit mir reisen. Die Stoffe, die ich bestellt habe, sind endlich eingetroffen, und meine Näherin erwartet uns. Auch will ich Leah dort in der Leitung einer Plantage unterrichten. Sie kann das auf einem kleineren Landsitz üben, ehe sie sich mit einem solchen Monsterbetrieb befaßt, wie du ihn hast, Travis.«

Nach einem kurzen Stirnrunzeln lächelte Travis, nahm dann Leahs Hand und küßte sie. »Ich werde dein hübsches Gesicht sehr vermissen; aber Clay wird sich dort deiner annehmen.«

Später begleitete Regan Leah zu Wesleys Schlafzimmer. »Nicole hat eine Armee französischer Kunsthandwerker auf ihrer Plantage angestellt. Sie ist mit Clay im vorigen Sommer in Frankreich gewesen und hat diese Leute von dort mitgebracht. Sie kannte sie noch aus der Zeit, als sie dort lebte. Im übrigen hat ihre Schneiderin früher für die Königin von Frankreich gearbeitet. Nun schlaf gut; morgen wirst du schon sehr früh aufstehen müssen. Gute Nacht!«

Leah zog ihr Kleid aus – ein umgenähtes Stück aus Nicoles Garderobe –, streifte ein sauberes Nachthemd über den Kopf und schlüpfte ins Bett. Es war jetzt Juli, dachte sie, und sie mußte noch den ganzen Winter warten, ehe Wesley im Frühling zu ihr zurückkehren würde. Sie fuhr mit der Hand über ihr weiches, sauberes Haar. Sie wußte sehr wohl, daß sie nun ganz anders aussah, und sie betete, daß Wesley Gefallen an ihr finden möge, wenn er zurückkäme. Mehr als alles andere auf der Welt wollte sie ihm gefällig sein. »Ich werde dir die beste Frau dieser Erde sein«, flüsterte sie, ehe sie lächelnd einschlief.

Am nächsten Morgen begleitete Travis Nicole und Leah noch vor Sonnenaufgang zur Mole. In den fünf Monaten, die Leah inzwischen auf der Plantage verbracht hatte, hatte sie diesen Besitz fast nur vom Fenster aus gesehen. Sie mußte immer im Haus mit Regan und Nicole lernen, wie man geht, spricht, steht, sich kleidet, wäscht, pflegt und bei Tisch benimmt. Sie hatten an ihrer Grammatik und Aussprache gearbeitet und was es sonst noch an ihr zu verbessern gab.

Auf der Mole beugte Travis sich zu ihr hinunter und küßte sie auf die Wange. Leah faßte sich an die Stelle, wo sie seine Lippen berührt hatten, und sah erstaunt zu ihm hoch. »Wir werden dich sehr vermissen«, rief er noch, als ein Mann Leah in die wartende Schaluppe hinunterhalf.

Lächelnd winkte sie den beiden zu, bis der Steg am Flußufer nicht mehr zu sehen war. Wie himmlisch, dachte sie, wie herzlich, warm und liebenswürdig hier doch alles war! Es gab Augenblicke, in denen sie fast vergessen konnte, was es bedeutete, vierundzwanzig Stunden am Tag Hunger leiden zu müssen.

Sie wandte sich Nicole zu, die sie beobachtete: »Wenn jetzt Wesley noch hier wäre, wäre es wahrhaftig das Paradies auf Erden«, sagte Leah lachend und umarmte sich selbst.

»Ich hoffe, du hast recht«, murmelte Nicole, ehe sie zur Seite blickte.

Kapitel 4

Auf der Mole der Arundel-Plantage wurde Nicole von ihren sechsjährigen Zwillingen und von einem anderen, hübschen siebzehnjährigen Zwillingspaar, das Leah als Alex und Amanda vorgestellt wurde, erwartet. Clay wartete ungeduldig, bis die stürmische Begrüßung durch die Zwillinge vorbei war, umarmte dann seine Frau und gab ihr einen langen leidenschaftlichen Kuß. Darauf verließen sie, jedes einen der sechsjährigen

Zwillingsknaben an der Hand und sich ständig in die Augen sehend, die Mole.

»Sie benehmen sich immer so«, sagte Alex mit leiser Entrüstung zu seiner Schwester.

»Sie lieben sich, du Idiot«, erwiderte Amanda schnippisch, ehe sie sich Leah zudrehte. »Möchtest du dir gern die Stoffe ansehen, die inzwischen eingetroffen sind? Onkel Clay sagt, sie seien für dich bestimmt.«

»Ich habe etwas Besseres vor«, sagte Alex. »Wenn die Damen mich also entschuldigen wollen.« Damit bestieg er einen wunderschönen Rotschimmel und sprengte davon.

»Wir hätten ihn sowieso nicht dabei gebrauchen können«, meinte Amanda. »Komm, wir müssen uns beeilen! Madame Gisèle ist unausstehlich, wenn man sie warten läßt. Falls sie dich zu sehr piesacken sollte, brauchst du ihr nur damit zu drohen, sie nach Frankreich zurückzuschicken. Dann wird sie ganz still – wenigstens ein paar Minuten lang«, vertraute Amanda Leah an.

Während die beiden zum Haus gingen und Amanda ununterbrochen plapperte, beobachtete Leah das geschäftige Treiben um sich her. Leute gingen in den Gebäuden ein und aus, die es hier zu Hunderten zu geben schien. Leah fragte, wozu diese Häuser alle dienten.

»Dieses ist die Wohnung des Aufsehers, dahinter sind die Quartiere der Arbeiter, dort drüben das Eishaus, daneben die Ställe, davor die Küche«, erklärte ihr Amanda. »Die Schneiderin erwartet uns im Oberstock.«

Amanda führte Leah über eine achteckige Veranda an der Rückseite eines großen, aus Ziegeln erbauten Hauses und dann eine schöne Treppe hinauf, vorbei an Tischen, die mit frischen Schnittblumen geschmückt waren. »Mom – Nicole, meine ich – kann nicht genug Blumen im Haus haben. Hier sind wir schon, Madame«, sagte Amanda höflich zu einer winzig kleinen Dame mit einer großen Nase und glitzernden schwarzen Augen.

»Sie haben sich viel Zeit gelassen«, sagte Madame Gisèle auf eine so seltsame Art, daß Leah sie kaum verstehen konnte.

»Das ist ihr Akzent«, flüsterte Amanda. »Ich brauchte auch eine Weile, bis ich mich daran gewöhnt hatte.«

»Hinaus!« befahl Madame Gisèle. »Wir haben zu arbeiten, und du stehst nur im Wege.«

»Ja, natürlich«, sagte Amanda lachend, ehe sie mit einem Knicks das Zimmer verließ.

»Unverschämtes Mädchen!« schimpfte Madame, aber mit einem liebevollen Ton in der Stimme. Dann heftete sie ihre dunklen Augen auf Leah und ging mit prüfendem Blick um sie herum.

»Ja, ja, eine gute Figur, ein bißchen üppig in der Büste; aber das gefällt dem Gatten, wie?«

Leah lächelte, wurde rot und studierte die Tapeten an der Wand.

»Kommen Sie, kommen Sie, stehen Sie nicht so herum. Wir haben viel zu tun. Zeigen Sie mir, was Ihnen gefällt, damit wir anfangen können.«

Madame Gisèle deutete auf die Regale an einer Wand, die mit Rollen voller Stoff gefüllt waren.

Leah streckte einen Finger aus und berührte vorsichtig einen Ballen aus tiefblauem Samt. »Ich . . . ich weiß nicht«, sagte sie. »Mir gefällt alles. Nicole und Regan sorgten bis jetzt dafür . . .«

»Pah!« schnitt Madame Gisèle ihr das Wort ab. »Madame Regan ist nicht hier; und Madame Nicole ist zweifellos leidenschaftlich mit diesem großartigen Mann beschäftigt, den sie geheiratet hat, und ist für den Rest des Tages daher nicht mehr zu gebrauchen. So! Sie müssen jetzt lernen, sich auf sich selbst zu verlassen. Stehen Sie gerade! Kein Kleid wird richtig sitzen, wenn Sie die Schultern so hängen lassen. Seien Sie ein wenig stolz auf sich selbst. Sie sind eine schöne Frau, Sie haben einen reichen, gutaussehenden Mann, der bald zu Ihnen zurückkehren wird, und nun werden wir Sie prächtig einkleiden. Sie haben viel, worauf Sie stolz sein können, also zeigen Sie das auch!«

Ja, dachte Leah, sie hat vollkommen recht. Ich habe tatsächlich eine Menge, worauf ich stolz sein kann. Sie wandte sich wieder den Regalen zu. »Das gefällt mir«, sagte sie und prüfte mit den Fingern einen rostfarbenen Velvet.

»Gut! Und was noch?«

»Das und das . . . und das auch.«

Madame Gisèle trat einen Schritt zurück, blickte Leah fest und prüfend an und lachte. »Sie mögen ängstlich aussehen; haben jedoch vor niemandem Angst. Ist das richtig?«

Leah dachte ernsthaft über diese Frage der Französin nach. »Nicole und Regan sind sich ihrer selbst so sicher. Und alles, was sie machen, ist perfekt.«

»Sie wurden im Reichtum geboren; aber Leute wie Sie und ich . . . wir müssen das Selbstvertrauen erst lernen. Ich werde Ihnen gern dabei helfen, wenn Sie sich nicht vor harter Arbeit scheuen.«

Leah lächelte schmerzhaft bei der Erinnerung, als sie daran dachte, wie sie das Pfluggeschirr auf ihren Schultern gequält hatte. »Leute, die in solchen Häusern leben wie diesem, haben keine Ahnung davon, was Arbeit ist.«

»Sie werden rasch lernen«, sagte Madame Gisèle lachend, »Sie werden es sehr rasch lernen.«

Nun folgten tagelange Drehungen und Wendungen, während Madame Maß nahm, zuschnitt, heftete und

Leah anschnauzte, wenn sie ihren Anordnungen nicht genau folgte.

»Kostbare Unterwäsche!« rief die kleine Madame immer wieder. »Sie werden zwar darauf verzichten müssen, auf dieser schrecklichen Farm, wo Sie leben werden, jeden Tag seidene Kleider zu tragen; aber darunter werden Sie immer eine Lady sein!«

Zunächst war Leah schockiert von den halb durchsichtigen Wäschestücken aus indischer Baumwolle; aber sie gewöhnte sich rasch daran, sie zu tragen. Madame und ihre Gehilfinnen kreierten eine hinreißende Garderobe für Leah mit vielen einfachen Werktagskleidern aus bedrucktem Musselin und mit einigen auserlesenen Modellen aus Seide und Velvet für Empfänge oder gesellschaftliche Ereignisse, soweit es so etwas in dem neuen Staat Kentucky überhaupt schon gab.

Und dabei half Madame Gisèle bei jeder Gelegenheit, Leahs Selbstvertrauen aufzubauen. »Sie sind jetzt eine Stanford, und deshalb stehen Ihnen alle Privilegien zu, die mit diesem Namen verbunden sind.«

Ohne es zu merken, begann Leah gerader zu stehen und aufrechter zu gehen; und innerhalb eines Monats benahm sie sich so, als habe sie schon immer seidene Kleider getragen und von silbernen Tellern gegessen.

Als die Herbsternte unter Dach und Fach war und Clay sich ein wenig entspannen konnte, nahm er sich auch für Leah Zeit, ging mit ihr jeden Morgen ins Gelände und brachte ihr das Reiten bei.

»Ich mag sie«, sagte er eines Abends zu Nicole. »Sie ist immer ernsthaft bei der Sache, will alles auf einmal lernen, möchte es jedem recht machen.«

»Sie tut es für Wesley«, antwortete Nicole leise und blickte von ihrer Handarbeit auf. »Obwohl er nur eine

Nacht mit ihr zusammen war und sie gleich nach der Trauung wieder verlassen hat, glaubt sie immer noch, die Sonne ginge mit diesem Mann auf und wieder unter. Ich hoffe nur . . .«

»Du hoffst – was?« fragte Clay.

»Wesley ist Travis so ähnlich; wenn sich einer von den beiden etwas in den Kopf gesetzt hat, kannst du ihn nur schwerlich davon abbringen.«

»Und wovon willst du ihn abbringen?«

»Von Kimberly«, erwiderte Nicole.

Clay schnaubte verächtlich. »Wesley sollte dem Herrgott dafür danken, daß er ihn vor dieser Frau bewahrt hat! Kimberly erwartet, daß man ihr die Welt vor die Füße legt, und leider werden ihre Erwartungen auch meistens erfüllt«, sagte Clay mit einem leisen Lachen. »Wes ist kein Dummkopf; und wenn er erst einmal ein paar Wochen mit so einer Schönheit wie Leah verbracht hat, kann er sich vielleicht gar nicht mehr an Kimberlys Namen erinnern.«

Nicole hatte ihre eigenen Vorstellungen von der Dummheit der Männer, wenn es um eine hübsche Larve ging; doch sie sagte nichts und beugte sich wieder über ihre Näharbeit.

Es war in diesem Winter, als die Arbeit auf der Plantage gemächlicher und beschaulicher wurde, daß Leah das Weben entdeckte. Als Nicole ihr die Weberei zeigte, wollte Leah sie gar nicht mehr aufgeben. Die herrlichen Tücher, die Decken, die unter den Händen der Frauen Form annahmen, die hin und her fliegenden Weberschiffchen, die Pedale, die so reibungslos ineinandergriffen – das alles faszinierte Leah.

»Möchten Sie sich mal an einen Webstuhl setzen?«

fragte eine große blonde Frau, die ihr von Nicole als Janie Langston vorgestellt worden war.

»Ich weiß nicht, ob ich mit so einem Gerät zurechtkäme«, meinte Leah zaudernd. Da schienen Tausende von Fäden am Webrahmen durch Schlingen und Ketten zu laufen, geführt von einem Metallkamm, der an einer hölzernen Lade befestigt war.

»Würden Sie es trotzdem mal versuchen?« fragte Janie, als Leah ehrfürchtig mit der Hand über ein gewebtes Stück Tuch fuhr.

»O ja, gern«, antwortete Leah.

Nicole führte Leah auch noch in die anderen Betriebe der Plantage; aber Leah war nicht recht bei der Sache, weil sie in Gedanken immer noch bei den Stoffen war, die sie in der Weberei gesehen hatte.

»Glaubst du wirklich, ich könnte auch so etwas zustande bringen?« fragte Leah, obwohl sie gerade die Milchkühe besichtigten. Sie hatte Kühe gemolken, seit sie gehen konnte, und sie interessierte sich weder für Rinder noch für die Molkerei. Aber die Vorstellung, daß sie so etwas Schönes schaffen könnte wie gewebte Stoffe, erfüllte sie mit Begeisterung.

»Ja, Leah, das glaube ich. Würdest du jetzt gern noch einmal mit mir in die Weberei gehen?«

Leahs leuchtende Augen waren Antwort genug.

In den nächsten Monaten sah man Leah nur noch an Janies Seite, die ihr alles beibrachte, was zu ihrem Metier gehörte: die Aufzucht und Pflege der Schafe, das Scheren, das Färben und Spinnen, das Einrichten eines Webstuhls und endlich das Weben selbst. Und Leah war mit einem Eifer dabei, als wäre sie schon mit einem Webschiffchen auf die Welt gekommen.

Abends saß sie dann in ihrem Zimmer hinter dem Spinnrad, und das Garn, das sie spann, war ebenmäßig und sehr fein. Am Tage setzte sie ihren Schemel vor die Webhelfen und zog nach Janies Musterzeichnungen die Fäden durch die Weblitzen, ohne dabei einen Fehler zu machen oder die Geduld zu verlieren. Wenn sie webte, schob sie das Schiffchen schnurgerade durch die Fäden und brachte den Schlegel mit großer Kraft zurück.

Im Januar sagte Janie, es wäre an der Zeit, daß sie ihre eigenen Muster entwerfen sollte.

»Aber ich kann doch nicht lesen«, sagte Leah.

»Das können meine Weberinnen auch nicht. Erst einmal müssen Sie lernen, Muster zu zeichnen.«

In den nächsten Wochen fand Nicole sie ein paarmal schlafend an ihrem Tisch, den Kopf auf die Zeichenpapiere gelegt, auf komplizierten Skizzen und Webtabellen. Sie hatte sich die Webelitzen aufgezeichnet, um zu prüfen, ob ihre Mustereinteilung auch stimmte, und daneben standen Namen wie »doppeltes Wagenrad«, »Velvetrose«, »Schneckengang« und »Rad mit Stern«.

Nicole weckte sie und half ihr ins Bett, und am Morgen bat Clay Leah, in sein Büro zu kommen.

»Ich dachte mir, daß du so etwas gern haben möchtest«, sagte Clay und legte ihr ein großes, in blaues Leder gebundenes Buch auf den Tisch.

»Aber ich kann doch nicht . . .«, begann Leah.

»Mach es doch erst mal auf.«

Sie sah, daß die Seiten leer waren, und blickte ratlos zu ihm hoch.

Clay stand neben ihr. »Auf dem Buchdeckel steht ›Arundel Hall‹, und jedes Jahr lasse ich mehrere von solchen Büchern für mein Archiv binden. Nicole hat mir von deinen Webmustern erzählt, und ich dachte mir, du würdest sie gern in so einem Buch aufzeichnen. Du könntest sie dann nach Kentucky mitnehmen.«

Zu Clays größtem Erstaunen sank Leah in ihrem Stuhl

zurück, das Buch gegen die Brust gepreßt, und brach in Tränen aus.

»Habe ich etwas falsch gemacht?« fragte er erschrokken. »Möchtest du das Buch nicht haben?«

»Jeder ist so gut zu mir«, schluchzte Leah. »Ich weiß, ihr tut es Wesley zuliebe, aber . . .«

Da kniete sich Clay vor sie hin, legte die Finger unter ihr Kinn und hob ihr Gesicht hoch. »Ich möchte, daß du mir jetzt genau zuhörst und mir auch glaubst, was ich dir sage. Zuerst haben wir dich zu uns genommen, weil du mit Wesley verheiratet bist; aber Wesley haben wir schon vor Monaten vergessen. Nicole, ich und die Kinder haben dich liebgewonnen. Erinnerst du dich noch, wie die Jungens zu Weihnachten die Masern bekamen und du nächtelang neben ihrem Bett gewacht hast? Deine Güte und die Liebe, die du uns geschenkt hast, haben uns mehr als reichlich für das wenige belohnt, das wir für dich tun konnten.«

»Aber es ist doch so einfach, euch zu lieben«, antwortete Leah unter Tränen. »Ihr habt mich beschenkt wie eine Prinzessin, und ich habe so wenig für euch getan.«

Clay lachte. »Also gut, dann sind wir quitt. Ich möchte nie mehr etwas davon hören, daß du uns etwas schuldig wärest. Und nun muß ich mich wieder mit meinen Kontobüchern beschäftigen.«

Leah stand auf, und einem Impuls folgend, umarmte sie Clay mit großer Herzlichkeit. »Vielen Dank für alles.«

Er drückte sie an sich und sagte: »Hätte ich gewußt, daß ich so belohnt werde, hätte ich dir meine Plantage überschrieben. Und jetzt gehst du zu deinen Webstühlen zurück.«

Lächelnd verließ sie sein Büro.

Im Februar kamen Regan und Travis mit der Schaluppe nach Arundel Hall, um Leah abzuholen.

»Ihr habt sie jetzt lange genug gehabt«, sagte Travis zu Clay, während er Leah grinsend ansah. Regan hatte entrüstet zu ihr gesagt, Travis habe ihr rasch verziehen, daß sie seinen kleinen Bruder verführt habe, nachdem er feststellen mußte, daß sie eine Schönheit sei.

Mit Tränen in den Augen umarmte Leah Nicole, Clay und die beiden Zwillingspaare, die ihr auf der Mole Lebewohl sagten.

»Oh«, sagte Clay schmunzelnd, »fast hätte ich vergessen, dich zu fragen, ob du so etwas gebrauchen kannst.« Er deutete auf eine Kiste, die neben dem anderen Gepäck auf dem Steg stand.

Verwirrt trat Leah näher an die gestapelten Kisten heran und entdeckte dahinter einen Webstuhl: ein wundervolles Stück aus Kirschholz mit Messingbeschlägen.

Während Leah sprachlos davorstand, legte Clay den Arm um sie. »Er läßt sich in Einzelteile zerlegen. Du kannst ihn also nach Kentucky mitnehmen. Und wenn du jetzt noch weiter heulst, behalte ich ihn«, setzte er warnend hinzu.

Leah umarmte ihn noch einmal, während Travis sagte, er würde jemanden herschicken, der den Webstuhl abholen sollte.

Leah, die sich auch nicht einen Tag von diesem Webstuhl trennen wollte, nahm das lange Rietblatt und drückte es an ihre Brust. Als Travis sie in die Schaluppe hob, winkte sie den Armstrongs mit dem Rietblatt zu, bis die Mole hinter der Flußbiegung verschwunden war.

Während der Fahrt zur Stanford-Plantage war Leah vollauf damit beschäftigt, Regans unzählige Fragen zu beantworten. Regan stellte viele Veränderungen an ihr fest: Sie hielt sich gerade, sie blickte den Leuten in die

Augen, wenn sie mit ihr sprachen, und alle ihre Bewegungen waren von einer unbewußten Anmut.

Während sie von der Mole zum Wohnhaus gingen, zog Regan ihr Fazit: Leah war für alles gerüstet. Doch dann blickte sie hinauf zur Veranda vor dem Haus und sah dort, eine Hand graziös auf das Geländer gestützt, Kimberly Shaw stehen. Sie hatte sich ihr blondes Haar aus ihrem lieblichen Gesicht gekämmt, das ihr in langen Ringellocken über die Schultern fiel, und das pinkfarbene Seidenkleid mit dem dazu passenden Cape harmonierte hervorragend mit ihrer zerbrechlichen Niedlichkeit.

»Ist das Wesleys Kimberly?« fragte Leah im Flüsterton.

»*Du* bist Wesleys Frau! Daß du mir das nicht vergißt, Leah«, gab Regan ebenso leise zurück, während Kimberly ihnen schon auf der Vortreppe entgegenkam.

»Kimberly«, sagte Travis, freudig überrascht, »wir haben dich schon so lange nicht mehr gesehen!« Er faßte sie um die Schultern und küßte sie auf die Wange. »Kennst du eigentlich schon Leah, meine Schwägerin?«

»Nur flüchtig«, sagte Kimberly mit einer angenehmen, weichen Stimme und hielt Leah ihre Hand hin. »Ich bin Kimberly Shaw.«

Enttäuscht mußte Regan zusehen, wie Leah vor dieser Frau schwach wurde. Kimberly wußte sich ja immer so zu geben, daß viele Leute ihrer Lieblichkeit nicht widerstehen konnten und ihr jeden Wunsch von den Augen ablasen.

»Ich freue mich sehr, Sie kennenzulernen«, sagte Leah leise.

»Wenn die Ladies mich jetzt entschuldigen wollen«, unterbrach Travis die Begrüßung. »Ich habe noch zu arbeiten.«

Nachdem er sich in sein Büro zurückgezogen hatte, lud Regan die Damen zum Tee ein.

»Wenn es Ihnen nicht zuviel Mühe macht«, sagte Kim. »Ich wollte Ihnen etwas mitteilen.«

»Von Wesley?« fragte Leah begierig, während sie Kim die Treppe hinauf folgte.

»Haben Sie inzwischen etwa nichts von ihm gehört?« fragte Kim mit hochgezogenen Augenbrauen.

»Und Sie?« mischte sich Regan ein, die den beiden zum kleinen Salon vorausging und ein Dienstmädchen anwies, ihnen dort den Tee zu servieren.

»Nicht oft«, antwortete Kim bescheiden. Als sie alle saßen, ergriff sie wieder das Wort. »Ich will offen mit Ihnen sprechen. Ich war – gelinde ausgedrückt – sehr erregt über das, was sich im vergangenen Jahr ereignete. Ich konnte es monatelang nicht ertragen, wenn Wesleys Name in meiner Gegenwart erwähnt wurde.«

Leah spielte mit ihren Fingern im Schoß. Sie hatte kaum je daran gedacht, wie es dieser Frau zumute sein mußte, als sie den Mann verlor, den sie liebte.

»Wie Sie wissen«, fuhr Kimberly fort, »hatten Wesley und ich geplant, zusammen mit meinem Bruder Steven nach Kentucky zu ziehen, und ich hatte mich so sehr darauf gefreut, mit ... mit ihm ...«

Sie brach ab, als der Tee hereingebracht wurde.

Als das Dienstmädchen das Tablett abgestellt und den Salon wieder verlassen hatte, sagte Regan: »Sie sind doch nicht hierhergekommen, um uns Ihre Pläne vom vergangenen Jahr zu erzählen! Was hat Sie also hierhergebracht?«

Dicke, fette Tränen stauten sich in Kims hübschen Augen. »Seit jenem Sonntag in der Kirche ist mein Leben schrecklich, geradezu grauenvoll gewesen. Regan, Sie können sich nicht vorstellen, wie schlimm es ist! Ich werde ständig ausgelacht. Jedesmal, wenn ich in die Kirche gehe, macht jemand eine Bemerkung, daß man mich ... versetzt habe.« Sie blickte rasch zu Leah hinüber, die immer noch auf ihre Finger hinuntersah. »Selbst die Kinder singen Spottlieder auf mich.«

Sie vergrub das Gesicht in beiden Händen. »Es ist grauenhaft. Ich ertrage es nicht länger.«

Gegen ihren Willen empfand Regan Mitleid mit dieser Frau. »Kim, was können wir für Sie tun? Vielleicht sollte Wesley mal mit diesen Leuten reden oder ...«

»Nein«, antwortete Kim. »Mir bleibt nur die Möglichkeit, von hier wegzuziehen. Leah«, sagte sie mit einem flehenden Blick, »Sie kennen mich zwar nicht; aber ich möchte Sie fragen, ob Sie etwas für mich tun würden – etwas, das mir das Leben retten würde.«

»Was kann ich denn tun?« fragte Leah ernsthaft.

»In seinem letzten Brief erwähnte Wesley, daß er Ende März zurückkommen werde. Dann würden Sie beide mit meinem Bruder nach Kentucky aufbrechen.«

In einem Monat! dachte Leah. In einem knappen Monat würde Wesley wieder zu Hause und sie tatsächlich seine Frau sein.

»Lassen Sie mich mit Ihnen ziehen«, bat Kimberly. »Ich würde mit Steven fahren, und wir vier könnten dorthin gehen, wo niemand weiß, was man mir angetan hat. Leah, ich bin mir bewußt, daß ich kein Recht habe, etwas von Ihnen zu verlangen; aber es geschah ja Ihretwegen, daß ...«

Regan stand auf und schnitt Kim das Wort ab. »Ich glaube, Sie verlangen zuviel von Leah. Ich bin nicht der Meinung, daß sie ...

»Bitte, Leah«, bettelte Kim. »Vielleicht kann ich in Kentucky einen Mann finden, der mich heiratet. Hier lacht mich jeder aus. Das ist erbärmlich, ein wirklich erbärmliches Los! Sie haben Wesley ja schon, den einzigen Mann, den ich je geliebt habe und den ich . . .«

»Ja«, sagte Leah fest. »Natürlich können Sie mit uns nach Kentucky reisen.«

»Leah«, sagte Regan, »ich glaube, darüber sollten wir beide uns erst einmal unterhalten.«

»Nein«, sagte Leah und sah Kimberly fest an. »Es ist meine Schuld, daß Sie in eine so scheußliche Lage geraten sind. Ich werde tun, was ich kann, um Ihnen etwas davon zurückzugeben, was Sie verloren haben.«

»Das liegt doch nicht in deiner Verantwortung«, begann Regan; doch Leah warf ihr einen Blick zu, wie die Schwägerin ihn noch nie zuvor bei ihr gesehen hatte.

»Möchtest du bitte den Tee eingießen?« fragte Leah. Und Regan setzte sich hin und schenkte den Tee ein.

Kapitel 5

Leah machte die letzten Stiche an der Bordüre der Steppdecke – einem Quilt mit blau-weißem irischem Kettenmuster – und glättete sie auf ihrem Schoß. Sie blickte hoch, als sie Janie lachen hörte.

»Bilde ich mir das nur ein, oder zittern deine Hände wirklich?«

Leah gab lächelnd zurück: »Ich glaube, ein wenig schon.« Sie lauschte. »War das eben die Glocke?«

Janie lachte noch lauter. »Ich fürchte, nein.«

»Denkst du, daß sie vergessen haben zu läuten? Ich meine, sie werden mir doch wenigstens Bescheid sagen können, wenn Wesley angekommen ist.«

»Leah«, sagte Janie und legte ihr eine Hand auf die Schulter. »Travis und Regan wollen ihn doch auch bei seiner Ankunft begrüßen. Sobald er gesichtet wird, läutet man unten am Steg die Glocke.«

In diesem Moment schlug auf der Mole laut und vernehmbar die Glocke an. Leah bewegte sich nicht; aber ihr Gesicht verlor jede Farbe.

»Nun schau mich doch nicht so ängstlich an!« rief Janie lachend. »Komm, wir wollen ihn begrüßen!«

Leah erhob sich langsam von ihrem Stuhl und sah voller Zweifel auf ihr Kleid hinunter. Sie trug ein rostfarbenes Gewand aus geköperter Seide, das besonders gut zu ihren kastanienroten Haaren paßte. Die hochgezogene Taille wurde durch schwarze Seidenbänder betont, und solche Bänder schmückten auch ihr Haar, das zu einem Berg aus schimmernden Locken hochgekämmt war.

»Du siehst wunderschön aus«, sagte Janie, als Regan in die Werkstatt stürzte.

»Wollt ihr den ganzen Tag am Webstuhl sitzen?« rief sie. »Wollt ihr ihn denn nicht willkommen heißen?«

»Ja doch«, hauchte Leah, »oh, ja.« Zu dritt liefen sie nun aus der Tür der Weberei.

Vor vierzehn Tagen hatte Travis von Wesley die Nachricht erhalten, daß er um den zweiten April herum mit Steven eintreffen würde. Heute war der dritte April. Travis hatte einen Mann flußaufwärts geschickt, der nach den beiden Männern Ausschau halten sollte. Sobald sie gesichtet wurden, würde auf der Mole eine Glocke geläutet werden, damit alle sich zur Begrüßung seines Bruders einfinden konnten.

Und während Leah nun zur Mole hinunterlief, berührte sie die Goldmünze, die Wesley ihr vor so vielen Jahren geschenkt und die sie an der Innenseite ihrer Tasche festgenäht hatte. Würde er sich freuen über ihr verändertes Aussehen?

Als sie zum Steg kam und Travis mit einem Mann

sprechen sah, hörte sie auf zu laufen. Ich werde dir die beste Frau der Welt sein, mein Wesley, gelobte sie. Du wirst niemals bereuen, daß du deine Kimberly verloren hast.

Leah stand hinter der rasch größer werdenden Menschentraube, die nach vorne drängte, um den Ankömmling zu begrüßen; und als plötzlich in dem Gedränge eine Lücke entstand, konnte sie einen Blick auf Wesley erhaschen. Er war während seiner Abwesenheit breiter geworden und wirkte nun genauso groß wie sein älterer Bruder. Er trug ein seltsames Kostüm aus blassem Leder, das an seinen breiten Schultern und an den Hosennähten mit Fransen verziert war. Zwei Riemen liefen kreuzweise über seine Schultern, an denen kleine, mit Perlen bestickte Taschen hingen. Auf dem Kopf trug er einen breitkrempigen Hut, der aussah, als sei er auf der Felge eines Prärieschoners nach Kentucky und zurück gereist.

Leah sah Wesley an und spürte, wie ihr Herz rascher zu klopfen begann und ihr etwas die Kehle zuschnürte. Sie hatte jahrelang auf diesen Moment gewartet.

»Hier ist sie«, sagte Travis und schlug seinem Bruder auf die Schulter.

Als Travis diese Worte sagte, bemerkte Leah, wie Wesleys freudige Miene sich in Eis verwandelte. Sie blieb stehen.

Regan trat zu ihr und nahm ihren Arm. »Komm«, sagte sie. »Er hat dich ja noch nicht einmal erkannt.«

Zögernd, schüchtern ging sie auf ihren Mann zu.

»Sie hat sich nicht wenig verändert, wie?« fragte Travis stolz. »Ich hätte fast blaß werden mögen vor Neid, als ich sie zum erstenmal so hübsch hergerichtet sah.«

Errötend blickte Leah durch gesenkte Wimpern zu Wesley hinauf. Sie fühlte sich geschmeichelt.

Er sah über ihren Kopf weg auf die Felder.

»Du mußt mir erzählen, wie im letzten Jahr die Ernte ausgefallen ist«, sagte Wes. »Und vergiß nicht, mich daran zu erinnern, daß ich noch für meine Farm in Kentucky Saatgut abfüllen muß. Ah!« Er lächelte. »Ist das nicht Jennifer?« rief er, als die fünfjährige Tochter von Regan und Travis über die Mole auf ihren Onkel zulief. »Entschuldigt mich«, sagte Wesley und schob sich durch die Menge, um das Kind zu begrüßen.

Einen Moment lang waren sie alle so betroffen, daß keiner ein Wort sagen konnte; aber jeder blickte anteilnehmend zu Leah hin, ehe die Menge sich wieder zerstreute.

Leah, die wie gelähmt war, daß Wesley sie nicht einmal begrüßt hatte, sah, wie ihr Mann mit Jennifer zum Haus hinaufging.

»Dieser Bastard . . .!« polterte Travis los; doch Regan legte ihm die Hand auf den Arm und schüttelte den Kopf.

»Ich denke, ich sollte mal ein paar Worte mit ihm reden«, sagte Travis und ließ Regan mit Leah auf der Mole allein.

»Leah . . .«, begann Regan.

»Laß mich in Ruhe«, fauchte Leah. »Ich brauche euer Mitleid nicht. Wie dumm von mir, zu glauben, es könnte mit uns etwas werden. Ich bin eben nur ein armes Mädchen aus dem Sumpfgebiet am Fluß mit einer Hure als Schwester. Warum sollte er sich also dazu herablassen, mich auch nur anzusehen?«

»Hör auf!« sagte Regan. »Ich kenne Wesley besser. Das ist nicht seine Art. Vielleicht war es ein Schock für ihn, daß du so hübsch aussiehst. Darauf war er wohl nicht vorbereitet.«

Leah warf ihr einen verächtlichen Blick zu. »Für wie beschränkt hältst du mich eigentlich?«

»Laß uns ins Haus gehen«, drängte Regan. »Travis wird mit Wes reden und von ihm eine Erklärung verlangen.« Sie nahm Leahs Arm. »Bitte«, drängte sie noch einmal.

Leah ließ sich von Regan den Weg zum Haus hinaufziehen; aber sie hielt den Kopf sehr hoch, wenn sie Leuten begegnete, die sie mitleidig ansahen.

Als sie durch die Haustür traten, hörten sie schon die erregten Stimmen der Brüder in der Bibliothek. Beide Frauen blieben wie gelähmt stehen, während sie Wesleys laute Stimme hörten:

»Du erwartest von mir, daß ich sie nicht mehr hassen soll, nur weil sie sich das Gesicht gewaschen hat? Ich habe sie von dem Moment an gehaßt, als ich sie heiratete. Ich haßte sie, weil sie es mir unmöglich machte, die Frau zu heiraten, die ich liebte. Den ganzen Winter hindurch habe ich hart gearbeitet und versucht, mir meinen Haß auf sie aus den Poren zu schwitzen; doch es gelang mir nicht. Ich brachte es nicht einmal fertig, in meinem Haus zu schlafen, weil ich daran denken mußte, daß diese Schlampe einmal darin wohnen wird. Sie hat mein Leben ruiniert, und du verlangst von mir, daß ich ihr um den Hals fallen soll, weil sie sich das Gesicht gewaschen hat?«

Regan ließ nicht zu, daß Leah sich das noch länger anhörte. Sie wartete nur noch so lange, bis ein Stuhl polterte und die beiden Brüder offenbar ihre Meinungsverschiedenheiten mit den Fäusten austrugen, ehe sie Leah vor sich her die Treppe hinauf, und in das Zimmer hineinschob, das Leah mit ihrem Mann teilen sollte. Dort lehnte sich Regan gegen die Tür. Sie war so schockiert und verletzt, daß sie zu keiner Bewegung mehr fähig war.

Nicht so Leah, die zum Schrank ging, wo ihre neuen

Kleider neben Wesleys Anzügen hingen. »Ich werde nicht viel mitnehmen«, sagte Leah. »Aber ein paar Kleider brauche ich doch. Vielleicht kannst du die anderen verkaufen. Das Geld soll dich wenigstens teilweise für das entschädigen, was du für mich getan hast.«

Regan brauchte einen Moment, ehe sie auf Leahs Worte reagieren konnte. »Wovon redest du eigentlich?« fragte sie.

Leah faltete zwei ihrer Kleider und legte sie zusammen. Sie zitterte am ganzen Körper.

»Ich rede davon, daß ich zurückgehe auf die Farm. Ich habe sie schon bewirtschaftet, als mein Vater noch lebte, und werde ihr auch in Zukunft so viel abringen können, daß ich mich davon ernähren kann. Vielleicht darf ich den Webstuhl behalten, den Clay mir geschenkt hat, und mir damit ein Zubrot verdienen.«

»Du willst weglaufen?« erwiderte Regan fassungslos.

Leah drehte ihr das Gesicht zu. Ihre Augen loderten vor Zorn. »Ihr mögt zwar alle glauben, daß ich ein Nichts sei –, daß ich nicht viel wert bin, weil ich ohne Bildung und ohne die feineren Dinge des Lebens aufgewachsen bin; aber ich habe meinen Stolz und werde nicht in einem Haus bleiben, wo man mich haßt.«

»Wie kannst du nur so etwas sagen!« brauste Regan nun auf. »Jeder in diesem Haus hat dich bisher nur mit Respekt behandelt, und du wagst es, mir das Gegenteil zu unterstellen?«

Die beiden Frauen standen sich für einen Augenblick Nase an Nase gegenüber, ehe Leah sich abwandte. »Es tut mir leid«, flüsterte sie. »Bitte, verzeih mir.«

»Leah«, sagte Regan sanft, »Tu bitte nicht etwas, das du bereuen müßtest. Ich wünschte, du hättest nicht gehört, was Wes vorhin sagte; aber ich bin überzeugt, wir werden eine Lösung finden.«

»Und wie soll diese Lösung aussehen?« fragte Leah höhnisch und wirbelte wieder zu Regan herum. »Soll ich mit ihm in diesem Haus leben? Mein Vater hat mich immer gehaßt; aber er haßte auch alle anderen. Sein Haß war für mich etwas Unpersönliches. Doch nun haßt mich mein . . . mein Ehemann, und er haßt nur *mich*! Ich habe mich ihm nicht aufdrängen wollen. Ich wünschte, mein Vater hätte mich erschossen. Das wäre besser gewesen als dieser unselige Zustand.«

Sie ging zum Schrank zurück, um einen Strohhut aus dem Fach zu nehmen.

»Leah, du kannst nicht auf die Farm zurückkehren. Sie ist nichts als eine Brutstätte für Moskitos, und Travis erzählte mir, daß in diesem Winter das Dach eingestürzt sei. Du kannst nicht . . .«

»Welche Möglichkeiten stünden mir denn sonst offen? Sage mir nur nicht, daß ich bei euch bleiben könnte! Ich habe noch nie von der Wohltätigkeit anderer Leute gelebt, und daran wird sich auch in Zukunft nichts ändern.«

»Zum Henker mit diesem Wesley!« ereiferte sich Regan. »Ich glaubte damals, daß ein Jahr reichen würde, ihn zur Vernunft zu bringen. Wenn er nicht mit blinden Augen durch die Welt ginge, hätte er sofort sehen müssen, was an dieser Kimberly . . .« Sie hielt inne und starrte Leah mit geweiteten Augen an. »Leah«, sagte sie, »wenn du auf die Farm zurückgingest und Wes mit Steven und Kimberly nach Kentucky zöge – was würden die Leute wohl dazu sagen?«

Leah seufzte. »Die Leute meines Standes haben sich noch nie den Luxus erlauben können, darüber nachzudenken, was andere Leute über sie sagen. Wenn dein eigener Vater dich gefesselt in die Kirche schleppt und dir eine Pistole an die Schläfe hält, kann dir in deinem Leben nicht mehr viel Schlimmeres passieren! Die Leute werden sagen, ich sei eben auch nur eine Hure, und sie hätten das von einer Simmons nicht anders erwartet.«

»Und so etwas wünschst du dir? Daß die Leute über dich wispern, wenn du einen Laden oder die Kirche betrittst?«

»Als eine Simmons bliebe mir unter diesen Umständen gar keine andere Wahl.«

»Du bist keine Simmons. Du bist eine Stanford! Hast du das vergessen?«

»Daran braucht sich keiner zu stören. Ich werde Wesley die Scheidung anbieten oder eine Nichtigkeitserklärung seiner Ehe, wenn ihm das lieber ist. Es gibt ja kein Kind, das er zu versorgen hat oder das ihn zu einer Bindung an mich verpflichtet.«

»Leah«, sagte Regan und nahm ihre Hände, »jetzt setz dich hierher und rede mit mir. Du kannst nicht vor jeder schwierigen Situation davonrennen. Ich habe es einmal versucht, vor meinen Problemen davonzulaufen, statt mich mit ihnen auseinanderzusetzen und sie zu lösen. Ich habe mir damit nur selbst geschadet und mir unnötige Schmerzen zugefügt. Du mußt an dich denken und dich nicht für die Dummheit eines Mannes opfern.«

Da merkte Leah zum erstenmal, wie sehr erzürnt Regan über ihren Schwager Wesley war.

»O ja, ich bin wütend auf ihn«, beantwortete Regan Leahs stumme Frage. »Wes hat keine Ahnung, wovor er bewahrt wurde. Ich weiß schon lange, was seine kostbare Kimberly wirklich wert ist, und ich habe die Chance genützt, daß du nicht so wirst wie sie. Du hast nun fast ein Jahr bei uns gelebt, und wir alle, Clay und Nicole inbegriffen, haben dich liebgewonnen. Zum Henker mit Wesley! Ich bin so wütend auf ihn, daß ich fast glauben möchte, er verdiene diese Kimberly!«

Plötzlich setzte sich Regan kerzengerade auf. »Das ist es!« rief sie aufgeregt. »Das ist es!« Sie sprang auf und ging rasch ein paar Schritte im Zimmer auf und ab. »Ich weiß, wie wir alles zum Guten wenden könnten. Wir . . .«, sie hielt inne und lachte, »wir werden Wesley genau das geben, was er glaubt, sich zu wünschen – diese Kimberly.«

»Gut«, sagte Leah müde und raffte ihre Kleider zusammen. »Ich bin sicher, sie werden zusammen glücklich sein. Und ich, wenn du gestattest, werde jetzt gehen.«

»Leah, nein«, sagte Regan, sie am Arm festhaltend. »Hör mich doch erst einmal an!«

Leah machte sich für das Dinner an diesem Abend sorgfältig zurecht. Sie wählte ein tief ausgeschnittenes waldgrünes Kleid, das zu ihren Augen paßte; doch niemand am Tisch schien das zu würdigen. Sie sahen nur alle stumm auf ihre Teller, wobei Wesley sich hin und wieder verstohlen an das Kinn langte, wo die Haut bläulich-rot anschwoll, und Travis vorsichtig den linken Arm bewegte, als sei er verletzt.

Nachdem Regan ein paar anzügliche Bemerkungen gemacht hatte, einen ihrer Stühle betreffend, der in der Halle zu Bruch gegangen sei, konnte Leah es nicht mehr länger am Tisch ertragen.

Sie stand auf und sagte, zu dem Scheitel von Wesley gewendet: »Ich würde gern ein paar Worte mit dir in der Bibliothek reden.« Als er mit kalten Augen zu ihr hochsah, gab sie seinen Blick genauso eisig zurück.

Er gab ihr keine Antwort, doch sie hörte, wie er seinen Stuhl zurückschob, als sie aus dem Speisezimmer ging.

Als sie in der Bibliothek allein waren, sprach Leah für sich ein leises Gebet, daß es ihr gelingen möge, ihm zu sagen, was sie ihm sagen wollte. Regans Plan war gut und würde am Ende Leahs Stolz retten; doch in diesem Moment sträubte sich in ihr alles dagegen.

»Ich habe Ihnen einen Vorschlag zu machen, Mr. Stanford«, begann sie.

»Oh, komm, du kannst mich ruhig Wesley nennen. Das hast du dir mit deinen Anstrengungen wirklich verdient«, sagte er mit einem höhnischen Unterton.

Leah, die ihm den Rücken zukehrte, spreizte die Finger, als hätte sie Krallen an den Händen, und holte ein paarmal tief Luft, um sich zu beruhigen. »Ich möchte es so rasch wie möglich hinter mich bringen, weil mir deine Nähe genauso unerträglich ist wie das in umgekehrter Beziehung für dich zu gelten scheint.«

»Das ist vermutlich wahr«, gab er mit einem Schnauben zurück. »Zweifellos hast du mehr auf dieses Haus und hübsche Kleider geschielt als auf einen Mann, der dir nur Arbeiten aufbürden würde.«

»Wie ich damals eine Nacht mit dir verbringen konnte, ist mir heute unbegreiflich; doch wir können nun mal nicht an der Tatsache vorbei, daß wir miteinander verheiratet sind. Ich würde gern etwas daran ändern.«

»Ah – Erpressung«, sagte er auf eine Weise, als wäre das eine Genugtuung für ihn.

»Vielleicht«, sagte sie so ruhig, wie ihr das möglich war. »Ich habe einen Plan.« Sie fuhr fort, ehe er sie noch einmal unterbrechen konnte: »Ich glaube, ich weiß, wie wir uns beide verschaffen können, was wir uns wünschen. Du willst deine Kimberly haben, und ich möchte einen Platz, wo ich ein anständiges Leben führen kann.

»Die Stanford-Plantage reicht dir dafür nicht aus?«

Sie ignorierte seine Frage. »Ich entschuldige mich für unsere Heirat, die mein Vater uns aufgezwungen hat. Ich entschuldige mich sogar dafür, daß ich mich . . . in jener

Nacht dir hingegeben habe. Aber das kann ich nun nicht mehr ändern. Wenn ich dir eine Nichtigkeitserklärung unserer Heirat gewährte, würde ich immer noch hier in Virginia leben und mir die hämischen Bemerkungen der Leute über unsere Ehe gefallen lassen müssen. Deshalb schlage ich etwas anderes vor.«

Sie holte tief Luft. »Vor ein paar Wochen kam Kimberly hierher und fragte mich, ob sie uns nach Kentucky begleiten dürfe, da sie dort dem Gerede der Leute zu entgehen hoffte, von dir sitzengelassen worden zu sein. Und weil sie dort vielleicht einen neuen Mann finden könnte.«

Es war keine Freude für sie, mit ansehen zu müssen, wie Wesley bei der Vorstellung zusammenzuckte, ein anderer Mann könnte die Frau heiraten, die er liebte.

»Mir scheint nun«, fuhr Leah fort, »daß unsere Rollen vertauscht sind. Ich mußte mir anhören, daß du mich haßt und es nicht einmal ertragen konntest, in dem Haus zu schlafen, in dem ich eines Tages wohnen würde. Und ob du es nun glaubst oder nicht: Ich habe genug Stolz, daß ich mich keinem aufdrängen möchte, der mich verabscheut! Was ich dir nun vorschlage, ist folgendes: Wir vier verlassen Virginia, wie geplant; aber sobald wir den Leuten, die uns kennen, aus den Augen sind, werde ich aufhören, so zu tun, als wäre ich deine Frau – unsere Ehe steht ja sowieso nur auf dem Papier –, und werde zu deiner . . . Kusine. Oder vielleicht kann ich mich auch als Kimberly Shaws Kusine ausgeben?, wenn dir jede verwandtschaftliche Beziehung zu mir zuwider ist. Kimberly könnte als deine Verlobte reisen, und sobald wir in Kentucky eintreffen, kann unsere Ehe annulliert oder geschieden werden, so daß wir beide wieder frei sind.«

»Und wieviel muß ich dir für dieses großzügige Angebot bezahlen?«

Sie gab im gleichen höhnischen Ton zurück: »Ich werde auf der Reise nach Kentucky arbeiten als Entschädigung für die Unterkunft und Verpflegung, die du mir gewähren wirst. Doch sobald wir in Kentucky sind, werde ich eine Weberei einrichten und für meinen Unterhalt selbst sorgen. Regan und ich haben einen Vertrag geschlossen. Sie wird mir das Geld dafür vorstrecken, und ich werde ihr die Anleihe in Raten zurückzahlen. Du hast, mich betreffend, keinerlei Verpflichtungen mehr, sobald wir in dem neuen Staat eingetroffen sind.«

Er sah sie ungläubig an. »Also bist du bereit, mich so ohne weiteres aus der Ehe zu entlassen, die du dir mit so großer Mühe ertrotzt hast?«

Da kochte der Zorn in ihr hoch. »Ich habe nie von dir verlangt, daß du mich heiraten sollst. Ich habe so etwas nicht einmal angedeutet. Ich bin nicht zu dir gekommen, als ich wußte, daß ich von dir schwanger geworden bin. Ich versuchte, diese Tatsache zu verheimlichen; aber als mein Vater sie entdeckte, hat er mich halbtot geschlagen. In der Kirche war ich in einer Verfassung, daß ich kaum merkte, was vor sich ging. Wenn du nicht so ›nobel‹ gewesen wärest und ein paar Minuten länger gewartet hättest, würde ich dich gebeten haben, mich nicht zu heiraten. Nun versuche ich, uns beide aus dieser verfahrenen Situation zu befreien. Wenn du den Gedanken nicht ertragen kannst, daß ich mit dir nach Kentucky reise, laß mich das wissen. Dann gehe ich auf die Farm meines Vaters zurück. Wenn ich es mir genau überlege, hätte ich große Lust dazu, sofort dorthin zurückzukehren, weil ich mir nicht sicher bin, ob ich während der Fahrt nach Kentucky überhaupt deine Gesellschaft ertragen kann. Wenn du mich nun entschuldigen willst: Ich gehe jetzt zu Travis, um mit ihm die rechtlichen Formalitäten zur Beendigung unserer Ehe zu besprechen.«

Sie schloß die Tür hinter sich und lehnte sich dagegen. Sie war noch nie in ihrem Leben so zornig gewesen wie heute. Nichts, was ihr Vater ihr angetan hatte, hatte sie so erbittert wie dieses Gespräch. Vielleicht weil es das Ende ihres Traumes bedeutete. Regans Plan war ihr gut erschienen, als sie ihn zum erstenmal hörte. Sie würde sich gern ihren Lebensunterhalt als Weberin verdient und sich von diesen Leuten getrennt haben, die sich immer »eine von diesen Simmons« genannt hatten. Doch auch das schien ein unerreichbarer Traum zu sein. Sie fuhr mit der Hand liebkosend über den grünen Samt ihres Kleides. Auf der Farm konnte sie solche Gewänder aus Samt nicht gebrauchen. Sie richtete sich stolz auf und machte sich auf die Suche nach Travis.

Wesley blieb einen Moment wie gelähmt in der Bibliothek sitzen, ehe er seinen Hut nahm und ihn mit voller Wucht gegen die Tür schleuderte. Er wußte nicht, was ihn mehr erboste: daß Leah ihn belauscht oder das Gehörte so kaltblütig aufgenommen hatte. Sie war sehr ruhig gewesen, wohl ein bißchen wütend; hatte sich aber keineswegs so benommen, wie man das von einer Frau in dieser Situation erwartete.

»Hölle und Verdammnis!« fluchte er leise, als er aufstand, um seinen Hut wieder aufzuheben. Das letzte, was er sich auf dieser Welt wünschte, war eine Frau, die ihm sagte, was er zu tun und zu lassen habe. Sein Leben lang hatte er unter Travis' Fuchtel gestanden, selbst als ihre Eltern noch lebten, hatte Travis schon das Kommando über seinen jüngeren Bruder geführt. Er war noch nicht den Windeln entwachsen gewesen, als sein Bruder bereits hinter ihm stand und ihm befahl, wo er sitzen und in welche Richtung er krabbeln durfte. Für Wes war Travis immer ein Erwachsener gewesen, nie ein Kind wie er, das wie alle Sterblichen von kindlichen Zweifeln geplagt wurde.

Und Travis hatte nie jemanden gebraucht. Schon mit vierzehn hatte er fast die ganze Plantage allein regiert. Travis las nie ein Buch, tat nie etwas aus Vergnügen. Er war mit dem Wissen geboren worden, daß die Stanford- Plantage ihm gehörte, und hatte keine Hemmungen, jeden, sogar seine Eltern, als seine Untergebenen zu behandeln.

Als Travis seine Frau kennenlernte, hatte er sie behandelt, als wäre sie eine Dienstbotin, die für ihn arbeitete. Deshalb war sie ihm weggerannt. Als sie dann von Travis getrennt lebte, hatte sie es geschafft, sich zu einer Persönlichkeit zu entwickeln, was ihr nie gelungen wäre, hätte sie immer in Travis' Schatten leben müssen, der keine Eigenmächtigkeiten aufkommen ließ.

Wesley hatte immer brav für Travis gearbeitet; aber um ihm zu entrinnen, hatte er weite Reisen durch die ganze Welt unternommen. Er hatte aus dem Hausschuh einer schönen Frau in Paris Champagner getrunken; er hatte ein Verhältnis mit einer Herzogin in England angefangen; und in Italien hatte er sich beinahe unsterblich in eine schwarzhaarige Sängerin verliebt.

Am Ende hatte Wesley erkannt, daß er sich nur selbst etwas vormachte. Er war ein Farmer und würde sich nie wohl fühlen, wenn er nicht auf der eigenen Scholle leben konnte. Kaum war er jedoch wieder zu Hause, als Travis schon fünf Minuten nach seiner Ankunft begann, ihm Befehle zu erteilen. Deshalb hatte Wesley beschlossen, die Plantage für immer zu verlassen. Er hatte gehört, daß es in dem neuen Staat Kentucky fettes, fruchtbares Land gäbe, und so reiste er dorthin, um sich davon zu überzeugen. Er mochte diesen Staat und die Leute, die dort lebten – Menschen, die ein Gespür dafür besaßen, daß die Zeiten sich wandelten und die Dinge sich veränderten.

Er kaufte dort mehrere hundert Morgen Land in der Nähe einer kleinen Stadt namens Sweetbriar, reparierte das Haus, das jemand vor Jahren auf dem Land gebaut hatte, und kehrte zum letztenmal nach Virginia zurück.

Aber kaum war er zurückgekommen, als sich sein Leben von Grund auf veränderte: er lernte Kimberly Shaw kennen. Zum erstenmal hatte Wes das Gefühl, daß ihm eine wahrhaftige Frau begegnet sei, eine Frau, die stolz war, eine Lady zu sein. Kimberly konnte keine Kontobücher lesen, ja, sie konnte nicht einmal richtig reiten. Wovon Kim etwas verstand, waren Näharbeiten, das Pressen von Blumen und mit welcher Farbe man ein Haus anstreichen sollte. Vor allem aber, wie man zu einem Mann aufschaute und ihm das Gefühl vermittelte, wirklich ein Mann zu sein!

Wesley begann davon zu träumen, wie er von seinen Feldern in das hübsche kleine Haus zurückkehrte, das Kimberly für ihn schmücken würde; wie er abends seinen Kopf in ihren Schoß legte und sich bei ihr von den Anstrengungen des Tages erholen würde. Zweifellos würde es jeden Tag ein Dutzend Krisen im Haushalt geben, die Wesley alle würde aus der Welt schaffen müssen. Kimberly brauchte ihn eben. Zum ersten Male in seinem Leben hatte Wesley das Gefühl, daß er gebraucht wurde und nicht nur einer von vielen war, die einen starken Rücken besaßen und beliebig ausgetauscht werden konnten. Wenn Kimberly zu ihm aufschaute, hatte Wesley das Gefühl, so groß wie ein Berg zu sein.

Jeder warnte ihn, daß Kimberly hilflos sei; doch niemand verstand, daß es eben diese Eigenschaft war, die ihn so zu ihr hinzog. Er wollte keine Frau haben, die so vollkommen war wie sein Bruder Travis, eine Frau, die mit einer Hand eine Plantage leitete und mit der anderen Hand ihre Kinder aufzog. Kimberly war weich, süß, klammerte sich an ihn und mußte vor den Härten des Lebens beschützt werden.

Und nun hatte er sie verloren! In diesem Winter, als er auf seiner neuen Farm so hart gearbeitet hatte, hatte er täglich seinen überstürzten Entschluß bereut, dieses Simmons-Mädchen geheiratet zu habe. Er kannte die Geschichte, daß sie auf der Farm ihres Vaters ausgeharrt hatte, obwohl sie von dem Alten mißhandelt wurde. Statt wegzulaufen, war sie treu bei ihren jüngeren Geschwistern geblieben und hatte wie ein Pferd geschuftet.

Wes war überzeugt, daß sie ein Musterbild an Tugenden sei. Wenn er plötzlich sterben und ihr seine Farm in Kentucky hinterlassen würde, könnte sie diese zweifellos ganz allein bewirtschaften, dazu noch viel besser, als er es vermochte. Aber was keiner zu begreifen schien, wenn sie ihm »zu seinem eigenen Vorteil« von Kim, diesem hilflosen Schmetterling, abrieten, war die Tatsache, daß er sich genauso ein Wesen schon immer als Frau gewünscht hatte!

Er zerknüllte seinen Hut und legte die Hand auf den Türknopf. Was für ein Mädchen diese Leah auch sein mochte: Sie war seine Frau und konnte daher gewisse Forderungen an ihn stellen! Vielleicht hatte sie sich vorsätzlich an seinen Hals geworfen, vielleicht hatte sie sich damit einen Anspruch auf sein Geld verschaffen wollen; aber da er so dumm gewesen war, auf ihre Tricks hereinzufallen, verdiente er auch, was er bekommen hatte.

»Gott behüte mich vor klugen Frauen«, betete er leise, als er auf die Suche nach Leah ging.

Kapitel 6

Keine zwei Minuten war es her, daß Leah Wesley in der Bibliothek zurückgelassen hatte, als sie am ganzen Körper zu zittern begann. Zunächst glaubte sie, es käme von ihrem Zorn, doch bald wußte sie, daß es die Angst war, die sie schüttelte. Das ganze Jahr über hatte sie nicht daran zu denken gewagt, was geschehen würde, wenn Wesley zurückkäme. Sie hatte sich in der Hoffnung gewiegt, daß er die Arme nach ihr ausstrecken und sie lieben würde; doch statt dessen hatte er sie in aller Öffentlichkeit brüskiert und zurückgewiesen.

Leah war an Ärger gewöhnt. Der Zorn war ihr tägliches Brot gewesen, solange sie auf der Farm ihres Vaters gearbeitet hatte. Der Zorn hatte sie daran gehindert, aufzugeben und zu resignieren. Ihr Vater hatte ihr alles genommen bis auf ihren Zorn und ihren Stolz – und beides war jetzt bei der Auseinandersetzung mit Wesley an die Oberfläche gekommen.

Doch nun, nachdem sie ihrem Zorn Luft gemacht hatte, packte sie die Angst. Sie wollte nicht auf die Farm ihres Vaters zurückkehren, wenn sie dort allein leben mußte. Ein Jahr lang hatte sie in enger Gemeinschaft von zwei Familien gelebt, die sie liebten, und sie hatte gehofft, selbst eine Familie gründen zu können. Wenn sie in das Sumpfland zurückkehrte, würde sie zweifellos den Rest ihres Lebens dort verbringen. Vielleicht konnte sie mit Weben . . .

»Leah!«

Wesleys Stimme riß sie aus ihren Gedanken. Sofort straffte sie ihre Schultern. Sie stand im Korridor und wußte nicht, wie lange sie sich schon selbst bemitleidet hatte. »Ja«, antwortete sie kalt und bereitete sich innerlich auf einen neuen Angriff seinerseits vor. Das war der

Mann, von dem sie so lange geträumt hatte! Sie hatte geglaubt, sobald sie mit ihm verbunden sei, wären alle ihre Probleme gelöst. Doch tatsächlich fingen sie damit erst an.

»Ich bin gekommen, um mich zu entschuldigen«, begann er und beobachtete sie dabei scharf. Sie war hübsch, dachte er, aber auf eine hochmütige besondere Weise. Ihre Augenbrauchen wölbten sich spitz nach oben und verliehen ihrem Gesicht etwas Arrogantes, Herrisches. »Ich habe zwar noch nicht genügend Zeit gehabt, mir deinen Plan genau zu durchdenken, aber er hörte sich so an, als könne er funktionieren. Ich kann mir vorstellen, daß du genausowenig wie ich in Virginia bleiben möchtest, und ich habe deinetwegen gewisse Verpflichtungen.«

»Nein«, sagte sie ruhig mit ganz dunklen Augen. »Sie haben mir gegenüber keinerlei Verpflichtungen. Ich habe schon immer für mich selbst gesorgt und werde das auch weiterhin tun. Unsere Ehe wird aufgelöst, und damit sind Sie aller Verpflichtungen ledig.«

Wesleys Mundwinkel zuckten; aber nicht, weil ihre Antwort ihn belustigte. »Ich bin sicher, daß du eine Menge von Leuten versorgen könntest; aber würdest du lieber dieses Stück Morast, das dir gehört, hier beackern, statt nach Kentucky zu ziehen und dort – was war es doch gleich wieder, was du dort treiben wolltest? – ach, ja, zu weben?«

Da durchzuckte Leah ein Gedanke. Was um alles in der Welt hatte sie in diesem autokratischen Mann gesehen, das in ihr die Hoffnung weckte, er könne ihr eines Tages beistehen und ihr eine Stütze sein! Er bot ihr diese Alternative an, als ergötze er sich innerlich an dem Gedanken, daß sie gar keine andere Wahl hatte, als ihm nach Kentucky zu folgen. Wie gern hätte sie ihm sein

Angebot ins Gesicht zurückgeschleudert! Aber bei all ihrem Stolz war sie nicht bereit, eine Dummheit zu begehen.

»Ich würde lieber nach Kentucky ziehen«, gab sie wütend zur Antwort. »Aber ich möchte noch einmal betonen, daß ich trotz allem eine Simmons bin und nicht Ihresgleichen! Ich komme für mich selbst auf. Ich werde niemals eine Belastung für Sie sein.«

»Ich habe mich nie gefragt, ob du eine Belastung für mich sein würdest. Ich bin davon überzeugt, daß du mit allen Schwierigkeiten spielend fertig wirst.«

Er hätte ihr noch mehr gesagt, wenn nicht ein geflüstertes »Wesley« hinter seinem Rücken ihn veranlaßt hätte, sich umzudrehen. Kimberly stand dort. Ihr zarter Körper war in duftige pinkfarbene Seide gehüllt, ihre großen Augen standen schon voller Tränen.

Ehe Wes sich bewegen konnte, preßte Kim den Handrücken gegen ihre offenen Lippen. Im nächsten Moment begann sie mit anmutig flatternden Wimpern langsam zu Boden zu sinken.

Wesley fing sie, lange bevor sie den Boden berührte, in seinen Armen auf. Er hob sie hoch, während die pinkfarbene Seide ihn umschwebte, und blickte besorgt auf sie hinunter.

»Wasser!« befahl er, an Leah gewendet, die regungslos danebenstand. »Und Brandy!« rief er ihr nach, als sie davoneilte.

»Mein Darling«, flüsterte Wes, als er sich mit ihr auf die lange Bank an der Seitenwand fallen ließ.

Leah hatte bisher noch niemanden in Ohnmacht fallen sehen und glaubte, Kimberly würde sterben. Mit angehobenen Röcken lief sie in die Küche hinunter.

»Leah!« rief Regan und begann, ihr nachzulaufen. »Was ist passiert? Hat Wesley . . .?«

»Brandy und Wasser«, verlangte Leah von der Chefköchin. »Und rasch!« Sie drehte sich zu Regan um, während sie schon das Tablett entgegennahm. »Miss Shaw ist soeben zu Boden gesunken. Ich glaube, sie stirbt.«

Damit eilte sie mit dem Wasser und dem Brandy aus der Küche.

»Kimberly fällt regelmäßig in Ohnmacht«, rief Regan ihr nach. »Und laß sie nicht zuviel von dem Brandy trinken. Sie mag ihn nämlich gern.«

»Regelmäßig?« fragte Leah ungläubig zurück. »Die Frau muß krank sein.«

Als sie in den Korridor zurückkam, lag Kim auf der Bank; Wesley kniete davor und küßte Kimberlys Fingerspitzen.

»Ich bin dir so eine Last, mein lieber Wesley«, sagte Kimberly mit weicher Stimme. »Du bist so gut zu mir, obwohl wir niemals . . . ich dir niemals . . .«

»Still, mein Liebling«, flüsterte Wesley. »Es wird sich alles zum Guten wenden. Du wirst sehen.« Er drehte den Kopf zur Seite, erblickte Leah, und seine Stimme veränderte sich: »Du hast verdammt lange gebraucht! – Hier, Liebes«, sagte er dann, hob Kims Kopf hoch und hielt ihr das Glas mit Brandy an die Lippen.

Kimberly leerte das Glas in einem Zug.

»Nicht so schnell! Du könntest daran ersticken!« warnte Wesley besorgt.

»Nein, nein. Ich bin nur so aufgeregt, daß ich gar nicht weiß, was ich tue. Was meintest du damit, als du sagtest, es würde noch alles gut werden?« Sie sah zu Leah hoch, die schweigend die Szene beobachtete.

Behutsam schob Wesley eine Locke aus Kimberlys Stirn. »Wir vier, du, ich, Steven und . . . Leah werden zusammen nach Kentucky reisen. Sobald wir dort sind, wird unsere Ehe, wenn man sie so nennen kann, aufgelöst, und wir beide – du und ich – können heiraten.«

Einen Moment lang sagte Kim kein Wort. »Wie werden wir dorthin reisen?«

»Leah wird meine Kusine sein, und du meine Verlobte.«

Kim warf noch einen Blick zu Leah hinauf. »Könnte denn die Ehe nicht schon hier in Virginia aufgelöst werden?«

Eine kleine Falte bildete sich auf Wesleys Stirn. »Sicherlich könnte sie das; aber dem Gesetz nach ist Leah meine Frau, und ich habe gewisse Verpflichtungen ihr gegenüber. Wenn ich sie hier zurückließe, würden die Gerüchte sie umbringen.«

»Natürlich, mein teurer Wesley«, sagte Kim müde mit flatternden Wimpern. »Kannst du mir verzeihen, daß ich so gefühllos sein konnte? Oh, Himmel! Mir wird plötzlich so kalt. Würdest du mir bitte einen Schal besorgen? Ich weiß, es ist eine Zumutung . . .«

»Aber keineswegs, Liebes!« sagte Wesley, ehe er die beiden Frauen allein ließ.

Als sich Wesleys Schritte auf der Treppe entfernten, öffnete Kim die Augen, setzte sich auf und sah Leah groß an. »Wollen Sie Wesley wirklich und wahrhaftig aufgeben?«

»Geht es Ihnen wieder besser?« fragte Leah, immer noch von Kims Ohnmacht geschockt.

»O ja, mir fehlt nichts. Ich würde trotzdem gern noch ein Glas Brandy trinken. Brandy bekommt mir so gut! Ich habe immer das Gefühl, daß ich einen Brandy verdient habe, wenn ich Wesley einen Gefallen tue. Er mag es so gern, wenn ich in Ohnmacht falle. Leah, ich wußte doch, daß Sie ein gutes Herz haben. Ich wußte es schon, als Sie mir erlaubten, daß ich mit Ihnen nach Kentucky reisen darf. Ich habe gehört, daß Sie diese schreckliche Farm, die Ihrem Vater gehörte, ganz allein bewirtschaftet haben, und daher weiß ich, daß Sie mir auf der Reise eine große Hilfe sein werden. Ich kann nicht kochen oder schwer heben, und Pferde jagen mir immer einen so großen Schrecken ein. Ich weiß, es ist wundervoll, Sie dabeizuhaben, und wir werden bestimmt dicke Freundinnen werden. Oh, da kommt Wesley!« Sie stellte hastig das Glas auf das Tablett zurück, glitt auf die Bank zurück und nahm wieder ihr hilfloses Aussehen an.

»Hier hast du deinen Schal, Liebes«, sagte Wesley zärtlich und wickelte diesen selbst um Kimberlys Hals.

Bestürzt wich Leah einen Schritt zurück und sah zu, wie Kim sich von Wesley wie eine hilflose Kranke behandeln ließ. Keiner merkte, wie sie das Tablett aufnahm und damit in die Küche zurückging.

Leah wußte nicht, ob sie über diese Situation lachen oder weinen sollte. Kims »Wesley hat es so gern, wenn ich in Ohnmacht falle« reizte sie eher zum Lachen; aber die Vorstellung, daß eine Frau Theater spielte, um die Aufmerksamkeit eines Mannes zu erregen, war ihr zutiefst zuwider. Leah schwor sich, niemals in Ohnmacht zu fallen, egal, wie gern ein Mann es haben mochte.

Es gelang Leah, Wesley in den darauffolgenden Tagen aus dem Weg zu gehen, obwohl sie hin und wieder durch ein Fenster oder um die Ecke eines Gebäudes herum einen Blick auf ihn erhaschte. Sie kleidete sich jeden Morgen sorgfältig an, bis sie merkte, daß sie damit nur seine Aufmerksamkeit auf sich lenken wollte. In der Nacht nach seiner Ankunft hatte sie ihr hübschestes Nachthemd angezogen – für den Fall eines Falles –; doch Wesley hatte sich von ihr ferngehalten. Er war von einer reservierten Höflichkeit, wenn er ihr begegnete; aber das war auch alles.

Als Leah für die bevorstehende Reise ihre Vorbereitungen traf, gewann ihr Stolz endgültig die Oberhand. Sie weigerte sich, Wesleys Zurückweisung als persönliches Leid hinzunehmen.

Der Tag ihrer Abreise dämmerte schön und klar herauf. Der Prärieschoner war hoch beladen; Travis ließ noch eine zweite Plane über die Säcke und Kisten spannen. Wesley saß schon auf dem Kutschbock, die Zügel in der Hand. Ein Käfig mit Hühnern wurde noch an der Rückseite befestigt und eine Kuh an den Wagensterz gebunden.

»Wir werden dich vermissen«, sagte Regan, während sie Leah umarmte. »Sag Wesley, was du uns mitteilen willst, und er wird es für dich schreiben; aber verliere nie den Kontakt mit uns.« Sie beugte sich vor und flüsterte in Leahs Ohr: »Ich erwarte im Herbst ein Baby.«

»Meinen Glückwunsch!« rief Leah lachend und drückte Regan noch einmal an sich. »Hoffentlich wird es ein Junge, der Travis nachschlägt. Auf Wiedersehen, Jennifer«, rief sie und umarmte Travis zum zweitenmal, der sie dann auf den Sitz hob und neben Wesley setzte.

Als Leah sich umdrehte und winkte, gab Wesley mit schnalzender Zunge den Pferden das Zeichen zur Abfahrt.

Sobald Leah mit Wesley allein war, fühlte sie sich unbehaglich. Sie fing an, ihre Fingernägel zu studieren, steckte sie dann aber unter ihre Schürze.

»Holen wir die Shaws von ihrer Farm ab?« fragte sie. Als Wesley nur stumm nickte, sagte sie nichts mehr.

Sie kamen an der Taverne vorbei, in der Bess arbeitete, und Leah wünschte sich, sie könne hier anhalten und ihrer Schwester Lebewohl sagen; aber ein kurzer

Blick auf Wesleys steinernes Profil genügte, und sie wußte, daß sie ihn um gar nichts bitten würde. Sie setzte sich kerzengerade auf und blickte nur noch geradeaus.

Die Sonne war gerade über den Horizont heraufgekommen, als sie auf der Plantage eintrafen, die Steven und Kimberly bewohnten. Es war ein winziger Besitz im Vergleich zu Clays Plantage, und ein paar von den Nebengebäuden sahen aus, als benötigten sie dringend neue Dächer. Aber was Leah am meisten auffiel und ihren Blick festhielt, war das Chaos, das in der Nähe eines halbbeladenen Prärieschoners herrschte. Aus dem Durcheinander von Stimmen, Kisten und Tieren kam Kimberly auf Wes zugerannt.

»Oh, Wesley, mein Liebster!« rief sie. »Du mußt uns helfen! Steven weigert sich, alle meine Kleider und die schönen Sachen mitzunehmen, mit denen ich unser Haus einrichten wollte, bitte, rede du doch mal mit ihm!«

Wesley sprang vom Kutschbock, strich mit dem Handrücken rasch und liebevoll über ihre Wange und ging dann zu dem anderen Planwagen hinüber. Leah mußte sich selbst helfen, wenn sie vom Wagen steigen wollte.

Als sie den anderen Wagen erreichte, wurde ihr sofort klar, was da nicht stimmte; aber als sie dann am Rand des Durcheinanders entlangging, wollte sie ihren Augen nicht trauen. Kisten und Kasten waren ohne Sinn und Plan auf den Wagen geworfen worden. Eine Hutschachtel war unter einen fünfzig Pfund schweren Getreidesack geklemmt, eine mit Stahlbändern beschlagene Kiste ruhte auf den dünnen Lehnen eines vergoldeten Stuhls.

»Du siehst doch, daß kein Platz mehr auf dem Wagen ist«, rief eine Männerstimme auf der anderen Seite des Prärieschoners.

Leah ging in die Hocke und erhaschte durch die Lehnen des Stuhls einen Blick auf Steven Shaw. Er sah ebenso berückend aus wie seine teure Schwester – blond, blauäugig, einen Spalt im Kinn, einfach perfekt.

»Wesley, mein Lieber«, sagte Kim, »du mußt eine Möglichkeit finden. Ich kann unmöglich etwas zurücklassen. Du willst doch nicht, daß ich unglücklich bin, nicht wahr?«

Als Wesley auf die Seite herüberkam, wo Leah gerade die Stricke löste, sah er sie überrascht an. Dann schien sich so etwas wie Unwillen in seinen Augen widerzuspiegeln, ehe er wegsah.

»Könntest du wohl auf dieses Durcheinander klettern und mir diesen Koffer dort herunterreichen?«

»Natürlich«, sagte Leah und lächelte. Ob es ihm schon dämmerte, daß seine kostbare Kimberly nicht mehr war als ein Schmuckstück?

»Hätte ich mir gleich denken können, daß du das kannst«, sagte Wesley leise, jedoch mit einer Heftigkeit, die Leah verwunderte.

Sie arbeiteten gut zusammen, entluden und beluden den Wagen von neuem, während Steven und Kimberly sich zankten. Kimberly jammerte über ihre zerdrückte Hutschachtel, während Steven sich beklagte, daß Kim den beiden nicht helfen wollte.

Ein paarmal hatte Leah das Gefühl, daß Steven sie beobachtete; aber er wandte sich ab, als Leah zu ihm hinsah.

Als sie mit dem Umpacken fertig waren, blickte sie Wesley an. Eigentlich wartete sie darauf, daß er ihr auf irgendeine Weise seinen Dank ausdrückte; doch er brummelte nur: »Du kannst mit Steven fahren«, während er die Plane festzog.

Verdutzt sah sie ihm nach, als er sich zu dem anderen Wagen entfernte. »Mit Vergnügen!« rief sie ihm nach und hätte ihm am liebsten einen Stein an den Kopf geworfen. Doch sie beherrschte sich rechtzeitig. Vielleicht sollte sie lieber die Fransen an seinen Hosen anzünden!

Eine Hand berührte ihren Arm. Sie sah hoch und direkt in das Blau von Stevens Augen. »Darf ich?« sagte er und deutete dabei mit dem Kopf auf den Wagensitz.

Sofort wurde sie von einer Abneigung gegen diesen Mann erfaßt. Als sie noch ein Mädchen gewesen war, pflegten ihre beiden älteren Brüder Männer ins Haus zu bringen, die sie genauso angesehen hatten wie eben dieser Steven. Sie konnte sich natürlich auch in ihm täuschen, sagte sie sich rasch gerechterweise.

Wesley und Kim lenkten ihren Wagen zuerst auf die Straße. Niemand kam aus dem Haus, um Lebewohl zu sagen, und plötzlich fühlte Leah sich sehr allein – unter Fremden, die in eine fremde Gegend zu anderen Fremden fuhren.

»Werden Sie Ihre Freunde vermissen?« fragte sie Steven, doch sie bekam von ihm nur einen schrägen Blick als Antwort, so daß sie kein weiteres Wort mehr sagen mochte.

Stundenlang fuhren sie nun nach Westen. Leah versuchte nicht mehr, mit Steven ins Gespräch zu kommen. Sie machten eine Stunde Rast, um die belegten Brote zu verzehren, die Regan ihnen eingepackt hatte; und Wesley umsorgte Kim, die sich mit einem perlenbesetzten Fächer Kühlung zuwedelte und den obersten Knopf ihres blaßblauen Seidenkleides geöffnet hatte. Wesley schien das zu gefallen, und Kimberly rollte züchtig mit den Augen.

»Dieser Wesley ist schon ein Liebhaber«, sagte Steven zu Leah. »Nur kann er euch beide ja nicht zugleich haben.« Er sah Leah dabei vom Kopf bis zu den Zehen hinunter an.

Stirnrunzelnd rückte sie von ihm ab.

Am Nachmittag, als sie sich einer aus mehreren Häusern bestehenden Siedlung näherten, kamen vier Männer auf Pferden auf sie zu. Wesley rief etwas, und Steven hielt seinen Wagen an.

»Schick Leah vor zu mir!« brüllte Wesley.

Leah erstarrte auf ihrem Platz. Sie hatte nicht die Absicht, diesem Mann zu gehorchen, der sie den ganzen Tag wie Luft behandelte und sie dann herumkommandierte, wenn es ihm in den Kram paßte.

Steven warf einen Blick auf ihr Gesicht und kicherte. »Sie will nichts von dir wissen, Stanford!« rief er. »Laß sie lieber hier bei mir!«

Mit einem lauten Fluch sprang Wesley von seinem Wagen herunter. »Die Männer dort wollen die Neuvermählten begrüßen«, sagte er mit gepreßter Stimme, während er zu ihr hochsah. »Wenn du nicht willst, daß ganz Virginia die Wahrheit über uns erfährt, solltest du lieber zu mir auf den Kutschbock steigen.«

»Was geht mich Virginia an? Es ist doch nur *dein* Ruf, der gefährdet ist.«

»Zum Henker mit dir!« fluchte Wesley, packte ihren Arm und zog daran.

Leah hatte nicht erwartet, daß er Gewalt anwenden würde, und war gänzlich unvorbereitet auf diesen Überfall. Mit einem erschrockenen Keuchen fiel sie Wesley genau in dem Augenblick in die Arme, als die Reiter bei ihnen anlangten.

»Kannst wohl keinen Moment die Hände von ihr lassen, wie, Wes?« rief einer der Männer lachend.

»Man braucht Sie ja nur anzusehen, Ma'am, um zu begreifen, warum Wes Sie von der Kanzel weg heiratete.«

»Stell mich sofort auf den Boden!« zischte Leah Wes

zu, der sie auf den Armen hielt, als wäre sie so leicht wie eine Feder.

»Wir haben eine kleine Abschiedsparty geplant, und Sie sind unser Ehrengast. Wir würden uns sehr freuen, wenn Sie uns etwas von Ihrer Zeit widmen könnten.«

Der vierte Mann gaffte Leah an, als wäre sie das achte Weltwunder. »Wer hätte gedacht, daß eine von den Simmons so aussehen würde, wenn sie sich zurechtmacht!«

Einer der anderen drei funkelten ihn an und sagte: »Verzeihung, Ma'am; aber Vern hat noch nie gewußt, was sich gehört. Wir haben alles im Gasthof für Sie vorbereitet. Bess Simmons ist auch dort.«

»Klar. Wir kommen natürlich hin«, sagte Wesley.

»Dann sehen wir uns später wieder!« riefen die Männer, wendeten die Pferde und ritten davon.

»Willst du mich jetzt endlich loslassen?« fauchte Leah.

Wesley wandte sich nun seiner Frau zu, die er immer noch auf den Armen hielt, und schien sie zum erstenmal richtig anzusehen – doch schon Sekunden später wurde der Bann gebrochen.

»Oh, Wesley«, begann Kim zu weinen. »Das war so beschämend für mich. Ich hätte in deinen Armen liegen sollen. Uns hätten sie diese Abschiedsparty geben müssen.«

Wesley hätte Leah fast auf den Boden fallen lassen, so eilig hatte er es, Kim zu trösten. Während sich Leah noch am Wagen festhielt, lachte Steven über ihr hämisch. »Haben Sie noch nicht gelernt, mit den Tränen zu kämpfen? Meine Schwester ist eine Meisterin darin.«

Leah ignorierte seine Bemerkung, ging zum Wagenende und sah nach, ob die Hühner neues Futter brauchten. Dort fand Wes sie dann.

»Ich glaube, du steigst jetzt besser zu mir auf den Wagen«, sagte er spröde.

Sie funkelte ihn an. »Wenn du versuchst, meinen Ruf zu retten, kannst du dir die Mühe sparen. Ich bin überzeugt, deine Freunde sind auf alles gefaßt, sobald eine Simmons im Spiel ist.«

Sie wandte sich nun der Kuh zu, die hinten angebunden war; doch Wesley packte sie beim Arm und zwang sie, ihn anzusehen. »Mir ist es egal, was mit deinem Ruf geschieht; aber ich will mir nicht nachsagen lassen, daß Kimberly unsere Ehe zerbrochen habe. Sie ist an alledem unschuldig, und ich will nicht, daß ihr Name noch mehr beschmutzt wird.«

Sie riß sich von ihm los. »Ich hätte gleich wissen sollen, daß du nur um deine kostbare Kimberly besorgt bist. Für deine Kimberly soll ich also heute abend deine Frau spielen? Bei diesem Ansinnen bäumt sich alles in mir auf!«

Er blickte sie hart an und senkte die Stimme. »Merke dir ein für allemal, daß ich nicht dulde, wie du über sie sprichst! Sie hat deinetwegen schon genug gelitten, und wenn du ihren Namen reinhalten kannst, indem wir einen Abend gemeinsam verbringen, wirst du das tun! Und wenn ich dir vorher einen deiner kleinen Knochen brechen muß! Wir spielen heute abend ein verliebtes Ehepaar. Hast du mich verstanden?«

»Absolut«, preßte sie durch die zusammengebissenen Zähne.

Wesley drehte sich auf den Absätzen um und ließ sie stehen.

Als Leah hochblickte, sah sie Kimberly in einiger Entfernung stehen, ein zuversichtliches Lächeln auf ihrem niedlichen Gesicht, ehe sie in einem Wirbel seidener Rüschen davoneilte, während Wesley ihr nachtrottete.

»Verdammt, verdammt, verdammt«, fluchte Leah leise und rückte wütend das Halfter der Kuh zurecht.

»Meine kleine Schwester weiß, wie man sich Männer angelt«, sagte Steven hinter ihr.

Leah kämpfte tapfer die Tränen nieder und ignorierte ihn. Er fuhr mit einschmeichelnder Stimme fort:

»Aber Sie haben ja auch Ihre Methode, Männer für sich zu interessieren.« Er berührte ihren Arm. »Wesleys Freunde waren ja tief beeindruckt, daß eine Simmons so aussehen könnte wie Sie. Der alte Wes kann sich wirklich glücklich schätzen, daß Sie für eine Nacht in sein Bett gekrochen sind. Er war natürlich nicht so glücklich, als er Sie dann heiraten mußte. Männer heiraten Frauen wie meine Schwester; aber Frauen wie Sie sind nur für einen anderen Zweck erschaffen worden – für die Liebe! Ich könnte Ihnen in dieser Beziehung eine Menge bieten, wenn ...«

Er brachte seinen Satz nicht zu Ende, weil Leah den Futterbeutel der Kuh gepackt und ihm in sein grinsendes Gesicht geschleudert hatte.

»Verdammtes Luder!« rief er und rieb sich die schmerzende Backe; aber Leah rannte bereits zum vorderen Wagen, wo Wesley auf sie wartete. Wortlos kletterte sie zu ihm auf den Kutschbock.

Zum Henker mit ihnen, dachte sie. Zum Henker mit jedem und allen von ihnen! Steven glaubte, sie wäre eine Hure. Wesley drohte ihr die Knochen zu brechen, wenn sie ihm nicht gehorchte. Kimberly lächelte und trank Brandy wie ein Seemann. Ich werde tun, was Wesley von mir verlangt, dachte sie, kochend vor Wut. Heute abend werde ich die verliebteste Ehefrau sein, die man auf dieser Seite der Berge finden kann. Ich werde dafür sorgen, daß jeder in diesem Staat davon überzeugt ist, wir lieben uns so sehr, daß Kimberly uns gar nicht auseinanderbringen könnte! Ich werde Miss Shaws guten Ruf retten, ehe wir diesen Staat verlassen;

aber ich kann ihr nicht versprechen, daß ihr meine Methode zusagt!

Kapitel 7

Die Abschiedsparty

Leah sprach auf der Fahrt bis zum Gasthof kein Wort mehr mit Wesley. Obgleich sie genau wußte, wie sie sich verhalten würde, überlegte sie, ob sie es lange genug ertragen konnte, um das Spiel der liebenden Gattin auch erfolgreich beenden zu können. Gleichzeitig begann sie sich zu fragen, wie Wesleys Freunde sie behandeln würden. Schon hatte einer von ihnen die Bemerkung gemacht, daß sie eine Simmons sei. Würden sie ihr gegenüber den gleichen Ton anschlagen wie dieser Steven Shaw?

Als sie sich dem Gasthof näherten, wurde Leah innerlich zu Stahl, denn dort warteten zehn Männer auf sie.

Der Wagen war noch nicht zum Stehen gekommen, als die zehn schon herbeirannten und sich gegenseitig anrempelten, weil jeder der erste sein wollte, der ihr vom Wagen herunterhalf.

»Willkommen, Mrs. Stanford!«

»Wesley verdient gar nicht so eine hübsche Frau wie Sie!«

»Clay erzählte uns, daß Sie gern weben! Meine Schwester hat mir ein paar Musterentwürfe mitgegeben, die ich Ihnen überreichen soll.«

»Und meine Mutter schickt Ihnen diese Blumensamen.«

Verwirrt blickte Leah von einem strahlenden Gesicht zum anderen. »Vielen … Dank«, stammelte sie. »Ich ahnte ja nicht …«

Einer der Männer warf Wesley einen vorwurfsvollen Blick zu. »Unsere Frauen waren ziemlich ungehalten, daß die Stanford-Plantage keine Party gab, um deine Hochzeit zu feiern, Wes! Wir wollten sie eigentlich zu dieser Party mitbringen, aber sie meinten, wenn du sie damals nicht eingeladen hast, wären sie vielleicht diesmal auch unerwünscht.«

Nun war Wesley an der Reihe, zu stammeln: »Nein, es war nur so, daß ich … Ich meine, niemand konnte ahnen …«

Einer der Männer lachte. »Schaut sie euch doch nur an, Leute! Wenn ihr eine Frau hättet, die so aussähe – würdet ihr sie mit anderen teilen wollen?«

Leah freute sich so sehr über dieses Kompliment, daß sie bis unter die Haarwurzeln errötete.

»Kommt jetzt in den Saal! Ihr müßt doch von der Fahrt ziemlich müde sein. Darf ich?« sagte ein Mann und bot Leah seinen Arm an.

»Seit wann hast du dir das Anrecht auf so ein Privileg verdient?« rief ein anderer und bot Leah ebenfalls seinen Arm an.

»Ich glaube, ich habe sie zuerst gesehen!« rief ein dritter.

»Moment!« sagte Wesley. »Ehe ihr euch streitet, führe ich sie selbst hinein.«

Während Leah versuchte, ihre Überraschung zu verbergen, nahm sie Wesleys Arm und ließ sich von ihm in die Taverne führen.

Bess wartete dort auf ihre Schwester. »Ich hätte dich niemals erkannt«, war alles, was Bess hervorbringen konnte.

Leah ließ ihren Ehemann stehen und lief mit ausgebreiteten Armen auf Bess zu. Während sie sich umarmten, sagte Bess lachend: »Du bist es also wirklich!«

»Jeder schmutzige Zoll«, gab Leah zurück.

»Sie bereiten gerade ein Bad für dich vor. Miss Regan meinte, du würdest gern baden wollen, wie das alle Ladies zu tun pflegen.« Sie sah zu Wes hinauf. »Und Sie benehmen sich, solange sie fort ist! Dann bringe ich sie Ihnen früh genug wieder zurück.«

Bess schob Leah rasch vor sich her in den Oberstock, wo zwei Männer gerade einen großen Zuber mit heißem Wasser füllten. Sobald sie allein waren, begann Bess Leah zu entkleiden.

»Bess, ich bitte dich, das kann ich doch selbst tun. Du beträgst dich wie eine Zofe und nicht wie meine Schwester.«

»Dummes Zeug!« schnaubte Bess. »Jemand muß sich um dich kümmern nach allem, was ich von Miss Regan gehört habe. Bist du tatsächlich bereit, freiwillig deinen Ehemann aufzugeben? Ohne dich zu wehren?«

»Ich habe nicht die Absicht, mich zu wehren, um einen Mann zu behalten, der mich gar nicht haben will«, sagte Leah steif.

»Nun hör mir mal zu! Du redest genauso wie früher unser Alter. Wenn dir etwas nicht paßt, bist du nicht mehr zu bremsen. Und mit Starrköpfigkeit erreichst du gar nichts. Ich bitte dich, Leah – mußt du Wesley denn deshalb verschenken?«

»Bess, das ist ein bißchen naiv! Wesley hat mir nie gehört. Er will und wollte immer Miss Shaw; und er soll sie haben. Nach dem heutigen Abend werde ich nicht mal mehr dem Namen nach seine Frau sein, sondern seine Kusine.«

»Kusine – pah! Du bist seine Frau! Solche Spielchen ändern daran nichts!«

»Das wird sich ändern, wenn wir nach Kentucky kommen.« Leah stand nackt vor dem Zuber und steckte prüfend einen Zeh in das Wasser. »Es ist schon erstaunlich, wie leicht man sich an Sauberkeit gewöhnen kann. Ich wollte, ich könnte die ganze Nacht in dem Badezuber bleiben. Dann brauchte ich den Leuten kein Theater vorzuspielen als vergötterte Frau, die ihren Ehemann über alles liebt.«

»Das ist eine gute Idee«, sagte Bess rasch. »Du bleibst im Zuber, und ich werde dir ein paar frische Kleider besorgen.«

Leah lehnte sich im Zuber zurück und schloß die Augen. Schon wenige Minuten später kam Bess ins Zimmer zurück, ein breites Grinsen auf dem Gesicht.

»Es donnert im Paradies«, berichtete Bess schadenfroh. »Wesley und Miss Shaw haben sich gestritten.«

»Sie wird ihm verzeihen«, sagte Leah müde.

»Miss Shaw fand es skandalös, daß Wesley deinen Arm genommen hat, und Wesley verteidigt sich damit, daß er deinen Ehemann spielen müsse. Miss Shaw wollte wissen, wie weit er dieses Spiel zu treiben gedenke. Wesley versuchte sie zu beruhigen, doch Miss Shaw sagte, daß sie auch so ein Spiel treiben könnte, und wenn er dich auch nur anfasse, müsse er das büßen.«

»Und?« fragte Leah mit wachsender Neugier.

»Wesley sagte, er mag es nicht, wenn man ihm droht. Er täte das ja alles nur für sie, er würde seine Pflicht erfüllen und tun, was er tun müsse.«

»Seine Pflicht tun!« schnaubte Leah und setzte sich im Zuber auf.

Bess lächelte. »Ich glaube, darunter versteht er, daß er dich anfassen muß.«

Leah lehnte sich wieder im Zuber zurück. »Bess, hinten im Wagen auf der linken Seite liegt ein großer schwarzer Koffer. Darin findest du ein Kleid aus goldfarbenem Velvet. Würdest du mir das, bitte, bringen?«

»Ein besonderes Kleid?« fragte Bess neugierig.

»Es ist nicht viel daran; aber doch ist es etwas Besonderes«, antwortete Leah. Sie schloß wieder die Augen, als Bess das Zimmer verließ.

Leah dachte an das Kleid und wußte, daß wenigstens einige von den Männern sie beachten würden, wenn schon Wesley nichts für sie übrig hatte. Vielleicht würde sie nicht so viel Aufsehen erregen wie Kimberly; aber sicherlich mehr als auf dem Kutschbock eines Prärieschoners.

Die Tür ging auf.

»Das ging aber schnell«, sagte Leah, öffnete die Augen und sah Wesley unter der Tür stehen.

Er bewegte sich nicht, während er sie betrachtete: ihren herrlichen Körper, der in dem klaren Wasser deutlich zu sehen war; ihre Brüste, die knapp darüber schwebten; ihre ausgestreckten, leicht gespreizten Beine.

»Wenn du genug gesehen hast, kannst du wieder verschwinden.«

Widerstrebend sah Wes auf ihr Gesicht zurück. Feuchte kleine Locken ringelten sich um ihren Hals. »Bess sagte . . .« Er beendete den Satz nicht, sondern drehte sich um und ging aus dem Zimmer.

Mit zitternden Händen begann Leah sich zu waschen. Sie war sich nicht sicher, ob die Empörung über ihn an dem Zittern schuld war oder weil sie sich plötzlich und unbegreiflicherweise wieder an jede Einzelheit erinnern konnte, als Wesley sie damals in seinen Armen gehalten hatte.

Als Bess mit dem Kleid zurückkam, machte sie ein so zufriedenes und durchtriebenes Gesicht, daß Leah beschloß, kein Wort von Wesleys Besuch in ihrem Zimmer zu sagen. Obwohl Bess deutlich durchblicken ließ, daß sie ihn in den Oberstock geschickt habe, sagte Leah kein Wort darüber.

Der goldfarbene Samt brachte Leahs kremigen Teint hervorragend zur Geltung; der Ausschnitt war so tief, daß der Phantasie nicht viel Spielraum blieb.

»Das kann ich nicht tragen«, sagte Leah, als sie sich im Spiegel betrachtete. »Das ist zuwenig Stoff und zuviel von mir. Ich sagte schon zu Regan, daß ich das Kleid nie anziehen würde.«

Bess zupfte noch eine Locke auf Leahs Kopf zurecht. Leahs langer, schlanker Hals ging in sanftem Bogen in das herrlich gemeißelte Schlüsselbein über, darunter war, wie in einem Rahmen, der schattige Ansatz ihrer schönen Brüste sichtbar.

»Du wirst es tragen müssen! Ich habe Ladies gesehen, die noch viel weniger anhatten als du.«

Leah blickte sie ungläubig an.

»Sie hatten aber nicht so viel vorzuzeigen wie du. Und deshalb scheint dir das wenige, das du anhast, schon zu viel.«

»O Bess«, sagte Leah lachend, »ich werde dich und deine klugen Sprüche sehr vermissen.«

»Wenn es nach meinem Kopf geht und du dir deinen Mann zurückholst, kannst du auf mich verzichten«, sagte Bess streng.

»Er hat mir nie gehört, Bess.«

Bess gab keine Antwort darauf, sondern schob ihre jüngere Schwester zur Tür hinaus.

Als Leah auf dem oberen Treppenabsatz stand, konnte sie die ganze Szene überblicken. Kimberly saß in einem dezent türkisfarbenen Seidenkleid in einem Sessel; sie sah wunderhübsch darin aus, und sechs Männer standen im Kreis um sie herum.

Wesley lehnte sich gegen den kalten Kamin und bemühte sich, ein Gespräch mit zwei Männern in Gang zu halten, während er, ein wütendes Funkeln in den Augen, alle zwei Sekunden zu Kim hinübersah. Leah wußte nicht, ob sie lachen oder sich entrüsten sollte; aber irgendwo in ihrem Innern regte sich doch eine Spur von Eifersucht.

Als sie die Treppe hinunterzusteigen begann, nahm sie vergnügt zur Kenntnis, daß erst ein männliches Augenpaar, dann ein zweites zu ihr hinaufwanderte. Auf der Stanford-Plantage war sie immer mit Respekt behandelt worden; aber sie hatte sich oft gefragt, ob das nur Wesleys wegen geschah oder auch seiner Ehefrau galt.

»Darf ich?« fragte ein Mann am Fuß der Treppe und reichte ihr galant seinen Arm. Die anderen neun Männer standen regungslos da und starrten sie auf eine Weise an, daß sie ihr Selbstvertrauen rasch wiedergewann.

»Vielen Dank«, sagte sie liebenswürdig und nahm den Arm.

Da erhob sich Kim plötzlich aus ihrem Sessel und rief mit einer meisterlich dosierten Mischung aus Rührung und Drohung: »Soll ich denn ganz allein bleiben? Schenkt man denn nur noch *verheirateten* Frauen Beachtung?«

Rasch eilten zwei Männer an ihre Seite – doch acht blieben bei Leah.

»Das Essen ist serviert«, sagte ein Mann. »Wollen wir hineingehen?«

Leah blickte hoch und sah Wesley immer noch beim Kamin stehen, den Blick auf Kims sich entfernenden Rücken geheftet. Er schien nicht zu bemerken, daß außer ihr noch jemand zugegen war.

Leah, in der Zorn aufwallte, entschuldigte sich bei den

Männern, die sie umstanden: »Vielleicht sollten Sie schon vorausgehen. Mein Mann und ich werden Ihnen folgen.«

Leah pflanzte sich vor Wesley auf. »Du machst einen Narren aus dir!« zischte sie ihm zu.

Er hörte sie zuerst gar nicht.

Aufgebracht stieß sie ihn mit dem Daumen heftig zwischen die Rippen.

»Was machst du denn da?« fragte er ärgerlich, und dann, als sich sein Blick endlich auf Leah konzentrierte, waren sein Augen einen Moment lang wie verschleiert. Dann fing er sich wieder.

»Versuchst du den Männern zu zeigen, was sie versäumt haben?« fragte er und betrachtete mit einer hochgezogenen Braue ihr Dekolleté.

Sie bemühte sich sehr, nicht zu erröten. »Du schaust Kimberly nach, als wäre sie eine läufige Hündin. Wenn du ihren guten Namen zu retten gedenkst, solltest du dich ein wenig beherrschen.«

Er sah sie nachdenklich an. »Bist du immer so vernünftig?«

»Ich versuche es jedenfalls zu sein«, erwiderte sie etwas verwirrt.

»Das dachte ich mir. Komm, laß uns das sich liebende Ehepaar spielen.«

Er nahm mit der Hand ihren Oberarm und führte sie in den Speisesaal hinüber.

Sie wurden mit erhobenen Bierkrügen empfangen, und ein Trinkspruch folgte dem anderen.

»Auf Wesley, der so klug war, nach einem Juwel zu suchen, wo andere nicht einmal eine Mine vermuteten.«

»Auf Leah, die sich bereit erklärte, ihr Leben mit einem widerborstigen, störrischen Esel zu verbringen, der nur ein bißchen besser ist als Travis.«

Das Wort »Travis« löste bei den anderen ein Gelächter aus, während Wesley den Stuhl am Platz des Ehrengastes für seine Frau zurechtrückte.

Kimberly saß Leah direkt gegenüber und sah sie beleidigt an, als habe Leah einen Vertrag gebrochen. Leah wurde von einem leisen Schuldgefühl geplagt, als Kim sich abwandte, um mit ihrem Tischnachbarn zu plaudern.

Trotz ihrer Warnung betrachtete Wesley Kim immer noch mit heißen Augen.

Da beugte sich Leah über Wesleys Arm, um nach den Behältern für Pfeffer und Salz zu greifen. Ich mache das nur, um den Ruf seiner wertvollen Kimberly zu retten, dachte sie, während sie ihre Brüste gegen seinen Körper drückte.

Wes reagierte prompt. Überrascht – und interessiert – sah er seine Frau an, während Leah mit einem süßen Lächeln zu ihm aufschaute.

»Wenn du mir den Pfeffer reichen würdest, müßte ich mich nicht so weit vorlehnen«, flüsterte sie.

Seine Augen suchten ihren Ausschnitt. »Meinetwegen kannst du dich so lange und so weit vorbeugen, wie du willst«, flüsterte er zurück.

»Wesley!« rief Kimberly scharf. Er sah sogleich von Leah weg. »Ich versuchte mich eben daran zu erinnern, wann wir zuletzt die Ellingtons gesehen haben. War das nicht beim Erntedankfest-Ball?«

Leah begriff sofort, daß Kim Wesley an ein intimes, vermutlich heikles Ereignis erinnern wollte.

Hatte Kim noch immer nicht verstanden, daß man ihren guten Ruf retten wollte? Leah faßte nach Wesleys Arm, lehnte sich in ihn hinein und sah durch gesenkte Wimpern zu ihm hoch. »Der Erntedankfest-Ball und die Mondscheinnächte«, murmelte sie. »Zuweilen verleitet der Mond die Menschen zu folgenschweren Taten.«

Wesley betrachtete sie mit schmalen Augen und beugte sich dann zu ihrem Ohr hinunter. »Du solltest dieses kleine Spiel nicht zu weit treiben, oder es könnte Folgen haben, die wir nicht verabredeten.«

Rasch zog Leah sich wieder von ihm zurück. Was kümmerte es sie, wenn Wes sich vor seinen Freunden zum Narren machte? Aber sie hatte auch ihren Stolz. Sie wollte sich nicht von den Leuten in Virginia nachsagen lassen, daß eine Simmons vielleicht verstünde, sich eine Mann zu angeln, nur festhalten könne sie ihn nicht. In Virginia würden sie wahrscheinlich nie von ihrer Scheidung erfahren, falls Regan oder Travis nicht aus der Schule plauderten. Es konnte also für sie nur vorteilhaft sein, wenn sie bei diesen Leuten den Eindruck hinterließ, sie sei gut genug für eine Verbindung mit einem Mitglied der mächtigen und hochfahrenden Stanford-Familie.

Doch es fehlte ihr auch wieder an Selbstvertrauen, und so konzentrierte sie sich auf ihren Teller, stocherte mit gesenktem Kopf in ihrem Essen herum und redete nur, wenn man sie etwas fragte. Sie fühlte sich plötzlich nicht mehr dazu aufgelegt, mit Kimberly zu rivalisieren, und sah teilnahmslos zu, wie sie mit einem Mann nach dem anderen flirtete.

Während die Mahlzeit ihren Fortschritt nahm, änderte sich plötzlich die Situation. Leahs Nebenmann am Tisch begann von einer neuen Baumwoll-Entkörnungsmaschine zu erzählen, und binnen Sekunden hatte Leah Kimberly vergessen. Nach der Baumwolle kam man auf die Schafzucht und die Seuchenverhütung bei Nutz- und Haustieren zu sprechen, und immer mehr Männer schalteten sich in dieses Gespräch ein.

Innerhalb von zehn Minuten, während Bess mit zwei anderen Frauen die Tafel abzuräumen begann, waren

Leah, die zehn Freunde von Wesley und er selbst in eine lebhafte Diskussion über Ackerbau und Viehzucht verwickelt. Steven aß noch und interessierte sich nur für seinen Teller. Kimberly sah aus, als würde sie jede Sekunde zu heulen beginnen. Leah war so sehr in das Thema vertieft, daß sie Kims Blicke übersah.

»Mein Vater verlor fast seine Plantage, als die Preise für Tabak in den Keller fielen«, berichtete einer der Männer. »Mich bringt keiner dazu, mein ganzes Geld jetzt in Baumwollfelder zu stecken.«

»Das würde ich an Ihrer Stelle auch nicht tun«, sagte Leah. »Wir werden auch Schafe züchten; denn ich bin überzeugt, daß amerikanische Wolle eines Tages sehr gefragt sein wird.«

»Sie können doch niemals mit den Engländern konkurrieren.«

»Ich werde Spinnerinnen anstellen, die ihr Handwerk mindestens so gut verstehen wie die Engländer!« erwiderte Leah heftig.

»Kann sie spinnen, Wes?« fragte einer der Männer, lachend über den Doppelsinn.

Da wurde sich Leah plötzlich wieder bewußt, wer und wo sie war; sie blickte verlegen auf den Teller mit der unberührten Apfeltorte. »Ich fürchte, ich bin ein bißchen vorlaut gewesen«, sagte sie leise.

Zu ihrer Überraschung legte Wesley den Arm um sie. »Um ehrlich zu sein – ich bin noch nicht lange genug mit ihr verheiratet, um euch sagen zu können, ob sie spinnen kann oder nicht.«

Erstaunt sah Leah zu ihrem Mann hoch. Seine Augen glänzten, und er schien fast stolz auf sie zu sein.

»Nun geben Sie ihr schon einen Kuß, Mr. Wesley«, sagte Bess, die auf der anderen Seite der Tafel stand. »Sie sehen aus, als stürben Sie vor Sehnsucht, wenn Sie ihr keinen Kuß geben dürfen, und dabei würden wir uns alle freuen, wenn Sie uns einen kleinen Beweis Ihrer Liebe zeigten. Nicht wahr, Leute?«

Zu Leahs Ärger warf Wesley jetzt einen Blick zu Kim hinüber.

»Ich brauche keine Ermunterung, meinen eigenen Mann zu küssen«, sagte Leah verführerisch und schlang Wes die Arme um den Hals.

Kaum berührten sich ihre Lippen, als sie sofort ihr Vorgehen zu bereuen begann. Sie wollte den Fremden am Tisch etwas beweisen, wollte ihnen zeigen, daß sie wirklich gut genug sei für die Liebe eines Mannes von Wesleys Statur. Doch rasch vergaß sie alle Vernunftgründe für diesen Kuß. Ein Jahr lang hatte sie nun mit Ehepaaren zusammengelebt, die sich leidenschaftlich liebten, und nun, als sie Wesley zu küssen begann, merkte sie erst, wie nachhaltig sie das beeindruckt haben mußte. Sie sehnte sich nach Hingabe, nach einem Ventil für ihre Leidenschaft.

Zunächst reagierte Wesley kühl; aber als er Leahs Erregung spürte, ihre Bereitschaft, sich hinzugeben, vergaß er die Leute um sich her und erwiderte ihren Kuß mit einem brennenden, verzehrenden Verlangen. Er hielt ihren Kopf mit einer Hand und brachte ihre sorgfältig aufgedrehten Locken durcheinander.

»Wesley«, sagte jemand mit einem verlegenen Räuspern, »vielleicht solltest du damit noch ein wenig warten.«

Leah lag hilflos in Wesleys Armen, genauso hilflos wie damals, als er sie zum erstenmal berührt hatte. Eine Hand faßte nach Wesleys Schulter, als er mit den Lippen die sanfte Rundung von Leahs Brust suchte. Die Hand des Mannes rüttelte an seiner Schulter.

»Wes!«

Langsam kam Wesley wieder zu sich, und als er sich von Leah löste, dauerte es noch Sekunden, ehe er aus seinem Rausch zu erwachen schien.

Leah lag noch sekundenlang mit geschlossenen Augen in seinen Armen. Als sie die Lider öffnete und merkte, wo sie war, setzte sie sich kerzengerade auf und errötete bis unter die Haarwurzeln. Sie blickte zu Wesley auf und bemerkte eine heftig pulsierende Ader an seinem Hals. Sie begegnete seinen Augen, die sie seltsam verwirrt ansahen.

»Ich . . .«, begann sie, sich von ihm trennend. Sie griff sich an den Kopf und faßte in eine Flut aufgelöster Haare. »Entschuldigen Sie mich, ich muß mich wieder zurecht . . .«, sagte sie hastig, hielt mitten im Wort inne, drehte sich um und flüchtete durch den Saal, die Treppe hinauf in ihre Kammer.

Kaum war sie dort angelangt, als Bess ihr schon nachkam. »So einen Kuß habe ich noch nie erlebt!« rief sie begeistert. »So wie du ist noch keine Frau geküßt worden! So einen Mann wie Wesley findest du nie wieder! Er sieht nicht nur blendend aus, sondern ist auch der beste Liebhaber, der mir je begegnet ist!«

»Würdest du bitte mit deinem Gefasel aufhören?« rief Leah mit einem Schluchzen in der Stimme. »Ich kann mich vor diesen Leuten dort unten nicht mehr sehen lassen! Wer soll mir jetzt noch glauben, daß ich eine Lady bin? Ich wollte bei den Leuten von Virginia den Eindruck hinterlassen, daß aus mir eine Dame geworden ist, und ich benehme mich wie eine Simmons-Hure!« Sie hielt erschrocken inne. »Oh, Bess, so etwas wollte ich nicht sagen«, setzte sie zerknirscht hinzu.

»Du brauchst dich nicht bei mir zu entschuldigen, Leah. Und die Männer dort unten werden heute nacht alle von dir träumen!«

»Das ist es doch, was ich verhindern wollte«, seufzte Leah unglücklich und ließ sich auf ihr Bett fallen. »Glaubst du, daß ich mich durch die Hintertür davonstehlen kann, ehe mich dort unten jemand vermißt?«

Bess lachte leise. »Ich bringe deine Frisur in Ordnung, und dann gehst du wieder hinunter. Das Gesicht von dieser Kimberly hättest du sehen sollen! Sie platzte fast vor Wut.«

»Hattest du mir Miss Shaw nicht als Ausbund weiblicher Tugenden geschildert?«

»Sitz still!« befahl Bess, die Hand in Leahs Haaren. »Das habe ich geglaubt, ehe sich meine eigene Schwester in die schönste und eleganteste Lady verwandelte, die Virginia bisher gesehen hat.«

»Bess«, Leah drehte sich zu ihrer Schwester um, »komm mit uns nach Kentucky! Ich brauche eine Freundin, die mir beisteht. Ich werde dir das Weben beibringen, und du wirst meine Geschäftspartnerin.«

»Und tausche meine hübsche warme Taverne und meine netten, warmen Männer gegen einen klappernden Webstuhl ein? Vernünftiger bist du bei diesen Stanfords auch nicht geworden, wie? Du nimmst deinen Wesley, lebst mit ihm auf deiner Farm und melkst jeden Tag Hunderte von Kühen. Aber ohne mich! Ich liebe die Bequemlichkeit. So, jetzt bist du wieder eine ordentlich frisierte Lady, gehst hinunter in den Saal, lächelst und schlägst diese Kimberly in die Flucht.«

Leah lachte. »Ich werde dich schrecklich vermissen, Bess. Wenn dieser Abend vorbei ist, wird Kimberly sich sofort in Wesleys Arme stürzen. Und er wird sie küssen, daß unser Kuß dagegen . . .«, sie hielt inne und schien sich in Erinnerungen zu verlieren, » . . . gar nichts ist«, schloß sie leise und sah zu ihrer Schwester hoch. »Gut! Ich habe mich wieder gefangen. Wir können gehen.

Noch kann ich einen falschen Kuß von einem echten unterscheiden.«

»Das war kein falscher Kuß, den dir Wesley gab«, sagte Bess, ehe Leah aus der Tür ging; aber Leah wollte oder konnte sie nicht mehr hören.

Kapitel 8

Leah mußte ihren ganzen Mut zusammennehmen, ehe sie wagte, den Männern in der Halle wieder unter die Augen zu treten. Sie war so überzeugt gewesen, man würde sie nun wie eine Dirne behandeln, daß sie vollkommen von dem herzlichen Empfang überrascht war, den man ihr bereitete.

Drei Männer, die neu hinzugekommen sein mußten, schienen nur auf ihr Wiedererscheinen gewartet zu haben. Sie holten zwei Fiedeln und ein Banjo hervor und begannen zu spielen.

Ehe Leah wußte, wie ihr geschah, wurde sie in Wesleys Arme geschoben, der mit ihr den Tanz eröffnete.

»Du scheinst deine Fassung ja wiedergefunden zu haben«, sagte Wes, ehe ein anderer Mann ihm Leah entführte und sie an einen dritten weiterreichte.

So wirbelte sie stundenlang, immer wieder den Partner wechselnd, durch den Saal. Einmal sah sie Kim mit Wesley tanzen, der sie besorgt anschaute. Leah tat so, als habe sie die beiden gar nicht bemerkt.

Zweimal erzählten ihr die Freunde von Wes etwas von einem Mann namens Justin Stark, doch sie war so außer Atem, daß sie nicht fragen konnte, wer dieser Mann denn sei.

Um Mitternacht gab Wesley bekannt, die Party sei

nun zu Ende, weil sie morgen früh zeitig aufbrechen müßten. Dann nahm er Leahs Arm und zog sie die Treppe hinauf.

Leah fühlte sich großartig. Sie hatte viel zuviel von dem köstlichen Punsch getrunken, den Bess ihr ständig einschenkte, und sie summte leise vor sich hin, als sie in ihr Zimmer kam. Auf dem Bett lag ihr schönstes Nachthemd, eine durchsichtige Kreation aus Seide und Rüschen. Sie nahm es, hielt es an ihren Körper und tanzte damit im Zimmer umher.

»Bist du betrunken?« fragte Wesley, während er sein Lederhemd über den Kopf streifte.

»Wie herrlich!« sagte Leah leise, als sie Wesley mit nacktem Oberkörper vor ihrem Bett stehen sah.

Da war ein Funke von Interesse in seinen Augen – vielleicht sogar mehr als ein Funke.

Leah hörte auf zu tanzen, obwohl in ihrem Kopf immer noch alles im Kreis herumlief. »Willst du mit mir schlafen?« flüsterte sie.

Wesley betrachtete sie im goldenen Lichtschein der Lampe, die neben dem Bett stand. Er kam einen Schritt näher, und sein Gesicht veränderte sich merkwürdig. »Du könntest mich vielleicht dazu überreden.«

Leah ließ das Nachthemd fallen und wartete mit angehaltenen Atem und klopfendem Herzen auf ihn. Sie wünschte sich nichts sehnlicher, als daß er sie in die Arme nähme und noch einmal küßte.

Als er ganz nahe bei ihr stand, berührte sie seine nackte Brust und wickelte sich eine Locke von den Haaren, die dort üppig sprossen, um die Fingerspitzen. »Wesley«, flüsterte sie, als er den Kopf zu ihr hinunterneigte.

Sie hörten beide nicht das laute, rasche Klopfen, bis die Tür aufsprang und Steven Shaw hereinstürmte.

»Sieht mir ganz so aus, als hätte meine kleine Schwester recht.«

»Was, zum Teufel, suchst du denn hier?« fragte Wesley ärgerlich.

»Im Gegensatz zu dir, Stanford, habe ich keine zwei Frauen, die mich erwarten. Meine kleine Schwester heult sich die Augen aus dem Kopf, weil sie glaubt, du machst genau das, was du eben tust.« Er warf Leah einen versteckten Blick zu. »Ich habe sie damit zu beruhigen versucht, daß du ein Ehrenmann wärest und ihr volles Vertrauen verdientest. Doch irgendwie hatte ich das Gefühl, ich würde sie belügen, nachdem ich gesehen hatte, wie diese Stute den ganzen Abend hinter dir her war.«

»Verschwinde«, sagte Wesley müde und zog sich einen Schritt von Leah zurück. »Sag Kimberly, daß ich in ein paar Minuten bei ihr sein werde.«

»Sobald du hier fertig bist?« fragte Steven kichernd, verließ jedoch das Zimmer, ehe Wes noch etwas entgegnen konnte.

»Leah, es tut mir leid«, begann Wes.

Sie sah ihn wütend an. Ihr vom Punsch erregtes Temperament konnte leicht von Liebe in Haß umschlagen. »Es tut dir leid, daß du nicht beenden darfst, was du angefangen hast? Es tut dir leid, daß du nicht die Schwäche einer Frau ausnützen kannst, die zu diesen Simmons-Huren gehört?«

»Ich weiß nicht, wovon du sprichst«, sagte er und langte nach seinem Hemd. »Du bist meine Frau und . . .«

»Ich und deine Frau? Ich, die dich den ganzen Abend lang gebeten hat, du solltest deiner göttlichen Miss Shaw nicht nachhecheln wie einer läufigen Hündin?«

»Ich würde dir raten, deine Zunge ein wenig zu zügeln.«

»Meine Zunge!« keuchte sie. »Weißt du nicht, daß wir

Simmons-Mädchen eine bessere Verwendung für unsere Zunge haben, als hübsche Worte damit zu drechseln? Das liegt uns nun einmal im Blut, nicht wahr?«

Gelassen streifte sich Wesley sein Hemd über den Kopf.

»Hör zu! Ich weiß wirklich nicht, warum du dich so ereiferst. Du bist es doch gewesen, die mich gebeten hat, als meine Kusine nach Kentucky mitfahren zu dürfen. Du hast schon immer gewußt, was ich für Kim empfinde. Und ich habe immer versucht, fair und gerecht zu sein.«

»Gerecht? Du warst dabei, mich in diesem Zimmer zu überfallen! Das nennst du fair?«

Wesley sagte, ein Lächeln unterdrückend: »Du hast alles getan, was in deiner Macht stand, um mich heute abend zu betören. Und dein Kleid trägt auch nicht gerade dazu bei, einen Mann zu beruhigen.«

»Ich trage es nicht für dich«, sagte sie leise, während sie sich abwandte, um ihm nicht zu zeigen, wie gedemütigt sie sich fühlte.

Wesley lächelte ihrem Rücken zu. »Leah, ich fühle mich wirklich geschmeichelt, daß du dir so viel Mühe gegeben hast, mich in dein Bett zu locken. Es hat mir gutgetan, daß du versucht hast, mich zu verführen, obwohl du beim Tanzen auch anderen Männern schöne Augen gemacht hast. Ich bin sicher, dein Vorhaben wäre dir gelungen, wenn Steven uns nicht gestört hätte. Doch ich glaube, wir sollten uns jetzt strikt an unsere Vereinbarung halten. Kim hat ein Anrecht darauf, daß ich mich bemühe, deinen beträchtlichen Reizen zu widerstehen.«

»Du wirst – was?« fragte sie atemlos und drehte sich ihm wieder zu.

»Ich bin es dieser Frau, die ich liebe, schuldig. Und sie braucht mich, sie braucht mich ganz; sie ist auf meinen Beistand angewiesen. Daher werde ich in Zukunft versuchen, standhaft zu bleiben, wenn du mich verführen willst.«

»Ist es damals auch so gewesen?« flüsterte sie. »Daß du trotz deiner guten Vorsätze meinen Verführungskünsten nicht widerstehen konntest?«

»Ich muß jetzt wirklich gehen. Vielleicht können wir ein andermal darüber reden. Ja, natürlich – du hast dich mir schon einmal an den Hals geworfen.«

»Dir an den Hals geworfen? So wie heute abend?«

»Leah«, begann er und kam wieder einen Schritt näher. »Ich fürchte, ich habe deine Gefühle verletzt.«

»Gefühle!« keuchte sie. »Frauen wie ich haben doch keine Gefühle! Hast du das nicht gewußt? Frauen meines Standes, die nicht in seidenen Kleidern aufgewachsen sind, können Männer nur verlocken und verführen. Wenn wir nach Kentucky kommen, werde ich keine Weberei eröffnen. Nein, ich werde nur ... meine Beine breit machen!«

Wesleys Gesicht wurde hart. »Du hast jedes Wort, das ich dir sagte, mißverstanden. Ich wollte mich nur bei dir für das Kompliment bedanken, daß du mir deinen Körper angeboten hast.«

»Ich werde mich hüten, das noch einmal zu tun«, fauchte sie. »Wenn ich ihn das nächste Mal anbiete, dann einem anderen Mann.«

»Nicht, solange du meine Frau bist!« brauste er auf.

Sie zeigte ihm ein böses kleines Lächeln. »Solltest du jetzt nicht zu deiner Kimberly gehen? Wenn du sie zu lange warten läßt, werden ihre hübschen Augen ganz rot. Wie verführt sie dich denn? Lockt sie dich mit ihren Tränen ins Bett?«

»Kimberly ist noch Jungfrau«, sagte er mit gepreßter Stimme und sah sie dabei mit schmalen Augen an.

Leah warf die Hände in die Höhe. »Eine Hure und

eine Jungfrau streiten sich um dich! Armer Wesley, das muß dir ja schlaflose Nächte bereiten. Geh zu ihr!«

»Leah, ich habe nie behauptet, daß du eine Hure bist . . .«, begann er.

»Verschwinde sofort aus diesem Zimmer!« schrie sie.

»Wenn du mich brauchst . . .«

»Dich brauchen!« fauchte sie ihn an. »Du bist der letzte Mensch, den ich rufen würde, wenn ich etwas brauche! Ich wünschte, ich könnte allein nach Kentucky reisen und brauchte dich nicht wiederzusehen. Nun geh zu deiner teuren Kimberly. Sie *braucht* dich!«

Wesley schien noch etwas sagen zu wollen, doch dann drehte er sich um und verließ wortlos das Zimmer.

Da fiel Leah auf die Knie, während ihr Körper von einem wilden Schluchzen geschüttelt wurde. Sie brauchte ihn, hatte er zu ihr gesagt. Nein, sie brauchte ihn nicht, aber sie sehnte sich nach ihm. Sie sehnte sich nach einem Mann, der sie so gern hatte, daß er ihr beistehen würde, wenn ihr eine Träne über die Wange liefe. Nach einem Mann, der ihre Familie nicht gekannt hatte und sie nicht schon für eine Hure hielt, ehe er sie kennenlernte.

Irgendwann in der Nacht zog Leah ihr Kleid aus und schlüpfte in ihr Nachthemd. Sie weinte, bis ihre Tränen ausgeweint waren und zurück eine gewaltige Leere blieb. Ein Gefühl, daß sich nichts in ihrem Leben ändern würde. Sie war im Sumpf geboren, und ihre Herkunft würde ihr immer als Schandfleck anhaften. Hübsche Kleider konnten niemals den Makel verdecken, mit dem sie auf die Welt gekommen war.

Am frühen Morgen, als Leah immer noch wach im Bett lag, schlüpfte Wesley ins Zimmer. Er wollte vermeiden, dachte Leah, daß einem seiner Freunde Zweifel kamen, ob er wirklich die ganze Nacht bei seiner Frau verbracht habe.

»Du bist wach?« fragte er im frühen Licht der Dämmerung. »Leah, was den gestrigen Abend betrifft . . .«

Sie rollte sich auf die Seite, stieg aus dem Bett und ging durch das kleine Zimmer zu dem Koffer, der an der Wand stand und ihre Kleider enthielt. Sie kam sich vor wie ein wandelnder Leichnam. Ohne sich etwas dabei zu denken, zog sie ihr Nachthemd aus und begann, sich anzukleiden.

Wesley sah sie nackt vor ihrem Koffer stehen. »Du gibst wohl niemals auf, wie?« explodierte er sofort.

Leah hielt es nicht für nötig, sich umzudrehen. Erst als sie fertig angezogen war, blickte sie Wesley an. »Ich bin reisefertig und kann jederzeit aufbrechen. Deine Freunde werden nicht erfahren, wo du diese Nacht gewesen bist.«

Stirnrunzelnd legte er die rechte Hand auf ihren Arm. »Leah, es war bestimmt nicht meine Absicht, dich zu verletzen.«

Sie blickte von seiner Hand auf sein Gesicht. »Fasse mich nie mehr an. Hast du mich verstanden? Ich verbiete dir das! Ich dulde nicht, daß du mich noch einmal anrührst!«

Damit öffnete sie die Tür und wartete vor dem Zimmer. Gemeinsam gingen sie die Treppe hinunter und boten der Welt das Bild eines Ehepaares, das die Nacht miteinander verbracht hatte.

Dann verabschiedete sich Leah stumm von ihrer Schwester Bessi und ebenso stumm stieg sie neben Wesley auf den Wagen. Er wollte ihr die Hand geben, um ihr hinaufzuhelfen, doch als Leah ihm einen vernichtenden Blick zuwarf, zog er rasch die Hand zurück.

Mittags sammelte Leah Holz, zündete ein Feuer an und kochte für alle eine einfache Mahlzeit, während Kimberly ihr Gesicht badete, Steven sich verdrückte und

Wes sich um die Tiere bemühte. Beim Essen plauderte Kimberly angeregt über die letzte Party, die sie mit Wes in Virginia besucht hatte, und sagte zu Leah, sie hätte dieses Ereignis nicht versäumen dürfen. Leah brachte Kim mit der Bemerkung zum Verstummen, sie sei damals hoch in Umständen gewesen und habe zudem keine Zeit gehabt, eine Party zu besuchen.

Während Leah nach dem Essen aufräumte und das Geschirr abspülte, erklärte Kim, es wäre nun an der Zeit, daß Leah mit Steven auf dem anderen Wagen führe und sie von nun an als Wesleys Verlobte und Leah als Wesleys Kusine zu gelten habe. Sie schien offenbar einen Protest zu erwarten, der jedoch nicht erfolgte.

Leah kletterte auf Stevens Wagen und setzte sich neben ihn auf den Kutschbock. Er machte eine Bemerkung, daß er gern den Platz mit Wes tauschen würde, falls sie nach ihm verlangen würde; doch als er keine Antwort von Leah bekam, nahm er die Zügel auf und hielt fortan seinen Mund.

Abends, während Leah das Abendessen zubereitete, ritt Wes zu einem Gasthof, der sich in der Nähe befand. Er kam jedoch mit der Nachricht zurück, das Haus wäre zu schmutzig, sie sollten lieber die Nacht in den Prärieschonern verbringen.

Kim zog die Nase kraus und verkündete, sie brauche dringend ein Bad. Sofort schleppte Wes eimerweise Wasser herbei, erhitzte es, zog ein paar Decken über ein Gestell aus Stangen und bereitete ein Bad für Kim vor. Dann zündete sie eine Lampe hinter der Decke an, damit jeder die badende Kim als Silhouette bewundern konnte.

»Kein Eifersuchtsgezeter?« fragte Steven Leah mit leiser Stimme, während Wesley das Schattenspiel offenbar hingerissen verfolgte.

Leah gab ihm keine Antwort, sondern fuhr fort, Teller und Bestecke abzuwaschen.

Der nächste Morgen wurde sehr heiß, und Leah öffnete den obersten Knopf ihres Kleides.

»Ist das für mich oder für ihn?« fragte Steven sofort. »Wenn es für Stanford gedacht ist, können Sie ihn ruhig wieder zumachen. Er ist nur an meiner Schwester interessiert, und sie ist bekanntlich Expertin darin, Männer nach ihrer Pfeife tanzen zu lassen. Sie sollten sich da einiges von ihr abschauen! Seien Sie nie zu ehrlich, jedenfalls nicht bei solchen Gentlemen wie Stanford. Er schaut sich wohl lieber eine Frau hinter einer Decke an. Aber Sie und ich«, fuhr er mit einem glucksenden Lachen fort, »wir haben es lieber nackt.«

Er schnalzte mit der Zunge, und der Wagen rollte an.

Leah versuchte, ihr Zittern zu verbergen. Sie betete zu Gott, daß sie diesen Steven Shaw nicht mehr lange ertragen mußte.

Gegen Mittag mußten sie mit dem Wagen einen Fluß durchqueren. Das Wasser reichte bis über die Radnaben, da der Fluß von der Schneeschmelze angeschwollen war.

»Wenn wir vorsichtig und langsam fahren, müßten wir eigentlich die Furt durchqueren können«, meinte Wes zu Steven, als sie alle am Ufer beieinanderstanden.

»Ich habe Angst, Wesley«, sagte Kim und klammerte sich an seinen Arm.

»Du brauchst keine Angst zu haben.« Er lächelte. »Wir schaffen es schon. Wie steht es mit dir, Leah? Bange vor dem Wasser?«

»Nein«, sagte sie kühl. »Ich glaube, es müßte uns gelingen, was vor uns auch schon andere bewältigt haben.«

»Wußte ich doch, daß du so etwas sagen würdest«, murmelte Wes, ehe er sich abwandte.

»Hallo!« rief da eine Männerstimme vom anderen Ufer herüber. Ein großer, schlanker Mann in einer ledernen Kluft, wie Wesley sie trug, winkte ihnen zu.

»Das ist Justin Stark«, sagte Wes lächelnd. »Er wollte sich unserem Treck anschließen.«

Leah achtete nicht auf den Mann, der am anderen Ufer wartete, sondern wandte sich dem Gespann zu.

Wesley lenkte seine Pferde und den Prärieschoner mit äußerster Behutsamkeit in den Fluß. Die Pferde scheuten, doch Wesley brachte sie rasch wieder unter Kontrolle.

»Er hat Angst!« rief Steven verächtlich. »Er fürchtet, seine Haut zu riskieren. Hüäh!« rief er und ließ die Peitsche über den Köpfen seines Gespanns knallen.

»Nein!« sagte Leah. »Warten Sie, bis die beiden das andere Ufer erreicht haben.«

»Ich denke nicht daran, hier Däumchen zu drehen, während dieser Bursche dort drüben glaubt, ich hätte Angst vor so einem Flüßchen!«

Steven trieb die Pferde mit der Peitsche in das tiefe Wasser.

»Was, zum Henker, machst du denn da?« brüllte Wesley über die Schulter zu Steven zurück.

»Ich habe keine Lust, deinen aufgewühlten Schlamm zu schlucken!« rief Steven, während er mit seinem Wagen Wesleys Prärieschoner zu überholen versuchte.

»Rechts bleiben! Mehr nach rechts herüber!« rief der Mann am anderen Ufer verzweifelt.

Leah, die sich mit beiden Händen an ihrem Sitz festhielt, gab die Anordnung von Justin an Steven weiter; doch der hörte ihr gar nicht zu, sondern ließ wieder die Peitsche knallen.

Das rechte vordere Pferd verlor plötzlich den Boden unter den Beinen, wieherte und zog die anderen Pferde mit sich in das Loch hinein. Der schwere Wagen legte sich auf die Seite, und Steven flog ins Wasser. Leah ließ ihren Sitz los und fing das Leder ein, das Steven freigegeben hatte.

»Die Zügel ganz fest anziehen!« schrie der Mann am Ufer. »Sie müssen die Pferde wieder unter Kontrolle bringen!«

Leah versuchte, seine Anweisungen zu befolgen, und wickelte sich die Zügel, die sie aufgefangen hatte, ganz fest um den Unterarm, während sie sich hinausbeugte, um die anderen Leinen aus dem Wasser zu fischen.

»Hilf ihr, Wes!« rief der Mann am Ufer. »Laß die Frau fahren und hilf der Rothaarigen!«

Leah hörte nicht, was der Mann Wes zurief. Sie war viel zu sehr damit beschäftigt, die Finger nach den im Wasser treibenden Zügeln auszustrecken. Sie schrie einmal ganz laut, als die erschreckten Pferde ihr den Arm abzureißen drohten.

»Leah!« hörte sie Wes rufen, konnte jedoch nicht verstehen, was er sagte, weil Kimberly angefangen hatte, hysterische Schreie auszustoßen.

Tränen der Erleichterung machten ihre Augen einen Moment lang blind, als ihre Finger sich um die im Wasser treibenden Zügel schlossen. Sie wendete ihre ganze Kraft auf, um die scheuenden Pferde unter Kontrolle zu bringen, lenkte dann den Wagen nach rechts an der tiefsten Stelle des Lochs vorbei und brachte das Gespann schließlich Zoll für Zoll dem anderen Ufer näher.

Der Fremde, der dort gewartet hatte, kam auf sie zugeschwommen. »Brav, Mädchen – nur immer die Zügel festhalten!«

»Steven!« rief Leah zu ihm hinunter, als die Pferde schon auf das trockene Land hinaufstrebten. Während der Prärieschoner mit dem Heck noch im Wasser hing, schüttelte Leah bereits die Schuhe ab. Sie war schon immer eine gute Schwimmerin gewesen, und sie fragte sich nun, ob die anderen überhaupt bemerkt hatten, daß Steven in den Fluß gefallen war.

»Hier!« keuchte Leah, warf dem Fremden die Zügel zu und sprang vom Kutschbock in den Fluß hinunter.

»Was, zum Teufel . . .!« fing der Mann an, mußte sich dann aber ganz auf die Pferde konzentrieren.

»Wo will Leah denn hin?« herrschte Wesley den Fremden an.

»Sie hat mir etwas von einem Steven zugerufen.«

»Sitzt er denn nicht auf dem Wagen?« fragte Wes. Im nächsten Moment war er schon im Wasser und schwamm Leah nach.

Sie tauchte und suchte stundenlang – so kam es ihr jedenfalls vor – den Grund des Flusses nach Steven ab. Wesley und der Fremde schlossen sich schon nach wenigen Minuten der Suche an, und Leah zeigte den beiden, wo sie schon überall getaucht war.

Kurz vor der Abenddämmerung fanden sie ihn dann in der Nähe des Ufers auf dem Boden des Flusses. Er hatte sich beim Sturz ins Wasser offenbar an einem Stein den Schädel eingeschlagen.

Wesley zog ihn ans Land.

Leah stand keuchend daneben, erschöpft von der Suche, die den ganzen Nachmittag gedauert hatte. Nachdem sie eine Stunde im Wasser gewesen, hatte sie sich das Kleid ausgezogen, weil die langen Röcke sie beim Tauchen hinderten. Nun stand sie in nassen Unterkleidern am Ufer und war zu müde und zu verfroren, um noch daran denken zu können, was schicklich war.

Wesley bemerkte, wie Justin Leah ansah, zog sein Hemd aus und streifte es ihr über den Kopf. Es reichte Leah über die Knie.

»Nein, nein, nein!« schrie Kimberly, als sie vom Wagen herbeirannte, die Augen auf den leblosen Körper ihres Bruders gerichtet.

Wesley ließ Leah bei dem Fremden, um Kim in ihrem Schmerz beizustehen. Wesleys Schultern sackten noch ein Stück tiefer, wenn das überhaupt noch möglich war. Kim und Wesley wanderten in die Dunkelheit hinein, und Kimberlys lautes Schluchzen verklang in der Abendstille.

Minutenlang sprachen Leah und der Fremde kein Wort.

»Sie sollten etwas Trockenes anziehen«, sagte Justin Stark schließlich leise. Er hatte keine Sekunde die Augen von ihr abgewendet.

Leah nickte nur, rührte sich aber, vor Kälte zitternd, nicht vom Fleck.

Der Fremde kam einen Schritt näher. »Ich bin Justin Stark, und Sie . . .?«

Leah gab ihm keine Antwort. Sie starrte hinunter auf Stevens kalten, leblosen Körper, und dann begannen ihr die Tränen über die Wangen zu laufen.

Da trat Justin zu ihr und nahm sie wortlos in die Arme.

Leah versuchte, sich von ihm zu lösen; aber sie war zu schwach, um sich noch wehren zu können. Vielleicht auch brauchte sie diese Tröstung, selbst wenn sie nur von einem Fremden kam.

»Weine dich nur aus, kleines Mädchen«, flüsterte Justin. »Jemand, der so tapfer war wie du, hat sich auch Tränen verdient.«

Leah wußte nicht, wo die vielen Tränen herkamen – oder warum sie ihr kamen – jedenfalls weinte sie wie noch nie in ihrem Leben. Es war gut, jemand an seiner Seite zu haben und von den starken Armen eines Mannes festgehalten zu werden.

Als der Mann dann eine Decke vom Sattel seines Pferdes losband, merkte Leah es gar nicht. Und als er ihr vorsichtig die nassen Sachen vom Körper streifte, protestierte sie nicht einmal. Er wickelte ihren nackten, nassen Leib in die Decke, drückte sie an sich und setzte sich mit ihr auf einen umgestürzten Baumstamm. Dann begann er sie an seiner Brust zu wiegen, und Leah hörte allmählich zu weinen auf, ohne seine Schultern loszulassen. Selbst als sie schon eingeschlafen war, klammerte sie sich noch an ihn.

»Schläft sie?« flüsterte Wesley, über Justin gebeugt.

Justin nickte. »Hast du ein Nachtlager für sie vorbereitet?«

Wes schaute verlegen auf seine Stiefelkappe. »Ich habe nur für Kim das Bett gemacht. Leah sorgt in der Regel für sich selbst.«

Justin sagte nichts, und da tauchte Wes wieder für ein paar Minuten in der Dunkelheit unter. »Das Lager ist für sie bereit«, sagte er, als er zurückkam.

Justin stand vorsichtig auf, die schlafende Leah auf seinen Armen. Dann legte er sie so behutsam, als wäre sie aus dünnem Glas, auf die Decken, die Wesley inzwischen auf dem Boden ausgebreitet hatte.

Einen Moment lang kniete Justin neben dem Lager. Dann stand er auf und winkte Wes von der Schlafenden fort in den Schatten der Bäume hinein.

»Wer ist dieses Mädchen?« fragte Justin, als sie ein paar Schritte gegangen waren.

»Meine ... Kusine«, antwortete Wesley. »Warum willst du erfahren, wer sie ist?«

Justin blickte Wesley an, als habe er einen Verrückten vor sich. »Warum ich das wissen will, meinst du? Was für eine Frage! Weil sie die großartigste Frau ist, die mir bisher in meinem Leben begegnet ist! Hast du gesehen, wie sie das Gespann im Wasser gebändigt hat? Hast du gesehen, wie sie ihr Leben aufs Spiel setzte für diesen Burschen, der im Fluß ertrank? Vielleicht hattest du alle Hände voll zu tun, dieses kreischende Frauenzimmer zu beruhigen, daß du es nicht bemerkt hast. Gott behüte mich vor solchen Frauen wie diese! Wer ist sie eigentlich?«

»Die Frau, die ich heiraten werde«, sagte Wesley mit dürrer Stimme.

»Oh ... ach so ... ich habe dich nicht beleidigen wollen«, stammelte Justin. »Es kam mir nur so vor, als ich die beiden Frauen nebeneinander sah, als ob die blonde zu gar nichts tauge. Nein, so habe ich es auch nicht ausdrücken wollen.«

»Ich denke, du hast dich deutlich genug ausgedrückt.«

»Ja«, meinte Justin, hob aber dann rasch wieder den Kopf. »Wer ist sie?«

»Kimberly Shaw. Der Mann, der ertrank, war ihr Bruder.«

»Ah, ich verstehe. Deshalb hat sie sich auch so bemüht, ihn zu retten. Ich frage mich, ob eine meiner Schwestern ihr Leben für meine Leiche in dieser Weise riskieren würde. Er konnte sich glücklich schätzen, so eine Frau zur Schwester zu haben.«

»Nein«, sagte Wes leise. »Kimberly ist die blonde Frau. Die andere, die im Fluß nach dem Toten suchte, heißt Leah.«

»Und in welcher verwandtschaftlichen Beziehung stand sie zu dem Toten?«

»In gar keiner«, antwortete Wesley.

Justin drehte sich von den Bäumen weg. »Deine Kusine sagtest du? Du bist unter einem glücklichen Stern geboren. Ist sie schon gebunden? Nein, sag es mit lieber nicht. Mir ist es egal, ob sie schon jemand hat, den sie heiraten will. Ich werde trotzdem um sie werben, gleichgültig, wie viele Männer mir dabei im Weg stehen. Wie gefiele es dir, mich eines Tages als angeheirateten Vetter zu begrüßen?«

»Moment mal, Justin! Du gehst mir ein bißchen zu rasch vor. Du kennst Leah doch gar nicht. Zugegeben, sie ist hübsch; aber sie ist auch eine Frau, die einem Mann das Gefühl gibt, nutzlos zu sein. Wenn du eine Stunde in ihrer Nähe verbringst, beginnst du dich zu fragen, ob Männer auf dieser Welt überhaupt gebraucht werden. Es gibt nichts, was sie nicht allein bewältigen könnte, und täglich gibt sie dir zu verstehen, daß sie keinen anderen Menschen braucht. Wenn du sie heiratest, wird sie spätestens in einem Jahr deine Farm leiten, dein Leben organisieren, und du wirst ihr nicht mehr bedeuten als die Äpfel, die deine Pferde täglich für ihren Misthaufen produzieren.«

Nach einem kurzen, verblüfften Schweigen fing Justin an zu lachen. Er schlug Wes kräftig auf die Schulter und sagte: »Du kannst deine hübschen, niedlichen Blondinen behalten, die auf ihren Hintern sitzen und kreischen, während ihre Brüder ertrinken. Ich will eine *Frau* haben, keine Puppe!«

»Du hast keine Ahnung, was du dir damit aufhalst«, warnte Wesley. »Du hältst es keine zwei Wochen mit ihr aus. Dann schaust du dich nach einer anderen um, die dir das Gefühl gibt, ein Mann zu sein.«

Justin lächelte. »Ich erwarte nur von ihr, daß sie eine echte Frau ist, und wenn sie diese Voraussetzung erfüllt, gibt sie mir auch das Gefühl, ein Mann zu sein. Ich gehe jetzt schlafen. Morgen fange ich an, um sie zu werben.«

»Um sie zu werben? Aber . . .«, stotterte Wes.

»Hast du Gründe, mir das zu verbieten?« fragte Justin kalt.

Wesley schüttelte nur stumm den Kopf.
»Schön! Dann schlaf gut. Morgen früh gibt es erst mal ein Begräbnis.«
Justin schlug sein Nachtlager am Waldrand auf, damit er die schlafende Leah im Auge behalten konnte. Wesley ging zum Wagen, wo seine Decken auf dem Boden ausgebreitet waren. Armer Justin, dachte er, wenn ich nur wüßte, wie ich dich vor dir selbst retten kann.

Kapitel 9

Leah wurde schon zeitig durch Kimberlys lautes Schluchzen geweckt. Wesley bemühte sich, sie zu beruhigen; aber Kim schien untröstlich zu sein. Leah stöhnte leise. Sie hatte schreckliche Kopfschmerzen. Sie warf die Decken zur Seite, unter denen sie geschlafen hatte, und hielt erschrocken die Luft an: sie war splitternackt.
Erst jetzt fiel ihr wieder ein, was gestern abend geschehen war. Sie errötete bis unter die Haarwurzeln, beruhigte sich aber nach einem hastigen Rundblick wieder. Der fremde Mann war nicht mehr im Lager.
»Wesley«, flüsterte Leah.
Wes, der gerade mit Kims Problemen beschäftigt war, hörte sie nicht.
Leah räusperte sich. »Wesley!« wiederholte sie heiser.
Er drehte sich, offensichtlich verärgert, zu ihr um.
»Ja?«
»Könntest du mir wohl ein Kleid besorgen?« Es widerstrebte ihr, ihn darum bitten zu müssen; aber sie wollte nicht in einer Decke voller Löcher vor ihm auf und ab stolzieren.
Mit hochgezogenen Brauen begab sich Wes zum Wa-

gen, um ein braunes Baumwollkleid aus Leahs Koffer zu nehmen. Er hielt es nicht für nötig, ihr auch trokkene Unterwäsche herauszusuchen.

»Du verstehst es meisterlich, Eindruck auf Männer zu machen, die du zum erstenmal siehst«, sagte er mit einem anzüglichen Blick auf ihre bloßen Schultern.

Leah riß ihm das Kleid aus der Hand. »Geh zurück zu deiner Kimberly«, rief sie wütend, und wie auf Kommando begann Kim wieder laut zu jammern.

Seufzend zog Leah sich unter ihrer Decke an, stand auf und sammelte die Wassereimer ein. Auf dem Weg zum Fluß kam sie an Justin vorbei, der, nur mit Hose und Stiefel bekleidet, ein Grab schaufelte.

»Guten Morgen!« rief er ihr mit lachenden Augen zu.

Leah brachte vor Verlegenheit keinen Ton heraus, weil sie wieder daran denken mußte, daß dieser Mann sie gestern nackt gesehen hatte. Sie zog den Kopf ein und hastete weiter.

Im Nu hatte Justin sie eingeholt und nahm ihr die Eimer ab. »Haben Sie gut geschlafen?« fragte er vergnügt. Sie nickte nur, und er lachte, weil sie ihn immer noch nicht anzusehen wagte. »Sie wollen mir doch nicht etwa wegen dieser Lappalie gestern die Freundschaft aufkündigen! Du meine Güte! Ich habe schon Hunderte von Frauen ausgezogen.«

Sie blickte ihn mit geweiteten Augen an.

»Vielleicht nicht ganz so viele«, korrigierte er sich lächelnd, während er sie mit den Augen förmlich zu verschlingen schien. »Und bestimmt noch keine so hübsche Frau wie Sie. Nun laufen Sie mir doch nicht gleich wieder weg! Sind Sie immer so schüchtern?«

Sie hob das Kinn und sah ihn an. »Ich wüßte nicht, daß ich in meinem Leben schon einmal vor etwas davongerannt wäre.« Trotzdem wollte sie dieses Thema nicht weiterverfolgen. »Sie werden mit uns reisen?«

»Bis nach Kentucky.«

Sie hatten den Fluß erreicht, und Justin füllte für sie die Eimer mit Wasser. »Ich bin in der Stadt aufgewachsen, wo Wes sich seine Farm gekauft hat. Er hat dort den ganzen Winter hindurch wie ein Besessener gearbeitet. Ich glaube, er wollte sie für den Einzug von Miss Shaw vorbereiten.«

»Wahrscheinlich. Sind Sie auch Farmer?«

»Selbstverständlich, und nebenbei auch Pelztierjäger. Nein, die Eimer trage ich«, wehrte er Leah ab, die nach den Henkeln der gefüllten Eimer greifen wollte.

»Vielen Dank«, sagte Leah steif, »aber ich pflege meine Arbeit immer selbst zu erledigen.«

Justin lächelte sie an, was sein hübsches Gesicht noch sympathischer machte. »Ich zweifle nicht, daß Ihnen auch hundert Eimer nicht zuviel wären, aber wollen Sie so grausam sein, mir das Vergnügen zu verweigern, vier Eimer für Sie tragen zu dürfen?«

Einen Moment lang war sie um eine Antwort verlegen. Doch dann lächelte sie und sagte: »Ich möchte mir ungern nachsagen lassen, daß ich grausam bin. Also, in Gottes Namen, tragen Sie das Wasser, Mr. Stark.«

»Justin«, verbesserte er lachend. »Alle meine Ladies nennen mich Justin.«

»Alle?« gab sie lachend zurück und fühlte sich so froh wie seit Wochen nicht mehr.

»Ihr habt anscheinend vergessen, was gestern passiert ist«, sagte Wesley und funkelte die beiden wütend an. »Wenigstens etwas Respekt vor Kimberlys Schmerz sollte man von euch erwarten können.«

Das Lächeln auf Justins Gesicht wurde sauer. Er war einen halben Kopf kleiner als Wes; aber nicht bereit, vor seinem Freund zu kuschen. »Ich glaube, Leah hat eine Menge Mut bewiesen, als sie ihr Leben riskierte, um einen Mann zu retten, mit dem sie nicht einmal verwandt war. Daß die Frau, mit der du verlobt bist, so laut heulen kann, ist für mich kein Beweis, daß sie bereit wäre, mehr zu riskieren als ihre Tränen.«

Leah drehte den beiden Männern den Rücken zu, damit sie das Lächeln auf ihrem Gesicht nicht sehen sollten. Justins Worte hatten ihr gutgetan. Am liebsten hätte sie einen Freudensprung gemacht, den sie aus Rücksicht auf Kim unterließ. Gutgelaunt ging sie an die Arbeit, versorgte die Tiere, kochte das Frühstück und machte den Wagen fertig für die nächste Reiseetappe. Sie wußte nicht, wie der Streit der beiden Männer ausgegangen war; doch als sie sich alle um das offene Grab versammelten, schienen sie ihre Differenzen beseitigt zu haben. Kim lehnte sich schwer gegen Wesley, der davon sprach, was für ein guter Mensch Steven Shaw gewesen sei.

Nach dieser Andacht, wenn man sie so nennen konnte, ließ sich Kim von Wesley in den Prärieschoner heben, wo sie sich sofort niederlegte.

Justin warf sein Gepäck und seinen Sattel in den zweiten Wagen, band sein Pferd an den Wagensterz und schwang sich neben Leah auf den Kutschbock. Dann nahm er ihr die Zügel ab und sagte: »Ich weiß nicht, ob ich mich mit dieser Frau lange vertragen werde.«

Obwohl Leah bestritten hatte, daß sie schüchtern sei, wußte sie nun nicht, was sie mit Justin reden sollte. Doch sie wurde rasch dieser Sorge enthoben.

Justin erzählte ihr von seiner Heimatstadt Sweetbriar, von seinen drei Schwestern und vier Brüdern, seinen Neffen und Nichten. Er erzählte ihr, wer dort in wen verliebt sei und daß die hübsche Miranda Macalister allen ledigen Männern in der Stadt den Kopf verdrehte.

»Ihren eingeschlossen?« fragte Leah zaghaft.

»Ich habe sie mir ein paarmal angesehen; hatte jedoch schon immer eine feste Vorstellung, wie die Frau, die ich heiraten möchte, aussehen muß.«

»Und wie?« ermunterte ihn Leah.

»Sie sieht genauso aus wie Sie, Leah«, sagte er leise und blickte nur einmal von ihr fort, als das Führungspferd über eine Furche stolperte.

Leah spürte, wie die Angst in ihr wie eine Flut hochstieg. Dieser Mann wußte nichts von ihr. Er wußte nicht, daß sie eine Simmons war, aus den Sümpfen von Virginia stammte, eine Hure als Schwester hatte und einen Wahnsinnigen als Vater. Es dauerte eine Weile, bis sie ihre Sprache wiederfand, und dann erzählte sie nur sehr einsilbig von ihrer Weberei.

Sie machten eine kurze Rast, um Kartoffeln und kalten Braten zu essen. Kim blieb die ganze Zeit hindurch im Wagen. Abends bereitete Leah ein Essen über dem Feuer zu, für das sie das Holz sammeln mußte, nachdem sie die Tiere versorgt hatte. Justin spaltete das Holz, und Wes kümmerte sich um Kim, die immer noch von dem Kummer über den Tod ihres Bruders total erschöpft war.

Tagelang ging es so weiter nach Westen. Justin neben Leah auf dem Kutschbock, ihr Fragen stellend, während Leahs Schuldkomplex immer größer wurde. Regan und Nicole waren freundlich zu ihr gewesen, obwohl sie aus den Sümpfen stammte. Doch das hatten die beiden schon immer gewußt.

Nun machte sie sich Vorwürfe, daß sie diesem Mann, der so nett zu ihr war, ihre Herkunft verschwieg. Wenn sie ihm sagte, wer sie wirklich war und aus welchem Milieu sie kam, würde er sie wahrscheinlich genauso behandeln wie Wes.

Eine Woche verging, und Kimberlys Kummer hielt unvermindert an. Leah brachte Kim jetzt immer die Mahlzeiten in den Wagen, wo Kim sich an sie klammerte und weinte.

»Nein«, sagte Justin eines Abends und legte Leah die Hand auf den Arm, als sie wieder einen Teller für Kim vorbereiten wollte. Er blickte Wes an. »Wäre es nicht Zeit, daß deine Kim aufhörte, die Prinzessin zu spielen? Leah ist nicht ihr Dienstbote.«

»Kim trauert immer noch um ihren Bruder«, gab ihm Wes verdrossen zur Antwort.

»Dann bediene du sie, nicht Leah!« Justin nahm Leah den Teller weg und schob ihn Wesley zu.

Sie verzehrten schweigend ihre Mahlzeit. Kim verließ den Wagen und setzte sich, gegen einen Baum gelehnt, an das Feuer, während Wes sie versorgte.

Justin, der den beiden mit wachsendem Unmut zusah, goß den Rest seines Kaffees in die Glut. »Ich denke, wir haben alle eine Rast verdient. Hier in der Nähe gibt es einen Wasserfall, vielleicht können Leah und ich morgen dorthin reiten.« Er lächelte ihr über die Flammen hinweg zu. »Um Wäsche zu waschen.«

Leah blickte in ihre Tasse. »Frische Wäsche hätte ich allerdings dringend nötig«, murmelte sie.

Am nächsten Morgen wurde sie schon sehr zeitig von Justin geweckt. Er drängte zur Eile, damit sie noch vor Sonnenaufgang aufbrechen konnten.

»Aber was wird aus dem Frühstück?« fragte sie, während sie die schmutzige Wäsche zu einem Bündel schnürte.

»Überlassen wir das Kochen mal der Herzogin.«

Leah unterdrückte ein Kichern. »Ich bin fertig.«

»Leah«, rief Kim und kam auf die beiden zugerannt. Sie sah sehr hübsch aus im frühen Tageslicht. Sie hielt

Leah ein paar Kleider und ein Bündel mit Unterwäsche hin.

»Würdest du das bitte mitnehmen? Es sieht so aus, als müßte ich heute die ganze Arbeit im Lager erledigen, und da du dir einen vergnügten Tag machen willst, könntest du mir wenigstens diesen kleinen Gefallen tun.«

»Selbstverständlich«, sagte Leah, doch Justin nahm ihr die Kleider aus der Hand.

»Sie können Ihre Wäsche auch selbst waschen«, sagte er.

Leah legte ihm beschwichtigend die Hand auf den Arm und nahm Kims Kleider an sich. »Ich mache das schon.«

Justin schüttelte den Kopf und zog sie mit sich fort zu seinem gesattelten Pferd. »Warum läßt du dir von dieser Frau so viel gefallen? Du bist mehr wert als fünfzig von ihrer Sorte!« Er schwang sich in den Sattel und half ihr auf das Pferd hinauf.

»Nein, das bin ich nicht«, flüsterte Leah; aber da Justin ihr den Rücken zukehrte, mußte er ihre Bemerkung wohl überhört haben.

Sie ritten eine gute Stunde weit nach Norden, weg von den Häusern, die in der Landschaft verstreut waren, weg von den Wagenspuren anderer Trecks, die ebenfalls in den Westen wollten. Dann, nach einer weiteren Stunde, stieg Justin vom Pferd und hob die Arme, um ihr herunterzuhelfen. Als er ihr, die Hände an ihren Hüften, aus dem Sattel half, setzte er sie ganz langsam ab und gab ihr einen Kuß.

Leah spürte keinen Funken; aber es war ein angenehmer Kuß. Sie sah von ihm weg, als er sie auf den Boden stellte.

Er blickte sie mit einem leichten Stirnrunzeln an. »Was hat man dir nur angetan, Leah?« fragte er zärtlich.

»Ich habe noch nie erlebt, daß eine so hübsche Frau wie du die ganze Zeit den Kopf hängen läßt und sich einbildet, sie müsse die Sklavin einer anderen sein.«

»Dafür gibt es Gründe, von denen du nichts weißt«, sagte sie und löste sich aus seiner Umarmung. »Aber ich bin keines Menschen Sklavin.«

»Warum hast du dann solche Angst vor Wes?«

»Angst?« gab sie rasch zurück. »Ich habe keine Angst vor ihm oder einem anderen Mann.« Sie fuhr mit leiserer Stimme fort: »Es ist nur etwas zwischen uns vorgefallen, worüber ich nicht reden möchte.« Sie spürte, wie der Zorn in ihr hochkam, und nahm die Wäschebündel vom Sattel.

»Du willst mir nur ausweichen!« sagte Justin energisch und nahm ihr die Bündel wieder aus der Hand. »Was gibt es zwischen dir und Stanford?«

»Nicht, was du zu glauben scheinst«, gab sie ihm mit zornigen Augen zur Antwort. »Wesley Stanford haßt mich. Und ich hasse ihn und alle Männer seines Standes, die meine Familie hungern ließen, während sie ihr Geld für teure Kleider und Pferde ausgaben. Wesleys Pferd hat mehr gekostet, als ich und meine acht Geschwister in einem Jahr für unseren Lebensunterhalt ausgeben durften.«

Sie merkte, daß sie Justin unnötig kränkte, aber er würde sich sowieso von ihr abwenden, sobald er erführe, aus welchen Kreisen sie stammte. Und sie würde sich nicht anmerken lassen, wie tief er sie damit verletzte.

»Ihr und eure feinen Manieren«, fauchte sie. »Männer deines Standes denken alle gleich. Sie glauben, weil wir arm sind, können sie auch alles von uns bekommen, was sie verlangen. Aber laß dir sagen, daß nur eine von uns Simmons eine Hure ist!«

»So denkst du von mir?« rief Justin entsetzt. »Du glaubst, daß ich dich für eine . . . eine . . .«

»Du brauchst mich nicht zu schonen!« schrie sie ihn an. »Ich habe mir das Wort oft genug von Männern und Frauen deines Standes anhören müssen! Außen hübsche Kleider und innen Schmutz!«

Justin starrte sie mit offenem Mund an. Es dauerte eine Weile, ehe er seine Sprache wiederfand.

»Wofür hältst du mich?« fragte er ungläubig. »Für einen reichen Dandy, der mit Dienern aufwuchs, die ihm jeden Wunsch erfüllten?« Er drehte sich um, und als er über die Schulter auf sie zurücksah, grinste er. »Ich wünschte, die Leute von Sweetbriar hätten dir zuhören können. Sie hätten sich totgelacht über dich!«

Er schüttelte den Kopf. »Justin, der verwöhnte Junge aus reichem Haus! Mein Gott, Leah, ich weiß nicht, in welcher Armut du aufgewachsen bist, aber es gehört schon eine Menge dazu, mich in dieser Hinsicht zu schlagen. Setz dich zu mir, und ich werde dir die wahre Geschichte meiner Familie erzählen.«

Verwirrt kauerte sie sich neben ihn auf den Boden und erfuhr nun die Wahrheit über Justins Leben. Was er ihr bisher von seiner Familie berichtet hatte, waren keine Lügen gewesen – er hatte nur die schlimmen Dinge weggelassen, weil auch er geglaubt hatte, Leah sei als Lady auf die Welt gekommen und in reichen Verhältnissen aufgewachsen. Auch er hatte Angst gehabt, sie mit der vollen Wahrheit zu schockieren.

Nun erzählte er ihr erst von seinem Vater, Doll Stark, der in seiner Heimatstadt »der faulste Mann östlich des Mississippi« genannt wurde. Das mochten andere lustig finden, doch für die Familie bedeutete es einen ständigen Kampf ums Überleben. Doll verbrachte seine Tage in Macalisters Handelsposten, spielte dort Karten und schäkerte mit den Mädchen. Seine Frau und seine Kinder versuchten inzwischen, einigen Morgen dürren Akkerlandes das Nötigste zum Leben abzuringen.

Justin, der älteste von den Söhnen, wuchs mit einem Haß auf seinen Vater auf. Doll ließ sich morgens ein reichliches Frühstück vorsetzen, während sich die Familie jeden Bissen vom Munde absparte; dann ging er bis zum Abend fort, kam zum Essen wieder nach Hause und versuchte dann stundenlang seine Frau zu schwängern. Justin konnte bei den Geräuschen aus dem Nebenzimmer nicht einschlafen und haßte seinen Vater nur noch mehr.

Doll Stark fragte nie danach, ob seine Familie seinetwegen Mangel litt und wie lange Justin auf den Feldern arbeiten mußte, damit ein Stück Fleisch auf den Tisch kam.

Und die Stadt machte sich nur lustig über Dolls Faulheit. Sie mischte sich nur einmal ein, als Justins älteste Schwester, Corinne, ein paar »Lügen« verbreitete und die hochgeschätzten Macalisters damit in Verlegenheit brachte.

»Sind das die Macalisters mit dieser hübschen Tochter?« fragte Leah. Nun wurde ihr klar, daß Justin nur ein Mann ihres Standes sein konnte und nicht Wesleys Kreisen angehörte. Vielleicht würde Justin sie nicht ihrer Abkunft wegen hassen, wie Wes das tat.

»Ja«, antwortete Justin. »Und nun erzähle mir auch etwas von deiner Familie.«

Leah zögerte, seiner Aufforderung nachzukommen. Justins Vater war trotz seiner Faulheit in der Stadt beliebt gewesen. Was konnte sie schon Gutes von ihrer Familie berichten? Ein Blick auf Justin zeigte ihr, daß er bereit schien, notfalls bis zum Jüngsten Tag auf ihren Bericht zu warten.

Sie begann stockend und achtete auf Signale seines Widerwillens; doch als sie nur Interesse und Anteilnahme in seinen Augen las, wurde ihr Bericht flüssiger. Sie erzählte ihm von ihrem ältesten Bruder, der eine Frau gekidnappt hatte, von der Prostitution ihrer Schwester, dem Wahnsinn ihres Vaters und wie er täglich Frau und Kinder verprügelt hatte. Und zuletzt erzählte sie ihm noch von der harten Knochenarbeit, die sie von morgens bis abends verrichten mußte.

Der Wald schien den Atem anzuhalten, als sie ihren Bericht beendete und mit niedergeschlagenen Augen auf Justins Reaktion wartete.

»Und obwohl du eine Kusine der Stanfords bist, hat Wes dir nicht geholfen? Wir haben zwar nie darüber gesprochen – aber er ist doch ein reicher Mann, nicht wahr?«

»Sehr reich«, murmelte Leah, vermied es aber immer noch, Justin in die Augen zu sehen.

»Was brachte ihn dann doch noch dazu, dich von dieser Plackerei zu erlösen? Oder bist du nur seine Angestellte, die seine Prinzessin Kimberly bedienen soll?«

Leah holte tief Luft. »Mein Vater starb, und meine Geschwister wurden von anderen Pflanzern adoptiert. Ich ... ich wollte in den Westen, wo mich niemand kennt. Da gab mir Wesleys Schwägerin so viel Geld, daß ich damit eine Weberei in Kentucky eröffnen kann. Wes erlaubte mir, mit ihm nach Kentucky zu reisen.«

Justin schwieg eine Weile. Vielleicht zweifelt er den letzten Teil meiner Geschichte an, dachte Leah. »Wo hast du dein gutes Benehmen gelernt?« fragte sie rasch.

»Bei Macalisters Frau. Sie ist eine englische Lady. Und du?«

Leah erzählte ihm lächelnd die Geschichte von Regans und Nicoles Gewaltkur. Ihr wurde immer deutlicher bewußt, daß dieser Mann sie nicht verabscheute, weil sie eine Simmons war. Vielleicht teilten nicht alle Männer Wesleys Einstellung. Vielleicht würde sie in diesem neuen Staat nicht danach beurteilt werden, was ihr Vater gewesen war.

»Die beiden haben wahrhaftig gute Arbeit geleistet«, sagte Justin lächelnd und stand auf. »Doch heute haben wir genug von ernsthaften Dingen geplaudert.« Er nahm sie bei der Hand und führte sie den steilen, steinigen Abhang hinauf. Oben auf der flachen Kuppe befand sich ein Teich mit einem versteckten Wasserfall.

»Nicht der größte, den ich bisher gesehen habe; aber bestimmt der lauschigste. Wie wäre es mit einem Bad?«

Er ignorierte ihr offenkundiges Mißtrauen. »Du badest zuerst, während ich am Fuß des Hügels auf dich warte. Wenn du fertig bist, rufst du mich.«

Damit drehte er sich um und ging wieder den Abhang hinunter.

Leah zögerte einen Moment, schlüpfte dann aus ihrem Kleid und watete in den Teich hinein. Sie benützte die Seife, die sie zum Reinigen der Wäsche mitgenommen hatte, als Shampoo für ihre Haare und spülte sie unter dem Wasserfall aus. Der Druck des Wassers war so stark, daß er ihr fast die Haare vom Kopf riß.

Sie tauchte unter, schwamm fast eine Minute lang unter Wasser, und als sie wieder auftauchte, fühlte sie sich so gut wie seit Monaten nicht mehr. Ein gutaussehender Mann, der sich an ihrer Vergangenheit nicht störte, wartete auf sie, und sie war unterwegs in ein neues Land zu neuen Menschen. Sie hatte ein Handwerk erlernt, und nun hatte sie auch wieder saubere Haare. Was konnte eine Frau noch Besseres vom Leben verlangen?

Sie lachte vergnügt, als sie zu Justin am Fuße des Hügels zurückkehrte.

»Ich bin in einer Minute fertig«, rief er und raste den Abhang hinauf, um sein Bad zu nehmen.

Leah kniete sich auf die Steine am Bachufer und seifte die schmutzige Wäsche ein. Sie hatte erst zwei Kleider gewaschen, als Justin schon wieder vom Teich zurückkam. Er schnitt eine Grimasse, half ihr aber dann beim Spülen der Wäsche.

»Und dieses kleine hauchdünne Etwas mit den Rüschen daran gehört wohl der Prinzessin Kimberly, wie?« fragte Justin und hielt ein fast durchsichtiges Unterhemd mit seidenen Spitzen in die Höhe.

Mit hochrotem Gesicht riß Leah es ihm aus der Hand. »Das gehört zufällig mir.«

»Oh,« meinte er mit hochgezogener Augenbraue, »dann muß dieses hier von der gnädigen Frau stammen.« Er hob eine Unterhose in die Höhe, die gelblich verschossen und am Hüftband zerrissen war. »Sie mag zwar äußerlich eine Lady sein; aber dort, wo es wirklich zählt, ist sie es nicht. Wir sollten ihr einen Gefallen tun und das gute Stück verlieren.«

Ehe Leah protestieren konnte, hatte Justin das abgetragene Wäschestück schon mitten in den Fluß geworfen.

»Nicht doch!« rief Leah lachend. Sie hob ihre Röcke bis über die Knie, watete in den Fluß hinein und verfolgte das Wäschestück, das rasch flußabwärts getragen wurde.

Justin watete ihr nach, fischte das Wäschestück aus dem Wasser und stützte sich dabei auf Leahs Arm, daß sie auf dem glitschigen Grund des Flusses auszurutschen drohte.

»Vorsicht!« rief Justin, der sie mit Absicht in diese Situation gebracht hatte, und lachte, als sie sich an ihm festklammerte. Im nächsten Moment legte er seine

Arme um ihren Hals und seine Lippen auf ihren Mund, und Leah gefiel dieser Kuß schon viel besser als jener, den er ihr am Morgen gegeben hatte.

Sie hörten beide nicht, wie Wesley sich im Wasser heranpirschte, dann Justin bei der Schulter packte und in den Fluß schleuderte.

»Mißbrauchst du so mein Vertrauen?« brüllte Wesley. »Machst du dich immer gleich an die Frauen heran, die man deiner Obhut überläßt?«

Justin richtete sich wütend im Wasser auf, und Leah ahnte, daß es diesmal zu einer ernsthaften Prügelei kommen würde. Sie watete zwischen die beiden Männer. »Du hast kein Recht, dich in meine Angelegenheiten einzumischen!« schrie sie.

»Einmischen?« fauchte Wesley zurück. »Wahrhaftig! Schließlich bist du meine . . . bin ich für dich verantwortlich«, verbesserte er sich rasch. »Verdammt, Justin, was würdest du sagen, wenn du einen Mann dabei ertappst, der deine Schwester so behandelt?«

»Ich würde ihm sagen, daß er sie heiraten soll«, antwortete Justin gelassen. »Ich ziehe mich jetzt zurück, Wes, weil es sonst zwischen uns zum Streit kommt. Ich will keinen Haß zwischen dir und deiner Verwandtschaft aufkommen lassen.«

Damit stieg er aus dem Wasser und ging zu der Stelle, wo sein Pferd angepflockt war.

Wesley sagte nichts. Als sie Justins Pferd davongaloppieren hörten, riß Leah Kims Unterhose von einem ins Wasser hängenden Ast, an dem diese sich verfangen hatte, und watete dann ans Ufer zurück. Da ihre Röcke naß geworden. waren, brauchte sie sie nicht mehr anzuheben.

»Ich habe ihm nicht erzählt, daß wir verheiratet sind«, sagte sie, als sie wieder auf trockenem Boden standen.

»Da kannst du ganz beruhigt sein. Dein kostbarer Stanford-Name ist von mir nicht beschmutzt worden. Und jetzt entschuldige mich einen Moment, weil ich dieses kostbare Kleidungsstück deiner Verlobten noch einmal waschen muß.«

Wesleys Mund wurde schmal. »Darüber habt ihr euch so lange unterhalten? Über Kim?«

Sie warf ihm Kims nasse Unterhose gegen die Stiefel. »Du magst es vielleicht nicht glauben; aber Menschen meines Standes haben zuweilen Wichtigeres zu tun, als sich über die besseren Leute zu unterhalten.«

»Ich hatte nicht den Eindruck, daß ihr beide euch unterhalten habt, als ich hierherkam. Eure Kleider waren naß. Habt ihr zusammen gebadet? Hast du dich wieder von ihm ausziehen lassen?« Er faßte sie bei den Schultern und zog sie an sich. »Und hat dir sein Kuß so gut geschmeckt wie meiner?« flüsterte er.

Sie hätte ihm zu gern gesagt, daß sie gar nichts dabei empfände, aber sie war ihm hilflos ausgeliefert. Sobald seine Lippen nur ihren Mund berührten, vergaß sie ihren Haß und die ganze Welt um sicher her.

Als er sie endlich wieder losließ, waren ihre Knie so weich wie Wachs. Sie konnte sich kaum noch auf den Beinen halten.

»Ich hatte nicht das Gefühl, daß Justins Kuß dich so beeindruckt hätte«, hörte sie Wesley sagen und riß die Augen auf.

Sie durfte sich das nicht gefallen lassen. Sie mußte ihm dieses überhebliche, selbstgefällige Lächeln aus dem Gesicht wischen! Ohne lange zu überlegen, wandte sie dafür einen Trick an, den ihr Bruder sie gelehrt hatte. Sie rammte ihr Knie zwischen Wesleys Schenkel.

Nun knickten ihm die Beine ein, während Leah zu seinem Pferd rannte, sich rasch auf dessen Rücken schwang und es zum Lager zurücklenkte. Während sie unter den Bäumen dahintrabte, lachte sie laut bei dem Gedanken, daß er den weiten Weg zu Fuß zurücklegen mußte.

Doch ein paar Sekunden später hielt sie das Pferd an. Vielleicht hatte sie Wesley ernsthaft verletzt? Sie hatte ein Recht darauf, ihm böse zu sein; aber nicht das Recht, ihn zu verwunden.

Sie saß noch unschlüssig im Sattel, als Wesley plötzlich wie ein Stein von einem Baum herunterfiel, vor ihr im Sattel landete und ihr die Zügel entriß.

»Wie bist du so rasch auf diesen Baum . . .«, stotterte sie.

Er gab ihr keine Antwort, sondern lenkte nur schweigend das Pferd zum Wasserfall zurück. Sie konnte ihm nicht in die Augen sehen und wagte auch nicht, ein Wort mit ihm zu sprechen. Würde er sie schlagen?

Am Fluß hielt er das Pferd an. »Steig ab und sammle die Wäsche ein«, befahl er mit stahlharter Stimme.

Leah gehorchte.

Dann nahm er ihr die nasse Wäsche ab und reichte ihr die Hand hinunter, um ihr wieder aufs Pferd zu helfen. Sie hatte Angst, ihm ins Gesicht zu sehen, aber auch Angst, seine Hand auszuschlagen; und als sie hinter ihm im Sattel saß, vermied sie es peinlichst, mit seinem Körper in Berührung zu kommen. Er sollte vergessen, daß sie überhaupt da war.

Einmal machte das Pferd unvermutet einen Sprung zur Seite. Leah konnte sich nur mit knapper Not vor einem Sturz retten.

»Wenn du es schon nicht ertragen kannst, mich anzufassen, dann halte dich wenigstens an diesem verdammten Sattel fest!« rief er grollend. Abermals gehorchte Leah ihm.

Schweigend legten sie den Rest des Weges zum Lager

zurück. Wenn Leah bisher geglaubt hatte, Wes würde sie mit seinem Haß verfolgen, so spürte sie nun seinen Zorn wie ein glühendrotes Cape um seine Schultern – ein Cape, an dem sich jeder sofort die Finger verbrennen mußte, der es anzufassen wagte.

Sie würde sich hüten, noch einmal in seine Nähe zu kommen.

Kapitel 10

Zwei Tage darauf lernte sie die Greenwoods kennen: Hank, Sadie und ihre drei kleinen Jungen. Leah war es, die vorschlug, daß die Greenwoods sich ihrem Treck anschließen sollten. Denn in den letzten beiden Tagen war das Reisen mit Kim, Wes und Justin sehr unerfreulich gewesen. Wesley beobachtete Leah ständig mit finsteren, brütenden Augen, während Justin sie wie ein rohes Ei behandelte.

Leah fand, daß Justin seine Fürsorge übertrieb, während Kim das gespannte Verhältnis zwischen diesen dreien nicht zu bemerken schien und Wes immer mehr für sich in Beschlag nahm.

Die Greenwoods und ihre lauten, lebhaften Kinder waren genau das richtige Mittel, die vier von ihren internen Spannungen abzulenken. Es waren viele Reisende auf diesem Trail unterwegs, die nach Kentucky und sogar noch weiter in den Westen ziehen wollten.

Sie wurden von den unglaublichen Schätzen angelockt, die es dort geben sollte, und von dem jungfräulichen, fruchtbaren Boden, den sie nur in Besitz zu nehmen brauchten. Kentucky war jetzt ein Staat, der das Indianerproblem gelöst hatte, und so konnten sich die

Reisenden vor Entbehrungen und Überfällen sicher fühlen.

Einige dieser Reisenden hatten sich gut auf den langen Weg vorbereitet und ihre Wagen reichlich mit Proviant und anderen Gütern beladen. Sie hatten ihre Farmen verkauft und genügend Geld, um sich im Westen neues, unverbrauchtes Land kaufen zu können. Doch viele waren einfach von zu Hause weggegangen und ließen nun ihre Familien nachkommen, die oft nur das besaßen, was sie auf dem Leib und in einem Säckchen auf dem Rücken trugen.

Zwar gab es überall am Trail Gasthäuser, doch waren sie größtenteils so schmutzig, daß man sie als Quartier kaum in Erwägung ziehen konnte. Dennoch war man in vielerlei Hinsicht auf ihre Dienste angewiesen und mußte dazu noch jeden Preis bezahlen, den die Gastwirte verlangten.

Leah wurde jedesmal an ihr Vaterhaus erinnert, wenn sie einer Familie mit zerlumpten Kindern begegnete, die hungrig und müde auf dem Trail nach Westen zog. Die Kinder fügten sich dem Willen ihrer Eltern. Leah hatte heimlich damit begonnen, diesen Kindern Proviant zuzustecken; aber immer nur dann, wenn Wesley nicht in der Nähe war; denn schließlich waren es ja seine Vorräte, von denen sie das Essen für die Kinder abzweigte.

Am Abend des Tages, an dem sie die Greenwoods kennengelernt hatten und alle um das Lagerfeuer saßen, wagte Leah dann zum erstenmal offen den Vorschlag zu machen, den Leuten, die mit mehreren Kindern in der Nähe ihres Lagers kampierten, etwas von ihrem Proviant anzubieten.

Das war eine von den seltenen Anlässen für Kim, auch einmal lautstark ihre Meinung zu vertreten: »Findest du nicht, daß du reichlich verschwenderisch mit Sachen umgehst, die dir gar nicht gehören?« hielt Kim ihr vor. »Diese Leute sollten lernen, für sich selbst zu sorgen. Wenn wir anfangen, sie zu beschenken, werden sie nie lernen, sich auf sich selbst zu verlassen. Sie werden stets von anderen Leuten erwarten, von ihnen versorgt zu werden.«

Eine Weile lang sagte niemand ein Wort, und als dann wieder ein Gespräch in Gang kam, wurde von etwas anderem geredet.

An diesem Abend blieb Leah sehr lange wach, und als sie glaubte, daß alle anderen schlafen würden, warf sie die Decken zurück, kroch vorsichtig aus dem Wagen und holte sich das Säckchen mit dem Proviant, das sie heimlich ein paar Stunden zuvor gepackt hatte. Damit schlich sie sich im Schutz der Dunkelheit zu dem Lager der Leute, die in ihrer Nähe kampierten. Diese hatten vier kleine Kinder bei sich; aber nur einen Handkarren voller Kleider und Lebensmittel.

Dort angelangt, stellte sie leise, damit sie niemand weckte, das Säckchen mit dem Proviant neben den Handkarren auf den Boden. Dann machte sie sich leise wieder auf den Weg zurück in ihr eigenes Lager.

Sie war erst ein paar Meter gekommen, als sie eine Stimme überrascht zusammenfahren ließ.

»Still, oder willst du sie alle aufwecken«, flüsterte Wes und winkte ihr zu, ihm tiefer in den Schatten der Bäume zu folgen.

Leah schluckte heftig. Nun hatte er sie beim Diebstahl seiner Vorräte ertappt. Sie betete, daß er sie nicht nach Virginia zurückschicken möge. Sie hielt an, als auch er stehenblieb, wagte jedoch nicht, ihm in die Augen zu schauen.

»Was hast du ihnen gegeben?« fragte er.

»Speck, Mehl, Kar . . . Kartoffeln«, stammelte sie und

sah dann beschwörend zu ihm hoch. »Ich werde dir alles ersetzen. Ich wollte die Sachen nicht stehlen, aber die Leute sahen so verhungert aus, während wir reichlich zu essen ...«

»Pst!« sagte er, und sie konnte im Mondlicht sehen, daß er lächelte. »Schau dorthin!« Er flüsterte und zeigte in eine andere Richtung.

Dort konnte sie auf der Lichtung vor den Bäumen die rote Glut des niedergebrannten Lagerfeuers erkennen. Und sie sah neben dem Handkarren ihr Proviantsäckchen stehen; und unweit davon erspähte sie noch eines, das genauso aussah wie das ihre. Sie blickte rasch zu ihm hoch. »Deines?« fragte sie erstaunt.

Er grinste. »Meines. Ich konnte es auch nicht mit ansehen, daß sie Hunger leiden müssen.«

Sie schwiegen eine Weile, ihr Geheimnis teilend. »Wie lange hast du schon ...?« begann Wes mit einer neuen Frage.

Leah sah auf ihre bloßen Füße hinunter. »Seit wir auf dem Trail sind. Deswegen habe ich auch nichts gesagt, als ich die Lebensmittel verwalten sollte. Da niemand außer mir die Vorräte nachzählte, wußte ich immer, wieviel ich abzweigen konnte, ohne daß es jemand merkte. Ich wollte nicht stehlen«, sagte sie noch einmal und sah zu ihm hoch.

»Ich kann es mir wohl noch leisten, auf ein paar Kartoffeln zu verzichten«, beruhigte Wes sie. »Aber ich wette, mit unseren Vorräten sieht es trotzdem schlecht aus.«

Leah sah ihn schuldbewußt an. »Sehr schlecht. Ich hatte vor, dir das schon bald zu sagen, aber ...«

Er lachte leise. »Sobald es unbedingt nötig wurde, wolltest du es wohl sagen. Morgen früh stellst du eine Liste zusammen, und ich werde alles besorgen, was du aufschreibst. Vielleicht solltest du aber lieber doppelt soviel bestellen, wie wir deiner Meinung nach brauchen. Nun laß uns ins Lager zurückkehren, ehe uns dort jemand vermißt.«

Leah zögerte noch. »Wesley«, flüsterte sie dann. »Ich kann doch nicht schreiben. Wie soll ich da eine Liste aufstellen?«

Er drehte sich um, sah sie an, und sie errötete unter seinem Blick. Früher hätte sie sich in diesem Moment in seine Arme geworfen. Sie wünschte, sie könnte vergessen, wie sehr sie ihn einmal geliebt hatte.

»Dann werden wir das wohl zusammen machen müssen«, antwortete er so leise, daß sie ihn kaum verstehen konnte.

Gemeinsam schlichen sie in ihr Lager zurück. Wesley begleitete Leah zu der Stelle, wo sie ihre Decken ausgebreitet hatte. Ehe er sich von ihr wegdrehte, lächelte er wie ein Verschwörer, kniff ein Auge zu und entfernte sich dann zu seiner Lagerstatt am anderen Ende des Camps.

Mit einem Lächeln auf dem Gesicht schlief Leah ein.

Am Morgen wagte sie dann Wesley nicht mehr anzusehen, weil sie fürchtete, der alte Haß stünde wieder in seinen Augen und sie habe alles in der Nacht nur geträumt.

»Sind Sie sicher, daß Sie nichts dagegen haben, wenn wir mit Ihnen reisen?« fragte Mrs. Greenwood sie zum hundertsten Male.

Leah drehte sich um und lächelte sie an. »Natürlich bin ich sicher. Ich freue mich schon auf die Zeit, die ich mit Ihren Kindern verbringen kann. Bis zu dieser Reise bin ich immer mit Kindern zusammengewesen, und ich vermisse sie sehr.«

Sadie Greenwood lachte. »Sie können mehr davon bekommen, als Ihnen lieb ist. Meine drei machen mir schon genug Arbeit.«

In diesem Moment begann das Baby zu schreien. »Lassen Sie mich nur machen«, sagte Leah und lief zu dem Jüngsten, der gerade hingefallen war. Der Kleine war an Fremde gewöhnt; er klammerte sich an Leah, und als sie ihn hochhob, schossen ihr die Tränen in die Augen.

»Fehlt dir etwas?« fragte Wesley hinter ihr. Es war, als habe er sie die ganze Zeit beobachtet und nur darauf gewartet, daß sie ihn brauchte.

»Mein Kind wäre nun fast in seinem Alter«, stammelte Leah und drückte den Kleinen an sich, der nicht länger schrie. Sie drehte sich zu den Wagen um.

»*Unser* Kind«, murmelte Wes, aber das hörte sie nicht mehr.

Die nächsten Tage verliefen sehr angenehm. Leah fuhr mit Mrs. Greenwood, sie tauschten Rezepte aus – Sadie von ihren Gerichten, Leah von ihren Schönheitskrems. Und sie redeten endlos über Kinder und Kindererziehung.

»Und welchen von den beiden Männern werden Sie erhören?« fragte Sadie.

Leah wandte den Blick nicht von den Pferden ab. »Ich verstehe nicht, was Sie meinen.«

Sadie lachte leise in sich hinein. »Zuerst dachte ich, Justin würde es sein, da er immer in Ihrer Nähe blieb; aber dann konnte dieser gutaussehende Wesley nie die Augen von Ihnen abwenden, und deshalb fragte ich ihn, wie eng denn die Verwandtschaft zwischen Ihnen beiden sei.«

»Das haben Sie ihn gefragt?« sagte Leah erschrocken.

»Ich habe es schon vor Jahren aufgegeben, mich von meiner Neugierde plagen zu lassen. Ich muß immer alles über andere Leute wissen. Das ist wie ein Laster, das man nicht los wird.«

»Und was sagte Wesley über unsere Verwandtschaft?« fragte Leah leise.

Sadie blickte sie aus den Augenwinkeln an. »Er sagte, Sie wären eine angeheiratete Kusine, keine Blutsverwandte.«

Leah lachte. »Das ist allerdings wahr«, sagte sie. Um das Thema zu wechseln, fragte sie Sadie etwas, das deren Kinder betraf.

An diesem Abend kam es zu dem ersten Zusammenstoß zwischen Sadie und Kimberly. Die Sache begann ganz harmlos. Sadie war daran gewohnt, Aufgaben zu verteilen, zu organisieren, den Leuten zu sagen, was sie tun sollten, damit man mit der Arbeit vorankäme. Leah, Wes, Justin und Hank kümmerten sich um die Tiere, während Sadie das Abendbrot vorbereitete und die Kinder beaufsichtigte, die sehr unruhig waren, nachdem sie den ganzen Tag auf dem Wagen hatten sitzen müssen.

Sadie begann also, auch Kimberly eine Aufgabe zuzuteilen. Zuerst zeigte sich Kim willig und gehorchte, aber nachdem Sadie ihr fünf Sachen hintereinander aufgetragen hatte, stellte Kim die Pfanne auf die Erde, murmelte: »Ich muß jetzt in den Wald gehen«, und ließ sich nicht mehr blicken, bis sich alle zum Essen ans Feuer setzten.

Sadie schwieg die ganze Mahlzeit über; doch als Kim Wesley zweimal aufforderte, ihr irgend etwas aus dem Wagen zu holen, warf Sadie ihr einen bösen Blick zu. Als Leah nach dem Essen begann, das Geschirr abzuwaschen, stand Sadie von ihrem Platz auf.

»Ich denke, Miss Kimberly sollte das Geschirr spülen, da sie sich weder am Aufbau des Lagers beteiligen noch beim Essenkochen helfen wollte«, verkündete Sadie mit lauter Stimme.

Ihr Mann sah aus, als wollte er sich unter einem Stein verkriechen. »Moment mal, Sadie«, begann er, »ich übernehme das . . .«

Kimberly war schon am Rand des Lagerplatzes, offenbar bereit, in den Wald zu flüchten.

Leah blickte zu Wesley hinüber, doch der schien in die Betrachtung eines leeren Tellers vertieft. Justin sah interessiert zu Sadie hinüber.

Die ließ sich nicht beirren. »Sie hat weder heute morgen, noch heute mittag bei der Arbeit geholfen. Sie hat die Tiere nicht versorgt und kein Essen gekocht. Sie will keinen Zügel in die Hand nehmen, wenn sie auf dem Wagen sitzt, und will auch nicht beim Auf- und Abladen helfen. Ich bin keines Menschen Dienstbote, Hank Greenwoods. Ich bin freie Amerikanerin!«

Kimberly war offensichtlich so überrascht von dieser Ansprache, daß sie kein Wort herausbrachte. Sie warf nur Wesley einen flehenden Blick zu.

Langsam erhob Wes sich von seinem Platz. »Komm, Kim«, sagte er leise. »Ich werde dir beim Abwaschen helfen.«

Die Gruppe brach sofort auseinander. Hank packte Sadies Arm. »Bist du jetzt glücklich, weil du eine Szene gemacht hast? Ist es deine Aufgabe, zu bestimmen, wer was im Camp zu tun hat?« Er führte sie vom Lagerplatz weg in den Schatten der Bäume.

Kim begann zu weinen. »Wie konntest du es zulassen, daß sie solche Sachen über mich sagt?« jammerte sie und kroch in Wesleys Arme. »Du weißt doch, daß ich nicht so kräftig bin wie die anderen. Ich wünschte, ich könnte so sein wie Leah; aber das kann ich eben nicht. Und niemand scheint mehr daran zu denken, daß mich der Kummer um Steven so furchtbar mitgenommen hat. Es fällt mir so schwer, mich an den Gedanken zu gewöhnen, daß er nie mehr bei mir sein kann. Oh, Wesley, du darfst mich nicht verlassen. Ich brauche dich so sehr. Ohne dich könnte ich nicht mehr leben.«

Leah stand an ihrem Platz, als wäre sie angenagelt, und sah zu, wie Wes Kimberly tröstete.

»Gehen wir noch ein bißchen spazieren?« fragte Justin, nahm Leahs Arm und führte sie vom Feuer fort. »Sadie hat dieser Dame nur gesagt, was ich ihr schon lange hätte sagen sollen. Ich wundere mich nur, wie Wes es bei ihr aushalten kann.«

Leah riß sich von seinem Arm los. »Ich habe es satt, mir von jedem anhören zu müssen, wie schlecht er über Kimberly denkt. Vielleicht spürt sie, daß du sie verabscheust, und weigert sich deshalb, bei der Arbeit zu helfen.« Sie hielt inne. »Entschuldigung! Vielleicht bin ich einfach zu müde zum Spazierengehen. Ich sollte lieber wieder umkehren.«

Sie machte kehrt und lief ins Camp zurück.

Wes goß gerade heißes Wasser in eine Schüssel, um das Geschirr abzuspülen, während Kim mit einem Schmollmund und einem Tuch daneben saß, um abzutrocknen.

»Geh«, sagte Leah leise zu Wes. »Kim und ich werden das erledigen.« Sie sah ihn dabei nicht an; doch er ließ sie mit Kim allein.

»Ich wollte nicht . . .«, begann Kimberly. »Diese Frau ist – schrecklich. Weiß sie eigentlich, daß mein Bruder erst vor ein paar Tagen umgekommen ist?«

Leah begann, das Geschirr abzuwaschen. »Ich denke, sie meint, selbst Trauer sei kein Grund, zu faulenzen. Warum bleibst du morgen früh nicht gleich in meiner Nähe, damit ich dir helfen kann, dich mit irgend etwas zu beschäftigen?«

»Aber, Leah, ich bin doch schon den ganzen Tag beschäftigt! Ich muß hübsch aussehen für Wesley, und ich brauche allein für mein Haar schon drei Stunden. Zuweilen wünschte ich mir, ich wäre wie du und störte mich nicht daran, wenn ich einen Fettfleck auf dem Kleid oder Ruß im Gesicht habe. Justin mag dich so, wie du bist; aber Wesley will, daß ich schön aussehe. Das muß ich dann wohl auch. Will das denn niemand begreifen?«

Leah rieb sich die Wange an der Schulter und blickte auf ihr Kleid hinunter. Da waren tatsächlich Flecke auf dem Rock.

Kim rückte näher an Leah heran und begann zu flüstern: »Ich fange an, mir Sorgen über Wesley zu machen. Er küßt mich nicht mehr so oft wie früher. Er pflegte mich immer zu betätscheln; doch jetzt schaut er mich nur noch an.«

»Kim«, sagte Leah ärgerlich, »warum erzählst du mir das? Wie kann ich dir da helfen?«

»Ich dachte mir nur, du wüßtest irgendein Lockmittel; da du ja . . . nun, da du ja keine Jungfrau mehr bist. Ich meine, es könnte doch sein, daß dir deine Schwester irgendwelche Hinweise gegeben hat.« Sie verstummte bei Leahs Blick. »Ich wollte dich nicht beleidigen«, sagte sie, als wäre sie die Gekränkte. »Ich dachte nur, du könntest mir ein Mittel verraten . . .«

»Kimberly«, sagte Leah mit tonloser Stimme, »du wäschst jetzt das Geschirr ab.«

Damit ließ Leah sie stehen.

In dieser Nacht erwachte Leah von einer Berührung an der Schulter, und als sie die Augen aufschlug, beugte sich Wesley über sie.

Er legte die Finger auf die Lippen und gab ihr ein Zeichen, ihm zu folgen. Sie schlüpfte in ihr Kleid und ging hinter ihm her in den Wald. Als sie weit genug vom Camp entfernt waren, drehte er sich zu ihr um.

»Ungefähr eine Meile den Fahrweg hinunter lagert eine Familie, die Hilfe braucht. Ich habe ein paar Sachen zusammengepackt und dachte mir, vielleicht würdest du gern mitkommen, wenn ich sie den Leuten bringe. Falls du nicht zu müde dazu bist.«

Er hörte sich an wie ein kleiner Junge, der fürchtete, man könne ihm sein Lieblingsspielzeug verbieten. »Ich gehe gern mit«, sagte Leah.

Sie gingen eine Weile schweigend nebeneinander her.

»Eine schöne Nacht, nicht wahr?« fragte Wes.

»Sehr schön.«

»Du hast dich mit Justin gestritten?« fragte er dann sehr direkt; er grinste sie an, und sie grinste zurück.

»Du magst ihn, nicht wahr?« fragte Wes beharrlich weiter.

»Er ist meinesgleichen. Wir sind beide in Armut aufgewachsen.«

»Oh«, sagte Wesley. »Ich hatte immer Geld, aber ich hatte auch immer Travis am Hals. Ich weiß nicht, ob ich nicht mein ganzes Geld gern hergegeben hätte, wenn ich ohne Travis hätte aufwachsen dürfen.«

»Nur ein reicher Mann kann so etwas sagen. Kein Bruder kann schlimmer sein als die Armut.«

»Aber man hat dir nicht die Freiheit des Denkens genommen! Travis hat mir immer vorgeschrieben, was ich denken und wie ich denken dürfte. Und das ist auch der Grund, weshalb Kim . . .« Er stockte.

»Weshalb Kim – was?« fragte Leah ruhig.

»Kim braucht mich«, sagte er mit gerunzelter Stirn.

»Kim braucht etwas«, erwiderte Leah, »aber ich frage mich, ob jemand weiß, was sie braucht. Ist dort das Lager?«

»Nein, es ist noch weiter weg. Aus irgendwelchen Gründen haben sie es in eine Schlucht verlegt. Wenn es regnet, kommen sie dort nicht mehr rechtzeitig heraus. Du hast doch nichts gegen eine kleine Klettertour im Dunklen, oder?«

Leah schüttelte den Kopf; aber später bereute sie, daß sie sich die »kleine Klettertour« nicht genauer hatte erklären lassen. Sie schienen eine fast senkrechte Wand hinunterklettern zu müssen, um den Grund der Schlucht zu erreichen. Wesley kam vor ihr unten an, und als sie an der Wand herunterrutschte, packte er ihre Knöchel und bewegte die Hände – absolut unnötigerweise, wie Leah dachte – an ihren Beinen zu ihren Hüften hinauf, hob sie dann von der Schluchtwand und stellte sie auf den Boden. Sie wollte ihn seines Benehmens wegen zur Rede stellen, doch er grinste sie so spitzbübisch an, daß sie lachen mußte. Er nahm ihre Hand und ging mit ihr die Schlucht hinunter.

»Dort ist es!« Er deutete auf das Camp. »Du bleibst hier, während ich das Paket zustelle; dann verschwinden wir rasch.«

Leah duckte sich hinter einen Felsblock und beobachtete, wie Wes sich an die schlafenden Reisenden heranpirschte. Sie kam sich beinahe wie eine Diebin vor, die etwas Unrechtes täte, wenn sie sich mitten in der Nacht in die Nähe schlafender Menschen schlich.

Wesley hatte gerade den Rand des Camps erreicht, als Leah einen Mann aus der entgegengesetzten Richtung kommen sah, eine lange Vogelflinte über der Schulter, einen großen Hund neben sich. Sie wußte sofort, daß es Ärger geben würde.

Sie richtete sich im selben Moment auf, als Wes den Mann und den Hund erblickte. Wes hob die Hand zum Gruß; doch der Hund ließ ein lautes Knurren hören und griff Wes an, während der Mann die Flinte von der Schulter riß.

Wesley ließ vernünftigerweise sein Bündel fallen, drehte sich um und rannte zu der Stelle zurück, wo Leah hinter dem Geröllblock stand.

»Lauf, was du kannst!« rief er ihr zu, während hinter ihm ein Höllenlärm bellender Hunde und rufender Männer losbrach.

»Kommt sofort zurück, ihr stehlendes Ungeziefer!« brüllte jemand, der Wesley dicht auf den Fersen war.

Leah raffte ihre Röcke hoch und rannte dicht vor Wesley her.

Die Flinte ging los, und gehacktes Eisen schwirrte durch die Luft. Wes stöhnte hinter ihr, doch als Leah auf ihn zurücksah, schob er sie an den Schultern vor sich her.

»Rasch, diese verdammte Wand hinauf!« hörte sie ihn keuchen, und ehe Leah wußte, wie ihr geschah, wurde sie von einer mächtigen Hand am Gesäß gepackt und in die Höhe gestemmt, während ihre Wange über rauhes Gestein schabte.

Sie hantelte den steilen Fels hinauf, als wären ihr Flügel gewachsen. Sie zog sich über den Schluchtrand und kroch auf Händen und Knien weiter, ehe sie wieder genügend Luft zum Weiterrennen hatte.

Wesley warf sich gegen ihre Beine und riß sie im gleichen Moment zu Boden, als wieder ein feuriger Hagel aus Eisen über sie hinwegschwirrte.

»Was soll das denn bedeuten?« keuchte Leah, sich gegen Wesleys Körper stemmend, unter dem sie begraben lag.

»Still!« zischte er, bedeckte ihren Kopf mit seinen Händen und schützte ihren Körper mit seinem Leib.

Leah bekam keine Luft mehr; aber sie konnte sowieso kaum noch atmen vor Angst.

»Sie sind uns entwischt!« rief eine Stimme unter ihnen. »Jedenfalls steige ich nicht diese Wand hinauf, um nach ihnen zu suchen. Ich denke, die überlegen sich das zweimal, ehe sie zum Stehlen wiederkommen.«

Sie blieben eine Weile liegen und rührten sich nicht.

»Wesley«, krächzte Leah, »ich bekomme keine Luft.«

Er wälzte sich von ihrem Körper, stand auf und nahm ihre Hand.

»Nichts wie weg!« flüsterte er.

Er zog sie mit sich, während er im Galopp über eine Wiese hinjagte, bis er den Waldrand erreicht hatte. Dort lehnte er sich schwer atmend gegen einen Baum. Leah stand mit dem Rücken am Baum keuchend daneben.

Als sie wieder einigermaßen Luft bekamen, sahen sie sich an.

Wesley grinste zuerst. »Das ist nun der Lohn für eine gute Tat.«

Leah lachte ein bißchen. »Es fehlte nicht viel, und wir beide wären jetzt tot.«

Wesley Grinsen wurde breiter. »Ich wüßte zu gern, was sie sagen, wenn sie unser Säckchen mit den Lebensmitteln finden.«

Leah konnte sich nun das Lachen nicht mehr verbeißen. »Vielleicht findet es der Hund zuerst. Das geschähe ihnen recht. Oh, Wes, so rasch bin ich noch nie eine Wand hinaufgeklettert! Ich dachte schon, du wolltest mich über den Rand der Schlucht werfen!«

»Das hatte ich auch vor! Doch der Hund stand mir im Wege.« Er blies Leah seinen heißen Atem ins Genick und lachte nun auch. »Hast du was abbekommen?«

»Von den Schrotkugeln?« Sie schüttelte den Kopf. »Nur ein paar Kratzer und Schrammen vom Klettern. Und ein paar blaue Flecken, die mir morgen das Sitzen auf dem Kutschbock verleiden werden. Und du?«

Er lachte noch immer. »Eine blutige Kehrseite; aber nicht schlimm.«

Sie fand das nicht lustig. »Wo?« fragte sie, trat an ihn heran und faßte nach den Knöpfen seines Hemdes.

»Du hast es aber verdammt eilig, mich auszuziehen, Leah.« Sein Grinsen wurde jetzt zweideutig.

»Halt den Mund, Wesley«, sagte sie mit nüchterner Stimme und knöpfte ihm das Hemd auf. Im Mondlicht konnte sie zwei tiefe, lange Bißwunden erkennen. »Nicht lebensgefährlich; aber wir müssen die Wunde auswaschen und verbinden. Also gehen wir zuerst zum Fluß.«

»Jawohl, Ma'am«, antwortete er munter und folgte ihr durch den Wald hinunter zum Flußufer.

Dort zog Wesley sein Hemd aus, während Leah ihren Unterrock in lange Streifen zerriß, mit denen sie die Bißwunden auswaschen und verbinden konnte. »Was würden die Männer wohl machen, wenn es keine Unterröcke gäbe«, murmelte Wes. »Du bist eine sehr hübsche junge Frau, Leah«, flüsterte er und berührte ihr Kinn, so daß sie zu ihm hochsehen mußte.

Funken schienen zwischen ihnen hin und her zu springen, und das Mondlicht, das auf den Wellen tanzte, zog sie zueinander hin.

Leahs Hände, mit denen sie seine Wunde an den Hüften verband, bewegten sich an seiner warmen, dunklen Haut hinauf zu den lockigen Haaren auf seiner Brust. Sie konnte sich nicht von ihm lösen, als sein Mund ihren Lippen immer näher kam.

»Wir sind immer noch verheiratet, wie du weißt«, murmelte er.

Leah erwachte aus ihrer Trance. »Wenn du versuchen wolltest, mich zu verführen, Wesley Stanford, ist dir das soeben mißlungen. Da! Verbinde dir deine Wunden selbst!« Sie drehte sich um und rannte weg.

Wes raffte sein Hemd vom Boden auf und lief hinter

ihr her. »Ich habe mir nichts dabei gedacht, Leah! Wirklich nicht!« rief er mit beschwörender Stimme.

Sie wirbelte zu ihm herum.

»Du hast gedacht, daß ich als Frau eine leichte Beute bin und die Gelegenheit günstig sei, um dir zu nehmen, was ja so unschwer zu bekommen ist, nicht wahr? Warum hast du deine jungfräuliche Kimberly nicht aus dem Bett geholt und versucht, sie zu verführen? Weil sie gut ist und ich schlecht, nicht wahr? Weil man so etwas mit einer Lady wie Miss Shaw nicht tut; aber eine Simmons dafür nicht zu schade ist. Schließlich habe ich mich dir ja schon einmal an den Hals geworfen, nicht wahr? Aber da hast du dich getäuscht. Ich habe mich dir hingegeben, weil ich das wollte, und das nächste Mal suche ich mir einen Mann dafür, der mich nicht hintergeht.«

»Du meinst Justin«, sagte Wes ärgerlich, wechselte dann aber den Ton: »Leah, ich hatte nichts Böses im Sinn, wirklich nicht. Es hatte sich irgendwie so ergeben. Ich wollte dich nicht verführen, weil du eine erfahrene Frau bist, sondern ein hübsches Mädchen, und . . .«

»Und ein hübsches, erfahrenes Mädchen ist genau das Richtige dafür, nicht wahr?«

Sein Gesicht wurde hart, sein Stolz setzte sich durch. »Ich bin nicht Justin, und du bist nicht Kimberly. Also sind wir quitt.« Er ging an ihr vorbei und stürmte davon zum Lager.

Sogleich legte sich Leahs Zorn wieder, und sie sah ein, daß sie im Unrecht war. Wesley hatte recht. Was sich zwischen ihnen entwickelt hatte, war nicht geplant gewesen, und sie hätte diesen Moment nicht verderben sollen.

Sie wollte ihn zurückrufen, besann sich dann aber anders. Es war besser, wenn es bei dieser Verstimmung blieb. Sie waren sich in jüngster Zeit zu nahe gekommen. Und wenn dann der Tag kam, an dem er sich von ihr scheiden ließ und Kimberly heiratete, war vielleicht ihre alte Liebe zu ihm wieder erwacht.

Nein, es war besser, wenn sie seine Nähe mied und sich auf Justin konzentrierte. Vielleicht konnte Justin sie vergessen lassen, was sie einmal für Wes empfunden hatte.

Kapitel 11

Es fiel Leah nicht schwer, sich auf Justin einzustellen. Er schien immer nur ein paar Schritte von ihr entfernt, bot ihr bei jeder Arbeit seine Hilfe an, schenkte ihr Blumen und sah sie immer mit strahlenden Augen an.

Eines Abends, als Leah bei ihrem Wagen stand, einen Strauß Wiesenblumen in der Hand, den Justin ihr geschenkt hatte, trat Sadie zu ihr. »Sie überlegen anscheinend, ob sie den Kleinen erhören sollen«, sagte Sadie.

»Als klein kann man Justin beim besten Willen nicht bezeichnen«, antwortete Leah, die gar nicht erst versuchte, so zu tun, als wisse sie nicht, wer gemeint sei. »Zudem gab es hier nie etwas zu überlegen. Wesley Stanford ist mit Kimberly verlobt und liebt sie sehr.«

Sadie schnaubte. »Vielleicht war er mal früher in sie verliebt; doch das muß in einer Zeit gewesen sein, als er noch nicht vierundzwanzig Stunden täglich in ihrer Gesellschaft verbringen mußte.«

»Was meinen Sie damit?«

»Versuchen Sie nicht, die Unwissende zu spielen, junge Dame«, gab Sadie mit spitzer Zunge zurück. »Ich weiß sehr wohl, daß Sie sich darüber im klaren sind, was zwischen den beiden vorgeht.«

»Ich habe keine Ahnung«, antwortete Leah. »Ich habe mich auch nicht darum gekümmert, und es ist mir auch egal. Denn ich glaube, ich habe mich inzwischen in Justin verliebt.«

Sadie hatte auch dafür nur ein Schnauben übrig, ehe sie in den Wald ging und dort ein paar Eimer voll Schmutzwasser leerte.

Zwei Abende später kampierten sie in der Nähe von drei Familien, zu denen zwei Männer gehörten, die auf der Fiedel spielten und alle zu einem Stegreiftanz einluden.

Leah nahm sich diesmal lange Zeit, um sich zu waschen und zu kämmen, bis ihr Haar glänzte wie geschmolzene Rubine. Sie zog ein tief ausgeschnittenes, rosenfarbenes Seidenkleid an, das Funken zu sprühen schien, wenn sie sich darin bewegte. Bänder aus dunkelroter Seide schmückten ihr Haar und betonten ihre Taille.

»Du siehst aus wie eine Prinzessin«, sagte Sadies ältester Sohn und blickte sie ehrfürchtig an.

Bei diesem Tanzabend entfielen fünf Frauen auf fünfzehn Männer. Vier von diesen Männern waren die Söhne von einer dieser Frauen – gutaussehende, energische Burschen, die sofort Leah und Kimberly bei der Hand nahmen und sie im Reigentanz um das Feuer herumwirbelten.

»Mir gefällt das nicht«, sagte Kimberly, als sie zwischen zwei Tänzen versuchte, wieder zu Atem zu kommen.

Leah konnte ihr keine Antwort darauf geben, weil sie schon wieder zum Tanzen aufgefordert wurde.

»Du scheinst diesen Abend zu genießen«, sagte Wesley später, als er sie in seine Arme zog.

»Ich möchte mich nicht mit dir streiten«, erwiderte sie.

»Du siehst schön aus, Leah«, flüsterte Wesley. »Du hast dich verändert, seit . . .«

Er brach ab, weil Kimberly auf der anderen Seite des Feuers schon zum fünften Male »Wesley!« rief.

»Kümmere dich lieber um sie«, sagte Leah und wollte sich von ihm lösen.

Wesley gab jedoch ihre Hände nicht frei. »Noch nicht«, sagte er, die Zähne zusammenpressend. »Ich werde zu ihr gehen, wenn *ich* dazu bereit bin.«

Sie sah ihn kalt an. »Du kannst mich nicht täuschen. Sie braucht nur mit der Kette zu rasseln, die sie dir angelegt hat, und du läßt mich mitten im Tanz stehen«, sagte sie hitzig. »Ehe das passiert, tanze ich lieber mit einem fremden Mann.«

Sie zitterte am ganzen Körper, als sie den Tanzplatz verließ, und klammerte sich an Justins Arm. »Ich muß mich ein wenig von diesem Trubel erholen«, murmelte sie. Justin führte sie vom Feuer weg in den nächtlichen Wald.

Sobald sie außer Sichtweite der Leute waren, stürzte sich Leah buchstäblich in Justins Arme und drückte ihren Mund auf seine Lippen. Sie mußte endlich das Gefühl haben, eine Frau zu sein. Sie hatte genug Zurückweisungen und Kränkungen erlebt. Sie hatte sich mit ihrem Körper und ihrer Liebe an Wesleys Brust geworfen, und er hatte sich genommen, was er sich nehmen wollte, und ihr dann gesagt, jetzt habe er genug von ihr. Kimberly saß auf ihrem Thron, und Wesley kniete davor und bot ihr seine Gaben an.

»Heirate mich«, flüsterte Justin und küßte ihr Gesicht und ihren Hals. »Heirate mich noch heute abend.«

Sie schob ihn von sich weg. »Du brauchst mich nicht zu heiraten«, sagte sie. »Nur weil ich dazu neige, mich ... Männern an den Hals zu werfen, bedeutet das nicht, daß einer von ihnen mich heiraten muß. Oder daß er sich ein Leben lang an mich binden soll«, setzte sie rasch hinzu.

»Leah«, sagte Justin, sie bei den Schultern fassend, »du weißt nicht, wovon du redest. Ich liebe dich! Ich habe dich vom ersten Augenblick an geliebt, und ich will dich heiraten. Ich möchte, daß du meine Frau wirst und mit mir zusammenlebst.«

»Für wie lange?« fragte sie spöttisch. »Hast du zu Hause kein Mädchen?« Sie schüttelte seine Hände ab. »Ich kann niemanden heiraten.«

Damit drehte sie sich um und lief in ihr Camp zurück, wobei sie beinahe über Wesley und Kim gestolpert wäre.

»Ich kann diese Leute nicht mehr ertragen«, sagte Kim mit einem Schluchzen in der Stimme. »Ich mag nicht, daß sie mich dauernd betätscheln. Außerdem bin ich müde.«

»Ich habe den Eindruck, daß du dich von keinem Mann gern anfassen läßt«, sagte Wesley. »Auch von mir nicht.«

»Das ist nicht wahr! Ich habe nichts dagegen, wenn du mich anfaßt, solange du mir nicht weh tust. Streite bitte nicht mit mir, Wes. Ich bin müde und muß jetzt schlafen.«

Leah wollte nicht länger ihr Gespräch belauschen. Sie trat vor. »Ich werde mich um Kim kümmern«, sagte sie begütigend und legte die Arme um die blonde Frau, die zu weinen begann.

Aus irgendeinem Grund fühlte sich Wesley durch Leahs Verhalten herausgefordert. »Du kümmerst dich um sie«, fauchte er. »Du kümmerst dich um alles und jeden, nicht war? Leah, die Allmächtige, kann mit einer Hand einen Mann vor dem Ertrinken retten, während sie mit der anderen Hand ein Dutzend Kinder großzieht! Nichts ist Leah zuviel, nicht wahr? Sie kann selbst in schmutzigen Kleidern noch schön aussehen. Ich selbst werde mich um Kim kümmern.«

Damit faßt er Kim am Arm, riß sie Leah förmlich aus den Armen und führte sie zu ihrem Wagen.

Leah starrte den beiden verblüfft nach. Wesleys Ausbruch war ihr unbegreiflich. Erwartete er etwa, daß alle Frauen so sein sollten wie Kim? Wenn sie alle herumsaßen und ihre Haare pflegten, würden sie nie mit der Arbeit fertig werden. Das mußte Wesley doch einsehen. Gewiß war er nur deswegen so schroff gewesen, weil er sich einbildete, sie behandele seine geliebte Kimberly nicht so zart, wie sie es verdiente.

Ärgerlich drehte Leah sich um und ging zu ihrem Wagen. Warum versuchte sie noch, Wesleys Gedanken und Wünsche zu ergründen, obwohl sie soeben einen Heiratsantrag bekommen hatte? Und warum wollte Justin sie vom Fleck weg heiraten?

Ihr schwirrte der Kopf, als sie sich zum Schlafen niederlegte; und es dauerte nicht lange, bis ihr die Tränen kamen – und sie wußte nicht einmal, warum.

In den nächsten drei Tagen regnete es ununterbrochen. Der Himmel öffnete seine Schleusen und schien die Erde in einer zweiten Sintflut ertränken zu wollen.

Justin lenkte das Gespann. Leah saß neben ihm, und die Räder quälten sich durch tiefen, saugenden Schlamm. Kein Hut und kein Ölzeug schützten vor dieser triefenden Nässe.

Wesley hatte für Kim unter dem Wagendach auf der Ladefläche einen Platz eingerichtet und brachte ihr alle Mahlzeiten dorthin. Zweimal ertappte Leah Justin dabei, wie er Wesley schadenfroh angrinste; und Wesley schien sich beherrschen zu müssen, daß er Justin nicht ein paar Schneidezähne einschlüge.

Am vierten Tag hing eine blasse Sonne über dem

Land und spiegelte sich in den Lachen. Abends hatten sie Mühe, einen Lagerplatz zu finden. Die Pfützen waren so groß wie Fischteiche.

Leah mußte durch kniehohen Schlamm waten, um ihren Wagen erreichen zu können. Sie hatten ihr Lager in einiger Entfernung von den Wagen auf einer Kuppe errichten müssen, und nun schleppte sie Decken und Geschirr dorthin, während sie vorsichtig auf einem Grat zwischen zwei Schlammlöchern balancierte.

Wesley stand bei den Prärieschonern und beobachtete sie unter der breiten Krempe seines Hutes hervor. Seine Lederkluft war noch feucht vom Regen.

Leah kam zurück, nahm ein großes Bündel mit Nahrungsmitteln und wollte damit wieder ins Lager zurück.

»Hier«, sagte Wes und hielt ihr ein Säckchen hin, in dem sich, wie Leah wußte, eine Bratpfanne befand. »Das wirst du auch brauchen.«

Leah sah auf ihr Bündel und kam dann zum Wagen zurück, um das Säckchen auf die Schulter zu nehmen.

»Und das noch«, sagte Wesley und hängte ihr ein Zaumzeug über die andere Schulter.

»Vielleicht sollte ich lieber zweimal gehen«, meinte Leah, während sie besorgt über die Schulter auf die schmale Landbrücke sah, die sie zwischen den grundlosen Pfützen überqueren mußte.

»Du meinst, du könntest nicht alles auf einmal tragen?« fragte Wes mit hochgezogener Braue.

»Ich glaube nicht«, meinte sie zweifelnd, während Wes ihr noch ein zweites Zaumzeug über die Schulter hängte.

»Und das muß auch noch mit«, sagte er und hängte ihr eine Schlaufe um den Hals. Ein langer Sack hing daran, der nun schwer auf ihrem Rücken lastete.

»Ist das alles?« fragte sie aufgebracht. Ihre Beine begannen unter der gewaltigen Bürde einzuknicken.

»Das sollte fürs erste genügen! Oh, nur noch eine Kleinigkeit: Justins Hut!« Er setzte ihr den viel zu großen Hut auf, der ihr über die Ohren rutschte.

»Ich kann kaum noch etwas sehen«, murmelte sie, den Kopf in den Nacken gelegt.

»Das sollte dir doch nichts ausmachen. Leah kann alles. Leah bringt nichts aus der Ruhe. Nun geh schon! Die Leute im Lager warten auf diese Sachen.« Damit drehte er sie um, zeigte auf den schmalen Weg, der zur Anhöhe hinaufführte, und gab ihr einen kleinen Schubs.

Leah war viel zu sehr damit beschäftigt, sich auf den Pfad zu konzentrieren, von dem sie nicht abweichen durfte, um darüber nachzudenken, was Wesley ihr da antun wollte. Schon nach dem ersten Schritt rutschte ihr der Hut noch tiefer ins Gesicht und raubte ihr fast gänzlich die Sicht. Um diesen Mangel zu beheben, legte sie den Kopf noch weiter nach hinten, und der Sack, der an ihrem Hals hing, schnürte ihr fast die Luft ab.

Trotz dieser Handikaps kam sie zunächst recht gut voran. Dann, als sie schon die Hälfte der Strecke zum Lager bewältigt hatte, kam sie mit dem linken Fuß vom Weg ab, und als sie ihn wieder aus dem tiefen Schlamm herausziehen wollte, begann sie das Gleichgewicht zu verlieren.

Eines der beiden Zaumzeuge rutschte ihr von der Schulter, und das verunsicherte sie noch mehr. Sie versuchte, es mit einem Achselzucken wieder auf die Schulter zu befördern; doch in diesem Moment gab der Schlamm ihren Fuß frei.

Einen Augenblick stand sie schwankend am Rand des Pfades, bis sie plötzlich mit ihrer Last umkippte und in den weichen, blasigen Schlamm fiel.

Blinzelnd saß sie im Morast und wollte noch immer keines ihrer Bündel loslassen. Ein dicker Lehmkloß rutschte ihr über Stirn und Nase, und als er ihre Oberlippe erreichte, versuchte sie ihn wegzublasen.

Da hörte sie ein lautes Lachen über sich und sah Wesley, der sich mit einem schadenfrohen Gesicht zu ihr hinunterbeugte, auf dem Pfad stehen. »Anscheinend gibt es doch etwas, das selbst unsere unglaublich tüchtige Leah nicht bewältigen kann! Du dachtest, du könntest den halben Prärieschoner durch den Schlamm tragen. Sieht aber so aus, als ob du das nicht könntest!« sagt er mit einem diebischen Grinsen.

Leah hob einen Arm, der bis zur Schulter mit Schlamm bedeckt war, und versuchte, sich die Haare aus den Augen zu wischen. Justins Hut schwamm neben ihr auf einer Pfütze. Langsam begann sie ihre Bündel und Säckchen im Schlamm zusammenzusuchen und auf den Pfad hinaufzuheben.

»Du wolltest mich nicht einmal um Hilfe bitten, als du schon aus den Schuhen kipptest«, sagte Wes, während er ihr den Verpflegungssack abnahm. »Wenn ich nicht in der Nähe gewesen wäre, würde dir jetzt kein Mensch aus diesem Schlamassel heraushelfen.«

»Ich säße nicht in diesem Schlamassel, wenn du mir nicht so viel aufgebürdet hättest«, sagte sie und entfernte die Schlaufe von ihrem Hals, die mit dem Sack auf ihrem Rücken verbunden war.

»Und warum hast du nicht ›nein‹ gesagt, als es dir zuviel wurde? Oder existiert dieses Wort nicht in deinem Wortschatz?« erwiderte er. Und mit ernster Stimme setzte er hinzu: »Warum mußt du immer alles selbst machen? Warum bittest du nie jemanden um Hilfe?«

Leah sah zu ihm hinauf und wurde sich plötzlich bewußt, daß sie bis zur Nase im Schlamm steckte, nur weil er ihr eine Lektion erteilen wollte. Natürlich brauchte sie manchmal die Hilfe anderer Leute, aber in den letzten Tagen hatte sie immer für zwei arbeiten müssen, damit Kim sich nicht die Hände schmutzig zu machen brauchte. Sie hatte versucht, der Frau zu helfen, die Wes liebte.

Er merkte nicht, wie sich der Ausdruck ihrer Augen veränderte. Er sah auch nicht, wie ihre rechte Hand im Schlamm versank. Als Wes sich bückte, um das letzte Bündel entgegenzunehmen, flog Leahs Arm nach vorn und schleuderte ihm einen dicken Lehmklumpen mitten in das grinsende Gesicht.

Während er gurgelte und spuckte, um den Lehm aus seinem Mund zu entfernen, kratzte sie mit beiden Händen den Schlamm zusammen und begann ihn damit zu bombardieren. Als sie ihre Munition verschossen hatte, war er von Kopf bis Fuß mit Schlamm bedeckt. »Glaubst du, Kim wird dich jetzt noch mit offenen Armen begrüßen?« fragte sie lächelnd.

»Da hört sich doch . . .«, begann er, und dann machte er einen Satz auf sie zu.

Leah rollte sich im gleichen Moment zur Seite, als er nach ihr greifen wollte, und er landete mit dem Gesicht nach unten im Schlamm. Als er sich auf den Rücken wälzte und nur noch seine Augen weiß aus dem Modder herausleuchteten, begann Leah zu lachen.

»Wesley«, prustete sie, als er sich aufrichten wollte, »wenn du mich darum bittest, helfe ich dir beim Aufstehen.«

Mit einem versteckten Grinsen streckte Wes seinen schlammbedeckten Arm Leah entgegen. Als sie ihn ergriff, zog er ihn rasch nach unten.

»Nein!« rief sie erschrocken, ehe sie wieder in dem Schlammloch eintauchte. Jetzt war auch ihre Vorderseite mit Modder bedeckt.

»Du unverschämter . . .«, begann sie und spuckte den

Schlamm aus dem Mund. »Wie konntest du dich unterstehen, so etwas zu tun! Schau mich an!«

»Das tue ich ja«, sagte er mit einem breiten Grinsen. »Das tue ich ja!« Sein Blick hing an dem Vorderteil ihres Kleides, das wie eine zweite Haut an ihrem Körper klebte.

Es ist schwierig, wenn nicht gar unmöglich, ein hochmütiges Gesicht zu machen, wenn man von Kopf bis Fuß mit Schmutz bekleckert ist. Leah war wütend über Wes, weil er sie absichtlich zu Fall gebracht hatte, und nun warf er ihr auch noch lüsterne Blicke zu. Sie hatte genug von seinem schamlosen Betragen, sie war doch mehr als nur ein Körper!

Sie ballte die Hände zu Fäusten, richtete sich auf und stürzte sich auf ihn.

Lachend breitete Wes die Arme aus, und als sie versuchte, ihn zu schlagen, schlang er seine Arme um sie und wälzte sich mit ihr auf die Seite.

»Hör auf!« schrie sie und versuchte, ihn von sich wegzudrücken. »Hör sofort damit auf, Wesley!«

»Es gelingt dir doch nicht alles, was du dir vornimmst, wie?« fragte er lachend, während er seine muskulösen Beine über die ihren schob. »Oder willst du das bestreiten?«

Sie versuchte, sich unter seinem Körper hervorzuwinden. »Natürlich bestreite ich das nicht. Ich habe auch nie dergleichen behauptet.«

Er grinste mit weißen Zähnen auf sie hinunter. »Ich muß schon sagen – du bist verdammt schmutzig.«

»Und das alles nur deinetwegen!« schnaubte sie. Doch dann veränderte sich ihr Gesichtsausdruck. Sie kicherte leise in sich hinein. Sie mußten beide furchtbar aussehen. »Ganz sauber bist du auch nicht«, sagte sie. Und während sie zu ihm hochsah, hörte sie auf, sich zu wehren.

»Verrate mir mal, was du *nicht* könntest!«

»Was? Oh, Wesley, kannst du deine idiotischen Fragen nicht für später aufheben? Laß mich aufstehen, damit ich ein Bad nehmen kann.«

Sein mit Schlamm bedecktes Gesicht verharrte regungslos über ihr, und als er dem Druck ihrer Hände nicht nachgab, seufzte sie.

»Es gibt vieles, was ich nicht zu tun vermag.«

»Zum Beispiel?«

Leah mußte einen Moment nachdenken. »Du hast mich nur Hausarbeiten verrichten sehen. Ich habe schon als Kind auf der Farm arbeiten müssen. Deshalb beherrsche ich diese Art von Arbeit.«

»Ich warte«, sagte Wes eigensinnig.

»Jagen!« sagte sie, froh, daß ihr etwas eingefallen war. »Ich bin einmal mit meinem Bruder auf die Jagd gegangen und habe mich dabei so gefürchtet, daß er mich nach einer Stunde nach Hause bringen mußte. Es war dunkel, und ich hörte einen Bären im Gebüsch. Er jagte mir furchtbare Angst ein. Da hast du etwas, was ich nicht fertigbringe.«

»Fällt dir noch etwas ein?«

»Du bist unmöglich! Mir steckt der Schlamm sogar in den Ohren! Bitte, laß mich aufstehen. Also schön – ich kann nicht lesen, ich kann nicht schreiben, habe Angst vor Schußwaffen und vor dem Alleinsein im dunklen Wald. Und ich hasse Männer, die immer nur daran denken, daß ich eine Simmons bin«, setzte sie mit giftigem Stimmklang hinzu.

»Schußwaffen, wie?« fragte Wes, als habe er ihren letzten Satz gar nicht gehört. Dann spannte er erneut seine Armmuskeln an und wälzte sich mit ihr abermals im Schlamm.

»Wesley!« rief sie.

»Schußwaffen und Jagen!« Er lachte und drehte mit ihr eine Rolle nach der anderen im Morast.

Leah konnte sich nur an ihn klammern und versuchen, nicht in der Pfütze zu ertrinken.

»Na, was haben wir denn da?« hörte sie über sich Sadies Stimme. »Zwei Schweine, die sich im Schlamm suhlen!«

Leah spürte, wie sie unter der Lehmschicht auf ihrem Gesicht ganz rot wurde; Wesley jedoch grinste nur.

»Ich habe mir sagen lassen, daß Ladies Schlamm für ein Schönheitsmittel halten. Und da hatte ich mir gedacht, ich sollte das Rezept auch mal bei mir ausprobieren, und Leah wollte mir zeigen, wie man es macht. Das wolltest du doch, nicht war, Leah?«

»Laß mich sofort los, du unverschämter Lümmel!« zischte Leah.

»Wesley!« erklang nun Kims weinerliche Stimme. »Was treibt ihr beiden denn in dieser Pfütze? Bist du in den Dreck gefallen?«

»Ich glaube, ja«, sagte Wesley leise und sah dabei Leah mit einem seltsam verschleierten, verwunderten Blick an. Er wälzte sich von ihr fort und sah zu Kim hoch. »Leah ist in die Pfütze gefallen, und ich bin ihr nachgesprungen.« Er sagte das in einem Ton, der sich wie eine Herausforderung anhörte.

»Oh«, meinte Kim und blinzelte. »Ich hätte nicht gedacht, daß man im Schlamm auch schwimmen kann.«

Leah lachte nicht. Kim mochte vieles sein; aber gewiß war sie nicht dumm.

Wes erhob sich langsam aus der Pfütze. »Ich denke, wir sollten uns jetzt erst mal waschen«, sagte er und streckte Leah seine Hand hin.

Sie war nicht sicher, ob sie ihm trauen durfte; aber diesmal war kein Schalk in seinen Augen, und so nahm sie die dargebotene Hand an. Er zog sie in seine Arme, ohne daß Leah dagegen protestierte.

»Wesley . . .«, begann Kim.

»Ich muß Leah zum Fluß hinunterbringen«, sagte er, ihr ins Wort fallend. Er ging mit Leah an ihr vorbei.

Da war etwas in Wesleys Augen, das Leah veranlaßte, sich stumm zu fügen.

Sadie sagte hinter ihnen: »Kommen Sie mit mir, Kimberly, ich mache Ihnen was Gutes zu trinken.«

Am Fluß ließ Wesley Leah dann in Ruhe. Nachdem er sich gewaschen hatte, ging er stirnrunzelnd zurück ins Lager.

Kimberly brachte Leah ein Handtuch und frische Kleider.

»Leah«, sagte sie vorwurfsvoll, »ich glaube nicht, daß eine Lady sich mit einem Mann in einer Pfütze wälzen sollte. Ich glaube wirklich nicht, daß sich so etwas schickt.«

»Kim«, sagte Leah, »ich habe das wirklich nicht mit Absicht getan. Ich bin in die Pfütze gefallen.«

»Und Wesley wollte dich retten?« Kim brauchte offenbar eine Bestätigung für ihren Seelenfrieden.

Leah nickte nur.

»Wesley ist nicht mehr so nett zu mir wie früher«, fuhr Kim fort. »Gestern abend war er richtig grob zu mir, und heute hat er kaum ein Wort mit mir gesprochen.«

Leah knöpfte sich das Kleid zu. »Was hast du denn zu ihm gesagt, ehe er grob wurde?«

»Ich sprach von unserer Hochzeit – wie sehr ich mich darauf freute, und wie froh ich sei, daß ich in Weiß heiraten könne. Ich meine, als er das erste Mal geheiratet hat, konntest du ja schwerlich . . .« Sie hielt inne, als sie Leahs Blick auffing. »Das sollte kein Vorwurf sein, Leah. Und du kannst auch in Weiß gehen, wenn du Justin heiratest. Niemand in Kentucky weiß etwas von deiner Vergangenheit, und ich bin sicher, daß weder Wesley noch ich ein Wort darüber verlauten lassen.«

Leah hielt ihren Rücken kerzengerade, als sie sich auf den Weg zurück ins Lager machte. Sie hatte ganz vergessen, zu fragen, was für eine rüde Antwort Kim von Wesley bekommen hatte, als sie ihren jungfräulichen Zustand erwähnte.

Kapitel 12

In den nächsten Wochen kamen sie der Grenze von Kentucky immer näher. Statt sich darauf zu freuen, daß sie in diesem Staat ein neues Leben beginnen könne, begann Leah sich Sorgen zu machen, wie man dort eine frischgeschiedene Frau aufnehmen würde. Als sie noch in Virginia weilte, hatte sie dafür sorgen wollen, daß die Leute wenigstens eine Simmons in guter Erinnerung behielten. Sie wollte verhüten, daß die Leute dort sagten, ein Gentleman habe sie zwar geheiratet, sei aber vernünftig genug gewesen, sich rasch wieder von ihr zu trennen. Damals war Kentucky für sie noch ein weit entferntes Land gewesen.

Doch nun wünschte sie sich, sie hätte ihre Scheidung schon in Virginia durchgeführt. Dann hätte sie als ledige Frau den Boden dieses neuen Staates betreten können. Nun mußte sie ihr Leben dort mit einem häßlichen Verfahren beginnen, das man ihr dort genauso anlasten würde, wie sie vorher in Virginia ihre Familienverhältnisse in Verruf gebracht hatten.

Schweigend saß sie neben Justin, während der Treck sich seinem Reiseziel näherte. Er wollte sie immer noch heiraten, obwohl er die Wahrheit über ihre Familie wußte. Aber welcher Mann würde sie denn noch haben wollen, sobald er erfuhr, daß sie geschieden war und eine Fehlgeburt hinter sich hatte? Kim wußte, wie wichtig ihre Jungfräulichkeit war, sie klammerte sich daran wie an eine unschätzbare Kostbarkeit.

Regan und Nicole hatten gesagt, Leah wäre eine Lady, aber Leah konnte das nicht glauben. Kim war eine Lady. Jeder war höflich zu ihr. Der Mann, der sie liebte, bediente sie von hinten und vorne. Er behandelte sie mit Respekt, und Kim konnte sich selbst nach dieser langen Reise noch ihrer Jungfräulichkeit rühmen.

Aber Leah wurde von den Männern als Lustobjekt betrachtet. Kim hatte recht: keine Lady würde sich mit einem Mann im Schlamm wälzen. Oder sich ihm an den Hals werfen und schwängern lassen.

»Woran denkst du gerade, Leah?« fragte Justin neben ihr.

»An nichts, was ich mit anderen teilen könnte«, gab sie zur Antwort.

»Ich hatte gehofft, du denkst über eine Antwort auf meinen Antrag nach.«

»In gewisser Weise tat ich das auch. Es gibt einige Dinge, die du über mich wissen solltest.«

»Ich bin nicht so leicht zu schockieren. Leah, dich bedrückt etwas. Selbst wenn du die Liebe nicht erwiderst, die ich für dich empfinde, bin ich immer noch dein Freund. Du kannst mir alles erzählen.«

Sie schwieg einen Moment und wünschte sich, daß sie ihm glauben könnte. Aber wenn sie ihm jetzt die Wahrheit berichtete, würde er sie nie mehr anschauen und auch kein Wort mehr mit ihr reden. Und sie wollte sich in diesen letzten Tagen der Reise die Illusion bewahren, daß ein gutaussehender Mann sie heiraten wollte, ehe sie ihm die Augen öffnen und er sie dann vermutlich hassen würde.

»Es betrifft doch nicht Wesley, oder?« fragte er mit einem feindseligen Unterton in der Stimme.

Sie lachte. »Wesley Stanford ist der letzte Mann auf Erden, der an mir ein Interesse haben könnte. Er liebt Lady Kimberly und weiß nicht einmal, daß neben ihr noch andere Frauen existieren.«

»Ich wünschte, ich wäre mir dessen so sicher wie du.«

Leah gab ihm keine Antwort. Sie fürchtete die Bekanntschaft neuer Leute und deren vernichtendes Urteil, sobald es zur Scheidung kam. Sie wußte ja aus bitterer Erfahrung, wie die Männer in Virginia, die ihre Familie gekannt hatten, eine Frau wie sie behandelten. Sie fragte sich, ob sie so eine Behandlung auch in Kentucky ertragen müsse?

Vielleicht sollte sie sich von Wesley in Sweetbriar scheiden lassen und sich sofort wieder auf den Weg in einen anderen Staat machen, wenn sie ihre Freiheit wiedererlangt hatte? Sie betete zu Gott, daß ihr schlechter Ruf sie nicht überall verfolgen möge.

An diesem Abend schienen alle im Lager bedrückter Stimmung zu sein. Wesley hob den Blick nicht von seinem Teller, Kims Augen waren rot und geschwollen, und Justin beobachtete Leah, während sie mechanisch ihrer Arbeit nachging.

»Ich dachte, ihr wäret alle froh, endlich zu Hause sein zu können«, sagte Sadie seufzend. »Aber ich habe auch schon heiterere Beerdigungen erlebt.«

Am nächsten Tag heuerte Wesley einen jungen Mann an, der dem Treck vorausreiten und den Leuten auf seiner Farm in Sweetbriar seine baldige Ankunft melden sollte.

Leah hätte am liebsten geheult, denn bald würde Wesley den Leuten offenbaren müssen, daß er verheiratet sei und die Scheidung eingeleitet würde. Leah fragte sich, ob Kim sie zu ihrer Hochzeit einladen würde, damit sie Kim in ihrem makellos weißen Kleid unberührter Unschuld bewundern durfte.

Mit jedem Tag, den der Treck der Grenze von Kentucky ein Stück näher kam, schien die Laune der Reisenden düsterer zu werden. Einmal warf Justin Leah ärgerlich vor, sie nähme seinen Heiratsantrag nur deswegen nicht an, weil sie sich von allen Männern in dem neuen Staat den Hof machen lassen wollte. Als Leah darauf das Gesicht in ihren Händen barg und bitterlich zu weinen begann, machte Justin ihr nie mehr Vorwürfe irgendwelcher Art.

Zweimal hörte Leah, wie Wesley zu Kim sagte, er wäre zu beschäftigt, um ihr besorgen zu können, was sie von ihm verlangte. Kim zog sich darauf in ihren Wagen zurück, um dort zu schlafen. Als sie die Grenze von Kentucky erreichten, schlief Kim jede Nacht zwölf Stunden und drei Stunden nachmittags nach dem Essen.

Wesley sprach mit niemandem mehr. Er erledigte alle Arbeiten, die ihm zugeteilt wurden, zog sich dann aber in sich selbst zurück. Er schien nicht zu bemerken, daß noch andere Leute in seiner Nähe weilten.

»Dieser Mann ringt schwer mit sich«, sagte Sadie, als sie sich mit Hank von Leah und den anderen verabschiedete. »Ich hoffe sehr, daß er sich endlich entscheidet, welche Frau er nun haben möchte.«

Leah sah sie nur an. »Du hast viel zu romantische Vorstellungen, Sadie! Wesley ist schon seit Jahren in Kim verliebt. Er versucht sich lediglich zu beherrschen und bis zur Hochzeit zu warten.« Sie brachte es nicht fertig, hinzuzufügen, daß es noch lange dauern könne bis dahin, da vorher noch das Hindernis der Ehe zwischen ihr und Wes beseitigt werden mußte.

Leah umarmte Sadie, Hank und die Kinder, froh, daß sie nie die Wahrheit über sie erfahren hatten. Sie schieden von ihr in gutem Einvernehmen, weil sie nicht wußten, daß sie sich Wes an den Hals geworfen und von ihm verstoßen worden war.

Es war ein sehr schweigsamer Treck, der nun auf Sweetbriar in Kentucky zurollte.

Am vierten Tag nach der Trennung von Sadie, Hank und deren Kindern kamen zwei Männer im Galopp auf die Wagen zu. Einer von ihnen war Oliver Stark, Justins neunzehn Jahre alter Bruder, der für Wesley arbeitete. Der andere war John Hammond, ein großgewachsener, gutaussehender Mann in den Dreißigern.

»Auf der Farm läuft alles großartig«, berichtete Oliver und blickte Wesley und seinen Bruder grinsend an. »Ihr habt euch verdammt viel Zeit gelassen für die Strecke hierher.«

»Ich hätte nicht erwartet, dich auch hier begrüßen zu können, John«, sagte Wesley und streckte dem Mann mit dem graumelierten Haar die Hand hin.

»Der Junge, den du vorausgeschickt hast, erzählte mir, du brächtest zwei der hübschesten Frauen mit, die er in seinem Leben gesehen habe. Mir scheint, er hat keineswegs übertrieben«, sagte John, während er Kim und Leah von Kopf bis Fuß betrachtete.

Kim schlug die Augen nieder. Wie gewöhnlich waren sie gerötet vom Weinen.

»Ich stelle dich den Ladies gerne vor«, sagte Wes; aber da legte ihm Kim rasch die Hand auf den Arm und sah ihn dabei flehentlich an.

»Laß mich zuerst mit Leah reden, bitte«, sagte Kim im halben Flüsterton.

Wesleys Wangenmuskeln zuckten, doch er nickte nur schweigend. Dann fragte er die Männer über Dinge aus, die seine Farm betrafen.

Verwirrt folgte Leah Kim zum Heck ihres Wagens. Etwas schien Kim schrecklich aufgebracht zu haben. »Geht es dir nicht gut, Kim?« fragte Leah besorgt.

»Wesley ist einfach gräßlich«, fauchte Kim. »Sobald er sich etwas in den Kopf gesetzt hat, kann ihn niemand und nichts mehr davon abbringen.«

Leah mochte nicht glauben, daß sie von Wes damit beauftragt worden war, die Frau zu trösten, die ihren Mann heiraten sollte. »Ich meine, daß du darüber eigentlich froh sein solltest. Er hat beschlossen, dich zu heiraten, und nichts wird ihn davon abbringen, nicht einmal die Ehe mit einer anderen Frau.«

Kim sah sie mit harten Augen an. »Manchmal ändert er seinen Entschluß. Er braucht eine Weile dazu; aber wenn er sich entschieden hat, bringt ihn nichts mehr davon ab.«

»Wovon in aller Welt, redest du überhaupt? Oh!« setzte Leah erschrocken hinzu, als sie stolperte und fast gestürzt wäre. Die Wagen hielten auf einer engen Straße am Rande eines steilen Abhangs. In der Tiefe sahen sie die Windungen eines kleinen Flusses, und kein Baum hätte am Abhang ihren Fall aufgehalten.

»Du meine Güte!« rief Kim. »Um ein Haar wärst du in die Schlucht gefallen!«

Leah lächelte. »Der Hang ist nicht so steil, daß ein Sturz gefährlich werden könnte. Es sei denn, der ganze Wagen fiele mir dabei auf den Kopf«, setzte sie mit einem kurzen Lachen hinzu.

Kim sagte einen Moment nichts. »Leah«, meinte sie dann mit bedächtiger Stimme. »Ich brauche meinen rosafarbenen Hut ganz vorne im Wagen in dem kleinen braunen Koffer. Ich würde ihn mir ja selbst holen; aber du bist viel gewandter als ich. Würdest du mir den Gefallen tun? Bitte!«

Als Leah zögerte, sagte Kim: »Es dauert ja nur noch ein paar Tage, dann bist du mich los. Dann werde ich dich nie mehr um etwas bitten.«

Seufzend fügte sich Leah. Kim war in den letzten Tagen so niedergeschlagen gewesen, daß sie ihr diesen kleinen Liebesdienst schlecht abschlagen konnte. Zudem war Leah jede Unterbrechung willkommen. Sie kletterte also auf den Wagen und begann, hinter Kisten und Säkken nach Kims kleinem braunem Koffer zu suchen.

Als Kim zu den Männern zurückkehren wollte, die vorn auf der Straße beisammenstanden, machte sie ein nachdenkliches Gesicht. Die Männer waren so sehr in ihr Gespräch vertieft, daß sie nicht auf Kim achteten, die jetzt auf der vom Abhang abgewendeten Seite des Wagens bei den Pferden stehenblieb.

Nachdem sie sich mit einem Blick davon überzeugt hatte, daß keiner zu ihr hinsah, nahm sie langsam ihre Haube ab, zog eine vier Zoll lange Nadel aus ihren Haaren und stach damit eines der Pferde mit Vorbedacht und Wucht in die Hinterbacke.

»He!« rief John Hammond in diesem Moment.

Kim drehte sich erschrocken um und blickte mit furchtsamen Augen zu dem Mann hin. Sie war sich bewußt, daß er ihre Tat beobachtet hatte.

Doch niemand reagierte auf Johns Ruf, weil das gestochene Pferd sofort mit den Hinterbeinen in die Luft stieg, die anderen Pferde scheu machte und der Wagen von der Straße über die Böschung in den Abgrund rutschte.

»Oh, verflucht!« stieß Wes hervor, der den Wagen gerade in der Tiefe verschwinden sah. »Leah! Wo ist Leah?«

Kim brachte kein Wort über die Lippen. Sie konnte auch den Blick nicht von John Hammonds Gesicht wenden.

Wesley wartete gar nicht erst die Antwort ab, sondern raste den Abhang hinunter, dem stürzenden Wagen nach. Justin war ihm ganz dicht auf den Fersen, Oliver und John folgten in einigem Abstand.

Kim stand regungslos oben auf der Straße.

Als der Wagen endlich anhielt, eine Spur von Säcken und Gütern hinter sich lassend, schrien die Pferde vor Schmerzen. Leah war nirgends zu sehen. Wesley warf Säcke und Koffer aus dem Wagen, während Oliver die Pferde vom Wagen losschnitt.

»Wo ist sie?« forschte Wesley, während Justin den Hügel mit den Augen nach Leahs Leiche absuchte.

»Kim steht dort oben!« hörte Wesley plötzlich eine ruhige Stimme hinter sich.

Wesley drehte sich rasch um und sah Leah aus dem verunglückten Wagen kriechen. »Wie konnte das passieren? Wie schlimm sind die Pferde verletzt? Was können wir von der Ladung retten?« fragte sie in einem Atemzug, während sie Oliver beim Abschirren der Pferde half.

»Verdammt noch mal!« zischte Wesley. Im nächsten Moment hatte er sie in die Arme genommen und küßte sie so wild, daß ihr der Mund weh tat.

»Wesley!« keuchte sie und versuchte ihn von sich wegzuschieben. »Alle Leute sehen uns zu!« Sie blickte zu Justin hinüber, dessen Gesicht ganz blaß war vor Wut, und zu John, der ihnen mehr als interessiert zusah.

Wesley stellte Leah auf den Boden zurück. Zum erstenmal seit vielen Wochen hatte er einen glücklichen Gesichtsausdruck. »Gentlemen, ich möchte euch jetzt endlich meine Frau, Leah Stanford, vorstellen!«

Nur John sah, wie Kim in Ohnmacht fiel. Er lief rasch wieder zurück auf die Straße, um ihr beizustehen.

Leah wurden die Knie weich, und Wes fing sie auf, ehe sie zu Boden sackte.

»Hast du denn gar nichts dazu zu sagen, Liebste?« fragte Wes kopfschüttelnd.

Kapitel 13

Es dauerte Stunden, bis der Wagen wieder auf der Straße stand und die Unglücksstelle aufgeräumt war. Ein Pferd mußte getötet werden, die anderen hatten tiefe Schürfwunden und Schnitte davongetragen; aber die würden mit der Zeit wieder heilen. Einige Säcke mit Saatgut waren bei dem Sturz aufgeplatzt und hatten ihren Inhalt über den Abhang ergossen, doch die übrige Ladung war größtenteils heil geblieben.

Kimberly stand die ganze Zeit oben auf der Böschung und weinte laut, während John Hammond sein möglichstes tat, um sie zu trösten. Justin war ziemlich wütend und warf die Gepäckstücke sehr unsanft in den Wagen, wobei er Leah oder Wes kein einziges Mal ansah. Oliver blickte von einem zum anderen, während Leah mit bebenden Händen versuchte, etwas Ordnung in die Ladung zu bringen.

Nur Wesley benahm sich so, als habe sich nichts Ungewöhnliches ereignet. Er lächelte, summte sogar zuweilen vor sich hin und sagte jedem, was er zu tun und wo er anzupacken habe.

»Leah, Liebling«, sagte er, »reiche mir mal die kleine Hutschachtel herüber.«

Zunächst gehorsam, hob Leah die Hutschachtel auf;

aber als sie Wes mit einem Grinsen entgegennehmen wollte, schleuderte sie ihm die Schachtel ins Gesicht, drehte sich um und rannte mit tränenden Augen zum Fluß.

Wesley lief ihr nach, holte sie ein, packte sie bei den Schultern und drehte sie um. »Was hast du denn, Honey? Ich dachte, du würdest dich freuen, wenn ich jedem erzähle, wie es wirklich um uns steht! Das war doch schon immer dein Wunsch, oder etwa nicht?«

Sie schüttelte seine Hände ab und versuchte, sich zu beruhigen. »Ich wußte, daß es eines Tages gesagt werden mußte; aber als ich hörte, wie du es gesagt hast ... du hättest deinen Freunden unsere bevorstehende Scheidung nicht verschweigen dürfen! Und, bitte höre auf, mich dauernd ›Liebling‹ zu nennen!«

»Scheidung?« Er sah sie verwirrt an. »Oh, nein, du scheinst mich mißverstanden zu haben. Ich habe beschlossen, daß wir verheiratet bleiben. Es wird keine Scheidung geben.«

»Ich glaube, ich muß mich erst einmal setzen«, sagte Leah leise, ehe ihr die Beine einknickten und sie etwas unsanft auf der Kehrseite im feuchten Gras landete. »Könntest du mir das alles erklären?«

Er grinste zuversichtlich zu ihr hinunter. »Ganz einfach! Ich habe dich liebgewonnen, Leah. Zuerst war ich ziemlich wütend – nun, vielleicht sogar ein bißchen mehr als wütend –, und wahrscheinlich habe ich dir kaum eine Chance gegeben; aber du hast alle meine Pläne ruiniert. Ich konnte nur immer daran denken, daß ich Kim verlieren sollte.«

Er kauerte sich vor ins Gras. »Aber auf der Reise habe ich dich dann erst richtig kennengelernt. Ich dachte früher, ich wollte eine Frau wie Kim, die mich braucht; aber Kim braucht eher eine Zofe als einen Mann. Und außerdem – brauchst du mich so sehr! Du neigst dazu, dich ständig zu übernehmen, bemühst dich immer, alles für jeden zu tun . . .«

»Und da hast du also beschlossen, daß ich dich brauchte«, fuhr Leah leise fort.

»Ja! Außerdem machst du mir viel mehr Spaß als Kim. Ich brauchte sehr lange, bis ich zu dieser Erkenntnis kam; aber jetzt habe ich beschlossen, daß wir verheiratet bleiben. Erstens ist das vernünftiger, und zweitens auch mit weniger Schwierigkeiten verbunden.«

»Und Kim?« fragte Leah.

»Ich habe mir immer eingebildet, ich würde sie lieben, aber ich bezweifle, ob das jemals der Fall war. Ich bezweifle sehr, daß ich bisher überhaupt eine Frau geliebt habe. Und ich glaube, Kim ist weniger an mir als an meinem Geld interessiert«, setzte er mit zusammengepreßten Zähnen hinzu. »Ich habe schon alles mit ihr abgesprochen. Sie bekommt, bis sie heiratet, jeden Monat von mir eine nicht ganz unbeträchtliche Summe. Sie ist hübsch, und deshalb bin ich überzeugt, daß sie ohne große Mühe einen Mann zum Heiraten finden wird.«

Er schwieg einen Moment. »Willst du denn gar nichts dazu sagen? Ich dachte, du wolltest mich heiraten? Deshalb hast du mich doch beim ersten Mal auch verführt, nicht wahr?«

Leah stand auf und ging ein Stück von ihm weg. »Ich wollte nur sichergehen, daß ich mich auch nicht verhört habe. Also: Du liebst mich nicht und hast Kim ebenfalls nie geliebt; aber wenn du zwischen uns beiden wählen sollst, entscheidest du dich für mich, weil das bequemer ist; denn du ersparst dir eine Scheidung und eine zweite Heirat. Zudem bringe ich dir mehr Spaß, und ich brauche dich, um mich vor mir selbst zu schützen. Habe ich dich so richtig verstanden?«

Er sah stirnrunzelnd zu ihr hoch. »Ich glaube, ja! Aber aus deinem Mund klingt das alles so schrecklich kalt. Ich denke, wir würden ein gutes Gespann abgeben. Wir beide könnten eine Farm aufbauen, die noch größer wäre als die Plantage meines Bruders, und da ich weiß, daß du fruchtbar bist, würden wir auch eine Menge Kinder haben.«

»Und meine Zähne willst du dir nicht erst begutachten?«

Er stand auf. »Ich glaube, jetzt wirst du wütend. Hier stehe ich und gebe dir, was du haben wolltest, und nun wirst du wütend. Erwartest du von mir, daß ich vor dir auf die Knie falle und dir ewige Liebe schwöre? Ich bin mir nicht sicher, ob ich weiß, was Liebe ist. Ich glaubte Kim zu lieben; aber nun weiß ich nur noch, daß ich genug habe von ihren Tränen und ihrer Hilflosigkeit, und mir etwas anderes wünsche.«

Leah atmete tief durch und versuchte, ihren Zorn ein wenig zu zügeln. »Und was aus mir wird, wenn du beschließt, du willst mehr als nur Spaß und mein Bedürfnis, dich zu brauchen? Willst du zu Kim zurückkehren oder dir vielleicht noch eine andere Frau suchen?«

»Wirfst du mir etwa . . . Wankelmütigkeit vor?« fragte er.

Sie lächelte ihm ins Gesicht. »Wie jeder Frau, die sich nicht entscheiden kann, welche Farbe ihr Kleid haben soll.«

Er machte einen Schritt auf sie zu, und Leah wich vor ihm zurück. »Ich möchte nicht mit dir verheiratet bleiben«, sagte sie. »Ich will deine große Farm nicht und Kinder von dir schon gar nicht. Du magst beschlossen haben, daß du mich magst: aber ich mag dich nicht! Ich will meine Zukunft nicht auf dem Charakter eines Mannes aufbauen, der mich jeden Moment im Stich lassen könnte. Ich will keinen Mann haben, für den der Spaß, sich im Schlamm zu wälzen, die Basis einer Ehe ist. Was passiert, wenn du mit einer anderen Frau in den Fluß fällst? Nein, ich kann mit einem Mann, der so wankelmütig ist wie du, nicht zusammenleben! Ich werde jedem unseren Entschluß mitteilen, daß wir uns scheiden lassen.« Sie drehte sich auf den Absätzen; doch Wes hielt sie an der Schulter fest.

»Du wirst so etwas *nicht* tun«, fauchte er. »Ich habe meinen Entschluß gefaßt, und ich habe mir meine Entscheidung nicht leichtgemacht. Ich habe lange darüber nachgedacht.«

»Und mein Entschluß ist ebenfalls wohl überlegt. Ich habe von Anfang an gewußt, daß du dich scheiden lassen möchtest, und habe deinen Entschluß akzeptiert. Wir werden in deiner Stadt Sweetbriar die rechtlichen Schritte einleiten, und wenn wir geschieden sind, werde ich die Stadt, vielleicht sogar Kentucky, wieder verlassen.«

Sein Hand auf ihrer Schulter griff noch fester zu. »Du würdest lieber solche Strapazen auf dich nehmen, als mit mir verheiratet bleiben?« sagte er verwundert.

»Ich habe im Grunde keine andere Wahl. Vielleicht kann ich mich von dem Ruf befreien, eine leichtfertige Frau zu sein; aber ich würde niemals mit einem Mann leben können, der so wenig Charakter und Standfestigkeit zeigt wie du. Ich habe mein ganzes Leben damit verbracht, mich jeden Tag zu fragen, ob meine Geschwister und ich einen Mann fänden, der für uns sorgt.«

Wesley blickte sie schockiert an. »Niemand«, sagte er, »weder Mann noch Frau, hat mir auch nur andeutungsweise vorgeworfen, daß ich unzuverlässig sei. Ich habe meine Verantwortung nie leichtgenommen.«

»Sage das mal zu Kim«, sagte sie und drehte sich wieder von ihm weg.

»Verdammt!« rief er, packte sie an beiden Schultern und zwang sie, ihn anzusehen. »Wenn du ein Mann wärst, würde ich dich für das, was du eben gesagt hast, zum Duell herausfordern. Aber da du eine Frau bist . . . Du wirst mit mir verheiratet bleiben! Hast du mich verstanden? Außerdem werden wir morgen einen Jagdausflug machen, nur wir beide, und wir werden uns dabei wie Verheiratete betragen. Wir werden zusammen reisen, zusammen essen . . . und zusammen schlafen.«

Sie versuchte, sich seinem Griff zu entziehen. »Nimm deine Hände von mir weg!«

»Ich werde meine Hände überall auf deinen hübschen kleinen Körper legen, und du wirst dich daran gewöhnen müssen. Du bist meine Frau, und wirst ab sofort damit anfangen, dich wie meine Frau zu benehmen.«

»Ich hasse dich«, sagte sie, vor Wut kochend.

»Ich bring dir im Augenblick auch nicht gerade große Liebe entgegen.«

»Ich werde mich dir *nicht* unterwerfen. Ich werde *niemals* deine Frau sein!«

Er nahm die Hände von ihren Schultern, und seine Augen wurden hart wie Stahl. »Ich glaube nicht, daß dir etwas anderes übrigbliebe. Als meine Frau bist du mein Eigentum. Morgen früh wirst du bei Tagesanbruch mit mir einen Ausflug machen, und wenn ich dich im Sattel festbinden müßte. Ist dir das klar, du eigensinnige kleine Katze?«

»Ich werde tun, was du sagst, weil du das Recht und die Muskeln auf deiner Seite hast. Aber ich werde dir die Sache nicht leichtmachen! Du wirst mir alles, was du verlangst, abringen müssen, und ich garantiere dir, daß du daran keinen Spaß haben wirst. Ist das klar, du sturer Bär?«

Er warf den Kopf in den Nacken und sah sie mit einem kleinen, tückischen Lächeln an. »Du wirst mir geben, was ich verlange, Leah«, sagte er mit verführerischer Stimme. »Wenn wir vom Jagdausflug zurückkommen, wirst du darum betteln, daß ich dich wieder anfasse.«

Sie gab sein Lächeln zurück. »Du bildest dir soviel auf dich ein wie kein anderer Mann! Ich bettle nie.«

Er sah sie mit schmalen Augen an. »Drücken wir es anders aus: Wir werden so lange in einem kalten, feuchten und finsteren Wald kampieren, bis du freiwillig in meine Arme kommst – und in mein Bett –, mit einem Lächeln auf den Lippen und einem willigen, warmen Körper. Wenn du also jemals wieder in einem Haus wohnen und in einem weichen Bett schlafen willst, wirst du dich mir fügen.«

Sie sah erstaunt zu ihm hoch. »Hast du vergessen, wie ich aufgewachsen bin? Ich kann Entbehrungen viel besser ertragen als du.«

Wesley faßte sie unter das Kinn, zwang ihren Kopf in die Höhe, beugte sich langsam zu ihr hinunter und küßte sie sanft. Seine Lippen waren warm und feucht, und gegen ihren Willen gab sie ihm nach. Dann zog er sich wieder abrupt von ihr zurück.

»Kannst du dich mir auf die Dauer verweigern, Leah? Kannst du mir widerstehen, wenn wir in der Wildnis kampieren und nachts die Katzen heulen und die Bären fast bis ans Lagerfeuer kommen? Denke daran, daß du in meinem Bett immer willkommen sein wirst!«

Sie sah ihn feindselig an, aber seine Hand auf ihrem Gesicht fühlte sich gut an. Sie zuckte von ihm weg.

»Geh und mache dich für morgen früh reisefertig, Frau«, befahl er, machte auf den Hacken kehrt und ließ sie stehen.

»Was bildet der Kerl sich eigentlich ein«, murmelte Leah, als sie allein auf der Wiese stand. Die jungfräuliche Kim wollte ihm nicht geben, was er von ihr verlangte; aber er war überzeugt, eine Simmons würde ihm diesen Gefallen tun. Vielleicht war ihm während der Reise klar geworden, daß aus Kim nie eine großartige Partnerin im Bett würde; und da ihm seine Erziehung als Gentleman verbot, sich nur scheiden zu lassen, weil er eine andere Frau ausprobieren wollte, nur deshalb hatte er beschlossen, bei Leah zu bleiben? Sie war eine Sumpfratte, und daher brauchte er sie nicht mit Respekt zu behandeln und mußte nicht auf ihre Wünsche Rücksicht nehmen, wie er das bei einer Lady wie Kim hätte tun müssen.

»Männer!« rief sie aus. Wesley glaubte, er könne die Frauen wechseln wie die Kleider, aber Leah würde ihn eines Besseren belehren. Er glaubte, sie habe ihn beim ersten Mal verführt, damit er sie heiraten mußte. Obwohl sie das mehrmals bestritten hatte, war er noch immer davon überzeugt. Aber vielleicht war es besser, er blieb bei dieser Meinung, anstatt ihm den wahren Grund zu verraten, der sie damals in seine Arme getrieben hatte. Wie hatte sie sich nur in diesen Mann verlieben können!

Sie drückte ihre Schultern durch; denn nun stand ihr eine schlimme Prüfung bevor. Justin und Kim mußten ihr sehr böse sein.

Langsam, widerstrebend, ging sie zu den Wagen zurück.

Das erste, was sie dort sah, war Justins Faust, die Wesley am Kinn traf. Rasch sprangen Oliver Stark und John Hammond herbei und hielten Wesley an den Armen fest.

»Das hättest du mir von Anfang an sagen können!« rief

Justin. »Und Leah hat etwas Besseres verdient als dieses Hundeleben! Sie war deine Frau, mußte aber monatelang zusehen, wie du diese Kimberly von hinten und vorne betätschelt hast.«

Leah blieb unter ihnen am Hang stehen und lächelte. Es tat ihr wohl, zu hören, daß jemand sie verteidigte.

»Leah«, rief Justin, als er sie erblickte. Er lief den Hang hinunter, hielt sie mit gestreckten Armen vor sich hin und sah ihr in die Augen. »Es ist wahr, wie?« flüsterte er. »Das war es also, was dich die ganze Zeit bedrückte! Du hättest es mir ruhig sagen können.«

Als er sie in seine Arme nehmen wollte, fiel Wesleys Hand auf seine Schulter. »Das ist meine Frau, die du da anfaßt, Stark! Wenn ich dir nicht das Gesicht in den Nakken drehen soll, solltest du sie rasch wieder loslassen.«

Leah trat zwischen die beiden Männer, ehe sie wieder aufeinander losgehen konnten. »Justin«, sagte sie laut, »nach dem Gesetz ist er mein Ehemann. Außerdem steht ihm das Recht zu, seine Meinung zu ändern, sooft er will. Heute will er mich, aber morgen könnte ich schon wieder eine freie Frau sein.«

»Leah«, rief Wes warnend.

»Es tut mir leid, Justin. Ich wünschte, ich hätte genügend Courage besessen, dir die Wahrheit zu sagen, ehe das passierte. Aber ich hatte Angst, du . . .« Sie sah zu Boden, unfähig, den Satz zu beenden.

»Ich verstehe dich, Leah«, antwortete Justin. »Er ist es, dem ich die Schuld dafür gebe. Du verdienst keine Frau wie sie, Stanford.«

Wesley legte die Hand besitzergreifend auf Leahs Schulter. »Ob ich sie nun verdiene oder nicht – jedenfalls gehört sie mir, und ich habe vor, sie auch zu behalten.«

Kapitel 14

Leah trottete hinter Wesley durch den stummen, lautlosen, aber doch schreienden Wald. Ihre Blicke gingen unstet hin und her. Sie versuchte, hinter Büsche und Bäume zu blicken. Bei jedem Geräusch zuckte sie zusammen. Wesley drehte sich nicht einmal um, wenn sie erschrocken zusammenfuhr.

Am Morgen hatte er sie jedesmal über die Schulter angesehen, wenn sie vor Angst leise aufschrie, zufrieden gelächelt und wieder nach vorn geblickt. Leah hatte sich geschworen, von nun an still zu sein, hatte jedoch ihren Schwur ständig gebrochen. Noch nie war sie so weit von Menschen entfernt gewesen. Sie war, von Schwestern und Brüdern umgeben, aufgewachsen; auf Wesleys Plantage hatte sie zwar für sich gelebt, aber immer in der Nähe von vielen Leuten. Auch auf der Reise nach Kentucky war sie immer in Sicht- und Hörweite einiger Menschen gewesen.

Zum erstenmal in ihrem Leben war sie jetzt allein – oder so gut wie allein. Im Augenblick hatte sie das Gefühl, daß sie Wesley überhaupt nicht zu den menschlichen Wesen zähen konnte. Noch vor Anbruch der Dämmerung hatte sie heute morgen die Sachen für diesen Ausflug gepackt.

»Welche Pferde sollen wir dir satteln?« hatte John Hammond gefragt.

»Kein Pferd kann uns dorthin tragen, wo wir hingehen wollen«, hatte Wesley geantwortet und sich das größere Gepäck auf die Schulter geladen. Leah hatte das kleinere genommen. Sie hatte sich geschworen, daß sie ihre Angst nicht zeigen würde.

Auch Kimberly war – für sie sehr ungewöhnlich – schon um diese Zeit aufgewesen. In der Regel blieb sie im Bett, bis das Frühstück fertig war. Heute morgen schien sie nicht mehr von John Hammonds Seite weichen zu wollen. Nur war Leah sich nicht sicher gewesen, ob Kimberly von sich aus in Johns Nähe bleiben oder er sie in seiner Nähe haben wollte.

Doch Leah hatte ihre eigenen Sorgen und konnte sich nicht noch mit Kims Problemen befassen.

»Fertig, Mrs. Stanford?« hatte Wes gefragt.

Leah hatte ihn nicht einmal angesehen, aber als er sich auf den Weg machte, war sie dicht hinter ihm.

Nun waren sie bereits viele Meilen weit marschiert. Leah war müde und hatte seit Stunden mit keinem Menschen mehr gesprochen. Nur sie und der mit Rehleder bekleidete Mann vor ihr schienen auf dieser Welt zurückgeblieben zu sein.

»Kannst du dort hinaufklettern?« fragte Wes, der vor ihr stehengeblieben war und mit dem Finger hinaufdeutete, plötzlich.

Leah blickte eine steile Felsenwand hinauf zu einem dunklen Fleck, der offenbar den Eingang zu einer Höhle darstellte. Sie nickte kurz, wollte Wes aber immer noch nicht anblicken.

»Gib mir dein Gepäck«, sagte er.

»Ich kann es selbst tragen«, antwortete sie und bewegte sich auf die Felswand zu.

Wesley faßte nach dem Bündel auf ihrem Rücken und nahm es ihr fast gewaltsam ab. »Wenn ich sagte, daß du mir dein Gepäck geben sollst, dann habe ich es auch so gemeint. Wenn du dich noch einmal meinen Anweisungen widersetzt, werfe ich dich über die Schulter und trage dich dort hinauf!«

Da gab sie ihm die Gurte, an denen das Bündel befestigt war. Es war ein mühsamer Aufstieg, weil ihr langer Rock sie beim Klettern behinderte, aber sobald sie irgendwo hängenzubleiben drohte, war Wes bei ihr und löste mit einer Hand den Stoff von der Felskante, während er sie mit der anderen Hand an der Hüfte stützte. Einmal schob er auch von hinten nach.

Als sie das obere Ende der Wand erreicht hatten, bedankte sie sich nicht bei ihm, sondern drückte sich gegen den Fels und starrte in die dunkle Mündung der Höhle hinein. »Glaubst du, daß hier Bären wohnen?« fragte sie mit flüsternder Stimme.

»Vielleicht«, sagte Wesley, während er ihr Gepäck auf den Boden stellte. »Ich kann mich ja mal in der Höhle umsehen, wenn du es genauer wissen willst.«

»Sei vorsichtig«, murmelte sie.

»Du machst dir meinetwegen Sorgen?«

Sie sah ihm diesmal in die Augen. »Ich will doch nicht allein in dieser Wildnis zurückbleiben.«

»Wer dumm fragt, bekommt dumme Antworten«, murmelte er, während er ein großes Messer aus der Lederscheide an seinem Gürtel zog und eine Kerze aus seinem Gepäck holte.

»Solltest du nicht lieber das Gewehr mitnehmen?« fragte sie betroffen.

»Gewehre sind für den Nahkampf ungeeignet. Wie wäre es mit einem Kuß, ehe ich hineingehe?«

»Soll ich dich dafür belohnen, daß du mich in die Wildnis verschleppst und vor der Höhle eines Bären stehenläßt? Vielleicht lebt eine ganze Bärenfamilie in diesem Berg, die uns beide zerfleischen wird.«

Er sah sie mit einem Augenzwinkern an. »Für einen Kuß von dir sterbe ich gern.«

»Mach zu! Bringe es hinter dich!«

Wesleys Gesicht wurde wieder ernst, als er sich in die Höhle hineintastete. »Sie ist größer, als ich dachte«, hörte sie seine Stimme aus der Tiefe kommen. »Da sind ein paar Wandzeichnungen, die offensichtlich von Indianern stammen, und Reste eines Lagerfeuers.«

Ein paar Minuten lang sagte er nichts, und Leahs Verkrampfung lockerte sich. Sie rückte sogar ein paar Schritte näher an den Eingang der Höhle heran. Nun konnte sie den schwachen Schimmer seiner Kerze sehen und hin und wieder seine Schritte hören.

»Keine Gefahr?« rief sie.

»Nein«, rief er zurück, »so sicher wie in einem Kaninchenbau.«

In den nächsten Sekunden passierte alles auf einmal.

Wesley schrie: »Oh, ah!«, und dann brüllte er: »Renne, Leah! Verstecke dich!«

Sofort erstarrte Leah zur Salzsäule – mitten im Eingang der Höhle.

Wie der Blitz kam Wesley in seiner fransenbesetzten Lederkluft aus der Höhle herausgeschossen – verfolgt von einem großen, alten schwarzen Bären, dessen Fettwülste sich wie Muskeln unter seinem Fell bewegten, als er Wesley im Galopp einzuholen suchte.

Der Bär kam so dicht dann an Leah vorbei, daß sie seinen heißen Atem an der Wange spürte. Aber sie vermochte sich genausowenig von der Stelle zu rühren wie die Felswand hinter ihr.

Der Bär schien sie gar nicht bemerkt zu haben, als er hinter Wes herjagte.

Sie konnte nur die Augen bewegen und Wes nachsehen, der in rasender Eile den Abhang hinunterturnte.

»Steige auf einen Baum, Leah!« rief er ihr über die Schulter zu.

Einen Baum, dachte Leah. Was ist das, ein Baum? Wie sieht der aus?

Sie war noch mit dieser Überlegung beschäftigt, als sie ein lautes Planschen zu ihrer Linken hörte.

»Bewege dich, Leah«, hörte sie einen Befehl, den sie sich selbst gab. Nichts geschah. »Bewege dich!«

Als sie ihrem Befehl endlich gehorchte, geschah das blitzschnell. Sie ignorierte Wesleys Anweisung, auf einen Baum zu klettern, und rannte in die Richtung, wo sie das Planschen gehört hatte. Sie hielt mit wogender Brust bei einem kleinen Teich an, der von Felsen umgeben war.

Hier herrschte jedoch absolute Stille. Nichts war von Wesley oder dem Bären zu sehen und zu hören. Nur die Vögel zwitscherten in der späten Nachmittagssonne.

Im nächsten Moment packte sie etwas an den Knöcheln und zog sie nach unten. Instinktiv begann sie sich dagegen zu wehren.

»Hör auf, mich zu treten!« hörte sie Wesleys zischelnde Stimme – seine Stimme allein, denn Leah sah immer noch nichts von ihm oder dem Bären.

Als sie sich nicht mehr gegen seinen Griff wehrte, zog Wes sie in den Teich.

»Was ...?« prustete sie, als Wes schon die Hand auf ihren Kopf legte und sie unter die Wasseroberfläche drückte.

Wütend, mit angehaltenem Atem, sah sie ihn untertauchen und funkelte ihn im klaren Wasser an.

Er deutete nur, und sie sah in die Richtung, in der er zeigte. Dort über ihnen, die Luft witternd durch die Nase einsaugend, stand der Bär. Wes gab ihr ein Zeichen, daß sie ihm unter Wasser folgen sollte, und sie schwamm hinter ihm her.

Er schwamm zum gegenüberliegenden Rand des Tümpels und schob unter ein paar Hängepflanzen den Kopf aus dem Wasser. Leah tauchte, nach Luft ringend, neben ihm auf, und sofort legte Wes den Finger auf die Lippen.

Mit einem schrägen Blick nach oben sah Leah den Bären knapp einen Meter von sich entfernt wieder am Teichrand stehen. Sie bewegte sich vorsichtig von dem Tier fort, oder, was dasselbe bedeutete, näher an Wesley heran. Er öffnete die Arme und zog sie an sich, bis sie mit dem Rücken an seiner Vorderseite lag. Sie konnte sich nicht wehren, weil das Geräusch den Bären auf sie aufmerksam gemacht hätte.

Wesley nahm ihr Ohrläppchen zwischen die Zähne und begann, daran zu knabbern.

Sie versuchte, sich von ihm zu lösen.

Er gab ihr Ohr frei und deutete mit dem Kopf auf den Bären.

Sie gab ihm mit den Augen zu verstehen, daß sie es vorzöge, von dem Gebiß des Bären zermalmt zu werden; aber Wesleys Arme gaben sie nicht frei.

Er begann, mit den Lippen ihren Nacken zu liebkosen; dann wanderte er mit dem Mund bis zu ihrem Haaransatz hinauf.

Das Wasser war warm, von der glühenden Sonne des Tages aufgeheizt, und tat Leahs müden Muskeln wohl. Als Wes fortfuhr, ihren Hals und ihre Wange mit den Lippen zu erforschen, lehnte sie sich etwas zurück, um ihm besseren Zugang zu verschaffen.

»Der Bär ist fort«, murmelte er.

»Hmmm?« machte Leah mit geschlossenen Augen.

»Der Bär ist fort«, wiederholte Wes und berührte mit der Zungenspitze wieder ihr Ohrläppchen. Ihr Körper fühlte sich so weich und warm an wie das Wasser, das sie umgab. »Sollten wir das Spiel nicht auf festem Boden beenden? Natürlich können wir es auch im Wasser fortsetzen. Ich hätte sogar gute Lust dazu.«

Sie wirbelte herum. »Du wagst es, mir mit so einem Ansinnen . . .«

Er unterbrach sie lachend: »Und ob ich es wage! Warum fährst du fort, dich selbst zu belügen? Ich brauche dich nur zu berühren, und du gehörst mir. Schwimm nicht weg, Leah! Laß uns im Wasser bleiben. Ich habe es noch nie im Wasser . . .«

Leah versuchte, sich einen würdevollen Abgang zu verschaffen, stemmte sich am Teichrand hoch und sah ihn mit wutentflammten Augen an. »Falls du die Absicht hast, mit deinen früheren Eroberungen zu prahlen, bist du bei mir an der falschen Adresse! Ich habe kein Interesse daran, mir anzuhören, was du getan oder unterlassen hast. Aber vielleicht interessiert es dich zu hören, daß ich auf alle Männer so reagiere, wenn sie mich berühren. Das ist etwas, was uns Simmons-Frauen angeboren ist. Ich dachte, das wüßtest du! Schließlich ist es doch meine dirnenhafte Veranlagung, die dich zu deiner Entscheidung veranlaßte, bei mir zu bleiben, nicht wahr?«

»Zum Henker mit dir, Leah!« fauchte Wes, sich aus dem Wasser schwingend. »Warum hörst du nicht endlich auf, solche Dinge von dir zu behaupten? Ich habe dich beobachtet, wie du mit Justin zusammen warst. Ich wette, er hat dich kein einziges Mal angefaßt.«

»Diese Wette würdest du verlieren.« Sie raffte ihren Rock in die Höhe und stellte sich an den Rand des Teiches, um ihn auszuwringen.

Wesley stand neben ihr in seiner nassen Lederkluft, unter der sich sein muskulöser Körper abzeichnete. »Du wirst mir geben, was ich von dir verlange, Leah.«

Als sie ihn nicht ansah, rückte er einen Schritt von ihr ab. »Wir werden dort drüben kampieren.« Er deutete mit dem Kopf auf die Stelle und entfernte sich.

Kaum hatte Wesley sie allein gelassen, als ihre Schultern nach unten sackten und sie sich einen großen Stein am Teich suchte, auf den sie sich in ihren nassen Kleidern setzte. Sie durfte seinen Wünschen nicht nachgeben. Sie konnte sich das nicht erlauben. Wie oft hatte sie ihn bereits verloren? Sie hatte sich ihm hingegeben, und er hatte ihr eine Münze zugeworfen und war gegangen. Kaum waren sie verheiratet gewesen, als er sie als hochschwangere Frau, die von ihrem Vater halbtot geschlagen worden war, sitzenließ. Und als er aus Kentucky zurückkam, hatte er sich geweigert, sie anzusehen und ihr erklärt, er wolle Kimberly zur Frau haben. Abermals hatte er sie von sich gestoßen.

Dreimal! dachte Leah. Dreimal hatte er sie verlassen, und nun sollte sie ihm Vertrauen schenken? Machte es ihm Spaß, mit ihr zu spielen, um sie dann, wenn sie sich ihm hingab, wieder wegwerfen zu können? Brauchte er so etwas als Bestätigung seiner Männlichkeit? Für ihn war das nichts als ein vergnügliches Abenteuer, aber für Leah war Wesley etwas Besonderes. Sie hatte ihn so viele Jahre lang innig geliebt. Wenn ihr Vater sie verprügelte, hatte sie die Schmerzen in dem Gedanken ertragen, daß Wesley Stanford eines Tages zu ihr kommen und sie erretten würde. Als sie ihr Baby verlor, hatte sie geweint; aber mit dem tröstlichen Gedanken, daß sie noch mehr Kinder bekommen würde – Wesleys Kinder.

Nun, da sie wußte, wie er war, fürchtete sie, er würde sie wieder verstoßen, sobald sie schwanger wurde. Schließlich war sie dann ja für seinen Spaß nicht mehr recht zu gebrauchen.

Und was geschah, wenn sie aus der Wildnis nach Sweetbriar zurückkehrten? Wesley hatte sie zwar einigen Freunden als seine Frau vorgestellt; aber war er auch bereit, diese Tatsache einer ganzen Stadt bekanntzumachen? Nein, eine Simmons mußte man im Wald verstekken, sie vor anderen geheimhalten, durfte sich mit ihr nicht in der Gesellschaft blicken lassen.

Natürlich war Wesley ein Mann und sie, wie er nicht oft genug betonen konnte, eine für Reize nicht unempfindliche Frau. Also nahm er sie mit in den Wald, trieb ein kleines, übles Spiel mit ihr, bei dem sie zwischen seinem Bett oder monatelangen Entbehrungen wählen durfte, und was geschah, wenn sie sich seinem Willen beugte? Er würde natürlich auf seine saubere kleine Farm zurückkehren, worauf er dann nur noch zu erklären brauchte, sie sei eine lasterhafte Person, habe ihn mit einem Trick zur Heirat gezwungen, und jeder Richter in diesem Lande würde ihm eine Scheidungsurkunde ausstellen. Wes würde frei sein, und Leah würde . . .

Sie stand auf und holte tief Luft: Leah würde wieder mit einem gebrochenen Herzen dastehen. Und das verwundete Herz einer Frau war kein Spielzeug, das man einfach wieder zusammenflicken konnte. Wenn sie Wesley noch einmal erhörte und er sie wieder sitzenließ, konnte sie wahrscheinlich nie mehr Gefühle für einen Mann aufbringen. Sie mußte ihm widerstehen, aus purem Selbsterhaltungstrieb.

Zwischen den Bäumen sah sie das Flackern eines Feuers und wußte, daß Wesley dort das Lager aufgeschlagen hatte. Sie erschauerte und ging langsam auf das Feuer zu.

»Kaffee?« fragte Wes und hielt ihr einen dampfenden Becher hin.

Sie schüttelte den Kopf und nahm ihm die Bratpfanne aus der Hand.

»Nein«, wehrte er sie ab. »Du ruhst dich aus. Ich mache das Abendbrot.«

»Sei nicht so eingebildet«, fuhr sie ihn an. »Männer können nicht kochen.«

»So? Sie können das nicht? Dann setz dich mal dorthin, meine hübsche kleine Frau, und laß dich vom Gegenteil überzeugen.«

Leah setzte sich und wendete den Blick nicht von seinen Händen ab.

Wesley briet Speckscheiben über dem Lagerfeuer, wendete sie in der Pfanne hin und her und beobachtete sie dabei.

»Habe ich dir schon mal von Paris erzählt?«

»Paris?« Sie sah zu ihm hoch. »Ich habe noch nie etwas über Paris in Virginia gehört.«

Wesley lächelte ihr zu. Das nasse Kleid klebte ihr noch auf der Haut; doch wenn es trocken war, würde es ihr locker am Körper sitzen und vieles verhüllen. Mit einem Grinsen erinnerte er sich wieder an das tiefausgeschnittene Kleid, das sie an dem Abend im Gasthof getragen hatte. Sie würde gut aussehen in Paris mit einer hübschen Haube, die ihr dunkles Haar zur Geltung brachte.

»Paris liegt jenseits des Ozeans in einem Land, das Frankreich heißt.«

»Es tut mir leid, daß ich nicht das Glück hatte, wie du eine Schulbildung zu genießen. Mein Vater hielt es nicht für notwendig, daß seine Sklavenkinder auch noch die Schulbank drückten.«

Er ignorierte ihre Bemerkung. »Eines Abends beschlossen wir, zu fünft in einem Raum zu dinieren, für den man in Paris einen besonderen Namen hat.« Er hielt inne. »Vielleicht sollte ich dir diese Geschichte lieber nicht erzählen.« Er sah zu ihr hoch. »Vielleicht möchtest du aber gern hören, wie mein Bruder Travis um Regan freite.«

»O ja«, sagte Leah. Sie hörte sich gern Geschichten von Freunden an.

»Nun, dann zieh dir erst mal ein trockenes Kleid an, und beim Essen erzähle ich dir dann die Geschichte von Travis und Regan.«

Später aßen sie dann Bohnen mit Speck und Stutenbrot und tranken Kaffee dazu, während Wes ihr eine – wie Leah meinte – unglaublich übertriebene Geschichte von seinem Bruder Travis erzählte, der die unmöglichsten Dinge angestellt hatte, um seine Frau zurückzugewinnen. Er hatte ihr über tausend Rosen geschickt, ebenso viele schriftliche Heiratsanträge und zuletzt einen Zirkus, in dem er, laut Wesley, selbst den Hauptdarsteller gemacht und sein Leben riskiert hatte, um Regans Herz zurückzuerobern.

»Wie viele Rosen, sagtest du eben, hat er ihr geschickt?«

»Travis meint, es seien etwas über tausend gewesen; aber Regan schaut dabei immer seufzend an die Decke, also können es auch mehr gewesen sein.«

»Ich habe noch nie einen Elefanten gesehen.«

»Travis brachte einen Wagen voll Elefantenkot von seiner Brautwerbung mit nach Hause und behauptete, von diesem Zeug würden die Tabakpflanzen doppelt so hoch wachsen wie sonst.«

»Und sind sie das?« fragte Leah mit großen Augen.

»Soweit ich das beurteilen kann, wuchsen sie nicht höher als sonst. Und nachdem ich dir jetzt deine Bettgeschichte erzählt habe, wird es Zeit zum Schlafengehen.«

Leah verkrampfte sich, und Wesley entging das nicht.

»Ich habe dir das Bett dort drüben gemacht«, sagte er kühl. »Meine Decken liegen auf dieser Seite. Wenn du Angst hast, laß es mich wissen. Ich habe einen leichten Schlaf.«

Damit schüttete er den Rest seines Kaffees ins Feuer und ging zu seinem Schlafplatz.

Leise begab sich Leah zu ihrer Lagerstatt, froh, daß er sie nicht in sein Bett zu locken versuchte.

Wesley lag lange wach unter seinen Decken und sah zu den Sternen hinauf.

Es gefiel ihm gar nicht, daß sie jedesmal zusammenzuckte, wenn er in ihre Nähe kam. Und ihre Reaktionen gaben ihm Rätsel auf. Sie hatte ihn doch heiraten wollen? Nun hatte sie ihn, er hatte beschlossen, bei ihr zu bleiben, und sie verhielt sich so, als wäre er mit einer ansteckenden Krankheit behaftet. Er konnte das einfach nicht verstehen.

Freilich war er anfangs möglicherweise ein wenig hart zu ihr gewesen. Doch dafür hatte er seine Gründe gehabt. Er war schrecklich wütend auf sie gewesen, weil er ihretwegen Kim verloren hatte und Leah zu dieser Sorte von Frauen zu gehören schien, die nichts und niemanden brauchten. Vor diesen Frauen hatte er schon immer ein Grauen empfunden. Aber als sie zusammen nach Kentucky reisten, war ihm bewußt geworden, daß Leah in vielerlei Hinsicht einer Unterstützung bedurfte. Sie brauchte vor allem jemanden, der sie davor beschützte, von allen Leuten übervorteilt zu werden. Kim hatte Leah dazu gezwungen, sie zu bedienen. Justin erwartete von ihr, daß sie sich in ihn verliebte. Und selbst er, Wesley, hatte sich schon daran gewöhnt, sich auf sie zu verlassen. Es war so einfach, Leah Pflichten aufzubürden, weil das Wörtchen »nein« nicht zu ihrem Wortschatz gehörte. Sie schien zu glauben, sie sei zum Dienen geboren.

Zunächst hatte er Kim zur Rede gestellt, weil sie Leah mit Arbeit überhäufte. Kim hatte ihn verwundert angesehen und gemeint, Leah dränge sich danach, ihr alle Arbeiten abzunehmen. Wes hatte sofort begriffen, daß es zwecklos sei, Kim ins Gewissen zu reden. Tatsächlich begann er zu begreifen, daß er mit Kim über gar nichts reden könne. Wenn er abends mit ihr zusammen war und ihr etwas von sich erzählen wollte, waren ihre Augen immer unstet hin und her gegangen, und manchmal war sie sogar mitten in einem Satz aufgesprungen. Und in diesen Momenten hatte er zu Leah hinüberschauen müssen, die sich vorbeugte, damit ihr ja kein Wort von dem entging, was Justin ihr zu erzählen hatte. Und das erinnerte ihn immer wieder daran, daß sie ja *seine* Frau war.

Er konnte sich nur nicht mehr genau an den Moment erinnern, in dem ihm bewußt wurde, daß Kim ihn zu langweilen begann. Vielleicht war es an dem Tag gewesen, als sie so laut schrie, daß das ganze Lager zusammenrannte, weil alle glaubten, sie sei von einer Giftschlange gebissen worden. Eine Biene hatte sie in die Hand gestochen, Leah hatte ihr Backsoda auf die »Wunde« gestreut, und er, Wesley, hatte eine zitternde, weinende Kim zu ihrem Wagen geführt, wo sie sofort zu Bett gegangen war. Später hatte Wesley beobachtet, wie Leah heimlich etwas auf ihren Nacken zu streuen versuchte. Es hatte eine Weile gedauert, bis er sie dazu überreden konnte, ihm die Stelle an ihrem Nacken zu zeigen, wo drei Bienen sie gestochen hatten, als sie sich gegen einen Holunderbusch lehnte.

»Und du hast keinem etwas davon gesagt?« hatte Wes sich gewundert.

»Ach, das sind doch nur ein paar Bienenstiche«, hatte sie mit einem Achselzucken erwidert.

Sie wollte sich nicht dabei helfen lassen, die Paste aus Backsoda auf ihrem Nacken zu verreiben; doch von da an war Leah Wesley nicht mehr aus dem Kopf gegangen.

Und er hatte angefangen, sich Fragen zu stellen.

Das Leben auf einer Farm war niemals leicht, und obwohl viele Leute das Gegenteil annahmen, besaß er nicht viel bares Geld. Zwar gehörte ihm die Hälfte der

Stanford-Plantage; aber deren Reichtum bestand aus Ländereien. Nur wenn der Grundbesitz verkauft wurde, konnte Wes an sein Geld herankommen. Travis hatte sich bereitgefunden, Wes so viel zu bezahlen, wie er konnte; und obwohl Wes mancherlei an seinem Bruder auszusetzen hatte, zweifelte er nie an dessen Ehrlichkeit. Wes war nicht reich, konnte sich keine Armee von Dienern oder Angestellten leisten; was wollte er mit einer Frau anfangen, die schon bei einem lächerlichen Bienenstich hysterisch wurde? Würde Wes den ganzen Tag pflügen, dann heimkommen und auch noch den Haushalt machen müssen? Würde Kim von ihm verlangen, daß er ihr jeden Morgen das Frühstück ans Bett brachte?

Als er noch unter der Fuchtel seines älteren Bruders stand und dessen tyrannisches Wesen ertragen mußte, hatte er sich nach jemandem gesehnt, der sich an ihn lehnte. Aber Kim lehnte sich nicht an ihn, sie lag die meiste Zeit im Bett.

Und wenn er sie küßte! Kim pflegte zu sagen: »Du darfst dir heute abend zwei Küsse nehmen, Wesley!« Dann spitzte sie die Lippen, machte »schmatz, schmatz«, ließ diesem Schmatzen ein verschämtes Lachen folgen, als hätte sie etwas Unschickliches und höchst Anrüchiges begangen, und rückte von ihm ab.

Eine Weile lang hatten ihn diese keuschen Küsse und dieses verschämte Lachen fasziniert. Er hatte geglaubt, was er ja auch glauben sollte, daß sie von einer unbezähmbaren Leidenschaft wäre, wenn sie sich nur gehenließe. Aber irgendwann hatte er dann aufgehört, das zu glauben. Er begann sich vorzustellen, daß sie auch nach ihrer Heirat jeden Abend die Lippen spitzte und sagen würde: »Du darfst dir heute abend zwei Küsse nehmen, Wesley!« Oder vielleicht durften es auch drei sein, weil er nun ihr Ehemann war.

Einmal hatte er versucht, sie zu einer leidenschaftlichen Reaktion zu zwingen; aber sie war ängstlich von ihm abgerückt, und als sie sich wieder von ihrem Schock erholt hatte, hatte sie ihm Vorhaltungen gemacht, als wäre er ein kleiner Junge, der für seine Untat eine Tracht Prügel verdient hätte.

Er hatte von da an derartige Versuche unterlassen – und aufgehört, sich seine abendliche Ration an Küssen abzuholen, wenn sie diese Bezeichnung überhaupt verdienten.

Und je mehr er sich von Kim zurückzog, um so aufmerksamer wurde er auf Leah. Er bemerkte ihre unauffällige Tüchtigkeit, sah, wie sie Situationen meisterte, die sich leicht zu einer Krise auswachsen konnten. Und sie war von einer unglaublichen Bescheidenheit. Nichts war ihr zuviel. Sie verlangte kaum etwas für sich und gab dafür um so reichlicher.

Je länger sie zusammen reisten, um so lieber gewann er sie. Er wußte nicht mehr genau, wann er sich dazu entschlossen hatte, sie zu behalten. Vielleicht war diese Entscheidung auch nur langsam gereift, aber er wußte, daß er lieber Leah heiraten als Kim adoptieren würde.

Er hatte Leah seine Entscheidung sofort mitteilen wollen; aber irgendwie hatte er gespürt, daß sie nicht gleich bereit sein würde, ihn mit offenen Armen aufzunehmen. Warum sie das nicht tun würde, war ihm allerdings unbegreiflich; denn er gab ihr ja schließlich nur, was sie schon immer haben wollte; aber wer verstand schon, was sich im Kopf einer Frau abspielte?

Also hatte er lange darüber nachgedacht und war zu dem Schluß gekommen, daß er sie in eine Situation bringen sollte, wo sie sich auf ihn verlassen mußte – wenn es eine solche Situation überhaupt gab. Leah war so unglaublich selbständig, daß ihm große Zweifel kamen, ob er Leah überhaupt in eine Lage bringen könnte, bei ihm Hilfe zu suchen.

Dann kam der Tag, als sie im Schlamm miteinander rangen – er lächelte in der Erinnerung daran –, und er hatte herausgefunden, daß sie sich fürchtete, wenn sie allein im Walde war. Nun wußte er natürlich, in welche Lage er sie bringen mußte, um sein Ziel zu erreichen.

Und wie er es vorausgesehen hatte, bestätigte Leah seine Vermutung, daß man nie weiß, was im Kopf einer Frau vorgeht: Sie hatte sich hartnäckig gestellt, als er ihr sagte, sie könne bei ihm bleiben. Gib einer Frau, was sie haben will, und verdammt mochte er sein, wenn sie einem nicht sagt, daß sie etwas ganz anderes haben wollte!

Nun waren sie hier, ganz allein, und Leah tat so, als könnte sie ihn nicht ausstehen. Und wenn er hundert Jahre alt würde, würde er Frauen noch immer nicht begreifen können!

Aber er würde sie schon herumkriegen. Und wenn sie monatelang allein im Wald hausen mußten: er würde um sie werben, ihr den Hof machen, sie für sich gewinnen. Vielleicht konnte er sie sogar wieder schwängern? Ja, das war gar keine so schlechte Idee. Wenn sie erst einmal sein Kind unter dem Herzen trüge, würde sie ihm bestimmt weniger Schwierigkeiten machen. Sie würden nach Sweetbriar auf seine Farm zurückkehren, während bereits ein Kind unterwegs war.

O Leah, dachte er, während er über das erlöschende Feuer zu ihr herübersah, keine Frau hat jemals einem Stanford widerstehen können, sobald er sich vorgenommen hatte, sie zu erobern.

Er drehte sich auf die Seite und schlief mit diesem tröstlichen Gedanken ein.

Kapitel 15

Leah erwachte mit einem bangen Gefühl. Es war totenstill im Wald, und es konnte, wie der Stand des Mondes ihr zeigte, noch nicht sehr spät sein – aber irgend etwas war nicht in Ordnung. Sie drehte rasch den Kopf zur Seite und sah zu Wesley hinüber. Er hatte die Augen offen, und sie las eine Warnung darin. Sie gehorchte seinem schweigenden Befehl und lag still, während sie zusah, wie er sein Gewehr Zoll um Zoll näher an seinen Leib heranzog.

»Das Ding brauchen Sie nicht, Mister«, hörte Leah hinter sich eine Stimme, die sie erstarren ließ. Sie hätte nie geglaubt, daß sie diese Stimme noch einmal hören würde. Sie hatte darum gebetet, sie nie mehr hören zu müssen.

»Wir sind nur Reisende wie Sie und die Lady dort«, fuhr die Stimme fort.

Leah lag still, während sich eine große, ausgemergelte Gestalt aus der Dunkelheit löste. Im Mondlicht konnte sie ein bärtiges Gesicht erkennen.

Langsam, sich jede seiner Bewegungen überlegend, setzte sich Wesley auf, ohne sein Gewehr loszulassen. »Wer ist noch bei Ihnen?« fragte Wesley mit einer so schlaftrunkenen Stimme, daß Leah ihn scharf ansah, bis sie entdeckte, daß seine Augen hellwach waren.

»Nur ich und einer von den Jungs. Haben Sie etwas dagegen, wenn ich mir etwas von Ihrem Kaffee nehme?«

Der hagere Mann wartete erst gar nicht die Antwort ab, sondern ließ sich neben dem lauwarmen Kaffeetopf auf die Knie nieder. Für Leah hatte er keinen Blick übrig.

Weshalb auch, dachte Leah. Ihr Bruder Abe hatte sich nie viel aus Frauen gemacht, solange er mit ihnen kein

Lösegeld erpressen konnte. Vor vielen Jahren hatte Abe Nicole Armstrong gekidnappt und war kurz darauf von der Bildfläche verschwunden. Seitdem hatten die Simmons nie mehr etwas von ihm gehört. Nun war er älter geworden und erheblich magerer; doch Leah zweifelte keine Sekunde, daß sie ihren Bruder Abe vor sich hatte, der gewiß nichts Gutes im Schilde führte; und Wesley tat gut daran, seine Waffe nicht aus der Hand zu lassen. Wenn Leah sich ihrem Bruder zu erkennen gäbe, würde er sie vielleicht in Ruhe lassen.

»Ich muß Ihnen den Kaffee erst warm machen«, sagte Leah ganz laut, die Augen auf Abes schmalen Rücken und den fadenscheinigen schwarzen Rock, den er trug, gerichtet. Sie war sich nicht ganz sicher, aber sie glaubte, beobachtet zu haben, wie er bei dem Ton ihrer Stimme zusammenzuckte.

Rasch warf sie eine Handvoll trockener Äste auf die sterbende Glut und blies in die Asche, bis sie Feuer fingen. Mit überlegter Umständlichkeit holte sie einen Becher, schöpfte mit ihm Kaffee aus dem Kessel und reichte ihn dann ihrem Bruder hinüber.

Er sah sie nur eine Sekunde lang an. Leah war sich nicht sicher, ob er sie erkannt hatte. Schließlich war sie erst vierzehn Jahre alt gewesen, als Abe aus dem Hause ging. Inzwischen war sie zu einer Frau herangewachsen, und ihre Manieren und ihre Sprache hatten sich erheblich verändert.

Doch Abes Gesicht hatte sich kaum verändert. Es war immer noch hager mit dicht beieinanderstehenden schwarzen Augen und einer großen Nase, die einem Raubvogel glich, der jeden Moment von seinem Sitz auf eine Beute herabstoßen konnte.

»Ich würde mir deinen Freund gerne mal ansehen«, sagte Wes.

Abe drehte, Leah ignorierend, sich wieder Wes zu. »Er ist nur ein Junge, arglos und friedlich; aber wenn Sie ihn sehen wollen . . . Bud, komm mal hierher!«

Leah füllte gerade einen zweiten Becher Kaffee und hätte ihn fast in die Glut fallen lassen, als sie der Gestalt ansichtig wurde, die nun aus dem Schatten hervortrat. Vielleicht war es nur ein Schatten, denn so einen großen Mann hatte sie in ihrem Leben noch nicht gesehen. Sowohl Wesley wie Travis waren groß gewachsene, kräftig gebaute Männer; aber im Vergleich zu diesem jungen Mann waren sie nur Zwerge. Dieser maß mindestens einen Meter fünfundneunzig, wenn er nicht gar zwei Meter erreichte.

Er trug eine ausgebeulte, grob gewebte Leinenhose, die in hohen schwarzen Schaftstiefeln steckte. Sein Oberkörper war nackt bis auf ein Schaffell, das er um eine Schulter geschlungen hatte, und seine Arme konnte man nur als kolossal bezeichnen. Sie glichen eher modellierten Baumstämmen als Armen, wobei ihr Besitzer tatsächlich dem Knabenalter kaum entwachsen zu sein schien. Er hatte ein hübsches Gesicht, dem das Lächeln jedoch offenbar fremd war; der Hals mußte ungefähr den Umfang von Leahs Taille haben.

»Nur einer von den Jungs«, wiederholte Abe, ein Kichern in der Stimme.

»Kaffee?« gelang es Leah, den Riesen zu fragen, wobei sie den Hals verrenken mußte, um ihm ins Gesicht schauen zu können. »Bud hält sich die Hände lieber frei«, sagte Abe, als habe der Junge noch keine eigene Meinung. »Ihr beiden seid auf der Durchreise?«

»Auf der Jagd«, antwortete Wes, der sich immer noch nicht von seinem Schlafplatz fortbewegt hatte und es vermied, dem Riesen neben dem Feuer den Rücken zuzukehren.

Abes spindeldürre Gestalt richtete sich mit knackenden Gliedern wieder neben dem Feuer auf. »Wir müssen weiter. Vielen Dank, Missus.« Er reichte Leah seinen leeren Becher, und in diesem Moment war sie sich sicher, daß er sie erkannte. Seine eng beieinanderliegenden kleinen Augen bohrten sich in die ihren und glitten dann rasch an ihrem Kleid hinunter, das viel besser war als alles, was sie früher auf der Farm getragen hatte.

»Komm, Bud«, sagte er und bewegte sich wieder in den dunklen Wald hinein, während der schweigsame Riese ihm lautlos wie ein Schatten folgte.

Leah schwirrte der Kopf, wobei ihr fieberhaftes Nachdenken von der Gewißheit beherrscht wurde, daß Abe nichts Gutes mit ihnen vorhaben konnte. Denn ihres Wissens war er nie einer ehrlichen oder ordentlichen Beschäftigung nachgegangen, und deshalb war ihr Verdacht keine Überraschung für sie.

»Was, glaubst du, haben die beiden von uns gewollt?« fragte Wesley, der sie über das Feuer hinweg beobachtete.

Leah zuckte bei dem Klang seiner Stimme schuldbewußt zusammen. Sie konnte einem Vertreter des Standes, dem Wesley angehörte, schwerlich erzählen, was für eine niederträchtige Kreatur ihr Bruder sei und daß er vermutlich beabsichtigt hatte, sie auf den Kopf zu schlagen und auszurauben. Vielleicht hatte er im letzten Augenblick davon Abstand genommen, weil er noch einen Rest von Familiengefühl besaß. Wahrscheinlich hatte er sie aber nur verschont, weil sie beide schon wach gewesen waren. Abe erstach die Leute lieber von hinten und im Schlaf.

»Ich vermute, sie waren wie wir nur Durchreisende«, sagte sie und streckte sich, daß ihre Schultergelenke knackten. »Mein Gott, bin ich müde! Es dauert keine Minute, und ich bin wieder eingeschlafen.«

Und dann machte sie ein großes Gewese mit den Dekken und dem mit trockenem Laub gefüllten Sack, auf dem sie ruhte, zeigte Wes ein glückliches Lächeln, gähnte und sah dann wirklich so aus, als sei sie eingenickt.

Doch noch nie in ihrem Leben war sie so wach gewesen wie in diesem Augenblick. Irgendwo in ihrer Nähe schlich ihr hinterhältiger, feiger, diebischer, heimtückischer und verräterischer großer Bruder im Wald herum – und sie wußte, daß er von ihr Geld verlangen würde, wenn er ihnen beiden keinen anderen Kummer bereiten sollte.

Jede Pore ihres Körpers schien in die Dunkelheit hineinzulauschen. Sie hielt den Atem an, als Wes, offensichtlich von ihren Worten und ihrem Theater überzeugt, sich auf seinem Lager ausstreckte.

Eine Stunde verging, und Leahs Arme und Beine begannen zu schmerzen. Wann würde Abe denn endlich zuschlagen? Sie hatte sich vorgenommen, zu Wesleys Lagerstatt hinüberzurollen und sich mit seinem Gewehr zu bewaffnen.

Wieder verging eine Stunde. Sie begann sich zu fragen, ob sie tatsächlich ihren eigenen Bruder erschießen könnte.

Ein Geräusch, das von Wesleys Lager herüberkam, erschreckte sie; aber es war nur ein leises Schnarchen und Rascheln, als sich Wes auf die andere Seite drehte.

Als Abes Signal kam, ein hoher, schriller Pfeifton, war Leah mehr als bereit. Langsam und geräuschlos schlüpfte sie aus ihren Decken und verließ auf Zehenspitzen den Lagerplatz. Sie verbot es sich, an den dunklen Wald zu denken oder sich an den riesigen Mann zu erinnern, der Abe wie ein Schatten gefolgt war. Sie stieg tapfer über umgestürzte Baumstämme und an bedrohlichen dunklen Gebilden vorbei, auf den Pfeifton zu, der sich wiederholte, wenn sie vom Weg abzukommen schien.

So marschierte sie mindestens eine Meile weit, ehe Abe hinter einem Weidenbaum hervorschlüpfte.

Leah machte einen Satz rückwärts, die Hand an der Kehle.

»Habe ich dich erschreckt, kleine Schwester?«

»Nur, wie mich jeder Verbrecher erschreckt.«

Abe sah fast gekränkt aus. »Ich dachte, du würdest dich freuen, mich wiederzusehen. Ich freute mich jedenfalls, als ich dich erkannte.«

»Wo steckt dieses Wesen, das dich begleitet?«

Abe bewegte nur den Kopf zu einem Baum hin.

Leah blickte zur Seite und sah den Schatten eines riesigen Arms. Sie holte erschrocken Luft, als sie sich umdrehte und den jungen Mann keine zehn Zoll entfernt hinter sich stehen sah. Sie bewegte sich einen Schritt von diesem Koloß weg, während er keine Miene verzog.

Abe nahm ihren Oberarm. »Du mußt ihn gar nicht beachten«, sagte er und zog sie ein Stück von ihm weg. »Er ist nicht ganz richtig, weißt du?« Dabei tippte er sich mit dem Finger gegen die Stirn.

»Das hat er bei seiner Größe auch nicht nötig«, fauchte Leah und wischte Abes Hand von ihrem Arm. »Wann hast du das letzte Mal gebadet?« fragte sie, die Nase rümpfend.

»So etwas mußt ausgerechnet du mich fragen! Als ich dich zum letztenmal sah, warst du schmutziger, als ich jemals gewesen bin. War wohl in der Zeit, als du noch nicht mit Leuten wie den Stanfords Umgang hattest.«

Leah richtete sich zu ihrer ganzen Größe auf. »Ich bin zufällig Wesley Stanfords Frau!«

»Du?« Abe wich einen Schritt vor ihr zurück und

gaffte sie mit offenem Mund an. »Du, eine Simmons, verheiratet mit einem Stanford?« Er begann laut zu lachen. »Hast du das gehört, Bud? Meine eigene leibliche Schwester bildet sich ein, sie wäre mit einem Stanford verheiratet!«

Bud gab nicht zu erkennen, ob er Abes Worte gehört hatte.

»Ich wußte gar nicht, daß du so perfekt lügen kannst«, fuhr Abe fort und lachte immer noch. »Alle Simmons-Frauen sind Huren; aber in der Regel ehrliche Huren. Selbst Ma . . . au!«

Er konnte seinen Satz nicht beenden, weil ihm Leah eine schallende Ohrfeige versetzt hatte.

»Du kleine . . .«, fauchte er. »Willst du, daß ich Bud auf dich hetze? Er kann solch schmächtige Dinger wie dich mit einer Hand auseinanderreißen. Bud!«

Bud rührte sich nicht, Leah ebenfalls. Sie starrte zu dem Hünen hinauf und hoffte nur, daß er nicht sah, wie sehr sie zitterte. Bud sah sie einen Moment lang an und blickte dann wieder in die dunkle Leere des Waldes hinein.

»Nun«, sagte Abe, »vielleicht ist Bud heute nicht in der richtigen Stimmung dafür.«

Leah gab ihren angehaltenen Atem frei. »Vielleicht hat er auch eine Mutter und ist wie ich der Meinung, daß Leute, die Schlechtes über ihre Mutter reden, eine Ohrfeige verdienen!«

»Teufel, Bud und Cal haben keine Mutter gehabt! Jemand muß sie aus einem Berg herausgeschnitten haben. Aber vergiß jetzt mal diese Spatzengehirne. Ich habe etwas Geschäftliches mit dir zu besprechen.«

»Wer ist Cal?«

»Ich hab' dir doch gesagt, du sollst die beiden vergessen! Und das war auch nicht so gemeint vorhin, das mit der Hure. Selbst wenn du eine wärest, kratzt mich das nicht, weil ich von dir nur deinen ... deinen Verstand brauche«, sagte er freundlich. »Du bist immer schon die hellste in der Familie gewesen. Ma meinte immer, es wäre zu schade, daß du als eine Simmons auf die Welt gekommen bist. Kannst du mir folgen?«

»Nur zu gut. Ich beginne zu begreifen, daß du etwas von mir verlangst.«

»Na also.« Er grinste. Einer von seinen Schneidezähnen war angefault. »Ich wußte doch, daß du ein helles Köpfchen hast. Und gut siehst du auch aus. Hübsch wie eine Lady, und redet auch so.«

»Wenn du mir schmeicheln willst, kannst du dir die Mühe sparen. Was verlangst du von mir?«

»Ich möchte, daß du zu uns kommst.«

»Zu euch?« fragte sie bang.

»Du brauchst nicht so zu tun, als wärst du was Besseres! Ich habe ein heißes Eisen im Feuer. Ich werde noch ganz groß rauskommen!«

Leah stand stumm vor ihm und wartete, daß er ihr sein Vorhaben näher erklärte. Es hatte keinen Sinn, ihn noch einmal herauszufordern, zumal der Riese immer in ihrer Nähe stand.

»Ich möchte, daß du dich Revis, mir und den Jungs anschließt. Wir haben da eine Suppe am Kochen, was die Leute betrifft, die auf dem Wilderness Trail nach Westen reisen. Ich schätze, du bist auf dem gleichen Weg hierhergekommen und kennst dich mit den Gewohnheiten dieser Leute besser aus als wir. Und da du ein helles Köpfchen hast, kannst du für uns die Pläne machen.«

»Pläne?« flüsterte Leah, die allmählich begriff, was er von ihr wollte. Sie hatte natürlich von der Räuberbande gehört, die über Reisende herfiel und sie auf dem Trail nach Westen ausplünderte; aber der Stanford-Treck war von ihnen nicht belästigt worden. »Du gehörst zu diesen Räubern? Als Dieb willst du ganz groß herauskommen?«

»Ich will doch nicht immer als Dieb arbeiten«, erwiderte er im entrüsteten Ton. »Ich mache das nur, um Geld für einen Laden auf die Seite legen zu können – oder jedenfalls damit anzufangen, es auf die Seite zu legen, sobald ein paar kleine Schulden bezahlt sind.«

»Spielschulden, wie ich mir denken kann«, sagte sie. »Und du bildest dir ein, ich wäre bereit, mich einer verfluchten Bande von Dieben anzuschließen?«

»Nun werde nur nicht unverschämt zu deinem älteren Bruder, du kleine Hure. Wissen Ma und Pa überhaupt, daß du dich mit einem Standford in der Gegend herumtreibst?«

»Zu deiner Information: sowohl Ma wie Pa sind tot. Und ich habe dir schon einmal gesagt, daß ich mit Wesley Stanford verheiratet bin.«

»O ja, und Bud hier kann fliegen! He! Wie kommt es, daß ihr getrennt geschlafen habt, wenn du noch mit diesem Stanford verheiratet bist?«

Leah blickte auf ihre Schuhe hinunter. »Das ist eine lange Geschichte«, murmelte sie.

»Es gibt nur eine Möglichkeit für eine Simmons, sich einen Stanford zu angeln: Du bist von ihm schwanger geworden, wie? Und nur die Stanfords kommen auf die Idee, daß sie eine schwangere Schlampe heiraten müßten . . .« Abe schluckte. »Nun ja, Leah, ob verheiratet oder nicht, dieser Mann will dich nicht haben. Jeder, der ein bißchen Grips im Kopf hat – selbst Bud hier –, konnte das sehen. Warum versteckt er sich eigentlich mit dir im Wald, Leah?«

Abes Worte kamen ihren eigenen Empfindungen zu nahe. »Ich muß jetzt wieder gehen. Bald wird es hell. Wesley wird mich vermissen«, flüsterte Leah.

»Er wird dich bestimmt nicht vermissen. Er wird froh sein, eine Simmons loszusein, ob sie nun seine Frau ist oder nicht. Komm jetzt mit mir, Leah. Wir machen dich reich.«

»Reich!« fauchte Leah. »Reich mit dem gestohlenen Gut anderer Leute? Diese Leute, die auf dem Trail unterwegs sind, haben ihr Leben lang gearbeitet für das, was ihr ihnen wieder wegnehmt! Und du glaubst, ich werde dir dabei helfen? Du machst mich krank! Schlimmer als krank! Ich frage mich, ob ein solcher Abschaum wie du überhaupt zu leben verdient.«

»Du . . .«, fauchte Abe, ehe er sich auf sie stürzte.

Doch ein Schritt von Bud genügte, und er ließ sie wieder los.

Leah sah den Riesen erstaunt an, und während ihr Herz laut vor Angst und Empörung pochte, nahm sie ihren ganzen Mut zusammen und legte die Hand auf Buds nackten Unterarm. »Bud«, sagte sie mit einem Kloß in der Kehle, »würdest du mich zu meinem Mann zurückbringen? Ich weiß den Weg nicht.«

Stumm verschwand Bud zwischen den Bäumen.

»Versuche ja nicht, mich noch einmal zu belästigen, oder du bekommst es mit Wesley zu tun«, sagte Leah zu Abe, ehe sie Buds Schatten folgte.

Kaum war Leah wieder auf ihrem Lager und zog sich die Decken über den Leib, als Wesley aufzuwachen schien. Sie bemühte sich nach Kräften, ihm ihre Nervosität nicht zu zeigen; doch sie fuhr bei jedem Geräusch zusammen. Wesley machte ein paar Bemerkungen, ihre Angst vor Wäldern betreffend, und sagte, sie habe von ihnen nichts zu befürchten.

»Die Menschen sind es, die gefährlich sind«, sagte er, während er sie forschend ansah. »Zum Beispiel diese beiden von heute nacht.«

»Was ist mit ihnen?« fragte sie nervös, beruhigte sich aber dann. »Sie waren doch nicht gefährlich, oder doch?«

»Vielleicht weißt du das besser als ich.«

»Ich? Wieso ich? Wie könnte ich etwas über die beiden wissen?«

Er schwieg einen Moment. »Ich dachte nur, Frauen hätten ein Gespür für solche Dinge. Das ist alles. Frauen behaupten doch, sie hätten einen sechsten Sinn, mit dem sie die guten von den schlechten Menschen unterscheiden können.«

Leah verfluchte sich, daß sie schon wieder zusammenzuckte. Er wußte nicht, daß der Mann, der sie in der Nacht gestört hatte, ihr Bruder war. Er wußte nicht, daß sie sich fortgeschlichen hatte, um mit ihm zu reden. Aber sie tat so schuldbewußt, daß er argwöhnen mußte, da könne etwas mit diesem nächtlichen Besucher nicht stimmen.

»Nur reiche Frauen haben genügend Zeit, über die Beweggründe anderer Menschen nachdenken zu können«, gab sie schroff zurück.

Wesley schien etwas antworten zu wollen, überlegte es sich jedoch offenbar anders. »Das mag sein«, murmelte er. »Also gut, Madame Stanford-Simmons, bleib in meiner Nähe.«

Damit marschierte er schon zwischen den Bäumen davon, während Leah noch mit ihren Decken beschäftigt war.

»Verdammt, verdammt, verdammt«, fluchte sie und beeilte sich, ihm zu folgen.

Wes blieb ihr fast immer um zehn Längen voraus. Manchmal sah sie gerade noch seine braune Lederkluft zwischen grünem Laub hindurchschimmern. Sie hielt meistenteils den Kopf gesenkt und trottete auf seiner

Spur, während sie versuchte, nicht an ihren Bruder Abe zu denken. Würde er sich an ihnen rächen, weil sie ihn so schroff zurückgewiesen hatte?

Als die Morgendämmerung anbrach, begann sie sich mit der Meinung anzufreunden, daß Abe doch noch einen Funken Familiensinn besitze und nicht an Vergeltung denke. Dennoch schaute sie mißtrauisch hinter jeden Baum und Strauch. Sie fürchtete nun eine Entführung. Das war wohl eher Abes Stil.

Ein Schuß krachte und hallte von den Bäumen und Hügeln wider.

»Wesley!« schrie sie und spürte in allen Fibern ihres Körpers, daß Abe diesen Schuß abgegeben haben mußte. »Wesley!« schrie sie noch einmal und begann zu laufen.

Wesleys mächtiger Körper lag hingestreckt auf dem Waldboden, stumm, regungslos, halb an das Gepäck auf seinem Rücken gelehnt, und ein großes Loch klaffte in seiner Brust .

»Wesley«, jammerte Leah und ließ sich neben ihm auf die Knie fallen. »Wesley!«

Er antwortete nicht, sondern lag still neben ihr.

»Er atmet noch«, hörte sie eine Stimme über ihrem Kopf. »Ich hatte nicht vor, ihn zu töten.«

»Du!« zischte Leah und warf sich auf ihren Bruder.

Abe hielt die Hände vor das Gesicht, um sich vor ihren Schlägen zu schützen. »Ich sagte dir doch, daß ich dich brauche, und da du offenbar keinen Sinn mehr für deine Familie hast, mußte ich etwas unternehmen.«

Leah hörte auf, mit den Fäusten auf ihren Bruder einzuschlagen, als ihr der Widersinn seiner Worte bewußt wurde. Sie drehte sich zu Wesley um. Bud kniete neben Wes, während er mit seinen dicken Fingern die Schußwunde untersuchte.

»Er lebt doch noch, oder?« fragte sie und ließ sich abermals auf den Knien neben Wes nieder.

Bud nickte einmal, ehe er ein Messer aus der Scheide an seinem Gürtel zog.

»Nein!« schrie Leah und packte mit beiden Händen den mächtigen Unterarm des Hünen. »Bitte, töte ihn nicht! Ich tue alles, was du von mir verlangst!«

Bud sah sie mit einem kurzen, harten Blick an, ehe er das Messer dazu benützte, ein Stück von Wesleys Hemd abzuschneiden.

»Diese Jungs bringen niemanden um«, sagte Abe verdrossen und rieb sich die Stellen am Arm und an der Schulter, wo Leahs Fäuste ihn getroffen hatten. »Bud wird sich um deinen Stanford kümmern, und du kommst jetzt mit mir.«

»Ich lasse ihn nicht allein«, erwiderte Leah eigensinnig. »Dafür wirst du büßen müssen, Abe Simmons! Wenn mein Mann stirbt, wirst du . . .«

»Er wird nicht sterben. Ich bin ein guter Schütze, und ich habe mir meinen Plan lange und gründlich überlegt. Ich dachte mir nämlich, du wirst 'ne Menge dafür tun, das viele Geld nicht zu verlieren, welches den Stanfords gehört. Und da kam mir der Gedanke, ich lege ihn für 'ne Weile flach, damit du bereit bist, auch mal was für mich zu tun, bis er wieder gesund ist.«

»Du idiotischer . . .«, begann sie. »Wie konntest du jemanden mit der Absicht umlegen, Unterstützung für deine verbrecherischen Pläne zu finden? Wesley, kannst du mich hören?«

Leah sah die verschwommenen Umrisse des Hünen Bud, der Wesleys Brustkorb abtastete. Leah war froh und dankbar für diese Hilfe. Ihre Augen füllten sich mit Tränen der Wut und Ohnmacht.

»Nun überlaß ihn dem Jungen«, sagte Abe, packte

Leah am Arm und zog sie in die Höhe. »Die Jungs verstehen sich auf so was. Wir beide haben jetzt wichtigere Dinge zu besprechen.«

»Ich rede kein Wort mit dir, wenn du nicht . . .«

»Willst du, daß ich ihm noch eine Kugel gebe? Mir scheint, du hast nichts in der Hand, um mir Bedingungen stellen zu können. Und Familiensinn hast du auch nicht. Das hast du bereits bewiesen. Ich weiß gar nicht, warum ich mir deinetwegen Gedanken mache und dir was Gutes tun will . . .«

»Du hast immer nur an dich selbst gedacht, Abe!«

Abe drehte sich um und sah sie wütend an. »Du sagst mir Bescheid, wenn du bereit bist, mir zuzuhören.«

»Niemals, ich . . .« Ein Stöhnen von Wesley zwang sie, sich wieder neben ihm auf die Knie zu werfen.

»Leah«, flüsterte er mit flatternden Augenlidern. »Flüchte von hier! Rette dich!« Und dann fiel sein Kopf auf die Seite. »Nein!« schrie sie. »Er ist doch nicht . . .?« Sie sah zu Bud hinauf, der den Kopf schüttelte.

»Du kannst wählen, Missy«, sagte Abe. »Du hilfst mir und darfst dich meinetwegen um deinen reichen Knaben kümmern; oder du weigerst dich, gibst mir weiterhin häßliche Namen, und ich lasse ihn hier an dieser Stelle verrotten. Wenn ich du wäre, würde ich mich rasch entschließen; denn es sieht so aus, als würde er bald verbluten.«

Leah brauchte nur zwei Sekunden für ihre Entscheidung. »Ich werde dir helfen«, flüsterte sie, die Hand auf Wesleys kalter Stirn. »Was muß ich tun?«

Kapitel 16

Leah blickte auf den schlafenden Wesley hinunter. Seine Wunde war inzwischen gesäubert worden, und sie war sich nun auch sicher, daß sie nicht so gefährlich war, wie sie anfangs vermutet hatte, obwohl Wes eine Menge Blut verlor. Er lag auf einem einigermaßen sauberen Bett in einer alten Blockhütte, die an einer Flanke des Berges versteckt war.

Langsam erhob sie sich von dem Schemel neben dem Bett und trug die Schüssel mit dem blutigen Wasser nach draußen, um sie dort auszuschütten. Vor der Tür standen die beiden jungen Männer, Bud und Cal, und wirkten im frühen Morgenlicht wie Felsen, die den Zugang zum Berg bewachten. Sie hatte sich solche Sorgen um Wes gemacht, daß sie nicht sagen konnte, wann der zweite Riese neben ihr aufgetaucht war. Doch nun verharrten sie beide schweigend vor der Hütte – zwei Kolosse, die sich kaum voneinander unterschieden. Die Brüder hatten den bewußtlosen Wes hierhergetragen und, ohne ein Wort zu sprechen, ihr geholfen, ihn zu waschen und zu verbinden.

»Er schläft jetzt«, sagte sie mit müder Stimme zu den beiden Hünen, die links und rechts neben der Tür der Hütte Aufstellung genommen hatten. »Ich glaube, daß er sich von dieser Verletzung wieder erholen wird.«

»Was habe ich dir gesagt?« rief Abe, während Leah erschrocken zusammenfuhr. Im gleichen Moment war ihr Bruder hinter der Seitenwand der Hütte hervorgetreten.

»Schleichst du dich immer so an die Leute heran?« fauchte sie ihn mit funkelnden Augen an.

»Du bist wohl die unfreundlichste Schwester, die man einem Bruder bescheren kann. Hörst du mich jetzt endlich an, oder müssen wir erst noch kämpfen?«

Alles in ihr bäumte sich dagegen auf, mit ihrem Bruder zusammenzuarbeiten. Sie würde tun, was er von ihr verlangte, um Wes zu retten; aber sobald Wes genesen sein würde, würde auch ihre Bereitschaft zur Zusammenarbeit zu Ende sein. »Was verlangst du von mir?« fragte sie in feindseligem Ton.

Abe brummelte etwas, aber ging nicht weiter auf ihren Ton ein. »Wenig, wenn man bedenkt, daß ich dein Bruder bin und man einem Familienangehörigen von sich aus freiwillig helfen sollte. Nur ein bißchen Kopfarbeit! Und vielleicht auch ein bißchen Hilfe beim Kochen«, setzte er leise hinzu.

Sie ruckte mit dem Kopf hoch. »Das ist es also! Ich soll dir nicht bei der Planung deiner Raubzüge helfen, sondern die dreckige Wäsche für dich waschen, kochen und deine Bude saubermachen!«

»Nun hör mal, Leah«, begann er, hielt dann wieder inne und sah sie mit einem schiefen Lächeln an. »Klar, mehr verlange ich nicht vor dir. Du kommst zu uns, kochst, machst ein bißchen sauber und erledigst die Sachen, die Frauen eben so machen. Da ist doch nichts Böses dabei, oder? Zu Hause bei Pa hast du viel mehr Leute versorgen müssen!«

Leah spürte fast so etwas wie Erleichterung. Sie hatte den Gedanken, daß sie bei der Planung von Überfällen helfen sollte, unerträglich gefunden, und obwohl sie sicherlich Schwerarbeit leisten mußte, wenn sie dieses Räubernest versorgen sollte, war ihr das immer noch lieber als eine direkte Beteiligung an Untaten.

Abe sah sie lauernd an. »Jetzt fühlst du dich schon besser, wie?« sagte er, als rede er mit einem Kätzchen. »Du mußt nur ein bißchen wischen, ein bißchen kehren und ein bißchen kochen, obwohl die beiden dort eine Menge verdrücken.«

»Und was bekomme ich als Gegenleistung dafür?«

»Dafür darfst du regelmäßig deinen reichen Knaben besuchen.« Er sah auf seine Schuhe hinunter. »Obwohl du Revis lieber nichts von ihm sagen solltest. Ich denke, es sollte ein Geheimnis zwischen uns beiden bleiben«, setzte er hinzu, die beiden jungen Riesen ignorierend.

Leah blickte auf Bud und Cal, doch die Gesichter der beiden waren so unbeweglich und teilnahmslos wie Felsbrocken. Sie fragte sich, ob die beiden überhaupt einen Funken Intelligenz besaßen und ob sie merkten, wie herablassend Abe sie behandelte.

»Wer ist dieser Revis?«

»Mein Partner!« gab Abe zur Antwort und klopfte sich auf die Brust. »Er und ich führen das Geschäft!«

»Was geschieht, wenn Wesley wieder gesund ist?«

Abe grinste sie an. »Dann werde ich Revis sagen, daß du davongelaufen bist, weil dir die Arbeit zuviel wurde. Das ist uns schon öfter passiert. Wir haben sozusagen einen Verschleiß an Frauen.«

»Du hast meinen Mann niedergeschossen, weil du eine neue Köchin brauchtest?« fauchte sie ihn an. »Warum mußt du jemand erschießen, wo Köchinnen heutzutage doch so leicht zu bekommen sind und du bereits mehrere angeheuert hattest?«

Abe blickte wieder einen Moment verdutzt seine Schuhe an und lächelte dann vergnügt. »Ich wollte meine Schwester als Köchin bei mir haben! Ich habe dich so lange entbehren müssen.«

Leah nahm ein Scheit vom Brennholzstapel neben der Tür und drang damit auf ihren Bruder ein.

»Wenn du mich damit verwundest, Leah, findest du nie mehr aus diesen Wäldern heraus«, warnte er sie, während er die Hände schützend vor sein Gesicht hielt.

Sie bremste den Schlag zwei Zoll über seinem Scheitel

ab. »Du verdammter, schmutziger Erpresser«, zischte sie, ehe sie das Scheit wieder auf den Holzstapel legte und zu Wes in die Hütte zurückkehrte.

»Ihr Jungs seid doch zu gar nichts nütze«, murrte Abe hinter ihr. »Wartet nur, bis ich Revis erzähle, daß ihr tatenlos zugesehen habt, wie ich bedroht und fast umgebracht wurde!«

Leah ließ sich Zeit mit dem Packen ihrer wenigen Habseligkeiten, ehe sie mit ihrem Bruder aufbrach. Sie wünschte sich, Wesley würde aufwachen, damit sie ihm sagen konnte, wo sie hinging. Doch er schlief fest, und sein Atem ging tief und langsam. Auf seiner Stirn hatte sich eine tiefe Falte gebildet. Offenbar litt er große Schmerzen.

Sie kauerte sich neben ihm nieder und berührte seine Wange. In diesem Moment schien sie sich nicht mehr darauf besinnen zu können, warum sie die letzten Monate oft so zornig auf ihn gewesen war. Sie erinnerte sich nur noch an das junge Mädchen, das sich in ihn verliebt hatte.

Vielleicht war das Wiedersehen mit Abe daran schuld, daß die Erinnerung an die schreckliche Farm, wo sie aufgewachsen war, in ihr wieder lebendig wurde. Der Gedanke an Wesley hatte sie damals vor dem Wahnsinn bewahrt.

»Du hast ihn lange genug angegafft, kleine Schwester. Wir müssen uns beeilen. Revis will sein Frühstück haben. Und er mag die beiden Jungs nicht so lange unbeaufsichtigt herumstreunen lassen.«

Stumm beugte sich Leah über das Bett und küßte Wesley auf die im Schlaf entspannten Lippen. »Ich komme so schnell, wie ich kann, zu dir zurück«, versprach sie und verließ dann die Blockhütte.

Abe blinzelte in die aufgehende Sonne und trieb Leah

zur Eile an. Offenbar schien er aus irgendwelchen Gründen nervös zu werden.

Der Pfad, dem sie jetzt folgten, schlängelte sich durch ein Labyrinth aus Sträuchern und Dornenhecken. Während sie sich mühsam durch das Gestrüpp hangabwärts bewegten, versuchte Leah, sich ihre nächsten Worte und Taten zu überlegen. Es konnte nur zu ihrem Vorteil sein, wenn sie sich so gründlich wie möglich über diese Bande informierte, der sie sich nun gegen ihren Willen anschließen mußte.

»Wo stecken denn Bud und Cal?« fragte sie und strich sich eine Brombeerranke aus dem Gesicht.

»Sie gehen nicht gern mit anderen Leuten. Sie sind zu dumm, um begreifen zu können, daß Leute, die zusammenbleiben, im Vorteil sind. Selbst Revis kann ihnen das nicht beibringen.«

»Ist dieser Revis in der Lage, den beiden überhaupt etwas beizubringen?«

Abe blieb stehen und drehte ihr das Gesicht zu. »Falls du dir einbildest, du könntest die beiden auf deine Seite ziehen und gegen mich aufhetzen, da hast du dich getäuscht!«

Leah versuchte, ein gekränktes Gesicht zu machen; denn eben das hatte sie versuchen wollen.

»Revis und die beiden Jungs sind Brüder«, sagte Abe triumphierend, ehe er den Blick wieder auf den Pfad richtete. »Einige Familien halten eben zusammen«, setzte er hinzu.

»Willst du damit sagen, daß es noch einen dritten dieser ›Jungs‹ gibt – drei von solchen Riesen?«

»Nein, Revis ist ganz normal gebaut und auch ganz richtig im Kopf. Er ist nicht blutsverwandt mit ihnen, sondern Revis' Mutter hat Bud und Cal von irgendwo herbekommen, als sie noch Babies waren. Sie wurden zusammen mit Revis großgezogen, und deswegen halten sie auch zusammen wie echte Brüder.«

Leah schnitt hinter Abes Rücken eine Grimasse; denn sie hatte nun genug von seinen Anspielungen, daß sie keinen Familiensinn besitze.

Sie gingen eine Weile schweigend hintereinander her.

»Können Bud und Cal sprechen?«

»Nur wenn man sie ärgert«, gab Abe zurück. »Ich glaube, bei ihrem Spatzengehirn haben sie auch nicht viel zu sagen.«

»Du meinst, je mehr die Leute reden, um so größer ist ihr Gehirn?«

»Manchmal bist du mir einfach zu schlau, Leah! Ich kann nicht so gut mit Worten umgehen wie Revis. Bei dem kannst du dein Mundwerk ausprobieren. Und halte dich mit dem Feuerholz zurück! Denn die Jungs kommen Revis sofort zu Hilfe, wenn du ihn auch mit einem Holzscheit auf den Kopf hauen möchtest. Ich mag nicht erleben, wie meine eigene Schwester verblutet.«

»Natürlich nicht«, erwiderte sie sarkastisch.

»Schließlich weiß ich ja, was man seiner Familie schuldig ist – im Gegensatz zu dir.«

Leah ersparte sich darauf eine Antwort.

Einige Minuten später kamen sie zu einer Lichtung und sahen eine baufällige Blockhütte mit einem Stapel Brennholz neben einem Flüßchen zu ihren Füßen liegen. Leah blieb am Rande der Lichtung stehen und blickte auf die Szene hinunter, als eine ausgemergelte Frau aus der Hütte trat und ihre dünnen Arme mit Brennholz belud.

»Wer ist das?« fragte Leah.

»Verity«, sagte Abe. »Sie ist unsere letzte – äh – Köchin gewesen. Sie hat es nicht lange auf diesem Posten ausgehalten. Die Jungs sind dran schuld. Sie essen und essen . . .« Er blickte rasch nach links und rechts.

Leah mochte diesen Kündigungsgrund nicht anzweifeln und blickte stumm auf die Frau hinunter, während sie über die Lichtung schritten. Die Frau sah nicht einmal hoch. Tatsächlich war sie viel zu müde, um sich dafür zu interessieren, wer da über die Lichtung zum Haus käme.

»Mach uns was zu essen«, befahl Abe der Frau, als er auf Rufweite heran war.

Die Frau namens Verity bewegte sich nicht einen Deut schneller auf die Hüttentür zu.

Bud und Cal erschienen auf der Lichtung, als wären sie nie weggewesen.

Nach kurzem Zögern lief Leah der mageren Frau in die Hütte nach, ging direkt auf sie zu und nahm ihr das Holz ab. »Sie setzen sich hin«, sagte sie sanft, »ich werde kochen.«

Ein überraschter Augenaufschlag war alles, was Leah darauf zur Antwort bekam, ehe die Frau in eine Ecke der Hütte trottete und sich dort auf den Boden kauerte.

»Aber doch nicht dort!« rief Leah betroffen. »Sie setzen sich an den Tisch!«

Verity sah mit furchtsamen Augen zu Leah hoch und schüttelte stumm den Kopf.

»Haben Sie Angst vor Abe?«

Verity schüttelte den Kopf.

»Vor Bud oder Cal?«

Sie schüttelte abermals den Kopf.

»Vor Revis«, flüsterte Leah und sah, wie die Frau sich noch kleiner zu machen versuchte, als Leah diesen Namen erwähnte. »Damit ist meine erste Frage geklärt«, sagte Leah zu sich, während sie die Vorräte in der Hütte inspizierte. Nur so einen Typ konnte sich mein Bruder Abe als Geschäftspartner ausgesucht haben, dachte sie.

Wenn es einen Ort auf Erden gab, wo Leah sich wohl

fühlen konnte, dann war es der Küchenherd. Ihr ganzes Leben, bis sie Wes geheiratet hatte, war mit der Herstellung, Lagerung und Weiterverarbeitung von Lebensmitteln ausgefüllt gewesen. Als sie sich nun am Herd an die Arbeit machte, tat sie das mit dem Hintergedanken, daß es ihr vielleicht gelingen könnte, Bud und Cal mit einer guten Mahlzeit auf ihre Seite zu ziehen.

»Kannst du denn nicht schneller kochen?« fragte Abe. »Revis kann jede Sekunde nach Hause kommen.«

»Wenn du mir nicht dauernd im Weg stehen würdest, käme ich auch mit dem Kochen besser voran«, sagte Leah und gab Verity ein hartgekochtes Ei.

»Für sie brauchst du nichts zu kochen. Wer in unserer Gruppe nicht arbeitet, bekommt auch nichts zu essen.«

»Es sieht mir eher danach aus, als hätte Verity zuviel gearbeitet statt zuwenig«, murmelte Leah. »Und jetzt mach, daß du hinauskommst, sonst werde ich Bud und Cal sagen, daß du mich beim Kochen störst!«

Zu ihrer Überraschung und ihrer Freude wurde Abe ganz blaß im Gesicht, ehe er sich hastig auf die Lichtung zurückzog.

»Aha«, murmelte Leah, »sieht ganz so aus, als hätte Abe ein bißchen Angst vor den Jungs.« Sie blickte zu Verity hinüber, ob diese das bestätigen konnte; doch die Frau stopfte sich gerade gierig das abgepellte Ei in den Mund.

Leah brauchte anderthalb Stunden, um eine Mahlzeit zuzubereiten, deren Umfang selbst sie erstaunte. »Bud, Cal!« rief sie durch die Hintertür auf den Hof hinaus.

»Mich wolltest du wohl nicht zu Tisch rufen, wie?« klagte Abe, der neben der Tür gelauert hatte und sich nun an ihr vorbei in die Blockhütte schob.

Die Einrichtung des einzigen Raumes bestand aus einem Herd, einem großen Tisch, fünf Stühlen und einigen Decken in den Ecken. Überall standen Säcke herum, deren Inhalte Leah noch nicht ergründet hatte.

Als Leah wieder die Hütte betrat, sah sie, daß Bud und Cal bereits am Tisch saßen und schon zu essen begonnen hatten. Leah setzte sich den beiden gegenüber, Abe nahm am Kopfende Platz. Als Leah versuchte, auch Verity an den Tisch zu laden, kroch diese nur noch tiefer in ihre Ecke hinein.

»Laß sie in Ruhe«, murrte Abe. »Sie hat Angst vor Revis. Obwohl ich mir gar nicht denken kann, warum«, fügte er rasch hinzu. »Revis ist so ein netter Mann, nicht wahr, Jungs?«

Weder Bud noch Cal sahen von ihren Tellern auf, um Abes Behauptung zu bestätigen. Sie waren viel zu sehr mit dem Essen der Mahlzeit beschäftigt, die Leah ihnen gekocht hatte, um auf seine Worte zu achten. Und dabei hatten sie sogar noch weitaus bessere Tischmanieren als Abe, der, beide Ellenbogen auf den Tisch gestützt, das Essen in sich hineinschaufelte.

Während Leah ein paar Bissen zum Mund führte, dachte sie an Wesley. Ob er immer noch schlief? Oder ob er sich gerade bemühte aufzustehen und nach ihr zu suchen? Ob er Hunger hatte? Ob sie allein den Weg zu ihm zurückfinden konnte?

»Iß deinen Teller leer«, befahl Abe. »Revis mag keine mageren Frauen.«

Eine Alarmglocke schlug in Leahs Kopf an. »Was geht deinen Partner denn mein Gewicht an?«

»Oh, nichts«, antwortete Abe hastig. »Nur ist Revis ein echter Gentleman, der eine Vorliebe für hübsche Frauen hat.«

Sie beugte sich vor. »Kein Gentleman verdient sich seinen Lebensunterhalt damit, daß er andere Leute bestiehlt.«

»Gut gesagt«, hörte Leah eine Stimme hinter ihrem Rücken.

Leah drehte ihren Kopf um, während Abe aufsprang und dabei seinen Stuhl umwarf. »Mr. Revis«, sagte Abe mit einer Stimme, in der sich Ehrfurcht, Respekt und ein wenig Angst mischten.

Leah war sich nicht sicher, wen sie erwartet hatte, doch gewiß nicht so einen Mann, wie er jetzt im Türrahmen stand: groß, breitschultrig, mit schmalen Hüften und schwarzen gelockten Haaren. Seine dunkelbraunen Augen hatten einen stechenden Blick; aus einem hübschen Gesicht mit kantigem Kinn sah er sie durchbohrend an, während sich seine Lippen zu einem spöttischen Lächeln verzogen.

Ein kalter Schauder lief Leah über den Rücken.

»Das ist sie, Mr. Revis«, sagte Abe. »Das ist meine Schwester. Ist sie nicht hübsch! Und kräftig ist sie auch! Die werden Sie nicht in einem oder zwei Monaten kaputt kriegen.«

Leah konnte den Blick nicht von diesem Mann lösen. Er hatte etwas Erschreckendes, aber zugleich auch etwas Faszinierendes an sich. Sie befeuchtete sich die Lippen.

Langsam, wie eine Katze, kam er näher. Er trug eine schwarze Seidenkrawatte, eine schwarze Wollhose und schwarze Lederstiefel. Er streckte ihr eine gepflegte Hand hin.

Leah nahm sie und fühlte sich einen Moment lang in den Salon der Stanford-Plantage versetzt. Sie erhob sich von ihrem Stuhl und stand vor ihm, als hätte er sie zum Tanzen aufgefordert.

»Sie sieht in der Tat sehr gut aus«, sagte Revis mit seiner tiefen Stimme.

»Ich wußte doch, sie würde Ihnen gefallen, Mr. Revis.

Das wußte ich sofort! Sie ist willig. Und sie hat ein feuriges Temperament. Sie wird Sie glücklich machen, Mr. Revis. Ganz bestimmt.«

Leah stand da, hielt die Hand dieses Mannes, hörte hinter sich die leisen Geräusche von Bud und Cal, die am Tisch saßen und gelassen ihre Mahlzeit verzehrten. Langsam drangen die Worte ihres Bruders in ihr Bewußtsein ein.

Sie blickte rasch zwischen Abe und Revis hin und her, und da wurde ihr alles klar. Revis war niemandes, schon gar nicht Abes Partner. Und Leah war nicht hierhergebracht worden, um zu kochen, sondern sie war eine Art von Geschenk für diesen gutaussehenden, charmanten Schurken.

Sie entriß ihm ihre Hand. »Ich glaube, hier liegt ein Mißverständnis vor«, begann sie. »Ich bin hierhergekommen, um zu kochen.«

»Ist sie nicht ein Schatz?« fragte Abe mit einem nervösen Lachen. »Meine kleine Schwester kennt sich gut mit Männern aus! Sie mag Männer. Und man kann es ihr ja deutlich ansehen, wie gut Sie ihr gefallen, Mr. Revis. Los, Leah, gib ihm einen Kuß.«

Leah wirbelte zu ihrem Bruder herum, ein Fauchen auf den Lippen: »Du hast zu mir gesagt, ihr brauchtet eine Köchin; aber du hast von mir erwartet, daß ich für dich huren soll, wie? Dann hör mal gut zu, du kleines Miststück! Ich bin keines Mannes Hure und schon gar nicht das Liebchen von Verbrechern wie diesem da!«

Abe wurde kreideweiß im Gesicht. »Mr. Revis«, begann er, »sie meint es nicht so. Sie wissen doch, wie alle Ladies auf Sie fliegen. Sie glaubt nur, sie würde Ihnen besser gefallen, wenn sie nicht so leicht zu haben ist.«

»Du . . .!« keuchte Leah und wollte über ihren Bruder herfallen.

Revis' kräftiger Arm schoß nach vorn, faßte Leah um die Taille und zog sie an sich. »Was dich auch immer hierhergetrieben hat – ich bin froh, daß du hier bist«, sagte er mit sanfter Stimme. »Es gefällt mir, wenn meine Frauen Temperament haben.« Mit der freien Hand begann er ihren Arm zu streicheln. »Es macht mir Spaß, die Tigerkatze zu zähmen.«

»Dann sollst du deinen Spaß auch haben!« fauchte Leah und trat ihn wuchtig gegen das Schienbein.

Was ihr Verhalten auch für Folgen haben würde – sie bereute es nicht, als sie die Veränderung auf Revis' Gesicht sah. Warum bildeten sich gutaussehende Männer immer ein, daß Frauen sich ihnen freiwillig an den Hals warfen? »Ich dulde nicht, daß ein dreckiger Dieb mich anfaßt!« sagte sie mutig; aber im nächsten Moment wich sie schon vor Revis zurück.

»Fangen Sie sie ein, Mr. Revis«, rief Abe. »Sie ist eine undankbare Schwester. Sie hat eine Lektion verdient.«

Revis' Augen waren hart, kalt und zum Fürchten, während er Leah um den Tisch herum verfolgte.

Sie stellte einen Stuhl zwischen sich und Revis. »Lassen Sie mich in Ruhe«, warnte sie ihn. »Ich will nicht, daß Sie mich anfassen!«

»Du bist viel zu hübsch, um mir Vorschriften machen zu können«, sagte Revis und schleuderte den Stuhl durch den Raum.

Leah wich vor ihm zurück, während sie mit beiden Händen Bud und Cal, die immer noch schweigend ihre Mahlzeit einnahmen, über die Schultern strich. »Helft mir«, sagte sie flehend, aber die jungen Männer beachteten sie nicht.

»Die Jungs gehorchen nur mir«, sagte Revis, ihr wieder einen Schritt näher kommend. »Warum hörst du jetzt nicht mit diesem Spielchen auf und kommst zu mir?

Ich bin der Herrscher dieses kleinen Imperiums, und jeder hier gibt mir, was ich von ihm verlange. Oder er wünschte sich später, er hätte es getan«, fügte er hinzu.

Verity begann in ihrer Ecke zu wimmern.

»Ist es das, was Sie mit Verity getan haben? Haben Sie sie mit Gewalt genommen?«

Revis sah sie mit einem kleinen, geheimnisvollen Lächeln an. »Wenn meine Frauen mir den Gehorsam verweigern, bestrafe ich sie.«

Abermals lief Leah ein kalter Schauder über den Rükken, wenn sie auch tapfer ihre Angst niederkämpfte. Falls sie lebend aus dieser Räuberhöhle herauskäme, würde sie ihren Bruder mit der Peitsche züchtigen. Ihr Blick huschte zu Abe hinüber, in diesem Moment aber sprang Revis sie an.

Er packte ihren Arm, drehte ihn auf ihren Rücken und zwang sie, dicht an ihn heranzukommen. »Du hast Feuer in dir, meine Hübsche«, flüsterte er. »Ein Feuer, das ich mit dir zu teilen gedenke.«

»Hören Sie auf damit!« rief sie, und gegen ihren Willen wurde es eher eine Bitte als ein Befehl.

Revis' Lippen suchten ihren Hals. »Du wirst dich schon daran gewöhnen, zu genießen, was ich dir gebe«, sagte er mit seidenweicher Stimme.

Leah war kaum zu einem klaren Gedanken fähig. Nicht daß sein heißer Mund an ihrem Hals ihren Verstand verwirrt hätte – sie spürte nur instinktiv, daß es sie und vermutlich auch Wesley das Leben kosten würde, wenn er bekäme, was er von ihr verlangte. Sie konnte ihr Leben nur retten, wenn sie ihm Einhalt gebot.

Sie war ihm körperlich nicht gewachsen. Nur Bud und Cal waren kräftig genug, um ihn bändigen zu können. Wenn sie nur die beiden dazu bringen könnte, ihr zu helfen!

»Ich mag es nicht, wenn man mir dabei zusieht«, flüsterte Revis. »Komm mit nach draußen, wo wir allein sein können. Ich werde dir zeigen, was für ein Mann in dem Dieb steckt, vor dem du dich so zu fürchten scheinst.«

»Ich will nicht . . .«, begann sie.

Revis' Hand legte sich um ihren Hals. Er drückte mit dem Daumen auf eine Schlagader. »Vielleicht solltest du dich ein wenig fürchten. Ich mag es, wenn Frauen mir Widerstand leisten.«

»Weil du keine Frau finden kannst, die sich dir freiwillig ergibt?« fauchte Leah.

Revis zog eine dunkle Augenbraue in die Höhe. »Vielleicht sollte man dir zuerst ein paar Manieren beibringen. Ein bißchen Schmerz könnte dich gefügiger machen.

»Verdienen würde sie es«, rief Abe.

»Halt den Mund«, sagte Revis mit grollender Stimme, während seine Augen Leahs Gesicht nicht eine Sekunde freigaben. »Hat dein törichter Bruder dir denn nichts von mir erzählt? Ich nehme mir, was ich haben möchte, und benütze es, bis es verbraucht ist. Du kannst mir nicht widerstehen! Du kannst dich nicht sträuben, weil ich immer Sieger bleiben werde!«

Damit preßte er seinen Mund auf ihre Lippen und küßte sie hart und wild.

Als er von ihr abließ, sah sie an dem Funkeln in seinen Augen, daß er sich sicher war, Leah würde ihn nun begehren. Er war davon überzeugt, daß sein Kuß sie dazu bringen würde, vor ihm auf die Knie zu fallen.

Leah aber spuckte ihm ins Gesicht und drehte den Kopf zur Seite, als er die Hand hob, um sie zu schlagen.

»Bud und Cal«, sagte sie, »wenn ihr mich nicht beschützt, werde ich nie mehr für euch kochen.«

Bei dieser Bemerkung schien Revis' Hand mitten in der Luft einzufrieren. Er ließ sie jählings los und stieß sie gegen die Wand zurück. Sein hübsches Gesicht war zu einem häßlichen Lächeln verzerrt. »Du bildest dir ein, du könntest meine Brüder gegen mich aufwiegeln? Du glaubst, du hättest Macht über das, was mir gehört?«

»Nein, ich . . . ich will nur nicht, daß Sie mich anfassen. Das ist alles. Ich will mir nichts anmaßen, was mir nicht zusteht.«

Etwas an ihm erschreckte sie mehr denn je. Sie preßte die Hände gegen die Wand, als könnte sie mit den Fingernägeln eine Bresche schaffen, durch die sie in die Freiheit zu entrinnen vermochte.

»Du mußt lernen, daß ich hier der Herr bin und nicht eine verdammte Frau . . .«, wieder hob er die Hand, um sie zu schlagen.

Doch daraus wurde nichts.

Buds riesige Hand legte sich locker um Revis' Handgelenk. »Die Frau wird kochen«, sagte Bud mit einer leisen, angenehmen Stimme; aber der Befehl, der darin mitschwang, war nicht zu überhören.

Revis' Gesicht war nur noch ein Ausdruck fassungsloser Verwunderung. Er wollte etwas sagen, er sah von einem Riesen zum anderen, die neben ihm aufragten und denen er nicht einmal bis zu den Schultern reichte, aber nun ging sein Blick auf Leah zurück.

Und was sie in seinen Augen las, ließ sie zum drittenmal erschaudern. Er haßte sie jetzt, und einen Moment lang wünschte sie fast, sie hätte ihm nachgegeben.

Revis befreite seinen Arm mit einem Ruck aus Buds Griff, schwenkte auf den Absätzen herum und verließ die Blockhütte.

Einen Augenblick lang schwiegen alle. Dann begann Verity laut zu schluchzen. Abe ließ sich schwerfällig auf einen Stuhl nieder. »O Himmel, Leah, was hast du da nur angerichtet! Du hast Revis bis aufs Blut gereizt, und dann ist er zu allem fähig.«

Bud und Cal sahen sich stumm an und verließen die Blockhütte.

Mit bebenden Händen begann Leah den Tisch abzuräumen.

Kapitel 17

Erst am späten Abend konnte Leah sich wieder von der Blockhütte der Räuber fortschleichen. Revis war der Hütte den ganzen Tag über ferngeblieben; aber seine Attacke auf Leah hatte Verity so sehr erschreckt, daß es Stunden dauerte, bis Leah sie ein wenig beruhigen konnte. Erst hatte sie geweint, dann hysterisch geschrien, daß Revis sie alle töten würde, sobald er zurückkäme. Leah hatte die Frau, die nur noch aus Haut und Knochen bestand, gewaschen und in ihren Armen gewiegt, bis sie endlich eingeschlafen war.

Abe versuchte, Leah Vorhaltungen zu machen, weil sie Revis hatte abblitzen lassen; doch auf ein paar treffliche Antworten von Leah hin hatte er die Blockhütte verlassen. Die meiste Zeit an diesem langen Tag hatte Leah am Herd verbracht und sich viel Mühe mit dem Mittagessen gegeben, um sich bei Bud und Cal für deren Hilfe zu revanchieren.

Als sie sich am Mittagstisch auch noch mündlich bei den beiden jungen Männern bedanken wollte, taten sie so, als wären sie taub. Da beugte sich Leah, einem Impuls folgend, über den Tisch und gab jedem einen Kuß auf die Wange.

»Du hast doch hoffentlich nicht die Absicht, mit diesen Attrappen ins Bett zu gehen!« jammerte Abe. »Du kannst Revis keinen Korb geben, und dann mit diesen Lümmeln ins Heu steigen!«

»Abe«, sagte Leah mit tonloser Stimme, »ich habe mir jetzt genug von dir bieten lassen. Noch ein Wort und . . .«

Abe unterbrach sie: »Wenn du mir oder Revis noch einmal frech kommst, erzähle ich ihm von dem reichen Knaben, den du hier in der Nähe versteckt hast. Deshalb solltest du lieber zweimal nachdenken, bevor du den Mund aufmachst und mir drohst.«

Leah hatte nach dieser Ermahnung keinen Ton mehr gesagt. Abe hatte nur gekichert und sie an alle möglichen Arbeiten erinnert, die im Haus noch getan werden mußten.

Es war eine Stunde vor Mitternacht, als Leah endlich mit dem Putzen und Aufräumen fertig war und den langen Weg zu der Blockhütte antreten konnte, wo Wesley sich versteckt hielt. Unterwegs dachte sie sich eine Geschichte aus, mit der sie ihre Abwesenheit begründen wollte, wenn er sie fragte, wo sie tagsüber gewesen sei.

Sie war sehr müde, als sie die Hütte betrat, aber ihr Herz klopfte wild. Würde Wesley überhaupt noch am Leben sein?

Sie zündete die Laterne neben seinem Bett an und seufzte erleichtert, als sie Wesley friedlich schlummernd vor sich sah. Aber im gleichen Moment schlug er schon die Augen auf.

»Leah?« flüsterte er.

»Ich bin bei dir. Ich habe dir etwas zu essen gebracht. Kannst du überhaupt etwas essen?«

Er betrachtete sie schweigend. »Wo bist du gewesen, Leah?« fragte er leise, während er sich im Bett aufrichtete.

»Bleib liegen! Lieg still, und ich werde dich füttern.« Sie versuchte, ihn auf das Lager niederzudrücken, doch er schob ihre Hände weg.

»Ich verlange eine Antwort.«

Das war ein Befehl und keine Bitte, und plötzlich war das alles zuviel für sie. Sie fiel auf den Bettrand, schlug die Hände vors Gesicht und begann zu weinen.

»Leah, Liebling«, begann er und griff tastend nach ihren Händen. »Es war nicht meine Absicht, dich zum Weinen zu bringen.«

»Ich . . . es tut mir leid«, sagte sie schluchzend. »Ich bin nur schrecklich müde. So viele Dinge passieren auf einmal . . .«

»Was für Dinge?« fragte er mit zusammengepreßten Zähnen. »Wer hat auf mich geschossen, und warum bist du den ganzen Tag weggewesen?«

Leah wischte sich mit dem Handrücken die Augen ab. Müde oder nicht – sie mußte ihm nun das perfekteste Theater ihres Lebens vorspielen. »Oh, Wesley«, sagte sie, »es war ein schrecklicher Unfall. Die Männer waren auf der Jagd und haben aus Versehen auf dich geschossen. Sie haben mir geholfen, dich hierherzutragen, dann zogen sie weiter. Ich vermute, sie hatten Angst, du würdest ihnen nachstellen und dich rächen, wenn du wieder gesund bist. Deshalb hatten sie es so eilig mit ihrem Aufbruch.«

Sie holte tief Luft. Jetzt kam der schwierigste Teil ihrer Geschichte.

»Nachdem ich dich hierhergebracht hatte, kam ein kleines Mädchen und flehte mich an, mit ihr nach Hause zu kommen. Ihr Vater wäre tot, und ihre Mutter darnieder. Nur sie sei noch gesund und müßte die ganze Familie versorgen. Ich dachte, daß du nun vor allem Ruhe nötig hättest und auch allein in dieser Hütte bleiben könntest, und deshalb bin ich mit dem Mädchen zu dessen Haus gegangen. Ich habe dort den ganzen Tag gekocht, gewaschen und kranke Leute gepflegt.«

Sie hielt jählings inne und blickte ihn mit Augen an, die ihn beschworen, daß er ihr glauben möge. Sie zweifelte, ob sie noch die Kraft für eine Auseinandersetzung hätte, wenn sie ihn nicht zu überzeugen vermochte.

Wesleys Augen bohrten sich in die ihren. Noch nie in seinem Leben hatte ihm jemand so viele Lügen auf einmal aufgetischt; doch sie bettelte ihn an, ihr zu glauben. Sie hatte tiefe Schatten um die Augen, und ihr Kleid war voller Fettflecken. Er wußte, daß niemand in dieser Wildnis wohnte, und wußte auch, daß hier in der Nähe ein Räubernest existierte. Wenn jemand versuchte, sich hier niederzulassen, hatte er in der Regel sein Leben verwirkt.

Doch Leah erzählte ihm eine Geschichte von einer Witwe mit sieben Kindern, die hier in der Nähe wohnen sollte. Im Augenblick war er zu schwach, um aufstehen und herausfinden zu können, wo sie diesen Tag tatsächlich verbracht hatte. Aber wenn er ihr verstörtes Gesicht betrachtete, wußte er, daß sie ihm nicht verraten wollte, was sich hier wirklich abspielte.

»Das sieht dir wieder mal ähnlich«, sagte er, sich zu einem kleinen Lächeln zwingend. »Du mußt dich ja immer um die Probleme anderer Leute kümmern.«

»Du . . . du hast nichts dagegen?« fragte Leah und hielt den Atem an. Würde er ihr tatsächlich glauben und sich nicht seine Wunde wieder aufreißen, indem er aufstand und sie suchte?

»Leah«, sagte er sanft, »bin ich denn so ein Tyrann gewesen, daß du Angst hattest, ich zwänge dich, bei mir zu bleiben? Ich wollte eine Witwe mit sieben Kindern dem sicheren Tod überlassen? Glaubst du, ich wäre dazu fähig?«

»Nein . . . ich war mir nur nicht sicher, wie du es aufnehmen würdest. Du scheinst nicht so sehr verwundert zu sein, wie ich zunächst glaubte. Ich machte mir Sorgen, weil ich dich allein in der Hütte zurücklassen mußte.«

Du wolltest den Tag nicht bei mir in der Hütte verbringen, weil du Angst hattest, es könnte etwas passieren, dachte Wes. Trotzdem nahm er ihre Hand und küßte deren weiche Innenseite. »Kannst du hierbleiben oder mußt du zurück in das Haus der Witwe?«

Sie fürchtete sich vor dem langen Weg, den sie nun zum zweitenmal im Dunkeln zurücklegen mußte. Aber sie fürchtete sich auch davor, bei Wes in der Hütte zu bleiben. Revis mochte vielleicht nach ihr suchen. »Ich muß zurück! Kommst du allein zurecht?« Sie stand schon auf.

»Ich werde dich vermissen; aber ich werde es überleben. Schau zu, daß du wenigstens ein paar Stunden schlafen kannst. Mit meiner Wunde in der Seite kann ich ja kaum etwas andres tun als schlafen.« Seine Stimme schien ganz brüchig vor Müdigkeit zu sein.

»Ja«, murmelte Leah und ging, ehe der Mut sie wieder verließ und sie bei ihm blieb.

»Teufel«, fluchte Wesley, sobald sie die Tür hinter sich zugemacht hatte. In was für einer Patsche steckte sie denn jetzt? Erst stahl sie sich mitten in der Nacht davon, um sich mit diesem Nichtsnutz zu treffen, der ihr Lager entdeckt hatte, und am nächsten Tag war sie dann so nervös wie eine Klapperschlange. Dann knallte es, und während ich fast verblute, schlägt sie mit den Fäusten auf diesen Schuft ein, der mir die Kugel verpaßt hat . . .

Er hatte den ganzen Tag im Bett verbracht, hatte die Sachen gegessen, die ihm jemand hingestellt hatte, und auf die Rückkehr seiner Frau gewartet. Und als sie kam, sah sie zehn Jahre älter aus als am Tage zuvor und war zu Tode verängstigt.

Was, zum Henker, war hier los?

Die Hand gegen seine bandagierten Rippen drükkend, schwang Wesley sich aus dem Bett. Obwohl er viel Blut verloren hatte, war seine Verletzung nicht so schwer; und er hatte sich absichtlich darum bemüht, Leah rasch wieder loszuwerden, ehe sie seine Wunde inspizieren würde. Wenn sie meinte, ihn belügen zu können, so konnte er das auch! Deshalb hatte er sich kränker gestellt, als er tatsächlich war.

Draußen legte er den Kopf auf die Seite und lauschte in die Nacht hinein. Er hörte, wie sich Leah einen Weg hangabwärts durch die Büsche bahnte. Wenn sie glaubte, ein Geheimnis hüten zu müssen, stellte sie sich nicht sehr geschickt dabei an.

Als er sich entschloß, ihr zu folgen, hörte er zu seiner Linken wieder ein Geräusch. Es war also noch jemand in ihrer Nähe, und den schweren Schritten nach zu schließen, mußte das der Hüne sein, der nachts bei ihm am Lager gewesen war. Er verfolgte Leah wie ein Schatten, ohne daß sie es zu merken schien.

Lautlos schlüpfte Wes nach links hinüber und hob auf dem Weg dorthin einen dicken Ast auf. Bei der Größe dieses Mannes brauchte er schon einen gewichtigen Gegenstand, um dessen Aufmerksamkeit zu erregen.

Auf der Fährte von Leah und dem Riesen wanderte Wesley ziemlich lange durch den nächtlichen Wald, ehe er vor der Blockhütte am Rand der Lichtung anhielt. Schweigend sah er zu, wie Leah zur Hintertür der Hütte ging und wie der hagere Mann, der auf ihn geschossen hatte, im Mondlicht auf sie zurannte.

»Wo, zum Teufel, hast du so lange gesteckt?« hörte er den Hageren heiser flüstern.

Wesley kauerte sich auf den Boden. Er beobachtete die Szene zu seinen Füßen verwundert und überlegte, was Leah mit diesem Mann zu schaffen hatte und wie sie in diesen Umkreis geraten war.

Doch im nächsten Moment schoß er in die Höhe, denn jemand hatte seinen Fuß auf den Ast gestellt, den er als Waffe mitgenommen hatte. Er blickte hinauf in die Augen des jungen Riesen, den er in der Nacht zuvor zum erstenmal gesehen hatte.

Instinktiv holte Wesley mit dem Arm aus, doch jemand hinter ihm hielt ihn fest, ehe er mit der Faust zuschlagen konnte. Er wirbelte herum und sah einen zweiten Riesen hinter sich stehen.

Wes drehte seinen Arm nach vorn, um ihn aus dem Griff des jungen Hünen zu befreien. »Wenn einer von euch beiden meine Frau anfaßt, bringe ich euch um!« sagte er wütend. Nur war seine Position, um diese Drohung wahrzumachen, nicht sehr überzeugend.

»Im Augenblick kann ihr nichts passieren«, sagte einer der beiden Riesen.

»Gehen Sie zurück in Ihre Hütte, bevor Sie hier verbluten.«

Wes sah im Mondlicht von einem Hünen zum anderen und wurde sich plötzlich bewußt, daß hier eine große Gefahr lauerte. Leah schien in eine schlimme Sache verwickelt zu sein.

»Meine Frau braucht Hilfe, nicht wahr?« fragte er und hoffte inständig, daß er den beiden Hünen vertrauen könnte.

»Wir begleiten Sie zu Ihrer Hütte. Dort reden wir«, sagte der Hüne, der den Fuß auf den Ast gestellt hatte.

Vier Stunden später war Wesley wieder allein in der kleinen Blockhütte. Die Kerze in der Laterne war niedergebrannt, es war dunkel im Raum; doch Wesleys Zorn war so groß, daß er aus gereicht hätte, den halben Erdball mit Feuer zu versorgen.

Die beiden jungen Männer, Bud und Cal, hatten anfangs Sprachschwierigkeiten, als hätten sie wenig Gelegenheit, sich zu unterhalten. Aber als sie merkten, daß Wes wie gebannt an ihren Lippen hing, begannen sie zu reden, als wollten sie nie mehr damit aufhören.

Sie konnten sich nicht mehr an ihre Eltern erinnern; aber sie waren mit drei Jahren von Revis' Mutter adoptiert worden und damals bereits so groß, daß die Leute stehenblieben und sie angafften. Schon als Junge war Revis ein Dieb gewesen, konnte aber alle Menschen durch sein Wesen bezaubern. Während Bud und Cal ihrer Größe wegen von den Leuten wie Mißgeburten behandelt wurden, war Revis immer gut zu ihnen gewesen. Revis' Mutter hatte die beiden Jungs als zusätzliches Ochsengespann für den Pflug benutzt, und als Revis den beiden vorschlug, mit ihm in den Westen zu reisen, waren sie sofort einverstanden gewesen.

Nun lebten sie schon vier Jahre in den Wäldern von Kentucky, und obwohl Revis sie immer noch gut behandelte und sie ihm viel zu verdanken hatten, mißfiel ihnen die Art, wie er die Frauen behandelte, die er in seine Blockhütte verschleppte. Ein paarmal hatten Bud und Cal versucht, diesen Frauen zu helfen; aber sie hatten vor Entsetzen geschrien, weil Abe ihnen Horrorgeschichten über die beiden jungen Hünen erzählt hatte.

Leah war anders. Sie hatte sich nicht von Abes Bemerkung beeindrucken lassen, daß die Hünen geistig beschränkt seien, sondern sich der beiden angenommen und sie freundlich behandelt.

»Leah halst sich immer die Probleme anderer Leute auf«, murmelte Wes. »Wollt ihr Leah zur Flucht verhelfen?«

Bud und Cal hatten sich angesehen. »Ohne Sie wird sie nicht flüchten wollen. Abe drohte ihr damit, Revis Ihr Versteck zu verraten, wenn sie davonliefe.«

»Revis würde Sie töten«, sagte Cal nüchtern. »Er sieht es nicht gern, wenn andere Männer seine Frauen anfassen.«

»Ich sehe das erst recht nicht gerne!« hatte Wesley wütend geantwortet. Dann hatte er damit begonnen, die beiden jungen Männer nach Revis' Unternehmungen auszufragen. Wes wußte, daß die Trecks, die nach Westen zogen, jahrelang von Dieben ausgeplündert worden waren, ehe Revis hier aufgetaucht war.

Doch Bud und Cal konnten ihm nur sagen, daß Revis regelmäßig jemandem Bericht erstattete, der sich der »Tänzer« nannte, doch mehr wüßten sie auch nicht über ihn.

»Ich würde gern herausfinden, wer dieser Tänzer ist«, hatte Wesley nachdenklich gesagt.

Da waren die beiden Hünen aufgestanden. »Wir müssen zurück in unsere Blockhütte. Revis wird inzwischen nach Hause gekommen sein. Pflegen Sie sich jetzt erst mal gesund, und wir passen so lange auf Ihre hübsche Lady auf.«

Und was für eine Lady sie ist, dachte Wes, als die beiden gegangen waren.

Nun saß er allein in der Hütte und dachte über alles nach, was die beiden ihm erzählt hatten. Er war sich ganz sicher, absolut sicher, daß Leah soviel riskierte, um ihn zu schützen. Wenn er an die Zeit ihrer Ehe zurückdachte, wollte ihm nichts einfallen, das er getan hatte, um sich ihre Liebe zu verdienen. Nur einen flüchtigen Augenblick lang dachte er an Kimberly und fragte sich, wie sie sich wohl in einer solchen Lage verhalten hätte. Er war überzeugt, daß Kim niemals ihren hübschen Hals riskieren oder ihre kostbare Jungfräulichkeit aufs Spiel setzen würde, um jemandem zu helfen.

»Das werde ich wieder an dir gutmachen, Leah«, flüsterte er im Dunkeln. Im Augenblick mußte er die Beschützerrolle den beiden Jungs überlassen; aber wenn er wieder gesund war und nicht mehr fürchten mußte, bei der geringsten Bewegung zu verbluten, würde er ihren Schutz selbst übernehmen. Außerdem würde er zusehen, daß er etwas mehr für sie tun konnte, als nur eine Last für sie zu sein.

Kapitel 18

Leah fand in dieser Nacht nur wenig Schlaf. Sie wurde von schrecklichen Träumen geplagt, die ihr lebhaft vor Augen führten, was Wesley für schreckliche Dinge passieren konnten, wenn er so allein in seiner Hütte war. Wer wußte schon, was sich in diesen Wäldern alles herumtrieb? Dieser Bär, den sie am Teich gesehen hatte, konnte die Tür einreißen und ihn verschlingen. Oder schlimmer noch: Revis konnte ihn finden und ihm eine Kugel ins Herz jagen.

Als sie aufwachte, hatte sie Kopfweh, und ihre Augen waren geschwollen.

»Ich würde an deiner Stelle etwas für mein Aussehen tun«, sagte Abe, als sie das Frühstück zubereitete. »Revis will hübsche Frauen um sich haben.«

»Mir ist es egal, was dein Revis will. Ich tue, was mir gefällt.«

Abe beugte sich näher zu ihrem Ohr. »Es sollte dir aber gefallen, ihm zu gefallen; oder es könnte mir gefallen, ihm zu erzählen, wo dein reicher Liebhaber sich versteckt hält.«

Mit zitternden Händen hob Leah die Pfanne mit dem brutzelnden Speck vom Feuer.

Erst nach dem Frühstück, als sie den Tisch schon wieder abgeräumt hatte und die Vorbereitungen für das Mittagessen traf, sah sie Revis wieder. Er lehnte sich gegen die Wand der Blockhütte und säuberte sich die Fingernägel mit einem langen dünnen Messer.

Leah erschrak, reckte dann das Kinn in die Luft und ging an ihm vorbei.

Er faßte nach einer Locke, wickelte sie um sein Handgelenk, und zog sie an den Haaren zu sich heran. »So so! Die Lady ist zu fein, um mit einem Dieb zu sprechen.«

»Lassen Sie mich in Ruhe! Ich will nichts mit Ihnen zu tun haben. Ich bin hier, um zu kochen. Bud und Ca . . ..«

Er riß ihren Kopf an den Haaren zurück. »Du wirst noch bereuen, daß du sie gegen mich aufgehetzt hast«, sagte er, mit seinem Mund ganz dicht über dem ihren.

Leah sah ihn lächeln und spürte einen Ruck am Hinterkopf. Im nächsten Moment stieß er sie von sich und hielt triumphierend eine Strähne ihres Haares in die Höhe. Leah griff sich an ihren Hinterkopf und tastete über die Stelle, wo er ihr die Haare abgeschnitten hatte. Als sie ins Haus rannte, hörte sie Revis' lautes Lachen.

Leah arbeitete an diesem Tag, bis sie vor Erschöpfung fast zusammenbrach. Sie kochte, wusch, machte sauber, ignorierte Abes anzügliche Bemerkungen und stellte sich schützend vor Verity, die sofort zu weinen begann, wenn ein Mann in ihre Nähe kam.

Und überall, wohin sie sah, schien sich ihr Blick mit dem von Revis zu kreuzen, der sie ständig beobachtete. Er trat plötzlich aus dem Wald oder hinter dem Holzstoß hervor, oder er lauerte stumm in einer Ecke der Hütte.

Er kam nie so dicht an sie heran, daß er sie berühren konnte; denn seitdem er ihr eine Haarsträhne abgeschnitten hatte, hielten sich Bud und Cal immer in ihrer Nähe auf. Zweimal ertappte Leah Revis dabei, wie er die jungen Männer mit einem nachdenklichen Blick streifte.

Als die Sonne in den Wäldern versank, verschwand Revis aus der Blockhütte. Als es dunkel wurde, sagte Leah zu Bud, daß sie jetzt ihren Mann besuchen wolle. Der Hüne nickte nur kurz; Leah war sich nicht sicher, ob er sie verstanden hatte. Sie nahm sich vor, sobald es ihre Zeit erlaubte, herauszufinden, ob die jungen Männer wirklich so beschränkt waren, wie Abe behauptete.

»Du mußt aber wieder hier sein, bevor Revis nach Hause kommt«, rief ihr Abe warnend nach, doch sie achtete nicht auf seine Worte.

Die Lügen sind es, die mich zermürben, dachte Leah, als sie den Berg hinaufstieg. Sie schien jedem eine andere Geschichte zu erzählen. Wesley lag jetzt vermutlich in seiner Hütte und verfluchte seine Entscheidung, diese Ehe mit einer Simmons aufrechtzuerhalten. Er hatte beschlossen, mit ihr verheiratet zu bleiben, weil sie mehr »Spaß« brachte; aber wo war dieser Spaß nun geblieben?

Als Leah die Tür der kleinen Blockhütte öffnete, erkannte Wesley seine Frau nicht wieder: So einen verzagten Menschen hatte er in seinem ganzen Leben noch nicht gesehen. Sie machte ein so zerknirschtes Gesicht, daß es fast komisch aussah. Solange sie zusammen waren, hatte sie sich stets nach Kräften gewehrt, wenn sie sich angegriffen oder ungerecht behandelt fühlte. Und er hatte bei ihr nie aus seinem Herzen eine Mördergrube gemacht und ihr stets gesagt, was er dachte; denn wenn sie anderer Meinung war als er, hatte sie ihm das ebenfalls sehr deutlich und laut genug zu verstehen gegeben.

Doch die Frau, die nun in die Blockhütte trat, sah aus,

als hätte sie aufgegeben, als wollte sie die Mühsal des Lebens nicht länger auf sich nehmen.

Und sofort wußte Wes, daß es dagegen nur ein Heilmittel gab – er mußte mit ihr ins Bett gehen!

Er streckte ihr seine Hand hin.

Stirnrunzelnd blickte sie auf ihn hinunter. »Ich habe dir etwas zu essen mitgebracht.«

»Ich bin nicht hungrig. Komm, setze dich zu mir.«

Das fehlt mir noch zu meinem Glück, dachte Leah. Am Tag stellt mir Revis nach, und nachts verlangt Wesley Zärtlichkeiten von mir. »Ich muß gleich wieder gehen.«

»Leah«, sagte Wes mit einer für einen Schwerverletzten überraschend festen Stimme, »setze dich hierher!«

Sie war nicht in der Stimmung, mit ihm zu streiten. Außerdem – was konnte er schon tun?

Als sie sich auf den Bettrand setzte, legte Wes einen Arm um sie und zog sie nach hinten, bis sie mit dem Rükken an der Wand lehnte. Er kuschelte sich dicht und warm an ihren vor Abwehr steifen Körper.

»Gebratenes Huhn, Kartoffeln, Bohnen, Maisbrot«, sagte er leise, in den Korb blickend, den sie mitgebracht hatte.

Mit seiner freien Hand nahm er den Korb, lehnte sich über sie und stellte ihn auf den Boden. Danach setzte er sich nicht mehr gerade auf, sondern lag schräg über ihrem Schoß.

»Ich . . . ich muß jetzt gehen.« Sie schob ihn weg; aber nicht sehr energisch.

»Leah«, murmelte er und strich sacht mit einem Finger über ihre Wange, »du hast doch keine Angst vor mir, nicht wahr?«

»Natürlich nicht«, antwortete sie schroff. »Ich muß nur wieder gehen. Das ist alles. Ich habe vor gar keinem . . .«

Sie hielt inne, weil er sie küßte. Es war kein simpler

Kuß, sondern eine lange, sanfte Liebkosung, die sie auf wunderbare Weise von ihrer Müdigkeit zu befreien schien.

»Keinem Mann«, sagte sie und versuchte ihn dabei nicht anzusehen. »Ich fürchte mich vor keinem Mann. Vor keinem ...«

Wesley begann ihren Hals mit kleinen heißen Küssen zu bedecken, die ihr sehr guttaten.

»Mir ist heute eingefallen, Leah, daß ich noch nie mit dir ins Bett gegangen bin, obwohl wir schon jahrelang verheiratet sind und sogar ein Baby hatten.«

Sie zog sich von ihm zurück. »Das ist absurd. Wie konnte ich ein Baby haben ... ich meine, du ... in der Nacht, als dieses Unwetter war, sind wir ...«

»Meine schöne Frau, damals dachte ich, du wärst eine Prostituierte, und so habe ich dich auch wie eine solche behandelt. Hätte ich gewußt, daß es unsere vorgezogene Hochzeitsnacht war, würde ich mich ganz anders verhalten haben.«

»Ganz anders?« fragte sie neugierig. Es war ein gutes Gefühl, von jemandem gestreichelt und liebkost zu werden.

»Moment mal!« sagte sie atemlos. »Du darfst mich nicht anfassen. Ich schwor, daß du dir mit Gewalt nehmen müßtest, was du von mir haben möchtest; daß ich mich dir niemals mehr freiwillig hingäbe. Nur weil ich eine Simmons bin, bedeutet das noch lange nicht ...«

»Sei still, Leah«, murmelte Wes, »und betrachte dich als vergewaltigt.«

Seine Lippen senkten sich wieder auf ihren Mund und verharrten lange, sehr lange darauf – bis Leah ihm endlich die Arme um den Hals legte und ihn näher an sich heranzog. Mit einem Arm drückte er sie auf das Bett nieder, während er einen Schenkel über ihre Beine schob.

Als er sich wieder von ihr löste, sah er ein Staunen in ihren Augen, während Wesley Gewissensbisse empfand, daß diese Frau seine Ehefrau war, er ihr aber nichts beigebracht hatte. Langsam, mit großer Geduld, begann er ihren Körper zu liebkosen.

Das Kleid, das sie anhatte, war schmutzig, voller Flekken und schlotterte um ihren Körper. Mit geübter Hand begann er, es von oben nach unten aufzuknöpfen.

»Wesley, ich glaube nicht . . .«, fing Leah an. »Vielleicht sollten wir so etwas nicht . . . oh!«

Seine Hand drang durch ihre Unterwäsche bis zur Haut. Er küßte sie abermals, als er sie anhob und ihr das Kleid von den Schultern streifte.

Als es um ihre Hüften lag, war es nun Wesley, der sie staunend betrachtete. Noch nie hatte er bei einer Frau so eine Unterwäsche gesehen. Das fast durchsichtige Gewebe zeigte ihm die rosenfarbenen Spitzen ihrer Brüste, von dort floß es nach unten, und verhüllte kaum ihre kremige Haut.

Leah errötete unter seinem Blick. »Nicoles Schneiderin meinte, weil ich auf der Farm immer grobe Kleider tragen müsse, sollte meine Unterwäsche wenigstens . . . wenigstens . . .«

»Dann laß uns auch den Rest sehen«, sagte Wesley begierig, und ehe Leah auch nur ein Wort sagen konnte, hatte er sie schon angehoben und vier baumwollene Unterröcke entfernt, so daß sie nun in rüschenbesetzten Höschen vor ihm lag, die ihre langen, schlanken Beine wunderbar zur Geltung brachten.

»Leah«, sagte Wes mit einem Beben in der Stimme, während er sie an sich drückte und leidenschaftlich zu küssen begann.

Sie reagierte prompt. Man hatte ihr nie Vorträge darüber gehalten, daß Sex etwas Verbotenes oder Unappetitliches sei, und daher hatte sie so wenig Hemmungen wie ein Kind. Sie erwiderte begeistert seine Zungenküsse.

Wesley stutzte einen Moment – vermutlich, weil er sich an Kimberlys sparsame Kußrationen erinnerte – und lächelte dann erfreut. Seine Hände begannen an ihrem Körper hinunterzuwandern, und ihre warme, von der Seide kaum verhüllte Haut erregte ihn noch mehr.

Während er ihren Hals küßte, begann er die Knöpfe an ihrem Höschen zu öffnen.

Leah gab sich seinen Liebkosungen hin. Ihre sexuelle Erfahrung bestand aus einem kurzen Akt, der zudem schon anderthalb Jahre zurücklag. Diese Liebkosungen waren himmelweit davon verschieden und lösten die seltsamsten Empfindungen in ihrem Körper aus. Sie griff nach Wesleys Kopf und wühlte in seinen weichen Haaren.

Sie protestierte, als er seinen Mund von ihren Lippen löste, und stöhnte vor Lust, als er mit den Lippen ihre Kehle berührte. Als sein Mund die eine, dann die andere ihrer Brustspitzen umschloß, lag sie ganz still, während eine Schockwelle nach der anderen durch ihren Körper zog.

»Wesley?« fragte sie auf eine so erstaunte Art, daß er den Kopf hob.

Doch er gab keine Antwort, sondern fuhr fort, ihre Brüste zu liebkosen.

Leah schluckte heftig. Ihr Kopf rollte nach hinten, sie wölbte den Körper in einer instinktiven Reaktion nach oben. Wesleys harte Hände hielten sie fest an den Hüften, während sein heißer Mund an ihrem Körper abwärts glitt.

Sie suchte nach seinem Hemd und bekam Rehlederfransen in den Mund. »Haut«, murmelte sie, »laß mich deine Haut berühren.«

Wesley war im Nu aus seiner Kluft heraus und kniete dann über ihr, nur mit seiner Bandage bekleidet, die zwei seiner Rippen verhüllte.

Ein Teil ihres Verstandes sagte Leah, daß sie auf seine Wunde Rücksicht nehmen müsse; aber tatsächlich war es ihr egal, wenn sie wieder aufbrach – jedenfalls in diesem Moment war es ihr egal. Ihr Blick wanderte zu seinem erigierten Glied hinunter, und sie nahm es ohne Scheu in beide Hände.

Wesley gab ein röchelndes Stöhnen von sich und fiel auf sie. Er küßte alles, was er von ihr mit dem Mund erreichen konnte, ehe er in sie eindrang. Er hatte befürchtet, sie würde Angst vor ihm haben; doch bei ihrem Eifer, ihn zu empfangen, konnte er sich unmöglich bremsen.

Sie wölbte sich empor, um seinen ersten Stoß zu empfangen, warf die Beine um seine Hüften und schob nach. Wes packte sie und rollte sich auf den Rücken, so daß sich Leah in der Oberlage befand. Die Hände an ihren Hüften, bewegte er sie auf und nieder, beobachtete sie zuweilen, weidete sich an ihrem Gesicht, dem Ausdruck purer, unverfälschter Freude.

Als Wesley sich nicht mehr länger zurückhalten konnte, warf er sie wieder auf den Rücken und brachte sie und sich mit zwei mächtigen Stößen zu einem Höhepunkt, an den sie beide noch lange denken würden.

Dann lagen sie, sich gegenseitig mit den Armen umschlingend, nebeneinander, bis sich Wesley auf einen Ellbogen stützte und auf sie hinuntersah. Ihre Augen waren glasig, ihr Mund weich, ihr Haar lag in verschwitzten Locken um ihr Gesicht.

Da war ein staunendes Leuchten in Wesleys Augen:

Wenn er daran dachte, daß diese heiße kleine Schönheit seine eigene Frau war, die ihm für immer gehörte! Die ihm gehörte, sooft er sie haben wollte . . .

Leah öffnete die Augen, und der Ausdruck, den sie auf Wesleys Gesicht bemerkte, rief sie in die Wirklichkeit zurück.

»Ich muß jetzt gehen«, sagte sie abrupt.

Er runzelte die Stirn, weil er sie nicht gehen lassen wollte; aber er wußte, daß er sie nun ziehen lassen mußte. Im Augenblick konnte er sie nur dadurch schützen, daß er sie gehen und von den beiden jungen Hünen bewachen ließ. »Dann geh«, sagte er im barscheren Ton, als ihm lieb war. Sein Stolz machte es ihm schwer, zu erlauben, was sein gesunder Menschenverstand ihm gebot.

Leah hörte nur die Kälte aus seiner Stimme heraus und zog sich rasch an. Sie sagte kein Wort, als sie durch die Hüttentür in die Dunkelheit hinausschlüpfte. Doch auf halbem Weg den Berg hinunter setzte sie sich auf einen Stein und begann zu weinen.

Sie würde nie, niemals eine Lady sein! Die hübscheste Unterwäsche und alle Schönheitskrems der Welt würden sie nicht in eine Lady verwandeln. Sie hatte sich geschworen, keusch zu bleiben, und bei der nächstbesten Gelegenheit wälzte sie sich mit einem Mann im Bett, der mit ihr die schlimmsten Sachen anstellte.

Bei jedem dieser Gedanken weinte sie heftiger. Was würden Regan oder Nicole an ihrer Stelle jetzt tun?

Zweifellos würde Revis sie sogleich als Ladies erkennen und nicht einmal versuchen, sie zu belästigen. Nur weil sie eine Simmons war, wollte Revis sie haben. Und da sie jetzt Wesley bewiesen hatte, daß sie alles andere als eine Lady war, würde er sie vermutlich mit Freuden einem Mann wie Revis überlassen, der genau zu ihrem Typ paßte.

Nach einer Weile versuchte sie sich zu beruhigen und setzte ihren Weg hangabwärts fort.

In der Blockhütte war alles ruhig, als sie dort ankam; nur Abe schnarchte laut in der Ecke. Da es keine Betten in der Hütte gab, legte sich Leah neben Verity, die oft im Schlaf wimmerte, auf den Boden.

Am nächsten Morgen erwachte Leah von Revis' knarrenden Stiefeln auf den Dielen.

»Aufstehen! Alle aufstehen«, befahl Revis mit grollender Stimme. »Du«, sagte er, an Leah gewandt, »wo sind die Jungs?«

Leah wollte sich nicht von ihm einschüchtern lassen. »Hinter Ihnen!« fauchte sie ihn an.

Revis blickte sie wütend an, ehe er sich umdrehte. »Ungefähr zwei Meilen vor der Hütte ist mein Wagen von der Fahrspur abgekommen und steckt nun im Schlamm. Ihr beiden, holt ihn mir wieder heraus. Und Abe, du fauler Nichtsnutz, du hilfst ihnen dabei.«

»Jawohl, Mr. Revis«, sagte Abe munter. »Los, ihr beiden Lümmel, an die Arbeit! Den haben wir im Nu wieder auf die Straße gestellt!«

Leah hielt einen Moment den Atem an, weil sie fürchtete, daß Revis bei ihr in der Hütte bliebe; doch er ging mit den anderen fort. Mit einem Seufzer der Erleichterung begann sie mit der Zubereitung des Frühstücks. Zweifellos würden die Jungs nach dieser Morgengymnastik noch hungriger sein als sonst.

Als sie gerade ein paar Scheiben von einer Speckseite abschneiden wollte, legten sich zwei Hände um ihre Taille.

»Jetzt sind sie weg«, flüsterte Revis in ihr Ohr.

Sie entwand sich seinen Händen. »Fassen Sie mich nicht an, oder . . .«

»Oder was?« gab er mit einer fast schnurrenden Stimme zurück. »Du kannst mir nicht entrinnen.«

Leah wich weiter vor ihm zurück. »Warum wollen Sie eigentlich unbedingt mich haben?« fragte sie. »Sie sind ein gutaussehender Mann! Sie können schönere Frauen als mich bekommen, die Ihnen gern zu Willen sind.« Sie stand jetzt mit dem Rücken zur Wand.

Er packte ihren Arm. »Ladies wie du meinen immer, sie wären sich zu schade für jemanden wie mich. Sie glauben, sie seien etwas Besseres als Männer, die vom Straßenraub leben.«

»Ladies!« rief sie. »Abe ist mein Bruder. Glauben Sie, eine Lady sei mit so einem Abschaum verwandt?« Lenke ihn ab, dachte sie, halte ihn mit Reden hin. Vielleicht sind die Jungs wieder zurück, ehe er mich anfaßt.

»Ich bin nicht davon überzeugt, daß er dein Bruder ist.« Revis zog sie an sich. »Warum bleibst du bei mir? Jeden Abend verläßt du die Hütte und steigst den Berg hinauf, aber du kommst jedesmal wieder zurück.«

Er lächelte, als sie ihn erschrocken anblickte.

»Wußtest du, daß die Jungs dir folgen? Und sobald ich versuche, dir nachzukommen, hält mich einer von meinen beiden blödsinnigen Brüdern davon zurück. Was treibt ihr drei da oben auf dem Berg?«

»Sie sind abscheulich! Lassen Sie mich los, ehe Ihre Brüder zurückkommen.«

»Wir haben viel Zeit. Ich bin mit dem Wagen absichtlich von der Fahrspur abgekommen. Er steckt bis über die Achsen im Morast. Den holen sie dort nie mehr heraus. Und während sie sich im Schlamm wälzen, werde ich mein Spielchen mit meiner Lady treiben.«

»Nein!« Sie versuchte, sich aus seinen Armen zu befreien.

»Was ist dort oben auf dem Berg, kleine Schwester?

Sollen wir mal beide dort oben nachsehen? Würdest du gern mit mir auf den Berg steigen und schauen, was wir dort finden können?«

»Nein! Dort oben finde ich nur ein paar Stunden ungestörte Ruhe. Ich brauche Erholung von diesem Schmutz und dieser scheußlichen Hütte.«

»Und warum kommst du danach wieder hierher? Warum bleibst du bei mir und versorgst dieses Nichts, das einmal eine Frau gewesen ist?«

Leah wußte nicht gleich, was sie darauf antworten sollte.

»Komm, Lady, sag es mir!«

»Ich habe versprochen, meinem Bruder zu helfen. Er hat mir einmal einen Gefallen getan. Ich stehe in seiner Schuld«, sagte sie in einem Atemzug.

»Abe hat noch nie etwas für einen anderen Menschen getan. Was versteckst du vor mir?«

Ehe Leah antworten konnte, erschien Bud unter der Tür, bis zur Taille mit klebrigem Schlamm beschmiert. Schweigend durchquerte er den Raum und legte Revis die Hand auf die Schulter.

Mit einem zornigen Fauchen drehte sich Revis zu dem jungen Mann um. »Ihr habt den Wagen schon aus dem Morast gezogen?« herrschte er Bud an.

Bud nickte nur.

Leah hielt sich an der Wand fest, als Revis ihr einen wütenden Blick zuwarf, ehe er die Blockhütte verließ.

»Vielen Dank«, flüsterte sie, zu Bud aufschauend.

Danach schien Revis sich den ganzen Tag über immer in ihrer Nähe aufzuhalten, und am Abend hatte sie dann Angst, daß es ihm diesmal doch gelänge, ihr zu folgen und Wesleys Versteck zu finden. Sie wagte nicht, den Weg zur Berghütte anzutreten und Wesleys Entdeckung zu riskieren.

»Würdest du ihm das bringen?« flüsterte sie Bud zu und hielt ihm mit einem flehenden Blick den mit Speisen gefüllten Korb hin.

Er nickte kurz; sagte jedoch nichts. Leah war sich nicht sicher, ob sie den beiden jungen Hünen rückhaltlos vertrauen konnte; doch im Moment war sie von ihnen abhängig. »Wesley weiß nicht, daß ich . . . wo ich bin.«

Später lag Leah dann allein auf groben Decken auf dem Fußboden der Hütte und dachte an die Nacht zuvor, die sie in Wesleys Armen verbracht hatte. Ihr Mann wollte sie, weil sie keine Lady war; und Revis wollte sie, weil er glaubte, sie wäre eine Lady.

»Männer!« zischelte sie im Dunklen, und Verity, die bei diesem Geräusch erwachte, kroch noch näher an Leah heran.

»Pst«, beruhigte Leah die Frau, die zu wimmern begann. »Niemand wird dir etwas zuleide tun.«

Aber noch während sie es aussprach wußte sie, daß sie log. Revis konnte es offensichtlich nicht ertragen, wenn er von einer Frau abgewiesen wurde, und Leah war überzeugt, daß er jetzt darauf sann, wie er ihr weh tun konnte.

Kapitel 19

Leah erwachte, als Verity immer lauter neben ihr wimmerte. Als sie die Augen aufschlug, sah sie Revis über der Frau knien und deren Arm streicheln. Verity bewegte sich von ihm weg, während ihr Kopf an der Wand hochrutschte.

»Lassen Sie sie in Ruhe!« sagte Leah.

»Willst du ihren Platz einnehmen?«

»Nein; aber . . .«

»Sie ist nicht wie du, Leah«, sagte Revis, der nun mit beiden Händen Veritys Arme betätschelte. »Man kann sie leicht in Angst versetzen. Sie ist kaum noch bei Verstand, und ich könnte sie dazu bringen, daß sie das bißchen, was ihr geblieben ist, auch noch verliert. Ich muß nur . . .«

Seine Stimme riß ab, und er fuhr Verity mit beiden Händen an die Kehle.

»Hören Sie sofort damit auf!« befahl Leah und hielt seinen Unterarm fest. »Ich werde Cal und Bud rufen. Sie werden nicht dulden, daß Sie ihr weh tun.«

»Ich werde ihr nicht weh tun. Ich werde nur dafür sorgen, daß sie mich sieht. Wo sie auch hinschauen wird – immer wird ihr Blick auf mich fallen.«

Leah wußte sofort, daß er mit diesem Rezept Erfolg haben würde. Verity hing tatsächlich nur noch an einem dünnen Faden über dem Abgrund des Wahnsinns, und wenn Revis sie in Angst versetzte, würde er bald reißen.

»Warum?« flüsterte Leah. »Warum wollen Sie ihr das antun? Sie bedeutet Ihnen doch nichts.«

»Weil ich von dir etwas haben will«, antwortete Revis. »Ich will, daß du mit mir ausreitest.«

Leah sah überrascht hoch. »Ausreiten? Wohin? Und wenn Sie mich von der Hütte weggelockt haben, fallen Sie über mich her!«

Revis ließ abrupt Veritys Arm los und setzte sich auf die Fersen. »Vielleicht bin ich ein bißchen zu grob zu dir gewesen. Dein Bruder hat mir eineinhalb Stunden lang die Ohren vollgeblasen, wie hübsch du wärest und wie bereitwillig du in mein Bett hüpfen würdest. Als du dich dann gewehrt hast, hielt ich es für Theater. Aber als du meine eigenen Brüder gegen mich aufgebracht hast . . .« Er sah sie vorwurfsvoll an. »Ich bin auch nur ein Mensch,

Leah, und das hätte wohl jeden anderen Mann auch geärgert.«

Leah saß ganz still auf ihren Decken und blickte ihn erstaunt an.

»Und ich will dieser Frau hier auch weiter keine Angst einjagen; aber ich möchte dir beweisen, daß ich nicht ein so schlechter Mann bin, wie du annimmst. Und ich weiß, es gibt nur eine Möglichkeit, dich dazu zu bewegen, mit mir auszureiten. Ich mußte dich erpressen.«

Leah blickte in sein hübsches braungebranntes Gesicht. Seine Augen bettelten sie an, ihm zu glauben.

Revis nahm ihre beiden Hände in die seinen. »Ich weiß, daß ich ein Dieb bin; aber vielleicht könntest du mir helfen, wieder auf die rechte Bahn zu kommen. Du mußt mich nur ein bißchen besser kennenlernen, Leah! Laß mich dir beweisen, daß ich ein anständiger Mensch sein kann. Ich schwöre bei allem, was mir lieb und teuer ist, daß ich dir nichts tun werde. Ich werde dich nicht anfassen. Wir werden nur ein Stück den Berg hinunterreiten, ein bißchen plaudern, die Blumen betrachten. Das ist alles. Ich schwöre es.«

»Ich . . . ich weiß nicht«, stammelte sie. »Die Jungs würden nicht . . .«

»Die Jungs brauchen es nicht zu wissen!« unterbrach Revis sie barsch. »Meine eigenen Brüder wollen mir nicht mehr trauen, seit du sie gegen mich aufgewiegelt hast. Wenn wir zusammen fortgehen und du ihnen hinterher berichten kannst, daß ich dir nichts getan habe, könnten wir vielleicht wie früher wieder Vertrauen zueinander haben. Weißt du, was es bedeutet, die Menschen zu verlieren, denen man vertraut, die man am meisten liebt?«

Leah fühlte, daß sie bei dieser treuherzigen offenen Frage kaum die Tränen zurückhalten konnte. Sie hatte alle Menschen verloren, an denen ihr Herz hing. Sogar der Mann, dem sie schon als Kind ihre Liebe und ihr Vertrauen geschenkt hatte, hatte sich gegen sie gewandt. »Ja«, flüsterte sie, »ich weiß, wie man sich fühlt, wenn man solche Menschen verliert.«

»Dann hilf mir«, bettelte er. »Gib mir eine Chance, meinen Brüdern beweisen zu können, daß ich noch immer ihren Respekt verdiene. Und laß mich dir beweisen, daß ein Mensch in diesem Schurken steckt.«

Dann sah er sie grinsend an. Es war ein Grinsen, das sie bei ihm noch nie gesehen hatte. Es war jungenhaft und bezaubernd. Was konnte es schaden, wenn sie mit ihm ausritt? Und wenn sie es nicht tat, würde er zweifellos seine Drohung wahrmachen und Verity um ihr letztes bißchen Verstand bringen.

»Bitte, Leah«, sagte er weich und drückte ihre Hände.

»Also gut«, sagte sie. »Wie kommen wir von der Hütte fort?«

»Gleich nach dem Frühstück gehst du unter die Bäume. Sag den Jungs, daß du eine Weile allein sein mußt. Sie werden dir gehorchen. Ich erwarte dich unten in der Schlucht.« Er lächelte sie wieder charmant an. »Vielen Dank, Leah. Deine Zusage bedeutet mir viel!«

Damit stand er auf und verließ das Blockhaus.

Während Leah das Frühstück zubereitete, dachte sie über Revis' Worte nach. Durfte sie sich zum Richter eines Menschen aufschwingen, wenn ihr eigener Vater und ihr Bruder Kriminelle waren? Vielleicht war Revis gar nicht so böse? Vielleicht steckte etwas Gutes in ihm. Er sorgte für Abe und seine jüngeren Brüder, die vermutlich zu beschränkt waren, um sich selbst ernähren zu können. Vielleicht fand man für ihn mildernde Umstände. Vielleicht war er aus irgendwelchen Gründen gezwungen worden, als Dieb sein Leben zu fristen? Vielleicht *konnte* sie ihm helfen, auf den richtigen Weg zurückzufinden?

Als sie die Frühstücksteller abräumte, freute sie sich fast auf den Ausritt. Verity faßte sie am Arm, als sie die Pfanne an den Haken über dem Herd hängte.

»Reite nicht mit ihm«, sagte Verity mit heiserer Flüsterstimme. »Revis ist böse!«

Leah schob Veritys Hand von ihrem Arm. Sie tat es sehr behutsam, fast gegen ihren Willen. Sie konnte Verity ja schlecht sagen, was sie über sie dachte: daß sie sogar vor ihrem eigenen Schatten Angst habe. Verity fürchtete sich vor Bud und Cal. Sie wollte nicht allein sein mit diesen beiden harmlosen Hünen, und deshalb sprach sie wohl diese Warnung aus.

»Es wird mir schon nichts passieren«, sagte Leah begütigend. »Du ruhst dich aus, und wenn ich zurückkomme, bringe ich dir schöne Blumen mit.«

»Leah«, bat Verity mit flehender Stimme.

»Ruh dich aus«, sagte Leah, diesmal in strengerem Ton. Das Licht erlosch in Veritys Augen. Langsam ging die verängstigte kleine Frau zurück in ihre Ecke.

Leah schüttelte leise den Kopf über die mangelnde Courage dieser Frau, ehe ihre Gedanken sich anderen Dingen zuwandten. Sie konnte Wesley aus dem Wald holen, wenn es ihr gelänge, das Verhältnis zwischen Revis und ihr zu entspannen.

Eine halbe Stunde später rannte sie den Abhang hinunter. Es war ganz leicht gewesen, den beiden jungen Hünen zu entrinnen, und nun freute sie sich auf ein paar Stunden Erholung im Freien. Als sie Revis sah, lächelte sie sogar ein bißchen.

»Kommt!« sagte er mit einem halben Lachen. »Das Pferd erwartet Euch, Mylady!« Er verbeugte sich.

Leah war froh, ein paar Minuten lang ihrer Sorgen ledig zu sein. Sie achtete kaum auf Revis. Es war heiß, ein leichter Nebel hing in der Luft – und alles sah so schön aus.

»Es steckt Feuer in Ihnen, Leah«, sagte Revis neben ihr. »Sie würden einem Mann eine gute Partnerin sein.«

»Ich bin eine verheiratete Frau«, antwortete sie und tätschelte dem Pferd den Hals.

»Und wo wohnt Ihr Mann?«

»In Sweetbriar, Kentucky«, antwortete sie rasch. »Reiten wir einfach so ins Blaue hinein?«

»Reiten wir die Schlucht hinunter. Der Mann, der Sie auch nur eine Stunde aus den Augen läßt, muß ein Dummkopf sein. Ich könnte Ihnen ein seidenes Kleid schenken.«

Sie lächelte ihn an. »Ich besitze eine Reihe von seidenen Kleidern, vielen Dank. Und ich glaube nicht, daß mein Mann damit einverstanden wäre, wenn ich hierbliebe.« Wie sehr wünschte sie, daß es so wäre ...

»Gibt es denn gar nichts, was ich tun könnte, daß Sie sich doch noch dazu entschlössen, bei mir zu bleiben?«

Sie sagte sich zwar, daß seine Worte ihr nichts bedeuteten; dennoch war es ein angenehmes Gefühl, von diesem gutaussehenden Mann begehrt zu werden. Er hielt sie für eine Lady, obwohl sie wußte, daß sie eine Simmons war.

Der Wald begann sich zu lichten, und sie sah Stumpen am Weg, wo Reisende die Bäume gefällt hatten.

»Ist das dort unten nicht der Wilderness Trail?« fragte sie, während sie die tiefen Furchen sah, die unzählige Wagenräder im Waldboden zurückgelassen hatten. »Wir sollten lieber umkehren.«

»Nein«, entgegnete er. »Da ist ein Fluß jenseits des Trail. Ich will Ihnen dort etwas zeigen.«

»Aber wenn Sie jemand sieht ... Ich meine ...«

»Ich weiß, was Sie meinen, Leah«, sagte er mit dunkler Stimme. »Kann ich Ihnen jetzt etwas zeigen?«

»Natürlich!« Sie hielten auf ihren Pferden mitten auf der vielbenützten Wagenspur des Trail; unweit davon stieg der Rauch eines Lagerfeuers auf.

Revis zog ein seidenes schwarzes Tuch aus der Tasche. Während Leah ihn erschrocken ansah, band er sich das Tuch vor das Gesicht.

Sie hatte in den letzten Minuten fast vergessen, daß er ein Dieb war. »Ich denke, wir sollten jetzt lieber umkehren«, sagte sie bang.

»Noch nicht, meine erhabene Prinzessin«, erwiderte er und packte die Zügel ihres Pferdes.

In der nächsten Sekunde sprengten sie den Trail hinunter auf das Lagerfeuer zu. Leah konnte sich nur mit knapper Not im Sattel halten. Einmal schrie sie: »Nein!«

Sie brachen wie ein Gewitter über die beiden Wagen herein, die auf einer Lichtung standen. Die Siedler, die gerade ihr Lager abbrechen wollten, sahen von ihrer Arbeit auf und erstarrten.

Revis schoß einen Mann mitten durch die Stirn.

Leah war einen Moment vor Entsetzen wie gelähmt. Dann glitt sie von ihrem Pferd und rannte zu dem toten Mann. Eine Frau in ihrer Nähe begann zu schreien.

Revis lenkte sein Pferd zu der Stelle, wo sie neben dem Toten kniete. »Sammle die Wertsachen ein, Leah«, sagte er mit kühler Stimme.

»Du Bestie!« schrie sie und sprang auf und begann, mit beiden Fäusten auf Revis einzuschlagen.

Revis richtete seinen Revolver auf die Frau, die neben Leah stand, und schoß sie in die Schulter.

Inzwischen hatten sich fünf Siedler und zwei Kinder vor den Wagen versammelt und blickten entsetzt auf den maskierten Mann.

»Wenn du mir nicht gehorchst, wirst du entscheiden müssen, wer als nächster sterben soll«, sagte Revis, während er einen zweiten Revolver aus der Satteltasche zog.

Die blutende Frau zu Leahs Füßen begann wieder zu schreien.

»Du hast genau zehn Sekunden Zeit, mir zu gehorchen, Leah«, befahl Revis.

»Was . . . was soll ich tun?« Sie wußte, daß nur Taten jetzt zählten und Worte sinnlos waren.

»Nimm den Hut dieses Mannes dort und sammle alles ein, was sie bei sich haben.« Er richtete seine Waffen auf die Siedler. »Wenn einer versucht, meiner Partnerin Schwierigkeiten zu machen, bekommt er von mir eine Kugel in den Kopf!«

»Ich bin nicht seine . . .«, begann Leah, hielt dann aber wieder inne. Sie stand vor einem Siedler, der sie mit haßerfüllten Augen ansah.

»Dafür wird Gott dich in der Hölle braten lassen«, zischte der Mann, während er ihr seinen Hut aushändigte.

»Nein, bitte, ich . . .«

»Hör ihm gut zu, Leah«, rief Revis. »Und ihr, hört alle her! Ich möchte euch Mrs. Leah Simmons Stanford aus Virginia vorstellen, die sich demnächst in Sweetbriar in Kentucky niederlassen will.«

Mit zitternden Händen ging Leah nun von einem Siedler zum anderen und hielt ihm den Hut hin, damit er seine Uhr, sein Geld und seine Wertsachen hineinwerfen konnte. Eine Frau spuckte ihr ins Gesicht, was Leah sich nur zaghaft wieder abwischte.

»Mach zu, Liebling«, rief Revis. »Wir wollen wieder nach Hause, und diese guten Leute müssen noch ihren Toten begraben.«

Sie zögerte, als sie wieder bei ihrem Pferd stand.

»Wenn du bei ihnen bleiben wolltest, würden sie dich in Stücke reißen; und wenn du nicht mit mir reiten willst, werde ich noch zwei von ihnen erschießen. Es würde mir Spaß machen, sie zu töten«, sagte er so leise, daß nur sie es hören konnte.

Leah zog sich auf das Pferd hinauf, als wäre sie eine Puppe, die von Drähten bewegt wurde. Revis nahm ihr die Zügel aus der Hand und zog sie hinter sich her.

Nachdem sie den Wilderness Trail hinter sich gelassen hatten, hielt Revis sein Pferd an und nahm das schwarze Tuch vom Gesicht. »Ich sagte dir doch, du würdest es büßen müssen, daß du meine Brüder gegen mich aufgewiegelt hast.« Er schob das Tuch in seine Tasche. »In ein paar Tagen weiß jeder im Umkreis von fünfzig Meilen, daß die liebliche Mrs. Stanford keine Lady, sondern eine Diebin und Mörderin ist.«

»Nein«, flüsterte Leah.

»Und jetzt, meine hübsche Leah, hast du wirklich einen Grund, bei mir zu bleiben. Wenn du dich meinem Schutz entziehst und meinen geheimen Schlupfwinkel verläßt, wird man dich festnehmen und so lange am Hals aufhängen, bis du tot bist.« Dann begann er zu lachen. »Du wirst dich an diese Arbeit gewöhnen«, sagte er lachend. »Beim nächsten Überfall weißt du bereits, was du zu tun hast. Und da du bereits eine bekannte Räuberin bist, brauchen wir dir auch kein schwarzes Tuch vor das hübsche Gesicht zu binden.«

Er lachte wieder.

»Wir wollen weiter! Frisches Blut macht mich immer hungrig.«

Er führte ihr Pferd auf einem gewundenen, geheimen Pfad zurück zur Hütte, während Leah mit dem heißen Wunsch im Sattel kauerte, daß sie aufhören könnte zu leben.

Kapitel 20

Als Revis mit Leah bei der Blockhütte anlangte, verfluchte er sie, weil sie wie eine wandelnde Leiche aussah. Er wollte keine Frau mehr haben wie Verity, die sich nie mehr von dem Anblick erholt hatte, wie er auch ihren Mann in die Stirn schoß. Er wollte eine Frau haben, die sich vor nichts fürchtete.

Er stieg vor der Hütte aus dem Sattel und ließ Leah auf ihrem Pferd sitzen. Er ging in die Hütte, warf ein paar Lebensmittel in einen Sack und kehrte zu seinem Pferd zurück. Immer noch sein Pech mit Frauen verfluchend, zog er Leah wütend von ihrem Pferd herunter. Sofort brach sie zusammen und lag, die Beine an den Leib gezogen, wie ein Häufchen Elend zu seinen Füßen. Sie weinte nicht und sagte nichts. Sie lag nur da.

Er blickte verächtlich auf sie hinunter, schwang sich in den Sattel und ritt davon.

Stunden später fand Abe sie auf dem Boden vor der Hütte.

»Verdammt, Leah, du solltest dich doch um unseren Haushalt kümmern! Es ist Zeit zum Essen, und du hast nichts gekocht. Und warum liegst du mitten in der Sonne? Wenn du dir das Gesicht verbrennst, schaut Revis dich nicht mehr an.«

Leah bewegte sich nicht. Sie hatte die Augen offen, aber sie schien ihn nicht zu sehen.

»Leah?« Er kniete sich neben sie. »Bist du verletzt?« Seine Stimme klang besorgt. »Willst du mir keine Antwort geben? Willst du einfach hier so liegenbleiben?«

Er legte ihr die Hand auf die Stirn. Sie fühlte sich heiß an; doch sie reagierte nicht auf seine Berührung. Stirnrunzelnd stand er wieder auf, spitzte den Mund und ließ ein hohes, schrilles Pfeifen hören.

Es dauerte nicht lange, und Bud und Cal traten unter den Bäumen hervor.

Cal kniete sich neben Leah auf den Boden, beschattete mit seinem Körper ihr Gesicht und streckte behutsam seine Hand aus, um ihre Wange zu berühren. Dann sah er zu seinem Bruder hoch, schien eine Antwort auf seine stumme Frage zu erhalten und hob im nächsten Moment Leah auf seine Arme.

»He!« protestierte Abe. »Das kannst du nicht machen. Du läßt sie hier liegen! Ich werde mich um sie kümmern.«

Cal ging mit seiner Last auf den Wald zu.

»Hast du nicht gehört, was ich zu dir gesagt habe, du kolossales Stück Hundescheiße?«

Bud pflanzte sich vor Abe auf.

»He! Geh mir aus dem Weg!« befahl Abe. »Ihr könnt doch meine Schwester nicht einfach wegtragen! Und ihr reicher Knabe wird sie nicht haben wollen, wenn sie krank ist. Sie hat niemanden außer mir!«

Trotz seiner Proteste blieb Abe, wo er war, als die beiden Brüder mit seiner Schwester im Wald verschwanden.

Wesley ging mit nacktem Oberkörper vor seiner Hütte auf und ab, spannte seine Armmuskeln an und machte allerlei Übungen, um seine verwundete Körperseite zu kräftigen. Er legte den Kopf zur Seite, als er Schritte auf dem Pfad hörte. Bud und Cal benützten in der Regel nicht den verschlungenen Pfad, der durch Sträucher und Dornenhecken führte, sie suchten sich ihren eigenen Weg quer durch das Unterholz.

Wesley duckte sich hinter den Büschen, bis er sicher war, daß es tatsächlich die Jungs waren, die ihn besuchten.

Als er Cal sah, der Leah auf seinen Armen trug, rannte er auf ihn zu.

»Ist sie verletzt?« fragte er und nahm den jungen Männern die Last ab. »Ist ihr etwas zugestoßen? Hat dieser Revis sie etwa . . .? Ich dachte, ihr beiden würdet auf sie aufpassen!«

Leah lag schlaff und mit geschlossenen Augen in seinen Armen, als wäre sie bewußtlos. Er trug sie in die Hütte und legte sie dort aufs Bett. Er hatte einen Eimer mit Wasser neben seinem Bett stehen und tauchte nun ein Tuch ein, das ihm vorher als Verband gedient hatte. Dann legte er ihr das feuchte Tuch auf die Stirn.

Leah stöhnte, zog die Beine an den Leib, drehte sich auf die Seite und lag wieder still.

»Ihr solltet lieber den Mund aufmachen und reden«, sagte Wesley mit schmalen Augen. »Und zwar rasch!«

Cal redete zuerst. »Sie sagte heute morgen zu uns, sie wolle eine Weile für sich sein, und deshalb ließen wir sie allein. Nach einer Stunde begannen wir, nach ihr zu suchen.«

»Wir folgten den Spuren zweier Pfade durch eine Schlucht und hörten Schüsse«, berichtete Bud weiter.

»Als wir dort ankamen, hatte Revis einen Mann erschossen und eine Frau verwundet. Er ritt mit Leah im Galopp wieder den Berg hinauf. Als wir zur Hütte zurückkamen, lag Leah so wie jetzt auf dem Boden, und Revis war wieder fortgeritten.«

Wesley ging vor dem Bett auf und ab. »Ich dachte, Revis würde die Leute nur bestehlen.«

»Er tötet sie auch, wenn es ihn danach gelüstet«, sagte Bud mit schmalen Lippen.

Wesley schlug mit der Faust gegen die Wand. »Wie konnte ich nur so töricht sein, sie bei ihm zu lassen! Ich hätte sie sofort mitnehmen sollen.«

»Dann wären Sie verblutet«, sagte Cal nüchtern.

Wes schwieg einen Moment, während er sich umdrehte und Leah anstarrte. »Sie muß Zeuge des Mordens geworden sein, und das hat sie so verstört.«

Dann durchquerte er plötzlich mit zwei Schritten die Hütte, packte Leah bei den Schultern und richtete sie in eine sitzende Stellung auf. »Zum Henker mit dir, Leah!« schrie er ihr ins Gesicht. »Warum kommst du nicht los von deiner fixen Idee, es sei deine Pflicht, die Welt zu retten? Warum konntest du mir nicht die Wahrheit sagen? Warum war ich nur so dumm, dir zu glauben? Ich dachte, du wärest gut aufgehoben. Und jetzt – verdammt, jetzt haben wir die Bescherung!«

Wesley begann, sie zu schütteln und fuhr damit fort, bis Cal ihm die Hand auf die Schulter legte. Sofort ließ Wesley von ihr ab, und als er Tränen in ihren Augen blinken sah, drückte er sie fest an sich. »So ist es gut, Liebling, so ist es gut. Weine, soviel und solange du willst. Du bist jetzt in Sicherheit.«

Bud und Cal gingen stumm aus der Hütte.

Als die Tränen erst einmal zu fließen begannen, schien das Weinen kein Ende nehmen zu wollen. Leah klammerte sich mit ihrer ganzen Kraft an Wes und weinte an seiner nackten Schulter. Als sie einen Schüttelkrampf bekam, flößte er ihr löffelweise Wasser ein.

»Und nun erzähle mir alles«, sagte er behutsam.

»Nein«, flüsterte sie, »nein.«

»Leah«, sagte er, faßte sie unter das Kinn und hob ihr geschwollenes, vom Sonnenbrand rotes Gesicht an. »Ich habe deine Geschichte von den kranken Kindern nie geglaubt und habe von Anfang an gewußt, daß du dich tagsüber bei diesem Revis und deinem Bruder Abe aufgehalten hast. Und jetzt will ich, daß du mir alles erzählst, was geschehen ist.«

»Ich muß jetzt immer dort bleiben«, sagte sie, von einem Schluckauf unterbrochen. »Sie werden mich sonst aufhängen.«

»Das ergibt keinen Sinn. Du hast heute mit ansehen müssen, wie Revis einen Mann erschoß, nicht wahr?«

Sie wich bis an die Wand zurück. »Ich half ihm dabei! Ich habe mit einem Hut die Wertsachen eingesammelt. Ich habe gestohlen!«

Sie wartete darauf, daß sich das Entsetzen über ihre Tat auf seinem Gesicht abzeichnete, doch sie wartete vergeblich.

»Was hat dieser Revis angestellt, um dich zu zwingen, mit dem Hut herumzugehen und zu stehlen? Womit hat er dir gedroht?«

Wieder füllten sich Leahs Augen mit Tränen. Sie hatte geglaubt, Wesley würde ihr Geständnis, daß sie eine Diebin sei, widerspruchslos hinnehmen, weil das zu dem Milieu paßte, aus dem sie stammte. »Er sagte, er würde noch mehr Leute erschießen, wenn ich mich weigerte.«

»Dieser Hundesohn«, sagte Wes leise für sich. »Ist das alles?«

Sie wollte ihm den Rest nicht erzählen. Sie würde nie mehr unter anständigen Leuten leben können. »Revis hatte eine Maske vor dem Gesicht«, flüsterte sie. »Aber ich . . . ich nicht.«

»Oh«, sagte Wes erleichtert. Er hatte Schlimmeres erwartet. »Ich bin sicher, die Leute haben sofort erkannt, daß du gezwungen wurdest, an einem Verbrechen teilzunehmen, und ihnen damit das Leben gerettet hast.«

»Nein!« wimmerte sie und sprang vom Bett herunter. »Du weißt noch nicht alles! Revis erzählte den Leuten, daß ich seine Partnerin wäre. Er sagte ihnen meinen Namen! Er sagte, ich sei Mrs. Leah Simmons Stanford aus Virginia und würde demnächst in Sweetbriar in Kentucky wohnen. Er machte mich zu einer Verbrecherin. Er machte mich zur Diebin. Ich kann diesen Wald nie mehr verlassen! Wenn sie mich finden, werden sie mich hängen!«

»Leah«, sagte er mitleidig, ging zu ihr und versuchte, sie wieder in die Arme zu nehmen.

»Geh weg! Faß mich nie mehr an! Du bist der saubere, unbescholtene Mr. Stanford. So etwas würde dir nie passieren. Sie brauchen nur deinen Namen zu lesen und wissen sofort, daß du unschuldig bist; aber ich, eine Simmons, ich würde ...

Er faßte sie an den Schultern.

»Hör auf, dir selbst leid zu tun. Du bist ebenfalls eine Stanford, so steht es in unserem Ehevertrag. Hör zu, Leah«, sagte er, sich zur Ruhe zwingend. »Das ist alles nicht so schlimm, wie du glaubst. Schließlich gibt es Gerichte, und wir werden die besten Anwälte verpflichten. Bud und Cal können bestätigen, daß du von Abe gezwungen wurdest, in diesem Räubernest zu wohnen, und ich wette, daß einer von den überfallenen Siedlern gehört hat, wie Revis dir befahl, mit dem Hut Wertsachen einzusammeln. Es gibt viele Möglichkeiten, deine Unschuld zu beweisen, selbst wenn man dich anklagen sollte. Also höre auf, mir zu beteuern, du müßtest hierbleiben.«

Wie sehr wünschte sie, daß sie ihm glauben durfte. Wie sehr sehnte sie sich danach, daß dieser Wunsch in Erfüllung ginge!

»Ist das deine Überzeugung?« flüsterte sie. »Daß ich eine Chance hätte?«

»Mehr als eine Chance! Und nun möchte ich wieder ein Lächeln auf deinem Gesicht sehen; denn ich werde dich sofort von hier wegschicken.«

»Weg? Zurück in Revis' Blockhütte?«

Wes schob den Unterkiefer vor. »Du gehst nie mehr in dieses Räubernest zurück! Ich schicke dich mit Bud und Cal den Berg hinunter. Sie werden dich nach Sweetbriar bringen. Ich habe dort Freunde, und notfalls verstecken sie dich so lange, bis ich nachkommen und alles in Ordnung bringen kann.«

»Und wo bleibst du inzwischen?«

»Ich habe noch ein kleines Geschäft zu erledigen. Ich schulde jemandem etwas. Und jetzt komm!« Er nahm sie bei der Hand und zog sie mit sich ins Freie. »Bud und Cal werden dich beschützen. Revis kann dir nichts mehr antun.«

Sie blinzelte in der Sonne zu ihm hinauf. »Warum gehst du nicht mit mir nach Sweetbriar?«

»Ich sagte dir doch, daß ich vorher noch etwas erledigen muß.«

Leah dachte einen Moment nach, entzog ihm ihre Hand, setzte sich auf den Boden und verschränkte die Arme vor der Brust.

»Was soll denn das nun wieder bedeuten?« fragte er.

»Ich gehe nicht von hier weg. Du hast etwas vor, das mir nicht gefällt.«

Da packte Wesley die Wut. Er nahm sie bei den Schultern und hob sie vom Boden auf. »Du weigerst dich, von hier wegzugehen, weil ich etwas vorhabe, was dir nicht gefällt?« fauchte er ihr ins Gesicht. »Ich habe hier tagelang hilflos in der Hütte gelegen, während du von einem Fettnäpfchen ins andere gestiegen bist, ohne mir auch nur ein Wort davon zu sagen! Bei Gott, am liebsten würde ich dich übers Knie legen, damit du endlich zur Vernunft kommst! Ich hätte dich schon vor Tagen aus deiner Klemme befreien können, wenn du mich nur um Hilfe gebeten hättest! Aber nein, Mrs. Stanford muß ja immer ihren Kopf durchsetzen. Ich habe mich bemüht, ehrlich bemüht, nett zu dir zu sein, Leah. Du wolltest alles allein regeln, und ich habe dir deinen Willen gelassen. Und nun sehe ich erst, was für ein Esel ich gewesen bin, weil ich nicht begriffen habe, welchen Gefahren ich dich damit aussetzte!«

Er stellte sie wieder auf den Boden zurück. »Zum Henker mit dir! Ich glaube nicht, daß sich ein anderer Mann von seiner Frau gefallen ließe, was du mit mir anstellst! Du beleidigst mich, wirfst mir Wankelmütigkeit vor und behandelst mich wie einen hilflosen Idioten, den du beschützen mußt. Weißt du, was dein Problem ist, Leah?«

Sie blickte mit großen Augen in sein wütendes und trotzdem noch schönes Gesicht. »Nein. Was habe ich denn für ein Problem?«

»Du hattest immer die Hosen an. Das ist es. Man hat mir erzählt, daß du auf deiner Farm regiert hast wie ein General. Auf der Reise hierher hast du alles an dich gezogen, bis sich keiner mehr traute, einen Handschlag zu tun, ohne dich erst zu fragen!«

Sie stand nur da und blinzelte.

»Meine Geduld ist zu Ende. Ich habe jetzt lange genug nach deiner Pfeife getanzt und dir deinen Willen gelassen. Von heute ab wirst du dich betragen, wie es einer Frau zukommt, die bei der Trauung geschworen hat, ihrem Mann zu gehorchen. Hast du mich verstanden?«

»Ich denke ja«, sagte sie. Und dann, als er sie mit funkelnden Augen ansah: »Ich verstehe dich vollkommen.«

»Gut! Mein erster Befehl lautet: Du verläßt sofort diesen Wald. Ich bleibe hier, weil ich mir vorgenommen habe, den Boß zu ermitteln, der hinter Revis steht. Wenn ich in dieser Sache weitergekommen bin, kehre ich zu dir und zu unserer Farm zurück. Ist das klar?«

»Ja«, sagte sie nachdenklich. »Revis arbeitet also nicht auf eigene Rechnung, meinst du?«

»Seine Raubzüge werden von einem anderen organisiert; Revis ist nur ein kleiner Dieb und Mörder. Er ist nicht schlau genug, um der Kopf einer ganzen Räuberbande zu sein, die jahrelang diese Gegend terrorisiert. Aber er weiß, wer der Boss ist, und ich will den Namen aus ihm herausbekommen. Bist du nun bereit, dich zu verabschieden?«

»Ich hätte auch gern gewußt, wer diese schrecklichen Überfälle organisiert.«

»Gut«, sagte er geduldig. »Ich sage es dir, wenn ich heimkomme.« Er ließ einen Pfeifton hören. »Bud und Cal bringen dich jetzt nach Hause.«

»Wird Revis die beiden nicht vermissen?«

»Ich habe das in meinem Plan berücksichtigt.« Er funkelte sie an. »In den ich dich nicht einzuweihen gedenke! Alles, was ich mir in den nächsten Monaten wünsche, ist die Gewißheit, daß du in Sicherheit bist. Ich brauche dabei deine Mitarbeit nicht, vielmehr dulde ich nicht, daß du dich einmischst. Ich werde dieses Räubernest ausräuchern und diesen Burschen ein für allemal das Handwerk legen.«

»Du ganz allein?« fragte sie entsetzt.

»Bist nicht du es gewesen, die glaubte, sie könne auch allein mit Revis fertig werden und nebenbei noch mich beschützen? Hast du geglaubt, Revis würde dir freundlich Lebewohl sagen, als du ihm sagtest, du wolltest sein geheimes Räubernest verlassen?« Seine Stimme wurde weich. »Hier sind die Jungs. Nun gib mir noch einen Abschiedskuß.«

»Mir gefällt das nicht«, murmelte sie, als er sie an seine Brust zog. »Brauchst du denn keine Hilfe?«

»Sei still, Leah.«

Sie sagte nichts mehr, als sich sein Mund auf den ihren legte.

»Ich wünschte, wir hätten mehr Zeit«, sagte sie endlich.

Als Wesley sich wieder von ihr löste, starrte sie zu ihm hinauf, weil sie wußte, daß sie ihn liebte. Tatsächlich hatte sie nie ganz aufgehört, ihn zu lieben. Er hatte schreckliche Dinge mit ihr angestellt, und vielleicht sollte sie ihn deswegen hassen –, doch sie tat es nicht.

»Und was soll dieser Blick bedeuten?« sagte er und lächelte auf sie hinunter. »Wenn ich nicht so besorgt um deine Sicherheit wäre, würde ich dich jetzt in die Hütte bringen.«

Sie lehnte sich an ihn, und er blickte sie nachdenklich und überrascht an, als sähe er sie heute zum erstenmal.

»Ich habe gar nicht gewußt, wie schön du bist«, sagte er und strich ihr eine Locke aus den Augen. »Obwohl du seit Tagen nicht mehr geschlafen hast, habe ich in meinem ganzen Leben noch kein so hübsches Mädchen gesehen wie dich, Leah.« Er beugte sich zu ihrem Ohr hinunter. »Ich muß mich auch noch bei dir dafür bedanken, daß du dich in die Klauen von Revis begeben hast, um mich zu retten. Das war sehr . . . freundlich von dir.«

Als sie sich wieder von ihm löste, fürchtete sie, daß ihr schon wieder die Tränen kamen. »Wir sehen uns in Sweetbriar wieder?« flüsterte sie bange.

Er gab ihr noch einen langen, innigen Kuß. »Wenn ich weiß, daß du dort auf mich wartest, bleibe ich hier keine Sekunde länger, als ich muß. Und jetzt ab mit dir!« Er schwenkte sie herum und gab ihr einen Klaps auf die Kehrseite.

Eine Stunde später, als Leah – vor sich Bud, hinter sich Cal – erst die halbe Strecke ins Tal zurückgelegt hatte, schmiedete sie bereits wieder Pläne.

Kaum hatte Wesley sie aus seinen Armen entlassen, als ihr Verstand wieder normal zu arbeiten begann. Wenn sie sich nach Sweetbriar begab, wie Wes ihr es befohlen hatte, mußte sie mit einer Anklage rechnen. Wenn sie einer Verurteilung entgehen wollte, mußte jemand sie verstecken. Und wen sollte sie bitten, ihr diesen heiklen Gefallen zu tun? Kimberly? Justin?

Apropos Kimberly! Würde Wesley seinen Entschluß, bei Leah zu bleiben, nicht wieder bereuen, wenn sie nicht in seiner Nähe bliebe, um ihn durch ihr Dasein daran zu erinnern? Würde ihm nachts, wenn er allein in der Wildnis kampierte, nicht eher Kims liebliches Gesicht vor Augen schweben als ihr tränenüberströmtes? Er hatte zwar eben bemerkt, daß Leah hübsch sei; aber würde er sich auch daran erinnern?

Während Leah bergab trottete, wurde sie unablässig von solchen Gedanken geplagt. Wenn sie vielleicht noch ein wenig länger mit Wesley zusammen war, konnte es durchaus passieren, daß er sie liebgewann. Hatte er nicht schon eine derartige Bemerkung gemacht? Und brauchte er tatsächlich keine Hilfe, wenn er sich mit Revis anlegte? Und wie wollte er – ein einzelner Mann – die vielen Informationen sammeln, die er brauchte, um den Räubern den Garaus zu machen? Auch hatte Wesley gesagt, er müsse eine Rechnung begleichen; aber stand Revis bei ihr nicht in einer viel größeren Schuld, nachdem er sie für einen Mord mißbraucht hatte?

Je länger sie darüber nachdachte, um so größer wurde ihre Gewißheit, daß sie umkehren und Wesley helfen müsse.

Aber zuerst mußte sie Buds und Cals Aufsicht entrinnen. Während sie hangabwärts marschierten, begann sie, sich nach einem Versteck umzusehen; nach einem Ort, wo sie ganz allein übernachten mußte im großen, finsteren Wald. Sie erschauerte jetzt schon.

»Wollen Sie eine Rast einlegen und sich erholen?« fragte Bud hinter ihr.

»O nein«, antwortete sie mit süßer Stimme und lächelte zu dem Hünen hinauf. »Das ist nicht nötig.« Wesley, dachte sie, ist es wert, daß ich mich eine Nacht lang im Wald fürchte.

Kapitel 21

Den Jungs zu entrinnen war schwieriger, als Leah sich das vorgestellt hatte, und sich vor den beiden zu verstecken, war noch schwerer. Sie begrub sich buchstäblich unter Blättern und Zweigen und hielt den Atem an, als Bud und Cal ein paarmal fast über sie hinwegtrampelten. Nach einer leisen Zwiesprache trennten sich die beiden, der eine ging in nördlicher, der andere in südlicher Richtung davon. Leah rührte sich nicht von der Stelle und kauerte im Laub, bis ihr die Beine und der Rücken lahm wurden.

Kurz vor Sonnenuntergang kamen die beiden zurück und suchten den Boden sorgfältig nach Spuren ab. Sie schienen zu wissen, daß sie noch in ihrer Nähe war, und wollten ihr Zeit lassen, aus ihrem Versteck herauszukommen. Doch Leah wartete, bis es dunkel wurde, ehe sie aus ihrem Blätterhaufen herauskroch. Bud und Cal waren nirgends zu sehen, als sie wieder bergan ging.

Bei jedem Geräusch zuckte sie zusammen, und schon nach zehn Schritten war ihr Rücken ganz steif vor Angst. Doch erst nach stundenlangem Ringen mit sich und dem Berg hatte sie das deutliche Gefühl, daß jemand in ihrer Nähe war. »Revis!« rief sie und blieb stehen.

»Bud und Cal«, sagte sie dann mit einem Seufzer. »Ich weiß, daß ihr hier seid. Also zeigt euch endlich!«

Als wären sie mit dem Wald verwachsen gewesen, kamen die zwei jungen Männer zwischen den Bäumen hervor und stellten sich neben sie.

Vielleicht sollte sie nun enttäuscht sein, weil ihre Flucht mißlungen war; aber sie fühlte sich plötzlich viel freier und sicherer. Tatsächlich war sie froh, die beiden wieder bei sich zu haben. Mit einem Lächeln sah sie zu den beiden auf. »Was geschieht jetzt? Wollt ihr mich mit Gewalt wieder den Berg hinunterbefördern? Ich warne euch, ich werde schreien! Und treten werde ich auch«, setzte sie rasch hinzu.

Die beiden jungen Männer schienen ratlos zu sein. »Warum wollen Sie zu Revis zurückkehren? Ihr Mann möchte, daß sie vor ihm sicher sind.«

»Und wer sorgt für seine Sicherheit, wenn ihr beiden mich nach Sweetbriar begleitet? Revis wird sich wieder an Verity vergreifen, weil niemand da ist, der sie vor ihm beschützt. Und er wird vermutlich Abe verprügeln, weil ich geflohen bin.«

»Sie haben Angst um Ihren Bruder?« fragte Cal.

»Vielleicht. Ich bin mir nicht sicher. Ich weiß nur, daß ich nicht davonlaufen und Wesley in seinem Kampf mit Revis allein lassen möchte. Wollt ihr mir helfen?«

Bud blickte Cal an, Cal blickte Bud an.

Leah beobachtete die beiden jungen Riesen, während sie stumm ihre Meinungen auszutauschen schienen. Abe hatte ihr erzählt, daß sie Brüder von Revis seien; doch sie fragte sich nun, wie nahe sie ihm wirklich standen.

»Habt ihr Revis schon einmal bei seinen Raubzügen begleitet?«

»Nein«, antwortete Bud.

»Aber warum . . . warum bleibt ihr dann bei ihm?«

»Er bezahlt uns dafür, daß wir ihm das Holz klein machen, ihn mit Wild versorgen und aufpassen, daß keiner seiner Hütte zu nahe kommt.«

»Bezahlt er euch gut dafür?« fragte Leah neugierig.

»Wir haben uns Land in der Nähe der Stadt gekauft. Wir wollen uns dort als Farmer niederlassen.«

»Bei der Stadt ...? Meint ihr damit etwa Wesleys Sweetbriar? Wieviel Land besitzt ihr beiden denn?«

Die beiden sahen sich an. »Inzwischen sind es achttausendfünfhundertundzweiundsechzig Morgen.«

»Tausende?« flüsterte Leah. »Euch beiden gehören mehrere tausend Morgen dieses Landes?«

»Wesley kennt unser Land und sagt, es sei gut. Er sagt auch, daß er uns beim Bau unseres Hauses helfen wird. Und beim Einkauf von Saatgut und Werkzeugen.«

Leah konnte sich das Lachen kaum noch verbeißen. Abe hatte sie immer wieder darauf hingewiesen, wie beschränkt die beiden jungen Riesen wären, doch tatsächlich waren sie so schlau, schon mit achtzehn Jahren wohlhabend zu sein. »Wann habt ihr vor, Revis zu verlassen?«

»Wir stehen in seiner Schuld. Er half uns, als wir Kinder waren«, antwortete Cal. »Doch die Schuld ist fast beglichen. Wir werden uns bald von ihm trennen.«

»Und ihr habt auch schon einen neuen Beschützer. Wesley wird euch mit allem aushelfen, was ihr für eure Farm braucht. Und wenn ihr mir jetzt helft ...« Sie wußte nicht, was sie den beiden als Gegenleistung anbieten konnte. »... werde ich für euch kochen«, sagte sie, einem Impuls folgend. »Während ihr euer Haus und eure Scheune baut, werde ich euch mit Essen versorgen.«

Da sah sie die beiden Hünen zum erstenmal lächeln. Im Mondlicht wirkten die zwei noch größer und furchterregender als am Tage; doch wenn sie lächelten, sahen sie ausgesprochen nett aus. Offenbar waren sie daran gewöhnt, daß die Leute sie ängstlich angafften und unfreundliche Bemerkungen über sie machten; doch Leah wurden die beiden immer sympathischer.

»Auf dem Weg ins Tal«, erzählte sie, »habe ich eine Lichtung mit Walderdbeeren entdeckt. Habt ihr beiden schon mal eine Eierschaumspeise mit heißer Erdbeersoße gegessen? Oder vielleicht mögt ihr lieber Huhn im Schlafrock? Das ist ein Huhn, das in einem Teig aus . . .«

Bud schnitt ihr das Wort ab: »Was sollen wir für Sie tun?«

»Aber wir bringen keine Leute um«, warf Cal ein.

»Nein! Das hatte ich nicht gemeint . . .« Da merkte sie erst, daß Cal sich nur einen Spaß mit ihr erlaubt hatte. »Weiß Revis eigentlich, wie ihr wirklich seid?«

Cals Gesicht wurde hart. »Revis hält uns wie seine Mutter für sein Eigentum; aber er behandelt uns nicht wie Sklaven. Er muß uns für unsere Dienste gut bezahlen, aber Sie sollten nicht zu ihm zurückkehren.«

»Cal«, sagte Leah leise, »wenn Bud in Not wäre, würdest du dann in deinem Haus sitzen bleiben, wo du es bequem hast und dir nichts passieren kann, oder würdest du diese Sicherheit aufgeben, um ihm zu helfen? Wesley ist der Mann, den ich liebe, und ich glaube, daß ich ihm helfen kann.«

»Ich würde für meinen Bruder sterben«, sagte Cal, »und er für mich. Wir werden Ihnen helfen.«

»Wir werden dich zu Revis bringen, und wenn dein Mann zurückkommt . . .«

»Zurückkommt! Wo ist er jetzt? Was hat er vor?«

»Das hat er uns nicht gesagt. Er sagte nur, daß er in zwei Tagen wiederkommen würde. Sie können bis dahin in Revis' Hütte bleiben, oder wir verstecken Sie im Wald.«

»Ich werde zu Revis zurückkehren. Dort kann ich wenigstens Verity helfen und dafür sorgen, daß jeder regelmäßig seine Mahlzeit bekommt. Sollen wir uns gleich auf den Weg machen?«

Bud sah auf seine Füße hinunter. »Vielleicht sollten wir lieber bis zum Morgen warten, wenn es hell wird.«

»Aber falls Wesley es sich anders überlegt, möchte ich doch schon ...« Sie hielt inne. »Ich glaube nicht, daß man nachts Erdbeeren pflücken kann. Oder doch?«

»Nein«, entgegnete Bud lächelnd.

»Was habt ihr beiden denn gegessen, daß ihr so groß geworden seid?«

»Graues Zeugs«, sagte Cal grimmig. »Große Schüsseln voll grauer Pampe.«

Leah hätte am liebsten gelacht, so ein finsteres Gesicht machte er dabei. Vielleicht konnte sie eines Tages mit den beiden die Stanford-Plantage besuchen und ihnen zeigen, wie gut und wie vielseitig dort gekocht wurde. Und vielleicht würden die beiden auch gern die Bekanntschaft von Clay Armstrongs hübscher Nichte machen ...

Sie setzte sich auf den Boden. »Ich glaube, wir können noch ein paar Stunden schlafen«, sagte sie, rollte sich auf der feuchten Erde zu einem Ball zusammen und schlief sofort ein. Daß man von Männern bewacht wurde, die so groß waren wie ein halber Berg, hatte auch etwas Gutes. Man fühlte sich bei ihnen sicher.

Leah hatte gerade wieder den Tisch in der kleinen Blockhütte gedeckt, zögerte jedoch, die Männer zum Essen hereinzurufen. Wesley war soeben eingetroffen. Die Sonne spiegelte sich in seiner speckigen Lederkluft, und er machte ein ernstes Gesicht, während er mit Revis verhandelte. Leah konnte sehen, wie nervös ihm der grausame Bandit zuhörte, der einen halben Kopf kleiner als Wesley war. Er hatte die Schultern nach vorn geschoben, als erwarte er jede Sekunde, daß es zu einer Schlägerei zwischen ihnen kommen würde.

In den beiden letzten Tagen war Leah immer in Sichtweite von Bud und Cal geblieben, der Haß auf Revis saß sehr tief in ihr. Immer wieder hatte sie die Szene vor Augen, als Revis den Siedler erschoß und die Frau verwundete.

Einmal hatte Revis versucht, sich wieder bei Leah einzuschmeicheln, und wollte ihr weismachen, er habe die Tat nur begangen, weil er sie liebte und nicht verlieren wollte. Doch Leah wußte es besser. Er hatte nur gemordet, weil er es nicht ertragen konnte, von einer Frau abgewiesen worden zu sein.

Je enger Leah sich den beiden jungen Hünen anschloß, um so größer wurde ihre Zuneigung zu ihnen. Sie saßen stumm da, wenn Abe über sie redete und so tat, als hätten sie die Intelligenz eines Hackstocks. Ein paarmal ertappte sie Bud dabei, wie er das linke Auge zusammenkniff.

Revis brachte eine Ladung frischer Eier und eine Kanne mit Sahne ins Lager, und Leah machte daraus eine Eierschaumtorte mit kandiertem Zucker. Doch ehe sie Bud und Cal erlaubte, einen Löffel davon zu kosten, mußten sie ihr erzählen, was sie von Wesleys Plänen wußten. Wes hatte ihnen aber nur gesagt, daß er so tun wollte, als hätte ihn der Tänzer hierhergeschickt, damit er mit Revis zusammenarbeiten sollte.

»Ich bin sicher, Revis wird ihn mit offenen Armen bei sich aufnehmen«, hatte Leah grimmig gemeint. »Er läßt sich ja so gern bei seinen Raubzügen von anderen Vorschriften machen.

Und nun stand Wesley vor der Hütte und erklärte Revis, weshalb er hierhergekommen sei, und Leah hatte einen ganz trockenen Hals, weil sie ahnte, wie wütend er sein würde, wenn er sie hier am Tisch sehen würde. Vielleicht hätte sie ihm doch gehorchen und nach Sweetbriar gehen sollen; doch dann hätte sie ihn aus den Augen verloren. Und weder Kimberly Shaw noch irgendeine andere Frau sollte ihn ihr wieder abspenstig machen.

»Abe«, sagte Leah, als sie ihren Bruder auf Wesley zugehen sah. Abe würde Revis erzählen, wer Wesley wirklich war. Sie war schon fast an der Tür, als sie Abe fragen hörte: »Wer ist denn das, Mr. Revis?«

Sich gegen die Tür lehnend, seufzte Leah erleichtert auf und lächelte. Es war Wesley irgendwie gelungen, Abe auf seine Seite zu ziehen. Was, in aller Welt, mochte Wesley ihm versprochen haben, daß er gegen seinen kostbaren Mr. Revis Partei ergriff?

Nun blieb nur noch Leah als Überraschungsmoment übrig. Sie glättete sich die Haare, zupfte ihr Kleid zurecht und versuchte, sich für die Begegnung zu wappnen.

Sie beugte sich über den Herd, als er hereinkam.

»Und wer ist diese hübsche Dirne dort, Revis?« fragte Wesley. »Ich habe zwar gehört, daß du es hier sehr bequem haben sollst; aber von der da wußte ich nichts.«

Langsam drehte sich Leah zu ihm um. Sein Gesicht zeigte keine Überraschung; nur seine Augen sprühten Blitze.

»Leah gehört mir«, sagte Revis mit harter Stimme. »Ich teile sie mit niemandem, und es steht außer Frage, zu wem sie gehört.«

Wesley, ein breites Lächeln auf dem Gesicht, trat näher an Leah heran. Nur sie konnte sein Gesicht sehen, und was sie darauf las, ließ sie einen Schritt zurückweichen. Sie fürchtete seinen Zorn.

»Wes . . .«, begann sie.

Er packte sie um die Taille und zog sie an sich.

»Vorsicht, meine Hübsche, du stolperst gleich über den Herd. Ich bin Wesley Armstrong, und wie heißt du?« Seine Augen warnten sie und drohten ihr gleichzeitig.

Über seine Schulter hinweg konnte sie sehen, wie das dunkle Gesicht von Revis noch dunkler wurde. Hier war etwas, das sie nicht bedacht hatte. Wenn sie Revis zeigte, daß sie Wesley bevorzugte – würde Revis dann ihrem Mann sein Messer zwischen die Rippen stoßen?

»Laß mich los, du dreckiger Dieb«, sagte sie laut und sah die Verwirrung in Wesleys Augen. »Ich laß mich von keinem Mann eurer Sorte anfassen.« Sie nützte Wesleys Verblüffung aus, um sich aus seinem Griff zu befreien.

Wes begann, sich von seiner Überraschung zu erholen. »Ich glaube, mir könnte dieses kleine Füllen gefallen, Revis«, sagte er mit einem selbstgefälligen Lächeln. »Vielleicht können wir uns da auf einen Handel einigen.«

»Leah gehört mir«, wiederholte Revis mit zusammengepreßten Zähnen.

»Vielleicht sollten wir der Lady die Wahl überlassen.« Wesley lächelte zuversichtlich, während er sich Leah erneut näherte. »Vielleicht hast du Schwierigkeiten mit Frauen; aber für mich gilt das nicht. Komm zu mir, Dirne!«

»Dirne!« wiederholte Leah keuchend. Wenn sie Wes auch wirklich liebte: Daß er sie eine Dirne nannte, das ging zu weit! Rechts neben ihr stand eine Schüssel mit einem Teig, den sie soeben angerührt hatte. Mit einem kleinen, katzenfreundlichen Lächeln nahm sie die Schüssel vom Tisch und schüttete ihm mit einer blitzschnellen Bewegung den Teig in das lächelnde Gesicht.

Während Wes dastand und sich mit beiden Händen den Teig aus den Augen und Ohren wischte, drehte Leah sich Bud und Cal zu: »Dieser aufgeblasene Pfau ist nicht besser als sein Kumpan! Wenn er mir zu nahe kommt, gibt es morgen früh nur noch rohen Speck zum Frühstück.«

Aus den Augenwinkeln sah sie, wie Revis zufrieden lächelte, sich auf den Absätzen drehte und die Hütte verließ. Nun mußte sie sich nur noch mit Wesleys Zorn auseinandersetzen. »Dirne – was glaubst du denn, wer du bist!« fauchte sie, ehe sie sich hinter den Herd flüchtete.

Er sagte kein Wort zu ihr, ehe er wieder aus der Hütte ging, um sich draußen zu waschen; doch als Leah in sein Gesicht sah, schluckte sie schwer.

»Glauben Sie, er wird Sie schlagen?« flüsterte Bud.

»Würdest du das zulassen?« fragte sie entsetzt.

»Sie sind gemein zu ihm gewesen«, sagte Bud.

»Seid still und eßt«, sagte sie, und erst jetzt sah sie das amüsierte Blinkern in ihren Augen. »Ich hoffe, es ist euch bewußt, daß ich ihm *euer* Maisbrot ins Gesicht geschüttet habe. Vielleicht ist es das nächste Mal der Apfelkuchen, den ich für das Abendbrot vorbereiten wollte.«

»Wir lassen nicht zu, daß er Sie schlägt«, sagten Bud und Cal, nickten beide mit dem Kopf und sahen sie mit großen Augen an. »Sie sind wahrhaftig eine aufregende Frau, Leah«, sagte dann Bud mit einem breiten Grinsen.

»Ich hoffe, Wesley ist der gleichen Meinung«, sagte sie seufzend, ehe sie sich wieder dem Herd zuwandte.

Als die Sonne unterging und Leah abermals den Tisch deckte, kam auch Wesley in die Hütte zurück. Wenn er sie ansah, so bemerkte sie das nicht, weil sie nicht wagte, in seine Richtung zu schauen. Sie wußte, daß er nicht verstanden hatte, warum sie ihm einen Korb gegeben hatte. Zweifellos glaubte er, sie besser beschützen zu können, wenn sie seine Dirne war.

Sie blieb ihrer Rolle treu und vermied es, in die Nähe seines Stuhles zu kommen, als sie das Essen auf den Tisch stellte. Sie spürte, daß sowohl Revis wie Wesley sie mit ihren Blicken verfolgten.

»Also du weißt von dem Wagen mit der kostbaren Ladung«, sagte Revis zu Wes. »Der Tänzer schickt dich zu mir, damit du bei dieser Sache die Leitung übernimmst?«

Wesley schaute sich im Raum um und dann auf Bud, Cal, Abe, Verity und Leah. »Vielleicht sollten wir später darüber reden.«

Revis grinste leise. »Bud und Cal sind meine Brüder, und Abe quatscht nicht. Oder doch, Abe?«

»Nein, Sir, Mr. Revis«, antwortete Abe mit vollem Mund. »Geheimnisse sind bei mir gut aufgehoben.«

»Und Verity ist zu verängstigt, um jemand etwas zu erzählen«, ergänzte Revis.

»Und wie steht es mit der Hübschen?« fragte Wesley.

»Sie gehört mir und darf die Hütte nicht verlassen«, antwortete Revis mit harter Stimme. »Nun erzähl mir, was du mir ausrichten solltest!«

Während Leah das Essen austeilte, erklärte Wesley den Plan für einen Überfall auf zwei Planwagen, die aussahen, als gehörten sie zu einem Siedlertreck, die in Wahrheit jedoch Gold transportierten.

»Der Tänzer weiß doch immer über solche Dinge Bescheid«, sagte Revis, lehnte sich in seinem Stuhl zurück und setzte eine dünne Zigarre in Brand. »Übrigens – wie geht es ihm eigentlich? Er sah mir recht fit aus, als ich ihn das letztemal sah.«

»Du kennst doch den Tänzer«, antwortete Wes. »Gesund wie ein Stier! Er erwähnte, daß ihr euch das letzte Mal in seinem Haus getroffen hättet.«

»Bei einer Party, ja.«

»Er scheint sich über dich und eine junge Dame geärgert zu haben.«

Revis lächelte. »Tatsächlich war es seine junge Tochter. Hat er nicht erwähnt, daß die junge Lady, die so in mich vernarrt war, seine hübsche Tochter gewesen ist?«

Wesley grinste ebenfalls. »Der Tänzer vergaß, dieses kleine Detail zu erwähnen. Und wenn ihr nichts dagegen habt, möchte ich mich jetzt zurückziehen und ein Stück den Berg hinauf trampen. Ich habe dort einen Teich gesehen, in dem ich ein Bad nehmen möchte.«

Er blieb vor Leah stehen und strich ihr mit einem Finger über die Wange. »Vielleicht wollt Ihr Euch mir anschließen, hübsche Lady?«

Sie zeigte ihm ihr süßestes Lächeln. »Ich werde in der Tat ein Bad nehmen müssen, nachdem Sie mich angefaßt haben; aber ich werde bestimmt nicht mit Ihnen baden. Sonst erreichte ich doch nur das Gegenteil dessen, was ein Bad bezwecken soll, nicht wahr?«

Als sie sah, wie sich Wesleys Gesicht veränderte und er die Hand fallen ließ, als wäre sie etwas, das er nicht anfassen dürfe, regten sich Schuldgefühle in ihr.

Es war still in der Hütte, als er zur Tür hinausging, nur Revis ließ ein leises Kichern hören.

Später blieben nur noch Bud und Cal in der Hütte, die immer noch am Tisch saßen und aßen.

Leah band ihre Schürze ab. »Ich werde zu Wesley gehen. Sorgt ihr beide dafür, daß Revis nicht in unsere Nähe kommt?«

Bud blickte auf seinen Teller. »Was gibt es morgen abend zu essen?«

»Wollt ihr mich erpressen?« Sie sah die beiden lächelnd an. »Wenn ihr eure Sache heute abend gut macht, überlege ich mir, ob ich morgen vielleicht die Täubchen braten könnte, die ihr mir heute gebracht habt.« Dann beugte sie sich nach einem kaum merklichen Zögern zu den beiden hinunter und gab jedem einen Kuß auf die Stirn. »Gute Nacht, meine lieblichen Prinzen.«

Damit war sie schon aus der Tür und rannte durch den dunklen Wald den Pfad hinauf zu der Hütte, wo sich Wesley versteckt gehalten hatte. Über dieser Hütte befand sich der Teich. Unterwegs überlegte sie fieberhaft, wie sie seinen Zorn besänftigen konnte. Je länger sie darüber nachdachte, um so größer wurde ihre Überzeugung, daß sie das Reden ihrem Körper überlassen sollte.

Sie verharrte einen Moment auf der Anhöhe über dem Teich und sah hinunter auf das Wasser, in dem Wesley träge umherpaddelte. Das Mondlicht überzog seine dunkle Haut mit einem silbernen Schimmer.

Das würde nicht halb so schwer sein, wie sie gedacht hatte! Sie räusperte sich ein paarmal, um seine Aufmerksamkeit auf sich zu lenken. Als sie sicher war, daß er zu ihr hinaufsah, begann sie langsam ihr Kleid aufzuknöpfen. Das grobe, mit Fettflecken bedeckte Gewand sank zu Boden, und sie stand in ihrer durchsichtigen Unterwäsche über ihm.

Langsam und leicht ging sie auf ihn zu; er blieb wassertretend auf der Stelle und sah ihr entgegen. Bei jedem Schritt schmiegte sich der dünne Stoff um ihre Schenkel, und als sie den Fuß eines hohen Baumes erreichte, blieb sie stehen. Und während sie unverwandt in seine Augen sah, löste sie ihr Unterhemd und ließ es fallen.

Nun war sie nur noch mit einem Rüschenhöschen bekleidet – einem hauchzarten Gebilde, das der Phantasie kaum noch einen Spielraum ließ – und mit einem kleinen, weichen Korsett aus Seide.

Als Kind hatte Leah schon sehr früh lernen müssen, auf hohe Bäume zu klettern, wenn sie dem Zorn ihres Vaters entgehen wollte; nun zog sie sich mühelos einen langen, schweren Ast hinauf, der über den Teich ragte. Sie balancierte darauf, bis sie ungefähr in der Mitte angekommen war, sah dann wieder zu Wesley hinunter und zog ihr Korsett aus. Das Mondlicht umschmeichelte ihre vollen Brüste, während sie die Bänder an ihrem Rüschenhöschen löste und es mit dem Korsett hinunterwarf.

Nackt schritt sie, ohne ihren Mann anzusehen, bis zum Ende des Astes, balancierte dort einen Moment, ehe sie mit einem perfekten Kopfsprung keinen Meter von ihm entfernt in das Wasser eintauchte. Als sie wieder an die Oberfläche kam, faßte er nach ihrem Arm.

»Bei Gott, Frau!« Es war mehr ein Hauchen als ein Flüstern. »Du verstehst es aber, einen Mann auf dich aufmerksam zu machen.«

Dann hob er sie hoch und trug sie wortlos ans Ufer, daß ihre Beine im Wasser nachschleppten. »Leah«, flüsterte er, als er sie dort in seine Arme schloß. Ihre nassen Körper klebten aneinander, als wären sie aus einem Fleisch.

Mit beiden Händen ihr Gesicht festhaltend, küßte er sie hungrig, und Leah schlang ihm die Arme um den Hals und dachte, daß dieser Moment sie für alle Gefahren entschädigte.

Seine Hände glitten an ihrem nassen Rücken hinunter und spielten mit ihren feuchten Haarspitzen, während er ihre Wangen, ihre Augenlider, ihr Kinn küßte.

Plötzlich schob er sie von sich weg. »Laß dich mal richtig anschauen!«

Leah errötete.

Er hielt ihre Hände fest, zog ihre Arme auseinander

und blickte an ihrem Körper hinunter. »Wenn wir heimkommen, möchte ich dich nur noch so in meinem Haus haben, wie du jetzt bist. Ich werde niemals mehr dulden, daß du etwas anziehst.«

»Oh, Wesley«, sagte sie mit einem leisen, verschämten Lachen, »dann müßte ich im Winter ja erfrieren.«

»Nicht wenn ich dich warm halte«, sagte er, zog sie an sich und küßte ihren Nacken.

Ein wohliger Schauer lief Leah über den Rücken und an den Beinen entlang. Da zog Wes sie noch fester an sich, und als er sie wieder küßte, spürte Leah ein Feuer durch ihre Adern rinnen und drängte sich noch enger an ihn.

Mit einem leisen, verführerischen Lachen zog Wesley sie mit sich zu Boden; aber als Leah schon fast das Gras berührte, schob Wesley sie über sich. »Mit dieser Haut solltest du niemals auf hartem Boden liegen. Nimm mich als Unterlage, meine hübsche Frau.« Damit hob er sie an und setzte sie auf sein steifes Glied.

Mit einem leisen Stöhnen begann Leah sich auf und nieder zu bewegen, dem köstlichen Rhythmus folgend, der durch ihren Körper pulste.

Wesley nahm ihre Hüften in seine kräftigen Hände und half ihr, während ihre Bewegungen immer schneller wurden. Und als sie spürte, wie ihr Körper ein Crescendo erreichte, fiel sie nach vorn, schlang ihre Arme um seinen Hals und zog ihn noch fester an sich, während seine harten Stöße ihr das Gefühl gaben, sie müsse jeden Moment ertrinken.

»Wesley!« schrie sie, als sie zusammen den Höhepunkt erreichten.

Er preßte sie so fest an sich, daß sie glaubte, er wollte sie zerbrechen. Plötzlich schob er sie von sich.

»Mir scheint, das waren ganz andere Töne, als du

heute beim Essen angeschlagen hast. Oder gefällt es dir nicht doch besser bei deinem Liebhaber als bei deinem Ehemann?«

Mit einem tiefen Seufzer rollte sie von seinem Körper herunter. »Werden alle Männer so unausstehlich, wenn sie keine steife Rute mehr haben?«

Wesley gab einen schockierten und zugleich amüsierten Laut von sich. »An wen hast du dabei gedacht? An Revis? Wie beträgt er sich denn, wenn sein Glied . . .«

Er hielt inne, weil Leah zu ihm herumschwang, um ihn zornig anzufunkeln. Da ihr schöner nackter Körper für ihn immer noch ein höchst ungewöhnlicher Anblick war, konnte er sie nur noch mit offenem Mund anstarren.

»Nur weil ich eine Simmons bin und einen hochmütigen herrschaftlichen Stanford geheiratet habe, muß ich noch lange nicht mit jedem Mann ins Bett gehen, der mich darum bittet. Und wenn du noch einmal wagst, mir zu unterstellen, daß ich mit diesem Schurken, diesem Revis, geschlafen hätte, werde ich nie mehr ein Wort mit dir reden – oder mit dir ins Bett gehen! Ist das klar?«

Er stand auf und faßte sie bei den Schultern, als sie sich gerade bücken wollte, um ihre Kleider vom Boden aufzusammeln. »Es tut mir leid, Leah. Ich hätte wohl nie so etwas gesagt, wenn ich mich heute nicht so über dich geärgert hätte. Die Jungs haben mir bereits erzählt, wie du dir Revis vom Leib gehalten hast. Aber warum, zum Henker, hast du mich heute morgen so heftig abblitzen lassen? Wenn Revis wüßte, daß du mir gehörst, würde er sich hüten, dich noch einmal anzufassen.«

»Wußte ich doch, daß du es nicht verstehen würdest«, sagte sie mit einem tiefen Seufzer. »Ich habe mich Revis mit der Begründung verweigert, daß er ein Dieb sei und ich eine verheiratete Frau. Was würde das wohl für einen Eindruck auf ihn machen, wenn du, ebenfalls ein erklärter Dieb, zur Tür hereinkommst und ich dir in die Arme fiele? Muß er da nicht mißtrauisch werden?«

»Nun, ich bin . . .«, sagte Wesley.

»Du bist – was?« gab Leah zurück. »Mein Mann? Wir wollen Revis doch nicht mit der Nase darauf stoßen, oder?«

»Nein, ich bin . . . Ich sehe doch viel besser aus als Revis, wollte ich sagen, und dann wäre es doch nur logisch, daß du mich haben willst und nicht ihn.«

»Oh, Wesley«, rief sie und begann zu lachen.

»Du bist nicht dieser Meinung?« fragte er beleidigt.

Immer noch lachend, schlang sie ihm die Arme um den Hals. »Ja, ich bin der Meinung, du siehst besser aus! Ich bin sogar überzeugt, daß ich in meinem Leben noch keinem Mann begegnet bin, der besser ausgesehen hätte als du.«

Er hielt sie mit beiden Armen von sich weg.

»Besser als Revis?«

»Viel besser!«

»Und mein Bruder Travis?«

»Den übertriffst du bei weitem!«

Er grinste sie an, ehe er sie wieder an sich zog und ihr einen Kuß nach dem anderen gab.

Obwohl ihr das schwerfiel, schob sie ihn wieder von sich. »Wir können nicht länger bleiben. Revis wird wissen wollen, wo ich stecke. Wenn er erfährt, daß wir beide fortgegangen sind, wird er Verdacht schöpfen.«

»Ich werde schon mit ihm fertig. Ich werde ihm sagen, daß der bessere die Lady erobert hat.«

»Nein«, sagte sie, während sie mit dem Finger eine Muskel auf seiner Brust nachzog, »bitte, tu das nicht. Du kennst ihn nicht. Er ist von Natur aus böse. Er wird dir eines Nachts im Schlaf das Messer ins Herz stoßen. Bitte«, bettelte sie.

Er runzelte die Stirn, während er ihre Wange streichelte. »Was ist aus der kleinen Katze geworden, die mich auf dem Weg in die Wildnis anfauchte, sie würde mir niemals etwas geben, und wenn ich etwas wollte, müßte ich es mir mit Gewalt nehmen?«

Sie schob ihn von sich weg. Sie würde sich hüten, ihm zu sagen, daß sie ihn liebte. Wenn und falls sie überhaupt wieder lebend von diesem Berg herunterkamen und er sie abermals verließ, wollte sie wenigstens etwas von ihrem Stolz retten. Falls er sie noch einmal verstoßen sollte, wollte sie ihm wenigstens sagen können, daß er ihr ein paar vergnügliche Stunden im Bett beschert habe, und mehr habe sie ohnehin nicht von ihm haben wollen. Niemals würde sie ihm sagen, daß sie ihn liebte.

Sie entwand sich seinen Händen. »Ich bin bei dir besser aufgehoben als bei ihm. Wenn ich bei Revis bliebe, könnte ich eines Tages so enden wie Verity. Auch hast du mir versichert, daß du mich mit deinen Beziehungen und deinem Geld vor einer Verurteilung bewahren kannst.«

»Ist das alles, was ich dir bedeute, Leah?« fragte er leise. »Bin ich für dich ein Mann, dessen Geld du gut gebrauchen kannst?«

Was sollte sie ihm darauf antworten? Daß sie glaube, sie würde umfallen und sterben, wenn ihm etwas zustieße?

»Wir haben geheiratet, weil du dachtest, es müsse so sein. Ich war bei der Hochzeit fast bewußtlos. Ich wollte unsere Ehe beenden; aber du hast mir das verweigert; also gehören wir nach dem Gesetz immer noch zusammen, und aus diesem Grund und weil mein Bruder dich verwundet hat, habe ich mich Revis' Bande angeschlossen, um dich zu beschützen. Wenn das alles vorbei ist, denke ich, daß ich meine Schuldigkeit getan habe und dir zu nichts mehr verpflichtet bin.«

»Verpflichtet?« sagte er. »Und was ist das?« fragte er und sah an ihrem nackten Körper hinunter.

Sie lächelte kokett. »Wir Simmons-Frauen haben eine Schwäche für gutaussehende Männer. Doch mit Revis wollte ich nicht schlafen, weil ich glaube, daß es ihm Spaß macht, Frauen zu quälen.«

Er wich einen Schritt von ihr zurück. »Du bist eine verdammt kaltblütige Frau, Leah. Ich darf mich geehrt fühlen, daß du so gnädig warst, mich nicht verbluten zu lassen, als dein Bruder mich anschoß.«

Sie konnte ihm nicht darauf antworten, weil sie Mühe hatte, ihre Tränen zurückzuhalten. Sie sehnte sich danach, ihm zu sagen, daß sie ihn liebe, und von ihm zu hören, daß er ihre Liebe erwidere. Aber wenn sie ihm dieses Geständnis machte, würde er sie vermutlich nur auslachen und sagen, daß eine Frau aus ihrem Milieu schlecht beraten wäre, wenn sie einen Mann aus seinen Kreisen nicht lieben würde. Nein, es war besser, sie verleugnete ihr Herz und behielt ihren Stolz

»Ich muß jetzt gehen«, sagte sie abrupt, drehte sich um und zog sich rasch an.

»Ja, geh nur«, sagte er und entfernte sich.

Nun konnte Leah ihren Tränen freien Lauf lassen. Das zarte Band zwischen ihnen war wieder gerissen.

Kapitel 22

Leah fand nur wenig Schlaf in dieser Nacht, dafür um so mehr Tränen, und sie fühlte sich so elend, daß auch Verity, von ihrem leisen Schluchzen angesteckt, zu wimmern begann. Sie wünschte sich, daß sie Wesley Stanford nie begegnet wäre. Hätte sie doch damals auf ihre

Schwester gehört und wäre nach Hause gegangen, statt sich ihm wie ein ausgehungertes Tier an den Hals zu werfen! Dann würde sie jetzt nicht in dieser Räuberhöhle hausen müssen, oder müsse splitternackt auf einem Baum herumturnen und eine Närrin aus sich machen. Oh, wenn sie doch nicht immer daran denken müßte, wie sie in den starken Armen des Mannes gelegen hatte, den sie liebte!

»Verdammt!« sagte sie laut, während sie die Decken zurückwarf und von Verity wegrollte. »Es ist Zeit zum Aufstehen. Und heute hilfst du mir beim Kochen«, setzte sie, einem Impuls folgend, hinzu. Vielleicht würde Verity durch die Arbeit etwas von ihrer Selbstachtung zurückgewinnen.

Während sie das Frühstück zubereitete, kam Wesley in die Hütte, redete aber kein Wort mit ihr. Er schien ihr so kalt zu sein, daß sich ein Hauch von Frost im Raum ausbreitete.

»Was möchten Sie zum Frühstück, Mr. Armstrong?« fragte sie.

»Von Ihnen gar nichts«, gab Wesley gereizt zurück, als Revis von draußen hereinkam.

Leah sah, wie Revis die Stirn runzelte. Offenbar kam ihm Wesleys Verhalten verdächtig vor. »Mr. Armstrong sollte sich an Ihnen ein Beispiel nehmen, Revis«, sagte sie rasch, während sie eine Platte mit gebratenen Speckscheiben auf den Tisch stellte. »Er glaubte, ich sei für jeden zu haben, und nimmt mir übel, daß es nicht so ist. Das Frühstück ist fertig.«

Als die Männer ihr Frühstück verzehrten, bemerkte Leah, wie Revis zweimal lauernd Wesley beobachtete. Um Revis abzulenken, lehnte sie sich über seine Schulter, als sie die Schüssel mit den gebratenen Eiern auf den Tisch stellte. Revis mußte jedem Mann mißtrauen, der ihm sein Territorium streitig machte, und er würde Wesley um so mehr hassen, wenn er annehmen mußte, der Neuling habe dort Erfolg gehabt, wo er gescheitert war.

»Wann willst du das Ding drehen, Armstrong?« fragte Revis.

»Morgen früh! Wenn die Wagen ungefähr vier Meilen von hier entfernt auf dem Trail sind.«

»Und wie kannst du so genau wissen, wie schnell die Wagen vorankommen?«

»Das habe ich mir eben so ausgerechnet«, war alles, was Wesley darauf antwortete.

Später, als Leah und Verity den Frühstückstisch abräumten, trat Abe zu seiner Schwester.

»Ihr beiden habt euch gestritten?« zischte er ihr ins Ohr.

»Revis und ich?« erwiderte sie, als würde sie ihn nicht verstehen.

»Nein, du und dieser Stanford natürlich! Ihr beiden habt euch die ganze Zeit mit den Augen angegiftet.«

»Ich habe ihn kein einziges Mal angeschaut«, protestierte Leah.

»Nicht wenn er gerade zu dir hinübersah. Und er hat dich die ganze Zeit beobachtet. Leah, wenn ihr beiden das gekränkte Liebespaar spielt, werdet ihr alles verderben. Ich werde nie ein anständiger Mensch werden können, wenn Revis euch beide umbringt. Und das wird er tun, wenn er entdeckt, daß ihr zwei ihn an der Nase herumführt.«

»Was hat Wesley dir versprochen, wenn du ihm hilfst?«

»Das geht dich nichts an. Wir haben uns auf ein Geschäft geeinigt, das wir vertraulich behandeln wollen. Sobald er herausgefunden hat, wer der Tänzer ist, ziehen wir alle von hier weg. Du auch! Das heißt, wenn er dich dann noch immer haben will. Du solltest dich hüten, es mit ihm zu verderben, Leah. So einen Mann wie ihn bekommst du nie mehr.«

»Ich dachte, du haßt alle Stanfords?«

Er zeigte ihr grinsend seine verfaulten Schneidezähne. »Ich hasse niemanden, der verspricht, sein Geld mit mir zu teilen.« Er beugte sich näher zu ihr. »Du glaubst doch nicht, daß er mich belügt, oder? Er steht doch zu seinem Wort, nicht wahr?«

»Ja, davon bin ich überzeugt!«

Als sie später die Männer zum Mittagessen rief, blieb Wesleys Stuhl leer, und sobald Leah eine Gelegenheit dazu fand, fragte sie Cal, wo er wäre.

Später sagte sie Cal, wo sie hinginge und daß er Revis davon abhalten sollte, ihr zu folgen. Mit einem Säckchen voller Eßwaren stieg sie den Hügel zu der Stelle hinauf, wo Wesley Holz hackte. Einen Moment stand sie da und sah ihm bei der Arbeit zu, betrachtete seinen schweißglänzenden nackten Rücken und merkte, wie ihre Handflächen sich ebenfalls mit Schweiß bedeckten.

Aber ihr Verlangen erlosch, als Wes sich ihr zudrehte und sie sein wütendes Gesicht sah.

»Ich habe dir etwas zu essen gebracht«, sagte sie mit trockenem Hals.

Bedächtig legte er die Axt aus der Hand und kam auf sie zu.

Instinktiv wich sie vor ihm zurück.

»Ich habe nicht vor, dich anzugreifen, wenn du das befürchten solltest.«

»Das tue ich nicht. Ich bin gekommen, um dir etwas mitzuteilen. Abe sagte, daß du und ich ... heute morgen ... Ich meine, er befürchtet, Revis könnte den Verdacht haben, daß etwas zwischen uns ist.«

»Daß wir uns in den Büschen gewälzt und hinterher gestritten haben?«

Sie sah einen Moment zu ihm hoch und wartete, bis er sich auf einen Baumstumpf gesetzt hatte.

»Hast du gewollt, daß er so etwas vermuten soll?«

»Natürlich! Warum hätte ich wohl sonst den Wütenden und Gekränkten gespielt?«

»Gespielt?« wiederholte sie verwirrt und setzte sich auf den Boden, keinen Meter von seinen Füßen entfernt. »Ich verstehe überhaupt nichts mehr.«

»Etwas habe ich von meinem Bruder gelernt: Man sollte es tunlichst vermeiden, Frauen in seine Pläne einzuweihen. Ich hoffte, nachdem ich erfuhr, daß du törichterweise in Revis' Räubernest zurückgekehrt bist« – er warf ihr einen vorwurfsvollen Blick zu –, »du wärst wenigstens vernünftig genug, so zu tun, als würdest du dich auf den ersten Blick unsterblich in mich verlieben. Aber ich hätte ja eigentlich wissen müssen, daß man so etwas von einer Frau nicht erwarten kann. Besonders nicht von dir, Leah! Ich habe noch keine Frau erlebt, die einen so widersinnigen Verstand hat wie du. Jedesmal, wenn ich dir gebe, was du von mir verlangst, änderst du deine Meinung. Du wolltest mich heiraten, und als ich dich heiratete, wolltest du mich nicht mehr haben.«

Sie versuchte, sich zu verteidigen, doch er wischte ihre Einwände mit einer Handbewegung zur Seite.

»Ich wollte nur, daß du in Sweetbriar sicher aufgehoben bist, und als du dich weigertest, meine Anweisung zu befolgen, blieb mir nur die Hoffnung, dich hier beschützen zu können. Aber du scheinst es immer zu verstehen, stets das Gegenteil von dem zu tun, was ich will.«

»Ich konnte mich doch nicht für dich entscheiden, nachdem ich Revis abgewiesen hatte. Er würde dich ...«

»Wenn du mir noch einmal sagst, daß Revis mich sonst

töten würde, bin ich versucht, dir den Hals zuzudrücken, Leah«, sagte er, sich zur Ruhe zwingend. »Hältst du mich wirklich für so schwach, daß du deinen eigenen süßen Körper dazu benutzen mußt, mich zu beschützen? Ich habe dir schon einmal gesagt, daß ich dir nicht erlaube, mir vorzuschreiben, was ich zu tun und zu lassen habe; aber du kannst es ja nun einmal nicht lassen, alles zu organisieren. Wenn ich dir sage, daß du nach links gehen sollst, gehst du garantiert nach rechts. Es genügt nicht, daß ich mir ständig überlegen muß, was Revis und der Tänzer gerade im Schilde führen – nein, ich muß auch stets auf der Hut sein vor meiner Frau, weil ich nie weiß, was sie als nächstes anstellen wird. Denn sie hält sich ja für den einzigen klugen Kopf auf dieser Welt. Nur Revis traut sie noch etwas Intelligenz zu«, fuhr er mit gekränkter Stimme fort, »denn aus irgendeinem Grund hält sie diesen Revis für so klug, daß er mich töten könnte, ohne daß ich etwas davon wüßte.«

»Ich sagte nicht, daß er so klug sei. Ich sagte, er wäre böse! Du bist es nicht. Du bist gut und freundlich . . .«

Er sah sie an, den Kopf etwas auf die Seite gelegt, eine Maisbrotschnitte in der Hand.

»Gestern nacht sagtest du, du hättest noch nie einen Mann gesehen, der so gut aussähe wie ich. Heute sagst du, ich sei gut und freundlich. Solltest du dich etwa in mich verliebt haben, Leah?«

»Niemals!« rief sie, aber ihr Gesicht wurde puterrot dabei.

»Zu schade«, murmelte er.

»Was für Pläne hast du?« fragte sie, um ihre Verwirrung zu überspielen.

»Wenn ich ehrlich sein soll, Leah, habe ich Angst, dir meine wahren Pläne zu verraten. Wenn ich dir sagen würde, was ich vorhabe, könntest du zu dem Schluß kommen, das wäre zu gefährlich für mich, und genau das Gegenteil von dem unternehmen, was ich mir vorgenommen habe. Natürlich könnte ich dir das Gegenteil von dem sagen, was ich plane, dann wäre es möglich, daß du mir, ohne es zu wollen, zu Hilfe kämest.«

»Also, da hört sich doch alles auf!« fauchte sie, sich vom Boden erhebend.

Er faßte nach ihren Schenkeln und zog sie an sich heran. »Warum hast du mir gestern nacht so gemeine Dinge gesagt, wenn du mich eigentlich für einen guten und freundlichen Mann hältst?«

»Warum hörst du immer nur das Schlechte, aber nie das Gute, wenn ich mit dir rede? Hörst du mir eigentlich nie richtig zu?«

Er ließ sie wieder los und blickte in das Säckchen mit den belegten Broten. »Ehrlich gesagt – nein! Denn meistens hat das, was du sagst, weder Hand noch Fuß. Du springst – oder tauchst – mir zwar ständig in die Arme, aber hinterher beschimpfst du mich auf die wüsteste Weise. Doch wenn du auch wirklich immer meinst, was du sagst – warum ziehst du dich dann so oft vor mir aus, wenn wir miteinander reden?«

Leah wußte darauf absolut keine Antwort. Stumm setzte sie sich wieder auf den Boden. »Was hast du mit Revis vor?« fragte sie flüsternd.

»Ich will ihn in Wut versetzen«, war Wesleys schlichte Antwort.

»Und du willst mich dazu benützen, ihn wütend zu machen?«

»Das hatte ich vor; aber da du mir ständig zuwiderhandelst, ist die Sache viel komplizierter, als ich zuerst gedacht hatte. Ich habe nämlich Angst davor, wenn es zum Krach mit Revis kommt, du könntest dich zwischen uns werfen, wenn ich dir befehle, dich hinter meinem Rükken zu verstecken, und irgend etwas so Dummes sagen wie: ›Dann mußt du mich zuerst erschießen!‹ oder dergleichen. Das macht mir schwer zu schaffen, Leah. Ich habe mir schon überlegt, ob ich nicht lieber sagen sollte: ›Stell dich zwischen uns, Leah!‹ Könnte ja sein, daß du dich dann hinter meinem Rücken verkriechst. Könnte aber auch sein, daß das ebenfalls nicht funktioniert. Himmel, du kannst einem das Leben wirklich schwermachen, Leah.«

»Und wie sehen jetzt deine geänderten Pläne aus?« fragte sie kleinlaut.

»Daß ich stillhalten muß. Denn wenn ich Revis provoziere und zum Reden bringe, muß ich befürchten, daß du wieder etwas anstellst, mit dem ich nicht rechnen konnte. Bud und Cal haben ein paarmal versucht, dich wegzubringen; aber du klebst entweder an Revis oder an mir, als müßtest du uns beide beschützen. Oder vielleicht willst du mich nur vor Revis beschützen, weil du offenbar glaubst, er könnte auf sich selbst viel besser aufpassen als ich auf mich.«

»Das hatte ich nicht so gemeint . . .«, begann sie. »Bin ich tatsächlich so schlimm gewesen?«

»Schlimmer! Gehorchen scheint für dich ein Fremdwort zu sein. Oder bedeutet es für dich das Gegenteil dessen, was andere Leute darunter verstehen?«

Als sie zu ihm hochsah, lächelte er auf sie hinunter. »Vielleicht könnte ich noch lernen, was es bedeutet.«

»Das haben Cal und Bud mir auch schon gesagt; aber ich glaube, du hast einen Schädel aus Eisen, und das letzte, was ich riskieren möchte, ist dein hübscher kleiner Kopf.«

»Also habe ich dir deine Pläne verdorben und es dir unmöglich gemacht, den Namen des Tänzers zu erfahren. Außerdem habe ich möglicherweise dein Leben in

Gefahr gebracht, weil du dich dank meiner Einmischung nicht in angemessener Weise zu schützen vermagst.«

»So kann man es auch ausdrücken.« Er aß jetzt ein Stück Pfirsichtorte. »Du hast in den letzten Tagen wahrhaftig dafür gesorgt, daß es nicht langweilig wurde. Du schüttest mir Brotteig ins Gesicht, hüpfst mir splitternackt in die Badewanne und keifst mich hinterher so heftig an, daß deine interessantesten Körperteile in überaus reizvolle Schwingungen geraten. Ich wünschte mir, ich könnte das alles in Ruhe genießen und brauchte mir über Revis keine Sorgen zu machen.«

Sie wandte sich ab, damit er ihr schamrotes Gesicht nicht sah. »Was hast du dir also jetzt vorgenommen?«

»Ich bin gerade dabei, mir zu überlegen, wie es jetzt weitergehen soll. Ich habe die Jungs zu überreden versucht, dich nach Sweetbriar zu verschleppen; aber sie meinten, du brauchtest nur irgendeine Erdbeerspeise zu erwähnen, und schon ließen sie dich wieder laufen.«

Sie begann zu lachen. »Und wenn ich schwöre, daß ich gehorchen werde – würde dir das etwas nützen?«

»Du hast vor einem Pfarrer geschworen, mir zu gehorchen, doch das ging zum einen Ohr hinein und zum anderen wieder heraus.«

»Aber das ist wichtig!«

»Aber daß du mit mir verheiratet bist, ist nicht wichtig?« gab er gereizt zurück.

Darauf wollte sie nicht mehr antworten. Wenn sie ihm sagte, daß er sie ja gar nicht heiraten wollte, würde er vermutlich nicht zuhören. Oder ihr das Wort im Mund herumdrehen und nur das Gute heraushören. Oder vielleicht abwarten, ob ihre »interessantesten« Körperteile in Schwingungen gerieten. »Ich schwöre, daß ich zuhören und gehorchen werde. Wenn es ein guter Plan ist«, fügte sie hinzu.

»Nicht gut genug«, antwortete er, sich die Finger ableckend. »Ich verlange totalen Gehorsam. Mit weniger gebe ich mich nicht zufrieden. Es ist mir egal, ob du meinen Plan für dumm hältst, gefährlich oder sonst war. Entweder bist du bereit, mir zu gehorchen, oder ich lasse dich, an einen Baum gefesselt, im Wald zurück.«

»Das würdest du nicht tun«, sagte sie mit einem halben Lachen.

Seine Augen waren todernst. »Willst du es auf einen Versuch ankommen lassen?«

»Lieber nicht«, gab sie zurück und schluckte. »Ich schwöre, daß ich deinen Befehlen gehorchen werde. Willst du mir nun deine Pläne verraten?«

Wesley konnte sich offenbar immer noch nicht dazu entschließen. Vielleicht wollte er mit Küssen überredet werden, überlegte sie. Aber trotz ihrer totalen Hingabe in der vergangenen Nacht hielt sie sich heute eher zurück. Er war ihr Mann und war es auch wieder nicht. Er schien ihr nur so lange zu gehören, wie ihr Versteckspiel im Walde dauerte.

Dann weihte er sie doch noch in seinen Plan ein, und sie hörte ihm erstaunt zu. Wesley hatte sich mit Justin, Oliver Stark und John Hammond in Verbindung gesetzt und sie um Hilfe gebeten. Sie hatten den Auftrag, zwei von Wesleys Wagen mit wertvollen Gütern zu beladen, die Revis dann stehlen sollte.

»Du willst stehlen, was dir bereits gehört?« fragte Leah.

»Das ist besser, als einen ahnungslosen Siedler in Gefahr zu bringen. Ich hoffe, daß Revis mir eher vertraut, wenn er weiß, daß ich tatsächlich ein Dieb bin.«

»Wesley«, sagte sie, sich aus seinen Armen lösend, »woher weißt du, daß der Tänzer eine Tochter hat? Woher kennst du sein Haus?«

»Ich kenne es nicht. Das waren nur Vermutungen. Revis bildet sich doch ein, daß die Frauen auf ihn fliegen. Deshalb spekulierte ich auf seine Eitelkeit.«

»War das nicht ein bißchen gefährlich! Angenommen, er ging nur zum Schein darauf ein, um dich auf die Probe zu stellen?«

»Er hat keinen Anlaß, mir zu mißtrauen, zudem wird er ständig von Bud und Cal beschattet. Er hatte also keine Gelegenheit, sich mit dem Tänzer in Verbindung zu setzen. Hör auf, dir Sorgen zu machen, und gib mir lieber einen Kuß.«

Später, als Leah den Teig für eine Apfeltorte ausrollte, dachte sie über ihr Gespräch mit Wesley nach. Trotz seiner Prahlerei konnte er morgen in eine Situation geraten, in der er auf Hilfe angewiesen war. Aber wie in aller Welt konnte sie ihn dazu überreden, sie mitzunehmen?

Revis löste dieses Problem für sie. Beim Abendessen sagte er, entweder käme Leah mit oder es gäbe keinen Überfall.

»Warum, zum Teufel, willst du diese verdammte Frau dabeihaben?« explodierte Wesley.

»Ich traue ihr nicht. Ich will sie nicht mehr aus den Augen lassen. Sie schleicht mir sowieso schon zuviel im Wald herum.«

»Und wenn schon! Laß sie laufen, wenn sie nicht hierbleiben will. Vermutlich gehört sie zu dem Treck, den wir morgen überfallen, da gibt es auch ein paar Frauen. Dann kannst du dir eine davon aussuchen, die dich lieber mag als diese da.«

»Deswegen will ich sie ja haben«, sagte Revis mit einem Blick auf Leahs steifen Rücken. »Sie reitet mit, oder es gibt keinen Überfall.«

Ehe Wesley ein Wort erwidern konnte, sagte Leah:

»Da ich ja vor der Öffentlichkeit bereits als Räuberin gebrandmarkt wurde, kann ich ebensogut mitkommen. Vielleicht fällt dabei ein neues Kleid für mich ab.«

Abe starrte sie mit offenem Mund an, Bud und Cal aßen ungerührt weiter, und Wesley weigerte sich, sie anzublicken. Revis betrachtete sie prüfend durch den Rauch seiner Zigarette.

Am Abend, als Leah das schmutzige Spülwasser hinter der Hütte auskippte, faßte Wes sie um die Taille und zog sie in den Schatten der Bäume.

»Achte morgen früh auf meine Handzeichen! Halte dich strikt an meine Signale, mit denen ich dir sage, wo du dich mit deinem Pferd hinstellen sollst. Und bleibe im Sattel! Es wird vermutlich nicht zu einer Schießerei kommen, aber falls doch, reitest du, so schnell du kannst, in östlicher Richtung davon. Hörst du mir überhaupt zu, Leah?«

Plötzlich packte er sie beim Kopf und zog ihn an seine Schulter. »Ich wünschte mir, ich könnte dir etwas Vernunft eintrichtern! Aber ich kann dich nur bitten, nicht die Heldin zu spielen. Versuche unter keinen Umständen, etwas Nobles zu tun oder irgend jemandem das Leben zu retten, etwa dich an die Spitze der Räuberbande zu stellen oder eine andere deiner üblichen Torheiten zu begehen. Bleibe auf deinem Pferd sitzen, verhalte dich ruhig und reite weg, wenn es gefährlich wird. Hast du mich verstanden? Wirst du mir gehorchen?«

»Aufs Wort! Ich werde niemanden in Gefahr bringen.«

»Und noch etwas: Wenn wir nach dem Überfall in den Wald zurückreiten, kehrst du sofort wieder um, sobald wir unter den Bäumen sind. Pst –« er legte ihr den Finger auf den Mund, »es ist alles arrangiert. Ich habe dir das nicht früher sagen wollen, weil ich nicht wußte, ob Revis darauf bestehen würde, dich mitzunehmen oder nicht.

Justin wird dich in seine Obhut nehmen und dafür sorgen, daß du sicher nach Sweetbriar kommst.«

»Aber wenn du nichts unternimmst, um mich zu verfolgen, weiß Revis, daß du meine Flucht arrangiert haben mußt.«

»Laß das nur meine Sorge sein«, erwiderte er gereizt. »Du sollst nur meine Anweisungen befolgen. Ich hoffe, du hast dir gemerkt, was ich morgen von dir verlange.«

Sie wiederholte es Wort für Wort. »Aber du wirst Verity beschützen, ja? Bitte, sorge dafür, daß Revis ihr nicht weh tut.«

»Wenn du mir gehorchst, werde ich Veritys Schutz übernehmen. Und wenn ich sie mit in mein Bett nehmen müßte.«

»Solche drastischen Maßnahmen werden kaum nötig sein«, erwiderte sie steif.

»Ich vermute, diese Antwort kommt einem Eifersuchtsanfall ziemlich nahe. Gib mir einen Kuß! Und dann gehst du schlafen. Wir werden morgen sehr früh aufbrechen.«

»Ja«, flüsterte sie, »ja.«

Kapitel 23

Der Morgen dämmerte rascher herauf, als Leah lieb war. Die ganze Nacht hindurch wälzte sie sich unruhig auf ihren Decken in dem unguten Gefühl, daß etwas schiefgehen würde. Tief in ihrem Inneren war sie davon überzeugt, es werde etwas Schreckliches passieren.

Mit bleiernen Lidern bereitete sie Proviantsäcke mit Brot und Käse vor, die sie auf ihrem Raubzug mitnehmen sollten. Nur Verity würde diesmal zurückbleiben.

Wesley ritt auf einem riesigen rotbraunen Hengst die Schlucht hinunter, gefolgt von Bud und Cal auf nicht minder großen Rappen. Die Pferde schnaubten und tänzelten, als behagte ihnen der Trail nicht; aber die Reiter brachten sie mühelos wieder unter ihre Kontrolle.

Leah, die auf einer braven braunen Stute ritt, klopfte das Herz bis zum Hals hinauf. Zweimal hatte Revis zu ihr hingesehen, und sie wußte, daß er wieder etwas im Schilde führte. Ein Mann, der so skrupellos war, Menschen zu töten, damit eine Frau, die er begehrte, ihm nicht davonlaufen konnte, würde sich nicht so leicht dem Befehl eines anderen Mannes unterordnen. Seit Wesley zu der Bande gestoßen war, war Revis ungewöhnlich schweigsam geworden.

Als sie das Ende der Schlucht erreicht und die Planwagen auf dem Trail gesichtet hatten, konnte Leah sich kaum noch im Sattel halten. Einmal warf ihr Wesley einen warnenden Blick zu; Leah nickte kurz zum Zeichen, daß sie seine Anweisungen nicht vergessen habe. Von da an achtete er nicht mehr auf sie.

Revis, Wesley und Abe, flankiert von Bud und Cal, ritten fächerförmig auf die Wagen zu, während Leah etwas zurückblieb. Sie beobachtete, wie die fünf sich schwarze Masken über die Gesichter zogen und dann ihre Revolver auf die Gespannführer richteten.

Sie sah, wie Justin vom Kutscherbock stieg und wie John Hammond vom zweiten Wagen herunterkletterte und mit erhobenen Händen langsam auf die Reiter zuging. Der Wind trug ihr die Worte von Wesley zu, der Oliver Stark befahl, einige Frachtstücke vom Wagen herunterzuwerfen.

In vielerlei Hinsicht erinnerte sie dieser Überfall an ein Theaterstück. Sie kannte alle Akteure, und doch taten einige von ihnen so, als wären sie sich noch nie begegnet. Sie trugen Masken und bedrohten sich gegenseitig; und dabei war es nur eine Posse mit verteilten Rollen. Sie hätte das Schauspiel genießen sollen; aber mit jeder Sekunde schlug ihr Herz schneller.

Was stimmte hier nicht? Was störte sie so sehr?

Revis ließ nun einen leisen Pfeifton hören, und als sie zu ihm hinsah, gab er ihr ein Zeichen, näher zu kommen. Sie vermied es absichtlich, zu Wes hinüberzublicken. Vielleicht gab er ihr ebenfalls mit der Hand Signale, daß sie Revis' Befehl nicht befolgen sollte. Sie wollte verhindern, daß Revis über Wes herfiel.

Als sie ihr Pferd in Bewegung setzte, lenkte sie etwas zwischen den Bäumen ab: ein kurzer heller Reflex, den sie aus dem Augenwinkel wahrnahm. Zunächst dachte sie sich nichts dabei, während sie ihr Pferd an Revis' Seite trieb. Doch dann, als sie zu Justin hinuntersah, wurde ihr plötzlich klar, daß das eben ein Gewehrlauf gewesen sein mußte, in dem sich die Sonne gespiegelt hatte.

»Das wird man euch nicht durchgehen lassen«, sagte Justin im überzeugenden Tonfall.

Leah achtete kaum auf das Gerede in ihrer Nähe. Sie fragte sich, ob noch mehr Bewaffnete in den Büschen versteckt sein mochten. Waren es Wesleys Leute, von denen er ihr nur nicht erzählt hatte? Oder waren es Revis' Komplicen?

Wesley gab Befehle, John gehorchte und Justin stritt sich mit ihm, während Leah nachzudenken versuchte. Verstohlen schlug sie ihrem Pferd die Sporen in die Seiten, so daß es vorn in die Höhe ging. Während es so aussah, als suchte sie die Kontrolle über die Stute zurückzugewinnen, suchte sie mit ihren Augen den Wald ab. Wesley und Justin machten ein besorgtes Gesicht; aber Revis beobachtete sie mit dem starren Blick eines Raubvogels. Er blickte auf ihre Augen.

Das sind seine Leute, dachte Leah. Das sind Männer, die Revis hierherbestellt hatte!

»Still, Mädchen«, murmelte Leah, beugte sich vor und tätschelte der Stute den Hals. Einer dieser Reflexe im Wald bewegte sich.

»Gib mir Feuerschutz«, sagte Wesley zu Revis und schwang sich aus dem Sattel.

Revis nickte nur und richtete seinen Revolver auf Justin, während Wesley und Bud begannen, Güter aus dem Wagen auf die Pferde umzuladen. Abe blieb auf seinem Hengst, seine Augen huschten hierhin und dorthin.

Er ist genauso nervös wie ich, dachte Leah.

Als alle Sachen umgeladen waren, wußte Leah, daß es nun bald passieren mußte, was da geplant war.

Revis stieg vom Pferd.

»Laß uns von hier verschwinden«, sagte Wesley.

»Ich möchte mal selbst einen Blick in die Wagen werfen.«

»Willst du damit sagen, daß du mir nicht traust?« gab Wesley mit drohender Stimme zurück.

»Ich traue niemandem.«

Dann tat Revis etwas, das Leah seltsam erschien: Er stellte sich zwischen Wesley und den Wagen. Während er sich hinter Wesley schob, hob Leah instinktiv den Kopf und sah wieder das Glitzern zwischen den Bäumen.

Ohne lange zu überlegen, hob Leah beide Absätze und schlug ihrem Pferd die Sporen in die Flanken. Sie galoppierte direkt auf Wesley zu . . . Im nächsten Moment ging alles drunter und drüber.

Wesley sprang der Stute aus dem Weg, konnte aber Leahs Knie nicht mehr ausweichen und wurde zu Boden geschleudert. Und während er bäuchlings im Schmutz landete, fielen drei Schüsse.

Alle drei trafen Revis mitten in die Brust.

Bud faßte nach den Zügeln der Stute, als Leah aus dem Sattel sprang. »Wesley, bist du verletzt?« rief sie verzweifelt.

Die schwarze Maske um den Hals, warf er ihr einen eigenartigen Blick zu. »Nein.« Er sah zu Justin hoch, der sich über Revis beugte.

Justin schüttelte den Kopf.

Mit einem Stirnrunzeln ging Wesley zu Revis hinüber und hielt den Kopf des Sterbenden auf seinen Knien.

»Du glaubtest, du wärst ein Schlaukopf«, flüsterte Revis. »Du dachtest, ich würde dir trauen. Ich wußte, daß du es warst, den sie besuchte. Sie hat jeden gegen mich aufgewiegelt, selbst meine eigenen Brüder.«

Er hielt inne und hustete. Seine Brust schwamm in dem Blut, das aus drei Wunden sickerte.

»Wer ist der Tänzer?« fragte Wesley. »Vollbringe wenigstens eine gute Tat in deinem Leben, indem du mir den Namen des Tänzers nennst.«

Revis gab mit dem Hauch eines Lächelns zurück: »Dachte ich mir doch, daß du das wissen wolltest.« Er schloß einen Moment die Augen, dann wanderte sein Blick von einem Gesicht zum anderen.

»Macalister«, flüsterte er, während die Männer sich über ihn beugten. »Hast du schon mal was von Devon Macalister gehört?«

»Du lügst«, entgegnete Wesley.

Revis wollte wieder zum Sprechen ansetzen, mußte aber husten und fiel Wesley tot in die Arme.

Behutsam legte Wesley den Toten auf den Boden. Als er aufstand, blickte er Justin in die Augen. »Er hat gelogen.«

»Ja«, war alles, was Justin darauf sagte, ehe er sich abwandte.

Wesley suchte nach Leah. Er nahm sie bei der Hand und führte sie unter die Bäume.

»Was geschieht mit den Heckenschützen?« fragte sie.

»Die haben inzwischen längst das Weite gesucht.« Er drehte sich ihr abrupt zu. »Du hast mir das Leben gerettet. Diese Kugeln sollten mich treffen. Ich danke dir.«

Sie errötete über sein Lob. »Du bist mir also nicht böse, weil ich ungehorsam gewesen bin?«

»Dieses eine Mal nicht! Wir sind jetzt beide frei und können nach Hause reiten.«

Sie entzog ihm ihre Hand und ging tiefer in den Wald hinein. *Nach Hause* bedeutete Sweetbriar, Kentucky – ein Ort, wo sie vielleicht als Verbrecherin gesucht wurde. Dort erwartete sie eine wunderbare Scheune und ein Haus, das Wesley, wie er seinem Bruder erzählt hatte, nicht reparieren mochte, weil die Mühe für eine Frau wie Leah nicht lohnte. Dort erwartete sie Kimberly mit ihrem Charme und ihrem hübschen Gesicht – das war ihr zu Hause!

»Was hast du?« fragte Wesley, die Hand auf ihrer Schulter.

»Müssen wir denn sofort nach Hause reiten? Ich meine, können wir nicht noch ein paar Tage hierbleiben?«

»Nur wir beide? Kein Bud und kein Cal? Kein Revis oder Abe? Keine Verity?«

»Ja! Ich weiß zwar, daß es dich nach Hause drängt; aber . . .«

»Aber noch lieber mache ich mir zwei vergnügte Tage im Wald mit meiner hübschen kleinen Frau. Im Augenblick stehe ich gewaltig in deiner Schuld. Hast du denn keine Wünsche, die schwerer zu erfüllen sind?«

Sie wünschte sich so viel von ihm, was sie ihm nicht sagen konnte. Sollte sie ihn etwa darum bitten, ihr seine

Liebe zu schenken? Die mußte sie sich verdienen, wie sie sehr wohl wußte. In der Wildnis konnte sie ganz sie selbst sein; aber sobald sie nach Sweetbriar kamen, war sie verpflichtet, sich so zu benehmen, wie es sich für die Frau eines Stanford gehörte.

»Nein«, antwortete sie. »Ich möchte nur noch eine Weile hierbleiben.«

Wesley gab ihr einen zärtlichen Kuß und sagte, er würde ihr nur zu gern diesen Wunsch erfüllen.

Es dauerte Stunden, bis das in der Blockhütte gelagerte Diebesgut aussortiert und in die Planwagen verfrachtet war. Als Verity hörte, daß Revis tot sei, stand sie plötzlich sehr gerade, nicht wie sonst mit hängenden Schultern. Sie ging mit Leah, die sie zu Justins Wagen begleitete, aus der Hütte. Dann bat Verity mit leiser Stimme, daß man ihr Revis' Leiche zeigen möge.

Als Justin das Tuch von dem Toten nahm, lächelte sie und schien noch einmal zehn Zentimeter zu wachsen. Sie hatte gar keine Scheu vor anderen Männern, wie Leah befürchtet hatte, sondern erzählte Justin von einigen Verwandten, die sie im Osten habe.

Revis' Hütte wurde leergeplündert. Nur ein Sack mit Lebensmittel blieb zurück.

»Seht zu, daß die Schmucksachen wieder in die Hände ihrer Eigentümer zurückgelangen, und verteilt die Lebensmittel an Bedürftige«, trug Wesley Justin auf.

Als sie die gestohlenen Sachen in die Wagen luden, faßte Justin nach Leahs Arm. »Ist er gut zu dir? Du siehst so verändert aus.«

»Er ist gut zu mir«, antwortete Leah nachdenklich. »Nur weiß ich nicht, ob das so bleibt, wenn wir nach Sweetbriar kommen und er Kim wiedersieht.«

»Kim?« sagte Justin und hob überrascht den Kopf.

»Hat Wes dir denn nicht erzählt, daß Kim und John Hammond vor ein paar Tagen geheiratet haben?«

»Nein«, antwortete Leah ein wenig atemlos. »Das höre ich jetzt zum erstenmal.«

Es war schon dunkel, als die überladenen Planwagen endlich abfahren konnten. Leah stand neben Wesley und winkten den Männern und Verity zum Abschied zu. John warf sie sogar eine Kußhand nach. Sie war froh, als alle fort waren.

»Du hast auf einmal ganz glänzende Augen. Habe ich das etwa Justin zu verdanken?« fragte Wesley mit einer hochgezogenen Braue.

»Du hast mir nicht erzählt, daß Kim inzwischen geheiratet hat.«

»Oh, das muß ich wohl vergessen haben«, sagte er mit einem Achselzucken. »Wir wollen mal beide den Berg hinaufsteigen und sehen, wer von uns beiden schneller aus den Kleidern kommt.«

»Und was bekomme ich, wenn ich gewinne?« fragte sie lachend.

»Mich und mein kostbarstes . . .«

»Ich verstehe«, unterbrach sie ihn. »Worauf warten wir eigentlich noch?«

Drei Tage lang waren sie nur mit sich selbst beschäftigt, sprachen nicht über die Zukunft, über andere Leute oder was Leah in Sweetbriar erwarten mochte. Sie weigerte sich, überhaupt daran zu denken.

Die Hütte, die so viel Haß und Angst gesehen hatte, hallte wider von ihrem Gelächter. Sie jagten sich um den Tisch und den Schemel herum, liebten sich auf dem Tisch und unter dem Tisch und einmal halb auf dem Tisch und halb auf dem Schemel.

Am Morgen des vierten Tages wußte sie, daß dieses verliebte Treiben ein Ende haben mußte. Als sie sich an seinen nackten Körper kuschelte, spürte sie, wie sich seine Muskeln anspannten.

»Ich werde anfangen zu packen«, sagte sie, aber er schlang die Arme um sie, ehe sie aus dem Bett steigen konnte.

»Die letzten Tage waren die bisher schönsten meines Lebens«, flüsterte er, sein Mund dicht über dem ihren. »Selbst die Woche, die ich bei Revis verbringen mußte, habe ich genossen, weil du in meiner Nähe warst.«

Sie hielt den Atem an und betete, er möge ihr jetzt sagen, daß er sie liebte; aber er rollte von ihr weg und setzte sich hoch.

»Doch jetzt sind die Flitterwochen zu Ende, die Pflicht ruft! Ich muß Tiere auf der Farm versorgen, die Felder bestellen, meine Leute zur Arbeit einteilen und . . .«

»Und dir Sorgen machen um eine Frau, die sich einen Namen als Diebin gemacht hat«, sagte Leah mit tonloser Stimme.

»Das werden wir rasch korrigieren«, sagte er, ihr über das Haar streichelnd. »Der Tänzer liegt mir viel mehr im Magen.«

»Warum hast du gesagt, Revis würde lügen, als er dir den Namen des Tänzers nannte?«

Wesley stand vom Bett auf. Sein herrlicher Körper wirkte im frühen Morgenlicht wie aus Bronze gegossen. »Devon Macalister ist ein guter Freund von mir, und es sträubt sich alles in mir dagegen, ihn für den Anführer einer Verbrecherbande zu halten. Und doch«, setzte er nachdenklich hinzu, »kennt er diese Wälder und verfügt über die nötigen Informationen, um solche Überfälle organisieren zu können. –

Verdammt!« fluchte Wesley plötzlich. Jählings wurde

aus einem Liebhaber ein verschlossener, finster vor sich hin brütender Mann.

Leah hing ihren eigenen trüben Gedanken nach. Wesley hatte gut reden, daß ihr schlechter Ruf mit Leichtigkeit zu korrigieren sei. Sie sah immer die Frau vor sich, die Revis niedergeschossen hatte und die ihn mit haßerfüllten Augen angeblickt hatte. Würde sie Haß auch in den Augen anderer Leute lesen?

Sie ritten schweigend den Berg hinunter, beide mit ihren Sorgen beschäftigt.

Kapitel 24

Leah hielt auf dem Hügel, ließ die Zügel nachschleifen und blickte auf das hinunter, was ihr Mann ihr neues »Zuhause« nannte. Es war keine Stanford-Plantage; aber es war eine große und ausgedehnte Anlage mit zwei Scheunen, drei Schuppen, bestellten Feldern und einem L-förmigen, aus Holzstämmen gefügten Wohnhaus.

»Nicht weit von der Blockhütte entfernt sprudelt eine Quelle«, erklärte Wesley neben ihr, »und ich werde noch in dieser Woche für dich einen Kräutergarten anlegen.« Er schwieg einen Moment. »Gefällt es dir, Leah?« fragte er dann leise.

»Es ist nicht so groß, wie es Travis seiner Braut schenkte; aber ich werde es bald erweitern. Das verspreche ich dir!«

Sie wandte sich zu ihm zu und lächelte. »Es ist schöner, als ich zu hoffen wagte. Es gefällt mir sehr gut.«

»Ich habe Justin und Oliver beauftragt, die Schäden auszubessern.«

Sie blickte von ihm fort, damit er nicht sah, wie sie sich an seine Worte erinnerte: Er könne es nicht ertragen, in diesem Haus zu schlafen, weil er statt mit Kim mit ihr darin wohnen müsse ...

Sie bestiegen wieder ihre Pferde, und als sie den Hügel hinunterritten, kamen drei Hunde auf sie zu, um sie zu begrüßen. Oliver Stark trat mit hochgerollten Hemdsärmeln aus einem Stallgebäude.

»Ich bin froh, daß ihr da seid! Ein Pferd fohlt im Stall. Es ist eine Steißlage. Verstehst du etwas von solchen Sachen?«

Wes sprang von seinem Pferd herunter. »Das Haus gehört dir, Leah!« rief er über die Schulter, ehe er mit Oliver zum Pferdestall hinüberlief.

Einen Moment lang verharrte Leah im Sattel und betrachtete das Blockhaus mit der breiten Veranda unter dem säulengestützten Vordach. Ihr eigenes Haus, das sie mit ihrem Mann bewohnen sollte! In Virginia hatte sie monatelang von diesem Augenblick geträumt. Sie hatte gehofft, daß Wes sie lieben und über die Schwelle ins Haus tragen würde, daß sie das Bild eines glücklichen Brautpaares abgeben würden ...

Doch die Wirklichkeit sah anders aus. Sie würde das Haus allein betreten müssen. Wes war weit entfernt davon, seine Frau zu lieben.

»Guten Morgen!«

»Guten Morgen.«

Leah erblickte links und rechts neben ihrem Pferd zwei große, kräftige Jünglinge mit brünetten hübschen Gesichtern und blitzenden blauen Augen. Sie mochten siebzehn Jahre alt sein und sahen sich zum Verwechseln ähnlich.

»Ich heiße Slade«, sagte der eine der Zwillinge mit zwinkernden Augen.

»Und ich bin Cord Macalister«, sagte der andere. »Willkommen auf der Farm!«

»Wir arbeiten für Wes. Tatsächlich kommen wir mit der Arbeit viel besser voran, wenn er nicht da ist«, sagte Slade.

»Wes hat die lästige Angewohnheit, sich ständig in unsere Arbeit einzumischen. Sollen wir Ihnen das Haus zeigen?«

»Oder die Felder? Oder die Stadt? Sweetbriar macht zwar nicht viel her; aber mit was Besserem können wir leider nicht aufwarten.«

»Kann ich Ihnen vom Pferd helfen?«

»Ich helfe Ihnen auch beim Absteigen.«

»Moment!« rief Leah lachend. »Ihr redet so schnell, daß ich gar nicht mitkomme. Ja, Ihr dürft mir gern aus dem Sattel helfen, und ja, ich würde auch gern das Haus besichtigen. Aber nicht die Stadt, jedenfalls nicht schon heute.«

Cord ging um das Pferd herum und stellte sich neben seinen Bruder. Die beiden waren tatsächlich nicht voneinander zu unterscheiden.

»Gestatten Sie?« sagte Slade, ihr die Arme entgegenstreckend.

»Erlauben Sie?« sagte Cord und hob ebenfalls die Arme.

Ihre Fröhlichkeit wirkte ansteckend. Leah ließ sich von den beiden jungen Männern vom Pferd heben. Sie erledigten das mit so viel Anstand, als seien sie gewohnt, täglich zu zweit jungen Damen aus den Sätteln zu helfen.

»Es ist nicht viel«, sagte Cord. Oder war es Slade?

»Aber wir taten unser Bestes! Justin hat uns so viel von Ihnen erzählt, daß wir Ihnen das Haus hübsch machen wollten.«

»Bud und Cal hatten auch einiges über Sie zu berichten.«

»Ihr habt die beiden kennengelernt? Sind sie in Sicherheit?«

»Sicherheit!« schnaubte Slade. »Zuerst glaubten wir, es wären Zuchtbullen, und wollten sie auf die Weide treiben. Aber seit sie dieses Mißverständnis aufgeklärt haben, scheint es ihnen ganz gutzugehen.«

Lachend öffneten sie für Leah die Tür der Blockhütte.

»Moment – werden Bräute, wenn sie in ihr neues Haus ziehen, nicht über die Schwelle getragen?« fragte Slade.

»Ja, aber von ihren Männern«, sagte eine tiefe Stimme hinter ihnen.

Sie drehten sich alle zu Wesley um.

»Ihr beiden hättet wohl zu gern meine Frau ins Haus getragen, wie?«

»Nein, Sir«, sagten die beiden wie mit einer Stimme. »Daran hätten wir niemals gedacht.«

Lachend und kopfschüttelnd trat Wes auf die Veranda. »Fort mit euch beiden! Ich habe euch zum Arbeiten angeheuert, nicht zum Flirten mit meiner Frau!« rief er den beiden nach, als sie davonhuschten; aber nicht ohne vorher Leah noch einmal zuzuzwinkern.

»Nette Jungs«, sagte Leah.

»Ja«, meinte Wes schnaubend, »die Plage der Stadt! Alle Frauen von Sweetbriar haben die beiden in ihr Herz geschlossen und verwöhnen sie nach Strich und Faden. Nur ihr Vater und ich versuchen den beiden etwas Zucht beizubringen, aber nun haben wir etwas Wichtigeres zu erledigen.«

Er bückte sich und hob Leah auf seine Arme.

»Weißt du, woher diese Sitte stammt? Die alten Römer mußten sich ihre Frauen von den Nachbarn rauben und gewaltsam über die Schwelle in ihre Häuser tragen.

Bist du auch so eine widerspenstige Braut? Muß ich dich heute abend an den Haaren in mein Bett ziehen?«

Sie faßte seine Frage nicht als Scherz auf. »Ich fürchte nein. Was . . . das betrifft, scheine ich dir wenig Widerstand entgegensetzen zu können.«

Er lachte leise, küßte sie lange zärtlich und trug sie dann ins Haus. Während er sie noch auf den Armen hielt, schien er auf eine Reaktion von ihr zu warten.

Er stand in einem großen Raum mit Glasfenstern, einem breiten Kamin und schlichten Möbeln. Links ging ein Flur ab, und rechts neben dem Kamin stand ein schöner Webstuhl. Leah gefiel dieser Raum.

»Schlafzimmer?« fragte sie, mit dem Kopf auf den Flur deutend.

»Mit einem großen Federbett! Was das Schlafzimmer betrifft, da wurde nicht mit Geld gespart.«

Sie lächelte zu ihm hinauf. »Es ist ein hübsches Haus. Es gefällt mir sehr.«

»Du bist nicht enttäuscht, daß ich kein so großes Haus wie Travis besitze?«

»Nein«, sagte sie aufrichtig. »Ich wurde in einem Sumpfloch geboren, und dieses Haus ist viel schöner als Regans Landsitz.«

»Mmmm«, meinte er stirnrunzelnd. »Ich weiß nicht, ob mir der Vergleich mit deinem Sumpfloch gefällt.«

Ehe sie ihm etwas antworten konnte, küßte er sie wieder und stellte sie dann auf den Boden. »Ich muß mich jetzt wieder um das Fohlen kümmern. Sag Oliver Bescheid, wenn du etwas brauchst, oder wende dich notfalls an die Zwillinge. Ich werde ihnen wohl doppelt soviel Arbeit aufhalsen müssen, damit sie dich in Ruhe lassen. Nur weiß ich nie, wer von den beiden gerade die Arbeit schwänzt; denn der eine gibt sich immer für den anderen aus. Also – bis gleich!«

Damit war er aus der Tür.

Während Leah sich im Haus umsah und sich allmählich an den Gedanken gewöhnte, daß es ihr gehörte, sagte sie sich, es würde schon alles gut werden. Wes würde sie liebgewinnen, weil sie ihm eine gute Frau sein würde, und Kimberly würde keine Macht mehr über ihn haben. So würde dann jeder glücklich in seinem Heim mit seiner Familie bis zum Ende seiner Tage leben ...

Lächelnd begann sie, von ihrem neuen Haus Besitz zu ergreifen. Es war viel größer und viel sauberer als die Hütte, in der sie mit ihrer vielköpfigen Familie hatte hausen müssen.

Im Schlafzimmer standen die Koffer mit den Kleidern, die Nicole ihr geschenkt hatte. Als sie ein lavendelfarbenes Seidenkleid auspackte, blieb sie mit ihren rissigen Händen daran hängen.

»Das Wichtigste zuerst«, sagte sie laut. Ehe das Haus gereinigt wurde und das Essen auf den Tisch kam, sollte Wesley von einer Frau empfangen werden, die angenehm duftete. In der Küche begann sie nach den Zutaten zu suchen, die sie für die Herstellung der Krems und Gesichtsmasken nach den Rezepten von Regan und Nicole brauchte.

Es dauerte Stunden, bis die Spuren, die das Leben in der Wildnis hinterlassen hatte, einigermaßen getilgt waren. Ihre Haut war nicht mehr rot und spröde, und ihr Haar fiel in schimmernden weichen Wellen über ihre Schulter, als sie sich auf einen Schemel vor das Feuer setzte, um es nach der Wäsche zu trocknen.

Die Sonne ging schon unter, und kein Essen war fertig. Sie hoffte, Wesley würde ihr deswegen nicht zürnen. Um seiner schlechten Laune einigermaßen vorzubeugen, hatte sie sich einen dünnen Frisiermantel angezogen und die Unterwäsche ganz weggelassen.

Als Wesley zur Tür hereinkam, blieb er, den Hut in der Hand, auf der Schwelle stehen und starrte sie mit offenem Mund an. Vor dem brennenden Kamin glich sie einer schönen Fee, die sich in ihrem aus Sonnenstrahlen gewebten Kleid in sein Haus verirrt hatte.

Er merkte nicht, wie ihm der Hut aus der Hand fiel. Er ging auf sie zu und schloß sie in die Arme. Die Flut ihrer Haare hüllte sie bis zu den Ellenbogen ein.

»Ich habe noch nichts gekocht«, flüsterte sie, als sich seine Lippen auf ihren Mund senkten.

»Und ich habe nicht vor, mich erst zu waschen«, antwortete er. »Wenn du mir das verzeihen kannst, vergebe ich dir auch.«

Er küßte sie abermals und zog sie dann an sich wie ein Verdurstender.

Leah klammerte sich an ihn. Er hatte auf den Feldern gearbeitet, und seine Kleider und Haare waren feucht vom Schweiß. Sie streichelte seinen Nacken und wikkelte sich seine nassen Haare um die Finger.

Er küßte ihren Hals, und seine Hände glitten an ihren Armen hinauf. Ihr Körper war ganz heiß vom Kaminfeuer, und als er mit seiner schweißnassen Haut in Berührung kam, gab es ein knisterndes Geräusch.

Wesley hob sie auf seine Arme, trug sie hinüber ins Schlafzimmer und legte sie vorsichtig auf das Federbett.

»Zieh das aus«, befahl er mit einer tiefen, rauhen Flüsterstimme und trat einen Schritt vom Bett zurück.

Die untergehende Sonne tauchte Leah in ein rotgoldenes Licht, als sie auf dem Federbett kniete und bis zu den Hüften in den Daunen versank. Langsam knüpfte sie die Bänder auf, die ihren hauchdünnen Seidenmantel zusammenhielten. Dann hob sie den Kopf und sah ihm in die Augen, während sie das Gewand von den Schultern streifte, ohne jedoch wesentliche Körperpartien seinem Blick freizugeben. Sie hielt den Mantel wie ein Tuch vor sich hin und sagte: »Jetzt du!«

Grinsend schlüpfte er aus seinen Arbeitskleidern, warf sie in eine Ecke und war mit einem Satz bei ihr im Bett.

Leah, die auf diesen Überschwang nicht vorbereitet war, rollte quietschend vom Bett herunter. Das duftige Seidengewebe blieb an Wesleys Knien kleben.

»Ein hübsches Ding«, sagte Wes, zupfte sich den Frisiermantel von der Haut und warf ihn zu Boden. »Komm hierher!« befahl er.

Leah blieb an der Wand stehen und bedeckte mit Armen und Händen ihre Blöße.

»Nein«, sagte sie von oben herab. »Ich habe den ganzen Tag viel Mühe darauf verwendet, daß ich gut rieche, und jetzt soll ich mit einem nach Schweiß stinkenden, ungewaschenen Mann ins Bett gehen? Das kannst du einer Lady nicht zumuten!«

Er packte sie bei den Knöcheln, zog sie zur Bettstatt und warf sie auf die Daunen. »Ich denke, wir sollten diese Wohlgerüche etwas gerechter verteilen«, sagte er, drückte mit seinem schmutzigen Körper ihren duftenden Leib in das Federbett, rieb seine Haut an der ihren, bis sie mit seinem Schweiß bedeckt war.

»Wesley«, stöhnte Leah. Nichts fühlte sich so gut an wie dieser Mann, dachte sie. »Wesley«, stöhnte sie noch einmal mit geschlossenen Augen.

Er lächelte und fing an, ihren Körper mit Küssen zu bedecken. Er begann an ihrem Hals, wanderte über ihre Brüste zu ihrem Bauch hinunter, massierte mit beiden Händen die Muskeln unter ihren Hüftknochen und spreizte ihre Schenkel, während seine Zunge an ihrem Nabel spielte.

Dann wanderte er mit dem Mund bis zu ihren Füßen

hinunter und liebkoste mit der Zunge ihre Zehenballen. Leah weinte fast vor Verlangen, als sein Mund sich wieder an ihren Beinen hinaufarbeitete. Dann hielt sein Mund dicht über ihren Lippen an.

»Ist die Antwort der Lady immer noch nein?«

»Nein«, murmelte sie und riß dann die Augen auf. »Ich meinte, ja! O ja, Wesley!« Sie seufzte und zog ihn noch enger an sich, als seine Beine sich an den ihren rieben.

Es war ein langsamer, sehr zärtlicher Liebesakt, der mit einem wilden, entfesselten Sturm aufgestauter Leidenschaft endete.

Dann lagen sie mit verschlungenen Armen und Beinen nebeneinander, während ihre schweißbedeckten Körper aneinanderklebten.

»Hattest du nicht vor, etwas zu kochen?« murmelte Wesley an ihrer Schulter.

Lachend schob Leah ihn von sich fort. »Ich schätze, die Flitterwochen sind vorbei. Du solltest dich zuerst mal waschen.«

Als sie sich von ihm wegrollte, sog Wesley schnüffelnd die Luft durch die Nase. »Mir scheint, du hast das Waschen nötiger als ich. Du stinkst, als hättest du den ganzen Tag auf den Feldern gearbeitet.«

»Du!« fauchte sie und trommelte mit beiden Fäusten gegen seine Brust.

»Es ist ungemein reizvoll, dir bei solchen Wutausbrüchen zuzusehen«, sagte Wesley. »Aber ehe ich wieder in Versuchung gerate, solltest du mir lieber etwas zu essen machen.«

»Und wenn ich mich weigere?«

»Dann könnte ich versucht sein, ein Stück von deinem reizenden Hinterteil abzubeißen.« Seine Drohung verlor jedoch jede Wirkung, als er es mit Küssen bedeckte.

Ein lautes Klopfen an der Tür unterbrach ihr kurzweiliges Spiel. »Wer, meinst du, könnte das sein?«

»Vermutlich Bud und Cal. Du scheinst ihnen versprochen zu haben, für sie zu kochen.«

»Wann? O ja, als sie mich wieder zu Revis in die Blockhütte zurückbringen sollten, aber heute abend habe ich nichts gekocht.«

Wes setzte sich auf den Bettrand. »Ich bin sicher, wenn du ihnen erzählst, daß du dich den ganzen Tag schön gemacht hast, um mich abends zu verführen, werden sie das verstehen.«

»Wenn ich ihnen sage, daß ich dir das Abendessen an den Kopf geworfen habe, werden sie das noch besser verstehen.«

Es klopfte zum zweitenmal.

»Zieh dich lieber an«, sagte Wes und zog seine Hose über die Beine. »Du brauchst nur ein halbes Schwein zu grillen. Das genügt!«

Damit verließ er das Schlafzimmer, und kurz darauf hörte Leah ihn draußen mit Bud und Cal reden.

Hastig zog sie sich an, kämmte sich das Haar aus dem Gesicht und ging dann in den anderen Raum hinüber. Offenbar waren die beiden jungen Hünen so froh, sie wiederzusehen, daß sie das Essen darüber vergaßen.

Während Leah Bratkartoffeln mit Schinken zubereitete und den Teig für einen Apfelkuchen anrührte, erzählten Bud und Cal ihr von ihrer Farm, von den Tieren, die sie kaufen wollten, und wie ihr zukünftiges Haus aussehen sollte.

»Vielleicht solltet ihr gleich zwei Häuser bauen«, schlug Leah vor. »Wenn ihr heiratet, wird eines nicht reichen.«

Bud und Cal sahen sich an. »Keine Frau würde uns nehmen. Frauen haben Angst vor uns.«

»Ich hatte keine Angst vor euch«, sagte Leah, beiden eine Hand auf die mächtigen Schultern legend, »und ich möchte wetten, daß sich die Hälfte aller Frauen in Sweetbriar unsterblich in euch verlieben wird.«

»Wenn Abe das schafft, dann könnt ihr das auch«, sagte Wes, den Mund voller Bratkartoffeln.

Buds und Cals Mienen hellten sich auf, als sie von einem Ohr zum anderen grinsten.

»Was ist mit meinem Bruder?« fragte Leah und stellte den Männern eine Platte mit belegten Broten hin.

»Ich hatte es ganz vergessen, weil du soviel im Haus zu tun hattest«, sagte Wesleys mit einem Augenzwinkern. »Du kannst es also noch gar nicht gehört haben.«

»Will mir nun endlich jemand sagen, was mit ihm los ist?«

»Tu ihr den Gefallen, Bud«, sagte Wes. Offenbar konnte er das Lachen kaum noch unterdrücken.

»Abe hat sich verliebt«, sagte Bud leise, den Blick auf seinen Teller gerichtet.

Leah setzte sich. »Ist das wahr?« fragte sie Wesley.

»Ich habe ihn noch nicht selbst fragen können«, antwortete dieser. »Doch es scheint Liebe auf den ersten Blick gewesen zu sein. Denn schon zwei Tage später hat er um Miss Caroline Tuckers Hand angehalten.«

»Er will heiraten? Mein Bruder Abe? Irrst du dich auch nicht? Vielleicht gibt es in Sweetbriar noch einen Abe.«

»Ausgeschlossen.«

»Mein Bruder hat sein Leben lang nur einen geliebt – sich selbst.«

»Dann scheint er diesmal eine Ausnahme gemacht zu haben. Reich mir mal die Platte mit den belegten Broten herüber, Cal«, sagte Wes. »Ihr Jungs wißt ja gar nicht, was für ein Glück ihr habt, daß es heute abend etwas zu essen gibt.«

»Ihr verheimlicht mir etwas«, sagte Leah mißtrauisch. »Sollte etwas mit seiner Braut nicht stimmen? Was ist das für eine Person, diese Miss Caroline Tucker?«

Wesley verschluckte sich an einem Stück Schinken. »Beschreibe sie, Bud. Tu ihr den Gefallen!«

»Also ungefähr meine Größe«, murmelte Bud.

Leah mußte das erst einmal verdauen. »Mein Bruder hat sich in eine Frau verliebt, die so groß ist wie ihr beiden?« fragte sie ungläubig.

»Nicht ganz so groß«, schränkte Cal ein.

»Wesley!« rief Leah mit drohender Stimme.

»Ich war nicht dabei, wie ich schon sagte; doch Oliver erzählte mir, daß dein Bruder in die Stadt kam, einen Blick auf die . . . äh . . . sehr große Miss Tucker warf und sich in sie verliebte. Er sagte zu Oliver, sie müsse zu Hause eine gute Küche haben, und offenbar hat ihn das sehr beeindruckt. Jedenfalls verfolgte er sie durch die ganze Stadt, bis sie ihn zu ihren Eltern zum Essen einlud. Mitten während der Mahlzeit ist er dann aufgestanden und hat Caroline um ihre Hand gebeten. Er erzählte den Eltern, er wäre ein Dieb gewesen und habe auch einige böse Dinge in seinem Leben angestellt; aber mit Carolines Hilfe würde ein neuer Mensch aus ihm werden.«

»Gütiger Himmel!« war alles, was Leah darauf zu sagen wußte. Diese Neuigkeit war eine zu große Überraschung für sie.

Sie beendeten ihre Mahlzeit, und danach holte Wesley drei Pfeifen aus einem Wandschrank, eine für sich und die anderen beiden für Cal und Bud.

Während Leah den Tisch abräumte, dachte sie, wie schön es war, daß sie mit diesen drei Männern, die ihr so viel bedeuteten, an einem Tisch zusammensitzen konnte. Sie hatte noch ganz glänzende Augen von ihrem Liebesakt, und hinter ihr reichten sich die beiden jungen Hünen, die sie in ihr Herz geschlossen hatte, den Beutel mit dem Tabak zu.

Nachdem Bud und Cal gegangen waren, schüttete Leah das Wasser, das inzwischen auf dem Herd heiß geworden war, in einen Zuber. Sie nahmen gemeinsam ein Bad, und der erste Abend in ihrem neuen Haus endete damit, daß sie sich vor dem Kamin auf dem Boden liebten.

Dann gingen sie hinüber in ihr Schlafzimmer und schliefen, einer in den Armen des anderen, in ihrem großen Bett ein.

Am nächsten Morgen war Wesley schon ein paar Stunden auf den Beinen, als es hell wurde, und Leah erledigte ihre Arbeiten im Haus, ehe sie zum erstenmal ihr neues Reich außerhalb der Wohnung besichtigte.

Die Zahl der Tiere auf der Farm war beeindruckend. Ungefähr ein Dutzend Gänse hausten unter der Veranda und erhoben ein lautes Geschrei, wenn sich jemand dem Haus näherte. Dreißig Enten watschelten im Hof umher. Hinter dem Wohnhaus stand ein großer, von einem Maschenzaun umgebener Hühnerstall, und Leah trug eine Schürze voll geschrotetem Mais zu den gakkernden Tieren hinein. Zu ihrer Linken konnte sie das Grunzen der Schweine hören, und hinter ihr blökten die Schafe auf der Weide.

»Wolle«, sagte sie lächelnd. Wolle, die sie zu Fäden spinnen und dann auf ihrem kostbaren Webstuhl zu Decken und Stoffen verarbeiten würde.

Immer noch lächelnd verließ sie den Hühnerhof; doch dann fror ihr das Lächeln auf den Lippen ein. Wesley kam auf sie zu, und auf seinen Armen trug er die liebliche Gestalt von Mrs. John Hammond-Kimberly.

Kapitel 25

»Ich glaube, sie ist ohnmächtig geworden«, sagte Wesley besorgt.

»Hast du sie darum gebeten?«

»Leah«, sagte Wes vorwurfsvoll, »ich bringe sie nur ins Haus, weil sie vielleicht Hilfe braucht.«

»Die braucht sie bestimmt«, sagte Leah leise zu sich, folgte ihm aber durch die Tür ins Schlafzimmer.

»Du brauchst sie nur aufs Bett zu legen«, sagte Leah, »und kannst dann wieder an die Arbeit gehen. Ich kümmere mich schon um sie.«

»Sie erschreckt mich zu Tode, wenn sie so was tut«, sagte Wes stirnrunzelnd. »Glaubst du, ich sollte einen Arzt holen?«

»Sie kommt auch ohne Arzt wieder auf die Beine. Also geh jetzt bitte.«

Widerstrebend fügte Wesley sich ihren Worten.

»Er ist fort«, sagte Leah. »Du kannst deine Augen wieder aufmachen.«

Mit einem verschmitzten kleinen Lächeln setzte sich Kim im Bett auf. »Wie nett! Ein Federbett. Du siehst hübsch aus, Leah.« Sie verzog das Gesicht. »Ich komme nie mehr dazu, mich hübsch zu machen. Schau dir nur mein Haar an. Stumpf wie Stroh!«

»Was führt dich hierher, Kimberly?« fragte Leah im unliebenswürdigsten Ton. »Was glaubtest du mit deiner Ohnmacht bei Wesley erreichen zu können?«

Kim blickte mit traurigen Augen zu Leah hoch. »Ich wollte gar nicht in Ohnmacht fallen; aber Wesley hatte das immer so gern. John findet es abscheulich. Er sagt so gräßliche Dinge zu mir, daß ich es praktisch aufgegeben habe, in Ohnmacht zu fallen.«

»Ich sollte mich bei John bedanken«, murmelte Leah.

»Aber Wesley findet ohnmächtige Frauen hinreißend. Hast du es bei ihm mal ausprobiert?«

»In Ohnmacht zu fallen? Nein, Kimberly, dafür habe ich einfach keine Zeit. Und jetzt muß ich das Frühstück zubereiten, die Betten auslüften und . . .«

Kim begrub plötzlich das Gesicht in ihren Händen und begann zu weinen. »Oh, Leah«, jammerte sie, »du freust dich nicht einmal, mich wiederzusehen. Nachdem du mir mein ganzes Leben ruiniert hast, könntest du wirklich ein bißchen Sympathie für mich aufbringen. Ich habe geheiratet, und du hast dich noch nicht einmal nach meiner Hochzeit erkundigt, obwohl du die beste Freundin bist, die ich je hatte.«

Sofort regte sich in Leah das schlechte Gewissen. Sie setzte sich auf das Bett und nahm Kim in ihre Arme.

»Wie war deine Hochzeit, Kim?«

Kim begann zu schnaufen. »Grauenvoll! Einfach fürchterlich, schrecklich, grauenvoll ist sie gewesen. Nur ein alter hagerer Mann namens Lester und dessen Frau sind zu meiner Hochzeit gekommen. Niemand war da, um mein hübsches Kleid zu bewundern, niemand hat mir die Hand gedrückt und uns Glück gewünscht.«

Sie sah zu Leah hoch. »Es war das weiße Brautkleid, das ich zur Hochzeit mit Wesley tragen wollte, wenn du ihn mir nicht weggeschnappt hättest. Oh, Leah, ich begreife immer noch nicht, warum du mir das antun mußtest. Wesley war alles, was ich außer Steven hatte, und Steven mochte mich nie leiden.«

»Kimberly«, sagte Leah, um Worte verlegen.

Kim stand vom Bett auf stellte sich vor Leah hin. »Schau dir dieses scheußliche Kleid an. Es ist braun! Hast du mich früher mal in einem braunen Kleid gesehen? John sagt, es passe besser zu der vielen Arbeit, die ich zu verrichten hätte. Und schau dir meine Hände an!

Ganz rot und rauh. Oh, wie sehr wünschte ich, daß du mir Wesley nicht weggenommen hättest.«

»Wenn du ihn hättest, müßtest du auch arbeiten, Kim. Ich habe keine Dienstboten, und jetzt muß ich an den Herd und kochen.« Leah drängte an Kim vorbei in den Flur.

Kim folgte ihr. »Aber Wesley würde mich nicht wie John zwingen, nachts solche Sachen zu machen!«

Leah warf rasch einen Blick gegen die Decke. »Alle Männer erwarten von einer Frau ›nachts solche Sachen‹, und Wesley ist ja auch ein Mann.«

»Aber ist Wesley auch so . . . zudringlich?«

»Ja! Setz dich hin und schäle diese Kartoffel.«

»Das kann ich«, sagte Kim munter, nahm sich einen Stuhl und die Kartoffel. »Bist du mir böse, Leah?« fragte sie nach einer Weile.

»Du meine Güte!« sagte Leah und fuhr in etwas ruhigerem Ton fort: »Kim, es tut mir leid, daß Wes der Meinung war, er müßte mich heiraten. Es ist nie meine Absicht gewesen, jemandem zu schaden oder dir etwas wegzunehmen. Und ich möchte dich daran erinnern, daß es Wesleys Entscheidung war, sich nicht von mir scheiden zu lassen. Also müßtest du ihm vielleicht böse sein.«

»Oh, nun, Männer«, sagte Kim seufzend und schälte ihre Kartoffel. »Wesley mochte dich lieber, weil du so aufregend bist. Bei dir ist dauernd etwas los. Ich bin sicher, daß Steven nur ertrank, weil er dir imponieren wollte; Justin verliebte sich in dich, und dann fand Wesley, du wärest eine aufregendere Frau als ich. Und das stimmt auch, Leah. Ich konnte Wesley nur aufregen, indem ich in Ohnmacht fiel, und mein Mann findet das schrecklich. Also, du siehst, es war alles nur deine Schuld, Leah. Hast du vor, Wesley zu behalten, oder kann ich ihn eines Tages zurückhaben?«

»Kimberly«, antwortete Leah bedächtig, »das würde bedeuten, daß zwei Ehen aufgelöst werden müßten. So einfach ist das nicht.«

»Ich weiß nicht. Wesleys Freund, Clay, war ursprünglich mit Nicole verheiratet, heiratete dann eine andere und am Ende wieder Nicole. Offen gestanden mag ich John nicht sehr.«

»Warum hast du ihn dann geheiratet?«

Kim betrachtete ihre halbgeschälte Kartoffel. »Ja, warum wohl? Nachdem Wesley dich mir vorgezogen hatte, hatte ich das Gefühl, ich sei nicht mehr hübsch. Ich weiß, das war dumm von mir; aber ich kam mir wirklich häßlich vor. Dann fragte John mich, ob ich ihn heiraten wolle, und da fand ich mich wieder hübsch und sagte ja. Ich hatte eben nicht glauben wollen, daß Männer so verschieden sein können. Wes war immer so nett zu mir.«

»Aber John ist gemein, weil er dich arbeiten läßt und nachts solche Sachen im Bett macht?« Leah war mit dem Essen fast fertig, ehe Kim eine Kartoffel geschält hatte.

»Mehr oder weniger«, antwortete Kim, aber ehe sie erläutern konnte, was sie damit meinte, stimmten draußen die Gänse ein großes Geschrei an. Die Tür ging auf und Wesley, begleitet von Oliver und den beiden Macalister-Brüdern, kam herein.

»Ich glaube, ich hatte ganz vergessen, dir zu sagen, daß meine Leute mit uns frühstücken werden, weil sie heute morgen schon ein paar Stunden gearbeitet haben.«

Leah warf rasch noch ein paar Eier und Speckscheiben in die Pfanne, ehe sie ihren Mann kopfschüttelnd ansah.

Kimberly führte sich auf, als wären die Männer nur ihretwegen ins Haus gekommen. Sie lächelte geziert, als die Zwillinge mit ihr flirteten, und beschwerte sich mit einem koketten Augenaufschlag bei Oliver, daß sein Bruder Justin sie unfreundlich behandeln würde.

»Oh, das war aber nett«, schnurrte Kim, als sie mit Leah wieder allein war. »So etwas erlebe ich bei mir nie. Leah, John ist heute den ganzen Tag unterwegs. Könnte ich nicht bei dir bleiben? Ich helfe dir bei der Hausarbeit, und vielleicht könntest du mir später etwas in die Haare tun, damit sie wieder so hübsch glänzen wie deine.«

Leah wußte, daß Kim sie nur von der Arbeit abhalten würde, brachte es aber nicht übers Herz, ihr die Bitte abzuschlagen.

»Du kannst dableiben«, sagte Leah und wurde dafür von Kim mit einer Umarmung belohnt.

»Vielen Dank, Leah. Es tut gut, wenn man wenigstens eine Freundin hat.«

So verbrachten sie den Tag zusammen. Kim redete ununterbrochen von den Bällen, die sie früher besucht hatte, und den hübschen jungen Männern, die sie dabei umschwärmten, während sie ein paar Stiche nähte oder noch eine Kartoffel schälte. Sie beklagte sich nicht mehr darüber, daß Leah ihr Wesley »weggenommen« habe, noch erwähnte sie noch einmal ihren Mann John.

Zu Leahs Erstaunen entpuppte sich Kim als angenehme Gesellschafterin. Sie war langsam bei der Arbeit, doch wenn sie begriffen hatte, was sie tun sollte, fehlte es ihr nicht am guten Willen; und am Nachmittag lachten sie sogar zusammen, während Leah Kim das Haar wusch.

Gegen Abend, als Kim wieder nach Hause mußte, standen ihr Tränen in den Augen. »Keine andere Frau ist bisher so nett zu mir gewesen«, schluchzte sie. »Sie waren alle so wie Regan, immer unfreundlich, immer gemein zu mir.«

Leah nahm Kims Kompliment schweigend hin, versuchte ihr auch nicht zu erklären, warum Frauen sie nicht besonders mochten. Vermutlich deswegen, weil

Kim andere Frauen so behandelte, als würden oder sollten sie nicht existieren.

»Wenn du willst, darfst du gern wiederkommen«, sagte Leah, und sie meinte es auch so. »Ich habe den Tag mit dir genossen.«

Beim Abendessen verkündete Wesley, daß Leah, Bud und Cal morgen früh mit ihm nach Sweetbriar fahren würden.

Drei Gesichter sahen ihn plötzlich ängstlich an.

»Es ist doch nur eine kleine, ruhige Stadt«, sagte Wesley ärgerlich. »Keiner wird euch dort beißen, zudem weiß dort keiner, was sich in den Wäldern abgespielt hat. Weder Justin noch Oliver oder John haben ein Wort darüber verlauten lassen. Sie wissen nur von Abe, daß er sich eine Weile dort aufgehalten hat.«

»Und was ist mit der Frau, die Revis in die Schulter schoß?« fragte Leah leise. »Als Revis den Treck überfiel, erzählte er allen ganz laut, wer ich bin und wo ich in Zukunft wohnen werde. Ich habe mich hier einen Tag sicher fühlen können; doch das wird sich ändern, wenn ich mich in Sweetbriar sehen lasse.«

»Das ist absurd, Leah!« polterte Wes los und blickte die zwei jungen Hünen an. »Und wie steht es mit euch beiden?«

Bud und Cal sahen sich an. »Wir bleiben hier bei Leah.«

»Zum Henker mit euch dreien!« rief Wesley und sprang in die Höhe, daß sein Stuhl umkippte. »Ich habe keine Lust, mit Feiglingen an einem Tisch zu sitzen. Ihr kommt morgen früh alle mit mir nach Sweetbriar! Und wenn ich euch an den Haaren in die Stadt schleifen müßte!«

Niemand lachte bei der Vorstellung, daß Wes oder irgendein anderer Mann versuchte, Bud oder Cal irgendwohin zu schleifen. Die drei Betroffenen blickten nur stumm in ihre Kaffeetassen und nickten dann.

»So gefallt ihr mir schon besser«, sagte Wesley. »Und jetzt muß ich noch mal nach den Kühen schauen.« Er verließ, offensichtlich immer noch wütend, das Blockhaus.

»Wir mochten Revis zwar nicht«, sagte Cal, »aber noch weniger mochten wir mit anderen Leuten zusammensein. Die Leute haben Angst vor uns.«

Leah mochte gar nicht daran denken, was morgen alles passieren konnte. Vielleicht rasselte Wesley mit dem Mann zusammen, den Revis als den Tänzer bezeichnet hatte – mit Devon Macalister. Vielleicht lachten die Leute Bud und Cal aus und verletzten deren Gefühle. Und sie . . . nein, sie wollte nicht daran denken.

Ihr Kopf zuckte hoch, und sie blickte Bud und Cal zum erstenmal mit anderen Augen an. Sie war daran gewöhnt, die beiden mit nacktem Oberkörper zu sehen, mit Lederhosen und einem Schaffell über den Schultern. Aber vielleicht würden die Leute nicht so rasch auf die Idee kommen, die beiden auszulachen, wenn sie ein bißchen manierlicher angezogen waren.

»Habt ihr keine Hemden?«

»Hemden passen uns nicht«, erwiderte Bud.

»Natürlich nicht«, sagte Leah und sah sich in der Küche um, die noch aufgeräumt werden mußte. »Wenn ihr mir heute abend beim Abspülen helft, werde ich euch beiden Hemden nähen. Ich glaube, bis morgen früh könnte ich das schaffen.«

Die beiden Hünen blickten sie verdutzt an. Als sie endlich begriffen hatten, was Leah vorhatte, begannen ihre Augen zu leuchten.

»Meint ihr, das Geschirr abwaschen zu können, ohne es zu zerbrechen?«

Bud warf ihr einen beleidigten Blick zu. »Wir haben einem Rotkehlchen die Beine geschient; also können wir auch dein Geschirr abwaschen.«

Als Wesley zurückkam und die beiden jungen Riesen Hausarbeiten verrichten sah, während Leah von einem Ballen dunkelblauer Baumwolle riesige Stücke abschnitt, wußte er, daß sich inzwischen die Lage entspannt haben mußte. Lächelnd fragte er, ob er den dreien helfen könne.

Leah kam erst um drei Uhr morgens ins Bett. Die Hemden waren bis auf die Knopflöcher fertig; aber sie meinte, einen Tag lang könnten die Jungs ihr Hemd auch ohne Knöpfe tragen. Müde kroch sie zu Wesley ins Bett, der sie schlaftrunken an sich zog.

»Alles erledigt?«

Sie nickte gähnend.

»Wenn du das nächste Mal jemanden adoptierst, ist es hoffentlich was Kleineres als diese beiden. Ich muß jeden Tag drei Stunden länger arbeiten, nur um die beiden ernähren zu können. Wie wäre es, wenn du eine streunende Katze ins Haus nähmst? Die ist leichter satt zu kriegen.«

Leah sagte nichts darauf, sie war schon eingeschlummert.

Lächelnd zog Wesley sie noch enger an sich und setzte seinen unterbrochenen Schlaf fort.

Für Leah kam das Wecken viel zu früh. Sie war so nervös, daß sie beim Aufschlagen der Eier eines ins Feuer kippte, weil sie vergessen hatte, die Pfanne auf den Herd zu stellen. Und Bud und Cal, die zum Frühstücken ins Haus kamen, waren so aufgeregt, daß sie nur vier Schweinekoteletts, sechs Eier, einen halben Laib Brot, drei Pfannkuchen und ein Rebhuhn essen konnten.

»Hoffentlich fallt ihr mir nicht vor Hunger in Ohnmacht, wenn wir in die Stadt kommen«, sagte Wesley, als Leah den Tisch abräumte; doch niemand wollte auf seinen Scherz eingehen.

Oliver, Cord und Slade gingen an die Arbeit, während Wesley den Wagen mit Proviant vollpackte. Er war entschlossen, den ganzen Tag in Sweetbriar zu bleiben, um den dreien zu beweisen, daß die Leute es dort nicht so übel mit ihnen meinten, wie sie glaubten.

Leah und Wes saßen auf dem Kutschbock, und die beiden Jungs hinten auf den Proviantkisten. Sie machten Gesichter, als führen sie zu ihrer Hinrichtung.

Sweetbriar war nicht sehr groß: ein paar Häuser, ein Mietstall, eine Gemischtwarenhandlung, ein Laden für Damenbekleidung, eine Schmiede und hier und da ein paar kleinere Geschäfte. Nichts, was einen Besucher veranlassen konnte, sich mit Grauen von dieser Stadt abzuwenden; doch die Augen der Leute, die sich auf den Gehsteigen und der Fahrbahn drängten, waren alle auf Wesleys Leiterwagen gerichtet.

»Sie beobachten uns«, flüsterte Leah.

»Natürlich tun sie das«, gab Wesley gereizt zurück. »Sie haben euch ja noch nie zuvor gesehen.«

Als sie vom Leiterwagen herunterstiegen, kam eine Frau, die Leah auf Mitte Fünfzig schätzte, auf die vier zu. Leah wollte sich hinter den Pferden verkriechen, doch Wesley hielt sie am Arm fest.

»Sie müssen Leah Stanford sein«, sagte die Frau lächelnd und streckte Leah die Hand hin. »Abe hat mir schon so viel von Ihnen erzählt.«

»Abe?« fragte Leah verwirrt.

»Ich bin Wilma Tucker. Vielleicht wissen Sie es noch nicht, aber meine Tochter Caroline ist mit Ihrem Bruder Abe verlobt. Wir werden bald alle eine große Familie sein. Mein Sohn Jes – er ist inzwischen zum Senator gewählt worden«, berichtete sie stolz. »Er wird zur Hochzeit Ihres Bruders rechtzeitig aus Washington zurückkommen. Floyd und ich sind richtig stolz auf Ihren Bruder! Sie sehen ihm ja überhaupt nicht ähnlich!«

Leah begann zu lächeln und sich gleichzeitig zu entkrampfen. »Ich habe meinen Bruder eine Zeitlang nicht gesehen; aber Wesley hat mir schon von seiner Verlobung erzählt. Darf ich Ihnen zwei Freunde von mir vorstellen?«

Bud und Cal saßen immer noch auf der Proviantkiste. Leah scheuchte sie mit einem zornigen Blick von dort auf.

»Du meine Güte«, sagte Wilma Tucker, die zu ihnen hinaufsah, »wie hübsch groß die beiden sind!«

»Das ist Bud und das ist Cal . . .«, begann Leah die beiden vorzustellen, und dabei fiel ihr plötzlich ein, daß sie deren Nachnamen nicht wußte. Bud und Cal blickten lächelnd zu Wilma hinunter, offensichtlich angenehm überrascht, daß sie keine Angst vor ihnen hatte.

»Haran, Ma'am«, sagte Cal leise. »Bud und Cal Haran.«

Wilma lächelte. »O ja, ihr habt ja das Land in der Nähe von Wesleys Farm gekauft. Abe sagte . . . ach, hier kommt ja meine Tochter Caroline!«

Leah war froh, daß sie bereits auf den Anblick von Caroline Tucker vorbereitet worden war. Caroline schien mindestens so breit wie groß zu sein, hatte aber ein hübsches sommersprossiges Gesicht. Vielleicht wirkte sie etwas massig; aber Leah gefiel dieses Mädchen auf Anhieb.

»Sie müssen meine zukünftige Schwägerin Leah sein«, sagte Caroline und hielt Leah eine fette, aber kleine Hand hin. »Abe sagte, Sie wären die schönste Frau der Welt!«

»Wirklich?« gab Leah erfreut zurück. Sie hätte ihrem Bruder solche Komplimente niemals zugetraut.

»Ich sollte ihn heute treffen; doch ich habe ihn bisher noch nirgends in der Stadt gesehen.«

Mit einem leisen Schrecken wurde sich Leah bewußt, daß sie sich Caroline zusammen mit ihrem nur aus Haut und Knochen bestehenden Bruder Abe im Bett vorstellte. Sie hoffte nur, Caroline geriet nicht in die Oberlage, doch rasch riß sich Leah zusammen. »Ich habe ihn seit unserer Ankunft auch noch nicht zu Gesicht bekommen.«

»Aber ich«, sagte Wesley, der über das lederne Kummet des linken Pferdes schielte. »Er ging eben in das weiße Haus dort am Ende der Straße hinein.«

»Das ist das Haus von Lincoln Stark!« rief Caroline Tucker wütend und stampfte mit ihrem überraschend kleinen Fuß auf. »Abe kann es doch nicht lassen! Und er hat mir hoch und heilig versprochen, daß er nie mehr spielen wird! Oh, Ma!«

Ehe die Mutter auch nur ein Wort sagen konnte, stürmte Caroline bereits den Gehsteig hinunter auf das weiße Haus am Ende der Straße zu.

Offensichtlich glaubte Wilma Tucker, sich bei Leah für das Verhalten ihrer Tochter entschuldigen zu müssen. »Abe hat es tatsächlich versprochen«, sagte sie kleinlaut. »Und Caroline ist sehr eigenwillig; und ich denke, sie liebt Abe wirklich, und . . .«

Sie hielt inne, als es am Ende der Häuserzeile knallte, als hätte jemand geschossen. Doch es war nur eine Tür, die schmetternd ins Schloß fiel. Kurz darauf drangen gedämpfte Schreie aus dem kleinen Haus, und die Menschen verharrten stumm auf dem Gehsteig, während sie Geräusche hörten, die an einen umstürzenden Möbelwagen erinnerten. Dann klirrte es, und ein Hocker flog auf die Straße.

»Ich sollte doch mal lieber nachsehen, was da vor sich

geht«, sagte Wesley mit einem Blick auf Wilmas Gesicht, das die Farbe zu verlieren begann.

»Hoffentlich ist Caroline nicht verletzt«, flüsterte die besorgte Mutter, und sie begannen nun alle Wesley zu folgen, der auf das weiße Haus zuging.

Als sie es erreichten, flog die Haustür auf, und eine Handvoll Spielkarten flatterte auf die Straße wie Herbstlaub vom vergangenen Jahr.

»Ich lasse mir doch von keiner Frau sagen, was ich . . .«, hörten sie Abes Stimme. Und dann: »Vorsicht! Du brichst Lincoln ja den Arm! Caroline, ich warne dich, wenn du ihn noch einmal anrührst . . .!«

Wesley stürmte die beiden Stufen der Vortreppe hinauf, blickte einen Moment durch die Haustür und trat dann wieder auf den Gehsteig hinunter.

»Sie ist unverletzt?« fragte Wilma Tucker bang.

Wesley bewegte krampfhaft den Mund, als könne er nur mühsam ein Lachen unterdrücken, und deutete mit dem Kopf auf die Haustüre.

Im selben Moment erschien Caroline Tucker im Türrahmen, Abes magere Gestalt über die linke Schulter geworfen.

»Laß mich sofort wieder los, du verdammtes Rhinozeros!« zeterte Abe hinter Carolines Rücken.

»Sei still, Abe, Ma hört dir zu.«

Sofort verstummte Abe. Caroline kam mit ihrer Last die Vortreppe hinunter und blieb vor ihrer Mutter stehen. »Er wird nie mehr eine Spielkarte anfassen, Ma«, sagte sie feierlich.

»Das stimmt, Miz Tucker«, bestätigte Abe. »Caroline hat mir die Erleuchtung gebracht. – Leah, bist du das, die dort steht?« zischelte er, mit dem Kopf nach unten hängend. »Hast du vergessen, daß ich dein Bruder bin? Du mußt mir helfen!«

Leah hatte wie ihr Mann Mühe, das Lachen zurückzuhalten. »Hallo, Abe! Ein schöner Tag heute, findest du nicht?«

Nachdem Abe seiner Schwester einen giftigen Blick zugeworfen hatte, begann er, den Rücken seiner Verlobten zu streicheln. »Caroline«, sagte er mit süßer Stimme, »du solltest schon etwas mehr Respekt vor mir haben, Süßes.«

»Ich glaube, ich werde Abe jetzt nach Hause bringen, Ma«, sagte Caroline. »Und anschließend werde ich ein Wörtchen mit Lincoln Stark reden, was er sich dabei denkt, meinen Mann zur Sünde zu verführen.«

»Ich?« sagte eine Stimme hinter ihnen. Am Rande der Veranda, sich schwer gegen das Geländer lehnend, stand ein gutaussehender junger Mann – oder jedenfalls mußte er vor kurzem noch gut ausgesehen haben. Nun war sein linkes Auge stark geschwollen, und das Blut rann ihm aus der Nase. Er drückte ein Taschentuch gegen die blutige Oberlippe und nuschelte: »Dein kostbarer Abe hat mit dem Spielen angefangen. Es war nicht meine Schuld.«

»Ha!« schnaubte Caroline, reckte die Nase in die Luft und schritt, Abe über der Schulter, wie eine Königin davon.

Der Wind trug ihnen Abes Worte zu: »Du hast es den Jungs aber gezeigt, Caroline. Und der linke Haken, den du Lincoln verpaßt hast – ich glaube, er hat keinen festen Zahn mehr im Mund. Meinst du, wir sollten wirklich bis zur Hochzeit warten, ehe wir . . .?«

»Still, Abe«, befahl Caroline, »solche unanständigen Sachen will ich nicht gehört haben.«

»Ja, Süßes«, sagte Abe, während er mit beiden Händen ihren Rücken streichelte. Wesley konnte jetzt nicht länger an sich halten. Er riß sich den Hut vom Kopf, schlug ihn gegen sein Knie und brach in ein brüllendes Gelächter aus.

Leah wollte ihm einen Rippenstoß geben, daß er damit aufhörte. Sie fürchtete, Wilma Tucker würde beleidigt sein, wenn er sich über ihre Tochter und ihren künftigen Schwiegersohn lustig machte. Doch auch sie streckte die Arme aus, hielt sich an Wesleys Schulter fest, und die beiden konnten sich vor Lachen kaum noch auf den Beinen halten.

»Seit die beiden sich kennenlernten, sind sie so«, prustete Wilma. »Unzertrennlich! Abe scheint versessen darauf zu sein, von ihr in der Stadt herumgetragen zu werden.«

»Und Caroline ist überglücklich, wenn sie ihn auf die Schulter nehmen kann«, meinte Wesley. »Was für ein Paar!«

»Ich verblute hier, und ihr windet euch vor Lachen«, beschwerte sich Lincoln Stark.

Leah war noch so geschockt von der Szene, daß sie darüber noch nicht lachen konnte. Sie blickte Bud und Cal an; aber da die beiden auch von einem Ohr zum anderen grinsten, sollte sie sich wohl um Lincoln kümmern. »Gehen wir ins Haus«, sagte sie. »Vielleicht kann ich die Blutung zum Stehen bringen.«

Nach einigen Minuten erschien Wesley, immer noch lächelnd, unter der Tür. »Da sind ein paar Leute draußen, die ich dir vorstellen möchte. Es sind die Eltern der Zwillinge. Linnet und Devon Macalister.«

Der Tänzer, schoß es Leah durch den Kopf, während sie das blutige Tuch auswusch, das sie Lincoln unter die Nase gehalten hatte. Nun würde man sie in der Stadt als Räuberin bloßstellen ...

Kapitel 26

Als Leah aus dem kleinen weißen Haus trat, betete sie zu Gott, daß Wesley sein Temperament zügeln möge und dem Mann nicht gleich auf den Kopf zusagte, was er von ihm dachte. Vorsicht war nicht gerade Wesleys Stärke.

Doch die Szene, die sie draußen erwartete, war ganz anders, als sie befürchtet hatte. Wesley unterhielt sich mit dem Mann, der laut Revis der Organisator aller Raubzüge am Wilderness Trail sein sollte, so angeregt und herzlich, daß man meinen könnte, er wäre sein bester Freund. Macalister war groß, hager, brünett und sah blendend aus. Die silbernen Fäden in seinen schwarzen Haaren und die kleinen Fältchen um die Augen, wenn er in die Sonne blinzelte, unterstrichen nur noch sein gutes Aussehen.

Neben ihm stand eine zierliche hübsche Frau mit feinen Zügen, großen Augen, dunkelblondem Haar und einer sehr reizvollen, sehr jugendlichen Figur. Leah hätte sie höchstens auf fünfundzwanzig Jahre geschätzt; aber als Mutter von Cord und Slade mußte sie wohl mindestens zehn Jahre älter sein.

»Sie können nur Mrs. Stanford sein«, sagte die Frau. Sie sprach mit einem Akzent, den Leah als sehr angenehm empfand. »Ich bin Linnet Macalister. Und das –«, sie zog ein junges Mädchen hinter ihren Röcken hervor, »ist meine jüngste Tochter, Georgina! Meine Söhne, glaube ich, kennen Sie ja bereits.«

Leah war diese Frau auf Anhieb sympathisch. Sie fragte sich, ob Linnet überhaupt etwas von den illegalen Tätigkeiten ihres Mannes wissen konnte.

Das Mädchen blickte Leah mit einem scheuen Lächeln an, rannte dann zu seinem Vater und zupfte ihn so lange am Hosenbein, bis er es auf den Arm nahm.

»Komm, Liebes«, sagte Wesley, »Mac möchte dir auch gern die Hand drücken.«

Es fiel Leah schwer, sich Devon Macalister in der Rolle eines Räuberhauptmanns vorzustellen. »Ich freue mich, Sie kennenzulernen, Mr. Macalister.«

Der Mann tauschte mit seiner Frau einen verständnisinnigen Blick. »Mac reicht vollkommen«, sagte er dann mit einer tiefen, angenehmen Stimme. »Wes erzählte uns, daß sie eine Meisterin der Webkunst sind. Lynna hat ein paar Webmuster, die Ihnen vielleicht gefallen könnten, und Miranda spinnt Wolle.«

»Miranda ist unsere älteste Tochter«, erklärte Linnet. »Sie wollte heute morgen Tuckers älteste Tochter besuchen, wird aber zum Mittagessen wieder hiersein. Vielleicht sollten wir beide die Männer ihrem Gespräch überlassen, und ich könnte Ihnen inzwischen Sweetbriar zeigen.«

»Das ist sehr freundlich von Ihnen; aber ich möchte Ihnen nicht Ihre Zeit stehlen.«

Tatsächlich hätte sich Leah am liebsten in einen Winkel ihres Wagens verkrochen und sich eine Decke über den Kopf gezogen. Dann hätte sie wenigstens niemand in Sweetbriar als die Räuberbraut vom Wilderness Trail wiedererkannt.

»Laß dich von ihr herumführen, Liebes«, empfahl nun auch Wesley. »Linnet kennt die Stadt viel besser als ich.« Dabei warf er Leah einen warnenden Blick zu, ohne daß die anderen es bemerkten.

»Und was wird inzwischen aus Bud und Cal?« fragte sie leise. Sie fühlte sich in der Nähe der beiden Hünen viel sicherer, als könnten sie sich gegenseitig beschützen.

Mit einem Seufzer blickt Wes auf sie hinunter. »Die Jungs gehen mit uns, und Mac und ich werden sie bis zum letzten Blutstropfen verteidigen. Wenn ein Kind versuchen sollte, deinen geliebten Jungs etwas anzutun, werden wir es auf der Stelle aufhängen. Ohne Gerichtsverfahren! Und wenn . . .«

»Hör auf!« zischelte sie, lächelte aber dabei. »Sie sind eben . . . du weißt schon.«

»Sehr zerbrechlich«, sagte Wesley mit ernster Stimme. Er beugte sich zu Mac hinüber. »Sie spricht von den beiden Bullen dort drüben. Leah fürchtet, die Kinder könnten sie auslachen und ihnen einen unheilbaren seelischen Schaden zufügen.«

Mac schnaubte nur ungläubig.

»Du gehst jetzt mit Linnet durch die Stadt«, sagte Wesley, »und mittags treffen wir uns alle wieder in Macs Laden.« Er bückte sich und gab ihr einen Kuß auf die Wange. »Und wir werden uns um deine Jungs kümmern!«

Leah kam sich ein wenig verloren vor, als Wesley und Mac, gefolgt von den beiden jungen Riesen, sich auf der Straße entfernten; doch Linnet nahm ihr rasch ihre Befangenheit.

»Die Leute hier brennen darauf, Wesleys junge Frau kennenzulernen. Wir kennen Wes schon seit Jahren und haben miterlebt, wie hart er auf seiner Farm arbeitete, und deshalb will natürlich jeder sehen, für wen er sich so abrackerte«, erzählte Linnet. »Ich würde mich nicht wundern, wenn heute die ganze Nachbarschaft in der Stadt zusammenströmt, nur um einen Blick auf Sie zu werfen.«

Mit einem Lachen, als Leah das Gesicht verzog, fuhr Linnet fort: »Sie müssen sich an unsere Stadt gewöhnen. Hier gibt es keine Geheimnisse. Sie kommen nicht aus Neugierde, sondern eher aus . . . Anteilnahme, würde ich sagen. Als ich vor zwanzig Jahren hierherzog . . .«

»Zwanzig Jahre!« rief Leah ungläubig. »Sie sehen aus, als wären sie eben erst zwanzig geworden!«

»Sehr liebenswürdig von Ihnen. Meine älteste Tochter ist neunzehn. Hier kommt Agnes Emerson. Ihr Mann starb vor ein paar Jahren; und jetzt bewirtschaftet ihr Sohn Doyle die Farm.«

Nun folgte eine verwirrende Vielzahl von Namen und Gesichtern. Linnet stellte ihr Leute vor, die erst ein oder zwei Jahre hier wohnten; doch besonders herzlich war sie zu den Eltern und Kindern jener Siedler, die schon seit vielen Jahren in der Stadt und Umgebung lebten. Leah fand es unmöglich, die Alteingesessenen von den Neuankömmlingen zu unterscheiden. Linnet stellte ihr Nettie und Maxwell Rowe vor, deren jüngste Tochter, Vaida, die Stadtschule leitete, und deren älteste Tochter, Rebecka, mit Jes Tucker, dem Senator des neuen Staates, verheiratet war.

»Jeder scheint hier sehr stolz auf diesen Jes Tucker zu sein«, meinte Leah.

Linnet lächelte. »Jessie versteht es eben, jedem in seiner Umgebung ein Gefühl des Stolzes zu vermitteln, egal, welchen Beruf er ausübt. Wie viele von den Starks haben sie bisher kennengelernt?«

»Eine ganze Menge«, antwortete Leah lachend. »Wie viele gibt es denn davon?«

»Jedes Jahr kommen ein paar dazu! Gaylon junior ging letztes Jahr nach Boston auf die Universität. Er ist ein sehr intelligenter junger Mann, und wir hoffen alle, daß er eines Tages Gouverneur oder sogar Präsident der Vereinigten Staaten wird!«

Während sie durch die Stadt gingen, vor jedem Laden stehenblieben und Leah sich den Leuten vorstellte, spürte sie, daß hier ein starkes Gefühl der Zusammengehörigkeit herrschte.

In Virginia hatte sie sich stets als eine Simmons gefühlt, und obwohl sie immer daran erinnert wurde, daß sie nun zu den Stanfords gehörte, war sie im Grunde eine Simmons geblieben. Der Sumpf hatte sie nicht loslassen wollen, und trotz der Freundschaft, die Nicole und Regan ihr entgegenbrachten, waren ihr die beiden wie Wesen aus einer anderen Welt erschienen, zu der sie nie gehören würde.

Aber hier, in dieser kleinen Stadt, wo die Leute Kleider aus selbstgesponnener Baumwolle oder Wolle trugen – Kleider, die manchmal nur noch aus Flicken zu bestehen schienen –, fühlte sie sich heimisch. Trotz allem, was Wesley ihr vorgeworfen hatte – sie hätte sich ihm wegen der Stanford-Plantage an den Hals geworfen –, hatte Leah niemals reich werden wollen. Sie hatte nur Geborgenheit gesucht, hatte nur von einem Heim geträumt, wo sie nicht verprügelt und mißhandelt wurde. Auf der Stanford-Plantage war sie zwar vor Prügeln sicher gewesen; aber das empfindliche Porzellan und die kostbaren Seidenkleider, bei denen sie sich so in acht nehmen, die Tischmanieren und Umgangsformen, die sie erst erlernen mußte – das alles hatte sie nervös gemacht.

Diese Stadt bot Sicherheit, verlangte aber keine Förmlichkeiten. Die meisten Leute, denen sie begegnete, verschluckten die Silben und legten keinen Wert auf eine präzise Ausdrucksweise, wie Nicole sie ihr beigebracht hatte. Zuweilen fiel es ihr schwer, sich darauf zu besinnen. Linnet jedoch schien trotz ihres schlichten Baumwollkleides eine Atmosphäre um sich zu verbreiten, die Leah wiederum an Nicole erinnerte.

Linnets Tochter Georgina verlor rasch ihre Schüchternheit. Als sie eine ältere Frau mit Zwillingen sah, rannte sie auf sie zu, um die drei zu begrüßen.

»Das ist Esther, die Mutter von Justin und Oliver«, erklärte Linnet mit einem Anflug von Trauer in der

Stimme, als sie der Frau entgegengingen. »Sie hat Doll so viele Kinder gebären müssen, daß sie nie zu sich selber kam. Die Zwillingsmädchen, die sie an der Hand führt, sind ihre Enkelinnen. Die Mutter, Lissie, starb im Wochenbett.«

Leah wurde Esther Stark und den sechsjährigen Zwillingen vorgestellt; danach führte Linnet sie in den Drugstore der Macalisters.

»Mit den Jahren ist das Geschäft ständig größer geworden«, erklärte Linnet. »Ich führe jetzt die Bücher, damit Devon auch mal einen freien Tag hat. Das alles hat sich doch recht positiv entwickelt«, setzte sie nachdenklich hinzu, mehr an sich selbst als an Leah gerichtet.

Vor dem kalten Kamin saß ein hagerer alter Mann und schnitzte an einem Stock.

»Ist das die Neue?« fragte der Alte.

»Darf ich Ihnen Doll Stark vorstellen?« sagte Linnet. »Doll, das ist Mrs. Leah Stanford.«

Leah nickte dem alten Mann zu, während sie sich an alles erinnerte, was Justin ihr von seinem Vater erzählt hatte.

Doll blickte Leah an und schien ihre Antipathie zu spüren. »Ich glaube, ich habe noch etwas zu erledigen«, sagte er und stand von seinem Schemel auf.

Als die beiden Frauen allein im Laden waren, umgeben von Regalen mit den verschiedensten Waren, sagte Linnet mit einem leichten Stirnrunzeln: »Seit Phetna und der alte Gaylon tot sind, fühlt er sich sehr einsam.« Dann holte sie etwas weiter aus, weil Leah sie verständnislos ansah: »Nachdem Devon und ich geheiratet hatten, pflegte Doll jeden Tag hierherzukommen und sich dort mit seinen Freunden Gaylon und Phetna vor den Kamin zu setzen, aber als die beiden starben, schien Dolls Lebenskraft gebrochen. Devon hat versucht, jemanden zu finden, der mit Doll im Laden sitzt, doch heutzutage scheint niemand mehr ein richtiges Talent zur Muße zu haben. Vielleicht liegt das an den vielen Reisenden, die die Stadt passieren. Alles ist hektischer geworden.«

Leah hörte sehr viel Liebe aus Linnets Stimme heraus, und es war, als würde ihr jemand eine bekannte Geschichte in einer ganz anderen Fassung erzählen. Justin haßte seinen Vater seiner Faulheit wegen, während andere diese Eigenschaft an ihm schätzten.

Als sie im Laden beieinanderstanden, hörten sie draußen den Schrei einer Frau.

»Das war doch Miranda«, rief Linnet erschrocken und rannte auf die Straße hinaus.

Ein Pferdegespann raste die Main Street herunter, und dahinter ein Wagen, der wie betrunken von einer Seite auf die andere schleuderte. Ein hübsches junges Mädchen saß darin, das sich mit wilden, schreckgeweiteten Augen am Geländer des Kutschbocks festzuhalten versuchte.

»Devon!« schrie Linnet, während der Wagen in wilder Fahrt an Leah und ihr vorbeiraste. Im nächsten Augenblick liefen die beiden Frauen schon hinter dem Wagen her.

Weder Mac noch Wesley befanden sich in der Nähe der Hauptstraße, als die Pferde mit der Kutsche durchgingen; aber Bud und Cal waren auf die Schreie aufmerksam geworden. Es war erstaunlich, wie schnell diese Hünen sich bewegen konnten. Als hätten sie sich vorher abgesprochen, rannte Bud zum Heck der Kutsche, während Cal auf die Pferde zulief.

Bud schwang sich auf den Wagen hinauf, turnte behende über eine Sitzbank und arbeitete sich zum Kutschbock vor. Er faßte mit einer Hand das Mädchen um die

Taille, während er mit gespreizten Beinen die Pendelbewegungen des Wagens ausbalancierte.

Miranda stieß einen Schrei aus, als die Hand des Hünen von hinten um ihre Hüften griff, drehte sich dann um und klammerte sich an ihn, ihm instinktiv ihr Leben anvertrauend.

Inzwischen war Cal bis zum vorderen Ende der Deichsel gerannt, hatte sie gepackt und seinen mächtigen Körper als Bremse verwendet. Ein paar Sekunden lang schleiften ihn die Pferde durch den Sand, während seine Fersen zwei mächtige Furchen in die Fahrbahn gruben. Dann gingen die Pferde in einen Trab über, und Cal konnte das Gespann unter seine Kontrolle bringen.

Mac und Wesley kamen aus dem Lebensmittelladen und sahen Bud auf dem Kutschbock stehen, während Miranda sich mit aller Kraft an seinen Körper klammerte. Cal sammelte die Zügel, die Miranda entglitten waren, vom Boden auf und band sie an einem Pfahl fest.

»Miranda«, rief Mac mit atemloser Stimme und war mit raschen Schritten am Fuß des Wagens. »Komm zu mir, Prinzessin!« Er streckte ihr die Arme entgegen.

Miranda stand offensichtlich noch unter Schockwirkung. Sie blickte von ihrem Vater zu Bud zurück, dessen Hand noch auf ihrer Taille ruhte. Sie schloß die Augen und blieb, wo sie war.

»Was . . .?« begann Mac; aber Linnet legte ihrem Mann die Hand auf den Arm, als Bud an den Rand des Kutschkastens trat.

Cal streckte die Arme nach Miranda aus.

»Zwei«, flüsterte Miranda nur, ehe sie in Cals mächtige Arme glitt und sich nun an ihn schmiegte.

Alle, die sich um dieses merkwürdige Trio versammelt hatten, konnten sich nur noch wundern oder staunen. Leah fragte sich, ob Miranda sich immer so spontan den

Männern anschloß, und sie fragte sich weiter, wie die Jungs nur auf die Idee gekommen waren, daß die Leute, besonders Frauen, sich vor ihnen fürchteten. Diese junge Dame schien jedenfalls keine Angst vor den beiden zu haben.

»Miranda!« rief Mac jetzt scharf, als seine Tochter Cal tief in die großen braunen Augen schaute.

Widerstrebend wandte Miranda den Blick von dem jungen Riesen ab und sah ihren Vater an.

»Ist alles in Ordnung? Hast du dir weh getan?« fragte Mac ein wenig ungehalten.

»Nein«, antwortete sie leise, ohne auch nur den Versuch zu machen, sich aus Cals Armen zu befreien. »Mir geht es sehr gut.« Als Bud sich vom Wagen herunterschwang, streckte sie ihre Hand nach ihm aus.

Sie waren ein bemerkenswerter Anblick: die zierliche Miranda zwischen den beiden Riesen, alle drei eng umschlungen, als existierten die Umstehenden nicht für sie.

»Miranda«, sagte Wesley, ein Lachen in der Stimme, »darf ich dir Bud und Cal Haran vorstellen?«

»Ihr heißt also Bud und Cal«, hauchte sie, und die Hünen bestätigten das mit einem Nicken. »Vielen Dank, daß ihr mir das Leben gerettet habt.«

Ehe noch jemand einen Ton sagen konnte, stieg Miranda auf die Trittleiter des Wagenkastens, schlang die Arme um Cal und küßte ihn ab. Wieder legte Linnet die Hand auf den Arm ihres Mannes, während sich Miranda umdrehte und Bud die gleiche Behandlung angedeihen ließ wie seinem Bruder Cal.

Dann legte Miranda beiden Hünen ihre Hände auf die mächtigen Schultern. »Kommt mit, und ich koche euch etwas Gutes zum Mittagessen!«

Zu dritt zogen sie ab und ließen eine erstaunte Gruppe von Leuten zurück.

»Nun, das ist der Anfang vom Ende einer Romanze«, brach Wesley das Schweigen. »Wenn sie erst mal weiß, wieviel die beiden verdrücken können, läuft sie ihnen bestimmt davon.«

»Mir gefällt das nicht, Linnet!« explodierte Mac. »Mir gefällt das ganz und gar nicht! So hat sie sich noch nie aufgeführt. Ist das etwa auf deine Erziehung zurückzuführen, daß sie sich zwei fremden Männern an den Hals wirft, ohne deren Namen zu kennen?«

Sehr gelassen, wie Leah meinte, parierte Linnet den Temperamentsausbruch ihres Mannes mit den Worten: »Ich glaube, das muß sie von mir geerbt haben. Mir scheint, deine Tochter hat sich soeben verliebt.«

»Verliebt!« schnaubte Mac. »Sie kennt die beiden doch gar nicht! Manchmal kommst du auf die merkwürdigsten Ideen, Linnet ...«

»Devon«, unterbrach ihn Linnet mit süßer Stimme, »darf ich dich daran erinnern, daß ich mich auf den ersten Blick in dich verliebt habe? Warum sollte es deiner Tochter anders ergehen als mir?«

»Mir scheint«, erwiderte Mac mit erbitterter Stimme, »daß doch ein kolossaler Unterschied zwischen mir und diesen beiden besteht! Ich hatte dich damals gerade vor dem Ertrinken ...« Er hielt verdutzt inne. »In welchen von den beiden hat sie sich deiner Meinung nach verliebt?« fragte er dann in verhaltenem Ton.

Mit einem Seufzer sah Linnet zu ihrem Laden hinüber. »Ich hoffe, ich täusche mich, doch es sah ganz danach aus, als wollte sie alle beide.«

Ehe Mac etwas darauf erwidern konnte, schlug Wesley ihn kräftig auf die Schulter. »Herzlichen Glückwunsch, Mac! Zwei Schwiegersöhne auf einmal. Und glaube mir, du darfst froh sein, daß du einen eigenen Lebensmittelladen hast; sonst bekommst du die beiden nie satt.«

Mac warf Wes einen bösen Blick zu. »Keine von meinen Töchtern wird . . .«, begann er, schüttelte dann aber den Kopf, ohne den Satz zu beenden. »Frauen!« schnaubte er mit zusammengebissenen Zähnen. »Komm, Lynna, wir wollen lieber mal nachsehen, was sie jetzt wieder anstellt!«

Er faßte seine Frau unter den Arm und ging mit düsterer Miene auf seinen Laden zu.

Leah drehte sich um und blickte lächelnd zu Wesley auf. »Ich weiß nicht, ob das eine Lösung oder der Anfang neuer Probleme ist. Bud und Cal scheinen ja sehr von Miranda angetan zu sein, nicht wahr?«

»Eifersüchtig?« fragte er halb scherzhaft, halb ernst. »Anscheinend bist du nicht mehr die einzige Frau im jungen Leben der beiden.«

Mit der Sonne auf dem Gesicht, die Augen von der breiten Krempe seines Hutes beschattet, sah er sehr verführerisch aus. Ihr Blick hing an seinen Lippen.

»Leah«, sagte er rauh, »du versengst mir noch die Augenbrauen!«

Eine Menschenmenge hatte sich auf der Hauptstraße angesammelt, als Miranda die Pferde durchgegangen waren, und die meisten hatten sich das Schauspiel nicht entgehen lassen, wie Miranda ihre Lebensretter belohnte. Doch nun lief die Menge wieder auseinander.

»Das ist sie!« rief plötzlich eine stämmige Frau und deutete auf Leah.

Diese hielt mitten im Schritt an. Das Gesicht dieser Frau würde sie nie mehr vergessen können. Als Revis ihren Mann erschoß, war der haßerfüllte Blick dieser Frau Leah mitten durchs Herz gegangen.

»Sie hat meinen Mann getötet«, rief die Frau mit lauter Stimme. Im nächsten Moment lief sie auf Leah zu, die Finger zu Krallen gespreizt.

»Mörderin!« schrie die Frau. »Mörderin!«

Leah rührte sich nicht von der Stelle. Sie wartete, als hätte sie es fast verdient, was diese Frau mit ihr vorhatte.

Wesley schob sich zwischen Leah und die aufgebrachte Frau. »Lassen Sie das sein«, sagte er sanft.

»Sie hat ihn umgebracht!« kreischte die Frau. »Er war alles, was ich auf der Welt hatte. Wir wollten zusammen eine Farm aufbauen. Sie hat ihn und mein Leben zerstört!«

Und dann begann sie, immer noch kreischend, Wesley mit den Füßen zu treten und mit beiden Fäusten auf ihn einzuschlagen.

»Steig in den Wagen, Leah«, sagte Wesley mit gelassener Stimme. »Steig ein! Sofort!« befahl er, als sie sich immer noch nicht vom Fleck rühren wollte.

Leah versuchte, ihr Kinn hoch zu halten; aber das war gar nicht so einfach, weil sie spürte, daß die Blicke der ganzen Stadt auf ihr ruhten. Steif kletterte sie auf den Wagen, den Blick geradeaus gerichtet.

Ein paar Sekunden später saß Wesley neben ihr. Ohne ein Wort zu ihr zu sagen, gab er den Pferden mit schnalzender Zunge das Zeichen zum Antraben.

Leah nahm es ihm nicht übel, daß er nicht mit ihr reden wollte. Und sie hatte sich gerade mit dem Gedanken angefreundet, daß sie in Sweetbriar vielleicht doch Sicherheit und Geborgenheit finden könne! Das bißchen Sicherheit, das sie dort gefunden hatte, war nun dahin – und zugleich die Chance, die Liebe ihres Mannes zu gewinnen. Kein Stanford konnte eine Frau lieben, die man auf offener Straße des Mordes beschuldigte.

Kapitel 27

Mit hängenden Schultern und den Händen in den Hosentaschen, stand Wesley in Macalisters Laden und bestellte mit lustloser Stimme eine Reihe von Waren, die er auf der Farm benötigte.

»Glauben Sie, es gibt eine Überschwemmung?« fragte Doll.

»Ich weiß es nicht«, gab Wes verdrossen zur Antwort.

»Nun, Sonnenschein bringen Sie ja leider nicht in diese Hütte mit«, klagte Doll. »Was ist denn mit Ihrer Frau passiert?« Doll blickte zu Mac hinüber. »Ich habe sie seit Wochen nicht mehr in der Stadt gesehen.«

Mac hob den Kopf über den Ladentisch. »Sie kocht für diese zwei Bären«, sagte er verdrossen. »Das heißt, wenn meine Tochter nicht für sie kocht. Wes, ich sollte dir eigentlich den Hals umdrehen, weil du damals nicht einen von den zweien zu Hause gelassen hast. Miranda hat die ganze Nacht geheult. Sie sagt, sie will sie alle beide haben, und verflucht möchte ich sein, wenn ihre Mutter nicht so tut, als wäre das eine verdammt gute Idee.«

Er ging in das Lager und kam mit einem Arm voll Waren wieder zum Ladentisch zurück. »Noch einen Wunsch?«

»Verstehst du was von Frauen?« platzte Wesley heraus.

Doll schneuzte sich laut.

Nach einem mißbilligenden Blick zum Kamin hin sagte Mac: »Ehe ich Lynna kennenlernte, verstand ich eine Menge von Frauen; aber seither verstehe ich sie mit jedem Jahr weniger. Hast du Probleme?«

»Er ist verheiratet, nicht wahr?« sagte Doll. »Dann hat er Probleme.«

Wesley lehnte sich gegen den Ladentisch und blickte auf seine Stiefelkappe. »Ich bildete mir auch ein, daß ich von Frauen etwas verstünde; aber es stimmt nicht. Ich dachte, wenn du eine Frau hast und du bist gut zu ihr, schlägst sie nicht, schaffst ihr ein trauliches Heim und kaufst ihr schöne Kleider, würde sie glücklich sein.«

»Aber deine ist nicht glücklich«, sagte Mac. »Frauen verlangen auch, daß man sie liebt!«

Wesley richtete sich auf und sagte steif: »In diesem Punkt kann sie sich wohl kaum beklagen. Dafür sorge ich schon.«

Doll kicherte.

»Nein«, sagte Mac, »daß du sie da auf Trab hältst, genügt einer Frau nicht. Sie will, daß du sie liebst. Ich weiß nicht, wie ich es dir erklären soll. Man weiß das doch, wenn man eine Frau liebt.«

»Oh, das«, winkte Wes ab. »Ich bin schon lange in Leah verliebt. Ich habe noch keinen Menschen getroffen, der so viel Courage besitzt wie sie.«

»Wo ist dann dein Problem?«

»Erinnerst du dich an den Vorfall vor einem Monat, als Leah von dieser Frau beschuldigt wurde, sie habe ihren Mann getötet?«

Mac schnitt eine Grimasse. »Das war der Tag, an dem Miranda diese beiden Jungs von deiner Farm kennenlernte. Den werde ich nicht so leicht vergessen! Aber ich dachte, du hättest die andere Sache aufgeklärt.«

»Das dachte ich auch. Ich habe zwei Zeugen aufgetrieben, die hörten, wie Revis meiner Frau damit drohte, er werde noch mehr Leute erschießen, wenn sie nicht mit dem Hut herumginge und Wertsachen einsammelte. Also brachte ich diese beiden Zeugen zu der Frau und stellte sie ihnen gegenüber, aber sie wollte nicht auf die beiden hören, sondern fuhr fort, Leah als Mörderin zu beschimpfen. Dagegen war ich natürlich machtlos. Also nahm ich die beiden Männer mit in die Stadt, und sie erzählten jedem in Sweetbriar die Wahrheit über Leah.«

Mac nickte. »Das hört sich vernünftig an. Mehr kann deine Frau doch gar nicht von dir erwarten. Wo ist nun das Problem?«

Wesley setzte sich auf ein Faß voller Salzheringe. »Leah hat mehr Courage als irgendwer sonst«, wiederholte er. »In Virginia hat sie mir jeden zweiten Tag den Marsch geblasen und mir gesagt, wie abscheulich sie mich findet. Als ich später angeschossen wurde, hat sie ihr Leben aufs Spiel gesetzt, um meines zu retten, das, wie sie mir ständig versicherte, ihr nichts bedeutete. Aber das meinte sie natürlich gar nicht so. Leah ist verrückt nach mir«, setzte er hastig hinzu. »Nichts ist ihr zuviel gewesen; aber diese plärrende Frau hat Leah verändert. Sie arbeitet wie verrückt den ganzen Tag und sitzt abends an ihrem verdammten Webstuhl. Und ich brauche nur ein falsches Wort zu sagen, und sie fängt an zu heulen.«

»Ist sie schwanger?« fragte Mac. »Frauen werden manchmal komisch, wenn sie schwanger sind.«

»Ich glaube nicht, daß sie schwanger ist. Ich habe sie schon mindestens zwanzigmal gefragt, was mit ihr los ist, und dann fängt sie an zu heulen und sagt, sie würde den Menschen nie mehr ins Gesicht sehen können.«

»Ich vermute, du hast ihr von den beiden Zeugen erzählt, nicht wahr?«

»Natürlich habe ich das«, antwortete Wes. »Ich habe sie sogar ins Haus bestellt; aber Leah sagt, ihre Aussage bedeute nichts, weil die Frau fest davon überzeugt sei, daß Leah ihren Mann getötet habe. Jeder in Sweetbriar wußte von Revis' Raubzügen, und ich habe einigen Frauen davon erzählt, wie Leah sich den Räubern anschloß, weil ich verwundet war. Die glaubten mir das auch. Niemand in der Stadt macht Leah deswegen den geringsten Vorwurf bis auf diese Verrückte, die nicht zur Vernunft zu bringen ist. Doch Leah glaubt mir das nicht. Sie weigert sich, mit mir in die Stadt zu fahren, und will nur noch Kimberly, Bud und Cal sehen.«

Ein paar Minuten lang blieb es still im Laden. Man hörte nur den Regen, der auf das Dach trommelte.

»Ich mochte diese Haynesleute noch nie«, sagte Doll leise.

Mac sah ihn verdutzt an, dann sagte er: »Glaubst du, die Frau wird dafür bezahlt, daß sie bei ihrer Geschichte bleibt, Leah habe ihren Mann ermordet?«

»Bezahlung für eine Lüge? Aber warum?« fragte Wesley bestürzt. »Wer könnte schon davon profitieren, daß sie die Stadt in dem Glauben läßt, Leah sei eine Mörderin?«

Mac kam hinter seinem Ladentisch hervor. »Ich weiß, was du den Hiesigen von Revis erzählt hast. Und ich weiß auch, daß du es nur getan hast, um Leah vor einer Anklage zu schützen; aber ich denke, du hast ihnen nicht die ganze Geschichte erzählt.«

Wesley schob das Kinn vor. »Vielleicht solltest du mir sagen, was ich weggelassen habe.«

»Vielleicht hast du auch noch nichts davon gehört«, fuhr Mac fort, »daß eine Reihe von uns Männern vor ungefähr vier Jahren in die Wälder zog und das Räubernest aushob. Das Unternehmen war sehr erfolgreich; nur mußten wir zwei Tote im Wald zurücklassen – Lyttle Tucker und Ottis Waters. Es dauerte nicht lange, und das Räubernest war wieder gefüllt, nur daß diesmal die Frauen von Sweetbriar in meinen Laden marschierten und sagten, sie würden uns Männer verlassen, wenn wir noch einmal gegen die Räuber in die Wälder zögen.«

Mac schlug mit der Hand auf den Ladentisch. »Manchmal benehmen sich die Frauen in dieser Stadt nicht so, wie es sich für Frauen gehört!«

»Mir gefiel meine Frau besser, als sie mir noch nicht gehorchen wollte«, sagte Wesley mit düsterer Stimme. »Wenn ich mir eine gehorsame Frau gewünscht hätte, hätte ich Kimberly geheiratet.«

»Linnet weiß nicht einmal, daß es so ein Wort wie Gehorsam gibt«, gab Mac gereizt zurück. »Manchmal glaube ich, sie bleibt nachts wach, um sich zu überlegen, wie sie etwas tun kann, was ich ihr am Tag zuvor verboten habe.«

»Leah war genauso wie deine Frau; aber jetzt ...«

»Ehe ihr beiden euch so über eure Frauen erhitzt, daß ihr nach Hause rennen und mit ihnen ins Bett gehen müßt, sollten wir lieber weiter über diese Haynes reden, die Mrs. Wesley verleumdet.«

Mac ignorierte die erste Hälfte von Dolls Bemerkung und kam auf die zweite zu sprechen: »Die Haynes sind noch nicht lange in dieser Gegend, und wir hatten einige Probleme mit ihnen – Ladendiebstähle und so. Diese Frau, die deine Leah beschuldigt, ist eine geborene Haynes; und seit sie Witwe ist, wohnt sie wieder bei ihnen.«

Mac legte eine kurze Pause ein und fuhr dann fort: »Ein paar von uns Männern haben sich gefragt, woher es kommt, daß dieses Räubernest immer gefüllt bleibt und sie alle paar Jahre einen neuen Anführer bekommen. Selbst wenn du den Anführer abknallst, wächst rasch wieder ein neuer nach. Seit dieser Revis tot ist, haben die Überfälle aufgehört; aber ich warte jeden Tag auf die Nachricht, daß dieses Unwesen wieder begonnen hat.«

Wesley fragte vorsichtig: »Wie erklärst du dir, daß immer wieder neue Anführer nachwachsen?«

»Es muß einen Drahtzieher hinter diesen Räubern geben – jemand, der alle Raubzüge organisiert; aber nicht bei den Räubern in den Wäldern wohnt.«

»Und wer sollte das sein?« fragte Wesley behutsam.

»Woher, zum Teufel, soll ich denn das wissen?« gab Mac gereizt zurück. »Glaubst du, er liefe frei herum, wenn ich ihn kennen würde?«

Doll drehte sich in seinem Sessel um und blickte Wesley an. »Mac«, sagte er bedächtig, »der Junge weiß mehr, als er dir verraten will.« Damit wandte Doll sich wieder dem leeren Kamin zu.

Mac sah Wesley scharf an. »Ist das wahr? Bist du nur hierhergekommen, um uns auszuhorchen?«

Wesley erwiderte gereizt: »Bisher habe ich noch kein Wort davon gehört, daß die Männer von Sweetbriar Räubernester ausgeräuchert hätten.«

»So? Glaubst du, wir hören uns das Elend anderer Leute an und bleiben ruhig auf unserem Hintern sitzen? Glaubst du, du bist der einzige in dieser Gegend, der ein bißchen Mumm in den Knochen hätte? Ich habe damals bei der Schießerei in den Wäldern Lyttle Tucker verloren, und er war ein Freund von mir – vielleicht der beste, den ich je hatte!«

Doll kam aus seinem Sessel hoch. »Zum Henker mit dir, Macalister! Ich dachte, seit du graue Haare bekommst, würdest du ein bißchen ruhiger werden! Aber das scheint mir nicht der Fall zu sein. Du bist immer noch der gleiche Hitzkopf wie früher. Ich verstehe gar nicht, wie diese süße kleine Lynna es so lange bei dir aushalten kann.«

»Die hält es sehr gut bei mir aus!« brüllte Mac. »Besser, als es jemand jemals bei dir ausgehalten hat, du alter Mann!«

»Hört auf damit!« rief Linnet, der die Regentropfen über die Nase liefen, von der Tür her. »Ihr brüllt ja so laut, daß man es trotz des Platzregens bis auf die Straße hinaus hört. Hallo, Wesley, ich habe dich eine Ewigkeit nicht mehr in der Stadt gesehen.«

Mac ging wieder hinter seinen Ladentisch. Er war ganz blaß vor Zorn.

»Hallo, Linnet«, machte Wesley leise.

»Wesley«, fuhr Linnet liebenswürdig fort, »hättest du die Freundlichkeit, mir zu erzählen, was hier los ist?«

»Ich weiß nicht, ob es Mac . . .«, begann Wes.

»Sag es ihr ruhig«, schnaubte Mac. »Sie erfährt es ja sowieso.«

In kurzen Worten schilderte Wes nun Leahs Dilemma – daß sie sich weigere, die Farm zu verlassen; ihr Unglück und was er getan hatte, um ihren Namen reinzuwaschen. Zuletzt berichtete er, wie es zwischen ihm und Mac zum Streit gekommen war.

Linnet dachte einen Moment nach. »Weißt du denn etwas über diese Räuber?«

Wesley war nicht bereit, Mac zu verraten, daß Bud, Cal und Abe zu ihnen gehört hatten – nicht, weil Miranda Bud oder Cal zu heiraten beabsichtigte. »Ich weiß nur, daß ihr Anführer der Tänzer genannt wird.«

»Hast du eine Ahnung, wer das sein könnte?«

»Man nannte mir einen Namen, doch der war eine Lüge.« Den kann ich ihr unmöglich sagen, solange Mac mir zuhört, dachte Wesley. Er regt sich ja schon über Kleinigkeiten auf. Nicht auszudenken, was passiert, wenn ich . . .

»Wie lautet der Name?« wiederholte Linnet.

Wesley biß sich auf die Unterlippe.

»Du kannst sicher sein, daß er nicht über diese Mauern hinausdringt.«

»Ich wußte sofort, daß es eine Lüge ist. Als Revis erschossen wurde, nannte er uns einen Namen, doch keiner von uns glaubte ihm. Zudem bist du ja zwei Jahre in North Carolina gewesen. Du kannst es also unmöglich sein, Mac.«

Das Schweigen im Raum war geradezu ohrenbetäubend.

»Ich?« sagte Mac und fing an zu lächeln. Er ging zu Doll hinüber. »Hast du das gehört, alter Mann? Ich soll angeblich der Anführer dieser Banditen sein? Ich hätte gern gewußt, wie ich mir die Zeit dazu nehmen könnte bei den vielen Kindern, die ich zu versorgen habe. Und außerdem – was habe ich mit dem vielen Geld gemacht, das ich mir zusammengestohlen habe? Miranda verlangt jede Woche ein neues Kleid von mir, und ich kann ihr nicht mal eines im Monat geben.«

Mac schien sich sehr darüber zu amüsieren, daß er der Tänzer sein sollte.

»Kommt mir aber recht seltsam vor, daß ein Mann lügt, wenn er weiß, daß er jeden Moment abkratzt«, gab Doll zu bedenken.

Wes machte sich auf eine neue Explosion gefaßt, vielleicht kam es diesmal sogar zu Handgreiflichkeiten.

»Das *ist* seltsam«, pflichtete Linnet dem Alten bei. »Was sagst du dazu, Devon?«

»Er hatte einfach Angst«, erklärte Mac barsch. »Vielleicht hatte Revis noch Verwandte, die in der Umgebung wohnen, und wenn er den Namen des Tänzers preisgegeben hätte, stand zu vermuten, daß der Tänzer sich rächen und seine Verwandten umbringen würde.«

»Dieser Gedanke ist mir noch gar nicht gekommen«, sagte Wesley. »Ich habe Revis nicht geglaubt, was er von dir behauptete, und damit war die Sache für mich erledigt, Mac.«

»Aber dann hast du dich doch ein bißchen umgehört und dabei erfahren, daß Mac in North Carolina gewesen ist und deshalb nicht der Tänzer sein konnte, nicht wahr?« warf Doll ein.

»Warum behauptet nun diese Haynes-Witwe immer noch, daß Leah die Mörderin ihres Mannes ist?« fragte Mac. »Weil der Tänzer, wer es auch immer sein mag, fürchtet, daß Leah etwas von ihm wisse!« beantwortete Mac sich seine Frage selbst, ehe ein anderer das Wort ergreifen konnte. »Hat Leah diesen Revis denn sehr gut gekannt?«

»Nicht so gut, wie du zu denken scheinst«, fauchte Wesley. »Aber ...« Er rutschte vom Heringsfaß herunter. »Revis konnte vor dem Tänzer mit ihr geprahlt haben. Revis war ein Einzelgänger, streifte tagelang allein in den Wäldern umher, und niemand wußte, was in seinem Kopf vorging. Aber er mochte Leah. Ich habe mir sagen lassen, daß er den Mann dieser Haynes nur getötet hat, um Leah zu zwingen, bei ihm zu bleiben. Er schien fast alle Frauen auf irgendeine Weise terrorisiert zu haben, und Leah ... Leah läßt sich nicht so leicht einschüchtern.«

»Ich habe mal in einer Stadt gewohnt«, sagte Linnet leise, »wo man eine Frau sogar gelyncht hätte, falls einer sie vor allen Leuten eine Mörderin schimpfte. Sweetbriar ist nicht so eine Stadt«, fuhr sie stolz fort, »aber selbst in dieser Gemeinde dürfte man die Dinge nicht auf die Spitze treiben. Ein paar von den Neubürgern meinen, Sie könnten die beiden Männer bestochen haben, Wes, damit sie Ihre Frau entlasten.«

»Nennen Sie mir ihre Namen, Linnet, und ich werde die Lügenbolde in Stücke zerreißen«, fauchte Wesley.

»Das würde dir wenig helfen«, sagte Mac. »Ich glaube, wir müssen herausfinden, wer dieser Tänzer ist.«

»Muß jemand ganz in unserer Nähe sein, weil er solche Angst vor Ihrer Missus hat«, sagte Doll.

»Aber wie wollen wir herausfinden, wer der Tänzer ist? Wir können doch nicht einfach die Leute ausfragen«, sagte Linnet.

Mac und Wesley wechselten einen Blick. »Es gibt nur eine Möglichkeit: Wir müssen ihn zwingen, uns noch einmal seine Karten zu zeigen.«

Es dauerte einen Moment, ehe Wesley begriff, was Mac meinte. »Du willst meine Frau noch einmal als Lockvogel benützen, damit dieser Tänzer sie abknallen kann? Du erwartest von mir, daß ich Leah den Launen eines Räubers und Mörders überlasse? Kommt überhaupt nicht in Frage, Macalister !

»Niemand verlangt so etwas von dir . . .«, begann Mac wütend.

»Ich glaube, Sie sollten Leah selbst fragen, was sie darüber denkt, Wes«, sagte Linnet. »Sie sollten ihr die Entscheidung überlassen, ob sie gewillt ist, so einen Auftrag zu übernehmen. Im Augenblick ist sie todunglücklich, weil man sie des Mordes beschuldigt und sie ihren Namen nicht reinwaschen kann. Nur wenn man den wahren Übeltäter findet, wird sie wieder frei atmen können.«

»Himmel, nein«, sagte Wesley energisch. »Mir ist es egal, ob Leah nie mehr das Haus verlassen oder nie mehr in die Stadt kommen will, aber ich erlaube es nicht, daß sie sich zum zweitenmal als Zielscheibe für einen Mörder hergibt. Wenn der Tänzer glaubt, sie wüßte etwas über ihn, wird er versuchen, sie zu töten. Ich entlasse sie nicht aus meinem Schutz!«

»Dann zwingen Sie ihr aber etwas auf, mit dem sie auf die Dauer nicht leben kann«, ereiferte sich Linnet. »Der Tänzer braucht nur diese schreckliche Frau dafür zu bezahlen, daß sie ihre Lügengeschichten über Leah weiter verbreitet; und wenn Ihre Frau zu Hause bleibt, heult und sich nie verteidigen kann, wird es nicht lange dauern, und die Leute glauben, daß Leah eine Mörderin ist.«

»Richtig«, sagte Doll. »Die Leute werden sagen, wo Rauch ist, ist auch Feuer, und in ein paar Monaten sind sie alle überzeugt, daß Ihre kleine Frau sich nicht ohne Grund so elend fühlt. Sie werden sagen, sicherlich wagt sie sich nicht mehr aus dem Haus, weil sie schuldig ist.«

»Wesley«, sagte Linnet, die Hand auf seinem Arm, »Sie müssen mit Leah darüber reden. Tatsächlich kann nur sie entscheiden, was in dieser Sache geschehen soll.«

»Solange sie meine Frau ist . . .«

»Ha!« unterbrach ihn Mac. »Wenn du willst, daß sie sich so beträgt, wie es einer Frau zukommt, solltest du dich schleunigst wieder auf die Socken machen. Denn wenn du es Leah nicht sagen willst, ist meine Frau schon vor dir auf der Farm und hat es ihr bereits erzählt.«

»Ist das wahr?« fragte Wes ungläubig.

»Der Gedanke ist mir allerdings gekommen«, sagte Linnet mit einem strengen Blick auf ihren Mann.

»Vielleicht sollten wir woanders hinziehen . . .«

»Die Verleumdung dieser Frau wird euch überallhin folgen«, prophezeite Mac. »Du kannst sie nur aus der Welt schaffen und Leah einen echten Schutz bieten, indem du herausfindest, wer der Tänzer ist. Und die einzige Möglichkeit, ihn zu entlarven, sehe ich darin, daß Leah ganz offen ist. Vielleicht weiß sie etwas, an das sie sich nur nicht mehr erinnern kann? Vielleicht will der Tänzer sie deshalb aus dem Wege schaffen? Vielleicht wohnt der Tänzer aber auch hundert Meilen von hier entfernt, und diese Haynes will sich nur wichtig machen. Wer weiß? Aber die Wahrheit wirst du nur erfahren, wenn sich Leah in der Öffentlichkeit zeigt und wir erleben, wie der Tänzer darauf reagiert.«

»Sieht mir aber ganz so aus«, sagte Doll, »als verfolgte der Tänzer auch noch andere Absichten mit Ihrer Frau. Er hätte sie doch gleich umbringen können. Warum läßt er sie verleumden und hängt ihr ein Verbrechen an? Was hat er davon?«

»Er will von sich ablenken«, sagte Wes nachdenklich. »Wenn er jemand anderen zum Sündenbock macht, wird niemand ihn verdächtigen. Selbst wenn er hin und wieder einen Fehler macht, werden die Leute nicht darauf achten, solange alle Leah für schuldig halten.«

Wesleys Stimme wurde hart: »Ich werde sie nicht mehr aus den Augen lassen. Und wenn ich mit ihr nach Frankreich reisen und dort leben muß, werde ich das tun, damit sie vor diesem Mörder sicher ist. Ich werde nicht zulassen, daß sie noch einmal in Gefahr gerät. Und wenn einer von euch ihr etwas von unserem Gespräch erzählt, werde ich dafür sorgen, daß er das bitter bereut.«

Damit setzte er seinen Hut auf und verließ den Laden.

Kapitel 28

Leah flocht Kimberlys langes Haar zu Zöpfen.

»Ich freue mich schon so auf den Ball heute abend«, sagte Kim. »Ich werde mein rosenfarbenes Seidenkleid mit dem Spitzenschal tragen. Seit Monaten bin ich nicht mehr aus dem Haus gekommen, abgesehen von den kleinen Stippvisiten bei dir. Was wirst du heute abend tragen, Leah?«

Leah drehte sich zu einer Schüssel mit schmutzigem Geschirr um. »Ich gehe nicht zum Tanzen.«

»Du gehst nicht? Oh, Leah, du mußt hingehen? Jeder geht doch zu dem Ball, sogar Bud und Cal.« Kim lachte. »Ich habe gehört, daß Miranda Macalister ihnen beiden neue Hemden genäht hat, und alle sind furchtbar neugierig, ob sie mit den beiden Jungs gleichzeitig tanzen kann. Das wird ein Riesenspaß! Und ich weiß doch, daß du hübsche Kleider hast, Leah; also liegt überhaupt kein Grund vor, daß du nicht zum Ball gehst.«

»Man hat es mir verboten«, sagte Leah, ihren Zorn unterdrückend.

»Verboten?« wiederholte Kim entsetzt. »Wer denn? Willst du damit sagen, Wesley habe dir verboten, zum Ball zu gehen?«

Leahs Hände krampften sich um einen Teller im Spülwasser. »Ich dachte, es wäre an der Zeit, daß ich mich auch mal wieder in der Stadt sehen ließe und mich der Öffentlichkeit stellte; doch mein Mann will nichts davon hören.«

Kim machte ein Gesicht, als hätte sie soeben die schlimmste Tragödie ihres Lebens erfahren. »Aber warum, Leah? Wesley ist doch der netteste, gütigste und rücksichtvollste Mann von der Welt. Wie kann er dir verbieten, zum Tanzen zu gehen?«

»Ich habe keine Ahnung! Er weigerte sich, mit mir über seine Gründe zu sprechen. Er sagte lediglich, ich sei dort von zu vielen Menschen umgeben. Das passe ihm nicht.«

»Himmel, lieber umgebe ich mich mit Hunderten von Leuten, als in meiner Wohnung mit John allein zu sein«, sagte Kim. »Wesley muß dir doch einen stichhaltigen Grund genannt haben.«

Leah konnte ihre Tränen kaum noch unterdrücken.

»Vielleicht möchte ein Stanford sich nicht damit blamieren, daß er mit einer Simmons, die man des Mordes beschuldigt, zum Tanzen geht. Vielleicht kann es mein Mann nicht ertragen, daß die Leute wissen, was für eine Frau er hat.«

»Oh, Leah«, wisperte Kim, während sie die Arme um ihre Freundin legte. »Setz dich hin. Ich mache dir eine Tasse Tee.«

Gehorsam setzte sich Leah auf einen Küchenstuhl – ein Bild des Jammers und der Verzweiflung.

»Das ist aber gar nicht nett von Wesley«, sagte Kimberly nachdenklich und setzte sich Leah gegenüber. Offenbar hatte sie schon wieder vergessen, daß sie ihrer Freundin einen Tee kochen wollte. »Als ich dich kennenlernte, hatte ich Angst davor, mit einer Simmons zu reisen. Steven traute dir die schrecklichsten Sachen zu. Er prahlte damit, wie er mit dir ... nun, welche Sachen er mit dir machen wollte, sobald Wesley dich ihm überlassen würde. Er sagte, alle Simmons-Frauen liebten ... nun, du weißt schon, was. Den Sex!«

Leah blickte Kim entsetzt an.

»Ich glaubte ihm«, fuhr Kim fort. »Lange glaubte ich ihm; aber du warst immer so freundlich zu mir, während andere Leute garstig zu mir waren, und soweit ich das beurteilen konnte, bist du gar nicht zu allen Männern ins Bett gesprungen, wie Steven das von dir behauptete. Und daher konnte ich Wesley fast verstehen, als er mir sagte, daß er mit dir verheiratet bleiben wollte. Aber ich war sehr, sehr wütend.« Es klang fast, als wollte sie Leah nun dafür um Verzeihung bitten.

»Was sagte Wesley damals zu dir, als er dir mitteilte, er wollte die Ehe mit mir nicht auflösen?« fragte Leah leise.

»Tatsächlich war er sehr nett zu mir, obwohl ich es in jenem Augenblick nicht so empfand. Er sagte, es wäre ein schwere Entscheidung für ihn; aber er denke, daß er verpflichtet sei, bei dir zu bleiben.«

»Verpflichtet, wie?« murmelte Leah. »War das sein einziger Grund?«

Kim lächelte. »Wes sagte, er würde mich immer lieben, weil ich seine erste Liebe gewesen wäre; aber er müsse tun, was sein Hochzeitsgeblübde von ihm verlange, nämlich, mit dir verheiratet zu bleiben!«

Leah stand auf. »Diese Standfords sind doch wirklich reizende Leute, nicht wahr? Sie halten sich strikt an ihr Ehrgefühl, auch wenn es ihnen so etwas Widerwärtiges aufbürdet wie eine Ehe mit – mit einer Schlampe, die aus dem Sumpf kam, sich einem von ihnen an den Hals warf und ihn zwang, sie zu heiraten. Aber natürlich werden sie ein bißchen dafür entschädigt. Frauen aus niedrigem Stande machen sich gut als Farmarbeiterinnen und Bettgenossinnen, und wenn die Schlampe Schwierigkeiten bekommt, weil sie einen Stanford beschützen will, dann kann man sie ja zu Hause verstecken und sie dort einsperren, damit sie putzen und kochen und nachts das Bett warm halten kann. Frauen aus der Familie Simmons lassen sich das gern gefallen!«

»Leah«, sagte Kim mit einem Stirnrunzeln, »das mag alles wahr sein; aber als Wesley mir sagte, daß er die Ehe mit dir aufrechterhalten würde, spürte ich, daß er bei dir bleiben *wollte* und nicht *mußte*. Wesley kann unglaublich stur sein, und er wird nie etwas tun, was er nicht tun möchte.«

»Oh, natürlich wollte er mit mir verheiratet bleiben«, sagte Leah grimmig. »Wo nähme er denn sonst eine Putzfrau her, die mit ihm im Bett herumturnt? Er hat mich ein einziges Mal in die Stadt mitgenommen, um mich den Leuten vorzustellen; doch seither durfte ich mich nie mehr in der Öffentlichkeit zeigen. Er will sich doch heute abend nicht mit so einer Frau wie mir – blamieren!«

Kim blickte Leah mit gefurchter Stirn an. »Ich verstehe das nicht. Ich dachte, du wolltest nicht in die Stadt gehen.«

»Zunächst wollte ich das auch nicht; doch seit zwei Wochen predige ich Wes, daß ich mich wieder mal in der Stadt sehen lassen müßte. Wesley aber schützte immer neue Gründe vor, weshalb ich zu Hause bleiben sollte. Nun hat er mir sogar ausdrücklich verboten, heute abend zum Tanzen zu gehen.«

»Und ich hoffte, du würdest mitkommen«, sagte Kim. »Ich habe dir sogar etwas mitgebracht, das du heute abend tragen solltest.« Sie zog ein kleines, in Stoff eingewickeltes Päckchen aus der Tasche. »Ich dachte, das müßte gut zu deinem grünen Kleid passen.«

Leah löste den Knoten, faltete das Seidentuch auseinander und betrachtete die Brosche aus Goldfiligran, die darin eingewickelt gewesen war. Es war ein Medaillon – das auf Elfenbein gemalte Miniaturbild einer Frau.

»Wer ist das?« flüsterte Leah.

»Ich weiß es nicht. Es scheint schon sehr alt zu sein, nicht wahr? Und das grüne Kleid auf dem Porträt hat die gleiche Farbe wie deines. Ich wünschte mir so sehr, daß du mitgehen und das Medaillon tragen würdest.«

»Ich gehe mit«, sagte Leah da plötzlich zu ihrer eigenen Verwunderung. »Wesley Stanford mag zwar glauben, daß er mich verstecken kann; doch da irrt er sich! Ich werde nicht den Rest meines Lebens in diesen vier Wänden verbringen und mich selbst bedauern. Ich habe keinen Anteil an diesen Morden; und meinetwegen kann diese Frau bis zum Jüngsten Tag das Gegenteil erzählen – wahr wird es dadurch dennoch nicht!«

»Ich bin froh, daß du so darüber denkst; aber wenn Wesley sagt, du darfst nicht hingehen . . .« Kims Miene hellte sich auf. »Aber wenn du weinst und ihm sagst, du würdest sterbenskrank, wenn du nicht zum Ball darfst, wird er dich bestimmt ziehen lassen! Und dann wäre es kein Ungehorsam! Oder vielleicht fällst du mal in Ohnmacht? Wesley mag das gern, und . . .«

Leah brachte sie mit einem vorwurfsvollen Blick zum Schweigen. »Ich werde ihn nicht bitten, und ohnmächtig werde ich schon gar nicht. Nein, erst schicke ich Wesley aus dem Haus, und dann gehe ich zum Ball. Ich kann es kaum erwarten, sein Gesicht zu sehen, wenn ich dort auftauche.«

»Ich ebenfalls nicht«, meinte Kim grimmig. »Ich glaube, ich würde tot umfallen, wenn mir jemand so grob käme wie Wesley dir.«

»Das ist es wert, wenn ich diesem arroganten Mann beweisen kann, daß ich mich nicht zu Hause einsperren lasse, als wäre ich ein eitriger Finger, den man nicht vorzeigen kann. Und du, Kim, wirst mir dabei helfen!«

Kim wurde ganz blaß. »Nein, Leah. Ich habe Angst vor Wesley.«

»Ich dachte, er wäre so gütig und rücksichtsvoll.«

»Nur wenn er seinen Willen bekommt. Wirklich, Leah, ich sehe mich außerstande, dir dabei zu helfen.«

Leah setzte sich wieder zu Kim an den Tisch. »Du brauchst ihm doch nur eine Nachricht zu schicken, daß du seine Hilfe brauchst. In letzter Zeit ist er zwar immer nur um mich herumscharwenzelt; aber wenn du ihn rufst, kommt er sofort. Du bist ja seine erste, wahre Liebe. Und während er unterwegs ist zu dir, gehe ich zum Ball. Du kannst ja noch eine Nachricht schreiben, in der steht, daß ich zum Tanzen gegangen bin. Wenn er zu dir kommt und das Haus leer findet, kehrt er hierher zurück, liest den Zettel und fährt anschließend bestimmt in die Stadt zum Ball.«

»Glaubst du, Wesley wird dich verprügeln, wenn du

nach Hause kommst?« fragte Kim besorgt. Ihre Augen weiteten sich. »Oder glaubst du, er verprügelt mich?«

»Nein, natürlich nicht! Vermutlich ist er wütend, aber ich hoffe, ihm beweisen zu können, daß ich ihm in der Öffentlichkeit keine Schande mache. Nicole hat mir Unterricht im Tanzen geben lassen, und meine Kleider sind nicht unbedingt das, was ein Mädchen aus den Sümpfen zum Ball anziehen würde. Vielleicht begreift Wesley, wenn er sich einigermaßen beruhigt hat, daß er sich mit mir in der Gesellschaft durchaus sehen lassen kann.«

»Oh, Leah!« Kim vergrub das Gesicht in den Händen. »Mir geht das Ganze schrecklich gegen den Strich. Irgendwie scheint mir das, was du vorhast, nicht richtig zu sein. Wesley benimmt sich nicht so, als würde er sich deinetwegen schämen; tatsächlich scheint er dich sehr zu mögen. Könntest du ihm diesen Zettel nicht selbst schreiben? Dann würde ich zu ihm sagen, daß ich von der Sache nichts wüßte und nichts mit ihr zu tun hätte. Ich kann gut lügen! Das fällt mir nicht schwer.«

»Ich kann weder lesen noch schreiben und müßte mir zudem noch einen Boten suchen. Ich bin nur von Männern umgeben, die alle auf Wesleys Seite stehen. Bitte, Kimberly, bitte!«

Kim hatte Tränen in den Augen – Angsttränen –, als sie zustimmend nickte.

Als Wesley zu seiner Farm zurückritt, malte er sich aus, wie er Kimberly den Marsch blasen würde, wenn er sie das nächste Mal sah. Wie kam sie überhaupt dazu, ihm so einen Brandbrief zu schreiben? Zweifellos hatte John gewagt, ihr zu sagen, sie möge sich von ihrem zunehmend stattlicher werdenden Gesäß erheben und etwas arbeiten, und aus Empörung über diese Zumutung hatte sie Wesley einen Brief geschrieben. Und Wes, dieser Dummkopf, war sofort zu ihrer Hilfe herbeigeeilt, bereit, falls das nottat, einem guten Mann wie John Hammond ein paar Zähne einzuschlagen.

Doch als Wes in Kimberlys Haus anlangte, war es leer. Ein Feldarbeiter sagte ihm, Kim sei schon vor einer Stunde mit John zum Ball in die Stadt gefahren. Nun konnte Wes nur noch daran denken, daß Leah allein zu Hause saß, ohne Beschützer, abgesehen von ein paar Landarbeitern ... Konnte es nicht möglich sein, daß einer von ihnen der Tänzer war? Im Augenblick traute er niemandem. Selbst Bud und Cal verschonte er nicht mit seinem Mißtrauen. Doch er ließ seine Frau, die sich elend, überarbeitet und abgespannt fühlte, in der Wohnung zurück, wo sie inzwischen das Opfer eines Mordanschlags geworden sein konnte!

»Leah«, rief er, noch ehe er aus dem Sattel war. Er stürmte ins Haus und durch alle Räume: »Leah!«

Sein Herz begann wie rasend zu pochen, als ihm nur sein Echo antwortete.

Er rannte vom Stall in die Scheune, von der Scheune ins Hühnerhaus, immer wieder ihren Namen rufend.

»Wo ist Leah?« brüllte er einen von den Macalister-Zwillingen an.

»Ich dachte, sie wäre in Ihrer Wohnung!«

»Verdammt«, rief Wes und rannte zurück ins Haus, wo er ein Stück Papier auf dem Küchentisch entdeckte:

Lieber Wesley,

Leah kann nicht schreiben; und obwohl sie mir diktiert, was ich schreiben soll, werde ich Dir nur die Wahrheit schreiben. Es war nicht sehr nett von Dir, ihr zu verbieten, auf den Ball zu gehen. Ehe sie auf Dich wütend wurde, fühlte sie sich schrecklich von Dir gekränkt. Deshalb ließ

sie mich zwei Zettel für Dich schreiben, damit sie zum Tanzen gehen konnte. Es war wirklich nicht mein Einfall, Wesley. Sei bitte nicht böse auf mich.
In Liebe,
Kimberly
P.S.: Leah ist wirklich sehr nett und absolut kein garstiges Ding aus den Sümpfen. Bitte, schlage sie nicht.

»Sie schlagen!« rief Wesley betroffen. »Oh, du Strohkopf von einer Frau! Ich könnte dich allerdings grün und blau schlagen, Leah. Das heißt, wenn du noch am Leben bist«, flüsterte er.

Er zerknüllte den Zettel, war mit ein paar langen Sätzen wieder aus dem Haus, schwang sich auf sein Pferd und galoppierte in Richtung Stadt davon.

Leah war ziemlich nervös, als sie in Macalisters Drugstore anlangte, wo der Ball stattfinden sollte. Es schickte sich eigentlich nicht, daß sie ohne männliche Begleitung zum Tanzen kam.

»Leah!«

Justin Stark stand vor dem Laden, und nun eilte er herbei, um ihr vom Pferd herunterzuhelfen.

»Wo ist denn der Gatte geblieben, der dich ständig vor uns versteckt hält? Er hat dich doch nicht etwa aus den Augen verloren?«

»Wesley hat . . . noch etwas zu erledigen. Er kommt später nach.« Als sie das sagte, blickte sie ein wenig zur Seite.

Justin nahm ihren Arm und klemmte ihn unter den seinen. »Ich finde mich nur zu gern mit dieser Antwort ab! Es ist Wesleys Verlust und unser Gewinn. Ich habe das schönste Mädchen dieses Staates am Arm und fühle mich geehrt, wenn es auch mit mir tanzen möchte.«

Im Drugstore hatte man die Regale zur Seite geräumt, und alle Laternen der Stadt schienen für die Beleuchtung zu sorgen. Vier Fiedler spielten am anderen Ende des saalartigen Raumes, und an einer Längswand stand ein aus mehreren Tischen bestehendes, mit Speisen überladenes Büfett.

»Ich hätte etwas für das Büfett mitbringen sollen«, murmelte Leah.

»Du hast dich selbst mitgebracht. Das ist mehr als genug.«

»Leah!« rief Kimberly von der Seitenwand her. »Du bist also gekommen. Weiß Wesley . . .?«

»Würdest du mich einen Augenblick entschuldigen, Justin?« sagte Leah und zog Kimberly in eine Ecke des Saales.

»Hast du mit Wesley gesprochen? Was hat er gesagt? War er so wütend, wie du es erwartet hast?«

»Kimberly«, sagte Leah leise und hielt sich die Nasenlöcher zu. »Hast du etwa Gin getrunken?«

»Nur ein winziges bißchen! Nicht so viel, daß es zählt. Justins Vater braut so wundervolle Sachen, die einen schon nach einem Schluck ganz lustig machen. Ich bin ja so nervös gewesen, John spricht kaum ein Wort mit mir. Findest du nicht auch, daß Justin heute abend blendend aussieht? Aber das gilt wohl für fast alle hier versammelten Männer. Sie sehen durchweg gut aus, nur mein Mann nicht.«

»Kimberly, ich möchte, daß du jetzt zum Büfett gehst und etwas ißt. Und hör endlich mit diesem Geplapper auf!« Mit sanfter Gewalt zog Leah Kim zu den mit Speisen beladenen Tischen an der Seitenwand.

»Leah!« rief Linnet Macalister und sah Leah an, als

wäre sie ein Gespenst. »Ich hätte nicht geglaubt, daß Sie zu unserem Ball kommen.«

»Und was für ein hübsches Kleid Sie anhaben«, sagte Agnes Emerson. »Ist das ein Bildnis Ihrer Mutter?« fragte sie, auf das Medaillon an Leahs Brust deutend.

»Das hat mir eine Freundin geschenkt. Könnte ich einen Teller für Kim bekommen, und würde vielleicht jemand dafür sorgen, daß sie etwas ißt? Ich muß ein paar Worte mit Doll Stark reden.«

Agnes warf einen Blick auf Kimberly und war sofort im Bilde. »Ich hoffe, Sie sagen ihm auch gleich meine Meinung dazu, Mrs. Stanford!« rief sie Leah nach.

Doll saß an gewohnter Stelle in seinem Sessel vor dem Kamin, nur daß er diesmal die Rückenlehne dem kalten Kaminrost zu gedreht hatte. Lester Sawrey, die neben ihm Platz genommen hatte, stieß den alten Mann gegen den Ellenbogen, als sie Leah auf sich zukommen sah.

»Ja, Ma'am«, sagte Doll, »was kann ich für Sie tun?«

»Ich wollte Sie bitten, Kimberly Hammond nichts mehr von dem Zeug zu geben, das Sie ihr ins Glas geschüttet haben.«

»Die kleine Lady hat einen Zug am Leibe«, sagte Doll staunend. »Mit einem Glas war sie nicht zufrieden. Ich mußte ihr einen Bierkrug von dem Zeug abfüllen.«

Leah funkelte ihn wütend an.

»Wo haben Sie denn Ihren Mann gelassen?« fragte Doll. »Ich hätte nicht geglaubt, daß er Sie zu diesem Schwof gehen läßt.«

Leah gab ihm keine Antwort. Sie sah ihn nur unverwandt an.

»Also gut«, sagte Doll seufzend, »ich werde ihr nichts mehr zu trinken geben. Obwohl ich das bedaure. Die kleine Lady hat diesbezüglich beachtliche Fähigkeiten.«

»Mrs. Stanford?«

Leah drehte sich um und sah John Hammond vor sich stehen. Er war ein gutaussehender Mann mit schönen silbergrauen Haaren.

»Darf ich Sie um diesen Tanz bitten?«

Nach einem raschen Blick auf Kim, die sich gerade einen Stuhl suchte und sich ihren gefüllten Teller reichen ließ, nahm Leah Johns Arm.

Nicoles Tanzmeister hatte sie nicht auf diese lebhaften ländlichen Polkas vorbereitet; und als der Tanz zu Ende war, fächelte sie sich mit der Hand Kühlung zu.

»Wie wäre es, wenn wir ein bißchen an die frische Luft gingen?« meinte John augenzwinkernd.

»Ja, frische Luft könnte ich jetzt gut gebrauchen.«

Draußen blinkten die Sterne am klaren Himmel, und die kühle, mit dem Duft blühender Sträucher gesättigte Luft tat ihr gut. Leah war froh, daß sie zu diesem Ball gegangen war. Und wenn sie daran dachte, daß Wesley ihr so ein harmloses Vergnügen nicht gönnen wollte, hätte sie ihn am liebsten ...

»Ein Vermögen für Ihre Gedanken!«

Sie lächelte ihm zu. »Ich habe nur daran gedacht, wie froh ich bin, daß ich diesen Ball nicht versäumt habe.«

»Auch ich bin froh, daß Sie gekommen sind«, sagte John ernst. »Ich habe mir schon lange gewünscht, einmal mit Ihnen reden zu können, eigentlich wollte ich bei Ihnen Rat suchen. Ich weiß, daß Kimberly sehr unglücklich ist; doch ich weiß beim besten Willen nicht, wie ich sie glücklich machen kann. Ich habe, weiß Gott, große Geduld mit ihr gehabt, und verlange auch nicht viel von ihr. Aber wenn ich abends nach Hause komme, hat sie kein Abendbrot zubereitet, und es hat Wochen gedauert, bis ich ihr beibringen konnte, wie sie die Eier zum Frühstück braten soll. Ich habe Langmut gezeigt und darauf Rücksicht genommen, daß sie nicht daran gewöhnt war, viel zu arbeiten; doch was ich auch anstelle – sie scheint mir nur Abneigung entgegenzubringen. Und Sie dürfen mir glauben, Mrs. Stanford: Ich liebe meine Frau! Und wenn ich mir Angestellte leisten könnte, würde ich sofort jemand engagieren, der ihr bei der Hausarbeit hilft. Ich weiß, daß Sie mit Kim befreundet sind, und ich dachte, vielleicht hat sie mit Ihnen über ihre Probleme gesprochen? Könnten Sie mir vielleicht helfen?«

Leah war sich nicht sicher; aber sie glaubte, Tränen in seinen Augen blinken zu sehen. Zum Kuckuck mit dir, Kimberly, dachte sie erbittert; mußt du mit deiner Faulheit diesen guten Mann so unglücklich machen?

»Sie hat kaum mit mir über ihre Ehe gesprochen«, wich Leah aus.

»Aber vielleicht hat sie Ihnen gegenüber eine Andeutung gemacht, die mir weiterhelfen könnte«, sagte John verzweifelt. »Mit mir will sie ja nicht reden, und wenn ich nur wüßte, worüber sie sich beschwert hat, könnte ich das vielleicht abstellen. Ich möchte Kim wirklich glücklich machen.«

»Ich glaube, die Ehe als solche ist für sie ein Problem«, sagte Leah behutsam. »Sie ist nicht unbedingt in die Arbeit verliebt.«

John lächelte. »Wie taktvoll Sie sich ausdrücken, Mrs. Stanford! Aber hat sie Ihnen denn nichts . . . Konkreteres genannt, das sie an unserem Zusammenleben stört?«

»John«, sagte Leah und legte ihm die Hand auf den Arm, »ich wünschte mir wirklich, ich könnte Ihnen helfen. Kimberly ist meine Freundin; aber ich kann mir vorstellen, daß das Leben mit ihr nicht einfach ist. Ich werde mit ihr reden und mich bemühen, von ihr eine Antwort auf die Fragen zu erhalten, die Sie quälen. Ich will ja, daß Sie beide glücklich leben.«

»Bitte, versuchen Sie sie davon zu überzeugen, daß ich sie liebe«, bat John im flehenden Ton.

»Ich verspreche es Ihnen. Wollen wir jetzt wieder hineingehen?«

Mit einem verlegenen Lächeln bot John ihr seinen Arm. »Sie müssen das heute abend zwar schon ein dutzendmal gehört haben; aber Sie sehen ganz reizend aus! Das grüne Kleid paßt hervorragend zu Ihren Augen. Und das Medaillon, das Sie tragen – ist das etwa eine Miniatur von Ihrer Mutter?«

Leah lächelte traurig bei dem Gedanken, daß ihre Mutter sich in ihrem ganzen Leben kein Seidenkleid hatte leisten können. »Denken Sie nur, Kimberly hat mir dieses Medaillon geschenkt. Vielleicht stellt es eine Verwandte von ihr dar?«

»Ach ja, kann sein, daß ich das Medaillon schon einmal bei ihr gesehen habe und mir das nur inzwischen wieder entfallen ist. Es war nett von ihr, Ihnen so ein Geschenk zu machen, nicht wahr? Vielleicht erzählt sie Ihnen die Geschichte der abgebildeten Dame, und Sie erzählen sie mir dann weiter, ja? Leider werde ich wohl alles, was meine Frau betrifft, nur auf Umwegen erfahren können.«

Leah spürte, wie sich ihr Herz für diesen Mann erwärmte, und sie hätte Kimberly am liebsten geohrfeigt, daß sie diesen sympathischen Mann so ungezogen behandelte. »Entschuldigen Sie mich«, sagte sie, sobald sie in den Ballsaal zurückkamen, und ging direkt auf Kim zu.

»Du hast mit John geredet«, empfing Kim sie vorwurfsvoll, ehe Leah noch einen Ton sagen konnte. »Hat er mit dir über mich gesprochen?«

»Ja! Der arme Mann bemüht sich sehr, dich glücklich zu machen; und du hast ihm das schlecht gelohnt.«

»Leah«, begann Kimberly; doch plötzlich stand John mit ausgestreckter Hand vor ihr.

»Wollen wir tanzen?« fragte er mit sehnsüchtiger Stimme.

Kims Gesicht wirkte plötzlich fahl. »Ja«, murmelte sie und nahm seine Hand.

Die beiden mischten sich unter die anderen Tanzpaare; doch jedesmal, wenn Kim mit John in Berührung kam, zuckte sie zusammen, und am Ende des Tanzes schien ihr das Lächeln vergangen zu sein.

»Du kannst doch nicht die ganze Nacht hindurch das Mauerblümchen spielen«, sagte Justin zu Leah, die ihre Freundin beim Tanzen beobachtete. »Außerdem fürchte ich, daß dein Mann jeden Moment in den Saal hereinstürmt und dich auf der Stelle nach Hause bringt.«

»Das befürchte ich aus! Aber könnten wir, statt zu tanzen, vielleicht eine Kleinigkeit zusammen essen? Ich glaube, ich habe die Lust am Tanzen verloren.«

»Könnte es sein, daß John und Kim dir die Laune verdorben haben? Ich sah, daß du die beiden beobachtet und dabei die Stirn gerunzelt hast.«

»Vielleicht kann ich es nicht ertragen, andere Menschen unglücklich zu sehen.«

Justin schnaubte. »Kim würde jeden Menschen unglücklich machen. Ich kann John nur bedauern, daß er mit ihr leben muß. Oh, ich glaube, eben ist ein Hurrikan durch die Tür gekommen.«

Wesley stürmte in seinem verschwitzten Arbeitshemd und mit Haaren, die ihm im Gesicht klebten, auf die beiden zu.

Kapitel 29

»Du kommst sofort mit mir nach Hause«, knirschte Wesley durch die zusammengepreßten Zähne, während sich seine Finger in Leahs Oberarm bohrten.

»Wenn du mich entschuldigen möchtest«, sagte Leah höflich zu Justin, ehe Wesley sie von ihm wegriß.

Auf dem Weg durch den Saal versuchte Leah zu lächeln und den Leuten zuzunicken, als würde sie ihren Mann nur für ein paar Minuten nach draußen begleiten, statt von ihm vor die Tür geschleppt zu werden. Doch inzwischen näherte sich ihr Zorn dem Siedepunkt.

»Steig auf mein Pferd«, befahl Wesley und warf die Tür von Macalisters Drugstore hinter sich zu.

»Weil du dir noch den Rest deines guten Rufes retten willst? Dann laß dir sagen, Wesley Stanford, dafür ist es bereits zu spät! Jeder im Saal hat mich gesehen und weiß bereits, daß Seine Majestät, Mr. Stanford von der großartigen Stanford-Plantage, eine Frau aus den Sümpfen Virginias geheiratet hat. Und welche Überraschung – niemand fühlte sich angeekelt, niemand wischte sich die Hände ab, nachdem er mit einem solchen Abschaum getanzt hat!«

»Bist du verrückt geworden, Leah? Ich weiß überhaupt nicht, wovon du redest.«

»Ich rede davon, daß ich eine Simmons bin. Ich rede davon, daß du dich meinetwegen schämst und dich nicht mit mir in der Öffentlichkeit zeigen willst.«

»Nicht mit dir zeigen will ...« Wes schüttelte den Kopf. »Ich verstehe dich immer noch nicht; aber laß uns nach Hause reiten und die Sache dort besprechen.«

Sie wich vor ihm zurück. »Nach Hause reiten und dort in dein Bett steigen, meinst du wohl!«

»Ich hätte nichts dagegen«, antwortete er mit einem Grinsen.

»Du . . .!« Sie machte eine Faust und rammte sie ihm in den Unterleib.

Wesley bewegte sich nicht von der Stelle. »Was, zum Henker, ist nur in dich gefahren?«

»Du hast mir verboten, den Ball in der Stadt zu besuchen, weil du glaubst, ich müsse zu Hause an dein Bett und an die Küche gefesselt bleiben; und da fragst du mich noch, was in mich gefahren ist? Du glaubst, nur reiche Leute hätten ein Ehrgefühl; doch sei versichert, daß ich auch meinen Stolz habe!«

»Frauen!« sagte Wesley leise zu sich. »Leah, ich schäme mich doch nicht deinetwegen. Ich weiß nicht, wie du auf diesen blödsinnigen Gedanken gekommen bist. Du bist schön und heute abend zweifellos die hübscheste Frau im Saal; aber ich möchte vorläufig nicht, daß du dich mit zu vielen Menschen triffst.«

»Weil ich mich nicht zu benehmen weiß? Weil ich dem Namen Stanford Schande machen könnte?«

»Gütiger Himmel! Es ist doch auch dein Name. Ich möchte nur einen Tag lang in meinem Leben eine Frau begreifen können. Irgendeine Frau! Leah, willst du jetzt bitte mit mir nach Hause kommen?«

»Warum?« fragte sie wütend. »Warum willst du mich verstecken?«

»Ich will dich gar nicht verstecken . . . nun, vielleicht doch.« Mit einem verführerischen Lächeln trat er näher an sie heran. »Wir können unseren eigenen Ball zu Hause veranstalten.«

»Du bringst mich nur mit Gewalt nach Hause. Ich werde schreien und treten, wenn du mich auf das Pferd heben willst, und dann ist es mit deinen guten Ruf in der Stadt endgültig vorbei.«

Wesley drehte sich einen Moment von ihr weg, und als er sie wieder ansah, war sein Gesicht eine einzige Ratlosigkeit. »Leah, ich weiß wirklich nicht, warum du so aufgebracht bist. Ich habe dich nicht gebeten, dem Ball fernzubleiben, weil ich mich deiner schäme und mich nicht mit dir in der Öffentlichkeit zeigen möchte. Ganz im Gegenteil! Nichts wäre mir lieber, als dich bei der Hand zu nehmen und mit dir einen Tanzabend zu eröffnen. Doch im Augenblick gibt es Gründe, die mich veranlassen, dich im Haus zu verwahren, wo ich immer in deiner Nähe sein kann.«

»Was für Gründe?«

»Ich kann sie dir nicht nennen. Habe doch ein einziges Mal Vertrauen zu mir!«

Sie sah ihn mit einem kleinen, bösen Lächeln an. »Ich muß nicht lange rätseln, weshalb ich jetzt unbedingt mit dir nach Hause kommen soll. Ich kenne deine Gründe. Du sagtest einmal, schon die Vorstellung, mit mir verheiratet zu sein, wäre dir unerträglich.«

»Ich soll das gesagt haben?« rief Wes. »Wann?«

»Das hast du zu deinem Bruder Travis gesagt. Regan und ich können bezeugen, daß du es gesagt hast.«

Gerade in diesem Moment kamen zwei erhitzte Ballbesucher aus dem Saal, um Luft zu schöpfen. Wes packte Leah rasch am Arm, zog sie in den Schatten der Hausmauer und klemmte sie dort mit seinem Körper fest.

»Jetzt hörst du mir mal zu, du kleine Wildkatze! Zunächst bin ich es endgültig leid, daß du mir ständig vorwirfst, ich wäre der größte Snob dieses Jahrhunderts. Du bist der Snob, Leah! Du machst dir ständig Sorgen, ob die Leute auch den richtigen Kreisen entstammen und entsprechend erzogen sind. Ich habe mir darüber nicht annähernd so viele Gedanken gemacht wie du. Es stimmt, daß ich zu Travis gesagt habe, ich fände den Gedanken, mit dir verheiratet zu sein, unerträglich; aber nicht deswegen, weil ich mit einer Simmons zusammenleben sollte, die nicht aus meinen Kreisen stammte.«

»Ha!« Leah versuchte, von ihm wegzusehen, doch Wesley drehte ihr Gesicht wieder nach vorn.

»Ich wollte eine Frau haben, die mich brauchte, und soweit ich das damals beurteilen konnte, brauchte mich Kim sehr nötig. Ich verlangte nun also nach einer Frau wie Kim, und statt dessen habe ich eine Frau bekommen, die eine Farm ganz allein bewirtschaften, ein Dutzend Kinder aufziehen und noch einen verrückten Vater zähmen konnte. Du, Leah, schienst niemanden und nichts zu brauchen! Du gabst mir das Gefühl, nutzlos zu sein.«

»Ich?« flüsterte Leah. »Wie konntest du dich bei mir nutzlos fühlen?«

Er schob seine Nase ganz dicht an die ihre heran. »Weil du mich niemals um irgend etwas gebeten hast«, sagte er mit Nachdruck. »Du schließt dich Räubern an, ohne mir auch nur einen Ton davon zu sagen. Erinnerst du dich daran, wie vor acht Tagen der halbe Kamin eingestürzt ist? Du hast ihn ganz allein repariert. Ich hätte nicht einmal von diesem Malheur erfahren, wenn Oliver nicht gesehen hätte, wie du an der Leiter hingst und Steine hochgemörtelt hast. Du hast sogar die häßliche Frau, die ich geheiratet habe, in eine unübertreffliche Schönheit verwandeln können.«

Er hielt inne und strich ihr das Haar aus dem Gesicht. »Es dauerte ziemlich lange, bis ich begriff, daß du mich dringender brauchtest, als Kim mich jemals gebraucht hat. Kim wird immer auf die Füße fallen; doch du, meine kleine Frau, brauchst nur in den Hühnerstall zu gehen, und schon schwebst du in tausend Gefahren!«

Leah versuchte, diese Vorwürfe zu verdauen. »Aber Kim ist eine Lady, und ich bin . . .«

»Du bist meine Frau und damit, wie ich dir schon mehrmals sagte, eine Stanford. Und wenn ich, ein Stanford, in deinen Augen eine Majestät bin, dann bist du eine Königin!«

Sie löste sich von ihm. »Wenn du dich also nicht schämst, mit mir in der Öffentlichkeit zu erscheinen, warum willst du dich dann nicht mit mir auf diesem Ball sehen lassen? Warum mußt du mich auf unserer Farm versteckt halten?«

Das letzte, was Wesley seiner Frau anvertrauen wollte, war seine Angst vor einem Attentat. Zweifellos würde Leah dann die ganze Nacht aufbleiben und sich überlegen, wie sie in ein gefährliches Komplott verwikkelt worden war.

»Du mußt mir vertrauen! Du mußt mir glauben, daß ich nur das Beste für dich will.«

Leah trat aus dem Schatten der Hauswand in das Mondlicht hinaus. Was er über Kim gesagt hatte, war offensichtlich richtig. Kim hatte ihr gegenüber Andeutungen gemacht, die seine Worte bestätigten, daß sie ihn brauchte. Daß Kim alles getan hatte, ihm dieses Gefühl zu vermitteln und daß Wesley es offenbar gern sah, wenn sie in Ohnmacht fiel, um ihn von ihrer Hilflosigkeit zu überzeugen. Er wollte es so haben, und Kim hatte ihm gehorcht. Doch Leah hatte so gehandelt, wie sie es für richtig hielt. Konnte es möglich sein, daß sie auch anderen Menschen das Gefühl gab, nutzlos zu sein?

Wesley sprach zu ihr nicht von Liebe; doch die Liebe konnte nicht weit entfernt sein, wenn es ihn nicht störte, daß sie eine Simmons war. Immer hatte sie sich bemüht, Wes nicht zur Last zu fallen. Als der Kamin einstürzte, hatte sie sich erst einmal hingesetzt und geheult. Und dann war sie mit grimmiger Entschlossenheit darangegangen, ihn selbst zu reparieren, nur weil sie vermeiden wollte, daß Wesley sie für eine hilflose Frau hielt.

Sie drehte sich ihm wieder zu: »Wenn ich für dich in Ohnmacht falle – wirst du mich dann auffangen und in dein Bett tragen?«

Das Gesicht, das er bei ihrer Frage machte, belohnte sie reichlich für ihren Scherz. Ohne ein Wort zu sagen, trat er auf sie zu und hob sie auf seine Arme. »Manchmal kann ich es selbst kaum fassen, wie sehr ich dich lieb gewonnen habe, Leah«, flüsterte er. »Ich wünschte mir nur, du würdest nicht so oft mit mir schimpfen.«

Leah hätte ihn zu gern von sich weggeschoben, weil sie ihm in die Augen sehen wollte, als er ihr – zum allerersten mal! – seine Liebe gestand. Statt dessen kuschelte sie sich noch enger an ihn. »Vielleicht werde ich in Zukunft weniger kratzbürstig sein, da ich jetzt weiß, daß du mich liebst.«

Er ging mit ihr zu seinem Pferd und hob sie in den Sattel. »Ich habe dir das doch wirklich oft genug gesagt! Höchste Zeit, daß du es endlich begreifst.«

Das letzte, was Leah sich jetzt wünschte, war ein neuer Streit. »Offenbar hast du es früher so leise gesagt, daß ich es nicht verstehen konnte. Oh, Wes«, sagte sie, als er hinter ihr im Sattel saß, »ich habe meinen Schal vergessen.«

»Ich hole ihn morgen zusammen mit deinem Pferd.«

»Gütiger Himmel, nein! Dieser Schal hat Clay ein Vermögen gekostet. Er hat ihn eigens für mich aus Europa kommen lassen. Ich bin in spätestens einer Minute wieder hier.«

»Moment!« sagte er, sich aus dem Sattel schwingend. »Ich komme mit!«

Leah kicherte. »Du kannst mich wohl keine Sekunde aus den Augen lassen, wie?«

»So ungefähr«, antwortete er ernst.

Sie blieb an der Tür stehen, während Wesley in den Saal ging, um ihren Schal zu holen. Es fiel ihr nicht leicht, ihm blindlings zu vertrauen; aber vielleicht hatte er tatsächlich Gründe, sie nicht länger an diesem Ball teilnehmen zu lassen. Konnte es vielleicht Eifersucht sein? dachte Leah mit einem kleinen Gefühl des Entzückens. Wenn es stimmte, daß er sie liebte, war Eifersucht ein logischer Grund.

Plötzlich fiel ihr ein, daß sie bei Corinne Stark einen Schal gesehen hatte, der dem ihren sehr ähnlich war. Wesley würde ohne ihre Hilfe den richtigen nicht finden.

Im hellerleuchteten Ballsaal tanzten die meisten und waren vergnügt. Nur Kim stand mit niedergeschlagenen Augen an der Wand, ihr Mann John redete auf sie ein.

Während Leah sich suchend im Saal umsah, hörte die Musik auf, und die lachenden Paare gingen auseinander. In jenem verhältnismäßig ruhigen Augenblick geschah es, daß eine Frau, die Leah in ihrem Leben noch nie gesehen hatte, einen Schrei ausstieß und auf Leah zeigte, als diese sich zu ihr umdrehte.

»Das ist das Medaillon meiner Tante«, schrie die Frau Leah ins Gesicht. »Sie haben ihr das Kleinod gestohlen!«

Entsetzt griff sich Leah an die Brust. »Nein«, flüsterte sie. Es war, als würde sich ein Alptraum wiederholen.

Sofort war Wesley bei seiner Frau, legte schützend den Arm um sie und führte sie aus dem Saal. »Leah«, flüsterte er, als sie wieder draußen vor dem Laden stand, »Justin wird dich nach Hause bringen. Ich bleibe hier und versuche, diesen mysteriösen Vorfall aufzuklären. Hast du mich verstanden?«

Leah nickte benommen, während Wesley sie zu Justin in den Sattel hob.

»Paß gut auf sie auf«, sagte Wes. »Ich werde so schnell

wie möglich von mir hören lassen; doch jetzt muß dafür gesorgt werden, daß diese Verleumdungen endlich ein Ende haben!« Er ruckte mit dem Kopf in die Höhe, als Kimberly mit John aus dem Laden kam. Kim weinte leise vor sich hin.

»Los, los«, sagte Wes zu Justin. »Bringe sie fort von hier!«

Leah war kaum eines Gedankens fähig, als Justin mit ihr zur Farm zurückritt. Erst als er sie vom Pferd hob, merkte sie, wie kalt ihr war. Sie begann zu zittern.

Justin führte sie zu einem Küchenstuhl und umarmte sie zärtlich.

»Es wird alles gut werden, Liebste. Wesley wird das Mißverständnis aufklären. Niemand wird glauben, daß du dieses Medaillon gestohlen hast.«

Leah fand keine Tränen. Sie lehnte sich nur steif wie eine Puppe im Stuhl zurück.

»Wie bist du an dieses Medaillon gekommen, Leah?« fragte Justin und streichelte ihre Arme. »Leah!« rief er, als sie ihm nicht antworten wollte. »Wo hast du dieses Kleinod her?«

»Kimberly hat es mir geschenkt«, flüsterte Leah.

»Zum Henker mit dieser selbstsüchtigen kleinen Schlampe!« fauchte Justin und lief erregt in der Küche auf und ab. »Der traue ich zu, daß sie sich mit Räubern gemein macht. Sie hat die Moral einer Hure. Entschuldige, Leah, aber es stimmt. Sie würde sich an jeden verkaufen, wenn sie damit erreicht, was sie will. Glaubst du, John ahnt, wen er da geheiratet hat? Keine Spur! Der arme Mann meint, hinter dieser hübschen Larve würde eine echte liebende Frau stecken!«

Justin blieb stehen und kniete sich vor ihren Stuhl. »Leah«, sagte er, »ich werde zu Kimberly gehen und probieren, ob ich ihr ein paar Würmer aus der Nase ziehen kann. Vielleicht gelingt es John und mir, diese Frau ein bißchen zur Vernunft zu bringen. Wes muß jetzt jede Minute nach Hause kommen. Glaubst du, daß ich dich so lange allein lassen kann?«

Leah nickte geistesabwesend. Sie wollte allein sein. Sie wollte nicht, daß jemand ihre Schande sah.

Er küßte sie auf die Stirn. »Du bleibst hier auf dem Stuhl sitzen und wartest auf Wes, ja? Versprich mir, daß du dich nicht aus dem Hause rühren wirst!«

Sie nickte abermals, und Justin lief hinaus zu seinem Pferd.

Leah hatte keine Ahnung, wie lange sie auf dem Stuhl gesessen hatte, denn sie hatte jegliches Zeitgefühl verloren. Ihre Gedanken kehrten immer wieder zu der Tatsache zurück, daß die Asche aus dem Herd geräumt werden mußte.

Als die Sonne aufging, erhob sie sich mit steifen Gliedern und begann mit der schmutzigen Arbeit, die Asche aus dem Herd und den Ruß aus dem Kamin zu kratzen, soweit sie mit dem Arm hinaufreichen konnte.

Hinter ihr flog die Tür auf.

Langsam und teilnahmslos drehte sich Leah um und sah Kim mit strahlenden Augen, aufgelöstem Haar und einem Ballkleid voller Grasflecken vor sich stehen.

»Oh, Leah«, sagte Kim atemlos. »Es war himmlisch, absolut himmlisch! Es war die wundervollste Erfahrung meines Lebens. Was, in aller Welt, treibst du da? Leah, schau mal in den Spiegel! Du hast ja dein wundervolles Kleid völlig ruiniert!«

Leah ging auf Kim zu, aber Kim wich noch rechtzeitig einen Schritt zurück und rief: »Ich kann dir unmöglich die Hand geben, wenn du nicht sofort dein Kleid ausziehst. Während du dich wäschst, werde ich dir von der wunderbarsten Nacht meines Lebens erzählen.«

Kimberly brachte Leah eine Schlüssel mit kaltem Wasser, weil sie in dem leergeräumten Herd kein Feuer entzünden mochte. »Wasch dir auch die Ohren, Leah«, befahl Kim, als Leah in ihrer Unterwäsche vor ihr stand. »Zu dumm von dir, das Kleid zu verderben, aber nun haben wir genug darüber gesprochen. Leah«, sagte sie, jedes Wort auseinanderziehend, »Justin und ich, wir haben uns heute nacht geliebt.«

Das waren die ersten Worte, die überhaupt zu Leahs Verstand durchdrangen. Sie verharrte einen Moment über der Waschschüssel. »Du und Justin?«

»Ist das so schwer zu glauben? Es scheint, daß Justin mich vom ersten Blick an gehaßt hat. Männer hassen mich in der Regel nicht; aber Justin machte da eine Ausnahme. Und gestern nacht war er zuerst fuchsteufelswild; aber später ... Oh, Leah, es war das reinste Paradies ...«

»Kim«, sagte Leah, »erzähle mir das alles bitte der Reihe nach! Zunächst – wo hast du das Medaillon her, das du mir geschenkt hast?«

»Oh, das«, sagte Kim mit einem Seufzer, »ich glaube, die Geschichte hat schon lange vor gestern abend angefangen.«

»Ich habe den ganzen Tag Zeit, dir zuzuhören«, sagte Leah mit fester Stimmer. »Würdest du gern etwas frühstücken?«

»Frühstücken? Da sage ich nicht nein, obwohl es schon bald Nachmittag ist; aber von der Liebe wird man hungrig.«

Ein paar Minuten später war Leah gewaschen, angezogen und mitten beim Kochen. »Fang an«, befahl sie, zu Kim gewendet.

»Ich glaube, es fing alles mit Steven an. Er sagte, es gäbe zwei Sorten von Frauen: Ladies, denen es keinen Spaß macht; und welche, denen es Spaß macht.«

»Kim, warum erzählst du mir nichts von dem Medaillon?«

»Ich bin doch gerade dabei! Du sagtest, ich sollte dir alles der Reihe nach erzählen. Oh, Leah, schwörst du mir, daß du mir nicht böse sein wirst? Du bist meine beste Freundin, und einige Sachen, die ich gemacht habe, werden dir nicht ...«

»Ich schwöre, daß ich dir nicht böse sein werde, es sei denn, du ziehst deinen Bericht noch länger hinaus.«

»Wie ich schon sagte, versetzte mich Steven in den Glauben, daß Ladies sich immer gut betragen müßten, und als Wesley und ich uns ineinander verliebten – und ich habe ihn wirklich geliebt –, ließ ich nie zu, daß Wes mich über Gebühr wild küßte. Mir gefielen Wesleys Küsse großartig, verstehst du? Aber ich hatte Angst, wenn ich ihm verraten würde, wie gut sie mir gefielen, würde er mich nicht mehr für eine Lady halten und folglich auch nicht heiraten. Oh, Leah, es kam mich zuweilen sehr hart an, ihn abzuwehren. Wesleys Küsse schmeckten so gut. Sie waren ...«

»Könnten wir diesen Teil der Geschichte nicht weglassen?«

»Vermutlich ja, aber jetzt kommt der Teil, der mir am wenigsten gefällt, Leah. Als Wesley mir dann sagte, er würde mit dir verheiratet bleiben, war ich sehr, sehr zornig. Tatsächlich war ich außer mir vor Zorn. Es erschien mir so ungerecht, weil ich mich die ganze Zeit über zurückgehalten hatte und mich immer wie eine Lady benahm, während du und Wesley euch nachts aus dem Lager geschlichen habt, um ...

O ja, ich wußte davon! Und überdies habt ihr euch auch im Schlamm gewälzt. Du hast dich überhaupt nie wie eine Lady betragen, aber du hast den Mann gewonnen!«

Kim hielt einen Moment inne und sah Leah mit einem

flehenden Blick an. »Ich war so zornig, daß ich mit einer Haarnadel ein Pferd in die Kehrseite pickte, so daß der Planwagen den Abhang hinunterrollte. Ich dachte, du säßest darin. Oh, Leah«, jammerte Kim und verbarg ihr Gesicht in den Händen, »ich haßte dich so sehr, daß ich dich töten wollte.«

Leah legte Kim die Arme um die Schultern. »Ich spürte plötzlich ein natürliches Bedürfnis und bin wieder aus dem Wagen gestiegen. Deshalb habe ich den Absturz heil überstanden. Vielleicht hätte ich an deiner Stelle genauso gehandelt. Jetzt iß deine Eier und erzähle mir, wie es weiterging.«

»John Hammond sah, wie ich das Pferd mit der Haarnadel in den Hintern stach, und als ich in Ohnmacht fiel – das einzige Mal, wo ich wirklich ohnmächtig wurde –, versprach er mir, er würde das niemandem verraten. Aber später ...«

Kim nahm einen großen Schluck Milch. »John ist wirklich ein schrecklicher Mann, Leah. Er sagte, er würde jedem verraten, was ich getan hätte, wenn ich ihn nicht heiraten würde.«

»Er hat dich erpreßt?« rief Leah entsetzt und setzte sich Kim gegenüber. »Aber warum? Warum wollte er dich zwingen, ihn zu heiraten? Er konnte sich doch ausmalen, daß daraus nur Haß entstehen konnte.«

»Ich habe mich das auch immer wieder gefragt. Ich mochte ihn nicht besonders, weil er mich erpreßt hatte, und ich tat alles, was in meiner Macht stand, damit er seinen Entschluß, mich zu heiraten, wieder bereute.« Sie lächelte auf ein Butterbrot hinunter. »Soll ich dir ein Geheimnis verraten, Leah? Ich kann kochen! Ich ließ das Wesley nie merken, weil Steven sagte, echte Ladies könnten nicht kochen, und als wir unterwegs waren, wolltest du ja alles immer allein machen.«

»Ich vermittelte dir also das Gefühl, nutzlos zu sein?« fragte Leah leise.

»Du könntest mindestens sechs Leuten auf einmal das Gefühl geben, überflüssig zu sein, Leah! Sei es, wie es sei – ich weigerte mich, um John zu bestrafen, überhaupt einen Handschlag zu tun. Er war nachts . . . sehr unangenehm, und ich hatte wirklich wenig Ahnung von der Liebe, bis Justin mir heute nacht . . .«

»Was ist mit dem Medaillon? Kommt das nicht noch vor Justin?«

»O ja! Es war sehr langweilig in Johns Haus, da er den ganzen Tag über unterwegs war und ich mich weigerte, das zu tun, was ich seiner Meinung nach tun sollte, und ich wußte nicht, wie ich mir die Zeit vertreiben sollte.

Da war noch Johns Arbeitszimmer, das er stets verschlossen hielt. Gleich nach der Hochzeit schärfte er mir ein, daß ich es nie, niemals betreten dürfte.«

»Und deshalb hast du es natürlich betreten«, sagte Leah lächelnd.

»Jeden Tag! Es spielte ja keine Rolle, ob er mich dabei erwischte; denn ich hatte ja bereits geschworen, daß ich mein ganzes Leben bei ihm verbringen würde, also – was konnte mir noch Schlimmeres passieren? Ich schnüffelte also im Haus herum, bis ich den Zimmerschlüssel fand, benutzte ihn jeden Tag und legte ihn dann wieder in sein Versteck zurück.«

»Was hast du denn in seinem Arbeitszimmer gesucht?«

»Was er dort wohl versteckt haben mochte, was ich nicht sehen sollte! Ich konnte aber nichts finden, was nicht jeder sehen durfte, bis ich das versteckte Wandschränkchen fand.«

»Versteckt?«

»Ja! Hinter einem Bücherregal. Ich konnte es zwar

nur ein Stück vorrücken; aber da entdeckte ich es schon. Und in diesem Wandschränkchen befanden sich ein paar sehr hübsche Sachen – Ringe, Ketten, schöne kleine Dosen und auch ein paar Bücher. Ich war ziemlich aufgebracht über diesen Fund, weil ich dachte, er verstecke diese Sachen, damit er sie nicht mit mir teilen mußte.«

»Du dachtest? Hast du später deine Meinung geändert?«

»Leah, ich konnte doch schwerlich eins von diesen Schmuckstücken selbst tragen. Aber ich dachte mir, eine andere Frau könnte das. John würde sich hüten, mit dir so zu brüllen wie mit mir, und zudem besitzt du ja ein großes Talent darin, zurückzubrüllen, wenn ein Mann etwas zu dir sagt. Mit Wesley brüllst du ja nur. Ich habe nie verstehen können, weshalb. Du hast ihm schreckliche Sachen an den Kopf geworfen, Leah, und ich war immer nett zu ihm. Trotzdem wollte er bei dir bleiben.«

»Wir waren gerade bei dem Medaillon . . .«

»Ich dachte, die Miniatur stellte jemand aus Johns Verwandtschaft dar, und ich wußte, sie würde gut zu deinem grünen Kleid passen. Das stimmte ja auch, bis du es mit dem Ruß verdorben hast. Nun ja«, fuhr sie fort, als Leah sie mit schmalen Augen ansah, »wie nun diese törichte Frau zu schreien anfing, du hättest das Medaillon gestohlen, packte mich John am Arm, sagte ein paar schreckliche Sachen zu mir und zog mich von der Tanzfläche herunter. Oh, Leah, ich hatte ja solche Angst!«

»Und was passierte dann?«

»John sprach auf der Heimfahrt kein Wort mit mir, und als wir zu Hause ankamen, sperrte er mich in sein Arbeitszimmer. Kurz darauf hörte ich ihn wegreiten.«

Kims Augen nahmen einen entrückten, verklärten Ausdruck an. »Und dann kam Justin, um mich zu retten.«

»Retten?« wiederholte Leah. »War er nicht ein bißchen wütend auf dich?«

»Oh, du meine Güte, ja! Er war außer sich vor Zorn. Warf mir die schrecklichsten Dinge an den Kopf und belegte mich mit den wüstesten Ausdrücken. Ich wußte zwar, daß er mich nicht besonders gern mochte; doch daß er mich haßte, hätte ich nie geglaubt. Während er mich anschrie und mich einmal sogar am Hals würgte, versuchte ich ihn ständig auf den geheimen Wandschrank aufmerksam zu machen. Es dauerte lange, bis er mir endlich zuhören wollte; doch dann half er mir, das Bücherregal von der Wand zu schieben.«

»Und Justin hat sich den Inhalt des Schränkchens angesehen?«

»Als wir die Sachen im Wandschrank besichtigen wollten, kam John wieder ins Haus zurück.«

»Kimberly! Wo steckt Justin jetzt?«

»Darauf komme ich noch zu sprechen. Justin hatte keine Schlüssel – unser Haus ist nicht wie eures: Bei uns haben alle Türen Schlösser, und John schließt alle Türen ab –, und deshalb mußte Justin erst eine Scheibe einwerfen und die Tür des Arbeitszimmers aufbrechen, um an mich heranzukommen. Justin und ich versteckten uns im Wandschrank und hielten uns aus Platzmangel eng umschlungen«, – Kim seufzte, »während John durch das Haus ging. Als wir ihn abermals wegreiten hörten, sagte Justin: ›Nichts wie fort von hier.‹ Also liefen wir aus dem Haus und in den Wald hinein. Es war dunkel, und Justin wollte von mir wissen, was in diesem Wandschrank aufbewahrt würde, weil er keine Gelegenheit hatte, sich den Inhalt genauer anzusehen. John war doch so früh zurückgekommen, und wir mußten das Bücherregal wieder an die Wand ziehen. Also«, Kim machte eine Pause zum Atemholen –, »erzählte ich ihm alles, und plötzlich wurde Justin ungemein erregt und begann mich zu küssen. Ich war es leid, mich immer nur beherrschen zu müssen, wie ich es bei Wesley und sogar bei John getan habe. Also ließ ich mich diesmal gehen, und ehe ich wußte, wie es geschah, liebten wir uns. Es war so, so wundervoll, Leah! Nicht im Traum hätte ich gedacht, daß . . .«

»Was hast du denn gesagt, als Justin auf die Idee kam, dich zu küssen?«

»Es war etwas ganz Alltägliches. Was war es doch gleich wieder? O ja! Beim Ball gestern abend sagte John, er sei kein guter Tänzer, und ich sagte zu Justin, das sei gelogen; denn ich hätte ein Papier im Wandschrank gefunden, auf dem stand, daß John Hammond in St. Louis als Tanzlehrer gearbeitet hat.«

»Kimberly«, wiederholte Leah eindringlich, »wo steckt Justin jetzt?«

»Er sagte, er wolle mit Wes sprechen; dieser aber sei auf dem Weg nach Lexington, um mit der Frau zu sprechen, der früher das Medaillon gehört hat. John sagte, ich sollte zu dir gehen, und wir sollten beide bei Bud und Cal bleiben, während Justin auf Johns Rückkehr warten wollte.«

»Kimberly«, sagte Leah so ruhig, wie es ihr gelingen wollte, »ich denke, Justin könnte in Schwierigkeiten stecken.«

»Vermutlich«, meinte Kim lächelnd, »John wird sich furchtbar aufregen, wenn er erfährt, daß ich ihn verlasse. Aber da Justin mich jetzt liebt . . . Ich habe dir doch schon erzählt, daß Justin mich liebt, nicht wahr? Er hat es sogar beim Herrgott beschworen. Er sagte: ›Gott helfe mir; aber ich glaube, ich habe mich in dich verliebt, Kimberly.‹ Ist das nicht süß?«

»Steh auf, Kimberly«, befahl Leah. »Laß das Geschirr einfach stehen. Wir werden Bud und Cal holen und dann versuchen, Justin zu Hilfe zu kommen. Warte! Wir müssen Wesley eine Nachricht hinterlassen.«

»Oh, nein. Nicht schon wieder!« rief Kim und wich vor Leah zurück. »Ich mußte Justin alles über die beiden Briefe erzählen, die ich an Wes geschrieben habe, und Justin sagte, er glaubt, Wes wollte dich nur deswegen nicht zum Ball gehen lassen, weil er dich zu Hause besser beschützen kann. Wenn du mir nicht befohlen hättest, Wes mit meinem Brief in mein Haus zu locken, wäre die Panne mit dem Medaillon nicht passiert.«

Leah rückte einen Schritt näher an Kim heran. »Wenn *du* nicht versucht hättest, mich umzubringen, wärst du nicht gezwungen worden, John zu heiraten. Und wenn *du* nicht so neugierig gewesen wärest, hättest du nicht den geheimen Wandschrank des Tänzers entdeckt. Und wenn du nicht . . .«

»Ich verstehe«, sagte Kim lächelnd, »wenn das alles nicht passiert wäre, hätte ich nie erfahren, daß Justin mich liebt, und es wäre nie dazu gekommen, daß wir miteinander geschlafen hätten. Oh, Leah, seit dieser Nacht weiß ich, daß es himmlisch sein muß, mit einem Mann wie Justin verheiratet zu sein!«

»Das kannst du mir alles später noch erzählen«, sagte Leah und holte Papier, Feder und Tintenfaß aus einer Schublade. »Und jetzt schreibst du, was ich dir diktiere.«

Lieber Wesley,

ich hoffe, daß Du Dich über diesen Brief nicht so aufregst wie über meine beiden letzten; aber diesmal bin ich unschuldig, weil ich nicht einmal weiß, wovon Leah überhaupt redet. Sie sagt, daß ich Dir mitteilen soll, daß mein Mann, John, früher Tanzstunden gegeben hat, und daß Justin, der Mann, den ich jetzt liebe, alles weiß. Und da Du nicht hier bist, wollen Leah und ich Cal und Bud um Hilfe bitten, ehe wir John und Justin besuchen.

Ich glaube, wenn ich das alles begreifen würde, hätte ich schreckliche Angst.

Ich hoffe, Du hattest eine angenehme Reise nach Lexington.

Hochachtungsvoll
Kimberly

»Hast du geschrieben, daß ich Bud und Cal um Hilfe bitten werde?«

»Hier steht es«, sagte Kimberly und deutete auf die betreffende Stelle. »Leah, was werden wir aber machen, wenn Cal und Bud nicht zu Hause sind?«

»Justin braucht Hilfe«, wiederholte Leah hartnäckig.

Kim schluckte. »Ich dachte mir schon, daß du das sagen würdest.«

Kapitel 30

Devon Macalister half seiner Frau vom Pferd herunter. »Ist jemand daheim?« rief er in das unbewohnt wirkende Stanford-Haus.

»Wesley sagte, Leah würde sich mit Justin, der auf sie aufpassen soll, in der Wohnung aufhalten«, murmelte Linnet. »Es wird den beiden doch nichts passiert sein!«

»Etwas stimmt hier nicht«, sagte Mac, der sich in dem leeren Haus umsah. »Es ist zu still hier, und warum brüllt die Kuh im Stall? Lynna, ich möchte, daß du hierbleibst, während ich mich etwas gründlicher umsehe.«

Als Linnet ihren Mann im Stall verschwinden sah, trat sie ins Wohnhaus. Auf dem Küchentisch stand schmutziges Geschirr, alles sah nach einem überstürzten Aufbruch aus. Doch nirgends waren Spuren zu sehen, die auf einen Kampf hindeuteten.

Als sie das Haus gerade verlassen wollte, sah sie unter den schmutzigen Tellern die Ecke eines Briefbogens.

Mac kam in diesem Augenblick in das Blockhaus zurück. »Habe ich dir nicht gesagt, du sollst *vor* der Haustüre auf mich warten?« sagte er gereizt. »Kein Mensch weit und breit! Die Kühe sind nicht gemolken, die Schweine nicht gefüttert. Was hast du denn da?«

»Ich glaube, Leah und Kimberly sind in Schwierigkeiten«, flüsterte Linnet und las ihrem Mann dann laut Kimberlys Brief vor.

»John Hammond ist also der Tänzer«, sagte Mac nachdenklich.

»Devon«, flüsterte Linnet, »Bud und Cal wollten uns heute in der Stadt besuchen. Sie können also Leah und Kim nicht helfen, wenn sie dort anklopfen.«

»Die beiden Frauen werden sich doch nicht ohne männlichen Beistand mit dem Tänzer anlegen wollen, oder?« meinte Mac ungläubig; ließ aber seiner Frau keine Zeit zum Antworten. »Du steigst wieder auf dein Pferd und reitest so schnell du kannst in die Stadt zurück! Dann schicke jemanden los, der Wes benachrichtigt, und einen anderen hierher, damit er sich um die Tiere kümmert. Du selbst aber«, fügte er drohend hinzu, »bleibst in Sweetbriar. Mir behagt das Ganze nicht.«

»Devon«, begann Linnet, »vielleicht solltest du erst ein paar Leute zusammenholen, die dir helfen . . .«

»Keine Zeit mehr dafür«, war alles, was er ihr noch sagte, ehe er ihr rasch einen Kuß gab und aus dem Haus stürmte.

Es wurde gerade dunkel, als Kim und Leah das Haus John Hammonds erreichten.

»Bist du sicher, daß du das ganz allein in die Hand nehmen kannst?« flüsterte Kim, als Leah in einiger Entfernung vom Haus aus dem Sattel stieg.

»Steig auch vom Pferd und sei still. Außerdem bin ich nicht allein. Ich habe um Hilfe gebeten«, sagte sie trotzig. »Und du bist ja auch noch da.«

»Das ist nicht dasselbe, würde ich meinen«, entgegnete Kim, als sie von ihrem Pferd herunterrutschte.

Nachdem sie die Pferde hinter einem Busch angebunden hatten, damit man sie vom Haus aus nicht sehen konnte, pirschten sie sich an das Gebäude heran. Alle Fenster waren hell erleuchtet, als hätte jemand alle im Haus verfügbaren Kerzen und Lampen angezündet.

Als ein Schuß die Abendstille zerriß, blickten sich Kim und Leah einen Moment an, ehe Kim wieder zu ihrem Pferd zurücklaufen wollte.

»Vorwärts!« rief aber Leah, packte Kim beim Arm und zog sie auf das Haus zu.

Sie rannten über die Veranda und kauerten sich unter ein Fenster. Im Haus schien alles friedlich und normal zu sein. Niemand war zu sehen.

»Wo ist das Zimmer mit dem geheimen Wandschrank?« fragte Leah im Flüsterton.

Kim, die offenbar vor Angst nicht sprechen konnte, deutete auf ein entferntes Fenster.

Leah nahm Kim bei der Hand und zog sie hinter sich her. Sie gingen mit angewinkelten Beinen, damit man ihre Köpfe durch die Scheiben nicht sehen konnte. Als sie unter dem Sims des Fensters kauerten, auf das Kim gedeutet hatte, richtete sich Leah vorsichtig so weit auf, bis sie einen Blick in den Raum werfen konnte.

Was sie dort sah, entlockte ihr ein Stöhnen. Justin lag in einer Blutlache auf den Dielen und rührte sich nicht.

Leah kauerte sich wieder auf den Boden. »Justin«, war alles, was sie über die Lippen brachte.

Sofort stand Kim auf, um ebenfalls einen Blick in das Zimmer zu werfen, und bückte sich ebenso rasch wieder. »Ich glaube, John hat mich gesehen«, sagte sie.

»Wir müssen uns verstecken«, flüsterte Leah und sah sich auf der Farm um, die ihr vollkommen fremd war. »Aber wo?«

»Folge mir«, sagte Kim, stand auf, raffte ihre Röcke in die Höhe und rannte mit einer verblüffenden Schnelligkeit in den Wald hinein.

Leah folgte ihr und rannte, bis ihr Herz zu zerspringen drohte.

Im Wald hüpfte Kim über umgestürzte Baumstämme und schob Zweige und Dornenruten aus dem Weg, als wären es Strohhalme.

»Warte, Kim«, rief Leah keuchend. »Halt mal an!«

Widerstrebend, Panik in den Augen, gehorchte Kimberly.

»Wo laufen wir eigentlich hin?« keuchte Leah.

»In den Wald«, antwortete Kim.

»Sicher, aber wohin in diesem Wald? Du mußt doch irgendein Ziel vor Augen haben.«

»Den Wald«, wiederholte Kim stirnrunzelnd, um Luft ringend.

»Aber . . .«, begann Leah, konnte aber nicht zu Ende sprechen, weil abermals ein Schuß krachte und eine Kugel in den Baum hinter Kims Kopf einschlug. Da hatte nur ein Zoll gefehlt . . .

Leah sprach ihren Satz nicht zu Ende. Die beiden Frauen begannen wieder zu laufen, und diesmal war es Leah egal, wo sie hinrannten.

Sie liefen, bis ihre Beine und Lungen zu kochen schienen und Leah Kim beim Arm faßte. »Wir müssen anhalten und einen Moment rasten. Wir sollten uns klarwerden, wo wir sind, und dann in die Richtung gehen, wo Sweetbriar liegt.«

»Ich weiß weder, wo wir sind, noch in welcher Richtung Sweetbriar liegt«, keuchte Kim. »Du vielleicht?«

»Nicht bis die Sonne aufgeht und wir die Himmelsrichtungen bestimmen können. Kim! Siehst du diesen schwarzen Fleck da oben? Ist das eine Höhle?«

»Ich mag keine Höhlen«, sagte Kim mit vorgeschobenem Unterkiefer.

»Aber vielleicht könnten wir uns dort verstecken, ein paar Stunden schlafen und nach Sweetbriar zurückkehren, sobald es hell ist.«

»Könnten wir uns nicht hier verstecken, statt in einer Höhle?«

»John würde uns sofort an unseren hellen Kleidern erkennen. Nein, wir müssen ein richtiges Versteck suchen. Komm, laß uns dort hinaufklettern!«

Es war nicht einfach, den steilen Hang zur Höhle hinaufzuklettern; aber sie bewältigten ihn beide in Rekordzeit. Als sie wohlbehalten am Ziel angekommen waren, lehnte sich Leah erleichtert gegen die Wand aus Kalkstein. Sie hatte Kim nicht gesagt, daß die Höhle von Bären bewohnt sein könnte, vor denen sie selbst die größte Angst hatte. Zum Glück war sie leer. Die Höhle war ungefähr drei Meter tief, viereinhalb Meter breit und über zwei Meter hoch.

Lächelnd drehte sich Leah zu Kim um. »Wir haben es geschafft!«

Doch ihr Lächeln fror ihr auf den Lippen ein, als sie von irgendwoher John Hammonds Stimme hörte.

»Jetzt sitzen sie also in der Falle –, meine dumme

kleine Frau und deren törichte Freundin«, sagte er belustigt, und seine Worte hallten von den Wänden der Höhle wider, so daß man nicht erkennen konnte, aus welcher Richtung die Stimme kam und wie weit sie entfernt war. »Ich habe dir eine Chance gegeben, Kimberly. Ich hatte dich ausgesucht, weil du keine überflüssigen Skrupel zu haben schienst, Leute, die dir im Weg stehen, gewaltsam zu beseitigen.«

Kim, die sich gegen die Höhlenwand preßte, warf Leah einen raschen Blick zu.

»Aber meine Frau«, fuhr John fort, »hat mich enttäuscht! Nun liegt dein Liebhaber – o ja, ich weiß davon – tot in unserem Haus. Was für eine Tragödie, wird man in der Stadt denken, wenn die Leute dort erfahren, daß Justin und zwei Frauen in einer Nacht den Tod fanden. Und ich werde den gramgebeugten Witwer mimen müssen.«

»Hilf mir Steine sammeln«, flüsterte Leah. »Nimm jeden, den du tragen kannst, und wir machen eine Brustwehr daraus. Vielleicht können wir ihn mit Steinen eine Weile von uns fernhalten.«

Gehorsam sammelte Kim Steine und warf sie am Höhleneingang auf einen Haufen.

»Er kann nur von vorne kommen. Wenn er kommt, sehen wir ihn rechtzeitig. Und du wirfst dich platt auf die Erde, falls er auf uns schießt. Hast du mich verstanden?« fragte Leah.

Kim nickte.

Mit einem Lächeln auf dem Gesicht und einem Revolver in jeder Hand stand John vor dem Höhleneingang. Im Mondlicht war er jetzt deutlich zu sehen.

»Jetzt!« befahl Leah, als er einen Schritt nach vorn machte.

Die Frauen begannen mit beiden Händen Steine nach ihm zu werfen.

Überrascht blieb John stehen, duckte sich und stöhnte laut, nachdem ihn ein paar der Geschosse getroffen hatten. Als er das Gegenfeuer aus seinen Revolvern eröffnete, warfen sich die beiden Frauen platt auf den Boden, während die Kugeln über sie hinwegschwirrten. Doch sie hörten nicht auf, das Feuer mit Steinen zu beantworten.

Kimberly schleuderte einen faustgroßen Stein mit aller Kraft und traf ihren Mann an der Schläfe. Sofort lief ihm Blut über das Gesicht.

Wankend entfernte er sich vom Höhleneingang und verschwand dann rasch aus dem Blickfeld der beiden Frauen. »Ihr verfluchten Weiber haltet euch wohl für besonders klug, wie? Wollen doch mal sehen, wie lange ihr es dort ohne Wasser und Nahrung aushalten könnt. Wenn ihr bereit seid, euch zu ergeben, und es vorzieht, einen raschen Tod zu sterben, laßt es mich wissen. Ich warte hier!«

Kim setzte sich hinter dem Rest ihrer Brustwehr auf. »Wir werden wohl sterben müssen, nicht wahr?«

»Natürlich nicht!« gab Leah gereizt zurück. »Kim, du solltest mehr Courage haben!«

»Courage?« wiederholte Kim niedergeschlagen. »Leah, ich weiß nicht, woher du deine Hoffnung nimmst, daß ich etwas anderes sein könnte als ein Feigling. Deine Courage hat dich schon immer in Schwierigkeiten gebracht, während mir meine Feigheit stets Sicherheit und Ruhe verschaffte.«

»Die Sicherheit einer Ehe mit einem Mörder und Dieb«, konterte Leah. »Du hast dich doch dazu erpressen lassen, John zu heiraten, weil du Angst hattest, ich könnte erfahren, daß du versucht hast, mich umzubringen. Und wenn du nicht zu feige gewesen wärest, John zu fragen, warum er sein Arbeitszimmer verschlossen hält, hättest du nie den versteckten Wandschrank deines Mannes gefunden. Und wenn du ihn nicht gefunden hättest, wären wir jetzt nicht hier. Zudem . . .«

»Leah, ich glaube, du hast mich überzeugt! Vielleicht sollten wir uns beide ändern. Sobald Justin und ich geheiratet haben, werden wir . . .«

»Justin«, sagte Leah, die Hand auf Kimberlys Arm legend, »ist tot.«

»Nein, das ist er nicht«, sagte Kim mit schlichter Überzeugung. »Ich würde es sofort spüren, wenn er tot wäre. Er mag so ausgesehen haben; aber er ist es nicht.«

Da war etwas in Kims Stimme, das Leah bewog, ihr zu glauben. »Kim«, sagte sie leise, »John weiß nichts von dem Brief, den wir Wes hinterlassen haben. Und wenn Justin noch am Leben ist, haben wir einen Zeugen gegen ihn. Selbst wenn John uns töten sollte, kommt er nicht ungestraft davon.«

»Das sollten wir John sagen«, meinte Kim und erhob sich hinter der Brustwehr. »Wenn er von dem Brief erfährt, läßt er uns vielleicht nach Hause gehen.«

Leah faßte Kim beim Rock und zog sie wieder auf den Boden zurück. »Ich bin davon überzeugt, daß dein ehrenwerter Mann uns zum Abschied noch lächelnd die Hand reicht, ehe er uns nach Hause entläßt.«

»Du hast recht, Leah. John besitzt einen schrecklichen Charakter«, sagte Kim düster. »Er hat bereits haufenweise Leute umgebracht, und vielleicht tötet er uns nur, um nicht aus der Übung zu kommen. Um Himmels willen, Leah, was sollen wir jetzt tun?«

Leah stand auf und ging zum entfernteren Ende der Höhle. Wasser sickerte zwischen den Steinen hervor. Wesley, dachte sie; was würde Wesley jetzt von ihr verlangen? Sie erinnerte sich, daß Wesley bei jeder Gelegenheit zu ihr gesagt hatte, sie würde einfach losrennen und alles selbst in die Hand nehmen, ohne jemanden um Hilfe zu bitten.

Diesmal hatte sie wenigstens daran gedacht, Bud und Cal um Hilfe zu bitten; aber da die beiden nicht zu Hause gewesen waren, war sie doch wieder einfach losgerannt, hatte Kim hinter sich hergeschleppt und ganz allein versucht, Justin zu retten und einen Mörder zu fangen. Diesmal würden sie und Kim vermutlich mit ihrem Leben für ihren Übereifer bezahlen müssen, denn sie hatte wieder einmal geglaubt, alles und jedes allein bewältigen zu können.

»Was würde Wesley in dieser Lage von mir verlangen?« überlegte Leah flüsternd.

»Daß du auf ihn warten sollst«, antwortete Kim. »Er wollte, daß du so lange auf der Farm bleibst und wartest, bis er aus Lexington zurückkommt; aber da dir das nicht paßte, ist das Warten auf Wes in dieser Höhle meiner Ansicht nach die zweitbeste Lösung. Könnten wir nicht einfach hier sitzen bleiben und auf jede weitere tapfere Tat verzichten? Ja, Leah? Bitte!«

»Aber was geschieht, wenn . . .«, begann Leah und brach mitten im Satz wieder ab. »Wir haben zwar Wasser, aber nichts zu essen; und es wird schrecklich kalt in dieser Höhle werden.«

»Gräber sind vermutlich noch kälter«, meinte Kim. »Leah, jemand muß doch die Nachricht finden, die ich Wes hinterlassen habe, und wenn Justin aus seiner Ohnmacht erwacht, kann er den Leuten in der Stadt erzählen, daß John ein Mörder ist. Dann kommen sie hierher und helfen uns.«

»Selbst wenn Justin noch am Leben sein sollte, könnte es Wochen dauern, bis er wieder reden kann. Er sah doch ziemlich schwer verwundet aus.«

In diesem Moment segelte ein Stein durch den Höhleneingang.

»Haben die Damen vielleicht danach gesucht?« fragte John lachend.

Leah sah, daß ein Stück Papier um den Stein gewikkelt war. Mit bebenden Händen faltete sie es auseinander. »Das ist der Brief, den du Wes geschrieben«, sagte Leah mit Tränen in der Stimme.

»Einer von ihnen«, bemerkte Kim leichthin.

»*Einer* von ihnen?« fragte Leah.

»Leah, du hast überhaupt keine Vorstellung, wie gemein mein Mann sein kann. Eines Tages werde ich dir von den Sachen erzählen, die er nachts mit mir angestellt hat. Und überdies wußte ich, daß ich unweigerlich in einen Schlamassel geraten würde, wenn ich mit dir irgendwo hinginge. Als du dich damals mit Wes nachts aus dem Lager geschlichen hast, um eine gute Tat zu vollbringen, wäret ihr beide um ein Haar getötet worden. Ich habe selbst gehört, wie die Hunde euch schon im Nacken saßen. Und das war allein deine Schuld, Leah! Du ziehst das Unglück schlimmer an als ein Glasscheibe den Staub.«

»Wie viele Briefe hast du im Haus hinterlassen?« flüsterte Leah.

»Drei! Einen auf dem Tisch, wo ihn jeder sehen kann; einen unter den schmutzigen Tellern – ich weiß nämlich, daß John niemals schmutziges Geschirr anfassen würde –, und einen unter dem Kissen im Schlafzimmer.«

»Aber ich habe davon gar nichts bemerkt«, sagte Leah. »Wie hast du . . .«

»Ich sagte dir doch bereits, daß ich sehr verschwiegen sein kann«, sagte Kim und machte ihren Rücken steif. »Und, Leah, es kostet mich jetzt einige Überwindung, es dir zu sagen, weil du das große Talent hast, andere Leute zu Dingen zu überreden, die sie gar nicht tun wollen: Also – wenn du diese Höhle verläßt, gehe ich nicht mit! Ich bleibe hier sitzen, bis ein richtiger, lebendiger Mann kommt – einer mit Muskeln und, wie ich hoffe, einer Kanone – und mich hier rettet. Wenn du gehen willst, mußt du allein gehen.«

Leah blickte sich in der häßlichen kleinen Höhle um. »Es könnte Tage dauern, bis jemand kommt.«

»Ich sitze lieber eine Woche lang in dieser Höhle, als vier Tage früher auf einer Totenbahre in Sweetsbriar einzutreffen.«

»In diesem Punkt sind wir beide derselben Meinung«, sagte nun auch Leah mit blitzenden Augen.

»Oh, ich weiß genau, was du meinst, Leah. Wie lange kann ein Mensch ohne Nahrung leben?«

»Vielleicht werden wir das demnächst wissen«, antwortete Leah leise.

Die Morgendämmerung kam und mit ihr kein Hoffnungsschimmer, daß Hilfe gekommen sei. John hatte ein Nest in der gegenüberliegenden Schluchtwand gefunden, das auf gleicher Höhe mit der Höhle lag, und feuerte hin und wieder blindlings in die Höhle hinein, so daß es den beiden Frauen unmöglich war, Schlaf oder wenigstens Ruhe zu finden.

»Vielleicht sollten wir versuchen . . .«, begann Leah zum hundersten Male; aber Kim brachte sie mit einem strafenden Blick immer wieder zum Verstummen.

Als der Abend hereinbrach, waren die beiden total erschöpft. John ließ seine Revolver jetzt häufiger knattern, einmal prasselte eine ganze Salve gegen den Sims unter dem Höhleneingang.

»Will er uns den Boden unter den Füßen wegschießen?« rief Leah.

»Hier!« kam eine schwache Stimme von draußen. »Helft mir hinein, während er nachlädt.«

Kim und Leah wechselten einen raschen Blick, ehe sie zur Öffnung der Höhle eilten.

»Mac!« rief Leah und fiel auf ein Knie, um die Arme nach ihm auszustrecken. Mit vereinter Anstrengung gelang es den beiden Frauen, Devon Macalister in die Höhle zu ziehen.

Mac lehnte sich gegen die Höhlenwand. »Er hat mich am Bein erwischt. Keine schlimme Wunde; aber sie blutet heftig. Wenn die beiden Ladies vielleicht etwas hätten, womit ich den Kratzer verbinden könnte, wäre ich überaus dankbar.«

Beide rissen breite Streifen von ihren Unterröcken, während sie Mac mit Fragen bombardierten:

»Wie haben Sie uns gefunden?«

»Ist Justin schwer verletzt?«

»Wo ist Wesley?«

»Wie kommen wir hier wieder heraus?«

»Haben Sie uns etwas zu essen mitgebracht?« Diese Frage kam von Kim.

»Moment noch«, sagte Mac. »Ich möchte mir nur kurz das Bein anschauen. Habe ich es mir doch gedacht: ein glatter Durchschuß! Aber der Schlag war so heftig, daß ich fast vom Sims heruntergefallen wäre.«

»Tut es sehr weh?« fragte Leah.

»Ein bißchen! Das schlimmste an der Wunde ist, daß ich jetzt nicht mehr mit diesem Bein auftreten kann. Hier!« Er holte ein Stück Dörrfleisch aus der Tasche, die an seinem Gürtel hing, und gab es Kim. »Nun zu Ihren Fragen, meine Damen. Sie waren leicht zu finden, weil Sie eine Spur hinterlassen haben, als wären zwei Holzfäller mit Äxten durch den Wald gegangen. Von Justin weiß ich nichts. Lynna und ich wollten Leah auf der Stanford-Farm besuchen, und dort fanden wir Ihren Brief. Ich schickte Lynna nach Sweetbriar zurück, damit sie dort die Leute alarmierte und einen Boten zu Wesley schickte. Ich habe den ganzen Tag an der Wand gelauert; mußte jedoch warten, bis es dunkel wurde, um den Aufstieg zur Höhle wagen zu können.«

»Ich möchte ja nicht undankbar erscheinen; aber warum sind Sie nicht auf John losgegangen?« fragte Leah.

»Er hat sich in einer Nische in der gegenüberliegenden Schluchtwand verschanzt. Wenn man ihn dort packen will, ohne daß er das bemerkt, muß man sich von oben zu ihm am Seil hinunterlassen. Aber ich hatte leider kein Seil bei mir! Ich wußte ja auch nicht so genau, worauf er eigentlich schießt. Hätte ja ein Bär sein können.«

»Bären wohnen nicht in Höhlen«, sagte Kim und blickte sich mißtrauisch um.

Mac sah sie nur mit hochgezogener Augenbraue an. »Ich hätte nicht gedacht, daß er mich trifft, als ich die Wand hochkletterte. Ich werde offenbar alt.«

»Ich denke, wir sollten jetzt . . .«, begann Leah.

»Hören Sie nicht auf das, was sie sagt«, fiel Kim Leah ins Wort. »Was glauben *Sie*, sollten wir jetzt tun?«

»Wir werden uns hinsetzen und warten! Wes wird jeden Moment mit ein paar Leuten kommen, und ich hoffe, sie waren so klug, sich entsprechend auszurüsten. Ich bin einfach losgerannt wie ein Idi . . . was, zum Teufel, soll das denn . . .?«

Sein Ausruf galt Kim, die sich vorgebeugt hatte und ihn herzhaft auf den Mund küßte. »Ich liebe Männer«, sagte sie seufzend. »Sie sind so vernünftig.«

»Ich hätte jetzt gern von Ihnen gewußt, wie es zu dem

allen gekommen ist«, sagte Mac. »Ich meine, wieso zwei Frauen so verflucht dumm sein konnten, hinter einem so berüchtigten Mörder wie dem Tänzer herzujagen? Ich habe allerdings schon vor Jahren einsehen müssen, daß die Argumente von Frauen einen zur Weißglut bringen können, also sollte ich mich lieber mit John Hammond unterhalten statt mit euch beiden. Deshalb würde ich die Ladies jetzt bitten, sich dort hinten auf die Erde zu legen, sich sowenig wie möglich bemerkbar zu machen und dort zu bleiben, egal, was passiert. Haben Sie mich beide verstanden?«

»Ich schon«, sagte Kim.

»Wenn Sie etwas vorhaben, könnte ich Ihnen vielleicht dabei helfen«, sagte Leah. Sie meinte es ganz ehrlich.

»Das letzte, was ich jetzt gebrauchen kann, wäre . . .«, begann Mac und verstummte, als Leah einen leisen Schmerzensschrei ausstieß.

Kim hatte Leah beim Arm gepackt und ihr die Fingernägel ins Fleisch gebohrt.

»Leah wird alles tun, was Sie Ihr befehlen, Mac! Das stimmt doch, nicht wahr, Leah?«

»Fragen darf man doch wohl noch«, verteidigte sich Leah.

»Geht! Beide!« rief Mac mit hochrotem Kopf, und die Frauen gehorchten sofort.

Mac kroch auf dem Bauch bis zum Höhleneingang. »Komm herüber, Hammond, oder bist du nicht Manns genug, es mit zwei kleinen Frauen und einem verwundeten Kerl aufzunehmen?« brüllte Mac zur anderen Schluchtwand hinüber. »Traust dich wohl nicht, wie?«

Die Antwort waren zwei Schüsse in die Höhle. Leah und Kim bedeckten ihre Köpfe mit den Armen, während die Kugeln über ihnen in die Wand schlugen.

»Das war aber schlecht gezielt, Hammond«, rief Devon Macalister.

Vier Stunden lang brüllte Mac zur anderen Schluchtwand hinüber, und schoß John Revolverkugeln herüber. Leah hörte, wie Macs Stimme allmählich schwächer wurde. Sie ignorierte Kims Warnungen und kroch langsam zum Höhleneingang vor, bis sie neben Mac auf dem Bauch lag.

»Ihr Bein bereitet Ihnen Schmerzen, nicht wahr?« fragte sie. »Warum legen Sie nicht eine Pause ein?«

»Ich will, daß sich Hammond ganz auf mich konzentriert«, antwortete Mac mit heiserer Stimme. »Schauen Sie mal dort hinüber!«

Zunächst vermochte Leah überhaupt nichts zu sehen; aber als sich ihre Augen an die Dunkelheit gewöhnt hatten, erkannte sie vor dem hellen Kalkstein die Umrisse einer dunkleren Gestalt.

»Hammond, hast du Revis getötet? Ich hörte, du warst dabei, als er starb. Hat er deshalb meinen Namen genannt, als er gefragt wurde, wer der Tänzer sei?« brüllte Mac.

»Wer ist das?« flüsterte Leah.

»Der Größe nach zu urteilen, müßte es Wes sein«, antwortete Mac.

»Bist du wütend auf uns Frauen, weil wir dahinterkamen, wer du wirklich bist, John?« schrie Leah.

Mac legte ihr beide Hände um den Hals. »Untersteh dich, mir noch einmal den Gehorsam zu verweigern! Jetzt kriechst du zurück in deine Ecke, verstanden?«

Leah kroch kleinlaut zur hinteren Höhlenwand zurück und legte sich neben Kim auf den Boden.

»Ich habe Wesley gesehen«, flüsterte Leah. »Er kletterte an einem Seil an der Schluchtwand hinunter. Es kann nicht mehr lange dauern, und es ist vorbei.«

»So oder so«, sagte Kim und verbarg ihr Gesicht in den Armen. »Hoffentlich passiert Wesley nichts.«

Die nächsten Minuten war Leah wie gelähmt vor Angst. »Bitte, lieber Gott«, betete sie, »verhüte, daß Wesley etwas passiert. Ich werde von jetzt an auch immer gehorsam sein, mich nie mehr in Schwierigkeiten begeben und immer um Hilfe bitten, wenn Schornsteine einstürzen und Mörder ins Haus kommen.«

»Wenn wir hier lebend herauskommen, werde ich dafür sorgen, daß du jeden Morgen dieses Gebet aufsagst«, flüsterte Kim neben ihr. »Und ich bin überzeugt, Wesley wird mir dabei helfen.«

Leah hatte gar nicht gemerkt, daß sie laut gebetet hatte. »Wenn . . .«, begann sie.

»Seid still da hinten, Ihr beiden!« rief Mac. »Ihr lenkt mich nur ab!«

Im nächsten Moment fielen mehrere Schüsse, und dann folgte der schreckliche Schrei eines Mannes, der von einer steilen Wand in die Tiefe stürzt.

Leah hielt den Atem an.

»Wer war das?« fragte Kim bang. »Doch nicht Wesley?«

»Ich bin mir nicht sicher . . .«, begann Mac.

»Leah!« drang die süßeste Stimme, die sie jemals auf Erden gehört hatte, aus der Tiefe der Schlucht zu ihr hinauf. »Bist du verletzt?«

»Nein«, flüsterte Leah, und dann begann sie zu rennen, stolperte über Mac, der gerade aufstehen wollte, und ignorierte Kims Schrei, die sie zurückrufen wollte. Sie schwang sich über den Sims und turnte den Steilhang hinunter.

Über sich hörte sie Macs Stimme: »Stanford, an deiner

Stelle würde ich schleunigst wieder auf den Schluchtrand hinaufklettern! Deine Frau ist hinter dir her! Und wie ich die kenne, ist sie unvernünftig genug, sich an dein Seil zu hängen und zu dir hinunterzuklettern!«

»Und deine Frau, Macalister«, brüllte Wesley zurück, »ist so unvernünftig, das Seil zu halten, an dem ich wieder hinaufklettern soll!«

»Zum Henker mit dir, Linnet!« schrie Mac. »Ich hatte dir doch gesagt, du sollst in die Stadt reiten und die Leute um Hilfe bitten!«

Leah hatte bereits die gegenüberliegende Schluchtwand zur Hälfte erklommen, ehe Wesley sich an dem Seil zu ihr hinuntergleiten ließ und sie an sich zog.

»Ich weiß nicht, ob ich dich übers Knie legen oder mich mit dir ins Gras legen soll! Leah, du hättest dich fast umgebracht. Warum bist du nicht auf der Farm geblieben?«

»Ich bin froh, daß ich nicht daheim geblieben bin, weil John dann später bei uns vorbeikam, Kims Brief fand, Justin bereits vorher weggelaufen war, und Bud und Cal mir nicht helfen konnten, weil sie nicht zu Hause waren, sondern in Sweetbriar . . .«

»Sei still, Leah«, sagte Wesley und drückte seinen Mund auf den ihren.

»Jawohl, Sir«, sagte sie gehorsam.

JUDE DEVERAUX

DIE VERFÜHRERIN

Aus dem Englischen von
Bodo Baumann

BASTEI
LÜBBE

Prolog

Der große schlanke, dunkelhaarige Mann verließ Del Mathisons Büro und zog die Tür hinter sich zu. Er stand einen Moment mit zuckenden Wangenmuskeln da, als dächte er über etwas nach, das er soeben gehört hatte. Dann ging er den Korridor hinunter und betrat Mathisons kostbar möblierten Salon.

In diesem Raum stand ein Mann gegen den Sims des kalten Kamins gelehnt. Auch er war groß, hatte aber das weiche, gepflegte Aussehen eines Mannes, der sein ganzes Leben in der Stube verbracht hatte. Seine blonden Haare waren sorgfältig frisiert, sein Anzug maßgeschneidert.

»Ah«, sagte der Blonde, »du mußt der Mann sein, den Del anheuerte, damit er mich zu seiner Tochter bringt.«

Der Dunkelhaarige nickte nur. Irgend etwas schien ihm nicht zu behagen, denn sein Blick verirrte sich immer wieder in eine Ecke des Zimmers, als habe er den Verdacht, daß sich dort jemand versteckt hielt.

»Ich bin Asher Prescott«, sagte der blonde Mann. »Hat Del dir erzählt, was ich für eine Rolle bei dieser Mission spiele?«

»Nein«, erwiderte der Dunkelhaarige mit einer Stimme, die man nicht nur hörte, sondern auch zu spüren glaubte.

Prescott nahm eine Zigarre aus der Schachtel, die auf

dem Kaminsims stand, und zündete sie an, ehe er fortfuhr: »Dels Tochter hat eine Vorliebe . . .« – er hielt inne und sah den Dunkelhaarigen rasch von Kopf bis Fuß an – ». . . ein Talent, wollte ich sagen, sich in Schwierigkeiten zu bringen. Jahrelang hat Del ihr nur ihren Willen gelassen mit dem Ergebnis, daß sie von einer Klemme in die andere geriet. Ich darf doch annehmen, daß du schon mal von Nola Dallas, der Reporterin, gehört hast.« Er schwieg kurz. »Oder vielleicht auch nicht.«

Er sog an der Zigarre und wartete auf eine Antwort, die aber nicht kam. »Nun, ihr Vater hat die Faxen jetzt dick und beschlossen, sie mit Gewalt zur Vernunft zu bringen. Sie befindet sich im Augenblick nördlich von hier, wo sie sich bei irgendwelchen Freunden von Freunden aufhält.« Er machte ein angewidertes Gesicht. »Das arme Mädchen ist davon überzeugt, daß Hugh Lanier – der Mann, dessen Familie sie gerade besucht –, Indianer dazu anstiftet, Missionare zu massakrieren. Das ist natürlich eine geradezu lächerliche Unterstellung, und Del hat recht, wenn er sagt, dieser Unfug müsse ein Ende haben.«

Prescott studierte den Dunkelhaarigen, der nun aus dem Fenster schaute. Del hatte gesagt, dieser Mann könnte sie durch jeden beliebigen Teil des Washington-Territoriums führen. Tatsächlich hatte Del gesagt, dieser Mann wüßte sogar einen Weg durch den Regenwald – eine Region, die als unpassierbar galt.

»Es ist geplant«, fuhr Prescott fort, »Mathisons Tochter aus Laniers Haus zu entführen – notfalls mit Gewalt – und sie zu ihrem Vater zurückzubringen. Und du sollst uns durch den Regenwald führen, damit ich eine Weile mit Miss Mathison allein sein kann. Ich will mit ihr verlobt sein, wenn wir hierher zurückkommen.«

Der Dunkelhaarige drehte sich um und starrte Prescott an. »Ich tue Frauen keine Gewalt an.«

»Ihr Gewalt antun?« gab Prescott schnaubend zurück. »Sie ist eine achtundzwanzigjährige Jungfrau, die die ganze Welt bereist hat, um diese lächerlichen, herzzerreißenden Geschichten zu schreiben. Kein Mann hat sie jemals haben wollen.«

»Aber Sie möchten sie haben.«

Prescott klemmte die Zigarre zwischen die Zähne. »Ich möchte das hier haben«, sagte er, sich im Zimmer umschauend. »Del Mathison ist ein reicher und mächtiger Mann, und alles, was er besitzt, wird er seiner einzigen pferdegesichtigen, reizlosen Tochter hinterlassen, die glaubt, sie könne die Welt von allen ihren Übeln befreien. Und ich möchte lieber von Anfang an klare Verhältnisse schaffen: Werden Sie mir bei meinem Vorhaben helfen oder es hintertreiben?«

Der Dunkelhaarige brauchte eine Weile, ehe er antwortete: »Sie gehört Ihnen, wenn sie Sie haben möchte.«

Prescott lächelte hinter seiner Zigarre. »Oh, sie wird mich ganz bestimmt haben wollen. In ihrem Alter wird sie froh sein, wenn sie überhaupt einen Mann bekommt.«

Kapitel 1

Christiana Montgomery Mathison steckte die Hand in den Zuber, um die Wassertemperatur zu prüfen, und begann sich dann auszuziehen. Was für ein gutes Gefühl, nach einem harten Tagesritt und stundenlangem Sitzen am Schreibpult ein heißes Bad nehmen zu können! Sie hatte ihre Story fertiggestellt, und morgen würde sie sich wieder auf die beschwerliche Heimreise machen.

Als sie sich ausgezogen hatte, fiel ihr ein, daß sie vergessen hatte, ihren Frisiermantel bereitzulegen, den sie nach dem Bad anziehen wollte, und ging zu dem großen doppeltürigen Kleiderschrank, um das Versäumte nachzuholen.

Doch als sie die rechte Schranktür öffnete, schien ihr Herz einen Takt zu überspringen: denn vor ihr stand ein Mann, dessen Augen sich weiteten und dem die Kinnlade herunterfiel, als er Chris' hübschen kleinen Körper im unbekleideten Zustand vor sich sah. Chris, die in den Jahren, seit sie als Reporterin arbeitete, gelernt hatte, geistesgegenwärtig zu reagieren, warf die Tür wieder zu und drehte den Schlüssel um, der außen steckte. Der Mann, der offensichtlich kein Aufsehen erregen wollte, klopfte leise von innen gegen die Tür. Chris hatte einen Fuß zum Bett hin ausgestreckt, wo sie die Tagesdecke abnehmen und sich um den Körper wickeln wollte, als etwas so rasch geschah, daß selbst sie mit ihrer Geistesgegenwart zu keiner Reaktion mehr fähig war.

Die linke Schranktür öffnete sich hinter ihr, und heraus kam ein Mann, der sie bereits mit seinen Armen umfangen hatte, ehe sie Gelegenheit bekam, einmal Luft zu holen oder sein Gesicht zu sehen. Ihr Antlitz an seiner Brust begraben, spürte sie seine Arme auf ihrem Rükken, die eine Hand auf ihrer bloßen Schulter, die andere dicht über einer Backe ihres Gesäßes.

»Wer sind Sie? Was wollen Sie von mir?« fragte sie und war erstaunt, wie ängstlich ihre Stimme klang. Der Mann war groß, und sie wußte, daß ihr Versuch, sich seinem Griff zu entwinden, kaum Erfolg haben konnte. »Wenn es Geld ist, was Sie von mir verlangen . . .«, begann sie. Doch da spannte er seine Arme noch fester an, und deshalb sprach sie den Satz erst gar nicht zu Ende.

Seine linke Hand begann ihr über das Haar zu streichen, das ihr über den halben Rücken hinunterhing, und dann sacht ein paar von ihren hellblonden Locken um den Finger zu wickeln, und da spürte sie trotz ihrer Angst, wie sich ihre Verkrampfung ein wenig lockerte. Es gelang ihr, den Kopf zur Seite zu drehen, so daß sie besser atmen konnte; aber der Mann erlaubte ihr nicht, sich aus seinen Armen zu winden, sondern drückte sie noch inniger an sich.

»Laß mich hier heraus«, fauchte der Mann hinter der verschlossenen Schranktür.

Aber der andere, der sie festhielt, ging nicht darauf ein, sondern fuhr fort, ihr Haar zu streicheln, während seine rechte Hand sich immer weiter auf ihre Gesäßbacke hinaufschob. Bisher hatte noch nie ein Mann ihre nackte Haut berührt, und seine rauhe, schwielige Hand fühlte sich gut an.

Sie ermannte sich wieder und begann sich gegen seinen Griff zu wehren. Sie versuchte sich zu befreien; doch er hielt sie fest. Er tat ihr zwar nicht weh, gab ihr aber zu verstehen, daß er sie nicht loszulassen gedachte.

»Wer sind Sie?« wiederholte sie ihre Frage. »Sagen Sie mir, was sie wollen, und ich werde zusehen, ob ich es Ihnen beschaffen kann. Ich habe zwar nicht viel Bargeld, besitze aber ein Armband, das einigen Wert hat. Lassen Sie mich los, und ich hole es Ihnen.« Als sie sich wieder zu bewegen versuchte, wurde sein Griff gleich fester.

Mit einem Seufzer der Enttäuschung sank sie ihm abermals kraftlos an die Brust. »Wenn Sie vorhaben, mich mit Gewalt zu nehmen, muß ich Sie jetzt schon warnen. Ich werde mich wehren, wie Sie das noch nie erlebt haben. Ich werde Ihnen die Haut vom Körper kratzen, um das Stück zu ersetzen, das Sie mir rauben wollen.« Sie bemühte sich, den Kopf nach oben zu drehen und ihn anzusehen; aber er erlaubte ihr nicht, sein Gesicht zu betrachten. Sage ich etwa etwas Verkehrtes? überlegte sie und fragte sich bang, ob die Worte, die sie soeben geäußert, einen . . . einen Frauenschänder – wagte sie im zweiten Anlauf das Wort in Gedanken auszusprechen – nicht noch mehr entflammten. Und da begann sie trotz ihrer mutigen Worte zu zittern, und seine Arme legten sich nun auf eine Weise um ihren Leib, die, wären nur die Umstände anders gewesen, sie sogar als beschützend empfunden hätte.

»Ihr Vater schickt uns«, sagte er mit einer Stimme, die sie durch ihre Wange hindurch spüren konnte. Es war eine sehr tiefe, sehr volle Stimme. »Wir sind zu zweit und kamen hierher, um Sie heimzuholen.«

»Ich bin ja bereit, Ihnen nach Hause zu folgen; aber vorher muß ich noch . . .«

»Pst«, flüsterte er und drückte sie wieder an sich, als

wären sie ein Liebespaar und körperlich miteinander vertraut. »Sie müssen auf der Stelle nach Hause zurück, ob es Ihnen gefällt oder nicht«, sagte er, ihr offenbar gar nicht zuhörend. »Sie können sich dann ja immer noch bei Ihrem Vater beschweren; aber zuerst bringen wir Sie heim. Haben Sie mich verstanden?«

»Aber da ist eine Story, die ich ...

»Chris«, unterbrach er sie, und die Weise, wie er ihren Namen aussprach, brachte sie abermals in Versuchung, zu ihm hochzublicken. Doch wieder ließ er nicht zu, daß sie sein Gesicht sah. »Chris, Sie müssen nach Hause zu Ihrem Vater. Ich werde Sie nun wieder freigeben und möchte, daß Sie sich anziehen. Anschließend lasse ich Prescott wieder aus dem Schrank. Ich werde draußen mit den Pferden auf Sie warten. Packen Sie nur zusammen, was Sie unbedingt für die Reise brauchen. Wir werden den Weg durch den Regenwald nehmen und einige Tage unterwegs sein. Also packen Sie auch Regenkleidung ein.«

»Durch den Regenwald? Aber der Regenwald ist doch unpassierbar!«

»Es gibt eine Möglichkeit, ihn zu durchqueren. Ich kenne diese Route. Befrachten Sie Ihren hübschen Kopf nicht mit solchen Sorgen, sondern machen Sie sich lieber reisefertig.«

»Ich muß meine Story zu John Anderson bringen«, sagte Chris. Sie schien es nicht sehr eilig zu haben, sich wieder von diesem Mann zu lösen, und in den letzten Minuten waren ihre Hände einige Male sogar zu seinen Hüften gegangen. Sie umarmte ihn zwar nicht gerade, aber als Wegschubsen konnte man das auch nicht bezeichnen.

»Wer ist John Anderson?«

»Mein Freund und der Herausgeber einer Zeitung. Er

war der erste, der Hugh in Verdacht hatte, Gewehre an die Indianer zu verkaufen.«

Er bewegte den Kopf, bis sein Gesicht in ihren Haaren begraben war, und sie hätte schwören können, daß sie seine Lippen auf ihrem Scheitel spürte. »Darüber können wir später noch reden, aber jetzt müssen wir aufbrechen. Wir haben uns sowieso schon viel zu lange hier aufgehalten. Sie müssen sich jetzt anziehen, damit wir losreiten können.«

Chris wartete, daß er sie losließe; doch statt dessen streichelte er ihre Schulterblätter. »Ich dachte, ich soll mich anziehen.«

»Frieren Sie?«

»Nicht im geringsten. Ich bin lediglich das Opfer eines Entführers, den mein Vater geschickt haben kann oder auch nicht. So, wie ich ihn kenne, sind Sie höchstwahrscheinlich in seinem Auftrag hier, und ich stehe nun in meinem Geburtskleid in diesem Zimmer und muß mir die Luft von einem Mann abdrücken lassen, den ich noch nie in meinem Leben gesehen habe und der sich mir nicht einmal vorgestellt hat. Wollen Sie mich jetzt bitte gehen lassen, damit ich mir etwas anziehen kann?«

»Ja«, sagte er mit seiner tiefen Stimme, machte jedoch keine Anstalten, seine Zusage zu erfüllen.

Da gab Chris einen Laut von sich, der sich wie ein Mittelding zwischen einem Wutschrei und einem Protest anhörte, worauf sich der zweite Mann, der in den letzten Minuten überraschend schweigsam gewesen war, hinter der Schranktür vernehmen ließ:

»Wenn du ihr etwas antust, Tynan, wirst du mir das büßen müssen!«

Der Mann, der Tynan gerufen wurde, hielt sie aber noch einige Sekunden lang fest, ehe er sie mit einem Seufzer, der aus dem Grunde seines Herzens zu kommen schien, freigab. Dabei drehte er sich der Kommode zu – beides gleichzeitig, wie es den Anschein hatte.

Chris packte eine Ecke der Tagesdecke; doch sie brauchte sie nicht, da er ja mit dem Rücken zu ihr bei der Kommode stand und mit den Gegenständen spielte, die daraufl agen. Die Decke um den Leib gewickelt, ging sie zum Schrank und öffnete dessen linke Hälfte, um ihm ein sauberes Reitkleid zu entnehmen.

»Ich brauche Wäsche, und die befindet sich in der Kommode«, sagte sie dann zu Tynans Rücken. Soweit sie etwas von ihm sehen konnte, vermochte sie ihn als einen großen, breitschultrigen, schwarzhaarigen Mann zu beschreiben, der vollkommen neu eingekleidet war. Von den Stiefeln über den Revolver und das Holster, das ihm tief an der Hüfte saß, bis hinauf zu seiner braunen Lederweste und dem blauen Cambrai-Hemd war alles, was er auf dem Körper trug, funkelnagelneu. Und seit er sie losgelassen hatte, war ihm kein Ton mehr über die Lippen gekommen, und nun trat er zur Seite und starrte die Wand an, als wäre sie von größtem Interesse für ihn.

Chris holte Unterwäsche aus der Schublade, wobei sie die ganze Zeit versuchte, einen Blick auf sein Gesicht zu werfen, was ihr jedoch nicht gelang; und als sie sich wieder in die Mitte des Zimmers zurückzog, um sich dort anzuziehen, nahm er seinen alten Platz an der Kommode ein. Sie kleidete sich so rasch an, wie ihr das möglich war, und zog dabei die Schnüre ihres Korsetts so hastig zusammen, daß sie Knoten hineinbrachte. Und so mußte sie noch ein paar Minuten zugeben, bis es ihr gelungen war, die Knoten wieder aufzubröseln.

»Jetzt«, sagte sie schließlich, als sie fertig angezogen war, in der Erwartung, er würde sich ihr nun zudrehen.

Doch das tat er nicht, sondern begab sich statt dessen zum Schrank und sperrte diesen auf. Und heraus trat ein großer blonder Mann, der nichts anderes tat, als Chris anzuschauen.

»Helfen Sie ihr beim Packen. Ich werde draußen auf Sie warten«, sagte Tynan, und ehe Chris begriff, was er vorhatte, war er schon aus dem Fenster gestiegen und ließ sie allein mit dem großen Blonden zurück.

Es war ein peinlicher Moment für Chris; doch der blonde Mann trat lächelnd auf sie zu. Er sah sehr gut aus mit seinen hellblauen Augen, die auf sie den Eindruck machten, als wären sie das Lachen gewöhnt. Und mit diesem Lächeln – davon war Chris überzeugt – mußte er schon das Herz vieler Frauen zum Schmelzen gebracht haben.

»Ich bin Asher Prescott. Ich bedaure, was sich hier zugetragen hat«, sagte er, auf den Schrank deutend, sah aber dabei so aus, als bedauerte er das keineswegs. »Wir wurden tatsächlich von Ihrem Vater geschickt mit dem Auftrag, Sie unbedingt zu ihm zurückzubringen – egal, welche Ausflüchte Sie auch vorbringen würden. Er macht sich große Sorgen Ihretwegen.«

Sie erwiderte mit einem schwachen Lächeln: »Das hört sich ganz nach meinem Vater an. Ich werde mit Ihnen zurückreiten. Ich wollte ohnehin in einigen Stunden aufbrechen, muß jetzt aber schnell noch ein paar Sachen zusammenpacken.« Dabei ging sie an Mr. Prescott vorbei zur Kommode, um dort ihre Toilettenartikel zusammenzusuchen. Dabei entdeckte sie, daß einer der Gegenstände, mit denen Tynan gespielt hatte, ihr Handspiegel gewesen war. Und als sie vom Spiegel zu der Stelle hinsah, wo sie sich angekleidet hatte, begriff sie, daß Tynan sie heimlich beim Ankleiden beobachtet hatte.

Zunächst regte sich der Zorn in ihr, aber dann lächelte sie und ließ den Spiegel in ihre Reisetasche fallen. Anschließend trat sie zum Schreibtisch und packte die Blätter mit der Geschichte über Hugh Lanier ein.

Sie dachte kurz nach, setzte sich dann an den Tisch und verfaßte ein paar Zeilen für Hugh, in denen sie ihm den Zweck ihres Besuches auseinandersetzte, und erklärte, warum sie tun mußte, was zu tun sie vorhatte.

Kapitel 2

Chris folgte Asher Prescott durch das Fenster und zum Waldsaum, wo zwei Pferde auf sie warteten.

»Miss Mathison«, hob Mr. Prescott dort an, »darf ich Ihnen versichern, mit welchem Vergnügen ich Sie . . .«

»Heben Sie sich das Süßholzraspeln für später auf«, kam da eine Stimme unter den Bäumen hervor, die Chris sofort wiedererkannte. Sie blickte zu dem Mann hoch, der im Schatten der Bäume bereits aufgesessen war. »Wir müssen hier weg. Also laßt uns jetzt reiten.«

Chris und Asher gehorchten der Stimme, ohne auch nur mit einem Wort zu widersprechen.

Chris und Asher ritten dicht beieinander die ganze Nacht und den darauffolgenden Tag hindurch, an Bäumen vorbei, die so ausladend waren, daß man mehrere Pferde darunter hätte unterstellen können; an kleinen Dörfern vorbei, die bald von Weißen, bald von Rothäuten bewohnt waren, an Holzfällercamps vorbei, an Sägemühlen. In südwestlicher Richtung reitend, mieden sie jeden Kontakt mit Menschen, in deren Nähe sie unterwegs kamen, und ließen sich auch so wenig wie möglich vor ihnen blicken. Sie benützten Pfade, die zuweilen so eng waren, daß sie absteigen und ihr Pferd am Zügel führen mußten. Tynan war ihnen stets um Längen voraus, führte sie, erkundete die Route vor ihnen und hielt Ausschau nach Plätzen, wo zu viele Menschen beisammen waren, die sich für sie interessieren mochten.

Sie hielten nur ein einziges Mal an. Tynan ließ einen leisen Pfiff hören, und Mr. Prescott hob die Hand, damit Chris ihr Pferd zügeln sollte, und ritt dann weiter zu Tynan, um sich zu erkundigen, was es denn dort vorne gäbe. Er kam mit der Nachricht zurück, daß vor ihnen eine Gruppe von Holzfällern beisammensaß und ihr Mittagessen verzehrte, und sie deshalb eine Rast einlegen müßten, bis die Männer wieder abgezogen seien.

Asher zog getrocknetes Büffelfleisch und eine Feldflasche aus seinen Satteltaschen und schnitt für Chris ein Stück von dem Trockenfleisch ab.

Chris lehnte sich gegen einen Baumstamm. Die Knie wollten ihr vor Müdigkeit unter dem Leib einknicken. »Ich habe das Gefühl, da stimmt etwas nicht mit Ihrem Tynan«, sagte sie zu Asher und beobachtete ihn durch halbgesenkte Wimpern. Zuweilen war die beste Methode, jemand zu einer Auskunft zu bewegen, indem man so tat, als wollte man sie gar nicht wissen. »Ich habe den Eindruck, er hat Angst, daß man ihn anschauen könnte, als wäre er entstellt oder müsse sich aus anderen Gründen davor hüten, sein Gesicht zu zeigen.

»Er ist nicht *mein* Tynan«, erwiderte Asher mit einem beleidigten Gesicht. »Wenn er jemandem gehört, dann Ihrem Vater. Er hat ihn angeheuert.«

»Wissen Sie, warum wir durch den Regenwald reiten?« fragte Chris, einen neuen Ansatz wagend. »Das scheint mir ein großer Umweg zu sein.«

»Ist es auch«, antwortete Asher und sah dabei zwischen die Bäume.

Chris war seit vielen Jahren Reporterin und daran gewöhnt, Leute zu interviewen. Und sie hatte einen sechsten Sinn dafür entwickelt, wenn jemand nicht die Wahrheit sagte. Vielleicht belog sie dieser Mann nicht direkt; aber die ganze Wahrheit erzählte er ihr auch nicht.

Ehe Chris ihn weiter ausfragen konnte, ertönte ein Pfiff zwischen den Bäumen. Gehorsam wie ein Hund erhob sich Prescott vom Boden und begann die Sachen wieder einzupacken.

»Sagen Sie – bekommt man diesen Mr. Tynan niemals zu Gesicht?« fragte Chris, als sie sich auf ihr Pferd schwang.

Asher sah sie betroffen an. »Warum sind Sie denn so an ihm interessiert?«

Chris beobachtete, wie Asher sich in den Sattel schwang. Er ging dabei so vor, als wäre er mehr an den Komfort einer Kutsche als an einen Pferderücken gewöhnt. »Ich bin von Berufs wegen neugierig. Auf Grund welcher Qualifikation führt Mr. Tynan uns durch den Regenwald?«

Asher zuckte mit den Achseln, während er in den Sattel stieg. »Wahrscheinlich, weil er schon einmal durch diesen Wald geritten ist; aber er ist schon ein seltsamer Vogel. Er meidet jeden Kontakt mit Menschen, legt sich immer außerhalb des Lagerplatzes zum Schlafen nieder und möchte mit anderen Leuten weder zusammen reiten noch reden. Und wenn Sie ihm eine Frage stellen, die ihn selbst betrifft, verweigert er die Antwort. Ich hätte wirklich gern gewußt, wo Ihr Vater ihn herhat.«

»Wie ich meinen Vater kenne, würdest du das wahrscheinlich lieber nicht so genau wissen wollen«, sagte Chris leise zu sich selbst. Und wenn sie nach Hause kam, würde sie ihrem Vater sehr deutlich sagen, was sie von dieser lächerlichen Entführung hielt.

Bei Sonnenuntergang hörten sie wieder dieses Pfeifen. Asher gab ihr das Zeichen, anzuhalten, und entfernte sich zwischen den Bäumen. Ein paar Minuten später kam er mit zwei frischen Pferden zurück.

»Haben Sie ihm nicht gesagt, daß wir vielleicht gern ein paar Stunden rasten würden?« fragte Chris, als sie auf das neue Pferd stieg.

»Und ob ich ihm das gesagt habe«, erwiderte Asher. Er sah müder aus, als sie sich fühlte. Offenbar war sie besser als er daran gewöhnt, weite Strecken im Sattel zurückzulegen, dachte sie bei sich. »Aber wir müssen weiter. Ty will den Rand des Regenwaldes erreichen, ehe wir eine Rast einlegen. Aber wenn wir erst einmal dort sind, sagt er, können wir uns einen ganzen Tag lang ausruhen.«

»Ty«, murmelte Chris, während sie sich in den Sattel schwang. Und während der nächsten Stunden, die sie wieder im Trab und Schritt zurücklegten, dachte sie über diesen geheimnisvollen Mann nach, der in ihr Zimmer eindrang und sie festhielt, sie beim Anziehen beobachtete und dann verschwand, um sie durch einen Wald zu führen, der nach Meinung der Indianer verwunschen war. Und warum hatte ihr Vater diesen Mann angeheuert? Und wer war Prescott? Er schien sich in dieser Gegend nicht besser auszukennen als sie, und dennoch machte er fünfzig Prozent der Rettungsmannschaft aus, die ihr Vater ihr nachgeschickt hatte. Was hatte ihr Vater sich dabei gedacht?

Chris hatte genügend Zeit, sich darüber den Kopf zu zerbrechen; denn sie ritten die ganze Nacht hindurch. Die Fragen hielten ihren Geist wach, so daß sie nicht dem Gefühl totaler Erschöpfung erlag, das sich in ihrem Körper immer stärker ausbreitete. Sie hatten nun seit zwei Tagen und Nächten weder gerastet noch geschlafen.

Als Chris anfing, im Sattel zu torkeln und zweimal fast vom Pferd gefallen wäre, glaubte sie ein Licht zwischen den Bäumen schimmern zu sehen. Nachdem sie ein paarmal geblinzelt hatte, um eine etwaige Sinnestäuschung auszuschließen, war sie sich dessen, was sie dort wahrnahm, ziemlich sicher. Irgendwie wußte sie, daß es ein Lagerfeuer war, das man ihretwegen angezündet hatte. »Sonst würde uns Ty nicht so nah an das Feuer heranlassen«, murmelte sie vor sich hin.

»Mr. Prescott«, rief sie, und es gelang ihr, ihn aufzuwecken, so daß er sich im Sattel aufrichtete. »Schauen Sie mal nach vorn!«

Mit neu erwachter Energie trieben sie ihre Pferde auf das Feuer zu, und jetzt konnte Chris nur noch daran denken, daß man ihr endlich erlauben würde, anzuhalten und zu schlafen. Ihr Pferd hatte noch gar nicht angehalten, als sie bereits die Riemen zu lösen begann, mit denen ihre Bettrolle an der Sattelpausche befestigt war.

Als sie schließlich anhielten, warf Chris ihr Bettzeug einfach auf den Boden, ließ sich dann selbst darauf fallen und war im Nu eingeschlafen.

Sie hatte keine Ahnung, wie lange sie geschlafen hatte, als sie etwas weckte. Sie öffnete die schweren Lider. Es war noch dunkel; aber da lag schon eine schwache Andeutung von Morgendämmerung in der Luft, und darin konnte sie die Umrisse eines Mannes erkennen, der einen breitkrempigen Hut trug und mit fast lautlosen Bewegungen die Pferde absattelte und sie mit Wasser und Futter versorgte.

Sie beobachtete ihn in ihrem Dämmerzustand, und selbst dann, als er sich auf sie zubewegte, vermochte sie sich nicht von ihrer Schlaftrunkenheit zu befreien.

Er kniete bei ihr, und es schien die natürlichste Sache der Welt zu sein, daß er sie in seine Arme zog. Wie ein kleines, schlafendes Kind lächelte sie nur und kuschelte sich an ihn.

»Sie liegen auf Ihren Decken«, sagte er mit dieser Stimme, die ihren ganzen Körper in Schwingungen zu versetzen schien. »Sie werden sich erkälten.«

Sie nickte nur einmal, während er die eine Decke unter ihr glattzog und die andere dann über ihr ausbreitete. Nur einen Moment lang, als er sich vorbeugte, um die Decke an ihrer rechten Seite festzustecken, hatte sie das Gefühl, daß er mit seinen Lippen ihrer Stirn ganz nahe war, und sie lächelte mit geschlossenen Augen. Es war wie ein Gutenachtkuß von ihrem Vater. »Gute Nacht, Ty«, flüsterte sie und war in der nächsten Sekunde wieder eingeschlafen.

Als sie zum zweitenmal erwachte, war es heller Tag. Zunächst glaubte sie zu träumen, denn sie war von einer phantastischen Landschaft umgeben. Riesige, gigantische Bäume ragten über ihr auf, welche die Sonne verdunkelten. Alles war mit graugrünen Moosen oder Farnen bedeckt, alles so weich und federnd. Ihr war, als befände sie sich am Ende der Welt.

In der Nähe lag Mr. Prescott und schlief tief und fest. Chris hatte ein Gefühl, als wäre sie der einzige lebendige Mensch auf Erden.

Langsam wickelte sie sich aus ihrer Decke, stand auf und streckte sich. Nicht das leiseste Geräusch war in diesem unheimlichen Wald zu vernehmen. Vor ihr erkannte sie so etwas wie einen Pfad, nicht viel mehr als eine Furche im Grünen. Sie waren von rechts gekommen, also wandte sie sich nach links.

Sie war nur wenige Schritte vom Lager entfernt, aber als der Pfad eine Biegung machte, fühlte sie sich vollkommen verlassen. Sie hätte ebensogut hundert Meilen von jedem menschlichen Wesen entfernt sein können.

Sie ging noch ein paar Meter auf dem federnden Waldboden weiter, und sie glaubte nun, vor sich ein rinnendes Wasser zu hören.

Noch ein Dutzend Schritte, und nun konnte sie unter sich und zu ihrer Rechten ein rasch fließendes Gewässer erkennen, mit mächtigen Steinblöcken im Wasser, die mit schwarzen Moosflecken bedeckt waren. Plötzlich hatte Chris nur noch einen Gedanken: das Bad nachzuholen, das sie vor zwei Tagen versäumt hatte. Voller Bedauern dachte sie an den Zuber mit heißem Wasser zurück, das sie unbenützt hatte zurücklassen müssen. Warum hatten die beiden Männer nicht im Schrank bleiben können, bis sie ihr Bad genommen hatte? Natürlich hätten sie vielleicht so lange im Schrank gewartet, wenn sie nicht eine der Türen geöffnet hätte. Sie hatten dort gewartet und sie beobachtet, dachte sie mit einer Grimasse, während sie zu dem Flüßchen hinunterlief.

Nun war sie nur noch von dem Wunsch besessen, sich zu säubern, und im Nu hatte sie sich ihrer Kleider entledigt und watete in das Wasser hinein. Es war eiskalt und verschlug ihr den Atem; aber das Bedürfnis nach Sauberkeit war größer als jenes nach Wärme. Sie wusch sich hinter einer Ansammlung von Felsblöcken, so daß keiner von den beiden Männern sie sehen konnte, falls sie ihr vom Lager hierher folgten, und zugleich war sie dem Waldrand so nahe, daß sie sich notfalls dorthin flüchten konnte.

Sie beendete gerade ihr Bad und bedauerte schon ihre impulsive Handlungsweise, weil sie nun kein Handtuch bei sich hatte, als sie das Pfeifen eines Mannes zu hören glaubte, über die Felsblöcke hinweglugte und Mr. Prescott den Pfad herunterkommen sah. Rasch rannte sie aus dem Wasser, raffte ihre Kleider zusammen und lief in den Wald hinein – direkt gegen die harte Brust von Tynan.

Einen Moment lang waren sie beide so verblüfft, daß sie keinen Ton herausbrachten. Das üppig wuchernde Grünzeug in diesem Wald dämpfte jedes Geräusch, und zwei Menschen konnten hier aufeinanderprallen, ohne vorher auch nur das geringste voneinander gehört oder gesehen zu haben.

Tynans Hände fingen sie auf und hielten sie fest, und seine Finger bewegten sich an ihrem Rücken hinunter, als er eine Kleinigkeit von ihr zurückwich, so daß er an ihrem nackten Körper hinuntersehen konnte.

»Miss Mathison, ich würde Sie überall wiedererkennen«, sagte er mit einem Lächeln.

Da stieß Chris ihn mit einem kleinen Schrei von sich, rannte ein paar Meter, um sich hinter einen Baum zu flüchten und mit bebenden Händen ihre Kleider anzuziehen.

»Das Wasser ist wirklich viel zu kalt für ein Bad, Miss Mathison«, sagte er mit einem Lachen in der Stimme. »Nicht, daß ich nicht jedes Ihrer Bäder genossen hätte; aber das nächste Mal sollten Sie mich besser vorher fragen. Ich möchte nicht, daß Sie sich einen Schnupfen holen.«

Chris war immer noch sprachlos, während sie sich ankleidete. Den ganzen gestrigen Tag über, während des endlosen Rittes, hatte sie sich in Gedanken mit diesem geheimnisvollen Mann beschäftigt und angefangen zu glauben, was sie Asher gefragt hatte, nämlich daß er vermutlich auf irgendeine Weise entstellt und dies der Grund sei, warum er verhindern wollte, daß sie ihn ansah. Doch selbst in den wenigen Sekunden, die sie ihn hatte anblicken können, war ihr bewußt geworden, daß es der schönste Mann war, der ihr jemals im Leben begegnet war. Er war sehr maskulin, mit ebenmäßigen Zügen, perfekt geformten Lippen, strahlendblauen Augen, einem großen eckigen Kinn und schwarzen Haaren, die sich um seinen Hemdkragen ringelten, der die Farbe seiner Augen wiederholte.

Als Chris fertig angezogen war, trat sie wieder hinter dem Baum hervor. Er saß, mit dem Rücken zu ihr, auf dem Boden.

Sie hatte sich ein so von der Wirklichkeit entferntes Bild von ihm gemacht, daß sie sich ihn schon väterlich vorgestellt hatte, als er in dieser Nacht ihre Decke feststeckte. Aber da war nichts Väterliches an diesem Mann.

Sie ging auf ihn zu, und da er sich nicht umdrehen wollte, baute sie sich vor ihm auf. Er sah nicht hoch, sondern suchte sein Gesicht hinter der breiten Krempe seines Hutes zu verbergen. Kühn setzte sich Chris vor ihm auf den Boden.

Er hielt den Kopf gesenkt. »Ich möchte mich entschuldigen, Miss Mathison«, sagte er leise. »Ich scheine Sie ständig in Verlegenheit zu bringen, aber das ist gar nicht meine Absicht. Es ist nur so, daß wir uns immer wieder unter ungewöhnlichen Umständen begegnen. Ich möchte nicht, daß Sie einen falschen Eindruck von mir bekommen. Ich wurde von Ihrem Vater angeheuert, Sie zu retten und zu ihm zurückzubringen. Und das ist *alles* was ich zu tun gedenke.«

Kapitel 3

Chris saß da, betrachtete die Krone seines Hutes und dachte, was für eine absurde Situation das sei. Dieser Mann hatte sie zweimal wie eine Närrin aussehen lassen, hatte sie dreimal in seinen Armen gehalten – davon zweimal im unbekleideten Zustand –, hatte sie entführt und ihr soeben gesagt, ihre Wünsche wären überhaupt nicht maßgebend, und doch saß sie hier und hatte das Gefühl, ihn trösten zu müssen. Sie streckte ihre Hand aus, um die seine zu berühren, und als sie das tat, bemerkte sie eine wunde rote Stelle an seinem Handgelenk – gerade noch sichtbar unter der Manschette seines Hemds.

»Sie haben sich verletzt«, sagte sie mit jäher Sorge.

Im nächsten Moment stand er auf den Beinen, und ehe Chris ein weiteres Wort sagen konnte, ging er – hastete vielmehr – zum Rand des Flüßchens und rief nach Prescott.

Chris blieb, auf dem Moos sitzend, zurück und fragte sich, was sie denn gesagt hatte, daß er auf einmal so beleidigt war.

»Hier ist sie«, hörte sie Tynan sagen, ehe er wieder vor ihr auftauchte, Mr. Prescott hinter sich herschleppend wie einen störrischen Stier. Obwohl sie Tynan kaum kannte, war sie überzeugt, daß er mit falscher Stimme sprach, als er erklärte: »Sie haben sich doch sicherlich schon miteinander bekannt gemacht, nicht wahr, Miss Mathison? Das hier ist Asher Prescott. Er ist ein Freund Ihres Vaters und wird bei uns bleiben, während wir diesen Wald durchqueren. Asher, warum nehmen Sie Miss Mathison nicht mit zum Angeln? Wir werden frische Nahrungsmittel brauchen. Und später können Sie beide dann Feuerholz sammeln.« Er gab Asher einen kleinen Schubs in Christianas Richtung.

Asher lächelte zu Chris hinunter und streckte ihr die Hand hin, um ihr vom Boden aufzuhelfen. »Wollen Sie mit mir zum Angeln gehen, Miss Mathison? Wie ich höre, soll es in diesem Flüßchen Lachse geben.«

Chris war verwirrt von dem, was sich soeben abgespielt hatte. Sie wollte den Tag nicht mit Mr. Prescott verbringen; aber offenbar hatte sie gar keine andere Wahl. Das schien bereits eine abgemachte Sache zu sein. Sie blickte zu Tynan hinüber, doch der hatte den Kopf zur Seite gedreht, so daß sie sein Gesicht nicht sehen konnte.

»Nun, ja – Angeln hört sich nach einem angenehmen Zeitvertreib an«, antwortete sie, während sie sich von Mr. Prescott aufhelfen ließ. Als sie wieder auf den Beinen im Moos stand, war Tynan bereits zwischen den Bäumen untergetaucht.

Sie ging mit Asher ins Lager zurück, wo sie ausgepackte Vorräte vorfanden und zwei Maultiere, die vorher noch nicht dagewesen waren. Mr. Prescott reichte ihr in der nächsten Sekunde schon eine Angelrute.

»Wollen wir gehen, Miss Mathison?«

Er führte sie den Weg zurück, den sie schon einmal genommen hatte, an den Felsen vorbei, hinter denen sie gebadet hatte, blieb dabei aber stets in der Nähe des Lagers. Dann hielt er an einer Stelle an und sagte: »Ich denke, das ist ein guter Platz, um es zu versuchen.«

»Ist das Ihre oder Mr. Tynans Idee?«

Er lächelte sie an. »Ich glaube nicht, daß er ein *Mr.* Tynan ist. Ich bin mir nicht sicher, daß er überhaupt einen Nachnamen besitzt. Aber wir wollen nicht von ihm reden. Wie ich hörte, arbeiten Sie bei einer Zeitung. Ist es wahr, daß Sie diese berüchtigte Nola Dallas sind?«

»Nola Dallas ist mein Pseudonym«, sagte sie steif, während sie mit meisterhaftem Geschick die Angelschnur auswarf. Sie hatte von Geburt an in Washington gelebt und schon als kleines Kind Fische gefangen.

Asher sah sie unglücklich an. »Ich wollte Sie nicht beleidigen. Es ist nur, daß ich Ihre Artikel gelesen und mir eine viel ältere Frau als Verfasserin vorgestellt habe – oder sogar einen Mann. Haben Sie wirklich die Dinge vollbracht, von denen Sie in Ihren Artikeln berichten?«

»Alle.«

»Sie sind tatsächlich als Revuemädchen aufgetreten? Und haben ein enganliegendes fleischfarbenes Trikot auf der Bühne getragen?«

Chris lächelte in der Erinnerung. »Und wurde dann im zweiten Akt aus dem Theater geworfen. Tanzen ist nicht meine Stärke.«

»Aber wen kümmert es schon, ob Sie tanzen können oder nicht – nach den Reformen, die Sie damit durchgesetzt haben!«

Lächelnd spürte sie, daß sie sich ein wenig für ihn erwärmte. »Sagen Sie, Mr. Prescott, warum hat mein Vater Sie als Heller für diese Rettungsaktion ausgesucht? Ich hätte gedacht, seine Wahl fiele auf einen Mann, der sich in diesem Wald auskennt.«

»Das ist Tynans Aufgabe. Er muß sich um die Tiere kümmern, das Essen und unsere Sicherheit.«

»Und was für eine Aufgabe haben Sie?«

Asher lächelte sie auf eine für ihn einnehmende Weise an. »Ich habe lediglich die Aufgabe, unsere Reise so angenehm wie möglich zu gestalten.«

»Ich verstehe«, sagte Chris, während sie auf das Wasser zurücksah. Tatsächlich verstand sie gar nichts. »Was machen Sie denn, um Ihren Lebensunterhalt zu verdienen, Mr. Prescott?«

»Bitte nennen Sie mich Ash. Es ist ja nicht so, als hätten wir uns beim erstenmal im Salon getroffen.«

Chris versuchte die aufsteigende Röte in ihren Wangen niederzukämpfen, als sie sich daran erinnerte, wie sie diesen Mann zum erstenmal in ihrem Kleiderschrank in Hughs Haus gesehen hatte.

»Bis zum letzten Herbst hatte ich eine eigene Sägemühle hier im Süden; aber dann gab es ein Feuer, in dem ich alles verlor.«

Sie sah rasch zu ihm hin und bemerkte, wie die Muskeln in seinem Gesicht zuckten. Offenbar hatte er den Schmerz noch nicht überwunden, daß er seine Existenz verloren hatte. »Aber Sie haben sich dann ein neues Geschäft aufgebaut?« fragte sie mit großer Anteilnahme in der Stimme.

»Alles, was ich hatte, war in diese Sägemühle investiert; als sie abbrannte, besaß ich keinen Cent mehr.« Seine Stimme wurde leiser. »Nicht einmal mehr Kredit.« Nach kurzem Schweigen drehte er ihr wieder lächelnd das Gesicht zu. »Aber ich habe große Hoffnung, daß sich mein Los bald zum Besseren wenden wird. Sehen Sie? Ich glaube, Sie haben einen Fisch an der Leine. Soll ich ihn für Sie einholen?«

»Das kann ich schon selbst, danke«, sagte sie, während sie die Angelschnur aufzurollen begann. An ihrem Haken hing tatsächlich ein Lachs, und binnen einer Stunde hatte sie ein halbes Dutzend Fische von ziemlicher Größe gefangen, während Asher zwei kleine Fische erbeutet hatte.

Er nahm die Tatsache, daß sie die Ernährerin für sie beide spielen mußte, mit gutmütigem Lachen zur Kenntnis, und sie kehrten einträchtig nebeneinander ins Lager zurück.

Dort brannte bereits ein Feuer auf Sparflamme, das sie zweifellos Tynan zu danken hatten; doch der Mann war nirgends zu sehen.

»Ich würde gern etwas mit Ihnen besprechen, Mr. ... Ash«, sagte Chris, während sie geschickt die Fische ausnahm, säuberte und dann auf einen Stock steckte. »Tatsächlich wollte ich auch mit Mr. Tynan sprechen; aber es hat den Anschein, als könnte ich Sie beide niemals gleichzeitig haben. Der Grund, warum ich mich in Mr. Hugh Laniers Haus aufhielt, war ein Gerücht, daß Mr.

Lanier in eine ziemlich üble Sache verwickelt sei und . . .«

»Übel?« sagte Asher, sich gegen einen Baum lehnend. »Vielleicht ist übel ein zu starkes Wort.«

»Das glaube ich nicht. Ich glaube auch nicht, daß meine Leser es für zu stark halten werden. Hugh Lanier wollte ein Stück Land haben, das bereits von Missionaren besiedelt war. Aber sie wollten es ihm nicht verkaufen. Deshalb besorgte er sich Waffen und heuerte weiße Männer an, die sich als Indianer verkleiden und die Missionare massakrieren mußten. Wenn das nicht übel ist, möchte ich wissen, was es dann ist.« Wie immer, wenn sie an eine Ungerechtigkeit von solchen Ausmaßen dachte, wallte der Zorn in ihr auf.

»Aber wenn es doch nur ein Gerücht ist . . .«

»Es nur ein Gerücht *war*. Ich besitze Beweise, daß er es getan hat. Unter anderem habe ich einen Kaufvertrag über Gewehre. Ich habe sogar mit eigenen Ohren gehört, wie er mit einem dieser ›Indianer‹ verhandelte . . .«

»Ihn gehört?« sagte Asher. »Soll das heißen, Sie haben ihn belauscht?«

»Natürlich. Ich trug ein grünes Kleid und habe mich in einem Maisfeld versteckt. Doch der springende Punkt ist: Ich muß meinen Bericht mit den Beweisen dem Zeitungsmann übergeben, der mich beauftragte, diesem Gerücht nachzugehen, und wenn meine Berechnungen stimmen, befindet sich Johns Büro jetzt genau westlich von uns. Wir müssen morgen wieder früh aufbrechen.«

Sie beobachtete Asher, der seinen Hut auf dem Schoß hielt und nun mit seinem Hutband spielte. »Chris, ich glaube nicht, daß Ihr Vater damit einverstanden ist, wenn Sie sich im Land herumtreiben und Männer anschwärzen . . . Männern vorwerfen, was Sie diesem Lanier zur Last legen. Wenn wir in das Haus Ihres Vaters zurückgekehrt sind, kann er ja diese Sachen an diesen Zeitungsmann weiterschicken. Bis dahin halte ich es für das beste, wenn Sie hier im Lager in Sicherheit bleiben.«

Chris blickte ihn nur eine Sekunde lang an. Sie war bei einem Mann wie diesem aufgewachsen, und sie hatte mit Männern wie ihm gearbeitet. Prescott war fest davon überzeugt, daß sie Lanier Unrecht tat, und nichts, was sie sagte oder tat, würde seine Meinung erschüttern können. »Ich glaube, die Fische sind durch«, sagte sie leise und sah dann, daß er sie auf eine Weise anlächelte, wie Männer, die stets gewannen, eben Frauen anzulächeln pflegen. Sie erwiderte sein Lächeln, doch es reichte nicht bis zu ihren Augen hinauf.

Sie machte leichte, damenhafte Konversation mit Asher, während sie ihre Fische aßen, und kam kein einzigesmal mehr auf ihre Pläne zurück, wie sie ihre Story zu John Anderson bringen wollte. Aber sobald sie mit ihrer Mahlzeit fertig waren, stand sie auf.

»Ich denke, ich werde mal sehen, ob ich Mr. Tynan finden kann«, sagte sie mit geistesabwesender Stimme, während sie sich in Richtung Fluß in Bewegung setzte.

»Ich würde das an Ihrer Stelle nicht tun, Chris«, sagte Asher. »Ich bin überzeugt, der Mann würde hier bei uns sitzen, wenn ihm an unserer Gesellschaft gelegen wäre, und ich bin sicher, daß er sich recht gut selbst ernähren kann. Ich denke, Sie sollten sich lieber wieder setzen und mir mit Ihrer lieblichen Gegenwart Gesellschaft leisten.«

Chris bezweifelte, daß sie in ihrem Leben etwas mehr haßte, als sich sagen zu lassen, was sie tun *sollte*. Das war die Quelle all ihrer Probleme mit ihrem Vater: Er versuchte nie, vernünftig mit ihr zu reden, sondern sagte ihr nur, was das beste für sie sei, und erwartete dann blinden Gehorsam.

Sie schenkte Asher ein süßes Lächeln. »Ich denke, ich werde mal nach unserem Reiseleiter sehen«, sagte sie und entfernte sich so rasch, daß er keine Gelegenheit mehr zu einem Protest hatte. Kurz darauf hörte sie ihn auf der Suche nach ihr durch die Büsche waten. Sie bedankte sich bei ihrer Mutter und ihren Vorfahren, daß sie so zierlich ausgefallen war, hüpfte über einen umgefallenen Baumstamm und duckte sich zwischen den Farnen, bis sie ihn an sich vorbeigehen sah. Als sie ihn auch nicht mehr hören konnte, ging sie noch ein kurzes Stück durch das Unterholz, ehe sie entdecken mußte, daß hier kein Weiterkommen war in dieser Wildnis aus umgestürzten Bäumen und wuchernden Pflanzen. So kehrte sie zum Pfad zurück und ging dort in Richtung Fluß weiter, folgte also Asher, der vor kurzem den gleichen Weg genommen hatte. Als sie den Scheitel einer kleinen Anhöhe neben dem Fluß erreichte, konnte sie ihn unter sich sehen, wie er stirnrunzelnd und verdrießlich in alle möglichen Richtungen schaute. Mit einem feinen Lächeln setzte sie ihren Weg fort.

Sie war nur ein paar Meter weit gegangen, als plötzlich alle Geräusche verstummten. Der Regenwald flößte ihr das seltsame Gefühl ein, als wäre sie hier völlig allein. Alles um sie herum war grün: graugrün, blaugrün, ein Grün, das fast schwarz war, ein Limonengrün – jede Schattierung von Grün. Und alles war weich und nachgiebig. Sie strich mit der Hand über einen gefallenen Baumstamm hin, der mit einem eigenen Wald kleiner Pflanzen bedeckt war, und lächelte, weil er sich so weich anfühlte.

Vor ihr befanden sich seltsame Gebilde aus Moos und verrottenden Baumstämmen. Sie konnte ihre eigenen Schritte nicht mehr hören, als sie über den federnden Boden ging.

Als sie um eine Biegung kam, atmete sie heftig ein, denn vor ihr, nur eine Handbreit neben dem Pfad, lag Tynan und schlief fest. Neben seinem Kopf lag eine Satteltasche, und unter sich hatte er eine zerknüllte Decke. Er sah sehr jung und friedlich aus im Schlaf. Abermals war Chris über die Schönheit dieses Mannes betroffen und spürte ein mächtiges Verlangen, sich einfach neben ihn zu setzen und ihn anzuschauen – ein Verlangen, dem sie nachgab.

Sie hatte höchstens eine Minute neben ihm gesessen, als er sich bewegte und die Augen aufschlug.

»Chris«, sagte er mit einem kleinen Lächeln und machte dann die Augen wieder zu. Den Bruchteil einer Sekunde später setzte er sich kerzengerade auf, packte seinen Hut, zog ihn tief ins Gesicht und sah sie an. »Miss Mathison, ich dachte, Sie wären mit Prescott zum Angeln gegangen.«

»Das war ich auch, bis ich erheblich mehr Fische gefangen hatte als er und ihm vorschlug, ins Lager zurückzukehren. Danach gelang es mir, ihm zu entwischen. Ich lief den Pfad hinunter und fand Sie hier. Haben Sie Ihren Mittagsschlaf genossen? Verdient haben Sie ihn bestimmt, nachdem Sie gestern nacht wach blieben und sich so rührend um uns gekümmert haben.«

Nun wirkte er wie ein verschlafener Junge, als er sich die Augen rieb, und diesmal sah Chris ganz deutlich, daß seine beiden Handgelenke wundgescheuert waren. Auch entdeckte sie unter seinem rechten Wangenbein eine Quetschung und über einem Auge einen halb verheilten Schnitt.

»Warum kommen Sie nicht mit ins Lager und leisten uns Gesellschaft? Mit Fischen sind wir reichlich versorgt. Haben Sie schon etwas gegessen?«

»Danke, ja. Sie müssen jetzt wieder ins Lager zurück.

Prescott macht sich bestimmt schon Sorgen Ihretwegen.« Er stand auf. »Und auf mich wartet die Arbeit. Ich muß den Pfad vor uns erkunden. Ich bin überzeugt, daß Bäume auf den Pfad gestürzt sind, seit ich das letzte Mal hier durchgekommen bin.«

»Und wann war das, Mr. Tynan?«

»Nur Tynan, nicht mehr, und ganz gewiß nicht Mister«, murmelte er. Das klang so, als habe er das schon unzählige Male zu anderen Leuten gesagt.

Chris stand auf und trat näher an ihn heran. Er drehte ihr den Rücken zu, nahm seinen Hut ab und fuhr sich mit der Hand durchs Haar, das feucht zu sein schien. Vielleicht hatte auch er ein Bad im kalten Fluß genommen, überlegte sie. Er hatte die Knöpfe an den Manschetten nicht zugeknöpft, und als der Ärmel zurückfiel, sah sie, daß alle Muskeln und Adern an seinem Unterarm sich wie ein Relief unter der Haut abzeichneten. Es sah aus, als habe dieser Mann monatelang hungern müssen.

»Ich möchte keine Unruhestifterin sein, denn ich weiß, Sie tun nur das, wofür mein Vater Sie angeheuert hat; aber ...« Sie zögerte, als sie zu seinem Namen kam. »Aber, Tynan, ich habe den Eindruck, daß Sie ein paar kräftige Mahlzeiten gut gebrauchen könnten. Deshalb bestehe ich darauf, daß Sie mit mir ins Lager zurückkehren. Und sollten Sie sich weigern, kann ich Ihnen versprechen, daß ich Ihnen diese Reise sehr ungemütlich machen werde.«

Er öffnete den Mund, um etwas zu sagen, schloß ihn dann aber wieder und grinste nur – und Chris spürte, wie ihr die Knie weich wurden, weil sein ganzes Gesicht aufzuleuchten schien. Sie dachte: Dieser Mann wird *jede* Frau dazu überreden können, ihm jeden Wunsch zu erfüllen.

»So einer Einladung kann ich nicht widerstehen. Ich komme nach.«

»Nein, Sie werden mit mir zusammen ins Lager zurückkehren. Wie kommt es, daß Sie schon einmal diesen Wald durchquert haben? Und wer hat diesen Pfad angelegt?«

»Haben Sie Ihren Angelausflug mit Ash genossen? Er scheint ein angenehmer Gesellschafter zu sein. Auf dem Herweg war er eine große Hilfe – keine Arbeit war ihm zuviel. Und mit Pferden kann er großartig umgehen. Jeder, der ihn bisher kennenlernte, fand ihn sympathisch. Sie vermutlich auch.«

»Nun, ja«, erwiderte sie zögernd. »Wie haben Sie meinen Vater kennengelernt?«

»Ash kennt Ihren Vater seit vielen Jahren. Es ist ein Wunder, daß Sie ihm vorher noch nie begegnet sind. Ashers Vater hat sich durch harte Arbeit im Osten ein Vermögen verdient. Ich bin überzeugt, daß Ash aus dem gleichen Holz geschnitzt ist.«

Chris blickte verwirrt zu Tynan hoch. Was zum Teufel redete er da eigentlich? Aber er lächelte nur, und diesmal wurde sie nicht davon geblendet, sondern fragte sich, ob er dieses Lächeln nicht selten dazu verwendete, Frauen zum Schweigen zu bringen, wenn sie von etwas redeten, was er nicht hören – oder ihm Fragen stellten, die er nicht beantworten wollte.

Sie gab sein Lächeln zurück; aber wenn er Chris besser gekannt hätte, würde ihn das Glitzern in ihren Augen gewarnt haben. Denn es bedeutete, daß sie in diesem Moment eine Herausforderung angenommen hatte: Sie würde herausfinden, wer dieser Tynan – weder Nachname noch Vorname – war.

Kapitel 4

»Ich muß mit Ihnen reden«, sagte Chris, sobald Tynan im Lager Platz genommen und einen von ihren gebratenen Fischen zerlegt hatte. Und sie berichtete ihm nun das gleiche, was sie vorher Asher erzählt hatte: Daß Lanier für das Massaker an den Missionaren verantwortlich sei. Tynan unterbrach sie nicht. Tatsächlich sagte er kein Wort.

Als sie mit ihrem Bericht fertig war, leckte er sich die Finger ab. »Und nun erzählen Sie mir, was Sie weggelassen haben«, sagte er.

Chris sah ihn betroffen an. Doch dann sagte sie lächelnd: »Tatsächlich war Mr. Lanier sehr gut zu mir, solange ich als Gast in seinem Haus wohnte, und seine Frau ist ganz reizend. Deshalb bekam ich Gewissensbisse bei dem Gedanken, daß ich der Öffentlichkeit nun offenbaren müsse, was er getan hat. Natürlich ist jedes Wort über ihn wahr, wenn meine Story gedruckt wird. Ich fürchte nur, Mr. Laniers Leben wird sich dadurch – äh – verändern.«

»Ganz zu schweigen von der Länge seines Halses«, setzte Tynan hinzu und sah sie an.

»Und deshalb habe ich ihm einen Brief hinterlassen, in dem ich ihm ankündigte, was ich vorhabe.«

Diesmal schwieg Tynan eine lange Zeit. Dann sagte er:

»Was bedeutet, daß Laniers Männer uns bereits mit geladenen Gewehren erwarten, sobald wir aus diesem Wald herauskommen. Vielleicht sogar mit Kanonen – kurzum, er wird alles tun, um zu verhindern, daß Ihre Geschichte gedruckt wird.«

Sie sah ihn mit einem schwachen Lächeln an. »Das befürchte ich auch.« Ihr Gesichtsausdruck veränderte sich.

»Aber das sind Dinge, die ich tun *mußte*. Ich *mußte* Mr. Lanier die Chance zur Flucht geben, und ich muß diese Geschichte drucken lassen. Verstehen Sie das nicht?«

Tynan stand auf. »Ich verstehe, daß ein Mann tun muß, was ihm aufgetragen ist; aber Sie, Miss Mathison, brauchen jetzt Hilfe, die ich Ihnen nicht geben kann. Prescott leitet diese Expedition. Ich bin nur sein Pfadfinder. Ich gehorche Anweisungen, und das ist alles. Vielen Dank für den Fisch, Madam, und jetzt muß ich den Trail erkunden, der noch vor uns liegt.«

Er drehte sich noch einmal zu ihr um.

»Und wenn ich Sie wäre, würde ich nicht in Versuchung kommen, allein zu reiten«, sagte er, während er ein Stück Feuerholz vom Boden aufhob und es auf eine Stelle rechts neben ihrem Kopf warf, die nach festem Boden aussah. Doch das Holz durchschlug ein paar Ranken und prallte erst eine volle Sekunde später auf festen Boden auf. Sie verstand seine wortlose Botschaft: Wenn man hier vom Pfad abwich, konnte man in tiefe Löcher stürzten, die durch Grünzeug getarnt waren.

Und dann ging er und ließ Chris allein am Feuer zurück.

Sie stand einen Moment da und verfluchte alle Männer auf dieser Welt. »Frauen müssen ebenfalls tun, was ihnen aufgetragen ist, Mr. Tynan«, sagte sie, obwohl ihr niemand mehr zuhörte, und ging dann daran, neues Feuerholz zu sammeln.

Chris blieb im Lager und redete mit Asher, als dieser von der Suche nach ihr zurückkehrte. Sie erwähnte Hugh Lanier nicht mehr. Und als Tynan zurückkam, sah sie ihn an; aber er wich ihrem Blick aus. Sie drehte den Kopf wieder Asher zu und tat so, als fände sie jedes Wort, das er sagte, faszinierend. In Wahrheit überlegte sie, wie sie diesen beiden Männern entwischen konnte.

John Andersons Redaktion befand sich am Rand des Regenwaldes, keine vier Meilen von der Stelle entfernt, wo sie gestern abend in den Regenwald eingedrungen waren. Wenn sie sich ein Pferd nahm, wie der Blitz auf dem Pfad zurückritt und in die Stadt hinein, konnte sie bis zum Sonnenuntergang wieder hiersein. Wenn ihr das Glück hold war, konnte sie sogar wieder zurücksein, ehe sie vermißt wurde.

Sie stand auf. »Ich denke, ich werde jetzt einen kleinen Spaziergang machen«, sagte sie zu Asher.

»Ich gehe mit Ihnen.«

»Nein, vielen Dank«, erwiderte sie mit ihrem süßesten Lächeln. »Ich habe ein paar Dinge zu erledigen.« Sie sah ihn mit geweiteten Augen an. »Weibliche Dinge.« Die Mysterien der Weiblichkeit wirkten auf Männer wie Asher Prescott immer abschreckend.

»Natürlich«, sagte er höflich.

Sie ging von ihm fort, an Tynan vorbei und versteckte sich dann im Unterholz, bis beide Männer das Lager verlassen hatten. Noch nie hatte jemand einem Pferd den Sattel schneller übergeworfen als Chris an diesem Nachmittag. Das arme Tier tänzelte erschrocken und hob die Beine. »Sei ein guter Junge«, redete sie dem Gaul zu. »Wir haben einen anstrengenden Ritt vor uns.«

»Tatsächlich, Miss Mathison?«

Chris wirbelte auf den Absätzen herum und sah sich Tynan gegenüber. »Ich werde meine Story zu John Anderson bringen«, sagte sie, das Kinn vorschiebend, »und wenn Sie mich daran hindern wollen, müssen Sie mich schon hier festbinden und Tag und Nacht bewachen. Sie werden auf Ihren Schlaf verzichten und . . .«

»Ich verstehe«, sagte er, und Chris sah, wie seine Augen amüsiert aufblitzten. »Wie weit ist es denn bis zu diesem Anderson?«

Chris schluckte. »Wenn ich tüchtig reite, könnte ich bis zum Sonnenuntergang wieder zurücksein.«

»Und wie gedenken Sie mit Laniers Leuten fertig zu werden? Die Sie vielleicht schon am Waldrand erwarten?»

»So schnell reiten, wie es geht, und zu Gott beten, daß keine Kugel trifft.«

Er stand vor ihr und sah sie eine Weile an. Dann zog er seinen Revolver aus dem Holster und überzeugte sich davon, daß er geladen war. »Vielleicht könnte ich Ihnen behilflich sein. In welcher Richtung liegt die Stadt, wo Anderson wohnt?«

Chris schwang sich auf ihr Pferd. »Wenn wir aus dem Wald kommen, in südöstlicher Richtung. Johns Büro ist das dritte Gebäude auf der rechten Seite.«

Tynan sattelte sein Pferd. »Sobald wir die Story dort abliefern, zieht Lanier einen Revolver und holt sich das Zeug. Haben Sie nicht noch mehr Papier bei sich? Warum machen Sie daraus nicht ein Paket, geben es als Frachtgut auf – wenn es in dieser Stadt überhaupt eine Frachtlinie gibt –, und schauen dann kurz bei Mrs. Anderson vorbei, um hallo zu sagen.«

»Also . . . ja, das könnte funktionieren«, sagte sie, ihn erstaunt ansehend. »Nur gibt es keine Mrs. Anderson; aber seine Schwester ist mit dem Arzt dort verheiratet.«

»Noch besser«, sagte Tynan, sich in den Sattel schwingend. »Und reiten können Sie auch?«

»Ich komme mit einem Pferd überallhin, wo Sie auch hinkommen«, sagte Chris hochmütig, hatte dann jedoch ihre Zweifel; denn Tynan legte ein derartiges Tempo vor, daß ihr angst und bang wurde – und ihrem Pferd ebenfalls. Sie mußte die ganze Kraft ihrer Armmuskeln aufbieten, um das Pferd am Ausbrechen zu hindern, als sie durch den gefährlichen Wald sprengten.

Am Waldrand ging Ty nicht in eine langsamere Gangart über, sondern raste im vollen Galopp die Straße hinunter. Chris hatte dort eigentlich das Knattern von Gewehrschüssen erwartet; aber als es ruhig blieb, zügelte Ty sein Pferd und ritt zu ihr zurück. »Wir betreten die Stadt durch die Hintertür«, sagte er. »Zweifellos werden wir von Laniers Männern in der Stadt erwartet. Ich setze Sie dort im Frachtbüro ab und möchte, daß Sie dort bleiben, bis Sie mich zurückkommen sehen. Ich werde Ihre Geschichte zu der Frau des Arztes bringen und Ihr Pferd hinter dem Frachtbüro anbinden. Wenn Sie mich vor dem Büro vorbeireiten sehen, rennen Sie aus der Hintertür, steigen in den Sattel und reiten wie der Teufel. Glauben Sie, daß Sie das alles schaffen können?«

»Ja«, antwortete Chris, ihr unruhiges Pferd zügelnd. »Aber wenn man Sie mit meiner Geschichte erwischt ...«

»Machen Sie sich meinetwegen keine Sorgen. Halten Sie sich lieber genau an meine Anweisungen. Mein Temperament ist schlimmer als Laniers Kugeln.«

»Jawohl, Sir«, sagte sie lächelnd, und er kniff ein Auge zusammen, ehe er sein Pferd wendete und weiter nach Südosten ritt.

Sie hielten vor der neuen, noch rohgezimmerten kleinen Stadt an. Die Mainstreet war nicht viel besser als ein umgepflügter Acker. Tynan saß eine Weile stumm im Sattel, ehe er sich ihr zuwandte. »Ich glaube, Laniers Leute sind hier.«

»Wie können Sie das wissen?«

»Zu viele Männer, die nichts tun, sondern nur herumstehen und die Hand in der Nähe des Revolvergriffs haben. Sie halten nach jemand Ausschau. Geben Sie mir Ihre Story«, sagte er, und nachdem er die Blätter unter seinem Hemd verstaut hatte, blickte er sie an. »Sind Sie bereit? Und Sie wissen noch, was Sie zu tun haben?«

»Es ist nicht gerade kompliziert.«

»Aber lebenswichtig. Kommen Sie!«

Er führte sie durch die Hintergassen der Stadt, bewegte sich im Schatten der Zäune, drückte sich an den Hauswänden entlang. Er ritt immer außen, um sie notfalls mit seinem Körper schützen zu können. Einmal kam ein Frachtwagen rasch um die Ecke, und Tynan riß sie halb aus dem Sattel in seine Arme. »Ist dir immer noch schlecht, Liebling?« fragte er mit lauter Stimme. »Beim ersten Kind kotzt jede Frau. Glaub mir, Darling.«

Sobald der Frachtwagen sie passiert hatte, schob er sie wieder auf ihr Pferd zurück. Er ist wahrhaftig ein schneller Denker, dachte Chris bei sich.

»Warten Sie hier«, sagte er, als sie zum Haus der Frachtlinie kamen. An der Hinterseite des Gebäudes befand sich eine große Ladefläche und eine Rampe, und über dem Schiebetor ein Balken mit Seil und Haken.

Chris saß auf ihrem Pferd und wartete. Bei jedem lauten Geräusch fuhr sie zusammen. Nachdem Tynan in das Frachtgebäude gegangen war, fühlte sie sich plötzlich nur noch halb so tapfer wie vorher.

»Hier ist sie«, hörte sie Tynan sagen, als dieser mit einem zweiten Mann durch die Hintertür auf die Laderampe trat. »Sie kann keinen Schritt mehr machen.« Ehe Chris etwas sagen konnte, hob Ty sie aus dem Sattel und stellte sie auf die Rampe. »Es ist ihr erstes, und sie hat sich noch nicht an die Übelkeit gewöhnen können. Sie haben doch nichts dagegen, daß ich Sie so lange bei Ihnen lasse, bis ich den Arzt geholt habe?«

»Absolut nicht. Ich habe selbst acht Bälger; nur weiß ich nicht, was der Arzt da tun könnte. Sie wird einfach warten müssen, bis sie das Baby bekommt.«

Tynan erstickte Chris fast mit seiner fürsorglichen Umarmung. »Wenn sie besser schlafen kann, nur weil ich den Arzt geholt habe, werde ich das natürlich tun.«

»Das ist klar. Hier, kleine Lady, setzen Sie sich so lange hier hin.«

»Wie wäre es mit einem Platz am Fenster, daß Sie mich schon von weitem sehen kann? Am Fenster würde sie sich besser fühlen.«

»Klar kann sie am Fenster sitzen«, sagte der Mann.

Ty führte Chris zu einem Stuhl vor einem Fenster, das auf die Mainstreet hinaussah. »Vergessen Sie nicht, daß Sie krank aussehen müssen, und geben Sie ihm etwas, das er für Sie zustellen soll.«

Chris nickte und sah hinauf in Tynans wunderschöne blaue Augen. Er zögerte einen Moment und gab ihr dann einen Kuß auf die Stirn. »Ich bin gleich wieder zurück, Honey.«

Als er gegangen war, sank Chris gegen die Stuhllehne und bemühte sich, dem Mann von der Frachtlinie nicht zu zeigen, wie gebannt sie die Hauptstraße beobachtete. Auf der gegenüberliegenden Straßenseite warteten zwei Männer, beide mit Gewehren bewaffnet, beide die rechte Hand an dem Holster, als wollten sie jeden Moment den Revolver ziehen. Chris merkte, wie ihre Hand zitterte, als sie einen versiegelten Brief für ihren Vater aus der Tasche zog. Sie mußte diesem Mann vom Frachtbüro gar nichts vormachen, da sie bestimmt so verängstigt aussah, wie sie sich fühlte. Und sie begriff, daß mindestens die Hälfte ihrer Furcht Tynan galt. Er hatte mit dieser Sache nichts zu tun und keinen Grund, ihretwegen sein Leben zu riskieren; und dennoch tat er das.

Die Minuten verstrichen, und Chris begann unruhig zu werden. Was hielt ihn nur so lange auf? Vielleicht war Johns Schwester gar nicht zu Hause. Vielleicht . . .

Ihre Gedanken stockten jählings, als sie am anderen Ende der Stadt, wo Tynan sich hinbegeben hatte, Schüsse hörte. Sie erhob sich von ihrem Stuhl.

»Sie brauchen sich nicht aufzuregen, Lady«, sagte der Mann von der Frachtlinie hinter seinem großen Schreibtisch. »In dieser Stadt schießt immer jemand auf irgend jemand. Bleiben Sie sitzen, und ruhen Sie sich aus.«

Doch Chris konnte sich nicht ausruhen. Sie beugte sich näher ans Fenster, um besser hinaussehen zu können.

Ihr Atem stockte, als sie dort gewahr wurde, was sie befürchtet hatte: Tynan ritt wie der Teufel die Hauptstraße hinunter, verfolgt von zwei Reitern, deren Revolver ununterbrochen aufblitzten. Mit geweiteten Augen sah sie ihn näher kommen. Dann drehte sie sich zu dem Mann von der Frachtlinie um. »Darf ich mir die mal ausleihen?« fragte sie, ein Gewehr aus dem Ständer am Fenster nehmend.

Ehe der Mann begriff, was sie vorhatte, war sie schon durch die Vordertür seines Büros gestürmt, fiel draußen auf der Veranda auf ein Knie und zielte. Sie holte den vorderen Verfolger mit einem Schuß in die Schulter aus dem Sattel und war gerade dabei, auch den zweiten aufs Korn zu nehmen, als Ty sein Pferd wendete und direkt auf sie zuhielt.

Chris stand auf, trat einen kleinen Schritt zurück. Als Ty sich aus dem Sattel beugte und einen Arm nach ihr ausstreckte, ergriff sie ihn, stellte ihren Fuß auf den seinen in den Steigbügel und schwang sich hinter ihm auf das Pferd. Ty verminderte das Tempo nicht, als er mit donnernden Hufen durch den Lagerraum ritt, an Packern vorbei, denen der Unterkiefer herunterfiel, und hinten wieder hinaus und die Rampe hinunter.

Die Männer, die sie verfolgten, brauchten etwas länger für die Durchquerung des Frachtschuppens, und Chris hörte den Schrei eines Pferdes, als einer der Männer, die ihnen auf den Fersen waren, sich in der Entfernung verschätzte und samt Gaul von der Rampe stürzte.

Chris klammerte sich mit aller Kraft an Tynan fest. Ihr Haar löste sich aus den Spangen und flatterte hinter ihr her, ihr Körper schien an seinem Rücken zu kleben. Er beugte sich zum Hals seines Pferdes hinunter, und sie folgte seinem Beispiel. Kugeln schwirrten hinter ihnen her; aber sie ritten zu schnell, um in Reichweite der Verfolgerwaffen zu geraten. Zudem schossen die Verfolger vom Rücken ihrer Pferde aus, so daß sie nicht richtig zielen konnten – oder wenigstens hoffte Chris, daß ihnen das nicht gelang.

Als sie am Rand des Regenwaldes ankamen, verminderte Tynan das Tempo nicht, sondern galoppierte noch etliche hundert Meter in dieser halsbrecherischen Geschwindigkeit weiter. Plötzlich zügelte er sein Pferd, drehte sich um, packte Chris und ließ sie auf den Boden gleiten. Dann stieg er selbst aus dem Sattel.

»Und jetzt verschwinden wir«, sagte er, nahm das Pferd beim Zügel und Chris bei der Hand. Er deutete auf ein Gewirr von Ranken unterhalb des Pfades und befahl ihr, sich dort zu verstecken. Sie stieg rasch die Senke hinunter, rutschte die halbe Strecke auf ihrem Hinterteil. Das Pferd zu »überreden«, war schon eine andere Sache, und Ty tat das mit einer Reihe von mit leiser Stimme vorgebrachten Flüchen, daß Chris fast die Augen dabei übergingen. Kaum hatte er das Pferd in die Kuhle hinuntergebracht und ein paar Ranken über ihre Köpfe geschoben, als über ihnen drei Männer auf Pferden den Pfad heraufkamen.

Ty hielt eine Hand über die Nüstern des Pferdes, damit es keinen Lärm machte, während Chris dicht bei ihm stand und durch die Ranken zu den Männern hinaufblickte.

»Wir haben sie verloren«, sagte einer der Männer.

»Ja, und vier von unseren Männern gingen hops, als sie mit uns in den Wald hineinreiten wollten. Das wird Lanier gar nicht gefallen.«

»Laß uns von hier wieder verschwinden. Hier bekommt man ja eine Gänsehaut. Wenn sie sich hierher in den Wald geflüchtet haben, kommen sie nicht mehr lebend heraus. Dieser Wald wird ausschließlich von Geistern bewohnt.«

Der andere Mann, der zuerst gesprochen hatte, schnaubte: »Lanier bezahlt dich dafür, daß du auf Geister schießt. Kommt, laßt uns ins Frachtbüro zurückreiten. Vielleicht hat das Mädchen dort etwas zurückgelassen.«

Chris hielt den Atem an, als die Männer über ihr auf dem Pfad wendeten, und gab ihn erst wieder frei, als sie die Reiter nicht mehr hören konnte. Sie lehnte sich gegen die Wand der Kuhle und blickte Ty an. »Wie kommt es, daß diese Leute Sie kannten?«

»Jemand hat uns beim Verlassen von Laniers Haus beobachtet, und die eine hat mich erkannt.«

»Die?«

»Ich glaube, es war eine von Laniers Dienstmädchen. Jedenfalls muß sie Lanier gesagt haben, daß ich es war, der Sie aus seinem Haus entführte, und deshalb hat er auch nach mir Ausschau halten lassen, sobald er Ihren Brief gefunden hatte. Aber ich habe Ihre Story der Frau des Arztes übergeben können.«

Chris grinste. Jetzt, da sie Tynan und sich in Sicherheit wußte, wurde ihre Sorge von einem euphorischen Gefühl abgelöst. »Ob die Packer immer noch mit offenem Mund dastehen?« überlegte sie laut. »Ich wollte meinen

Augen nicht trauen, als ich sah, daß Sie quer durch das Frachthaus reiten wollten.«

Ty sah sie zwinkernd an. »Ich hätte Sie mit einem Paddel verprügeln mögen, als Sie aus dem Frachtbüro stürmten und zu schießen begannen. Sie hätten im Büro bleiben sollen; denn wäre ich erst einmal aus der Stadt gewesen und hätte alle Verfolger hinter mir hergezogen, hätten Sie in aller Ruhe aus dem Ort hinausreiten können. Wo haben Sie übrigens so gut schießen gelernt?«

»Bei meinem Vater. Der arme Mann vom Frachtbüro. Eben noch war ich so krank gewesen, daß ich kaum sitzen konnte, und im nächsten Moment . . .«

». . . im nächsten Moment springen Sie hinter mir in den Sattel. Himmel, Sie waren großartig!« Er lachte, faßte sie bei den Schultern und gab ihr einen herzhaften Kuß auf den Mund.

Blinzelnd und mit großen Augen sah Chris zu ihm hoch. Als er sie küßte, war ein Funken puren, unverdünnten Feuers durch ihren Körper gesprungen. »Oh«, flüsterte sie und trat noch dichter an ihn heran.

Er ließ ihre Schultern los, als hätte er seine Hände daran verbrannt, und drehte ihr dann den Rücken zu. »Ich muß das Pferd wieder hier herausbekommen, und dann sollten wir lieber ins Lager zurückkehren, ehe Prescott uns vermißt«, murmelte er.

Chris fühlte sich ein wenig ratlos, weil sie nicht wußte, was sie nun wieder falsch gemacht hatte. Eben noch war er so zufrieden mit ihr gewesen, so glücklich, und er hatte sie geküßt. Nicht aus Leidenschaft, sondern in aller Freundschaft, wie das zwischen zwei Menschen geschieht, die vieles gemeinsam haben. Doch sobald sie Interesse für ihn zeigte, wich er vor ihr zurück.

Sie blickte an ihrem Körper hinunter und fragte sich, ob er vielleicht davon abgestoßen wurde. Ihr Leben lang hatte man ihr erzählt, daß sie hübsch sei; aber ihre Rundungen waren eher dezent als betont, wie es zur Zeit Mode war.

»Hieß das Dienstmädchen, das Sie wiedererkannt hat, vielleicht Elsie?«

»Ja«, sagte er leise, ihr immer noch den Rücken zudrehend. »Sie reiten voraus, ich bilde die Nachhut.«

Mit einem Seufzer begann Chris die Wand der Senke hinaufzusteigen und schob beim Klettern die Ranken zur Seite. Elsie war genauso groß wie sie, wog aber dreißig Pfund mehr – und diese waren gleichmäßig über und unter einer Gürtellinie von zweiundzwanzig Zoll verteilt. Wenn es das war, was er an Frauen schätzte, mußte sie sich nicht wundern, daß er vor ihr zurückwich.

Sie seufzte auf dem ganzen Weg zum Lager zurück und brachte die Knöpfe in Ordnung, die bei dem wilden Getümmel der letzten halben Stunde an ihrem Kleid aufgegangen waren.

»Ist alles in Ordnung?« begrüßte Asher sie. »Sie sind schrecklich lang vom Lager fort gewesen.«

»Mir geht es gut«, sagte sie, sich eine Tasse Kaffee eingießend. »Und Ihnen?«

»Mir auch. Ich bin froh, daß Sie sich ein wenig ausruhen konnten. Morgen wird es vermutlich wieder einen harten Ritt geben.«

»Ja«, sagte sie, ihn über den Rand ihres Bechers hinweg ansehend. »Ich bin froh über diesen Ruhetag. Ist noch etwas zu essen da? So ein langer Mittagsschlaf macht schrecklich hungrig.«

Chris bekam Tynan bis zum nächsten Morgen nicht mehr zu Gesicht. Zweimal versuchte sie dann, seinen Blick einzufangen, ihm zuzulächeln, aber er mochte sie nicht ansehen. Er tat, als wäre der gestrige Tag gar nicht gewesen.

Doch je weniger er sie beachtete, desto eindringlicher beobachtete sie ihn. Am Nachmittag hielten sie an, um das Lager für die Nacht vorzubereiten, und sofort spannte Tynan Asher und Chris zusammen. Chris beobachtete Ty, wie er sich um die Pferde kümmerte, und als er an ihr vorbeikam, war sie überzeugt, daß er ab und zu das eine Bein nachzog. Konnte er sich gestern bei der Schießerei verletzt haben? Den ganzen Tag behielt er diesen vermaledeiten Hut auf, den er stets tief in die Stirn zog, so daß sie sein Gesicht nicht wirklich sehen konnte; aber die schmerzliche Grimasse, die er schnitt, als er einen Arm hob, um das Pferd am Halfter zu nehmen, entging ihr nicht. Asher sah sie einmal verdrossen an; doch sie fuhr fort, jede Bewegung von Tynan genau zu beobachten – und je länger sie ihn betrachtete, um so gewisser wurde sie, daß er ständig von Schmerzen geplagt war.

Chris gähnte heftig. »Ich glaube, ich bin ziemlich müde, und wenn Sie nichts dagegen haben, gehe ich ein Stück den Pfad hinunter und mache dort ein Nickerchen.«

Tynan drehte sich kurz um, und sein Blick kreuzte sich flüchtig mit jenem von Chris. Doch dann sah er schon wieder woandershin. »Gehen Sie nicht zu weit weg«, murmelte er, als er an ihr vorbeikam und auf ihrem Trail zurückging.

»Sind Sie sicher, daß Sie nicht lieber mit mir spazierengehen möchten, Chris?« fragte Asher. »Ich würde so gern etwas mehr von Ihrer Arbeit bei der Zeitung erfahren.«

»Ich bin wirklich sehr müde. Vielleicht ein andermal«, sagte sie, nahm ihre Bettrolle und Satteltasche und tat so, als könnte sie sich kaum noch auf den Beinen halten, während sie in die Richtung ging, in die sich Tynan soeben entfernt hatte.

Als Asher sie nicht mehr sehen konnte, öffnete sie ihre Satteltasche, holte ihre Sanitätsausrüstung heraus und rannte den Pfad hinunter, in der Hoffnung, Tynan noch einholen zu können, ehe er irgendwo verschwand.

Sie schien ziemlich weit gerannt zu sein und sah noch immer kein Zeichen von ihm, als sie glaubte, ein Pferd in ihrer Nähe wiehern zu hören. Sie tat, was sie eigentlich nicht tun durfte: Sie verließ den Pfad, um einen Platz zu erreichen, wo sie besser sehen konnte, was sich dort unten am Fuß des Pfades befand.

Der Bereich außerhalb des Pfades war für sie erschreckend: Sie fürchtete die von Ranken verdeckten Fallgruben und Abstürze, die Ty ihr gezeigt hatte. Und wer konnte schon sagen, was für ein Horror sie unter dem Grünzeug erwartete?

Sie arbeitete sich vorsichtig bis zu einem riesigen Baum vor, teilte die Flechten, die von ihm herabhingen, und blickte nach unten. Tynan stand wenige Meter unter ihr auf einer kleinen, steinigen Lichtung. Er hatte sein Hemd ausgezogen und rieb sein Pferd ab. Als er sich umdrehte, und sie seinen Rücken sah, begann sie heftig zu atmen. Sie hatte nur zu recht gehabt, als sie argwöhnte, er würde bei jeder Bewegung Schmerzen erleiden. Selbst aus dieser Entfernung konnte sie deutlich sehen, daß die blutigen Striemen, die sich kreuz und quer über seinen Rücken zogen, nur zur Hälfte verheilt waren. Und sie war sicher, daß diese Striemen von einer Peitsche stammten. Der fliegende Galopp gestern, die Handbewegung, um sie auf sein Pferd hinaufzuziehen, ihr Anklammern an seinen Rücken: das alles mußte ihm gestern höllisch weh getan haben.

Sie wartete, bis er sich abermals umdrehte und nun mit dem Gesicht zu ihr stand, und zog sich dann wieder auf den Pfad zurück. Dann tat sie so, als käme sie just in diesem Moment den Pfad herunter, machte eine Menge Lärm und rief seinen Namen.

Als sie oben am Rand der Böschung über der Lichtung auftauchte, hatte er bereits sein Hemd wieder angezogen und stieg nun in seine Stiefel.

»Hier«, rief er zu ihr hinauf.

»Wie komme ich denn da hinunter?«

»Gar nicht. Sie gehen ins Lager zurück.«

Sie lächelte ihm zu und rückte einen Schritt vor, als hätte sie die Absicht, kerzengerade die steile Böschung hinunterzugehen.

»Nein!« schrie Tynan, aber es war bereits zu spät.

Chris hatte nur so tun wollen, als ginge sie die Böschung hinunter, doch das, was sie für festen Boden gehalten hatte, war grundloses Grünzeug, und so rutschte sie auf ihrem Rücken den Abhang hinunter.

Tynan spurtete über die Lichtung und warf sich auf sie, damit sie nicht weiterrutschen und in irgendeinem Abgrund verschwinden konnte.

Instinktiv schlang sie die Arme um seinen Körper und zog ihn fest an sich. Als er den Kopf hob und sie ansah, war sie sich der Nähe seines Körpers nur zu deutlich bewußt. Einen Moment lang dachte sie, er würde sie küssen – und sie war bereit, seinen Kuß zu empfangen.

Seine Lippen waren nur noch wenige Zentimeter von ihrem Mund entfernt, als er plötzlich aufsprang und sie auf dem steilen Hang liegenließ. Diesmal drehte er ihr nur einen Moment den Rücken zu, und sie hatte das Gefühl, als müßte er seine Emotionen gewaltsam unterdrücken. Als er sich ihr wieder zudrehte, waren seine Augen ganz glänzend; aber sonst schien er wieder die Ruhe in Person zu sein. »Ich sagte Ihnen doch, daß Sie ins Lager zurückgehen sollen. Und ich dachte, Sie wären so müde, daß Sie kaum noch stehen können und Ruhe brauchen.«

»Das war gelogen«, sagte sie lächelnd.

»Schwindeln Sie öfter, Miss Mathison?«

»Nicht halb so oft wie andere Leute von unserer Expedition«, sagte sie mit einem unschuldigen Augenaufschlag. »Sie sagen mir jetzt die Wahrheit, und dann sage ich Ihnen ebenfalls die Wahrheit. Das ist fair, denke ich.«

Er schien etwas sagen zu wollen, überlegte es sich jedoch anders und ging zu seinem Pferd zurück. »Dort drüben ist ein kleiner Trampelpfad. Den können Sie benützen, um auf den Trail und in unser Lager zurückzukommen.«

Sie stand auf, zog ihren Rock glatt und hob die Sanitätsausrüstung auf, die mit ihr den Hang heruntergerutscht war. »Tatsächlich habe ich Sie nur gesucht, weil ich mir Ihren Rücken ansehen wollte.«

»Meinen was?!« sagte er und drehte sich mit einem zornigen Gesicht wieder zu ihr um. »Hören Sie, Miss Mathison, ich weiß nicht, worauf Sie hinauswollen; aber ich habe mir jetzt genug von Ihnen gefallen lassen!« Er bewegte sich auf sie zu und deutete mit der Pferdebürste auf sie, so daß Chris unwillkürlich vor ihm zurückwich. »Vielleicht denken Sie, ich könnte eine Figur für eine Ihrer Geschichten abgeben; aber da habe ich noch eine Überraschung für Sie bereit. Ihr Vater hat mich angeheuert, damit ich Sie und Prescott durch den Regenwald führe und anschließend nach Hause bringe. Ich habe nicht vereinbart, daß Sie mich überallhin verfolgen und mir ständig irgendwo splitternackt an die Brust hüpfen. Unter anderen Umständen würde ich das ja genießen; aber auf dieser Reise habe ich einen Job zu erledigen, und den gedenke ich auch auszuführen, egal, wie oft Sie auch probieren mögen, mich zu verführen. Sie, Lady, sind der Satan in schönster Verpackung. Und nun, verschwinden Sie von hier, und lassen Sie mich gefälligst in

Ruhe. Ich möchte Sie nicht mehr sehen, bis ich Sie morgen früh wecke – und vielleicht gebe ich sogar einer anderen Person den Auftrag, das für mich zu erledigen.«

Er schloß abrupt den Mund, drehte sich um und ging zu seinem Pferd zurück.

»Schön«, sagte Chris, »ich werde ins Lager zurückkehren und Mr. Prescott erzählen, daß Ihr Rücken mit roten Striemen übersät ist, die mir ganz nach einer Infektion oder nach einem Wundfieber aussehen. Und weiterhin werde ich ihm sagen, daß etwas mit Ihren Füßen nicht stimmt. Ich bin überzeugt, daß die daraus entstehende Rebellion nur von kurzer Dauer sein wird und Sie dann nicht mehr unser Führer sein werden, sondern dorthin zurückkehren können, wo Sie herkamen, was Sie aber keinem Menschen verraten wollten. Guten Tag, Mr. Tynan«, sagte sie und setzte sich in die Richtung des Trampelpfades in Bewegung, den er ihr eben gezeigt hatte.

Sie hatte noch keine drei Schritte gemacht, als sie hinter sich einen leisen Fluch hörte und ein Geräusch, als würde die Pferdebürste mit großer Heftigkeit auf die Erde geworfen.

»Also gut«, sagte er so laut, daß sich Chris zu ihm umdrehte. »Was erwarten Sie von mir?«

»Daß Sie sich jetzt das Hemd und die Stiefel wieder ausziehen und dort mit dem Bauch nach unten auf das Moos legen.«

»Vermutlich darf ich mich noch dafür bedanken, daß Sie nicht mehr von mir verlangen«, meinte er grollend, legte sich aber gehorsam hin.

Als sich Chris neben ihm niederkniete und seinen Rücken betrachtete, sah sie, daß die Wunden noch schlimmer waren, als sie gedacht oder aus der Entfernung erkannt hatte. Die meisten waren zwar am Abheilen, aber die großen Striemen waren gestern wieder aufgebrochen. Sie mußten sehr, sehr weh tun, überlegte sie, holte tief Luft, öffnete ihre Sanitätskiste und holte eine Salbe heraus.

»Das wird die Schmerzen lindern«, sagte sie leise und begann, behutsam die Salbe auf seiner Haut aufzutragen. Sein Rücken war breit und muskulös; aber da war nur Haut über den Muskeln und kein bißchen Fett. Es sah ganz danach aus, daß er zwar hart gearbeitet, aber sehr wenig gegessen hatte.

Als sie merkte, daß er sich unter ihren Fingern entspannte, fragte sie: »Wie lange sind Sie im Gefängnis gewesen?«

»Zwei Jahre«, antwortete er rasch und setzte dann flüsternd hinzu: »Verdammt!«

»Mr. Tynan, ich bin Zeitungsreporterin, und das Beobachten gehört zu meinem Beruf. Ich wüßte keinen anderen Platz, wo ein Mann sonst noch bei dürftiger Verpflegung hart arbeiten muß und obendrein noch geschlagen wird – wenigstens nicht hier in Amerika.«

»Und wenn es noch so einen Platz gäbe, würden Sie sich dort einsperren lassen, damit Sie anschließend darüber schreiben könnten, nicht wahr? Werde ich in Ihre nächste Geschichte eingehen? ›Ich ritt mit einem entlaufenen Sträfling durch den Regenwald‹ oder so was Ähnliches?«

»Sind Sie tatsächlich *entlaufen*? Ich hätte gedacht, mein Vater hat Sie irgendwie freigekauft.«

Als er schwieg, wußte sie, daß sie der Wahrheit sehr nahe gekommen war. »Ich kenne meinen Vater sehr gut, müssen Sie wissen, Mr. Tynan. Wenn er will, daß mich jemand durch einen unpassierbaren Wald führt, würde er sich nicht mit der Antwort zufriedengeben, daß das unmöglich ist. Er würde der Frage nachgehen, wie es zu schaffen ist. Ich vermute, er hat erfahren, daß Sie den

Regenwald schon einmal passiert haben, und dann spielte es für ihn keine Rolle mehr, ob Sie gerade auf dem Weg zum Galgen waren. Er besitzt genügend Geld und Macht, um jedes Seil durchzuhauen – selbst wenn es einem bereits um den Hals liegt.«

»Er würde seine Tochter einem Mörder anvertrauen?« fragte Tynan und drehte den Kopf, um sie anzublicken.

Sie schwieg einen Moment nachdenklich. »Nein, ich glaube nicht, daß er das tun würde. Ich glaube, daß meine Mutter und ich die einzigen Menschen auf der Welt waren, die er wirklich geliebt hat. Ich war mir nicht sicher, ob er sich nach dem Tod meiner Mutter wieder fangen würde; aber ich denke, er kam zu dem Schluß, er habe immer noch mich.«

»Aber Sie sagten doch eben, daß er Sie der Obhut eines Verbrechers anvertraute – einem Menschen, den er vor dem Galgen gerettet hat.«

Sie rieb vorsichtig die Salbe in seine Wunden. »Mr. Tynan, Sie müssen unschuldig sein. Sie haben völlig recht mit Ihrer Bemerkung, mein Vater hätte mich niemals einem Verbrecher anvertraut. Ja, natürlich, das ist die Lösung. Sie sind entweder unschuldig oder haben etwas getan, was nicht zu den Gewaltverbrechen zählt. Vielleicht ein Eheversprechen gebrochen.« Lächelnd fuhr sie fort, die Salbe auf seinem Rücken zu verreiben. Inzwischen verarztete sie ihn nicht nur, sondern massierte auch seine Muskeln.

»Wie nahe bin ich bei der Wahrheit?« fragte sie. Als er abermals nicht antwortete, lachte sie und meinte: »Mr. Tynan, wir verraten uns immer durch Indizien, sosehr wir uns auch bemühen, die Wahrheit vor anderen geheimzuhalten. Ich bin sicher, Mr. Prescott ahnt nichts davon, daß Sie bei jeder Bewegung Schmerzen haben;

aber wenn man seine Mitmenschen beobachtet, kann man ihnen so manche Wahrheit oft ansehen.«

Sie fuhr fort, seinen Rücken einzureiben, und dann massierte sie ihm die Muskeln an den Armen, bis er völlig entspannt war. Sein Atem war tief und leicht, als würde er schlafen. In Chris regten sich alle Mutterinstinkte. Wie gern hätte sie diesen Mann mit nach Hause genommen, ihn gefüttert und zugesehen, daß er seine Ruhe bekam. Sie fragte sich, ob die Haushälterin ihres Vaters, Mrs. Sunberry, ihn kennengelernt hatte. Falls ja, war Chris bereit, jede Wette einzugehen, daß sie Tynan mochte.

Lächelnd hob Chris eine von Tys Händen an und begann auch diese zu massieren, wobei sie die roten Stellen am Handgelenk mied.

»Da bin ich nicht verletzt«, murmelte er schläfrig; machte aber keine Anstalten, ihr die Hand wieder zu entziehen.

»Ich denke gerade an Mrs. Sunberry.«

»Blaubeerkuchen«, murmelte Ty, »mit gebackenem Eischnee und Zimt.«

Chris lachte. »Also haben Sie Mrs. Sunberry kennengelernt. Ich dache, sie würde Sie mögen.«

»Wie man einen herrenlosen Hund adoptiert?«

»Sie sind vielleicht herrenlos; aber bestimmt kein Hund. Ty, wo wurden Sie geboren?«

Er bewegte sich, als wollte er sich aufrichten; aber sie drückte ihn rasch wieder nieder.

»Also gut, keine Fragen mehr; aber werden Sie jetzt nicht wieder wütend, bitte. Es ist ein viel zu schöner Tag heute, um ihn mit Ärger zu ruinieren.« Sie fuhr mit den Händen in seine Haare und begann, seine Kopfhaut zu massieren.

»Gefällt Ihnen Ihr Beruf als Zeitungsreporterin?« fragte er.

»Ja, jedenfalls gefiel er mir; doch ich glaube, so allmählich habe ich genug davon. Ich bin achtundzwanzig und habe mit achtzehn als Reporterin angefangen. Das ist eine lange Zeit. Ich glaube, ich möchte . . . Ich weiß nicht genau, was ich möchte; aber es ist etwas mehr als das.«

»Ein Heim und Kinder?«

Sie lachte. »Man merkt, Sie haben mit meinem Vater geredet. Hat er Ihnen erzählt, wie er mich nach Washington zurücklotste? Wie er mich angeschwindelt hat? Ich arbeitete in New York, und er schickte mir ein Telegramm mit der Nachricht, daß er an der Schwelle des Todes stünde. Ich weinte mir auf dem Weg von einer Küste zur anderen die Augen aus dem Kopf, weil ich glaubte, ich würde ihn nicht mehr lebend vorfinden; und als ich dann müde, dreckig und verstört zu Hause anlangte, traf ich ihn auf dem Rücken eines bockenden Broncos an, das er gerade zureiten wollte.«

»Sie können froh sein, einen Vater zu haben.«

»Haben Sie keinen?«

»Nicht daß ich wüßte.«

»Oder eine Mutter?«

»Sie ist tot.«

»Ah«, sagte Chris. »Wie lange sind Sie schon allein?«

»Immer. Wollen Sie sich jetzt noch meine Füße ansehen und die Sache hinter sich bringen? Ich muß noch den Trail hinunterreiten, um festzustellen, welchen Schaden er in all den Jahren genommen hat.«

Widerstrebend nahm Chris die Hände von Tys Haut, während er sich umdrehte und aufsetzte. Einen Moment lang berührten sich ihre Blicke und blieben an den Augen des anderen haften. Chris hätte am liebsten den Blick nie mehr von ihm abgewendet; aber Ty sah zur Seite und murmelte:

»Im Gefängnis bin ich sicherer gewesen. Hier! Betrachten Sie lieber meine Füße. Die werden Sie wohl auch noch eine Weile beschäftigen.«

Seufzend wandte Chris den Blick von seinem Gesicht ab, sah auf seine Füße – und stieß heftig die Luft aus. Da waren Blasen und Blasen, deren Haut abgescheuert war und wo nun das rohe Fleisch zum Vorschein kam. Und was sich noch nicht zu Blasen entwickelt hatte, war auf dem besten Wege dorthin. »Neue Stiefel und keine Socken«, sagte sie und nahm einen der beiden Füße in die Hand. »Haben Sie die Stiefel einfach angezogen, ohne sie einzulaufen?«

»Ich war dazu gezwungen. Ich hatte am Abend zuvor meine Halbschuhe durchgetanzt«, sagte er im feierlichen Ernst.

Sie lachte. »Ich würde Ihnen den Fuß bandagieren und Mr. Prescott fragen, ob er Ihnen nicht mit einem Paar Socken aushelfen kann.«

»Nein«, rief Ty rasch, »ich nehme keine Almosen an.«

Chris blickte ihm erstaunt ins Gesicht. »Also gut«, sagte sie dann. »Keine Almosen! Aber in der ersten Stadt, die wir passieren, kaufen wir Ihnen Socken. Mein Vater hat Ihnen doch etwas dafür bezahlt, daß Sie mich begleiten, nicht wahr?«

»Ja«, antwortete er und sah zu, wie sie eine Bandage um seinen Fuß zu wickeln begann. Sie fuhr mit der Hand über seine Knöchel, die genauso entzündet waren wie seine Handgelenke. »Ketten?« fragte sie.

Er tat so, als habe er ihre Frage nicht gehört. »Was hat Sie dazu gebracht, Lanier nachzuspionieren?« fragte er.

»Ich weiß nicht. Irgend jemand mußte es ja tun. John Anderson wird die Geschichte inzwischen schon im Druck haben. Die Leute hassen die Indianer noch mehr, als sie es sowieso schon tun, wenn sie erfahren, daß diese

Missionare umgebracht haben. Doch diesmal sind sie unschuldig. Hugh Lanier hat die Missionare massakrieren lassen, und ich hielt es für ein Unrecht, dieses Massaker den Indianern in die Schuhe zu schieben.«

»Auch wenn das bedeutet, daß ein weißer Mann – ein Mann, den Sie sogar persönlich kennen – vermutlich alles verlieren wird?«

»Auch die Missionare haben alles verloren«, sagte sie leise.

»Ich habe noch nie eine Frau gesehen, die sich bei einem Schußwechsel so kaltblütig verhalten hat wie Sie gestern. Haben Sie in solchen Sachen Erfahrung?«

»Ein bißchen«, antwortete sie.

»Ich dachte, Frauen wie Sie wollen zu Hause bleiben und Kinder aufziehen.«

»Was soll das bedeuten – Frauen wie ich? Außerdem bin ich noch nie verliebt gewesen. Sie etwa?« Sie hielt seinen Knöchel in der Hand und merkte nicht, wie sich ihre Fingermuskeln plötzlich anspannten.

»Ein paarmal. He! Ihre kleinen Fingernägel sind aber scharf.«

»Entschuldigung«, murmelte sie mit gesenktem Kopf.

»Was bedeutet es Ihnen, ob ich schon mal verliebt gewesen bin?«

»Natürlich bedeutet es mir nichts«, sagte sie steif und lockerte ihren Griff um seinen Fuß. »Ich frage jeden aus.«

»Hören Sie, Miss Mathison, Sie können mir glauben, wenn ich Ihnen sage, daß ich nicht der richtige Typ für Sie bin. Ich bin ein Vagabund, und es gibt kaum eine Klemme, in die ich nicht hineingerate. Sie sollten sich Elsie zum Beispiel nehmen. Sie hat mich verpetzt, weil sie mich nicht ausstehen kann.«

Chris lächelte ihn an. »Vermutlich, weil Sie ihr zuwenig Aufmerksamkeit geschenkt haben.«

Ty lehnte sich auf die Ellenbogen zurück und beobachtete einen Vogel über sich in den Zweigen. »Ein Mann kann nicht zwei Jahre im Gefängnis verbringen und dann jemand wie Elsie übersehen. Ganz ausgeschlossen!«

Sie zerrte an der Bandage, die sie ihm um den Fuß wikkelte. »Vorausgesetzt, Sie mögen Frauen wie Elsie. Wobei ich bezweifle, daß Sie eine Frau wie sie schon mal ohne Korsett gesehen haben.«

Ty sah auf sie zurück, und aus seinen Augen blitzte der Schalk. »Fett, wie?«

»Mindestens siebenundzwanzig Zoll Taillenweite, und vielleicht haben sie ja oben eine Menge zu bieten; aber spätestens mit zweiundzwanzig fängt das alles an zu sacken . . .« Chris hielt inne, entsetzt über die Dinge, die sie ihm da erzählte. »Ziehen Sie Ihre Stiefel wieder an«, sagte sie barsch. »Vielleicht finden Sie in ein, zwei Tagen eine dicke Frau, die Ihnen den Verband wechselt, da Sie ja offenbar gutgepolsterte Frauen mögen und ich Ihnen zweifellos zu dürr bin.«

Sie wollte sich aufrichten; aber er faßte nach ihrem Arm und grinste sie an. Chris hielt jedoch den Kopf gesenkt. Wie *wütend* er sie machte!

Er legte den Finger unter ihr Kinn. »Sie haben keine Angst, daß bei Ihnen in ein, zwei Jahren alles sacken könnte? Wo Sie doch schon so alt sind?« sagte er mit einem Lachen in der Stimme. »Und Sie glauben nicht, daß ich dürre Mädchen mag, die mir überallhin folgen und Löcher in den Bauch fragen?«

»Ich weiß nicht«, flüsterte Chris und kam sich nun wirklich wie ein kleines Mädchen vor. Sie hatte sich noch nie etwas so sehnlich gewünscht wie die Sympathie dieses Mannes.

»Schlanke, hübsche, zierliche Blondinen habe ich am liebsten«, flüsterte er.

Chris blickte mit tränenfeuchten Augen zu ihm auf, und als er den Kopf auf sie zubewegte, wußte sie, daß er sie küssen wollte. Also schloß sie die Augen und spitzte erwartungsvoll die Lippen.

»Was zum Henker mache ich denn da?« sagte er und schob Chris so heftig von sich weg, daß sie einen halben Meter von ihm entfernt auf dem Allerwertesten landete. »Verschwinden Sie sofort von hier! Haben Sie gehört? Und rücken Sie mir nie mehr so dicht auf den Pelz! Sie haben recht, wenn Sie meinen, daß ich einen anderen Typ von Frauen bevorzuge. Jungfräuliche Krankenschwestern, die mich auf Schritt und Tritt verfolgen, mag ich am *allerwenigsten*! Und jetzt gehen Sie ins Lager zurück, und kommen Sie nie mehr in meine Nähe!«

Chris erschrak über seinen Temperamentsausbruch und lief hinauf zum Pfad und dann zurück ins Lager.

Kapitel 5

Als Chris atemlos im Lager ankam, weil sie die ganze Strecke im Laufschritt zurückgelegt hatte, saß Asher neben einem tüchtigen Feuer und lächelte zu ihr hinauf. Er begann ihr die Geschichte dieses Waldes zu erzählen; aber Chris war nicht bei der Sache. Sie fragte sich, aus welchem Grund Tynan zwei Jahre im Gefängnis gesessen hatte.

»Chris! Hören Sie mir überhaupt zu?« fragte Asher.

»Ja, natürlich«, sagte sie und sah ihn an, war aber mit ihren Gedanken ganz woanders.

Später, als sie dann, in warme Decken gehüllt, beim verlöschenden Feuer lag, konnte sie lange nicht einschlafen. Sie vermochte kaum die Sterne über den Bäumen zu erkennen; beobachtete aber die Blätter und die tiefschwarzen Schatten zwischen den Stämmen. Nachts war dieser Wald schon ein beängstigender Ort.

Sie hatte schon länger als eine Stunde wach gelegen, als sie zu ihrer Rechten ein leises Geräusch hörte. Sie wußte, daß es Tynan war, der ins Lager kam, um nachzusehen, ob mit ihnen alles in Ordnung sei. Sie hatte noch nie einen Mann erlebt, der seine Verantwortung ernster nahm als Tynan.

Mit offenen Augen sah sie zu, wie er nun im Lager umherging, nachprüfte, daß Asher ordentlich zugedeckt war, die Pferde richtig angepflockt und die Vorräte gesichert waren und das Feuer gelöscht war. Als er zu Chris kam, fuhr er ein wenig zusammen, als er sie mit offenen Augen vor sich liegen sah.

»Sie sollten längst schlafen«, sagte er, sich aufrichtend. »Sie müssen morgen sehr zeitig aufstehen.«

»Wie sieht der Trail vor uns aus?«

Asher bewegte sich unter seinen Decken, und Ty kniete sich neben Chris nieder und senkte die Stimme. Sie stützte sich auf einen Ellenbogen.

»Ziemlich gut. Nur ein paar Büsche, die den Pfad überwuchert haben. Ich konnte sie größtenteils roden.«

»Haben Sie denn schon etwas gegessen?«

Sie sah das Weiße seiner Zähne, als er sie grinsend ansah. »Sie könnten einem Mann eine wunderbare Mutter sein. Ja, ich habe gegessen. Und jetzt schlafen Sie. Wir sehen uns morgen früh wieder.«

Sie legte sich auf das harte Lager zurück; aber er verließ sie noch nicht.

»Miss Mathison, ich möchte mich für heute nachmittag entschuldigen. Ich hätte nicht so unbeherrscht sein dürfen. Ich halte es eben nur für besser, wenn wir diese Reise auf der Basis Arbeitgeber/Arbeitnehmer abwikkeln. Wie ich Ihnen bereits sagte, bin ich eine Zeitlang nicht mehr in Gesellschaft von Frauen gewesen, und deshalb gibt es da manchmal Schwierigkeiten.«

»Bin ich es denn, der Ihnen Schwierigkeiten macht?« flüsterte sie auf eine Weise, die keinen Zweifel an der Bedeutung ihrer Frage ließ. Sie hoffte, er würde sagen, daß sie ihm das Leben zur Hölle machte.

Er setzte sich auf die Fersen zurück und grinste sie wieder an. »Nichts, mit dem ich nicht fertig werden könnte. Seien Sie jetzt ein braves Mädchen und schlafen Sie.«

»Keinen Gutenachtkuß?« fragte sie ein wenig eigenwillig, weil er sie schon wieder auszulachen schien.

»Nicht von mir«, sagte er, und nun lächelte sie über den entsetzten Ton, mit dem er das sagte. Als er fortging, drehte sie sich auf den Bauch und war bald darauf eingeschlafen.

Das erste, was sie am nächsten Morgen sah, war Tynan, der sich über das Feuer beugte. Seine Haare waren feucht, und frisch gefangene Fische brutzelten in einer Pfanne.

»Sie haben heute morgen schon geangelt?« sagte sie und sah ihn lächelnd an.

Er murmelte etwas; aber sie konnte es nicht verstehen, bis er aufstand und zu den Pferden ging.

Den ganzen Vormittag über hielt Tynan sich von ihr fern, und sie ritten alle drei schweigend über den Pfad.

Als sie mittags eine Rast einlegten, um etwas zu essen, sagte Tynan zu Asher, noch ehe sie aus dem Sattel gestiegen waren, er sollte Chris mitnehmen und Feuerholz sammeln.

Asher nahm Chris beim Ellenbogen und trieb sie mehr, als er sie führte, den Pfad hinunter, den sie eben gekommen waren.

»Wie ich hörte, ist ihr Vater auch im Frachtgeschäft tätig«, sagte Asher bereits zum zweitenmal, ehe Chris ihm zuhörte.

»Ja, das ist richtig«, erwiderte sie geistesabwesend. »Konserven, Frachtlinien, Viehzucht, ein paar Sägemühlen – alles, worauf er seine Hände legen kann.«

»Doch Sie haben das alles im Stich gelassen und sind nach New York durchgebrannt, um Reporterin zu werden. Aber jetzt sind Sie wieder hier.«

»Unfreiwillig. Ich habe vor, nach New York zurückzukehren, sobald wir das Haus meines Vaters erreicht haben.«

»Ah, ich verstehe. Irgendwie hatte ich das Gefühl, daß Ihnen ganz andere Pläne im Kopf herumgehen.«

»Zum Beispiel?« fragte sie, sich zu ihm umdrehend. »Hat mein Vater etwa zu Ihnen gesagt, daß ich andere Pläne hätte?«

»Nur, daß Sie jetzt bereit sind, seßhaft zu werden, und noch jung genug, wie er hoffte, für . . .«

»Jung genug für was?« unterbrach sie ihn.

»Nun – jung genug, um eine Familie zu gründen, würde ich meinen.«

Chris biß sich auf die Unterlippe, damit sie ihm keine überhastete Antwort gab. »Nein, ich glaube nicht, daß ich in dieser Hinsicht schon zum alten Eisen gehöre, selbst in meinem fortgeschrittenen Alter nicht. Ich nehme doch stark an, daß Frauen in meinen Jahren noch immer Kinder bekommen können.«

»Ich wollte Sie nicht beleidigen.«

Chris blickte ihn rasch an, und das schlechte Gewissen regte sich in ihr. Hier ging sie mit einem gutaussehenden jungen Mann im Wald spazieren, der versuchte, höflich zu ihr zu sein, und sie behandelte ihn ziemlich ungezogen, nur weil sie glaubte, sich in einen Mann vergafft zu haben, den sie kaum kannte. Sie lächelte Asher an. »Ich bin sicher, daß Sie das nicht wollten, Mr. Prescott. Wie haben Sie meinen Vater kennengelernt?«

Asher gab ihr Lächeln zurück. »Er und mein Vater waren befreundet. Sie sind auch bei einigen Geschäften Partner gewesen. Und ich habe Sie schon einmal gesehen – als kleines Mädchen mit Ihrer Mutter. In meinen Augen war sie die schönste Frau, die mir jemals begegnet ist.«

»In meinen Augen ebenfalls.«

Er begann Feuerholz aufzusammeln, das er vor ihren Füßen niederlegte.

»Und warum hat mein Vater Sie für diese Rettungsmission ausgewählt?« Sie hob jetzt ebenfalls ein paar Äste auf und warf sie zu dem anderen Holz.

»Ich denke, er nahm, wen er gerade bekommen konnte. Es gibt nicht viele Männer in meinem Alter, die kein Geschäft haben, und nachdem ich so viele Jahre selbständig gewesen bin, kann ich mich nicht so recht mit dem Los eines Angestellten abfinden.«

»Ich weiß, wie Ihnen zumute ist. Mein Vater sagt mir ständig, was ich zu tun und wie ich es zu machen habe. Er schickt mir sogar Männer nach, wenn ich ihm nicht gehorche.«

»Ja, aber Sie sind eine . . .« Asher verstummte, als er ihre funkelnden Augen sah. »Diesmal wäre ich fast ins Fettnäpfchen getreten, nicht wahr?«

Sie legte den Kopf auf die Seite. »Könnte es Sie denn stören, wenn Sie sich mit mir überwerfen würden?«

Asher blickte sie mit einem breiten Lächeln an. Er sah wirklich gut aus, wenn er in dieser Hinsicht auch nicht an Tynan heranreichte. Aber er war hübsch. »Ich bin hier mit einer schönen Frau allein im Wald, und Sie fragen mich, ob es mich stören würde, wenn Sie sich über mich ärgerten? Miss Mathison, für mich wird hier und jetzt ein Traum wahr, und ich würde lieber sterben, als ihn zu zerstören.«

Sie lachte über seine hübsche Rede, während er eine kleine purpurrote Blume aus einem Moospolster pflückte und sie ihr mit einer kleinen Verbeugung überreichte. Chris steckte die Blume hinter das Ohr und lächelte ihn an.

»Nun«, sagte er leise, »ich denke, wir sollten jetzt lieber zum Lagerplatz zurückgehen.« Er hob einen gewaltigen Stoß Holz auf. »Packen Sie den Rest auch noch drauf.«

»Nein, ich trage meinen Anteil selbst.«

»Miss Mathison, solange ich in der Nähe bin, wird keine Frau ein Stück Feuerholz tragen. Legen Sie also das übrige Holz dazu, wie ich es Ihnen geraten habe.«

»Sie reden genauso wie mein Vater«, sagte sie mit einem Seufzer.

»Vielen Dank. Ich bewundere und respektiere Ihren Vater und fasse es als großes Kompliment auf, wenn Sie mich in irgendeiner Hinsicht mit ihm vergleichen. Und jetzt gehen Sie bitte voran, weil ich nämlich nichts mehr sehen kann.«

Lachend und erfreut darüber, daß er sich so anerkennend über ihren Vater ausgesprochen hatte, statt sich über ihn zu beschweren wie die meisten Leute, führte Chris ihn ins Lager zurück. Asher sagte, daß er nicht nur nichts mehr sehen, sondern auch kein Wort verstehen könnte, so daß Chris zwei Finger seiner linken Hand ergreifen *mußte*, um ihn ins Lager zurückzubugsieren.

Als sie im Lager anlangten, stand Tynan über das Feuer gebeugt und briet mit Maismehl panierte Fische. Er sah kurz hoch, als eine lachende Chris und ein schwerbeladener Asher im Lager eintrafen, und senkte dann wieder den Kopf.

Chris fühlte sich plötzlich ausgelassen und glücklich. Sie hob die beiden geteilten Rockhälften ihres Reitkleides an und begann zu summen.

»Sie werden vermutlich hier nicht tanzen wollen, Mr. Prescott«, sagte sie, die Arme ausstreckend, und beobachtete dabei Tynan aus den Augenwinkeln. Aber er blickte nicht einmal vom Feuer auf.

Mit offensichtlichem Vergnügen faßte Asher Chris bei den Händen und fing an, mit ihr einen raschen Tanz auf der kleinen Lichtung aufzuführen. Es war eine Kreuzung aus einem Virginia Reel und einem Square Dance – lebhaft und lustig. Chris paßte sich seiner Führung an, und gleichgültig, wie schnell er sie drehte, so daß ihre Füße zuweilen kaum noch den Boden berührten: sie hielt jedes Tempo mit.

»Vorsicht!« hörte sie Tynan rufen, ehe Asher in eine knapp einen halben Meter tiefe Grube hineintaumelte, die von Farnwedeln verdeckt gewesen war.

Sie lagen beide in der Kuhle, Ashers Arme schützend um ihren Körper gelegt, ihren Rock um ihre Beine gewickelt, während Tynan über ihnen nachfragte. »Habt ihr euch etwas gebrochen, ihr beiden?« fragte er, eine steile Falte auf der Stirn.

»Nein«, sagte Asher, »ich habe mich in meinem ganzen Leben noch nie so wohl gefühlt wie jetzt.« Und dann gab er Chris einen herzhaften Kuß auf die Wange.

Immer noch grinsend, sah sie zu Tynan hinauf, der ihr einen eigenartigen Blick zuwarf.

»Ich denke, wir können jetzt essen«, sagte Tynan, ehe er sich abwandte, um zum Feuer zurückzukehren. »Falls Sie mit Ihrem Tanzen fertig sind, Miss Mathison.«

»Im Augenblick ja«, gab Chris zurück und nahm ihren Platz am Feuer ein.

Kapitel 6

Ashers ausgelassene Stimmung hielt auch nach dem Essen noch an. Er bemühte sich nach Kräften, Chris zu unterhalten, und stimmte ein paar Lieder an. Sie griff seine Anregung auf, und die beiden bildeten ein begeistertes Duett.

Tynan saß etwas abseits, den Kopf gesenkt, und schnitzte an einem Stock. Er beteiligte sich nicht an ihrem Gesang, sonderte sich aber auch nicht ab. Einmal, als Chris, ihre Wange dicht neben Ashers Gesicht, den Refrain eines Liedes sang, sah sie zu Tynan hin und dachte: Vielleicht weiß er gar nicht, wie er sich uns anschließen kann.

Der Nachmittag war hereingebrochen, ehe einer von ihnen an Aufbruch dachte. Es war Chris, die das Lachen unterbrach und vorschlug, sie sollten den Lagerplatz aufräumen und weiterziehen. Tynan warf seinen Stock beiseite, steckte sein Messer in den Gürtel und ging langsam auf die Stelle zu, wo ihre Pferde angebunden waren. Als Chris die Schnallen an ihrer Bettrolle festzog, blieb er neben ihr stehen.

»Das war hübsch«, sagte er, »wirklich sehr hübsch.«

»Wo sind Sie aufgewachsen?« fragte sie rasch.

»Nicht dort, wo man Lieder singt«, gab er ebenso rasch zurück. »Ihnen gefällt dieser Mann?«

»Natürlich. Sie haben mich ja immer wieder darauf hingewiesen, was für ein netter Mann das ist, nicht wahr? Zudem haben Sie mir befohlen, mich von Ihnen fernzuhalten. Also mußten Sie sich jetzt freuen, weil ich Ihnen alles recht mache.«

Er sah sie an, wie sie bisher noch kein Mann angesehen hatte. Seine Augen schienen Löcher in ihr Gesicht zu brennen. »Sie haben mich erfreut.« Dann machte er auf den Absätzen kehrt und stürmte davon, wobei er Asher fast umgerannt hätte.

»Was war denn los? Er sieht wütend aus. Geht hier etwas vor, wovon ich nichts weiß?«

»Mr. Prescott, ich habe nicht die leiseste Ahnung, was Sie wissen oder nicht wissen.«

»Chris, ich muß Sie warnen. Tynan gehört nicht zu der Sorte von Männern, die . . . nun, ich meine, ein Mädchen wie Sie . . . Mir gefällt es nicht, daß er so viel Interesse für Sie zeigt.«

»Interesse für mich?«

»Ihr Vater sagte ihm, daß Sie eine Montgomery seien, und er fragte mich, was das zu bedeuten hätte.«

»Und Sie haben es ihm gesagt?«

»Nein, ich weiß auch nur, daß Ihre Vorfahren mütterlicherseits Montgomery hießen. Leute wie Tynan haben keine Verwandten – sie haben nicht einmal einen richtigen Namen.«

»Mr. Prescott«, sagte Chris eisig, »Sie und ich werden erheblich besser miteinander auskommen, wenn Sie Ihre Meinung über Mr. Tynan für sich behalten. Schließlich kenne ich Sie beide genauso lang, und ich sehe daher keinen Grund, Ihnen mehr zu vertrauen als ihm.« Damit bestieg sie ihr Pferd und spürte den Rest des Tages über Asher Prescotts nachdenklichen Blick auf sich gerichtet.

Die nächsten zwei Tage waren anstrengend. Dreimal mußten die beiden Männer Bäume fällen, die auf dem Pfad gewachsen waren, und einmal führten Tynan und Asher die Pferde über einen Baumstamm, der so breit war wie ein Gehsteig. Ein andermal wurden sie stundenlang aufgehalten, bis sie einen umgestürzten Baum auf dem Trail zersägt und stückweise beiseite geräumt hatten. Abends fielen sie todmüde in ihre Decken und schliefen sofort ein – jedenfalls nahm Chris das von Tynan an, da er ja nie mit ihnen zusammen im Lager schlief.

Am Abend des zweiten Tages küßte Asher Chris zum zweitenmal. Sie waren tagsüber eine weite Strecke nebeneinander hergeritten, und er hatte sie so ausführlich wie noch nie nach ihrer Karriere als Reporterin gefragt. Auch entschuldigte er sich für das, was er über Tynan gesagt hatte, und meinte, es sei seine Sorge um ihre Sicherheit gewesen, die ihn zu diesen Worten verleitet hätte. An diesem Abend also bat er sie, mit ihm spazierenzugehen, und als sie ein paar Meter vom Lager entfernt waren, schwärmte er davon, wie hübsch sie sei, und bat um die Erlaubnis, sie küssen zu dürfen. Chris erlaubte es ihm.

Sie hatte sehr wenige Männer in ihrem Leben geküßt und wußte nicht genau, wie man das machte. Ashers Arm ging um sie herum, hielt sie auf eine angenehme Weise fest, und sein Kuß war warm und trocken und beruhigend; absolut nicht mit dem raschen, Freude erregenden Kuß von Tynan zu vergleichen. Kein Feuer rieselte da durch ihren Körper. Nichts veranlaßte sie dazu, sich fester an ihn zu legen und nach mehr zu verlangen.

»Was zum Teufel machen Sie denn da, Prescott?« hörte sie Tynans empörte Stimme, so daß er Chris rasch losließ. »Ich komme hier aus dem Lager, weil ich fürchtete, Sie hätten sich verirrt, und derweil stehen Sie hier und bedrängen Miss Mathison!«

»Ich habe sie nicht bedrängt. Ich habe sie vielmehr um Erlaubnis . . .« Asher hielt mit wütendem Gesicht inne. »Was geht Sie das überhaupt an?«

»Es geht mich deshalb etwas an, weil ich versprochen habe, Miss Mathison ihrem Vater zurückzubringen.«

»Und ich habe den Eindruck, daß Sie Ihr Geschäft nicht darauf beschränken«, gab Asher zurück.

»Gehen Sie ins Lager zurück«, befahl Tynan, an Chris gewandt. »Sofort!«

Sie beeilte sich, ihm zu gehorchen. Später kam dann Asher still in sich hineinlächelnd, allein ins Lager zurück. »Manchmal vergessen Angestellte, wo sie hingehören, und müssen in ihre Schranken gewiesen werden«, sagte er und blinzelte dabei Chris zu.

Tynan kam an diesem Abend nicht mehr ins Lager, und am nächsten Morgen war er schweigsam und bemühte sich, immer auf Distanz zu bleiben.

Ein Teil von ihr hätte am liebsten losgeschrien vor Enttäuschung über die Geheimnistuerei, die sie umgab. Warum hatte ihr Vater sie durch den Regenwald reiten lassen? Er hatte doch nicht wissen können, daß Hugh Lanier sie verfolgen würde. Warum hatte ihr Vater einen Mann angeheuert, der kaum wußte, wie man im Freien Feuer machte? Was für eine Hilfe sollte so ein Mann ihr wohl im Regenwald sein? Warum schob Tynan sie zuerst Asher zu und benahm sich im nächsten Moment wie ein eifersüchtiger Liebhaber?

An dem Tag, der auf den mit Ashers Kuß folgte, erlaubte Ty ihnen bereits am späten Nachmittag, das Nachtlager aufzuschlagen. Während Chris Ty beim Auspacken half, versuchte sie, mit ihm Konversation zu machen; aber er gab auf ihre Fragen nur einsilbige Antworten.

»Was ist eigentlich mit Ihnen los?« zischelte sie ihn an. »Sie haben seit gestern abend kein Wort mehr mit mir gesprochen. Sind Sie mir vielleicht wegen Asher böse?«

»Was Sie tun oder lassen, ist allein Ihre Sache«, antwortete er, während er ein Pferd absattelte. »Ich bin als Pfadfinder für Sie engagiert worden – für nichts sonst.«

»Wirklich nicht? Dabei sind Sie es doch, der mich ständig dazu ermuntert, mit ihm allein zu sein: ›Warum gehen Sie denn nicht mit Prescott Feuerholz sammeln, Miss Mathison?‹ und ›Wie wäre es, wenn Sie mit Mr. Prescott zum Angeln gingen, Miss Mathison?‹ Jede freie Minute soll ich mit ihm verbringen. Und als ich ihn dann küßte – ja, was haben Sie sich denn sonst davon versprochen?«

»Ich habe mir gar nichts versprochen! Hören Sie – warum gehen Sie nicht dort hinüber und setzen sich hin? Warum verfolgen Sie mich ständig? Können Sie einen Mann nicht einmal in Frieden lassen?«

Tränen stiegen ihr in die Augen, als sie sich zum Feuer umdrehte. Er rief ihren Namen; aber sie drehte sich nicht mehr zu ihm um.

Einmal hatte sie das Gefühl, als versuche Ty, ihren Blick einzufangen; doch sie sah nicht zu ihm hoch, und nach einer Weile hörte sie ihn aus dem Lager gehen.

»Ich gehe ein Stück spazieren und mache meine Eintragungen ins Tagebuch«, sagte Chris zu Asher und holte Feder, Tinte und ein großes Notizbuch aus ihrer Satteltasche. »Ich werde in ungefähr einer Stunde wieder zurück sein.« Und dann ging sie auf dem Pfad in der anderen Richtung davon.

Chris ging viel weiter, als sie das eigentlich beabsichtigt hatte. Tynans scharfe, zornige Worte hatten sie tief verletzt, und sie wollte darüber nachdenken, was sie ihm denn angetan hatte und wie sie sich in der Zukunft verhalten wollte.

Es war seltsam, wie sehr dieser Mann sie anzog. Sie hatte sich noch nie eines Mannes wegen so närrisch betragen wie jetzt.

Nach einer Weile begann das Licht zu verblassen, und sie setzte sich dicht neben dem Pfad auf einen Baumstamm, um in ihr Tagebuch zu schreiben. Wenn sie alle Fakten dieser sonderbaren Reise zusammentrug, kam sie vielleicht hinter den Sinn des Ganzen. Sie schrieb eine Menge über den einen Mann, der sie so freundlich behandelte, und stellte dieser Sammlung dann die Fakten des anderen Mannes gegenüber, der nur darauf zu warten schien, daß sie in ein tiefes Loch stürzte.

Die Zweige des Baumes und eine besonders dicke Schicht Moos darüber schützten sie wie ein großer Regenschirm, so daß sie zunächst gar nichts von den fetten kalten Tropfen spürte, die immer rascher auf die Blätter niederprasselten. Eben noch hatte sie warm und trocken unter einem Baum gesessen, und im nächsten Moment schien ein Sturzbach vom Himmel auf sie herunterzukommen.

Hastig suchte sie ihre Schreibsachen zusammen und verlor dabei ihren Federhalter. Sie beugte sich weit nach vorn auf dem Baumstamm, auf dem sie saß, und suchte zwischen dem Grünzeug nach ihm, als die ganze Seite des Pfades, an der sie saß, plötzlich abbrach und in die Tiefe rutschte. Der Baumstamm rollte unter ihr davon, und sie konnte sich gerade noch an einer Baumwurzel festklammern, während unter ihr das Erdreich einen Hang hinunterpolterte.

Da hing sie nun über dem Abgrund, während ein eisiger Regen ihr auf Kopf und Schultern trommelte. Ihre Füße pendelten im Nichts, und in diesem Wolkenbruch vermochte sie nicht einmal einen Meter weit zu sehen. Sie betete um Hilfe, flüsterte »Tynan« und konnte im rauschenden Regen ihre eisige Stimme nicht verstehen.

»Tynan!« rief sie.

Ihre Hände begannen auf dem nassen Holz zu rutschen. Sie versuchte, kühlen Kopf zu bewahren und sich zu überlegen, wo sie sich befand und wie sie sich am besten aus dieser Klemme wieder befreien könnte. Wenn sie doch nur hätte sehen können, wie tief der Abgrund war, über dem sie hin und her schwang. Vielleicht schwebten ihre Zehen nur zehn Zentimeter über dem Boden; aber es konnten ebensogut zehn oder gar hundert Meter sein.

Sie drehte sich ein wenig und starrte in die Tiefe. Aber da war wallender Nebel, der alles unkenntlich machte. Ihre linke Hand rutschte vom Holz ab.

»Verflucht seien alle Montgomery-Frauen, weil sie so klein geraten sind«, sagte sie, weil sie mit der Hand die Böschung des Pfades nicht mehr erreichen konnte.

Plötzlich gab sie ihre Bemühung auf, weil sie glaubte, über sich ein Geräusch gehört zu haben.

»Tynan«, schrie sie mit der ganzen Kraft ihrer Lungen. »Tynan, Tynan, Tynan!«

Sie hatte ihren letzten Schrei noch gar nicht vollends ausgestoßen, als er schon neben ihr war, den Rücken im Schlamm der Böschung vergraben, während er mit seinen langen Armen nach ihr griff und sie an sich zog.

Sie klammerte sich an ihn wie ein Affe an einen Baum, wickelte ihren Körper um den seinen, ihre Arme um seinen Hals, ihre Beine um seine Taille.

Er begann den Abhang hinunterzuwaten, Hindernisse aus dem Weg zu schieben, den Boden darunter zu prüfen. Chris klammerte sich noch immer an ihm fest, das Gesicht an seinem Hals vergraben. Selbst als er die Böschung hinaufzuklettern begann, ließ sie ihn nicht los.

»Hier«, sagte er endlich und klaubte sie sich vom Körper.

Als er sie auf den festen Boden zurückgestellt hatte, merkte sie, daß die Beine ihr unter dem Leib einknickten. Sie waren beide über und über mit Schlamm bedeckt.

»Setzen Sie sich eine Weile dorthin, und ruhen Sie sich aus.« Er deutete auf einen Geröllblock in ihrem Rücken, und dankbar nahm sie dort unter einer überhängenden Felswand Platz, die sie vor dem strömenden Regen schützte.

Als sie zu Ty hochsah, dessen Kopf sich dunkel vor dem dampfenden, rauschenden Regen abzeichnete, wußte sie, daß ihr noch kein Anblick so willkommen gewesen war in ihrem Leben wie dieser Mann. Und so war es ganz natürlich, daß sie ihm die Arme entgegenhob.

Er kam zu ihr und drückte sie so fest an sich, daß sie kaum noch Luft bekam. »Ich wußte, daß es regnen würde«, sagte er. »Ich wollte gerade die Zelte aufbauen, als Sie das Lager verließen. Ich dachte, Sie wären so vernünftig und würden umkehren, als es zu regnen begann. Himmel, Chris, Sie werden sich noch mal umbringen! Es ist ein Wunder, daß ich Sie überhaupt gefunden habe.«

Chris war so froh, daß sie gerettet war und diesen Mann bei sich hatte, daß sie anfing, ihm den Hals zu küssen. »Ich wußte, daß du mich finden würdest. Ich wußte es von dem Augenblick an, als der Boden unter mir wegrutschte. Eben saß ich noch im Trockenen, und im nächsten Moment stürzte ich in die Tiefe. Ich hatte zuerst gar nichts gemerkt von dem Regen, bis er in Kübeln herunterkam.«

Er löste gewaltsam ihre Arme von seinem Hals. »Chris«, sagte er mit flehender Stimme, »haben Sie schon mal einen erwachsenen Mann weinen sehen? Wie ein kleines Kind mit gebrochenem Herzen?«

»Nein, ich glaube nicht. Ich habe auch kein Verlangen danach.« Sie griff wieder nach ihm. »Ty«, sagte sie.

Er fing ihre Hände ab, hielt sie fest in den seinen vor sich hin. »Dann hör bitte damit auf«, sagte er. »Bitte, laß mich in Ruhe. Verfolge mich nicht, berühre mich nicht, bemuttere mich nicht, schmiere mir keine Salben mehr auf den Rücken und weine nicht, wenn ich böse auf dich sein sollte. Bitte, tu das alles nicht, ich flehe dich an!«

Chris beugte sich zu ihm. »Es macht mir doch nichts aus, daß du im Gefängnis gewesen bist. Du magst vielleicht denken, daß ich einer anderen Klasse angehöre als du; aber das stimmt nicht. Ty, ich denke, daß ich mich in dich verliebt . . .«

Er legte ihr rasch die Hand auf den Mund. »Sag das nicht. Das darfst du niemals sagen. Ich könnte nicht ertragen, daß du so etwas zu mir sagst. Wir kennen uns erst seit ein paar Tagen, und in ein paar Tagen werden wir uns trennen und nie mehr wiedersehen.«

»Die Zahl der Tage spielt keine Rolle. Weißt du, wie viele Männer mich schon gefragt haben, ob ich sie heiraten möchte? Ich bekomme sogar Heiratsanträge mit der Post. Ich bin bei Dinner-Partys gewesen und hatte bis zum Nachtisch bereits zwei Anträge erhalten; aber ich bin niemals auch nur in Versuchung gewesen – weder durch die Anträge der Männer noch durch ihre Bemühungen, mich zu verführen. Aber du, Tynan, du bist der Mann, den ich haben will.«

Auf Tys Gesicht löste eine Grimasse die andere ab, und nur eine Sekunde lang beugte er sich zu ihr, als wollte er sie küssen. Aber im nächsten Augenblick verließ er den schirmenden Überhang und rannte hinaus in den trommelnden Regen.

»Verstehst du denn nicht, daß *ICH NICHT KANN*? Ich *kann dich nicht* lieben. Und jetzt steh auf! Wir gehen ins Lager zurück, und unterstehe dich, mir noch einmal so nahe auf den Leib zu rücken!« Er packte sie beim Handgelenk und zog sie hinaus in den Regen. Und dann schob er sie weiter vor sich her die steile Böschung hinauf.

Kaum hatten sie oben den Pfad erreicht, als er sie losließ und stumm in die Richtung deutete, wo sich das Lager befand.

Chris wußte, daß ein Teil des Wassers auf ihrem Gesicht von der Flut ihrer Tränen stammte; aber sie wußte nicht, wieviel, bis sie wieder im Lager eintrafen. Dort waren drei Zelte aufgebaut, für jeden von ihnen eines. Unter einem Baum stand ein Zelt, dessen Öffnung sich auf der von den anderen zwei Zelteingängen abgewendeten Seite befand, und da wußte sie, daß dieses Zelt Tynan gehörte.

Ty trat zurück und verschränkte die Arme vor der Brust, während sie in das Zelt schlüpfte, auf das er mit dem Kopf deutete.

Chris brauchte eine Stunde, bis sie ihre nassen Kleider ausgezogen und gegen trockene ausgewechselt hatte, weil ihr die Tränen ununterbrochen über die Wangen liefen. Sie weinte die ganze Nacht hindurch. Das war der erste Mann in ihrem Leben, in den sie sich verliebt hatte, und nun mußte ihr so etwas passieren.

Als der Morgen heraufdämmerte, war ihr Gesicht rot und geschwollen, ihre Nase anderthalb mal so groß wie sonst, und ihr Kopf ein einziger Schmerz. Als Tynan zu ihr kam, um ihr zu sagen, daß sie in den Zelten bleiben würden, bis der Regen aufgehört hatte, konnte sie ihn nicht ansehen, sondern nickte nur mit gesenktem Kopf.

Mittags war Chris dann ganz erschöpft von dem vielen Weinen und Denken; aber sie war wenigstens zu einem Entschluß gekommen. Langsam begann sie, die trockenen Blätter im Zelt zusammenzusuchen und daraus ein kleines Lagerfeuer zu machen, auf dem sie die Suppe erhitzte, die vom Vortag übriggeblieben war.

Dann nahm sie ihren Regenumhang von einem Stoß Kleider, der in einer Ecke des Zeltes lag. Es gab keine Möbel in dem kleinen Zelt, nur eine Bettrolle, ein paar Kleider und ein kleines Feuer unter der hochgeklappten Zeltplane am Eingang.

Mit steifem Rücken trat Chris ins Freie hinaus. Der Regen rauschte immer noch kräftig vom Himmel herunter, und als er den heißen Kessel berührte, verzischte er in kleinen Dampfwölkchen.

Tynan hatte sich ein Regendach gebaut: eine Zeltplane, die von zwei Stöcken gestützt wurde und an den Seiten und vorne offen war. Solange der Wind nicht den Regen unter die Zeltplane wehte, saß man hier im Trokkenen. Ty lag auf dem Boden hingestreckt, den Kopf auf seinen Sattel gebettet und ein Buch in der Hand, als Chris zu ihm kam.

»Ich habe dir etwas Suppe gebracht«, sagte sie, den Regen übertönend.

Er setzte sich auf, streckte den Arm aus und nahm ihr den Topf aus der Hand, während sie ein paar Zwiebäcke unter ihrem Regenmantel hervorholte. »Darf ich mich setzen?« fragte sie.

»Ich glaube nicht, daß ich . . . ja, natürlich«, sagte er dann, sie fest ansehend. Niemandem hätte die Tatsache entgehen können, daß sie stundenlang geweint hatte.

»Ich bin die ganze Nacht hindurch wach gewesen und habe über das nachgedacht, was du gestern zu mir gesagt hast. Dabei bin ich zu einer Entscheidung gekommen.« Sie holte tief Luft. Es hatte keinen Sinn, um den heißen Brei herumzureden. »Zuerst möchte ich mich bedanken, daß du mir reinen Wein eingeschenkt hast. Ich bin sicher, daß du das nicht jedem erzählen wirst.«

Sie senkte den Kopf und sah ihn nicht an, während er sie mit offenem Mund verblüfft anstarrte. »Ich glaube, es ist am besten, wenn ich frei heraus sage, was ich empfinde. Ich weiß nicht sehr viel von der Liebe, da ich sie bisher noch nicht erlebt habe – jedenfalls keine Liebe zwischen Mann und Frau; aber ich denke, daß ich vernünftig genug bin, sie zu erkennen, wenn ich sie sehe. Ich weiß nicht, warum und wie, aber ich habe mich in dich verliebt und will den Rest meines Lebens mit dir verbringen. Ich kenne jetzt dein Geheimnis, und nach reiflicher Überlegung – ich möchte nicht, daß du glaubst, mein Entschluß wäre leichtfertig – weiß ich nun, daß das keine Rolle spielt. Ich habe niemals zuvor einen Mann geliebt, und deshalb werde ich auch niemals eine Vorstellung von dem haben, was ich vermisse. Und was Kinder anlangt, so habe ich einige Kontakte in New York, und wenn du damit einverstanden wärest, könnten wir ja ein oder zwei Waisenkinder adoptieren.«

Chris hielt inne und sah hoch, weil Tynan so ein komisches Geräusch machte. Einen Moment lang war sie ganz verwirrt, weil es so aussah, als sei er von irgendwelchen Krämpfen befallen. War es die Epilepsie, die ihn daran hinderte, ein normaler Mann zu sein?

»Tynan«, sagte sie und machte einen Schritt auf ihn zu.

Er hatte die Hände auf den Magen gedrückt, die Beine an den Leib gezogen, und sein Mund stand offen; aber er schien nicht zu atmen.

Sie wollte gerade Prescott zu Hilfe rufen, als sie plötzlich erkannte, daß er *lachte*.

Sie setzte sich auf die Fersen zurück und beobachtete ihn, wie er allmählich wieder Luft bekam und zu lachen begann, wie sie noch nie einen Menschen hatte lachen sehen.

»Ein oder zwei Waisenkinder!« quietschte er. »Auch wenn ich niemals erfahren werde, was ich vermisse – ich nehme dich dennoch!« Und bei jedem Wort bog er sich weiter nach vorn und lachte so tief und herzhaft, daß ihm die Tränen kamen, während Christianas Rücken immer steifer wurde.

»Es freut mich ehrlich, daß ich Ihnen so viel Vergnügen bereite, Mr. Tynan. Wollen wir so tun, als habe dieses Gespräch niemals stattgefunden?« Damit trat sie unter seinem Regendach hervor und wollte zu ihrem Zelt zurückgehen.

Aber Ty faßte nach ihrem Rocksaum. Er lachte noch immer und war ganz schwach von den heftigen Erschütterungen seiner Heiterkeit. »Sei mir nicht böse, Chris; es ist nur, daß ich . . .« Er brach ab und wälzte sich wieder vor Lachen, als er sich einer anderen Stelle ihres Antrags entsann, und Chris fragte sich, wie sie sich nur hatte einbilden können, einen solchen Idioten von Mann zu lieben. In diesem Moment hoffte sie, daß die Erde sich auftun und ihn verschlingen würde.

»Geh aus dem Regen und komm hier herein«, sagte er mit einer heroischen Anstrengung, sein Zwerchfell zu bändigen; aber seine Lippen zuckten noch immer, und das Wasser stand ihm in den Augen.

»Nein, danke. Und lassen Sie meinen Rock los, damit ich in mein Zelt zurückgehen kann. Ich glaube nicht, daß wir uns noch etwas zu sagen haben.«

Das ernüchterte ihn ein wenig, obwohl er offenbar noch so geschwächt war von seinem Lachanfall, daß er nicht aufstehen, sondern nur beide Arme ausstrecken, sie bei der Taille fassen und unter sein Regendach ziehen konnte. Das sah so aus, als versuchte er, einer Marmorstatue einen neuen Platz anzuweisen.

»Chris«, setzte er zum Sprechen an, und wieder erstickte seine Stimme unter einem kleinen Lachanfall.

Chris wollte ihm in diesem Moment abermals entrinnen, doch er zog sie auf seinen Schoß hinunter und hielt sie dort fest.

Doch es dauerte noch eine volle Minute, bis er sich so weit beruhigt hatte, daß er zusammenhängend reden konnte. »Chris«, fing er zum zweitenmal an, »solange ich lebe, werde ich an deinen . . . äh . . . Antrag denken. So ein Angebot hat mir noch niemand gemacht, und ich habe auch noch nie gehört, daß einem anderen so etwas angeboten worden wäre. Es ist ungemein freundlich und großzügig von dir . . .«

»Darf ich jetzt gehen?« unterbrach sie ihn und suchte sich von seinem Schoß zu erheben.

»Nicht, bevor ich mit meiner Erklärung fertig bin. Als ich dir sagte, daß ich dich nicht lieben könnte, meinte ich damit nicht, daß ich . . .« Er hielt einen Moment inne, um seine zuckenden Lippen zu bändigen, während Chris noch steifer wurde auf seinem Schoß. »Ich meinte damit nicht, daß ich dazu körperlich nicht in der Lage sei. Ich meinte damit, daß es andere Gründe gibt, die mir verbieten, dich anzurühren.«

»Das hast du inzwischen zur Genüge getan, scheint mir«, sagte Chris mit dürrer Stimme.

»Manchmal kann ich eben nicht aus meiner Haut heraus. Mit ›Berühren‹ hatte ich ›Dich-lieben‹ gemeint. Das kann ich allerdings nicht.«

»Und das liegt an mir, wie? Weil ich nicht so gebaut bin wie Mr. Laniers Dienstmädchen – mit einem großen Busen und breiten Hüften. Dann hättest du wohl keine Probleme, wie?«

»Verdammt, es ist nichts Körperliches! Es ist . . .«

Ihre Nase berührte fast die seine. »Ich dachte, wenn die Frau erst mal willig ist, ist der Mann es *immer*! So hat es mir jedenfalls meine Mutter erzählt. Seit ich erwachsen bin, hatte ich alle Hände voll damit zu tun, mir die Männer vom Leib zu halten, und jetzt biete ich mich sogar einem Mann an, und er *kann nicht*! Wenn es nicht an mir liegt und auch nicht an dir, und du keine Vorliebe für fette Damen hast – was ist es dann?«

Tynan fuhr mit seinen Händen an ihren Armen hinauf. »Chris, du bringst mich wahrhaftig noch ins Grab.

Im Gefängnis hatte ich es leichter als hier. Warum ist deine Wahl auf mich gefallen und nicht auf Prescott?«

Chris bemühte sich abermals, sich von seinem Schoß zu erheben; doch er ließ es nicht zu.

»Ich werde dich nie mehr belästigen – das verspreche ich dir«, sagte sie.

Er bewegte seinen Kopf, so daß sein Gesicht fast ihren Hals berührte und sie seinen weichen, warmen Atem auf ihrer Haut spüren konnte. »Du wirst mich immer ›belästigen‹. In jeder Sekunde, in der du Atem holst, wirst du das tun. Und es ist unerträglich für mich, dich mit Prescott zusammen zu sehen. Ich habe mich in meinem ganzen Leben noch nie so sehr nach etwas gesehnt wie nach dir seit dem Abend, als ich dich zum erstenmal in meinen Armen hielt. Die letzten Tage waren für mich die Hölle. Ich denke nur noch an dich. Ich kann nicht einmal im Lager bleiben, wenn du zugegen bist, weil ich fürchte, ich könnte mich vergessen, dich auf mein Pferd setzen und dich entführen.«

»Aber als ich mich dir dann anbiete, lachst du mich aus. Und solange wir uns kennen, brüllst du mich an, daß ich mich entfernen und dich in Ruhe lassen soll. Das verstehe ich nicht! *Kannst* du mich lieben? Besitzt du das körperliche Vermögen dazu?«

»Wenn du nicht so unschuldig wärst, würdest du die Antwort in diesem Moment spüren. Du sitzt nämlich darauf.« Er fing an, an ihrem Ohrläppchen zu knabbern, und Chris schmolz fast auf seinem Schoß in ihn hinein. »Wenn ich dich lieben würde«, sagte er und bewegte seinen Mund an ihrem Hals entlang, »würde mich . . .«

»Ja«, flüsterte sie und bog ihren Kopf zurück, damit er ihren Hals besser erreichen konnte.

»Wenn ich dich lieben würde, würde mich dein Vater ins Gefängnis zurückschicken.«

»Oh«, murmelte Chris, die ihm gar nicht so recht zuhörte. Dann setzte sie sich auf und sah ihn an.

»*Was* würde mein Vater mit dir tun?«

»Mich ins Gefängnis zurückschicken. Ich wollte es dir eigentlich nicht sagen, Chris, und habe alles versucht, mich um eine Erklärung herumzudrücken. Aber – man hat mir zur Auflage gemacht, daß ich mich von dir fernzuhalten habe.«

Sie bewegte sich von ihm weg, rutschte von seinem Schoß. »Ich möchte die ganze Geschichte hören.«

Mit einem Seufzer lehnte sich Ty auf die Ellenbogen zurück – und blickte sie an. »Ich war zu lebenslänglicher Zuchthausstrafe verurteilt; aber dein Vater holte mich aus dem Gefängnis heraus, damit ich seine Tochter retten sollte. Du sagtest, er habe genügend Geld und Macht, um seinen Willen durchsetzen zu können, und das kann ich nur bestätigen. Er holte mich aus dem Bau heraus; aber er hat meine Papiere und diktiert mir seine Bedingungen: Wenn ich dich anfasse, muß ich zurück ins Loch.«

»Das wollen wir doch erst mal sehen«, sagte Chris. »Mein Vater hat mir mein Leben lang nur Befehle erteilt, von denen ich vielleicht die Hälfte befolgt habe – gut geschätzt. Wir werden einfach zu ihm gehen und ihm sagen, daß er so etwas mit uns nicht machen kann.«

Ty nahm ihre Hände in die seinen. »Chris – er hat recht. Er möchte nicht, daß sein einziges Kind jemanden wie mich heiratet. Ich weiß nicht einmal, wie ich so ein gutes Mädchen wie dich behandeln soll. Ich weiß nicht, wie man sich in so einem großen Haus, wie es dein Vater besitzt, bewegen muß oder ob ich überhaupt längere Zeit an einem Ort bleiben kann. Ich habe nicht das Zeug zu einem Ehemann, und dein Vater wußte das. Er wollte nicht, daß ich mit seiner Tochter etwas anfange, wenn ich sie nicht auch heirate, und wir wußten beide, daß ich nicht zu den heiratswütigen Männern gehöre. Verstehst du jetzt?«

»Nein«, sagte sie weich und sah ihm in die Augen. »Ich liebe dich und . . .«

»Nein, das tust du nicht. Du bist jahrelang so sehr mit deiner Zeitung beschäftigt gewesen, daß du die Männer nicht beachtet hast, und jetzt plagt dich die Sorge, du könntest zu alt werden, und glaubst, dich in den ersten Mann, den du anschaust, verliebt zu haben.«

»Und warum bin ich dann nicht in Mr. Prescott verliebt?«

Er lehnte sich noch weiter zurück, kniff ein Auge zu und grinste. »Ich sehe besser aus. Er ist für mich keine Konkurrenz.«

»Ich glaube, Sie haben recht«, sagte sie und trat wieder in den Regen hinaus. »Ich muß mich wirklich geirrt haben.«

Er faßte sie bei den Schultern und zog sie wieder unter sein Regendach. »Nun werde doch nicht gleich wieder wütend, Chris. Unter andern Umständen würde ich nur zu gerne mit dir ins Bett gehen; aber ich will nicht mehr in dieses Höllenloch zurück, und möchte auch nicht unfair zu dir sein. Du verdienst einen Mann, der das Zeug zum Ehemann hat. Ich habe es nicht. Ich hoffe, du kannst das verstehen.«

»Ich glaube, ich verstehe Sie besser, als Sie denken«, sagte sie kühl. »Ich möchte mich für meine Aufdringlichkeit entschuldigen. Und daß ich Sie verfolgt habe, obwohl Sie mich gebeten haben, das zu unterlassen. Ich werde versuchen, mich Ihnen nicht mehr aufzudrängen, damit Sie nicht befürchten müssen, ins Zuchthaus zurückgeschickt zu werden, weil ich Sie in eine unmögliche Lage gebracht habe. Ist es das, was Sie von mir hören wollten? Darf ich jetzt gehen?«

»Ich glaube, Sie sind jetzt wütend auf mich. Ich hatte nicht die Absicht, Sie . . .«

»Ich bin wütend auf mich selbst«, unterbrach sie ihn. »Und zutiefst beschämt. Ich habe mich noch nie einem Mann an den Hals geworfen, und ich kann Ihnen versichern, daß mir das ein zweites Mal nicht passieren wird. Von mir haben Sie keine Schwierigkeiten mehr zu befürchten, Mr. Tynan. Nun würde ich gern wieder in mein Zelt zurückkehren und ein paar Stunden Schlaf nachholen, wenn Sie nichts dagegen haben.«

Er sah sie stirnrunzelnd an. »Ja, natürlich, Chris, ich bin dir ehrlich dankbar für dein Angebot. Ich meine, als du gedacht hast, ich könnte nicht körperlich . . .«

»Wir werden das nie erfahren, nicht wahr?« sagte sie, als sie wieder in den Regen hinaustrat.

Kapitel 7

Bis sie dann zum erstenmal den Fuß in die kleine Stadt am Rande des Regenwaldes setzten, hatte Chris alle Tränen vergossen, die es zu vergießen gab. Sie hatte eine bewundernswerte Leistung vollbracht, indem sie sich von Tynan ferngehalten hatte. Was er auch zu ihr gesagt hatte, damit sie anhalten und ein paar Worte mit ihm wechseln sollte: Sie hatte nicht darauf reagiert.

Aber Asher war es auch nicht besser ergangen. Sie hatte die Arbeiten verrichtet, die für den Betrieb eines Lagers unerläßlich waren, und sonst nichts.

Nachdem Tynan einen Tag lang vergeblich versucht hatte, mit ihr zu reden, ließ er sich im Lager immer seltener sehen, bis er wieder zu einem nächtlichen Schatten geworden war wie am Anfang der Reise.

»Es ist kein freudiger Ritt geworden, wie ich es mir erhoffte«, meinte Asher mit verwirrter und betrübter Stimme. Chris sagte nichts dazu. Ihr lag nur daran, diese Stätte so rasch wie möglich hinter sich zu lassen, wo sie sich so töricht benommen hatte.

Es war noch früher Vormittag, als sie Einzug hielten in die kleine Stadt am Fuße des Regenwaldes. Die Straßen waren voller Leute, die ihre Besorgungen machten; Fuhrwerke wurden beladen, Cowboys sahen sich in der Stadt um, und ein paar Frauen blieben auf dem Gehsteig stehen, um zu plaudern. Die meisten Leute hielten an, als sie drei Fremde in die Stadt reiten sahen.

Jedenfalls glaubte Chris zunächst, ihre Fremdheit wäre der Anlaß für das Gaffen der Leute. Zum erstenmal seit Tagen erwachte sie aus ihrer Depression und begann Interesse für ihre Umgebung zu zeigen.

Als sie nun die Leute genauer ins Auge faßte, merkte sie, daß sie nur Tynan anstarrten.

Er ritt vor ihr, seinen Rücken so gerade wie ein Ladestock, den Blick geradeaus gerichtet, als gingen ihn die Leute nichts an. Als sie am Büro des Sheriffs vorbeikamen, sah sie einen Mann dort hineinrennen und keine zwei Sekunden später mit dem Sheriff wieder herauskommen.

»Ich will hier keinen Ärger haben«, rief der Sheriff und blickte dabei nur Tynan an.

Tynan nahm keine Notiz von dem Mann, sondern ritt in gemächlichem Schrittempo weiter wie bisher.

Als sie an einem Saloon vorbeikamen, kam eine sehr auffällig gekleidete Frau durch die Pendeltür, erschrak ordentlich, als sie Tynan erblickte, und begann dann, durch den Morast der Straße zu laufen. Als sie sich einem Schuppen näherten, der sich »Zum Rosa Strumpfband« nannte, schwangen die Doppeltüren auf, und heraus trat eine große, schon etwas ältere Frau mit auffallend roten Haaren, die keineswegs nach einer Naturfarbe aussahen, wie Chris bei sich dachte.

»Tynan!« schrie die Frau.

Ty hob die Hand zum Zeichen, daß sie anhalten sollten, und ritt dann auf die Dame zu.

Chris hatte in ihrem Leben noch nie so die Ohren gespitzt wie jetzt, um zu hören, was die Dame ihm zu sagen hatte.

»Du hättest nicht hierher zurückkommen dürfen«, sagte die Rothaarige. »Du wirst dir nur Ärger einhandeln.«

Chris konnte Tys Antwort nicht verstehen. Mit seiner tiefen Stimme gelang es ihm, absolut tonlos zu sprechen, wenn er das wollte.

Nachdem er der Dame noch einen Moment zugehört hatte, schwenkte er sein Pferd wieder herum und gab den anderen beiden das Zeichen, ihm zum Hotel zu folgen.

»Sie werden dort eine Nacht bleiben, und morgen reiten wir in aller Frühe weiter.«

»Und wo werden Sie wohnen?« Das waren die ersten Worte seit Tagen, die Chris an ihn richtete.

Er sah sie eine lange Sekunde an. »Ich habe hier Freunde. Gehen Sie ins Hotel und fragen Sie, ob Sie ein warmes Bad bekommen können«, sagte er, ehe er auf dem Absatz herumschwang und sie stehen ließ.

»Was halten Sie von alledem?« fragte Chris Asher.

»Von dem Bad? Da bin ich seiner Meinung, Miss Mathison. Ich habe schon so lange kein heißes Bad mehr gesehen, daß ich gar nicht mehr weiß, wie es aussieht; aber ich glaube, das wird mir sofort wieder einfallen, wenn mir eines unter die Augen kommt.«

Chris ignorierte seinen Versuch, witzig zu sein. »Ich

hatte gemeint, was Sie von dem Verhalten der Leute auf der Straße halten«, sagte sie, während sie Asher in das Hotel folgte. »Warum haben sie Tynan angestarrt? Und weshalb hat diese Frau ihn gewarnt?«

»Ich weiß es nicht und will es auch nicht wissen. Mich interessieren nur ein warmes Bad, eine warme Mahlzeit und ein kühles, weiches Bett. Ich bin nicht neugierig, hinter die Geheimnisse unseres Pfadfinders zu kommen; denn meiner Meinung nach besteht er nur aus Rätseln. Chris, wollen Sie sich bitte ins Hotelregister eintragen, damit wir ein Zimmer bekommen können?«

In diesem Moment hätte Chris niemandem sagen können, weshalb sie in den letzten drei Tagen so deprimiert gewesen war. Sie wurde jetzt nur noch von dem Gedanken beherrscht, daß hier eine gute Story auf sie wartete. Warum gab es in der ganzen Stadt nur finstere Gesichter, als Tynan hier auftauchte? Natürlich hing das mit seinem Gefängnisaufenthalt zusammen, aber was hatte er verbrochen, daß die ganze Stadt ihn nur mit scheelen Blicken betrachtete?

»Miss«, fragte der junge Mann in der Loge, »wollten Sie sich nicht ins Register eintragen?«

»Ja«, sagte sie geistesabwesend. Sie wollte gerade zum ersten Schnörkel ihres Vornamens Christiana ansetzen, als sie einer jähen Eingebung nachgab und sich mit ihrem Pseudonym Nola Dallas eintrug.

Der junge Mann drehte gelangweilt das dicke Buch herum, und da quollen ihm plötzlich die Augen aus den Höhlen. »Die Nola Dallas? Ich meine, die Nola Dallas, die nach Mexiko gegangen ist?«

»Ja«, gab Chris mit ihrem süßesten Lächeln zur Antwort.

»Aber ich dachte, Sie wären eigentlich ein Mann!«

»Das denken viele.« Sie blickte ihn immer noch mit

diesem strahlenden Lächeln an, mit dem sie in Mexiko einen Gefängniswärter dazu überredet hatte, ihr eine Zelle aufzusperren.

Asher meinte verdrießlich: »Wir wollen hier nur eine kurze Rast einlegen. Also sagen Sie keinem, daß sie hier im Hotel abgestiegen ist.«

»Das fällt mir nicht einmal im Traum ein«, gab der junge Mann mit geweiteten Augen zurück. »Von mir erfahren sie keinen Ton.«

Mit immer noch mürrischem Gesicht nahm Asher Christianas Arm und führte sie die Treppe hinauf, während Chris dauernd über die Schulter blickte und dem jungen Mann vom Empfang zulächelte. »Ich wünschte, Sie hätten das nicht getan«, sagte Asher, als sie vor der Tür von Christianas Zimmer anlangten. »Ihr Vater war besorgt, daß Lanier Ihnen etwas antun könnte. Zwar haben Sie nichts über ihn veröffentlicht; gleichwohl besteht die Möglichkeit . . .«

Chris lächelte ihn an. »Ich wollte doch nur wissen, ob mein Name auch hier, im äußersten Westen, bekannt ist. Das ist alles.«

»Nun ja, dagegen kann niemand etwas haben. Aber jetzt ruhen Sie sich lieber aus, Chris. Ich werde inzwischen für Sie ein Bad vorbereiten lassen.«

Sobald Chris in ihrem Zimmer war, blickte sie in den Spiegel. Nicht übel, dachte sie. Eine Wäsche und ein Kamm sollten sie präsentabel machen.

»Wenn du den Leuten sagst, wer du bist«, sprach sie zu ihrem Spiegelbild, »und sie das Gefühl haben, dich zu kennen, besteht die Möglichkeit, daß du von ihnen erfährst, was du wissen möchtest.«

Nach einer Stunde war sie gebadet und gekämmt und hoffte, der junge Mann vom Empfang hatte reichlich Gelegenheit gehabt, den Leuten zu erzählen, wer soeben in seinem Hotel abgestiegen war. Als sie in die Lobby hinunterkam, blieben die Leute stehen und sahen sie an. Und dann konnte sie hören, wie sie flüsterten: »Ist die das?«

Chris lächelte in sich hinein und trat hinaus ins helle Sonnenlicht. Sie schien sich an einen Laden für Damenmoden in der Hauptstraße zu erinnern. Wenn es eine Stelle gab, wo man hören konnte, was in einer Stadt so geredet wurde, dann war es dieser Laden.

»Kann ich Ihnen helfen?« fragte die Verkäuferin. Doch ehe Chris diese Frage beantworten konnte, ging die Ladentür auf, und drei Damen kamen herein. Kaum hatten sie die Tür hinter sich zugemacht, als noch zwei Ladys den Laden betraten, denen vier weitere auf dem Fuß folgten. Der kleine Laden war überfüllt, als Chris sich in eine Ecke begab, um dort ein paar Hüte anzuprobieren.

»Ihr werdet euch wundern, wer heute in unsere Stadt gekommen ist«, sagte eine der Ladys mit lauter Stimme in die Richtung, wo Chris stand. »Natürlich wollte ich es selbst erst nicht glauben, als Jimmy zu mir sagte, Nola Dallas sei bei ihm abgestiegen. Ihr wißt schon, die Lady, die sich in einer Anstalt für Geisteskranke einsperren ließ, um berichten zu können, wie es dort zugeht.«

»Und sie hat auch geschrieben, daß eine anständige Frau heutzutage nachts nicht mehr allein auf die Straße gehen kann.«

»Und in Mexiko hätte man sie fast umgebracht wegen der Sachen, die sie über die Regierung des Landes verbreitete«, sagte eine dritte Frau.

»Wie schrecklich gern ich sie doch kennenlernen würde«, seufzte eine vierte.

Darauf folgte eine lange, gespannte Pause, und Chris wußte, daß man von ihr eine Reaktion erwartete. Als hätte sie gar nicht bemerkt, daß man über sie geredet hatte, probierte sie noch einen Hut auf, setzte ihn wieder ab und ging auf die Tür zu. Sie hatte die Klinke schon in der Hand, als sie sich zu den Damen umdrehte, die sie ungeniert anstarrten, und leise sagte: »Ich bin Nola Dallas.«

Danach öffneten sich alle Schleusen. Chris wurde fast gewaltsam wieder in den Laden hineingezogen und tausend Sachen auf einmal gefragt.

»Haben Sie wirklich diese Serie über Scheidungen verfaßt?«

»Haben Sie tatsächlich diese drei Tage im Gefängnis verbracht?«

»Hatten Sie denn gar keine Angst, als Sie diesen Lobbyisten und alle diese Politiker verhaften ließen?«

Chris bemühte sich, alle diese Fragen auf einmal zu beantworten. Und dabei wartete sie auf die Enthüllungen, derentwegen sie das Ganze inszeniert hatte.

»Wir wissen natürlich, daß uns das nichts angeht; aber Sie sollten in der Auswahl Ihrer Reisebegleiter etwas vorsichtiger sein«, sagte eine der Ladys mit in die Luft gereckter Nase.

Es wurde ganz still im Laden. »Oh?« sagte Chris mit so viel Unschuld, wie sie in diesen Ton hineinlegen konnte. »Es schienen mir so nette Männer zu sein.«

»Vielleicht trifft das auf den einen zu. Aber dieser Tynan . . .« Die Damen sahen sich gegenseitig vielsagend an.

Chris blickte bescheiden auf ihre Hände hinunter. »Ich weiß ja eigentlich so gut wie gar nichts von ihm.«

Die Frauen beeilten sich nun, ihr – alle auf einmal – alles mitzuteilen, was sie über den Mann wußten. Bedauerlicherweise war das nicht viel: Tynan war wegen Mordes verhaftet und noch am selben Nachmittag dazu verurteilt worden, daß er am Abend gehängt werden sollte.

»Das kommt mir aber ein bißchen arg schnell vor«, sagte Chris.

»Der Fall war sonnenklar. Er war schuldig, das konnte jeder sehen.«

»Und dennoch wurde er nicht gehängt, sondern wanderte ins Gefängnis?«

Die Damen tauschten untereinander Blicke aus.

»Am Abend beschlossen ein paar Männer, nicht so lange zu warten, bis er offiziell gehängt wurde – nicht, daß ich so etwas gut finde, aber die Art und Weise, wie sie ihn dann retteten, also nein . . .«

Chris wartete geduldig.

Eine der Frauen beugte sich zu Chris und wisperte: »Die – äh – äh . . .«

»Was Ellen Ihnen gerade zu sagen trachtet, ist, daß die Huren dieser Stadt sich zusammenrotteten und, mit Gewehren bewaffnet, diesen Mr. Tynan so lange beschützten, bis der Bundesmarshal hierherkommen konnte.«

»Sie forderten auch einen neuen Prozeß, und der Marshal sagte, es gäbe keine Beweise dafür, daß die Kugel, die den Mann tötete, aus Tynans Revolver stammte – es wurden an jenem Tag nämlich sehr viele Revolver abgefeuert –, und deshalb verurteilte der Marshal ihn zu einer Gefängnisstrafe statt zum Tod durch den Strang.«

Chris holte tief Luft. »Und wer ist diese rothaarige Frau?«

Die Damen erstarrten und zeigten so, daß Gutes und Tugend in ihnen steckten. »Das ist eine von *denen*. Dieser Tynan wohnt in ihrem Saloon, wenn er hier in der Stadt weilt.«

»Er kann aber wirklich sehr nett sein«, sagte ein hübsches junges Ding am hinteren Rand der Gruppe.

Eine Lady, die die Mutter des jungen Dings sein mußte, sah schockiert aus. Sie drehte sich zu Chris um.

»Manche Mädchen hier haben keinen Verstand. Er ist ein Tunichtgut, der herumreist, den Mädchen den Kopf verdreht und sie dann weinend sitzenläßt. Sie täten gut daran, sich von solchen Männern wie ihm fernzuhalten, Miss Dallas.«

Chris bewegte sich wieder zur Tür. »Ich kann Ihnen gar nicht genug dafür danken, daß Sie mir das alles erzählt haben, meine Damen, aber nun muß ich für eine Story recherchieren.« Sie sah die Ladys an und lächelte. »Ich habe doch schon immer mal wissen wollen, wie so ein Haus der Prostitution von innen aussieht – Sie etwa nicht?«

Einen Moment lang waren die Ladys zu betroffen, um auch nur einen Ton sagen zu können; doch sie betrachteten Chris als zu ihnen gehörig. Sie hatten jahrelang ihre Artikel gelesen und meinten sie deshalb genau zu kennen.

»Ja«, meinte eine Lady am äußeren Rande seufzend, und die anderen begannen zu lachen.

»Wünschen Sie mir Glück«, rief Chris noch über die Schulter, ehe sie den Laden verließ und sich auf den Weg machte zu dem Saloon der Rothaarigen. Hinter sich hörte sie ein Gemurmel, was für ein tapferes Ding sie doch sei.

Es befanden sich nur zwei Cowboys in dem Saloon, als sie dort eintrat, die an einem Tisch saßen und lustlos Karten spielten. Ein kräftiger, großer Barkeeper mit grüner Schürze fegte den Boden auf.

»Ich suche jemand – eine Frau mit roten Haaren«, sagte Chris. »Ist sie hier?«

»Für Ladys nicht«, sagte der Barkeeper.

»Joe«, kam eine Stimme vom Kopfende der Treppe her, und als Chris hochblickte, sah sie dort die Rothaarige stehen. »Diese kleine Lady dort ist Nola Dallas, die sich als Revuemädchen verkleidete – du erinnerst dich doch an die Geschichte, nicht wahr?«

Der Barkeeper und die beiden Cowboys blickten Chris nun mit ganz anderen Augen an. »Kommen Sie herauf«, rief die Rothaarige, und Chris stieg die Stufen zu ihr hinauf.

Die Frau führte sie in ein großes Zimmer, das sehr hübsch war, wenn auch ein bißchen zu laut in den Farben für Christianas Geschmack.

»Ich bin Red«, sagte die Rothaarige und machte eine Handbewegung zu einem Roßhaarsofa hin. »Wollen Sie was trinken? Tee habe ich allerdings nicht.«

»Red?« meinte Chris fragend.

»Meiner Haare wegen. Ich hab's aufgegeben, mich mit meinem bürgerlichen Namen vorzustellen, weil mich jeder doch nur Red nannte. Warum sich also deswegen streiten? Nun – was kann ich für Sie tun?«

Chris holte ein Notizbuch und einen Bleistift aus ihrer Handtasche und bemühte sich, eine professionelle Miene aufzusetzen. »Ich habe Grund zu der Annahme, daß Sie Mr. Tynan kennen. Wissen Sie, wo er sich im Augenblick befindet?«

Red lachte. »Wie ich Ty kenne, befindet er sich in diesem Augenblick mit drei von meinen besten Mädchen in einer Badewanne.«

Chris war so schockiert, daß sie Notizbuch und Bleistift fallen ließ und sich rasch bückte, um beides wieder aufzuheben und ihr bekümmertes Gesicht zu verstekken.

Red, die am anderen Ende des Sofas saß, sagte: »Oh, gütiger Himmel, so schlimm hat es Sie erwischt? Wie lange sind Sie denn mit ihm zusammen gewesen?«

»Nur ein paar Tage«, sagte Chris, ihren Rock glättend, und sah Red mit hochrotem Gesicht an.

»Und Sie haben sich in ihn verliebt«, stellte Red nüchtern fest.

»Mehr oder weniger«, murmelte Chris, hob den Kopf, wollte etwas sagen und stand statt dessen auf. »Dieser Mann macht mich noch wahnsinnig«, bekannte sie mit leidenschaftlicher Stimme. »Ich dachte, Sie wüßten vielleicht etwas über ihn. Er sprach von Ihnen, als ob er Sie gut zu kennen schien.«

»Ich schätze, ich kenne ihn so gut wie irgendeine. Ich habe geholfen, ihn großzuziehen. Hören Sie, Honey – jeden Tag verlieben sich irgendwelche Frauen in Ty. Er sieht so unverschämt gut aus, und mit seiner Stimme kann er jede Frau zu praktisch allem überreden. Aber ich kann Ihnen verraten, daß er meines Wissens noch nie etwas mit einem guten Mädchen wie Ihnen gehabt hat.«

»Genau das hat er mir auch gesagt. Oh, Miss Red«, fuhr Chris fort und setzte sich wieder auf das Sofa. »Ich bin in meinem Leben noch nie verliebt gewesen und weiß nicht einmal, ob ich es jetzt bin, aber dieser Mann hat etwas Faszinierendes an sich, und ich möchte so viel wie möglich über ihn erfahren.

Red sah sie eine Weile stumm an. »Jedenfalls hat er Besseres verdient, als ihm das Leben bisher vergönnen wollte. Er ist ein guter Junge, hat aber in seinem Leben noch nie eine Chance gehabt, nur an Gelegenheiten, sich zu verschlechtern, mangelte es ihm nie. Können Sie mir verraten, wenn ich Ihnen von Ty erzählen soll, wie es kommt, daß er nicht mehr im Gefängnis sitzt?«

»Mein Vater hat ihn aus dem Gefängnis herausgeholt. Haben Sie schon mal was von Delbert J. Mathison gehört?«

»So oft, wie man hier täglich Bier bestellt. Tynan hat sich doch hoffentlich nicht mit einem Mann wie Mathison angelegt, oder? Der würde ihn lebendig zum Frühstück verspeisen, wenn es darauf ankäme.«

»Delbert J. Mathison ist mein Vater«, sagte Chris und winkte mit beiden Händen ab, als Red sich für ihre Bemerkung entschuldigen wollte. »Ich kenne ihn besser als jeder andere. Aus irgendeinem Grund holte er Ty aus dem Gefängnis, damit er mich aus der Wohnung meines Gastgebers entführen und nach Hause bringen sollte. Als ich Ty fragte, wie denn mein Vater auf ihn gekommen sei, antwortete er, weil er einen Weg durch den Regenwald wußte. Doch ich fürchte, mein Vater muß noch andere Gründe für seine Wahl gehabt haben, nur kenne ich sie nicht.«

Chris senkte den Kopf. »So einem Mann wie Ty bin ich noch nie begegnet, und ich mag ihn sehr. Ich spüre, daß viel mehr in ihm steckt, als man auf den ersten Blick vermutet. Ich . . . ich fürchte, ich habe mich ihm an den Hals geworfen. Da sagte er mir, daß mein Vater ihn ins Gefängnis zurückschicken würde, falls er mich anrührte. Unnötig zu sagen, daß ich mich in den letzten Tagen der Reise von ihm ferngehalten habe.«

»Ich sagte Ihnen ja, daß Ty keine unschuldigen Mädchen anfaßt. Denn als er das einmal gemacht hat, wurde er ins Gefängnis geworfen und wäre heute bereits tot, wenn nicht einige von unseren Mädchen sich für ihn eingesetzt hätten.«

Mit erwartungsvoller Miene wartete Chris darauf, daß die Frau ihr davon ausführlicher erzählte. Red war älter, als Chris sie anfangs geschätzt hatte: Das lag wohl auch an ihrer Haut, die noch jugendlich straff und gepflegt aussah.

Red stand auf und besorgte sich noch einen Whisky mit viel Wasser. »Gewöhnlich rühre ich zu dieser Tageszeit keinen Tropfen Alkohol an, aber das Wiedersehen mit Ty und die Sorgen, die ich mir seinetwegen wieder machen muß, wecken in mir das Verlangen, mich zu betrinken und in diesem Zustand zu bleiben. Sie hatten recht, als Sie sagten, ich scheine ihn gut zu kennen. Ich bin eine von vier Frauen, die versuchten, ihm so gut es ging, die Mutter zu ersetzen.«

Sie nahm nun Chris gegenüber Platz. »Ich schätze, es wäre Ty nicht recht, daß ich Ihnen das alles erzähle. Aber Sie haben mir mit Ihren Artikeln viel Freude gemacht, und dafür möchte ich mich erkenntlich zeigen.

Vor ungefähr neunundzwanzig Jahren, als ich in diesem Gewerbe gerade anfing – und damals war ich eben erst den Kinderschuhen entwachsen –, brachte uns ein Minenarbeiter ein Neugeborenes in das Haus, wo ich arbeitete, und ließ es bei uns Mädchen zurück, damit wir uns um den Säugling kümmern sollten. Dieser Minenarbeiter war ein übler Bursche. Niemand mochte ihn leiden. Er hätte sogar einen Blinden um sein Geld betrogen, wenn man ihm Gelegenheit dazu gegeben hätte. Nun, er brachte uns dieses Baby ins Haus, und er hatte es nicht einmal gesäubert; denn es klebte noch der Geburtsschleim an ihm, und es war ganz schwach vor Hunger. Wir schauten uns eilends nach einer Frau um, die es stillen konnte, und kümmerten uns nach besten Kräften um das Baby, solange wir es bei uns hatten.«

»Und dieses Baby war Tynan? Wie ist der Minenarbeiter denn in seinen Besitz gekommen?«

»Das wollte er uns nicht sagen, bis wir ihm einige Runden Whisky spendierten. Dann erzählte er uns, er habe eine hochschwangere Frau im Wald getroffen, die dort herumgeirrt sei. Sie wäre vor ihm stehengeblieben – ich bin überzeugt, daß er ihr nicht seine Hilfe angeboten hat – und habe dann das Kind ganz allein auf die Welt gebracht. Sie habe nur dieses eine Wort – Tynan – geflüstert und sei dann gestorben. Da wir den Minenarbeiter kannten, betrachteten wir es als ein Wunder, daß er nicht weggegangen war und das Kind bei der Toten zurückgelassen hatte. Aber ich vermute, er wollte einen Profit für sich herausschlagen, als er das Kind in ein Tuch einwickelte und zu uns brachte.«

Red stand auf und sprach, mit dem Rücken zu Chris weiter: »Wir taten unser Bestes für den Kleinen; aber ein Hurenhaus ist nicht die richtige Erziehungsstätte für ein Kind. Alle Mädchen im Haus vergötterten ihn, und ich bin überzeugt, daß wir ihn nach Strich und Faden verwöhnten. Aber es gab Probleme, gegen die wir machtlos waren. Als Ty ungefähr zwei Jahre alt war, zogen wir ihm einen kleinen Anzug an und eskortierten ihn zur Sonntagsschule. Doch die Ladys von der Gemeinde scheuchten uns aus der Kirche. Sie wollten uns nicht glauben, daß Ty kein Zufallsprodukt unseres Berufes sei.«

Red schwieg einen Moment. »Er blieb bei mir, bis er sechs Jahre alt war. Ich habe niemals jemand mehr geliebt als diesen Jungen. Er war alles, was ich hatte.«

»Was passierte, als er sechs Jahre alt war?«

Red seufzte resigniert und drehte sich wieder zu Chris um. »Der Minenarbeiter, der ihn gefunden hatte, kam mit einem Anwalt ins Haus, sagte, daß Tynan dem Gesetz nach ihm gehöre, und nahm ihn mit. Zwei Städte weiter stellte er Ty auf einen Tisch und versteigerte ihn an den höchsten Bieter.«

Chris saß eine Weile still, um das Gehörte zu verdauen. Ein kleiner Junge wurde auf einen Tisch gestellt und versteigert, als wäre er ein Tier. Die Sklaverei war schon vor etlichen Jahren abgeschafft worden. »Wer – äh – kaufte ihn?«

»Ein Farmer, der zur Ostküste unterwegs war. Zwölf Jahre lang habe ich dann nichts mehr von Ty gehört oder ihn gar gesehen. Dann war er bereits dieser große, muskulöse, gutaussehende Bursche, der er jetzt ist. Aber auch sonst hatte er sich verändert. Ich brachte ihn dazu, mir einiges mitzuteilen, was er erlebt hatte, nachdem er sich von dem Farmer getrennt hatte.« Sie hielt einen Moment inne und lächelte. »Ich glaube nicht, daß der Farmer sonderlich erfreut war über die Trennung, denn Ty hatte eine Reihe von Narben an den Beinen; und als ich ihn fragte, wo er die herhabe, sagte er, diese seien ein Andenken an die Meinungsverschiedenheiten, ob er den Farmer verlassen sollte oder nicht. Ich vermute, der Mann hatte Ty vor seinen Pflug gespannt wie einen Akkergaul. Nachdem er mit zwölf Jahren dem Bauern ausgerissen war, blieb er ganz auf sich selbst gestellt. Er reiste umher, verdingte sich als Gelegenheitsarbeiter, geriet ein paarmal in schlechte Gesellschaft, lernte den Umgang mit einem Revolver – kurz, tat alles, was Jungen in so einem Alter eben machen. Dann schien er eine Weile auf ernsthafte Schwierigkeiten zuzusteuern; aber irgend etwas brachte ihn wieder von der schiefen Bahn herunter. Ich weiß nicht, was es war oder ob es etwas Besonderes gewesen ist. Einer seiner Freunde, ein Gesetzloser, kam an den Galgen, und das mag seine Wirkung auf Ty nicht verfehlt haben. Doch das ist nur so eine Vermutung von mir. Aber was es auch gewesen ist: von diesem Tag an wurde er ehrlich.«

Red schloß einen Moment lang die Augen. »Doch daß er redlich und ehrlich sein wollte, brachte ihn fast um. Er nahm all die Arbeiten an, die niemand haben wollte oder anderen zu gefährlich waren. Er ließ sich sogar in Städten nieder, die von Verbrechern beherrscht wurden, und säuberte sie von diesen Strolchen. Aber da er in jeder Stadt eine Strecke von toten Männern zurücklassen mußte, kamen die braven Stadtbewohner jedesmal zu ihm und forderten ihn auf, er möge sich doch bitte woanders nach einer Wohnung umsehen.«

»Aber das ist nicht fair«, sagte Chris.

»Honey, von den unfairen Sachen haben wir bisher noch gar nicht gesprochen. Wie ich schon sagte, hat Ty niemals was mit sauberen Mädchen angefangen; er war immer vernünftig genug, sich von ihnen fernzuhalten. Aber das hielt die Mädchen nicht davon ab, ihn zu umschwärmen wie die Motten das Licht. Sie mögen die Art, wie er sie ignoriert. Nun, eine von ihnen, ein wirklich hübsches kleines Ding, hat ihm besonders tüchtig zugesetzt, daß er fast zusammengebrochen wäre. Dann kam sie eines Tages in den Saloon, um ihn zu holen. Ich sah sie flennen, und er wiegte sie in seinen Armen. Auf Tränen ist er schon immer hereingefallen: Er konnte einfach keine Frau weinen sehen. Dann hörte ich, daß er sein Pferd gesattelt und Gewehre aus dem Schrank geholt habe. Das Mädchen hat ihm erzählt, ein mächtiger Viehzüchter aus der Umgebung würde ihren Vater angreifen, und ob Ty ihm helfen könne.«

Red nahm einen Schluck von ihrem Whisky. »Ich habe ihn beschworen, dazubleiben, weil es nicht seine Fehde sei; aber er wollte nicht auf mich hören. Es gab eine Schießerei, und als der Staub sich legte und der Pulverdampf verflog, lag der Sohn des mächtigen Viehzüchters tot am Boden, und sie schleppten Ty ins Gefängnis.«

»Und dann haben Sie ihn gerettet?«

»Sie haben wohl davon gehört, wie? Ja, wir haben ihn gerettet. Nicht er hat den Sohn des Viehzüchters erschossen, sondern das Mädchen hat es getan, und er wollte sich lieber für die Göre aufhängen lassen, als sie zu verpetzen. Anscheinend hatte sie sich heimlich von zu Hause fortgestohlen, um sich mit diesem Jungen zu treffen, und Ty nur dazu benützt, um den Jungen eifersüchtig zu machen. Obwohl Ty das wußte, war er nicht bereit, sie dem Sheriff zu verraten. Da kam ich auf den Gedanken, daß er vielleicht gar nichts dagegen hatte zu sterben. Zuweilen benimmt er sich, als glaube er, nicht viel wert zu sein.«

»Er sagte, er sei nicht gut genug für mich«, murmelte Chris. »Er sagte, ich verdiente etwas Besseres als ihn.«

»Glauben Sie das ja nicht, Honey. Es gibt *keinen*, der besser wäre als er.«

»Eben das habe ich auch gedacht«, sagte Chris mit einem Grinsen. »Glauben Sie, ich könnte ihn irgendwie dazu bringen, daß er mir gibt, was ich von ihm haben möchte?«

»Und was Sie haben möchten, ist Tynan?«

»Von ganzem Herzen und mit ganzer Seele.«

Red starrte Chris eine ganze Weile an. »Wissen Sie – vielleicht sind Sie genau das, was er bräuchte.« Sie hielt inne und bekam schmale Augen. »Vom Lesen Ihrer Artikel habe ich zwar das Gefühl, als würde ich Sie schon jahrelang kennen; aber ich warne Sie. Falls Sie sich einbilden, Ty wäre nur einer von Ihren Fällen, und Sie könnten sich nach ein paar Monaten wieder von ihm trennen, werde ich Ihnen . . .«

Chris brach in ein Lachen aus. »Heißt das die Dinge nicht auf den Kopf stellen? Ist es nicht in der Regel der Vater, der den jungen Mann warnt?«

Red gab lächelnd zurück: »Zur Mutter habe ich nie recht getaugt.«

»Mir scheint, daß Sie als Mutter eine großartige Leistung vollbracht haben. Mir zumindest gefällt Ihre Arbeit. Mein Problem ist nur, daß Ty mich nicht mag. Jedenfalls nicht so, wie ich ihn. Wie kann ich diese Drohung, daß er wieder ins Gefängnis müßte, und die Erinnerung, wie ein anderes sogenanntes ›gutes‹ Mädchen ihn behandelt hat, überwinden? Überdies glaube ich, daß er wirklich einen anderen Typ von Frauen lieber mag als mich.« Chris sah an ihrem nicht mit üppigen Reizen ausgestatteten Körper hinunter.

Red bekam keine Gelegenheit mehr zu antworten, weil eine Stimme vor der Tür rief:

»Red, bist du wach?«

Es stand außer Frage, zu wem diese Stimme gehörte.

»Einen Moment noch, Ty, Baby!« rief Red zurück. »Sie kommen mit mir«, sagte sie dann leise zu Chris, nahm diese beim Arm und öffnete die Schranktür. »Das ist ein Ort für Männer, denen es nur Spaß macht, wenn sie zuschauen können. Sie bleiben hier und hören zu. Ich werde herausfinden, wie sehr oder wie wenig Ty Sie mag. Haben Sie verstanden?«

Chris lag die Frage auf der Zunge, welche besondere Bewandtnis es denn mit diesem Schrank habe. Aber sie schluckte sie hinunter. »Ja«, flüsterte sie; dann schob Red oder drückte sie vielmehr in den Sessel hinein, der im Schrank stand, und schloß die Tür.

»Ich komme schon, Ty, Honey!« rief Red, durchquerte den Raum und öffnete die Zimmertür.

Kapitel 8

Tys Haare waren noch naß, und er knöpfte sich gerade das Hemd zu.

»Zieh es noch nicht an«, befahl Red, während sie ihm die Tür aufhielt. »Ich möchte mir erst deinen Rücken ansehen.«

»Dem fehlt nichts mehr«, sagte Tynan, zog aber gehorsam wieder sein Hemd aus.

Red strich mit beiden Händen über seinen Rücken und drehte ihn ins Licht – und dem Schrank zu –, damit sie ihn besser betrachten konnte. »Ihm mag zwar nichts mehr fehlen, aber es wird noch Wochen dauern, bis er ganz verheilt ist. Und du bestehst nur aus Haut und Knochen. Wir müssen dich aufpäppeln.«

Er streifte sich das Hemd wieder über.

»Du redest wie Chris.«

»Ist das die kleine Blonde, die mit dir in die Stadt geritten ist? Das Mädchen, von der alle behaupten, sie sei Nola Dallas?«

Ty goß sich einen Whisky ein und nahm auf dem Sofa Platz. »Himmel, tut das gut. Was man im Gefängnis am meisten vermißt, ist die Freiheit; aber auch die kleinen Freuden des Lebens wie gutes Essen und Trinken, ein sauberes Bett und« – er grinste – »Frauen. Du solltest dieser Leora mehr bezahlen. Was du ihr auch gibst, es ist nicht genug.«

»Du hast meine Frage noch nicht beantwortet. Ist diese kleine Blonde, mit der du hierherkamst, Nola Dallas?«

»Ja«, gab er zurück und schaute dabei in sein Glas. »Erzähl mir mal, was in den letzten zwei Jahren so alles passiert ist. War das Geschäft gut? Du scheinst viel mehr Mädchen zu haben als früher.«

»Ich habe den Eindruck, daß einige von den Mädchen, mit denen du gebadet hast, nicht mir gehören«, sagte Red grollend. »Tynan, hör auf, mir ständig ausweichende Antworten zu geben. Warum bist du wieder hierhergekommen? Hat man dich nun endgültig aus dem Gefängnis entlassen? Oder ist es nur vorläufig?«

Er lächelte sie an. »Es ist endgültig, mehr oder weniger.«

»Was soll das heißen – ›mehr oder weniger‹?«

»Eine hübsche kleine Blondine könnte mich zurück in den Bau schicken, heißt das.«

»Oh?« tat Red überrascht und zog die Brauen in die Höhe.

»Nun tu bitte nicht so, als wärst du das einzige ahnungslose Wesen in der Stadt. Sogar die Mädchen haben mir in der Badewanne kichernd von der berühmten Nola Dallas erzählt, die im Hotel wohnt. Ist sie denn wirklich so berühmt? Ich meine, ich weiß zwar, was sie getan hat, denn ihr Vater hat mir einen Stoß von Zeitungsartikeln zu lesen gegeben, die sie geschrieben hat oder in denen über sie geschrieben wurde. Aber ich dachte, hier draußen . . .«

»Liebling, sie ist das, von dem jede Frau träumt: aufrichtig, tapfer, eine Kämpferin, die sich in einem Männerberuf durchgesetzt hat.«

»Mehr, als ich erreicht habe«, murmelte Tynan.

»War es wirklich so schlimm im Gefängnis?« fragte Red, sich ihm gegenübersetzend.

»Ich glaube, der alte Dickerson hatte sogar dort noch Freunde. Ich schätze, daß er sich ausgerechnet hat: Wenn ich es nicht mit einem Seil schaffe, dann mit Ketten und einer Peitsche.«

Red streckte den Arm aus und streichelte Tys Wange, und er küßte ihren Handteller. »Aber jetzt bist du frei«, sagte sie.

»Solange ich diese hübsche kleine Tochter von Del Mathison in Ruhe lasse. Und ich habe schon leichtere Auflagen gehabt.«

»Du magst sie, wie?«

»Ich möchte meinen, ja. Jeder Mann würde eine Frau mögen, die sich ihm so in den Weg stellt wie sie. Die ersten paar Male, die wir uns begegneten, hatte sie nicht einen Faden auf dem Leib.«

Red lehnte sich wieder ins Sofa zurück. »Wirklich? Ich kann mir nicht vorstellen, daß eine Frau, die so berühmt ist wie Nola Dallas, es nötig hätte, einem Mann nachzulaufen.«

»Mag sein. Aber dann machte sie bei mir eine Ausnahme. Sie sagte, sie wollte den Rest ihres Lebens mit mir verbringen.«

»Wäre das denn so übel? Ein Heim und Kinder?«

Tynan stand auf und füllte sein Glas nach. »Fängst du schon wieder damit an? Also, selbst wenn ich heiraten würde, dann nie diese Frau. Ihr Vater hat meine Entlassungspapiere. Ich bringe sie zu ihm zurück und bekomme eine volle Begnadigung. Ich fasse sie an und wandere zurück ins Gefängnis. Und dann spielt auch das Geld noch eine Rolle.«

»Das du bekommst, wenn du sie zurückbringst?«

Ty blickte Red an. »Hast du diesen Stadtfrack gesehen, der hinter mir ritt? Es ist ein anständiger, unbescholtener Bürger, der mit Eltern und silbernen Löffeln auf die Welt gekommen ist, und Mathison wünscht seine Tochter mit ihm zu verheiraten. Ich bekomme zehntausend Dollar dafür, daß ich ihm eine in Mr. Asher Prescott verliebte Tochter zurückbringe. Und da muß sie hingehen und sich in mich vergaffen!«

»Wie unangenehm für dich.«

Tynan grinste sie an. »Es war nicht meine Schuld. Ich sagte doch schon, daß sie mich auf Schritt und Tritt verfolgt hat. Ich versuchte, mich von ihr fernzuhalten; aber da war sie schon wieder – in der Regel unbekleidet. Ich bin auch nur ein Mensch, weißt du?«

»Mehr Mensch als der Rest von uns. Ist dir nie der Gedanke gekommen, daß sie dich vielleicht *mögen* könnte?«

»Ein Mädchen wie sie? Die wollte doch nur ein Abenteuer, ehe sie zu ihrem reichen Daddy zurückkehrt. Ich verbringe eine Nacht im Heu mit ihr und sitze dann den Rest meines Lebens im Gefängnis, wo ich bereuen darf. Nein, danke. Erlöse mich von den guten Mädchen. Ich denke, ich bleibe lieber bei Leora und ihresgleichen.«

»Oh, Ty«, sagte Red, stand auf und legte die Arme um seinen Rücken. »Was wirst du nur mit deinem Leben anfangen?«

»Es *nicht* mehr in einem Gefängnis verbringen. Ich dachte daran, mir die zehntausend Dollar zu verdienen und mir damit ein Stück Land zu kaufen.«

»Das Geld, das du bekommst, wenn du Miss Mathison mit diesem Mann verkuppelst? Bist du sicher, daß dir das gelingen wird?«

Ty ging zum Fenster und blickte hinunter auf die Straße. »Ich gebe zu, es ist nicht einfach – nicht mit dem, was Mathison mir als Arbeitsmaterial gegeben hat. Dieser Mann hat kein – keine Kraft, würdest du wohl dazu sagen. Er weiß nicht einmal, wie man ein Mädchen für sich einnimmt.«

»Im Gegensatz zu dir, wie?«

Er sah auf sie zurück. »Bist du etwa aus irgendeinem Grund wütend auf mich? Du machst so einen schrecklich gereizten Eindruck.«

Red setzte sich wieder. »Ty, Liebling, ich werde alt, und du bist der einzige Mensch, der einem Sohn, den ich nie haben konnte, sehr nahe kommt. Ich würde dich gern verheiratet sehen und seßhaft mit einem halben Dutzend Kinder. Ich würde mich gern mit dem Gedanken anfreunden, daß du in deinem Haus ein leeres Zimmer hast, in dem ich wohnen könnte, wenn ich mich zur Ruhe setzen möchte.«

Ty nahm sie in die Arme und küßte sie auf die Stirn. »Wo ich auch sein mag, wird es immer ein Zimmer für dich geben; aber ich kann mich nicht mit einer Frau und Kindern sehen.«

Sie schob sich von ihm weg. »Das kommt daher, weil du noch nie geliebt hast.«

»So? Vor einer Stunde war ich so sehr in Leora verliebt, daß ich . . .«

»Still! Du weißt genau, was ich meine. Hast du vielleicht jemals ein Mädchen gefragt, ob sie mit dir zu einem Kirchweihfest gehen möchte? Oder hast du schon einmal ein Mädchen zu einer Ausfahrt mit der Kutsche und zu einem Picknick eingeladen?«

»Hört sich recht langweilig an, wenn du mich fragst.«

»*Ist* es aber *nicht*!« rief sie, ihn anfunkelnd.

Er blickte wieder zum Fenster hinaus. »Also – eines Tages haben Chris und Prescott miteinander gesungen, und mir deuchte, das wäre gar kein so übler Zeitvertreib.«

»Du hast eine wunderbare Singstimme. Warum hast du dich den beiden nicht angeschlossen?«

Ty zuckte mit den Achseln. »Ich weiß nicht. Ich passe einfach nicht zu solchen Leuten wie ihnen. Ne! Hast du Schweinekoteletts im Haus? Ich würde heute abend zu gern Schweinekoteletts essen – vier oder fünf . . .«

»Wir haben Schweinefleisch auf Lager. Ty, wirst du versuchen, Chris mit diesem Mann zu verkuppeln?«

Er brauchte eine Weile für eine Antwort, drehte sich wieder um und schaute in sein Glas. »Das ist mein Job.«

»Aber du tust es nicht gern?«

»Sie verdient einen viel besseren Mann als ihn. Sie hat Mumm. Ihr gefiel der Regenwald. Sie war nicht zu Tode erschrocken, weil wir uns dort aufhielten. Sie ging in ihm spazieren, während er nur immer neben dem Feuer hockte. Und sie hat sich auch vor keiner Arbeit gescheut. Während er mich behandelte, als wäre ich dafür angestellt worden, ihn zu bedienen, half mir Chris immer beim Entladen der Maultiere.« Er lächelte. »Nur nicht am ersten Abend.«

Er stellte sein Whiskyglas auf den Tisch zurück. »Oh, zum Henker, sie ist nicht für mich.«

Red legte ihm die Hände auf die Arme. »Warum ist sie nicht für dich? Ist sie nicht Mathisons einziges Kind? Ich wette, wenn sie es sich in den Kopf gesetzt hat, daß sie dich zum Mann haben möchte, wird er dich gewiß nicht ins Gefängnis zurückschicken.«

»Aber es ist *mein* Hals, wenn du dich irrst, nicht wahr? Außerdem will sie mich ja gar nicht. Es war nur so, daß sie dachte, ich sei der Anführer, und der Wald kann einem das Gefühl geben, als gäbe es niemanden mehr außer dir auf der Welt. Es war die Zeit und der Ort, und nicht ich. Und die Tatsache, daß es keine Konkurrenz für mich gab.«

»Und jetzt, wo ihr wieder aus dem Wald heraus seid, wäre sie nicht mehr an dir interessiert, glaubst du?«

»Ich bin davon überzeugt.«

Red drehte sich einen Moment von ihm weg. »Weißt du was? Ich habe viel mehr Vertrauen zu der jungen Dame. Ich habe ihre Artikel gelesen, und darin macht sie mir nicht den Eindruck einer wankelmütigen Dame. Wenn sie zu dir gesagt hat, sie sei in dich verliebt, glaube ich, daß sie das auch ist.«

»Für wie lange?« fragte Ty und schüttelte sich. »Bewahre mich vor der treuen Liebe einer guten Frau!«

»Wie wäre es denn, wenn du sie auf die Probe stellen würdest?«

»Was für eine Probe?«

»Rory Sayers.«

Tynan schwieg eine Weile still. »Ist *der* hier in der Stadt?«

»Im Hotel. Willst du ihm deine Chris nicht mal vorstellen?«

»Sie ist nicht *meine* Chris.«

Red lächelte ihn an.

»Weißt du, worin dein Problem besteht, Tynan? Du hast nie dafür arbeiten müssen, eine Frau zu bekommen. Wußtest du eigentlich, daß man mit einer Frau noch andere Dinge machen kann, als mit ihr ins Bett zu gehen? Du hast vermutlich noch keine fünf Minuten mit einer Frau geredet, die keine Hure war. Ich möchte wetten, daß du nicht einmal weißt, was du außerhalb eines Schlafzimmers mit einem Mädchen anfangen sollst.«

»Ich habe mit Chris im Regenwald fast einen Nachmittag lang geredet.« Er sah sie mit schmalen Augen an. »Red, was hast du mit mir vor?«

»Ich möchte, daß du etwas tust, was dir nicht leichtfällt. Ich habe den Eindruck, daß du so halb und halb in diese Chris verliebt bist. Warum führst du sie nicht ein paarmal aus, redest mit ihr, lernst sie besser kennen? Das ist eine gute Vorübung für die Zeit, wo du dich ernsthaft nach einer Frau umschauen willst.«

»Und was ist, wenn sie fortfährt, mir zu beteuern, daß sie mich liebt? Ich gehe nicht ihretwegen ins Gefängnis zurück. Nicht wegen ihr oder irgendeiner anderen Frau. Ich möchte mich nicht selbst um die zehn Riesen betrügen.«

»Also, auf diese Weise kannst du doch selbst ein paar Gelegenheiten für die beiden anstiften, daß sie sich näherkommen. Lade Chris und Prescott zu einer Ausfahrt in der Kutsche ein. *Hilf* ihm, um sie zu werben. Du wirst von ihm lernen, und er von dir.«

»Und was wird dann aus Sayers? Was für eine Rolle soll er dabei spielen?«

»Glaubst du nicht, daß Rory der ideale Partner für

deine Chris wäre? Er ist reich, etabliert, und ihm gehören all die wunderbaren Wälder rings um die Stadt. Und ganz gewiß fehlt es ihm nicht an Kraft. Vielleicht könnte er Chris dazu bewegen, daß sie ihn heiratet. Ich bin sicher, daß Mathison mit ihrer Wahl einverstanden wäre, und du würdest deine zehntausend Dollar bekommen.«

Ty sagte nichts, nahm aber sein leeres Glas vom Tisch und füllte es mit Whisky auf. »Ich kann mir Chris und Sayers nicht als Ehepaar vorstellen.«

»Oh, ich schon. Rory besitzt so viel Persönlichkeit, und alle Frauen himmeln ihn an. Du könntest Chris und Rory und diesen hübschen jungen Mann, den Mathison für seine Tochter ausgesucht hat, einen Nachmittag lang aufs Land mitnehmen, dich zurücklehnen und von deinen zehntausend Dollar träumen. So leicht hat noch keiner auf der Welt sein Geld verdient.«

»Chris mag Sayers vielleicht gar nicht. Sie hat Geschmack. Sie ist eine echte Lady. Ihre Unterwäsche ist mit ihren Initialen bestickt, aber das sind nicht so knallige Sachen, wie Susie sie zu tragen pflegte; sondern winzige weiße Initialen auf weißem Stoff. Und Chris stellt eine Menge Fragen. Sie will genau wissen, mit wem sie es zu tun hat. Wenn Sayers ihr nur schön tun möchte, durchschaut sie das Spiel.«

»Aber du bist ja auch noch da, um etwaige Wogen zu glätten und Rory über die Klippen zu helfen, nicht wahr?«

»So leicht kannst du Chris nicht täuschen. Weißt du, daß sie von ganz allein darauf gekommen ist, daß ich Schmerzen litt? Und daß ich die Füße voller Blasen hatte von diesem verdammten neuen Schuhzeug? Und sie zählte zwei und zwei zusammen und sagte mir auf den Kopf zu, daß ich im Gefängnis gesessen hätte.«

»Gar nicht so wie die anderen Frauen, die du bisher gekannt hast, wie?« sagte Red behutsam.

Abrupt stellte Ty sein halbleeres Whiskyglas auf den Tisch. »Also – ich habe noch eine Menge zu erledigen. Wir sehen uns dann später beim Abendessen.«

»Ja, Honey, erledige du deine Sachen. Laß uns im Hotel speisen, und lade du deine Freunde dazu ein. Vielleicht kann ich ihr dabei helfen, zu deinem Geld zu kommen. Ich werde deiner Chris zeigen, was für einen bezaubernden Gentleman man als Gatten für sie ausgesucht hat. Und vielleicht können wir auch Rory dazu einladen. Er ist so ein belebendes Element bei allen gesellschaftlichen Ereignissen.«

»Nun ja, vielleicht. Chris wird ihn trotzdem nicht mögen. Er besteht nur aus heißer Luft.« Ty legte die Hand auf die Türklinke. »Und sie ist nicht *meine* Chris.«

»Das ist sie, bis du sie an einen anderen verkaufst.«

»Warum habe ich das Gefühl, als würde ein Güterzug mit fünfundzwanzig Waggons über mich hinwegbrausen?«

»Um sechs Uhr im Hotel«, rief sie ihm nach.

Als Chris sich für das Abendessen umzog, betrachtete sie ihre Unterwäsche und die Initialen, die überall eingestickt waren, und fragte sich, wo in aller Welt Ty Gelegenheit gehabt hatte, ihre Unterwäsche zu besichtigen. Da er bereits gesehen hatte, was daruntersteckte, spielte es eigentlich keine Rolle mehr, wenn er auch noch ihre Dessous kannte, überlegte sie.

Während sie dann das herrliche blaue Samtkleid mit der engen Taille und dem ihre Schenkel knapp umschließenden Rock begutachtete, das ihr Red geliehen hatte, ging ihr wieder das Gespräch durch den Kopf, das sie am Mittag belauscht hatte. Tynan schien ein merkwürdiger Widerspruch aus Selbstvertrauen und

Unsicherheit zu sein, dachte sie, ehe sie das Hotelzimmer verließ.

Am Fuß der Hoteltreppe erwarteten sie Asher und ein anderer Mann, der sofort vortrat und sich als Rory Sayers vorstellte – und Chris hatte das Gefühl, als wüßte sie in diesem Moment schon alles über ihn. Er war der Typ von Mann, den ihr Vater ihr in den ersten achtzehn Jahren ihres Lebens immer wieder vorgeführt hatte. Er war auf eine scharfe Art hübsch: scharfe Nase, scharfe Kinnlinie und die Augen von einem scharfen Blau. Und er hatte mehr Selbstvertrauen als sechs andere Männer zusammen – ein Selbstvertrauen, das, wie Chris wußte, davon herrührte, daß er von Geburt aus reich mit Geld gesegnet war.

Da saß eine Kälte hinter ihrem Lächeln, mit dem sie seinen Arm nahm und ihm gestattete, sie in den Speisesaal zu führen.

Das Dinner war eine Katastrophe. Rory beherrschte das Essen und Tischgespräch, erwähnte jedes Ereignis der letzten zwei Jahre – jener Jahre, die Ty im Gefängnis hatte verbringen müssen. Und Tynan sah aus wie ein schmollender kleiner Junge, den man damit bestrafte, daß er mit den Erwachsenen essen mußte.

Einen kurzen Augenblick lang schloß Chris die Augen und betete, daß Gott ihr Stärke geben möge.

»Davon können Sie natürlich nichts wissen, nicht wahr, alter Junge?« sagte Rory zu Tynan, der mit gesenktem Kopf vor seinem Teller voller Schweinekoteletts saß. »Sie waren ja in den letzten zwei Jahren zu sehr beschäftigt, um auch noch Zeitung lesen zu können.«

Ehe Tynan darauf antworten konnte, sagte Chris: »Ich fürchte, ich bin nicht ganz Ihrer Meinung. Mr. Sayers. Mr. Tynan hat nämlich *alle* meine Artikel gelesen.

Vielleicht war er nur etwas wählerisch, was seinen Lesestoff betraf.«

»Doch nicht *Mr.* Tynan«, sagte Rory mit einem Lächeln. »Ich glaube nicht, daß er überhaupt einen Nachnamen hat.«

Das war ihr zuviel. Chris konnte die Selbstgefälligkeit und die boshaften Seitenhiebe dieses Mannes nicht mehr ertragen. Sie stand vom Tisch auf. »Ich fürchte, Sie werden mich entschuldigen müssen, weil ich rasende Kopfschmerzen habe. Mr. Tynan, würden Sie mich bitte an die frische Luft begleiten? Ich glaube, ein Spaziergang im Freien könnte mir helfen, wieder einen klaren Kopf zu bekommen.«

Rory Sayers stand ebenfalls auf und faßte besitzergreifend nach Christianas Arm. »*Ich* werde Sie nach draußen begleiten, Miss Mathison.«

Mit all dem Hochmut, den sie aufzubringen vermochte, entriß sie ihm ihren Arm und sagte: »Sir, Sie haben sich mir erst vor einer halben Stunde vorgestellt. Ich vertraue meine Sicherheit niemals Männern an, die ich nicht kenne. Mr. Tynan, wären Sie so liebenswürdig, mich zu begleiten?«

Rory schien entsetzt. »Ich fürchte«, sagte er und ließ dabei durchblicken, mit welcher Toleranz er ihre Unwissenheit behandelte, »daß Sie diesen Mann nicht kennen. Er ist . . .«

Chris war nicht umsonst jahrelang allein durch die Vereinigten Staaten gereist. Sie hatte genügend Erfahrung gesammelt, wie man mit jeder Sorte von Männern umgehen mußte. »Ich habe in der letzten Zeit viele Stunden allein mit diesem Mann verbracht und weiß alles über ihn, was ich wissen muß. Was mir dabei besonders aufgefallen ist, ist die Tatsache, daß er die Manieren eines Gentleman besitzt.«

Sie wandte sich ab und sah nun Tynan mit einem gewaltigen Grinsen neben sich stehen, der ihr seinen Arm anbot. »Die Lady hat Geschmack«, sagte er zu Rory. »Lehnen Sie sich zurück, und essen Sie in Ruhe zu Ende. Ich werde schon gut auf sie aufpassen.«

Damit führte er Chris aus dem Hotel und hinaus auf die vom Mond erleuchtete Straße.

»Warum haben Sie das getan?«

»Weil ich diesen Typ von Mann nicht ausstehen kann«, sagte sie mit Nachdruck.

»Typ? Aber ich dachte, alle Frauen mögen diese Art von Mann. Jedenfalls haben fast alle, die ich bisher gekannt habe, ihn gemocht.«

»Aber bisher haben Sie auch noch keine Frau gekannt, die mit achtzehn von zu Hause durchbrannte, um Zeitungsreporterin zu werden, nicht wahr?«

»Nein«, antwortete er mit einem Grinsen. »Das stimmt. Haben Sie wirklich Kopfschmerzen? Möchten Sie, daß ich Sie wieder ins Hotel zurückbringe?«

Sie blieb stehen und sah ihn an. »Wenn ich verspreche, nicht frech zu werden, würden Sie dann mit mir spazierengehen?«

»Frech?«

»Nun – indem ich Sie auf Schritt und Tritt verfolge, zu viele Frage stelle und Ihnen in jeder Hinsicht zu dicht auf den Pelz rücke.«

Er sah sie betroffen an, packte dann ihren Arm und zog sie in eine dunkle Gasse hinein. Ehe Chris ein Wort sagen konnte, hatte er sie in seine Arme genommen und ihren Kopf auf seine Brust gelegt. »Chris, du wirst das nicht verstehen; aber ich muß mich bei dir für das bedanken, was du eben im Hotel getan hast. Wenn vier Männer in den Speisesaal stürzten und mit dem Revolver auf meinen Kopf zielten, wüßte ich, wie ich mit ihnen umzugehen habe; aber setze mich einem verwöhnten reichen Jungen gegenüber, und ich bin verloren. Du hast mir das Gefühl gegeben . . .«

»Als wärst du ein Gewinner?« beendete sie seinen Satz und versuchte, zu ihm hochzusehen; aber er hielt ihren Kopf an seiner Brust fest. »*Déjà-vu*«, flüsterte sie.

»Was?«

»Ich habe das Gefühl, als hätte ich das alles schon einmal erlebt. Erinnerst du dich an unser erstes Zusammentreffen?«

»Wie könnte ein Mann so etwas jemals vergessen, Chris? Aber du mußt jetzt wieder ins Hotel zurück. Ich kann doch nicht im Dunkeln mit dir spazierengehen.«

Chris wollte für immer bei ihm bleiben, und wenn er sie gefragt hätte, ob sie mitkäme, wäre sie zu ihm aufs Pferd gestiegen und fortgeritten – um im Regenwald zu hausen, wenn er es wünschte. Aber sie wußte, daß sie ihm gehorchen mußte. Er war sich über seine Gefühle für sie nicht im klaren, und sie war nicht bereit, sich ihm noch einmal aufzudrängen.

»Also gut«, sagte sie mit großem Widerwillen in der Stimme, »gehen wir ins Hotel zurück.«

Er trat langsam von ihr weg, sah sie nicht dabei an und gab ihr Gelegenheit, zuerst aus der Gasse herauszutreten. Als Chris einen Schritt um die Hausecke herum machte, sah sie Rory mit Asher auf sich zukommen, und die beiden machten Gesichter wie eine freiwillige Bürgermiliz, die die Stadt von irgendwelchem menschlichem Ungeziefer befreien mußte. Sie drehte sich zu Tynan um. »Küsse mich«, flüsterte sie beschwörend.

Ty sah sie den Bruchteil einer Sekunde verwundert an; verlor dann aber keine Zeit mehr, ihr zu gehorchen. Er nahm sie in seine Arme und küßte sie mit einer Leidenschaft, von deren Existenz Chris bisher nicht das geringste geahnt hatte. Sie vergaß den Grund, der sie zu ihrer Bitte veranlaßt hatte, erwiderte seinen Kuß mit der gleichen Leidenschaft, schlang ihre Arme um seinen Hals und versuchte ihn noch enger an sich zu ziehen – was gar nicht mehr möglich war, da er seinen Schenkel zwischen die ihren geschoben hatte.

»Sofort loslassen«, erklang Rorys Stimme, während er Tynan von Chris fortzerrte.

Einen Moment lang war Chris zu benommen, um die Augen zu öffnen, geschweige denn, um zu sprechen.

»Dafür sollte ich Sie zur Rechenschaft ziehen«, sagte Rory.

Chris lehnte an einer Hauswand und befand sich in einem solchen Zustand der Euphorie, daß sie sich auch nicht von der Stelle hätte rühren können, wenn ihr jemand gesagt hätte, jeden Moment würde unter ihren Füßen eine Bombe explodieren.

»Ich stehe Ihnen jederzeit zur Verfügung, Sayers«, hörte sie Tynan mit tiefer, drohender Stimme sagen.

Widerstrebend begann Chris in die nüchterne Gegenwart zurückzukehren, weil sie spürte, daß sich hier ein Streit anbahnte, den sie schlichten mußte. Aber als sie sich von der Hauswand wegbewegte, weiteten sich ihre Augen für einen Moment. Alle Knöpfe auf ihrem Rükken standen offen.

Sie stellte sich so gerade hin, wie es ihr möglich war, ohne daß ihr das Oberteil von den Schultern rutschte, und richtete nun das Wort an Rory Sayers und dessen Sekundanten Mr. Prescott.

»Mr. Sayers«, sagte sie zornig. »Ich kenne Sie nicht, und nach diesem Abend habe ich auch nicht den Wunsch, Sie kennenzulernen. Sie haben kein Recht, sich in mein Leben einzumischen, und ich darf hoffen, daß Sie das nicht ein zweites Mal tun.«

»Chris«, sagte Tynan, »halte dich da raus. Ich habe schon lange gewußt, daß es eines Tages so weit kommen würde.«

»Ich mich raushalten? Das werde ich bestimmt *nicht*«, sagte sie mit so viel Gefühl, daß ihr das Oberteil nun doch nach vorne fiel, aber sie fing es noch rechtzeitig auf und hoffte, die Männer hätten es nicht gemerkt. Wenn sie aus dieser Sache heil herauskommen sollte, würde sie Tynan gründlich die Meinung sagen. Von allen Dreistigkeiten, die sie sich bisher von Männern hatte gefallen lassen müssen, war diese eine der schlimmsten. Sie war fast versucht, ihn Mr. Sayers zu überlassen.

»Miss Mathison, ich mußte Anstoß nehmen. Ich bin Ihrem Vater mehrere Male begegnet und kann nicht glauben, daß es ihm recht wäre, wenn seine Tochter von einem Mann dieser Sorte in einer dunklen Gasse begrapscht wird.«

Tynan machte einen Schritt auf Sayers zu, und Chris stellte sich rasch zwischen die beiden Männer. »Mein Vater hat diesen Mann zu meinem Schutz bestellt, und er tut nur das, was ihm aufgetragen wurde. Sie, Mr. Sayers, sind hier die unerwünschte Person. Mr. Tynan hat mich nämlich soeben gefragt, ob ich ihn heiraten möchte, und ich habe ihm nur zu gern mein Jawort gegeben. Nun möchte ich doch glauben, daß ein Mann ein Recht dazu hat, seine Zukünftige zu küssen, ohne dabei von den lokalen Rowdies belästigt zu werden.«

Rory Sayers wich bei ihren Worten einen Schritt zurück. »Rowdy? Verzeihen Sie, Miss, ich hatte geglaubt, Sie seien eine Lady mit höheren Idealen, die es Ihnen verbieten, sich mit so einem ... einem Verbrecher einzulassen. Ich kann es mir nur dadurch erklären, daß Sie nichts über ihn wissen.«

»Ich weiß, daß man ihn zwei Jahre lang ohne einen Beweis seiner Schuld im Gefängnis hat schmoren lassen.« Ihr Kleid festhaltend, den Rücken Tynan zugekehrt, trat sie noch dichter an Rory heran. »Ich weiß, daß er nie erfahren hat, wer seine Eltern sind und nie die Vorteile genießen durfte, die Ihnen Ihr Geld verschafft. Und obwohl ihm nicht einmal vergönnt war, regelmäßig die Schule zu besuchen, redet er wie ein Gentleman, liest in seiner freien Zeit Voltaire und setzt ständig sein Leben aufs Spiel, um anderen Menschen zu helfen. Können Sie dasselbe von sich behaupten, Mr. Sayers?«

Rory drückte seinen Rücken gerade. »Sie sind nicht die Lady, für die ich Sie gehalten habe«, sagte er, und nachdem er Tynan noch einen Blick zugeworfen hatte, machte er kehrt und ging, gefolgt von Asher, die Straße hinunter.

»Er kann nicht solche Sachen zu dir sagen«, sagte Tynan und wollte den beiden Männern nachgehen.

Chris baute sich vor ihm auf. »*Untersteh* dich«, sagte sie durch die zusammengepreßten Zähne, »diesen beiden Männern nachzugehen!« Sie trieb ihn in die dunkle Gasse zurück. »Und komm mir jetzt nur nicht auf die Idee, daß du meine ›Ehre‹ wiederherstellen müßtest. Was weißt du schon von der Ehre einer Lady?!«

»Chris, ich . . .«

»Schau dir das an!« fauchte sie, drehte sich um und zeigte ihm die offenen Knöpfe auf ihrem Rücken. »Was fällt dir ein, mich mitten auf der Straße auszuziehen?«

»Oh«, sagte er mit einem schwachen Grinsen, »das war wohl nur die Macht der Gewohnheit. Ich habe mir wirklich nichts dabei gedacht.«

»Macht der Gewohnheit!« schnaubte sie. »Nichts dabei gedacht! Ziehst du immer die Mädchen aus, wenn du sie küßt?«

»Also«, meinte er bedächtig, noch immer vor ihr zurückweichend, »die meisten Mädchen, die ich küsse, *wollen*, daß ich ihnen das Kleid ausziehe. Und ich hatte nicht den Eindruck, daß es dir mißfallen hätte.«

»Hat man schon mal so einen eingebildeten, eitlen, anmaßenden . . . ich hätte Mr. Sayers erlauben sollen, dich zu erschießen. Du hättest es verdient!« Sie begann, ihr Kleid auf dem Rücken wieder zuzumachen und mühte sich mit den vielen winzigen Knöpfen ab.

»Er kann überhaupt nicht schießen. Er hat nur eine große Klappe. Komm, laß mich das machen. Ich kann sie genauso rasch zuknöpfen, wie ich sie aufmachen kann.«

»Offenbar hattest du reichlich Gelegenheit, dich darin zu üben«, sagte sie, als er sie umdrehte und sich anschickte, ihr Kleid zuzuknöpfen.

»Manchmal muß man verdammt rasch in seine Kleider kommen. Du kannst dich wieder umdrehen. Die Knöpfe sind zu. Ich hole dich morgen früh im Hotel ab.«

»Kommt überhaupt nicht in Frage. Das ist jetzt weit genug gegangen, Mr. Tynan. Sie wollen nicht ins Gefängnis zurückwandern, und ich möchte gern nach Hause zu meinem Vater. Ich denke, wir sollten uns morgen früh wieder auf die Reise nach Süden machen.«

»Wir können doch noch einen Tag länger bleiben! Ich lasse nicht zu, daß Sie mich vor der ganzen Stadt zum Narren machen. Und schon gar nicht vor Sayers. Sie sagten vorhin, wir beide seien verlobt, und ich möchte wenigstens einen Tag lang so tun, als wären wir das wirklich. Ich möchte den Leuten hier zeigen, daß ich auch ein . . .«

». . . ein ›gutes‹ Mädchen wie mich bekommen können?« sagte sie leise und legte ihm die Hände auf die Brust. »Vielleicht habe ich falsche Erwartungen in Ihnen geweckt. Vielleicht war es der Regenwald, das Gefühl der Isolation, das mich meinen Sinn für die Realität verlieren ließ. Aber nun, da wir in die Zivilisation zurückgekehrt sind, sollten wir lieber auf Distanz bleiben. Schließlich müßten Sie ja ins Gefängnis zurück, wenn Sie mich anfaßten.«

Er faßte sie am Oberarm und brachte sein Gesicht dicht an ihres heran. »In diesem Augenblick befindet sich Sayers in einem Saloon und erzählt der halben Stadt, daß Nola Dallas diesem Mörder ein Eheversprechen gegeben hat. Und Sie sind diejenige gewesen, die ihm das Stichwort dazu geliefert hat.«

Sie lächelte ihn auf eine Weise an, daß er einen Schritt zurückwich. »Hm – morgen ist Sonntag. Wie wäre es, wenn wir morgen früh zur Kirche gingen und anschließend dann zu dem Picknick, das die Gemeinde veranstaltet? Und uns benehmen wie Verlobte? Natürlich nur einen Tag lang. Und am Montag treten wir dann, natürlich nicht mehr als Verlobte, die Heimreise an. Wäre Ihnen das recht?«

»Kirche?« fragte er, und selbst im Dunkeln konnte Chris erkennen, wie er ganz blaß wurde im Gesicht.

»Kirche«, wiederholte sie mit fester Stimme und schob ihren Arm unter den seinen. »Wir sollten nun lieber die Gasse räumen, oder mein Ruf ist ruiniert – verlobt oder nicht verlobt. Ich sehe Sie dann morgen in aller Frühe.« Sie hatten das Hotel fast wieder erreicht. »Nun machen Sie kein so betrübtes Gesicht, Mr. Tynan. Ich werde schon dafür sorgen, daß Sie den morgigen Tag genießen können. Gute Nacht, mein Lieber«, sagte sie zu ihm und lächelte dabei einem Passanten zu. »Sie dürfen mich auf die Wange küssen«, flüsterte sie, »aber keine Knöpfe dabei aufmachen – nicht mal an den Manschetten.«

Immer noch zu benommen, um etwas sagen zu können beugte sich Ty vor und küßte sie auf die Wange. Als er sich wieder aufrichtete, sah er drei Damen in der Lobby des Hotels stehen, die ihn mißbilligend ansahen. Einem Impuls folgend, faßte er Chris um die Taille und küßte sie ziemlich ausführlich.

Als er sie wieder losließ, mußte sich Chris an einer Stuhllehne festhalten, damit sie nicht zu Boden fiel.

»Ich sehe dich dann morgen früh, Liebling«, sagte Ty, ein Auge zukneifend, setzte seinen Hut wieder auf und verließ das Hotel.

Chris versuchte, ihre Haltung wiederzugewinnen.

»Himmel, aber manchmal geht das Temperament mit ihm durch«, sagte sie laut, während sie vorn ihr Kleid glättete. »Gute Nacht«, sagte sie dann zu den drei Damen, die sie mit offenem Mund anstarrten.

Chris pfiff leise vor sich hin, während sie die Treppe zu ihrem Zimmer hinaufstieg.

Kapitel 9

Asher Prescott erwartete sie mit einem grimmigen Gesicht vor ihrer Zimmertür. »Ich glaube, ich muß mit Ihnen reden«, sagte er.

»Ich bin ziemlich müde und ich . . .«, begann sie und hielt dann wieder inne. Wenn ein Mann sich in den Kopf gesetzt hat, daß eine Frau eine Gardinenpredigt nötig hat, war es klüger, ihn reden zu lassen. Chris hatte vor vielen Jahren gelernt, daß Männer sich viel besser fühlten, nachdem sie eine Frau »belehrt« hatten. »Ja, was ist?« sagte sie und blieb geduldig stehen.

»Ich glaube nicht, daß Sie sich so betragen, wie es sich gehört. Ich glaube, Sie verlieren das Gefühl für die Verhältnismäßigkeit. Ich weiß, Sie lieben es, die Partei des gesellschaftlich Benachteiligten zu ergreifen, aber der gesellschaftlich Benachteiligte verdient zuweilen nicht, daß Sie sich für ihn in die Schanze schlagen. Ich glaube, daß man Ihnen die Augen über den Mann öffnen muß, den Sie so vehement verteidigen, Chris.

Schon mit sechzehn stand er in dem Ruf eines Revolverhelden. Da tötete er nicht nur einen, sondern gleich zwei Männer bei einer Schießerei auf der Straße. Mit zwanzig hatte er bereits so viele Feinde, wie andere in ihrem ganzen Leben nicht zusammenbekommen. Wußten Sie, daß er eine Weile mit der Chanry-Bande geritten ist? Einmal wurde er gefangengenommen und verurteilt, am Strang zu sterben; aber die Bande sprengte das Gefängnis in die Luft und holte ihn heraus. Er hat selbstmörderische Jobs übernommen und ritt ganz allein in Städte, wo er zwanzig Banditen gegen sich hatte.«

Asher begann sich für sein Thema zu erwärmen. »Und Frauen, Chris! Er hatte Hunderte von Frauen! Für einen Mann wie ihn ist eine Frau nicht etwas Besonderes, das man liebt, sondern mit der man ins Bett geht und sie dann verläßt. Sie reden von Liebe für diesen Mann, während er nicht einmal die Bedeutung dieses Wortes kennt. Er ist ein vagabundierender Tunichtgut und wird nie etwas anderes sein.«

Chris sagte kein Wort, stand nur da und sah ihn an.

»Sie sprechen davon, daß Sie ihn heiraten wollen, aber ich glaube nicht, daß Sie wissen, was eine Ehe ist. Eine Ehe bedeutet, daß Sie tagein, tagaus mit dem Mann zusammenleben. Dieser Tynan kann bezaubernd sein, wenn er möchte, aber heute abend war er verstockt und übellaunig. Er kann sich nicht unterhalten, er kennt keine zivilisierte Gesellschaft, und diese Frau, die angeblich seine Mutter sein soll ... Also, ich mag kaum glauben, Chris, daß Sie sich einverstanden erklärten, mit ihr am gleichen Tisch zu essen. Ich für meine Person . . .«

Er bremste sich und lächelte sie dann zärtlich an.

»Wissen Sie, was ich glaube? Ich glaube, dieser Tynan ist so interessant für Sie, weil er für Sie ein Rätsel war. Sie lösen das Rätsel auf und entdecken, daß er nichts anderes ist als Dutzendware – ein ganz gewöhnlicher Revolverheld. Was Sie brauchen, Chris«, sagte er mit weicher Stimme und kam einen Schritt näher, »ist ein Ehemann aus der gleichen sozialen Schicht, aus der Sie stammen. Einen Ehemann und Kinder.«

Sie sah ihn mit großen Augen an. »So jemanden wie Sie, Mr. Prescott?«

»Ich halte Sie für eine *sehr* attraktive Frau, Chris.«

Als er sich vorbeugte und die Lider über seine Augen senkte, als habe er vor, ihr einen Kuß zu geben, öffnete Chris ihre Hotelzimmertür, schlüpfte in den Raum dahinter und machte die Tür fest hinter sich zu. »Küssen Sie *das*, Mr. Der-dafür-bezahlt-wird-daß-er-mich-heiratet-Prescott.«

Sie ging zu Bett und dachte über das Picknick nach, das am Sonntag stattfinden sollte.

Am nächsten Morgen erwartete Tynan sie bereits in der Hotelhalle. Er trug einen sauberen Anzug, lehnte an einem Fensterrahmen und las in einer Zeitung.

»Guten Morgen«, sagte sie und lächelte zu ihm hinauf.

Er lächelte ebenfalls, als er sie erblickte; aber es sah aus wie das Lächeln eines Mannes im Unglück.

Chris zog sich ihre Handschuhe an. »Sind Sie soweit, daß wir gehen können?«

Ty nickte nur, bot ihr seinen Arm und führte sie aus dem Hotel auf die Straße.

Es waren noch andere Paare unterwegs zur Kirche,

und jedes blieb stehen, um Chris und Tynan ungeniert anzustarren.

In der Kirche zog Chris Tynan mit sich zur dritten Kirchenbank, weg von den hintersten Bankreihen, wo er partout Platz nehmen wollte. Er verharrte den ganzen Gottesdienst hindurch in stummer Andacht und hörte der Predigt aufmerksam zu. Er schien auch mit den Kirchenliedern vertraut zu sein und bestätigte Reds Worte: Er hatte tatsächlich eine ausgezeichnete Singstimme.

Als sie die Kirche wieder verließen, schien er erleichtert zu sein, daß der Gottesdienst vorüber und alles gutgegangen war. An der Tür strengte sich dann der Pfarrer an, ihm die Hand zu geben und ihm zu sagen, daß er hier willkommen sei.

Als sie die Vortreppe hinunterstiegen, sahen sie Red, die sie in einer wunderschönen Kutsche mit großen Rädern erwartete und die Zügel eines glänzenden schwarzen Wallachs in der Hand hielt.

»Ich habe die Körbe für euer Picknick dabei«, sagte sie. »Ich wollte nicht, daß ihr mit leeren Händen dort erscheint. Ty, hilf mir aus der Kutsche.«

»Sie kommen nicht mit?« fragte Chris.

»Bei einem Picknick der Kirchengemeinde ist für unsereinen kein Platz. Ihr beide geht dorthin und amüsiert euch. Und du, Tynan, machst jetzt ein glücklicheres Gesicht, oder ich gebe dir einen handfesten Grund, mit so einer miesepetrigen Miene herumzulaufen.«

Das brachte Ty zum Lachen. Er küßte sie auf die Wange. »Vielleicht brauche ich euch *beide* als Schutz.«

Chris hängte sich bei ihm ein. »Eine genügt. Wir werden Sie vermissen, Red, aber wir sehen Sie ja heute abend wieder. Beten Sie, daß es nicht regnet.«

»Honey, ich habe nicht aufgehört zu beten, seit ihr

beide in die Stadt gekommen seid. Und nun macht euch auf den Weg.«

Ty hob Chris hinauf in die Kutsche, und alsbald rollten sie mit den anderen Paaren im schnellen Tempo über die unbefestigte Straße aus der Stadt. Chris rückte dichter an Ty heran und hielt seinen Arm. »Wer sind die Chanrys?«

»Sie haben wieder in meiner Vergangenheit herumgestöbert?«

»Natürlich. Was sind das für Leute?«

»Eine Bande von billigen Gaunern. Zum größten Teil aufgehängt heute oder hinter Schloß und Riegel.«

»Gehörst du zu diesen Leuten?«

»Sie wollten es gern. Erzählten sogar den Leuten, daß ich zu ihnen gehörte.«

»Aber ich dachte, sie hätten dich gewaltsam aus dem Gefängnis befreit. Wie oft hast du eigentlich gesessen, Ty?«

»Alles in allem?« fragte er ernsthaft. »Mit den Übernachtungen in der Zelle, in der sie mich wegen Trunkenheit einbuchteten?«

»Vergiß es. Warum wurdest du mit diesen Banditen in Verbindung gebracht?«

»Das sagte ich dir doch eben. Sie wollten, daß ich mich ihrer Bande anschließen sollte, und als ich mich weigerte, wurden sie böse. Sie haben mich nicht aus dem Gefängnis befreit. Das hat ein U.S.-Marshal getan.«

»Das mußt du mir genauer erklären«, sagte sie, das Rollen der Räder übertönend.

»Es gefiel den Chanrys gar nicht, daß ich ihnen immer wieder eine Absage erteilte, gleichgültig, wieviel sie mir auch boten. Sie brauchten nämlich einen schnellen Revolverschützen, da ihr bester Mann ums Leben gekommen war. Aus Rache für meine Weigerung beraubten sie eine Bank und riefen einen der Beteiligten immer wieder bei dem Namen Tynan. Und so kam der Sheriff der Stadt zu mir. Da war nur das Problem, daß ich mit einem gebrochenen Bein in einem Zimmer saß; aber er schien das nicht als Beweis meiner Unschuld gelten zu lassen. Eine von den Frauen am Ort, bei denen ich wohnte, setzte sich mit dem Marshal in Verbindung, und er kam in die Stadt, um den Fall zu untersuchen. Als er den Sheriff nicht von seinem Vorsatz, mich zu hängen, abbringen konnte, sprengte er das Gefängnis in die Luft. Der Sheriff erzählte jedem, daß das die Tat der Chanrys gewesen sei – ein Beweis dafür, daß er mich zu Recht habe hängen wollen.«

»Tynan, du bist voll von den gräßlichsten Geschichten.«

»Wenn ein Mann vom Revolver lebt, muß er damit rechnen, daß er von anderen Revolvermännern herausgefordert wird. Hier sind wir schon. Wie wäre es, wenn du die Körbe dort hinüber trägst und . . .«

»Nein, du mußt den größten Korb tragen, und ich muß dich den Leuten vorstellen.«

»Aber ich kenne doch die meisten bereits. Das sind diejenigen, die mich damals . . .«

»Es sind diejenigen, die nichts von dir wissen. Und jetzt komm.«

»Jawohl, Madam«, sagte er grinsend. »Du bist eine Frau, die einem Mann eine Schürze umbindet, wie?«

»Manchmal ist es ganz gut, wenn man einem Mann eine Schürze umbindet. Das gibt seinem Leben wenigstens einen Sinn. Und Schürzenbänder sind längst nicht so gefährlich wie Revolver.«

»Hm – an einem Strick stirbt sich's langsamer als an einer Revolverkugel.«

Sie überhörte seine Bemerkung, während sie auf die

anderen zuging. Männer und Frauen teilten sich jetzt: Die Frauen breiteten Eßwaren auf gebleichten und gebügelten Tischdecken aus, während die Männer in einer Gruppe zum Fluß hinuntergingen.

Chris stellte einen Korb voll Eßwaren auf den Boden. »Ich vermute, Sie kennen meinen Verlobten, Mr. Tynan, bereits, nicht wahr?« sagte sie. »Ich würde Sie ihm gern mit Ihrem Namen vorstellen, aber da ich erst gestern in die Stadt gekommen bin, hatte ich leider selbst noch keine Gelegenheit, mich mit Ihnen allen bekannt zu machen.«

Mit einem Gesicht, als hätte man sie eben auf eine zusammengerollte Klapperschlange aufmerksam gemacht, bewegten die Damen vorsichtig den Kopf in Tynans Richtung.

»Ty, Liebling, hättest du die Güte, die übrigen Körbe hierherzustellen?« Sie gab ihm mit den Augen ein Signal, daß er sich nun den Männern anzuschließen habe.

Tynan nahm seinen Hut ab. »Es ist mir ein Vergnügen, die Damen nach zwei Jahren so gesund wiederzusehen.« Er nahm ein belegtes Brötchen von einem der aufgestellten Büfettische, blinzelte Chris zu und ging.

»Miss Dallas!« begannen die Damen, sobald Tynan außer Hörweite war. »Sie wissen nicht, was Sie da tun. Sie können gar nichts über ihn wissen, sonst würden Sie nicht . . .«

»Sie sollten mit Betty Mitchell reden, was er ihr angetan hat, und mit dem armen Mr. Dickerson . . .«

»Mitchell?« sagte Chris, die gerade einen der mitgebrachten Körbe auspackte, »war das nicht das Mädchen, das in den Jungen verliebt war, der getötet wurde?«

»Nun, sie war in ihn verliebt *gewesen*«, sagte eine der Frauen. »Dem Himmel sei Dank, daß das alles bereits vorbei war, als der Junge erschossen wurde.«

»O ja«, sagte Chris. »Zu dieser Zeit besuchte sie bereits Tynan regelmäßig im Saloon und drängte sich ihm auf, wo es nur ging. Warum hat sie denn die Verbindung zu dem jungen Dickerson aufgelöst?«

Die Frauen versuchten ihr alle auf einmal zu antworten:

»Betty ist ihm eigentlich gar nicht nachgelaufen. Es könnte zwar sein, daß sie in den Saloon gegangen ist, aber ich bin sicher, daß er sie dazu angestiftet hat.«

»Billy hatte sich mit einem Mädchen angefreundet, das aus Seattle stammte und hier auf Besuch weilte, aber diese Affäre wäre nicht der Rede wert gewesen, wenn Tynan sich nicht eingemischt hätte.«

»Tynan hat Billy getötet; das wissen wir«, sagte eine der Damen in rechthaberischem Ton.

Chris stellte eine Apfeltorte an ihren Platz. »Billy Dickerson begann also, sich mit einem anderen Mädchen zu treffen. Betty fing an, sich Tynan aufzudrängen. Dann griff Mr. Dickerson Bettys Vater an und . . .«

»Nein«! rief eine der Frauen und schwieg dann wieder.

Eine andere Frau beugte sich vor. »Betty war guter Hoffnung, und Billy wollte sie nicht heiraten.«

»Ah«, sagte Chris. »Also mischte sich Tynan ein, um einem jungen Mädchen zu dem Mann zu verhelfen, der sich weigerte, sie zu heiraten. Und er hat diesen jungen Mann *erschossen*? Tynan muß Betty ja sehr geliebt haben, wenn er so etwas für sie getan hat.«

Die Frauen begannen, die Eßwaren auf dem Tisch hin und her zu schieben.

»Betty liebte nur Billy, und nach seinem Tod ist sie wieder irgendwohin in den Osten gegangen.«

»Aber ich dachte, sie und Tynan wären so sehr ineinander verliebt gewesen, daß er für sie einen Mann getötet hat«, sagte Chris mit großen Augen.

Die Frauen sagten eine Weile nichts.

»Ich habe den Eindruck, daß mein Sohn Ihren jungen Mann belästigt«, sagte eine Frau, die zum Fluß hin sah. Vier junge Burschen umkreisten Tynan und sahen mit begierigen Augen zu ihm auf.

»Er wird ... ihnen doch hoffentlich nichts tun, nicht wahr?« fragte eine andere Frau zögerlich.

»Nein«, antwortete Chris mit zuversichtlicher Stimme, »er ist ein sehr guter Mann. Sollen wir nun nicht alle unsere guten Männer zu Tisch rufen?«

Die Männer waren toleranter als die Frauen, und sie schienen sich keinen Deut darum zu scheren, ob und wie oft Tynan im Gefängnis gesessen hatte. Sie waren mehr an gebackenen Maiskolben und gebratenen Hühnern interessiert.

Rory Sayers tat sein möglichstes, damit Tynan sich in diesem Kreis nicht wohl fühlte.

»Besser als der Gefängnisfraß, nicht wahr, alter Junge?« sagte Rory, der Ty gegenübersaß. »Aber mit den Jahren gewöhnt man sich wohl an alles, wie?«

Als Rory die Hand nach einem Stück Huhn ausstreckte, klopfte eine Frau – die Mutter des Jungen, der sich mit Ty unterhalten hatte – ihm mit einem Holzlöffel scharf auf die Finger. Jeder, der in ihrer Nähe saß, blickte hoch, während das Gesicht der Frau sich lebhaft rötete.

»Ich kann doch den Kindern nicht beibringen, daß sie nicht mit den Fingern essen sollen, wenn ihnen die Erwachsenen mit schlechtem Beispiel vorangehen«, sagte sie schließlich und blickte dann hoch, direkt in Christianas Augen, die sie mit einem breiten Lächeln ansah. Die Frau lächelte ebenfalls. »Noch ein paar Bohnen, Mr. Tynan?« fragte sie dann mit liebenswürdiger Stimme.

»Nun, ja, gern«, antwortete Tynan und blickte die Frau erstaunt an.

»Erzählen Sie uns doch mal, was für ein Gefühl das ist, wenn man einen anderen Mann erschießt«, sagte Rory, während die Frau Bohnen auf Tynans Teller häufte.

In diesem Moment kippte eine andere Frau ihre Tasse über Rorys Schoß aus. Als dieser aufsprang, begann einer der Männer zu lachen.

»Junge, wenn du erst einmal verheiratet bist, wirst du lernen, daß Frauen auf eine ganz besondere Art zu kämpfen wissen, daß du den Krieg bereits verloren hast, ehe du merkst, daß sie dir überhaupt den Krieg erklärt haben.«

Ein anderer Mann fing zu lachen an, und im nächsten Augenblick hallte die ganze Wiese vom Gelächter der Picknickgäste wider. Auch Tynan grinste.

»Setz dich hin, Junge«, rief jemand Rory zu. »Das wird schon von allein wieder trocken. Martha, gib Sayers ein Stück von deinem Kirschkuchen. Dann vergißt er alles andere, sogar hübsche kleine Blondinen.«

Chris interessierte sich nun sehr angelegentlich für ein Milchkännchen; aber sie konnte spüren, wie ihre Ohren warm wurden.

Eine Stunde später waren die Überreste von den Speisen wieder eingepackt, die jüngeren Kinder im Schatten der Bäume schlafen gelegt und die Erwachsenen teilten sich in Gruppen auf, während die jüngeren, die noch voller Unternehmungsgeist waren, sich lachend Möglichkeiten ausdachten, wie sie noch länger bleiben konnten.

»Möchten Sie nicht mit uns gehen?« fragte ein hübsches dunkeläugiges Mädchen, an Chris gewandt. »Wir wollen mit dem Kanu den Fluß hinunterfahren. Das bringt eine Menge Spaß.«

»Wir kommen nur zu gern mit« sagte Chris und hielt Tynan am Arm fest.

»Das sind doch noch Kinder. Ich will nicht mit . . .«, begann Tynan, aber Chris sah ihn nicht einmal an.

»Sie wollen mit uns reden. Hast du nicht begriffen, daß wir für sie fast so etwas wie Berühmtheiten sind? Du, der berüchtigte Revolvermann, und ich ...«

»... die Lady, die sich vorsätzlich in Gefahr begibt.« Er hielt sie zurück, während die anderen in die drei Kanus stiegen. Der Picknickbereich war von dieser Stelle aus nicht mehr zu sehen. Doch als Chris in eines der Kanus steigen wollte, gab Tynan ihr einen kleinen Stoß, so daß sie stolperte und gegen ihn fiel.

»Chris«, sagte er mit einer sehr besorgten Stimme, »du hast dir ja den Knöchel verletzt! Ist er verstaucht? Du darfst nicht mit diesem Fuß auftreten. Komm, ich helfe dir!«

Ehe Chris auch nur einen Ton sagen konnte, hielt er sie bereits auf seinen Armen und trug sie zu einem Baum am Flußufer.

»Das kommt schon wieder in Ordnung«, rief er über die Schulter den anderen zu. »Ich werde mich um sie kümmern.«

Chris hörte das Kichern hinter sich und wußte, daß er niemanden von der Gruppe hatte täuschen können.

»Und was hast du nun, wo du mich hast, mit mir vor?« Er lächelte auf eine Weise, daß Chris fortfuhr: »*Das* wirst du ganz gewiß nicht tun. Wenn du mich absetzt, und es ist auch nur ein *einziger* Knopf offen, rede ich nie mehr ein Wort mit dir.«

»Keiner braucht ein Wort zu reden.«

»Tynan«, sagte sie alarmiert.

»Chris, genug ist genug. Ich habe ja nichts gegen Erwachsene; aber wenn ich den Nachmittag mit Halbwüchsigen verbringen soll, die mich angaffen, als könnte ich jeden Moment etwas Tödliches vollbringen, geht das über meine Kräfte. Ich dachte mir, wir könnten vielleicht in den Wald gehen und ...«

»Und?« fragte sie mit hochgezogenen Augenbrauen.

»Ich weiß nicht«, bekannte er ehrlich. »Was tut denn ein verlobtes Paar, wenn es nicht . . .« Wieder brachte ihn ein Blick von Chris zum Verstummen.

»Reden. Sich gegenseitig besser kennenlernen. Du kannst mich jetzt wieder absetzen.«

Tynan ging mit ihr weiter. »Wer sind die Montgomerys? Dein Vater hat sie erwähnt.«

»Und was hat er gesagt? Nein, du kannst mir ruhig die Wahrheit sagen.«

Er stellte sie auf einen umgestürzten Baumstamm, so daß sie ungefähr mit seinem Gesicht auf gleicher Höhe war. »Mal sehen, ob ich es noch korrekt wiedergeben kann. Also, er sagte, du wärest mit ihnen verwandt, und ein eigensinnigeres, hartnäckigeres und hirnverbrannt furchtloseres Völkchen als die Montgomerys habe die Welt noch nicht gesehen. Hört sich das so an, als könnte er das gesagt haben?«

»Perfekt. Es sind die Verwandten meiner Mutter, eine sehr alte Familie, die während der Regierungszeit Heinrichs VIII. nach Amerika kam.«

»Im sechzehnten Jahrhundert?«

»Ja«, sagte sie, lächelte ihn an und streckte ihm ihre Hand hin. Er ergriff sie, und Chris begann den schmalen Grat des runden Baumstamms entlangzugehen. »Erzähle mir mehr von dem Zusammentreffen mit meinem Vater. Was hat er noch gesagt? Was haben sie gesagt, als sie dich aus dem Gefängnis entließen?«

»Nicht viel. Im Gefängnis erklären sie dir nicht groß was; sie zerren nur an deinen Ketten, und du folgst ihnen.«

»Jedesmal, wenn ich dich danach frage, wie du ins Gefängnis gekommen bist, ist es deinen Worten zufolge stets auf eine falsche Beschuldigung hin geschehen. Ich meine, hast du denn nie etwas Illegales getan?« Sie drehte sich auf dem Baumstamm und wanderte den gleichen Weg wieder zurück.

»Warum mußt du alle Geheimnisse eines Mannes wissen? Ich habe meinen Anteil an ungesetzlichen Dingen vollbracht, bei denen ich aber nie erwischt wurde, weshalb sie mich wohl dauernd beschuldigten, wenn ich unschuldig war. Sie meinten wohl, es wäre egal, wofür sie mich hängten, solange es überhaupt geschah.«

»Und wann hast du dann das Dasein eines Ungesetzlichen aufgegeben und dir auf ehrliche Weise dein Brot verdient?«

Tynan schnaubte: »Ich habe den Eindruck, Red konnte ihr großes Mundwerk nicht halten. Ich bin seit meinem zweiundzwanzigsten Lebensjahr ehrlich geblieben.«

»Also seit sieben Jahren«, sagte sie.

»Red *hat* demnach aus der Schule geplaudert. Steig vom Baum herunter; du machst mich noch ganz schwindlig! Ich weiß auch ein paar Sachen von Ihnen, Mary Christiana«, sagte er, während er sie vom Stamm herunterhob.

»Nicht so viele, wie Sie glauben«, entgegnete sie augenzwinkernd. »Ich heiße nicht Mary Christiana. Bei meiner Geburt gab man mir nach meiner Großmutter väterlicherseits den Namen Mary Ellen; aber als ich sechs Jahre alt war, wurde mein Name geändert.«

»Nun gut – jetzt ist die Reihe an dir, Geschichten zu erzählen. Setz dich hierher – nicht so nahe bei mir, und wage ja nicht, dichter an mich heranzukommen.«

Immer noch lächelnd und mit einem Gefühl, als wäre sie die begehrenswerteste Frau der Welt, setzte sie sich ins Gras und lehnte sich mit dem Rücken gegen den Baumstamm. »Ich habe das Zweite Gesicht«, sagte sie schlicht. »Bisher habe ich nur zwei Visionen gehabt; aber eine genügte schon, damit mein Name geändert wurde. Offenbar gehört es zu den Traditionen der Montgomerys, alle Frauen, die das Zweite Gesicht besitzen, Christiana zu nennen.«

»Was geschah nun, als du sechs Jahre alt warst?«

»Meine Eltern und ich waren in der Kirche, und ich kann mich wirklich nicht mehr daran erinnern, was für ein Gefühl mich vorher beschlich; doch eben stand ich noch ganz ruhig neben meiner Mutter, und im nächsten Moment rannte ich das Hauptschiff hinunter und schrie, daß sich jeder nach draußen begeben solle. Meine Mutter erzählte mir, die in der Kirche versammelten Gläubigen seien über meine Schreie so verblüfft gewesen, daß keiner sich von der Stelle rührte; doch sie kannte natürlich die Tradition ihrer Familie und wußte, daß ungefähr alle drei Generationen ein Mädchen mit dem Zweiten Gesicht auf die Welt kam. Und deshalb schrie meine Mutter das einzige Wort, welches ihr garantierte, daß das Gebäude geräumt wurde.«

»Feuer«, sagte Ty.

»Ja. Nur daß die Leute, als sie in panischer Angst aus dem Gebäude rannten und einer sogar durch ein Fenster sprang, nachdem er vorher mit einem Stuhl die kostbaren bemalten Scheiben eingeschlagen hatte, sahen, daß es überhaupt nicht brannte. Ich werde nie mehr die Gesichter der Leute vergessen, mit denen sie sich nun auf meine Mutter und mich zubewegten. Ich dachte schon, sie würden uns umbringen, und versuchte, mich in den Röcken meiner Mutter zu verstecken.«

Chris holte tief Luft. »Sie hatten uns gerade erreicht, als der Himmel sich öffnete, ein Blitz herniederfuhr und das Hauptschiff der Kirche traf, das in sich zusammenstürzte. Als der Staub sich gelegt hatte, blickten die

Leute mich und meine Mutter an, als wären wir Hexen. Ich werde nie mehr den Ausdruck auf dem Gesicht meiner Mutter an jenem Tag vergessen. Einer von den Männern fragte: ›Wie konnte Mary Ellen das wissen?‹ Da reckte meine Mutter die Nase in die Luft, nahm meine Hand und sagte: ›Der Name meiner Tochter ist Christiana.‹ Und dieser Name ist mir bis heute geblieben. Natürlich war mein Vater nicht sonderlich entzückt über diese Namensänderung, da er mich ja nach seiner Mutter hatte taufen lassen; aber meine Mutter versprach ihm noch mehr Kinder, die er dann nach seinem Gutdünken benennen könne.«

»Aber es gab keine weiteren Kinder mehr.«

»Nein, nur mich. Einige Zweige der Montgomerys sind sehr fruchtbar, andere wiederum fast dürr. Es scheint da kein Mittelding bei ihnen zu geben.«

Ty lehnte sich ins Gras zurück und streckte sich dann zu seiner vollen Länge aus, die Füße Chris zugewandt. »Das hört sich ja nach einer wunderbaren Mutter an. Vermißt du sie sehr?«

Chris blickte zur Seite. »Jeden Tag meines Lebens. Sie war stark und gütig, sensibel und intelligent, klug und . . . kurz, alles, was man sich nur wünschen kann.«

»Ich glaube, du könntest so sein wie sie, nach allem, was ich bisher gesehen habe.«

Chris schenkte ihm ein breites Grinsen. »Dafür darfst du dich herumdrehen und deinen Kopf in meinen Schoß legen.«

»Es ist mir eine Ehre«, sagte er, während er ihrer Aufforderung nachkam. »Das ist nett«, sagte er dann, als Chris ihm die Haare aus der Stirn strich. »So einer Frau wie dir bin ich noch nie begegnet.«

»Gut. Ty, was wirst du nun, wo du frei bist, anfangen?«

»Ich bin noch nicht frei. Ich muß dich zuerst zu deinem Vater zurückbringen.«

»Schon – aber was kannst du noch neben deinen Fertigkeiten mit dem Revolver, deiner guten Figur auf einem Pferd und deinem Vermögen, dich zu betrinken und dann im Gefängnis zu landen?«

Er lächelte mit geschlossenen Augen. »Hört sich nicht nach viel an, wie? Nun, laß mal sehen, was ich noch kann. Ich schätze, Frauen zählen da nicht, wie?«

»Ganz bestimmt nicht.«

»Ich weiß«, sagte er, die Augen wieder öffnend. »Ich werde mit vier Hurenhäusern gleichzeitig fertig.«

Sie atmete geräuschvoll die Luft ein. »Also, ich kann das nicht unbedingt als berufliche Empfehlung . . .«

»Ich meine doch nicht die Frauen. Die überlasse ich Red, es sei denn, es kommt zu einem Streit zwischen ihnen, denn dann muß ich die Kämpfenden trennen. Nur ist Reds Buchhalter einmal bei einer Schießerei – an der ich übrigens nicht beteiligt war – aus Versehen in die Schußlinie geraten und war tot. Und da bat Red mich, mir die Bücher anzusehen, weil die Bank eines der Häuser schließen und zwangsversteigern wollte.«

»Hat die Bank zwangsversteigert?«

»Teufel, nein. Oh, pardon. Es stellte sich heraus, daß dieser kleine Halunke ihr Geld unterschlagen hatte, das ich unter der vorderen Veranda seines Hauses vergraben fand. Und ich mußte die Kunst der Buchhaltung erlernen, um das Chaos seiner Kontoführung wieder ausmerzen zu können. Und jetzt nehme ich mir jedesmal, wenn ich Red sehe, ihre Bücher vor.«

»Was für eine bewundernswerte Fähigkeit! Mein Vater sagt, daß die Hälfte seines Imperiums nichts anderes wäre als Buchführung. Du könntest von großem Nutzen für ihn sein.«

»Ich bin sicher, daß dein Vater seine Konten keinem Revolverhelden anvertrauen wird.«

»Er hat seine Tochter einem Revolverhelden anvertraut«, sagte sie leise.

»Das ist allerdings wahr«, sagte er, lächelte und begann, mit der Hand an ihrem Arm hinaufzustreichen. »Chris, glaubst du wirklich, daß er auch wußte, was er sagte, als er mir verbot, dich zu berühren? Glaubst du, er hatte eine Ahnung, was er mir da abverlangte?« Seine Hand war an ihrem Hals.

»Vielleicht hatte er von deinem Ruf als Frauenheld gehört und wollte die Keuschheit seiner Tochter vor dir bewahren.«

»Aber wenn wir beide ihm nichts davon erzählen, gibt es doch keine Möglichkeit, daß er davon erfährt, nicht wahr?« sagte er, während er ihren Kopf zu sich herunterzog.

»Aber mein Ehemann würde es in der Hochzeitsnacht erfahren.«

»Welcher Ehemann?« Sein Mund war einen Hauch von dem ihren entfernt.

»Der Mann, den ich heiraten werde. Der Mann, mit dem ich alle meine Nächte zu teilen gedenke.«

Er zog sie noch näher an sich heran; aber sie wehrte sich. »Du hast dich doch erst neulich mir angeboten.«

»Nur dachte ich damals, du könntest nicht und ich sei sicher. Ich denke, wir sollten jetzt wieder zu den anderen zurückkehren.«

»Gleich«, murmelte er und zog sie an sich.

Chris' Lippen teilten sich für ihn, und wieder war sie überrascht von dem Gefühl, das sie bei Tys Berührung überschwemmte. Es war, als würden sich ihre Knochen verflüssigen, und sie fiel neben ihm nieder.

Er war ein Meister darin, ihren Körper zu manövrieren, und alsbald lag sie in voller Länge neben ihm. Und es entsprach so ganz ihrem Wunsch, als er eines seiner schweren Beine auf die ihren legte. Ihr Körper wölbte sich ihm entgegen.

Später fragte sie sich, was wohl in diesem Moment geschehen wäre, hätte er nicht die Stimme gehört und sich von ihr wegbewegt. Chris lag nur mit geschlossenen Augen da, zu benommen, um sich von der Stelle rühren zu können.

»Sie kommen von ihrem Ausflug zurück«, flüsterte Ty, hob sie vom Boden hoch und auf seine Arme. »Zieh dich an.« Als wäre sie eine Puppe, lehnte er sie gegen seine Schulter und begann, die Knöpfe auf dem Rückenteil ihres Kleides zu schließen.

»Was würde passieren, wenn ich ein Kleid trüge, das die Knöpfe vorne hat?« murmelte sie mit heiserer Stimme.

»Erhalte mir meinen Verstand und dir die Unschuld und bringe mich nicht noch mehr in Versuchung, als du bereits getan hast. Und jetzt steh auf und versuche diesen benebelten Ausdruck aus deinem Gesicht zu verdrängen. Sie kommen!«

»Ja, Tynan«, sagte sie und erlaubte, daß er sie um die Taille faßte und auf die Beine stellte.

Kapitel 10

Chris und Ty wurden von der Menge der zurückkehrenden jungen Leute mitgerissen. Überall regte sich der Wunsch, sich zu bewegen, noch etwas zu essen, Spiele zu veranstalten. Die Frauen nahmen Chris in Beschlag, um sie über die Storys auszufragen, die sie geschrieben hatte, und ließen Tynan bei den Männern und Jungen zurück – die nun wiederum Ty bestürmten, innen von seinen vielen Revolverduellen zu erzählen.

Chris und die Frauen verstanden sich prächtig. Die Frauen vertrauten ihrem Urteilsvermögen so sehr, daß sie bereit waren, einen Mann, von dem sie überzeugt gewesen waren, daß er ein Bösewicht sei, nun mit ganz anderen Augen zu betrachten. Eine der Frauen brachte sogar den Mut auf, Chris zu fragen, wie denn eines dieser übelbeleumdeten Häuser von innen aussähe, und Chris genoß es, die Frauen mit Geschichten von den roten Tapeten, den auf Hochglanz gebrachten Messinglampen und den Mädchen zu unterhalten, die furchtbar gelangweilt herumsaßen. Sie lachten alle, als der Schuß fiel.

Chris hoffte, daß sie sich täuschen möge, aber irgendwie war sie auch davon überzeugt, daß Tynan etwas mit dem Revolverschuß, der da gefallen war, zu tun hatte.

Sie raffte ihre Röcke hoch und begann zu laufen, die Frauen folgten ihr dicht auf den Fersen. Auf dem Boden, von Männern umgeben, lag Rory Sayers, eine Derringer in der Hand, während der Blutfleck an seiner Schulter immer größer wurde – und über ihm stand Tynan. Chris blickte Tynan mit ungläubigem Gesicht an.

»Ich fürchte, ich werde Sie mitnehmen müssen«, sagte ein junger Mann, den Chris mit dem Stern eines Deputy in der Stadt gesehen hatte. »Der Sheriff wird sich mit diesem Fall befassen müssen.«

Christianas Blick kreuzte sich noch immer mit dem von Tynan, und es dauerte eine Weile, ehe sie die Augen von ihm abwendete und sich umdrehte. Die Gesichter der Frauen, die hinter ihr standen, hatten alle den gleichen »Ich-habe-es-Ihnen-ja-gesagt«-Ausdruck.

Chris hob wieder die Röcke an, und sie schickte sich an, zu den Tischen zurückzugehen.

»Chris«, rief Tynan leise hinter ihr her, aber sie drehte sich nicht mehr um.

An den Tischen begann sie dann die Eßwaren einzupacken. Sie versuchte Ruhe zu bewahren, als die Männer den verletzten Rory auf die Ladefläche eines Fuhrwerks legten und mit ihm zur Stadt zurückfuhren. Sie hörte Rory schreien, daß sie ihn noch umbringen würden, und zwischendurch schrie er, daß er Tynan umbringen wolle, und daraus schloß sie, daß er diese Geschichte wohl lebend überstehen würde.

Ein paar Minuten später kam Tynan an ihr vorbei und blieb ein paar Schritte von ihr entfernt stehen; doch sie drehte sich wieder nicht um, sondern beeilte sich noch mehr als bisher, die Tische abzuräumen.

Die Frauen kamen herbei, um ihr dabei zu helfen. Sie arbeiteten alle, ohne einen Ton zu sagen. Die Frauen schickten ihr nur hin und wieder durch halbgesenkte Wimpern einen Blick zu, bis Chris das nach einigen Minuten nicht mehr ertragen konnte. Sie legte Teller und Bestecke aus der Hand, wandte sich der Straße zu und begann zu Fuß in die Stadt zurückzuwandern. Sie kümmerte sich nicht um Reds Einspänner oder um irgend etwas sonst.

Es waren etliche Meilen bis zur Stadt zurückzulegen, doch Chris schüttelte jedesmal den Kopf, wenn die Leute mit ihren Kutschen oder Fuhrwerken neben ihr hielten und sie mitnehmen wollten.

Als sie schließlich in ihrem Hotel anlangte, sahen die Leute sie dort auf eine Weise an, daß sie die Treppe zu ihrem Zimmer hinauflief, in den Raum stürmte und die Tür hinter sich zuwarf. Sie schämte sich so sehr, daß sie ins Bett kriechen, die Decken über den Kopf ziehen und nie mehr aufstehen wollte. In den letzten beiden Tagen war sie in der Stadt herumstolziert und hatte durchblikken lassen, daß sie alle Narren seien, weil sie einen Mann falsch einschätzten, der fast sein ganzes Leben lang in ihrer Mitte gelebt hatte. Sie hatte die Zuneigung, die sie sich bei ihren Lesern als Nola Dallas erworben hatte, dazu benützt, ihnen mitzuteilen, daß sie viel weniger über diesen Mann wüßten als sie, die nur eine Woche mit ihm zusammengewesen war.

Langsam begann Chris sich auszukleiden und das Kleid wegzuhängen, das Red ihr geliehen hatte.

Wie verblendet war ich, dachte sie, daß ich glaubte, ich würde ihn besser kennen als sie. Und wie eingebildet zu glauben, ich könne einen Mann ändern, der sich für ein Leben der Gewalt und Gesetzlosigkeit entschieden hat. Wie recht mein Vater hatte, als er mich mit Männern der gleichen sozialen Schicht zusammenbrachte – Männern, die ich verstehen konnte, und nicht solchen, die zu einem Picknick gingen und Menschen niederschossen, die nicht derselben Meinung waren wie sie.

Sie schnürte ihre Sachen zu einem kleinen Bündel, zog ihr Reitkleid wieder an und brachte die beiden geliehenen Kleider zum Portier hinunter. Sie sah die Veränderung in seinen Augen. Er blickte sie nicht mehr mit dem Interesse an, das eine junge Frau in ihm weckte, die für eine bekannte Zeitung in der Großstadt arbeitete. Jetzt war sie für ihn nur noch eine von vielen, die auf einen billigen Vagabunden hereingefallen waren.

Sie ignorierte die anderen Frauen in der Lobby, die sie neugierig beäugten und nur darauf warteten, daß sie wieder nach oben ging, damit sie den anderen erzählen konnten, was bei dem Picknick geschehen war.

»Miss«, sagte ein junger Mann hinter ihr, »ich habe eine Botschaft für Sie.«

Mit niedergeschlagenen Augen nahm Chris das Stück Papier entgegen, zerknüllte es in der Hand und ging damit zurück in ihr Zimmer. Sie setzte sich aufs Bett und dachte eine Weile nach. Sie kam zu dem Schluß, daß sie ihm einen letzten Besuch schuldete, um sich von ihm zu verabschieden und ihm zu sagen, sie würde zu ihrem Vater zurückkehren und dafür sorgen, daß er seine Begnadigung bekam.

Sie schrieb ein Billett für Asher, in dem sie ihm mitteilte, daß sie morgen früh ihre Reise fortzusetzen gedenke.

Mit erhobenem Kinn ging sie wieder nach unten, übergab dem Portier das Billett für Asher und verließ das Hotel. Als sie sich in die Richtung wandte, wo das Gefängnis lag, folgten ihr alsbald eine Gruppe Neugieriger, von denen sich einige kichernd miteinander unterhielten. Da kommt so ein Mädchen aus der Großstadt hierher und will uns über einen Mann belehren, obwohl wir ihn viel besser kennen als sie, schienen die Leute hinter ihr zu wispern.

Einmal versperrte ihr ein Mann den Weg, und sie mußte zu ihm hochsehen und ihn mit einem vernichtenden Blick von Kopf bis Fuß betrachten, damit er ihr den Gehsteig wieder freigab. Er spuckte ihr einen dicken Schwall Tabaksaft vor die Füße, der fast auf ihrem Schuh gelandet wäre.

Wenn die Leute ihr Idol stürzen sehen, zu dem sie sich vorher öffentlich bekannt haben, können sie sehr, sehr böse werden.

»Kann ich Ihren Gefangenen besuchen?« fragte sie den Deputy, der hinter dem Schreibtisch saß.

»Natürlich, Miss Dallas«, sagte der Hilfssheriff und holte den Schlüsselring von einem Nagel an der Wand. »Es tut mir wirklich leid, daß so etwas passieren mußte. Der Sheriff sollte morgen wieder in der Stadt sein und die Angelegenheit bereinigen. Da ist Besuch für Sie«, sagte er zu Tynan, während er die Zelle für Chris aufsperrte.

Tynan drehte sich rasch um und sah sie mit einem prüfenden und zugleich fragenden Blick an. Ihm schien nicht zu gefallen, was er sah; denn er drehte ihr gleich wieder den Rücken zu.

»Ich habe Ihre Botschaft bekommen«, sagte sie, auf ihre Hände hinunterschauend.

»Ich habe gesehen, was ich sehen wollte; und nun können Sie wieder gehen.«

Die Kälte in seiner Stimme zwang ihren Kopf in die Höhe – und ihren Zorn an die Oberfläche. »Nun erzählen Sie mir nur wieder, daß Sie unschuldig sind. So unschuldig wie damals bei der Chanry-Bande? Haben Sie etwa die Kinder vor Rory in Schutz nehmen müssen? Was war diesmal der Anlaß, daß Sie in eine Schießerei verwickelt wurden?«

»Verlasse meine Zelle, Chris«, sagte er leise. »Ich möchte nicht auch noch mit dir streiten.«

»Weil ich keinen Revolver besitze? O ja, ich kenne den Ehrenkodex des Westens. Man zieht ihn nie gegen einen unbewaffneten Mann – oder eine unbewaffnete Frau. Wie konntest du mir das nur antun? Die Leute hier haben mir vertraut! Sie haben mir ihre Geheimnisse gebeichtet, und ich habe sie um noch größeres Vertrauen gebeten. Ich bat sie, dir noch eine Chance zu geben, dir einen neuen Anfang zu ermöglichen. Und sie *taten* es! Aber du hattest nichts Besseres zu tun, als ihnen zu zeigen, was du wirklich bist – was ich in meiner Blindheit nicht wahrhaben wollte!«

Er stand da, mit dem Rücken zu ihr, die Arme erhoben und gegen die Wand gepreßt, und sah zum Zellenfenster hinaus.

»Schau mich an, wenn ich mit dir rede. Wenn du schon

kein Gewissen hast, solltest du wenigstens so tun, als hättest du Manieren.«

Langsam drehte er sich ihr zu, und vor ihr schien ein Mann zu stehen, den sie noch nie zuvor gesehen hatte – kühl und weit weg mit seinen Gedanken.

»Ich habe dich nie im unklaren darüber gelassen, was ich bin. Ich habe dir immer wieder gesagt, daß ich nicht zu dir passe. Aber du hast nie zugehört, wenn ich dir das sagte. Du warst so sehr damit beschäftigt, der Welt zu zeigen, wie du aus einem Verbrecher einen brauchbaren Menschen machst, daß du nie darüber nachgedacht hast, wer ich wirklich war.«

»Wahrscheinlich habe ich das inzwischen begriffen.« Sie ging zur Zellentür. »Ich werde dich nicht mehr belästigen. Ich bin nur hierhergekommen, um dir zu sagen, daß ich und vermutlich auch Mr. Prescott morgen in aller Frühe die Stadt verlassen werden. Ich werde selbstverständlich dafür sorgen, daß du deine Begnadigung von meinem Vater erhältst. Deputy!« rief sie dann.

Tynan war in der nächsten Sekunde am anderen Ende der Zelle und verstellte ihr den Ausgang.

»Sie werden nicht ohne mich aus der Stadt reiten. Ich habe Ihrem Vater geschworen, daß ich Sie bei ihm abliefern werde, und ich gedenke mein Wort zu halten.«

»Natürlich, der Mann des Westens hält stets sein Wort. Für ihn mag zwar ein Gefängnisaufenthalt und das Töten eines Menschen eine banale Alltäglichkeit sein; aber sein Wort hält er immer. Deputy, Sie können mich jetzt herauslassen.«

Tynan warf die Gittertür so heftig zu, daß der Deputy gegen die Wand flog. »Sie können die Stadt morgen früh nicht verlassen. Sie können es nicht wagen, nur in Begleitung dieses Mannes quer durchs Land zu ziehen. Er hat nicht die geringste Ahnung, wie man überleben kann.«

»Ich gebe zu, daß er nicht weiß, wie man unschuldige Leute bei einem Kirchweihpicknick niederschießt.«

»Er hat Sayers ja gar nicht niedergeschossen«, sagte der Deputy. »Sayers hat ihn von hinten angegriffen.«

»Ich wußte doch, daß Sie unschuldig sind«, sagte Chris. »Ein Mann wie Sie läßt sich nie bei einer Ungesetzlichkeit erwischen. Deputy, bitte schließen Sie mir die Tür auf.«

Ty hielt sie zu. »Chris, Sie können die Stadt nicht eher verlassen, als bis ich hier wieder heraus bin. Sie brauchen . . .«

»Mr. Tynan, wenn ich darauf warten würde, bis man Sie aus den diversen Gefängnissen wieder herausläßt, käme ich nie mehr zu meinem Vater nach Hause. Lassen Sie mich eines klarstellen. Ich werde morgen früh die Stadt verlassen und mich auf den Heimweg zu meinem Vater machen. Sie werden Ihre kostbare Begnadigung erhalten und mich obendrein auch noch loswerden.« Sie packte die Gittertür, riß sie auf und trat rasch hindurch. »Und falls Sie auf den Umweg über die Gefängnisse von Washington doch noch bei meinem Vater eintreffen sollten, können Sie dort möglicherweise sogar die zehntausend Dollar in Empfang nehmen, für die Sie so hart gearbeitet haben. Leben Sie wohl, Sir. Ich hoffe, wir sehen uns nie wieder.«

Kaptitel 11

Asher führte sie am nächsten Morgen vor Sonnenaufgang aus der Stadt. Sie hatte am Abend zuvor noch auf seine vielen Fragen Erwiderungen gemurmelt und ihm zu verstehen gegeben, daß ihre Verlobung mit Tynan nur eine Farce gewesen sei, die ihn vor Rorys Zorn schützen sollte. Asher schien zufrieden, daß sie ihr Verhalten angemessen bereute.

Als sie am Gefängnis vorbeikamen, sah Chris Tynan als schwarze Silhouette hinter dem Zellenfenster. Sie hielt den Kopf hoch erhoben und erwiderte seinen starrenden Blick nicht. Sie würde schon weit von hier entfernt sein, wenn er diese Zelle wieder verlassen durfte.

Weder sie noch Asher waren sonderlich gesprächig während des Ritts, auf dem sie zwar die Pferde nicht abhetzten, sich aber auch nicht so viel Zeit ließen, daß sie die Landschaft hätten genießen können. Mittags legten sie eine Rast für ihre Reittiere ein und verspeisten den muffigen Zwieback, den sie sich als Proviant eingepackt hatten.

Als dann laute, hastige Hufschläge die enge Straße herunterkamen, wäre Chris fast das Herz stehengeblieben. Aber es war weder Ty noch sonst jemand, der sich für sie interessierte. Drei kräftige Männer auf struppigen, mageren Pferden preschten mit gesenkten Köpfen an ihnen vorbei, die Gesichter hinter heruntergezogenen Hutkrempen versteckt.

»Ich bin froh, daß sie nicht uns gesucht haben«, sagte Asher, als die Männer an ihnen vorbeigaloppiert waren.

Asher, wie gesagt, redete kaum mit Chris, und sie erinnerte sich daran, wie grob sie manchmal zu ihm gewesen war. Als er ihr wieder aufs Pferd hinaufhalf, nahm sie jede Gelegenheit wahr, ihm zuzulächeln. Da Tynan nicht mehr bei ihnen weilte und Chris nicht länger von seinem Licht geblendet wurde, konnte sie Asher mit neuen Augen betrachten. Dies war der Mann, den sie nach dem Wunsch ihres Vaters heiraten sollte. Dieser Mann würde nicht gleich bei jeder Kleinigkeit seinen Revolver ziehen und jemanden totschießen.

Die Sonne stand schon tief im Westen, als sie den umgestürzten Wagen sahen, und nur weil Chris durch den aufgewühlten Boden neugierig geworden war, entdeckten sie ihn überhaupt. Da waren tiefe, frische Furchen im Gras auf der Böschung, die in das Unterholz hinunterführten.

»Lassen Sie uns hier mal kurz anhalten«, rief sie, stieg vom Pferd und rannte in die Büsche hinein. Sie war ein paar Schritte in das Gesträuch vorgedrungen, als sie einen großen alten Reisewagen auf der Seite liegen sah, und darunter lugte etwas hervor, das eine Frauenhand zu sein schien.

Sie rannte wieder den Abhang zur Straße hinauf und rief nach Asher, damit er ihr helfen sollte. »Dort unten!« Sie deutete in die Büsche. »Wir müssen den Wagen aufrichten und sie aus dieser Lage befreien.«

Er zögerte einen Moment und rannte dann mit ihr zu der Stelle, wo der Wagen lag.

Sie konnten nur den Unterarm der Frau sehen; Kopf und Leib der Frau waren unter dem Fuhrwerk begraben.

»Können Sie das anheben?« fragte Chris und deutete auf eine abgebrochene Achse. »Ich werde dann versuchen, die Frau unter dem Wagen herauszuziehen.«

Asher mußte fast seine ganze Kraft aufwenden, um den Wagen so weit hochzustemmen, daß er mit der Schulter darunterkam und nun auch die Beine als Hebel benützen konnte.

»Jetzt!« rief er und hob den Wagen etwas weiter an.

Chris verlor keine Sekunde Zeit, die Frau darunter hervorzuziehen.

Asher kniete neben der Frau nieder und zündete ein Streichholz an, da das Licht der Dämmerung nicht mehr hinreichte, um Einzelheiten zu erkennen. Sie sahen, daß die Frau ganz mit Blut bedeckt war. »Sie hat mindestens drei Einschüsse«, sagte er leise.

»Aber sie atmet noch.« Chris bettete den Kopf der Frau auf ihren Schoß. »Wir werden dich zu einem Arzt bringen«, flüsterte sie der Frau zu, als diese unruhig zu werden begann.

»Mein Mann«, stöhnte die Frau. »Wo ist mein Mann?«

Chris blickte zu Asher hoch, doch der suchte schon die Umgebung des Wagens ab. Chris konnte sehen, wo er plötzlich stehenblieb, sich umdrehte und den Kopf hin und her bewegte.

»Ihrem Mann geht es gut. Er schläft im Augenblick.«

»Können Sie uns sagen, wer Ihnen das angetan hat?« fragte Asher, als er zum Wagen zurückkam.

Die Frau hatte große Mühe beim Sprechen, aus ihren Wunden floß wieder Blut. »Drei Männer«, konnte sie endlich flüstern. »Sie wünschten uns tot, weil wir von Lionel wissen. Wir waren auf dem Weg zu Lionel, um ihn zu retten.«

Plötzlich blickte die Frau zu Chris hoch mit Augen, die so rot waren wie das Blut, das aus ihrem Körper strömte. »Hilf ihm. Hilf Lionel. Versprich mir das.«

»Ja, natürlich werde ich ihm helfen. Sobald es Ihnen wieder bessergeht, werden wir beide . . .« Sie stockte, weil der Kopf der Frau zur Seite gefallen war. Sie war tot.

Asher setzte sich auf die Fersen zurück. »Wir müssen den Sheriff holen. Wir lassen die Leichen liegen und bringen den Sheriff hierher.«

»Chris«, sagte er scharf, weil sie angefangen hatte, die Sachen zu untersuchen, die vom Wagen heruntergefallen waren. »Was zum Kuckuck machen Sie denn da?«

»Ich suche nach etwas, das uns sagen kann, wer Lionel ist.«

Er faßte sie bei den Schultern und drehte sie zu sich

herum. »Ich bin nicht der Meinung, daß wir uns um Angelegenheiten kümmern sollten, die diese Frau das Leben gekostet haben. Wir reiten zu Ihrem Vater, und wir lassen uns auf dem Weg dorthin durch nichts und niemanden aufhalten. Dieser Lionel wird eben selbst auf sich aufpassen müssen. Und nun reiten wir zur nächstgelegenen Stadt.«

»Wir können sie hier nicht so liegenlassen«, sagte Chris.

Zunächst sah es so aus, als wollte er protestieren; doch dann ging er zur Leiche des Mannes, hob sie auf und trug sie die Böschung zur Straße hinauf.

Chris ging zu der toten Frau, faltete ihr die Hände auf der Brust und strich ihr die Haare glatt. Obwohl es schon fast dunkel war, konnte sie erkennen, wie jung die Frau noch gewesen war und daß das Haar unter dem Blut die Farbe von reifem Weizen hatte. Viel zu jung zum Sterben, zumal eines gewaltsamen Todes, dachte Chris.

Sie richtete sich auf und betrachtete die Bündel um sich herum – ein paar Frauenkleider in einer Reisetasche; noch eine Stofftasche mit Nähsachen, eine Tasche für Männerkleider. Diese Dinge waren vom Wagen geschleudert worden, als er die Böschung hinuntergerollt war. Und da sah sie etwas im erlöschenden Abendlicht aufblitzen. Als sie es aufhob, entdeckte sie, daß es ein kleines in Leder gebundenes Buch mit einer Messingschließe war.

Sie suchte rasch in der Reisetasche des Mannes, fand eine Schachtel mit Streichhölzern, zündete eines davon an und überflog eine Seite des Büchleins. Wie sie gehofft hatte, war es ein Tagebuch, und ehe Asher es sah, las sie die Worte: »Wir müssen ihm helfen«, und »Lionels Leben könnte in Gefahr sein. Er ist ja noch ein Kind und hat nur uns.«

Als sie Asher hinter sich hörte, klappte sie rasch das Buch zu und schob es in die Tasche ihres Reitkleides.

Sie ließen den umgestürzten Wagen und die Bündel neben der Böschung zurück, damit der Sheriff sie dort in Augenschein nehmen konnte, stiegen zurück in den Sattel und ritten nach Süden.

Sie kamen zu einem Rasthof, und Chris hörte nur mit halbem Ohr zu, als Asher über das Essen und den Schmutz klagte und sich dafür bei ihr entschuldigte. Während sie sich über einen Teller mit angebrannten Bohnen beugte, mußte sie immer wieder an das Tagebuch denken.

Als Chris endlich in ihrer Unterkunft allein war, setzte sie sich aufs Bett und begann das Tagebuch durchzulesen. Es fing vor drei Jahren an, als Diana Hamilton den Mann geheiratet hatte, den sie für den klügsten Menschen auf Erden hielt: Whitman Eskridge. Sie brauchte nur zwei Monate, um festzustellen, daß er sie nur ihres Geldes wegen geheiratet hatte. In einem halben Jahr hatte er alles ausgegeben, was sie in die Ehe mitgebracht hatte, und verlangte mehr.

Chris las, wie dieser Mann sich allmählich eine Beteiligung an den Geschäften der Hamiltons erschlichen hatte – und nachdem Dianas Vater Selbstmord begangen hatte, mußte sie entdecken, daß Whitman Firmengelder unterschlagen hatte.

Die Gesellschaft hatte Konkurs anmelden müssen, doch Diana stand in diesem Skandal und während der öffentlichen Versteigerung des Besitzes zu ihrem Mann. Als er zu ihr sagte, daß er in Zukunft bei ihren reichen Verwandten im Territorium von Washington leben wolle, hatte Diana sich widerstrebend damit einverstanden erklärt. Sie hatte ihrem Vetter, Owen Hamilton, den sie in ihrem Leben noch nie gesehen hatte, einen Brief geschrieben, in dem sie ihn um Mitleid und christliches Erbarmen bat – und um ein Dach über den Kopf für ihren Mann und sich.

Dann folgte eine Reihe von Tagen, in denen nichts eingetragen war; Diana nahm dann ihre Tagebucheintragungen mit dem Bekenntnis wieder auf, daß Whitman ihr mitgeteilt habe, Owen würde Lionel bestehlen. Chris fand das verwirrend, bis sie ein paar Seiten weitergelesen hatte. Den Angaben im Tagebuch zufolge war Lionel der eigentliche Besitzer der Hamiltonschen Liegenschaften im Washington-Territorium. Lionel war ein Knabe von elf Jahren, und alles, was er besaß, wurde von seinem Onkel als Treuhänder verwaltet, also von Dianas Vetter, den sie schriftlich um Unterkunft gebeten hatte. Und Owen Whitman hatte nun irgendeinen Beweis gefunden, daß Owen Hamilton seinen Neffen um sein Erbe betrog.

Unglücklicherweise fand Chris in dem Tagebuch keine Angabe, was das für ein Beweis war.

Es dauerte Stunden, bis sie das Tagebuch durchgelesen hatte, und dann schlief sie mit dem in Leder gebundenen Buch auf dem Schoß ein. Sie träumte, daß sie Diana Eskridge sei.

»Chris, wachen Sie auf«, sagte Asher und rüttelte sie an der Schulter. »Ich habe sogar mit der Faust gegen Ihre Tür geschlagen, bekam aber keine Antwort. Sind Sie die ganze Nacht auf gewesen und haben dieses Buch durchgelesen?«

Gähnend nickte Chris.

»Ich hoffe, die Lektüre hat sich wenigstens gelohnt. Ich bin eben erst aus der Stadt zurückgekommen und wollte Ihnen nur mitteilen, daß der Sheriff die beiden Leichen geborgen hat. Ich werde mich jetzt zum Schlafen niederlegen. Wir sehen uns dann beim Dinner.«

Chris war zwar müde; aber diesmal wollte sich kein rechter Schlaf mehr einstellen. Sie konnte nur noch an das Tagebuch denken und träumte von den Dingen, die sie darin gelesen hatte. Es war so ungerecht, daß eine so hübsche junge Frau nur Schlimmes in ihrem Leben erfahren hatte. Und was würde nun aus dem armen kleinen Jungen werden, dessen Erbe sie hatte retten wollen? Lionel hatte nun keinen anderen Verwandten mehr außer seinem betrügerischen Onkel.

Bis zum Abend war sie dann davon überzeugt, daß sie dieser jungen Frau, die in ihren Armen gestorben war, etwas schuldig sei. Ihre Leiden und Schmerzen sollten nicht vergeblich gewesen sein.

Beim Abendessen bat sie Asher dann um eine genaue Beschreibung der jungen Frau.

»Chris, wie kann man nur so morbide sein?«

»Glauben Sie, daß sie eine Figur hatte wie ich? Hatte sie auch sonst irgendeine Ähnlichkeit mit mir?«

Als er einsehen mußte, daß sie nicht eher Ruhe geben würde, bis er ihre Fragen beantwortet hatte, tat er ihr den Willen. »Warum erzählen Sie mir nicht, was Sie mit Ihren Fragen bezwecken?« sagte er leise.

Chris erstickte fast daran, daß sie ihm alles viel zu rasch vortragen wollte. Als sie sich einigermaßen beruhigt hatte, begann sie von vorn. Zunächst erzählte sie ihm von dem Tagebuch und der elenden Ehe der Diana Eskridge. »Sie hatte nie eine Chance, glücklich zu sein. Und sie war auf dem Weg zu einer sehr guten Tat. Sie wollte ihren Vetter retten, den ein böser Onkel um seinen Besitz brachte, als sie ermordet wurde.«

Asher blickte auf seinen Teller hinunter. »Ist Ihnen nicht der Gedanke gekommen, daß es vermutlich der böse Onkel war, der sie umbringen ließ?«

»Natürlich ist mir dieser Gedanke gekommen. Doch

die Bitte der Sterbenden lautete, daß ich ihr helfen sollte, Lionel zu beschützen.«

»Und wie gedenken Sie das zu tun? Indem sie zu seinem Onkel gehen und sagen: ›Entschuldigen Sie, aber Sie bestehlen Ihren Neffen? Und falls das zutrifft, würden Sie dann so liebenswürdig sein, sich für den Rest Ihres Lebens in ein Gefängnis zu begeben?‹ Wirklich, Chris! Das ist doch absurd!«

Chris holte tief Luft. »Ich hatte mir gedacht, daß ich mich vielleicht als Diana Eskridge ausgeben könnte, da der Vetter seine Kusine ja nie gesehen hat.«

Asher fiel die Kinnlade herunter. Er starrte sie an und sagte: »Aber wenn der Onkel ihres Vetters derjenige war, der diese Diana umbringen ließ – meinen Sie dann nicht, daß er sofort mißtrauisch werden muß, wenn Sie ihm ins Haus schneien?«

»Ich glaube nicht, daß er sich vor mich hinstellen und sagen könnte, ich sei tot – oder?«

»Doch nicht *Sie*, sondern Diana Eskridge! Damit werden Sie nicht durchkommen. Es gibt zuviel, was Sie nicht von ihr wissen. In welchem Verwandtschaftsgrad stehen Sie überhaupt zu diesem Vetter und Onkel? Vielleicht hatte diese Diana ein Muttermal als Familienkennzeichen. Es gibt tausenderlei Dinge, über die Sie nicht Bescheid wissen. Warum hat sie diesen Onkel nicht schon früher kennengelernt? Nein, Sie werden in dieser Rolle niemals überzeugen können.«

Chris blickte auf ihren Teller nieder und versuchte sich zu beherrschen; aber sie spürte, wie ihr die Tränen kamen.

»Aber was haben Sie denn, Chris?« fragte Asher und langte nach ihrer Hand.

»Tynan«, war alles, was Chris schluchzend hervorbringen konnte. Sie hörte, wie Asher geräuschvoll Luft holte, und da merkte sie, daß sie zum erstenmal ein Geständnis abgelegt hatte, wie groß die Zuneigung zu ihrem Pfadfinder tatsächlich gewesen war. Aber im Augenblick spielten Geheimnisse für sie keine Rolle. Sie konnte nur noch an Tynan denken.

Asher hielt ihre Hand fest. »Wenn Sie nun Diana Eskridges Vetter wirklich besuchen würden – was ist dann mit ihrem Ehemann? Würde Owen Hamilton nicht erwarten, daß sie beide zu ihm kommen? Sie können ihm doch nicht erzählen, daß Ihnen der Ehemann auf dem Weg in den Westen abhanden gekommen ist, oder?«

»An ihn habe ich gar nicht gedacht«, sagte Chris, sich mit dem Handrücken die Augen wischend. »Vielleicht könnte ich als Witwe zu ihm kommen. Die Windpocken haben ihn dahingerafft, ein tollwütiger Hund hat ihn gebissen, oder vielleicht haben ihn auch die Indianer der Prärie umgebracht . . .«

»Und wenn Sie nun *mit* ihm kämen?« unterbrach Asher sie. »Was ist, wenn Sie ihm *mit* Ihrem Mann ins Haus schneien würden?«

»Sie meinen, ich sollte Tynan dazu überreden, daß er als mein Ehemann fungiert? Obwohl er eine so schlechte Meinung vom Ehestand hat? Wahrscheinlich würde er Owen schon am ersten Tag mit einem Revolver bedrohen. Er würde zweifellos . . .«

»Könnten Sie sich diesen Mann nicht mal für eine Sekunde aus dem Kopf schlagen?« fragte Asher wütend. »Ich habe an mich selbst gedacht.«

»Sie als mein Mann?« fragte Chris und musterte ihn ungläubig.

Asher gab ihren Blick verärgert zurück. »Wollen Sie diesem Lionel nun helfen oder nicht?« forschte er.

»Ja doch; aber . . . nein. Sie können das wirklich nicht machen. Ich bin sicher, daß Sie zu dieser Zeit längst woanders sein müssen, und einen Ort, wo Sie für jemanden, den Sie gar nicht kennen, Ihr Leben aufs Spiel setzen müßten, wäre wohl das letzte, was Sie sich wünschten. Nein, diese Mission muß ich ganz allein übernehmen. Ich werde sagen, mein Mann wurde von durchgehenden Pferden getötet, als der Zug hielt, um frisches Wasser aufzunehmen. Oder vielleicht ist ihm das Brunnenrohr auf den Kopf gefallen, hat ihn bewußtlos geschlagen, und er ist mitten in der Wüste ertrunken. Ich werde mir einen ganz schlimmen Tod für Mr. Whitman Eskridge ausdenken. So, wie er seine Frau behandelte, hat er nichts Besseres verdient.«

»Chris, wenn Sie mich nicht mitnehmen, damit ich auf Sie aufpassen kann, werde ich Ihrem Vater erzählen, wo Sie sich aufhalten und was Sie sich vorgenommen haben.«

»Das würden Sie nicht tun«, hauchte sie.

»Dann lassen Sie es doch darauf ankommen«, erwiderte er mit schmalen Augen.

Chris bewegte sich von ihm weg, und erst jetzt wurde ihr bewußt, mit welcher Heftigkeit er zu ihr gesprochen hatte. Er hatte schon mehrmals den Versuch gemacht, ihr zu zeigen, wie sehr er sie mochte, doch diesmal spürte sie, daß er aufrichtig wünschte, ihr zu helfen.

Asher lächelte ihr zu. »Natürlich muß ich erst das Tagebuch lesen, bevor wir aufbrechen, damit ich weiß, was für ein Hundesohn . . . oh, pardon.« Er grinste. »Glauben Sie, daß Sie die gehorsame kleine Ehefrau spielen können, die ihrem Mann immer recht gibt, egal, was er tut?«

Christianas Lippen wurden schmal wie ein Strich. »Ich kann jede Rolle spielen, wenn das die Umstände erfordern. Woher sollte Owen Hamilton wissen, wie ich mich als Frau verhalte?«

»Wenn er der Mann ist, für den Sie ihn halten – ein Schuft, der ein Kind um sein Erbe betrügt und seine Verwandten umbringen läßt – dann wird er auch alle Menschen, mit denen er sich abgeben muß, vorher gründlich ausforschen lassen. Bestimmt weiß er längst, daß Dianas Vater Selbstmord verübte, und er wird auch von den Unterschlagungen gehört haben« – er zwinkerte ihr zu –, »die ich begangen habe.«

»Sie sind willens, Ihr Leben für eine Sache aufs Spiel zu setzen, die Sie gar nichts angeht?« Sie mochte immer noch nicht glauben, daß er bei diesem Unternehmen mitmachen wollte. Hatte er sie tatsächlich so gern? Oder dachte er dabei nur an das Geld ihres Vaters?

»Wenn Sie als Nola Dallas nicht so oft ihr Leben auf Spiel gesetzt hätten, müßten wir heute auf viele Reformen, die Sie damit erreicht haben, verzichten. Chris, es ist mir eine Ehre, Ihr Ehemann zu sein – ob nur für eine Nacht oder für immer.«

»Oh«, hauchte Chris mit zuckenden Lidern.

»Wollen wir jetzt damit beginnen, einen Plan für dieses Unternehmen zu entwerfen?« fragte Asher. »Ich würde vorschlagen, daß wir heute und vielleicht auch noch morgen hierbleiben, das Tagebuch laut vorlesen und uns dabei über alle Wesenszüge von Diana Eskridge und deren Ehemann klarwerden. So werden Sie wenigstens gut vorbereitet in dieses gefährliche Abenteuer gehen. Einverstanden?«

Chris blickte durch den Vorhang ihrer Wimpern zu Asher hinüber, der lächelte, als bewegten ihn überaus erfreuliche Vorstellungen. Morgen um diese Zeit würde dieser Mann ihr Gemahl sein – gewissermaßen.

Als er sich ihr wieder zudrehte und sie ansah, bemerkte sie zum erstenmal, was für dicke Wimpern er hatte. Und der Blick, mit dem er sie musterte, machte sie ziemlich nervös. Sie bewegte sich unruhig auf ihrem Stuhl, während sie zuhörte, wie er sich das Ganze vorstellte.

Kapitel 12

Owen Hamiltons Haus war ein dreistöckiges Anwesen an der Pazifikküste von Washington, nicht weit vom Meer entfernt. Sie hatten sich drei Tage Zeit für ihre Vorbereitungen genommen, ehe sie in einen Reisewagen stiegen, der fünfzehn Jahre alt sein mußte, und nach Westen fuhren.

Asher und sie hatten auf dem Weg zu Hamiltons Haus sehr viel miteinander geredet und sich gegenseitig immer wieder an Einzelheiten erinnert, die sie wissen mußten, wenn sie dieses Abenteuer erfolgreich überstehen wollten. Sie verbrachten die Nacht in einem Rasthaus in getrennten Zimmern und brachen dann ganz früh am Morgen zur letzten Etappe auf.

Als sie nur noch wenige Meilen von Hamiltons Haus entfernt waren, wandte sich Asher noch einmal mit den Worten an sie: »Das ist deine letzte Chance, Chris. Wenn du lieber von der Sache zurücktreten möchtest, ist jetzt noch Gelegenheit dazu.«

»Nicht, wenn du es nicht willst.«

Asher lachte leise. »Für mich geht ein Männertraum in Erfüllung. Ich werde Tag und Nacht mit einer schönen jungen Lady zusammensein und etwas Nützliches mit meiner Zeit anfangen, statt von einer Bank zur anderen zu fahren und um Kredite zu bitten, die sie mir sowieso nicht geben wollen. Vielleicht ist es mir sogar vergönnt, etwas von dieser Befriedigung zu empfinden, die dir zuteil wird, wenn du anderen Menschen hilfst. Kann ich mir noch mehr wünschen?« Er schielte aus dem Augenwinkel zu ihr hin. »Nebenbei bemerkt, möchte ich die Zeit auch nützen, um dich für mich zu gewinnen. Wenn wir hier wieder abreisen, habe ich mir vorgenommen, sollst du in mich verliebt sein.«

»Was willst du – mich oder mein Geld?« fragte sie mit einer hochgezogenen Braue.

»Hat dein Revolverheld dir das erzählt?«

»Nein«, sagte sie wahrheitsgemäß, »aber stimmt es etwa nicht, daß mein Vater dich in der Hoffnung, daß ich mich in dich verlieben würde, mit dieser Rettungsmission betraut hat? Es ist der sehnlichste Wunsch meines Vaters, daß ich heirate, zu Hause bleibe und Kinder bekomme.«

Er lächelte sie an und ließ die Zügel auf den Pferderücken klatschen, damit es schneller trabte. »So war es anfangs gewesen, wo ich sogar einen dreiköpfigen Straußenvogel geheiratet hätte, wenn ich überzeugt gewesen wäre, damit meine Selbstachtung zurückzugewinnen. Doch in Wahrheit hat das alles für mich eine viel größere Bedeutung gewonnen, Chris. Du bist die mutigste Frau, die mir in meinem Leben begegnet ist. Du bist die . . . die interessanteste Frau, die mir jemals begegnet ist. Und wenn wir neunzig Jahre miteinander lebten, würde ich mich keinen Tag mit dir langweilen, glaube ich.«

Chris mußte lachen. »Ich glaube, das war eines der nettesten Komplimente, die ich in meinem Leben bekommen habe.«

»Und nun, da dieser aufgeblasene Kriminelle aus dem Weg ist, glaube ich, eine Chance zu haben. Ich werde nie begreifen, warum Ihr Ladys auf so einen Typ hereinfallt.«

Chris sah, wie er mit den Achseln zuckte. War Tynan

wirklich nur ein Typ? überlegte sie. Sie hatte doch in ihm etwas Besonderes, Einmaliges gesehen. Vielleicht war sie nur durch seine außerordentliche äußere Schönheit geblendet worden. Ein Pferd, das sie im Galopp überholte, ließ ihr Herz einen Schlag aussetzen; aber es war nur ein Cowboy. Sie sank gegen die Rücklehne des Kutschsitzes zurück und entspannte sich so weit, wie das bei dem ungefederten Fuhrwerk möglich war. »Sie haben meine Erlaubnis, es zu versuchen, Mr. Prescott«, sagte sie, »es zu wagen.«

Zwei Stunden später trafen sie in dem Haus von Owen Hamilton ein.

»Und vergiß jetzt nicht, daß du Diana Eskridge bist, eine sich bescheiden gebende Frau von sanftem Wesen, und nicht die berühmt-berüchtigte Nola Dallas. Wenn du aus der Rolle fällst, werde ich dich zurechtweisen.«

Chris sah mit großen Augen zu ihm hoch, aber ehe sie etwas sagen konnte, erschien eine dicke, mit einer Schürze bekleidete Frau unter der Haustür, und Chris ließ den Kopf sinken. Sie hatte sich ein Kleid angezogen, das ihrer Meinung nach Dianas Geschmack entsprochen hätte: aus bescheidenem Kalikostoff mit kleinen Mustern, von gedeckter Farbe und gänzlich aus der Mode. Das war das Kleid einer Frau, die ihrem Mann erlaubte, ihr das Leben so sauer wie möglich zu machen.

»Sie müssen die Eskridges sein«, sagte die dicke Frau mit dem breiten Gesicht. »Wir erwarten Sie schon seit Tagen und haben uns Sorgen Ihretwegen gemacht. Stellen Sie nur Ihre Taschen so lange hierher, bis ich Mr. Owen geholt habe.« Sie ging geradewegs auf eine Treppe zu und hielt auf halber Höhe noch einmal an. »Übrigens, ich bin Unity«, rief sie über die Schulter.

Chris machte noch ein paar Schritte in den Raum hinein. Sie befand sich in der Eingangshalle, mit einem Musikzimmer zu ihrer Rechten und einem Salon zu ihrer Linken, ein Stück weiter sah sie rechts den Durchgang in ein Speisezimmer. Sie blickte hoch, als ein Mann die Treppe herunterkam. Er war groß und breitschultrig und trug ein schmales Bärtchen über vollen Lippen. Man würde wohl alles hinter dieser Erscheinung vermutet haben, nur keinen Schuft und Mörder. Er lächelte auf eine so angenehme Weise, daß Chris ihm am liebsten gesagt hätte, wer sie beide wirklich waren.

»Du mußt Diana sein«, sagte er mit einer tiefen Stimme, zu der man unwillkürlich Vertrauen faßte. »Endlich lernen wir uns persönlich kennen.«

Sie gab ihm die Hand. »Ja, endlich«, murmelte sie. »Darf ich dir meinen Gatten Whitman vorstellen? Wir können dir nicht genug danken, daß du uns in dein reizendes Haus eingeladen hast.«

Er lächelte sie beide mit echter Wärme an. »Sage so etwas nicht. Ich bin froh, wenn ich Gesellschaft bekomme und Unity endlich jemand hat, den sie verwöhnen kann. Du wirst vermutlich erschöpft sein von der Reise. Ich werde dir dein Zimmer zeigen. Ungefähr in einer Stunde gibt es Essen, aber später werdet ihr mich wohl entschuldigen müssen, denn ein Berg unerledigter Briefe wartet auf mich. Zudem hat sich unerwarteterweise ein Käufer aus dem Osten für übermorgen angesagt, und ich muß mich auf seinen Besuch vorbereiten. Macht es euch hier bequem. Hinter dem Haus ist ein Garten, der euch vielleicht gefällt. Hier sind wir schon.« Er öffnete die Tür zu einem großen, geräumigen Zimmer mit einem riesigen Himmelbett für zwei Personen, einem Schrank und einer Sitzbank unter einem Erkerfenster. Chris bemerkte voller Erleichterung eine Couch an einer Wand, die zur Ersten Hilfe bei Ohnmachtsanfällen diente. Asher folgte ihrem

Blick und blinzelte ihr zu, daß sie ganz rot im Gesicht wurde.

»Das ist mehr, als wir für unsere Zwecke benötigen«, sagte Ash. »Vielen Dank.«

»Wenn ihr etwas braucht, müßt ihr nur rufen. Wir legen keinen Wert auf Förmlichkeiten. Unity hält sich in der Regel unten in der Küche auf, aber zuweilen könnt ihr mich auch im Obergeschoß finden. Dort habe ich Billardtische aufstellen lassen und eine komplette Bar eingerichtet – mir einen großen Luxus im Leben geleistet. Ich sehe euch also um halb eins im Speisezimmer.« Er schloß die Tür hinter sich und ließ die beiden allein.

Asher setzte sich auf das Bett und wippte auf und nieder, um die Federn zu prüfen. »Ich möchte nicht, daß es quietscht. Die meisten Ehen sind an zu lauten Matratzen gescheitert . . .«

»Er hat Lionel mit keinem Wort erwähnt«, sagte Chris, Ash unterbrechend. »Glaubst du, daß Lionel sich hier im Haus befindet? Oder hältst du es für möglich, daß ihm bereits etwas zugestoßen ist?«

»Du meinst, ob er ihn unter den Rosenbüschen verbuddelt hat? Owen sieht mir nicht danach aus, als würde er anderen nach dem Leben trachten. Tatsächlich ist mir noch kein Mann begegnet, der seine mittellosen Verwandten mit so offenen Armen empfing wie dieser Owen. Wie wäre es mit einem kleinen Nickerchen vor dem Dinner?«

»Ich möchte doch sehr hoffen, daß du nicht ständig Anspielungen machst auf die . . . die Intimitäten eines Ehepaares. Ich denke, ich werde mich mal im Garten umsehen, den Owen erwähnte. Ein elfjähriger Junge könnte sich dorthin zum Spielen zurückgezogen haben.«

Chris ging die Treppe zur Küche hinunter. Sie traf Unity nicht dort an. Aber die Speisen, die auf dem Herd standen, dufteten herrlich. Chris hatte ein Gefühl, als habe sie seit Jahren keine ordentliche Mahlzeit mehr gegessen.

Der Garten hinter dem Haus war wunderschön, voller Azaleen, wilder Gebirgsblumen und Knollenpflanzen. Er war offensichtlich die große Liebe eines der Hausbewohner, und Chris tippte auf Owen Hamilton. Sie entdeckte eine große, geschwungene Steinbank unter einer Douglastanne, nahm darauf Platz, lehnte sich gegen den Stamm zurück und schloß die Augen. Noch nie hatte sie ein so großes Heimweh gehabt wie in diesem Moment. Ihre Mutter hatte früher so einen Garten gehabt, aber nach ihrem Tod hatte ihn ihr Vater verwildern lassen. Sooft sie nach Hause zu Besuch kam, hätte sie fast geheult, wenn sie den von Unkräutern überwucherten Garten sah. »Du solltest eben zu Hause bleiben und dich darum kümmern«, pflegte ihr Vater dann jedesmal zu sagen.

»Du darfst hier nicht sitzen. Das ist *meine* Bank.«

Chris öffnete die Augen und sah einen Jungen vor sich stehen. Er hatte eine entfernte Ähnlichkeit mit Owen; aber während Owens Gesicht vor Liebenswürdigkeit strahlte, zeigte dieser Knabe Unmutsfalten.

»Du mußt Lionel sein«, sagte sie lächelnd. »Ich bin . . .«

»Ich weiß, wer du bist. Du bist eine arme Verwandte, die hier von meinem Geld leben möchte. Und jetzt steh auf und verdrück dich.«

Chris blieb sitzen und sah ihn nur an.

Lionel verfärbte sich dunkelrot. »Ich habe dir doch gesagt, daß du aufstehen sollst! Das ist *meine* Bank; das ist mein Garten! Muß ich erst meinen Onkel rufen, damit du meinem Befehl gehorchst?«

»Nun, ich denke, das wirst du wohl tun müssen«, sagte

Chris und fragte sich, wie Owen sich wohl verhalten würde, wenn man ihn von seinen Schreibarbeiten wegrief, damit er einem Gast des Hauses sagen sollte, er habe seinen Sitzplatz für einen ungezogenen kleinen Jungen zu räumen.

Lionels Gesicht nahm allmählich wieder eine normale Färbung an, aber Chris merkte, daß sein Zorn jeden Moment wieder ausbrechen konnte. »Du hast mir zu gehorchen.«

»So? Und warum?«

»Weil mir hier alles gehört und du von meiner Mildtätigkeit lebst.«

Chris lächelte ihn vielsagend an. »Du scheinst mir aber in diesem Moment diese Bank nicht zu besitzen. Manieren allerdings auch nicht. Sollen wir noch einmal von vorn anfangen? Ich bin deine Kusine Diana Eskridge.«

Lionel wich einen Schritt zurück, bückte sich blitzschnell, nahm eine Handvoll Erde aus einem Blumenbeet und schleuderte sie gegen ihr frisch gebügeltes Kleid. Ehe Chris einen Ton sagen konnte, rannte er davon.

Chris stand von der Bank auf, besah sich ihr Kleid und ging dann zum Haus zurück.

Unity, die gerade eine Backform mit Maisbrot aus dem Ofen nahm, sah hoch. »Wie ich sehe, haben Sie Lionel eben kennengelernt. Setzen Sie sich hierher, Honey, und ich mache Ihnen das Kleid gleich wieder sauber. Dieser Junge wird uns noch alle ins Grab bringen.«

»Ich weiß, es geht mich nichts an – aber hat jemand diesen Jungen schon mal übers Knie gelegt?« Sie nahm Unity das feuchte Tuch ab, das diese ihr zureichte.

»Ich habe ihn schon so oft dermaßen verprügelt, daß mir fast die Hände abgefallen sind. In meinem Alter weiß man, daß Kinder so verschieden sein können wie Tag und Nacht. Manche kann man mit einem Blick zum Gehorsam bringen, die meisten mit einer Birkenrute – und dann gibt es noch Lionel. Bei dem schlägt *nichts* an. Glauben Sie mir – sein Onkel hat alles bei ihm versucht.«

»Und wie wäre es mit Güte?« fragte Chris, die sich den Lehm vom Kleid putzte. »Schließlich ist er ein Waisenkind.«

»Sie sind ja erst eine halbe Stunde hier. Aber Sie werden schon noch merken, daß Mr. Owen die Güte in Person ist. Ihm bricht fast das Herz, wenn er den Jungen mit einem Rohrstock vertrimmen muß. Jahrelang weigerte er sich, ihn zu züchtigen. Er sagte immer, es wäre sein Wunsch, daß sich der Junge hier so wohl fühlen soll, wie es bei seinen leiblichen Eltern der Fall wäre. Aber ich habe Lionel ja schon als Säugling gekannt.«

Chris wußte nicht, ob Diana über Lionels Vergangenheit unterrichtet war; doch sie mußte die Frage riskieren: »Sie sind schon mit Lionel zusammengewesen, ehe er zu seinem Onkel kam?«

»Oh, ich vergesse immer wieder, daß Sie gar nichts über uns wissen.«

»Wenn Sie mir die Schüssel mit den Erbsen herüberreichen, werde ich sie für Sie enthülsen«, sagte Chris.

»Also – das soll mir aber nicht einreißen. Sie gehören schließlich zur Familie. Doch heute dürfen Sie mir ausnahmsweise helfen. Wo war ich stehengeblieben? Ach so, ja – ich habe für Mr. Owens Bruder und Schwägerin gearbeitet und war in jener Nacht zugegen, als Mrs. Laura mit dem kleinen Lionel niederkam. Das ist eine frohe Nacht gewesen. Doch nur sechs Monate später kamen sie dann in diesem Feuer um. Lionel war also erst sechs Monate alt, als er den ganzen Besitz erbte, und Mr. Owen sollte ihn verwalten, bis Lionel einundzwanzig wurde. Er hat sein Bestes getan, aber dieser Junge ...« Sie überließ es der Phantasie von Chris, sich auszumalen, was ungesagt blieb.

Mehr konnte Chris nicht aus der Frau herausbekommen, die den Rest der Zeit, die sie zusammen in der Küche verbrachten, nur von Owen schwärmte und was für ein Glück sie habe, daß sie für ihn arbeiten durfte. Chris dachte, es wäre wohl der Wunschtraum jedes Hauseigentümers, eine ihm so ergebene Angestellte zu finden.

Lionel fand sich mit schmollendem Gesicht verspätet zum Mittagessen ein. Owen begrüßte ihn und stellte ihn seiner Kusine Diana und deren Mann Whitman vor; doch Lionel musterte die beiden nur mit einem finsteren Blick und begann dann, das Essen auf seinem Teller hin und her zu schieben. Zweimal ertappte Chris ihn dabei, wie er sie besonders feindselig anstarrte, was sie beide Male mit einem Lächeln quittierte.

»Was für ein verzogener Fratz«, sagte Ash, als sie allein waren in ihrem Zimmer im Oberstock. »Hat denn noch keiner diesem Früchtchen die Rute zu schmecken gegeben? Und weshalb ißt er überhaupt mit den Erwachsenen am selben Tisch?«

»Vermutlich, weil ihm das Haus gehört«, sagte Chris, während sie ihre bescheidene Garderobe in den Schrank hängte.

Asher fuhr mit der Hand über das Möbelstück. »Ich hätte nie gedacht, daß ich mich in einen Schrank verlieben könnte. Erinnerst du dich noch, wie ich dich kennenlernte? Ich sagte zu Tynan, daß wir uns unmöglich im Schlafzimmer einer Frau verstecken könnten, doch er meinte, wir müßten dich entführen, ohne daß du Lärm schlägst. Wir dachten, du würdest im Bett liegen, aber das war leer, und als wir dich kommen hörten, verbargen wir uns rasch im Kleiderschrank.«

»Ich möchte nicht an ihn erinnert werden.«

»An wen? An ihn? Du meinst doch nicht diesen billigen Revolverhelden, oder? Ich glaubte, du wärst längst über diese Geschichte hinweg? Ich dachte, du wolltest ihn nach diesem Vorfall beim Picknick nie mehr wiedersehen.«

»Will ich auch nicht. Könnten wir nicht über was anderes reden? Zum Beispiel darüber, wie wir herausfinden können, was in diesem Haus eigentlich vorgeht? Worüber ist dieses Kind so unglücklich?«

»Er ist verwöhnt bis auf die Knochen – das fehlt ihm. Wenn du selbst Kinder hättest, würdest du das wissen.«

»Hast du denn Kinder, weil du dich in diesem Punkt für so kompetent erklärst?«

»Ich kenne mich zumindest so gut in dieser Materie aus, daß ich weiß, was ich sehe. Man hat ihm jeden Wunsch erfüllt; aber er erwartet noch mehr. Chris, laß uns nicht wegen dieses Früchtchens streiten, sondern die Zeit genießen, die wir hier zusammen verbringen.« Er streckte beide Arme nach ihr aus, und seine Hände berührten sie fast. Doch sie wich ihm im letzten Moment aus.

»Ich gehe in den Garten hinunter. Ich sehe dich dann später. Vielleicht kannst du dich inzwischen bei Owen nützlich machen und etwas aus ihm herausbekommen. Wir sind hier, um für eine Story zu recherchieren, und genau das werde ich tun.«

Chris verließ mit einem Seufzer der Erleichterung das Zimmer. Sie hatte nicht viel Zeit an den Gedanken verschwendet, daß sie hier mit einem Mann zusammenleben und Tag und Nacht das gleiche Zimmer mit ihm teilen mußte. Doch nun erkannte sie bereits das Problem, vor das dieser Zustand sie stellte.

Im Erdgeschoß fand sie dann Owen und Unity mit betretenen Gesichtern vor. »Ich werde mich darum kümmern«, hörte sie Unity sagen. »Gehen Sie nur wieder an Ihren Schreibtisch zurück, wo Sie hingehören.«

Chris biß sich auf die Zunge, damit sie nicht ihrer Neugierde nachgab und fragte, was Lionel denn nun wieder angestellt habe. Sie bot nur höflich ihre Hilfe an, – falls es irgendwelche Probleme gäbe.

»Nur eine von diesen Komplikationen im Haushalt, die immer mal auftreten können«, sagte Owen. »Aber heute muß ich tatsächlich meine Arbeit erledigt haben, ehe dieser Kunde aus dem Osten eintrifft, und habe keine Zeit, mich . . .«

»Kann ich da nicht helfen?« fragte Chris. »Ich habe meinem Vater jahrelang den Haushalt geführt.«

»Wir können dich unmöglich bitten . . .«, begann Owen und hielt dann wieder inne. »Diana, ich wäre dir ewig dankbar, wenn du helfen könntest. Unity hat alle Hände voll zu tun und kann sich nicht auch noch darum kümmern. Vor fünf Minuten hat mir mein Gärtner gesagt, er müsse nach San Francisco reisen, um sich um seine kranke Schwester zu kümmern, und er habe seinen Vetter engagiert, damit er an seiner Stelle den Garten pflegt – nur kenne ich diesen Mann überhaupt nicht und bräuchte Tage dazu, ihm zu erklären, was ich von ihm als Gärtner erwarte.«

»Überlaß das nur mir«, sagte Chris. »Ich werde mich um alles kümmern. Wo sind die Gärtner? Der alte und der neue, meine ich? Ich werde mir von dem alten Instruktionen holen und sie an den neuen weitergeben, und mir auch die Zeugnisse dieses Vetters zeigen lassen.«

Owen betrachtete sie mit schiefgelegtem Kopf, und Chris dachte bei sich: Vielleicht habe ich eben einen Fehler gemacht. Diana Eskridge sollte doch eine Maus von einer Frau sein, und nicht eine, die sich sofort zutraute, einem anderen Mann den Haushalt zu führen. Doch andererseits fanden Männer auch nichts Besonderes daran, daß Frauen ihnen den Haushalt versorgten. Eine Frau konnte einen ganze Armee von Angestellten befehligen und vermochte dennoch ihren Mann nicht von dem Vorurteil abzubringen, daß sie zu dumm sei, mit einem Zwanzigdollarschein richtig umzugehen.

»Diana, ich wäre dir wirklich sehr zu Dank verpflichtet, wenn du mir in dieser Krise helfen könntest. Bei Haushaltsproblemen bin ich wirklich überfragt.«

Chris erwiderte mit einem schüchternen Lächeln: »Ich helfe dir gern, soweit ich das kann.«

»Al erwartet mich mit seinem Vetter im Garten. Ich überlasse das alles jetzt dir.«

Chris war froh, daß sie etwas tun durfte, und ging mit einem zufriedenen Lächeln hinaus in den Garten. Vielleicht konnte sie etwas von Owen erfahren, wenn sie während der Arbeitszeit öfter mit ihm zusammen war. Sobald sie ihm half, wo sie konnte, durfte sie logischerweise erwarten, daß er ihr gegenüber mitteilsamer wurde.

Sie bog um eine Hausecke und sah sich einem Mann gegenüber, dem sie unter keinen Umständen wiederbegegnen wollte. »Sie!« fauchte sie. »Verschwinden Sie von hier!« Sie machte auf der Stelle kehrt und ging zum Haus zurück.

Tynan lief ihr nach und faßte sie am Arm. »Behandeln Sie neue Angestellte immer so? Wollen Sie Hamilton mitteilen, daß Sie mich nicht engagieren können und aus welchem Grund nicht?«

Sie blieb stehen und funkelte ihn an. »Ich habe Ihnen doch gesagt, daß ich Sie nie mehr wiedersehen möchte.«

»Und ich habe Ihnen gesagt, daß ich für Sie verantwortlich bin, bis ich Sie gesund und wohlbehalten bei

Ihrem Vater abgeliefert habe. Ich werde Sie nicht eher in Ruhe lassen, als bis diese Bedingung erfüllt ist.«

»Sie sollten doch auch dafür sorgen, daß ich mich in Asher verliebe. Das werde ich wohl noch aus eigener Kraft fertigbringen. Ich wohne hier mit Asher zusammen und habe mir vorgenommen, mich in ihn zu verlieben.«

»Gut! Großartig! Froh, das zu hören. Ich wünsche Ihnen beiden nur das Beste, aber Sie bleiben dennoch in meiner Nähe, bis ich Sie heil und gesund bei Ihrem Vater abgeliefert habe.«

»Das mögen Sie sich zwar einbilden, aber ich werde jetzt sofort zu Owen gehen und ihm mitteilen, daß Sie sich absolut nicht zum Gärtner eignen. Ich werde ihm sagen, daß sie äußerst unzuverlässig sind und zu befürchten ist, daß Sie den Garten mit einem Revolver umgraben.«

»Ich hoffe sogar, daß Sie ihm das sagen«, entgegnete er, während er neben ihr herging. »Ich hatte sowieso keine Lust, Gärtner zu werden. Ich werde diesem Hamilton nur noch mitteilen, wer Sie wirklich sind, dann können wir die Reise zu Ihrem Vater fortsetzen. Dort werde ich meine Verantwortung für Sie los und erhalte meine endgültige Begnadigung. Sie können Ihren kostbaren Mr. Prescott heiraten, und ich werde das Geld einstreichen, das man mir für meine Kuppeldienste versprochen hat. Das kann mir nur recht sein.«

Sie blieb stehen. »Ich möchte hierbleiben und herausfinden, ob Lionel in Gefahr ist. Das habe ich einer sterbenden Frau versprochen.«

»Ah, ich verstehe! Das Wort, das Sie jemandem gegeben haben, den Sie überhaupt nicht kannten, ist heilig, aber mein Versprechen Ihrem Vater gegenüber ist nichts wert, wie?«

»Damit drehen Sie mir das Wort im Mund um. Sie gaben Ihr Wort aus eigensüchtigen Motiven, ich nicht.«

»Eine Geschichte, die Ihre Leser zu Tränen rührt und den Ruf von Nola Dallas weiter festigt, soll ein selbstloses Motiv sein?«

»Gehen Sie weg von mir«, sagte sie, lief aber nicht länger auf das Haus zu. »Ich bin hier absolut sicher und habe nicht vor, mich in Gefahr zu begeben. Ich werde meinem Vater einen Brief schreiben, in dem ich ihm mitteile, daß Sie Ihre Verpflichtungen erfüllt haben und er Ihnen Ihre Begnadigung und das Geld geben soll. Ich werde Ihnen das Geld sogar aus dem Erbe meiner Mutter bezahlen. Also – werden Sie nun gehen?«

»Und Sie hier ohne Schutz zurücklassen? Glauben Sie etwa, daß Hamilton vor Gewalttätigkeiten zurückschrecken wird, wenn Sie entdecken sollten, daß er etwas Gesetzloses tut?«

»Asher kann mich ja beschützen.«

Tynan gab ein Geräusch von sich, das einem spöttischen Lachen nahekam. »Und wer beschützt ihn? Sie können wählen: Entweder bleibe ich als Gärtner hier und halte ein wachsames Auge auf Sie, oder wir beide reisen sofort ab.«

Chris versteckte die geballten Fäuste in den Falten ihres Kleides. »Wie haben Sie meinen Aufenthaltsort entdeckt?«

Er brachte sein Gesicht näher an das ihre heran. »Indem ich drei Pferde und drei Sättel zuschanden ritt. Lady, ich habe in den letzten Tagen nichts anderes getan, als Ihnen zu folgen und herauszufinden, wo Sie sich versteckt haben könnten. Dann konnte mir endlich ein Sheriff auf die Sprünge helfen.«

»Was konnte der denn schon wissen?« gab Chris, ihn anfunkelnd, zurück.

»Mehr, als Sie ahnen! Er hatte schon von diesem Owen Hamilton gehört. Dieser Hamilton wickelt große Geschäfte ab und verfügt über beträchtliche Geldsummen. Sie haben es hier nicht mit so einem Einfaltspinsel wie Prescott zu tun, den Sie um den kleinen Finger wikkeln könnten.«

»Ich kann Asher um den kleinen Finger . . .«, sie hielt inne, denn plötzlich tauchte zwischen den Bäumen eine außerordentlich schöne Frau mit dunklen Haaren und Augen auf, mit einer perfekten Figur und einem anmutigen Gang, der zugleich etwas ungemein Erotisches hatte. »Wer ist denn das?«

»Mein Leibwächter. Wenn Sie sich eine neue Identität zulegen, dachte ich, kann ich das auch. Pilar erklärte sich dazu bereit, für die Dauer dieses Fiaskos meine Frau zu sein. Und ich denke, wenn Sie mit diesem tapferen Mr. Prescott zusammenleben und ich mit Pilar, wird so etwas wie im Regenwald nicht mehr passieren. Ich möchte nicht wieder ins Gefängnis zurück.«

»Als Ehefrau?« flüsterte Chris. »Ihre Ehefrau?«

Tynan sah sie mit schmalen Augen an. »Ja, der Gärtner hat eine Frau. Pilar wird im Haus aushelfen, während ich hier im Garten arbeite. Wenn wir beide auf Sie aufpassen, dachte ich, sollten wir hoffentlich in der Lage sein, Sie zu beschützen.«

»Wo werden Sie wohnen?«

»Im Gärtnerhaus natürlich. Hören Sie, Chris, wenn Sie Ihre Rolle spielen wollen, damit Sie zu Ihrer Story kommen, sollten Sie jetzt lieber damit anfangen. Sie sind beauftragt, mir zu sagen, was ich hier tun soll?«

»Ich würde Ihnen nur zu gern sagen, was Sie tun sollen, Mr. Tynan«, sagte sie mit einem falschen Lächeln, drehte ihm den Rücken zu und ging zum Haus zurück.

»Soll ich Sie denn nicht wenigstens mit Pilar bekannt

machen?« rief er ihr mit einem Lachen in der Stimme nach.

Chris ging weiter.

Kapitel 13

»Diana«, wies Asher sie im scharfen Ton zurecht, »dein Vetter spricht mit dir.«

Chris sah von ihrem Teller hoch und blickte Owen Hamilton einen Moment verwirrt an, als wüßte sie nicht, wer er sei.

»Da siehst du, wie schwer ich es zuweilen mit ihr habe«, hörte sie Asher sagen. »Sie kann einem manchmal schrecklich auf die Nerven gehen.«

»Nun, ja . . .«, sagte Owen vorsichtig. »Wie bist du mit dem neuen Gärtner zurechtgekommen, Diana?«

Unity stellte eine große Schüssel mit Karotten auf den Tisch. »Ein Mann, der so aussieht wie er, kommt mit jeder Frau zurecht. Ich weiß nicht, ob ich Als häßliches Gesicht jetzt noch ertragen könnte.«

Owen warf seiner Haushälterin einen tadelnden Blick zu.

»Er scheint zu wissen, was er tut«, murmelte Chris. »Ich glaube, er hat auf einer Farm gearbeitet.«

»Ich glaube *nicht*, daß er ein Farmer ist«, sagte Lionel. »Ich denke, er ist ein *Räuber*. Ich glaube, er beraubt Banken und schießt Menschen tot.«

»Es gibt noch Schlimmeres als Räuber«, murmelte Unity, ehe sie das Zimmer wieder verließ.

Asher warf einen forschenden Blick zu Chris hinüber, während sie nicht mehr von ihrem Teller hochsah. Eine halbe Stunde später, als die Tafel aufgehoben wurde, packte er sie am Arm. »Komm mit mir vors Haus. Ich muß mit dir reden.«

Er zerrte sie buchstäblich hinaus in den Garten, damit die Leute im Haus ihn nicht hören konnten: »Nun heraus mit der Sprache – wer ist dieser Farmer, der wie ein Bankräuber aussieht? Ist es der, an den ich denke?«

»Ja«, sagte sie, »aber ich hatte keine Ahnung, daß er uns folgen würde. Er sagt, er sei für mich verantwortlich, bis er mich bei meinem Vater abgeliefert habe.«

»Also habe ich ihn wieder auf dem Hals. Chris, ich hoffe, du vernarrst dich nicht noch einmal in ihn. Ich kann mir nicht vorstellen, daß es zu der Rolle der zahmen Diana passen würde, wenn sie dem Gärtner nachstellt.«

Sie war froh, daß es schon dunkel wurde und er ihr errötendes Gesicht nicht sehen konnte. »Nein, ich werde nicht noch einmal so dumm sein. Außerdem hat er eine Frau mitgebracht. Er will mit mir genausowenig zu tun haben wie ich mit ihm. Beruhigt das deine Eifersucht? Könnten wir wieder ins Haus zurückgehen? Ich bin schrecklich müde.«

Asher blickte auf etwas, das sich über ihrem Kopf befand, und dann packte er sie plötzlich und preßte seinen Mund auf den ihren. Chris dachte, daß das wohl ein Kuß sein sollte, sich aber gar nicht so anfühlte. Seine Augen waren offen und starrten auf etwas, das sich hinter ihr befand. Sie begann, sich gegen ihn zu stemmen; aber dann hörte sie jemand hinter sich pfeifen und wußte sofort, wer das war. Sie zog Asher fester an sich und versuchte ein bißchen Leidenschaft in ihren Kuß hineinzulegen. Das schien bei Asher zu funktionieren, weil er nun seine Augen zumachte und sie ebenfalls fester an sich zog; doch Chris war sich nur Tynans Gegenwart bewußt.

»Aha – frisch Verheiratete«, sagte Tynan, als er an ihnen vorbeikam. »Es tut gut, Leute zu sehen, die ineinander verliebt sind.«

Chris drängte nun Asher mit einiger Gewalt zur Seite, reckte das Kinn in die Luft und ging an Ty vorbei, ohne ihn eines Blickes zu würdigen.

Als Asher in ihr gemeinsames Zimmer zurückkam, packte Chris gerade Laken und Decken auf die Couch. »Ich hasse diesen Mann. Ich verabscheue ihn! Ich wünschte, er wanderte zurück ins Gefängnis und würde dort verrotten!«

»Es sah mir aber nicht so aus, als würdest du ihn hassen«, sagte Asher steif. »Ich hatte eher den Eindruck, als wolltest du mich dazu benützen, ihn eifersüchtig zu machen.«

»Eifersüchtig? Er behauptete, es wäre ihm unerträglich, mich mit anderen Männern zusammen zu sehen, aber es macht ihm überhaupt nichts aus. Er hat nur das Geld im Sinn, das mein Vater ihm versprochen hat.«

»Vielleicht war er eifersüchtig, nachdem er aus dem Gefängnis entlassen worden war und noch kein . . . kein solches Haus besucht hat, wie Red es besitzt.«

Chris' Augen wurden ganz groß. »Ehe er mit dieser lieblichen Pilar zusammengezogen ist.« Sie schlug mit der Faust auf ein Kissen. »Wie ich diesen Mann *hasse*! Ich wünschte, ich hätte ihn nie in meinem Leben gesehen. Ich wünschte, ich müßte ihn nie mehr sehen. Ich . . .«

Asher faßte sie bei den Schultern und drehte sie zu sich um. »Chris, du protestierst zuviel. Ich wüßte eine Methode, wie du ihn vergessen kannst.« Er begann, seinen Kopf zu ihr hinunterzusenken. »Du bist von ihm besessen, weil du nichts hast, was du an seine Stelle setzen könntest.« Er berührte ihren Hals mit seinen Lippen. »Verbringe die Nacht mit mir. Ich werde dafür sorgen, daß du ihn vergißt. Ich werde dafür sorgen, daß du alles vergißt – bis auf uns beide. Wir würden ein echtes Paar sein, und wenn wir dieses Haus verlassen und zu deinem Vater zurückkommen, lassen wir uns trauen.«

Chris versuchte, an der Art, wie er ihren Hals küßte, Gefallen zu finden. Er sah gut aus, er roch gut, da war absolut nichts Verkehrtes an ihm, nur daß kein Funken übersprang. Sie hätte im Stehen einschlafen können, während er sie küßte. Da sie höflich war, unterdrückte sie nur ein Gähnen.

»Bitte, Asher, wir wollen nichts überstürzen. Ich ... ich bin noch nicht mit mir im reinen. Ich habe doch eben erst mit einem Mann schreckliche Erfahrung gemacht und bin mit meinem Gefühl noch nicht so weit, daß ich einem anderen Vertrauen schenken könnte. Habe bitte Verständnis dafür.«

Er löste sich von ihr mit einem verletzten Blick, der Schuldgefühle bei ihr weckte. Sie haßte es zu lügen, und sie haßte es ganz besonders, Asher zu belügen, der immer so nett zu ihr gewesen war.

Er trat einen Schritt von ihr weg. »Also gut. Doch ich werde nicht aufgeben, es zu versuchen.«

»Das hoffe ich«, erwiderte sie mit einem Lächeln. Da es keinen Wandschirm gab im Zimmer, öffnete sie die Schranktür und zog sich dahinter aus, sich nur zu sehr bewußt, daß Asher im Himmelbett lag und sie beobachtete. Das machte sie nervös und ein wenig ängstlich; weckte aber nicht das Verlangen in ihr, zu ihm ins Bett zu steigen. Sie begann sich vorzustellen, wie es wäre, wenn Tynan an seiner Stelle läge – mit nacktem Oberkörper, die Hände im Nacken verschränkt. Ihr wurde ganz heiß, wenn sie nur daran dachte.

Sie holte ein paarmal tief Luft, ehe sie wieder hinter der Schranktür hervortrat. Ash trug ein langes Nachthemd und beobachtete sie wie die Katze eine Maus. Chris sagte leise gute Nacht, blies die Laterne aus und legte sich auf die Couch. Sie war hart und unbequem, aber immer noch besser als ihre Alternative.

Sie erwachte am nächsten Morgen von Ashers Küssen auf ihrem Gesicht. Einen Moment lang genoß sie seine Liebkosungen, bis sie sich daran erinnerte, wer sie küßte. »Um Gottes willen!« rief sie, ihn von sich stoßend. »Sie werden sich doch hoffentlich beherrschen können, Mr. Prescott. Ich kann es nicht vertragen, wenn Sie ständig über mich herfallen.«

»Ich habe Ihnen doch gesagt, daß ich alles versuchen werde, Sie in mich verliebt zu machen.«

»Und Sie glauben, das zu erreichen, indem Sie mich bei jeder Gelegenheit begrapschen?«

Asher richtete sich auf. Er trug einen Morgenmantel über seinem Nachthemd, und seine Haare waren vom Schlaf zerzaust. »Genauso hat sich auch Ihr Revolverschwinger ausgedrückt: begrapschen.« Er drehte sich von ihr weg. »Heute werden Sie meine Nähe nicht ertragen müssen, weil Ihr Vetter mich bat, in die Stadt zu fahren und dort bestellte Sachen abzuholen. Ich glaube, dieser Mann beabsichtigt, uns so viel Arbeit wie möglich aufzuhalsen.«

»Und was ist daran verkehrt?« fragte sie, während sie ihren Morgenmantel über ihrem Nachthemd anzog, ehe sie die Zudecke zurückschlug. »Wir haben ihn ja gebeten, uns zu ernähren. Das mindeste, was wir als Gegenleistung bieten können, ist tatkräftige Hilfe bei seiner Arbeit.«

»Sie helfen Ihrem Gesetzlosen bei der Gartenarbeit, und ich verschwinde von der Bildfläche. Das paßt Ihnen wohl ins Konzept, wie?«

»Es ist nicht *mein* Gesetzloser, und ich habe meine

Hilfe im Garten angeboten, ehe ich wußte, daß er der Gärtner ist. Sie können mir das nicht zum Vorwurf machen. Wäre es vielleicht möglich, daß wir uns wie ganz normale Menschen miteinander unterhalten? Und Sie mir nicht erst einen Heiratsantrag machen, um mir in der nächsten Sekunde vorzuwerfen, ich hätte etwas mit einem anderen Mann?«

Asher antwortete nicht, sondern fing an, sich anzuziehen – hinter der offenen Schranktür. Chris wußte nicht, ob aus Scham oder um sie nicht in Verlegenheit zu bringen. Sie machte sich im stillen Vorwürfe, daß sie alles kritisierte, was er tat. Als er sich angekleidet hatte, verließ er das Zimmer.

Beim Frühstück im Erdgeschoß begann sie nun einen anderen Owen kennenzulernen. War er bisher ein Ausbund an Liebenswürdigkeit und Herzlichkeit gewesen, so erteilte er nun Chris und Asher mit der Autorität eines Generals Befehle. »Ich möchte, daß auf dem Akker im Norden die neue Saat ausgebracht wird. Und die zweihundert Blumenzwiebeln, die ich bestellt habe, müssen bis heute abend in der Erde sein. Whit, du bekommst von mir eine Liste, was du noch alles in der Stadt für mich besorgen mußt. Du fährst mit dem Wagen zuerst zur Sägemühle. Und wenn du nicht trödelst, kannst du alles an einem Tag schaffen. Lionel, iß deine Spiegeleier. Hast du dem neuen Hausmädchen schon gezeigt, was sie tun muß, Unity? Ich möchte, daß im Obergeschoß die Zimmerdecken abgewaschen werden.«

Niemand sonst sagte mehr als zwei Worte am Tisch. Später begleitete Asher Chris nach draußen. »Sie müssen nicht machen, was er Ihnen aufgetragen hat. Denken Sie daran, wer Sie sind und daß wir jede Minute zu Ihrem Vater heimreiten können. Ich will nicht, daß Sie hier wie eine gewöhnliche Magd arbeiten.«

»Das ist freundlich von Ihnen; aber mich stört diese Arbeit nicht.«

Plötzlich rückte Asher von ihr ab. »Diana, selbst du bist nicht zu dumm dazu, ein bißchen zu arbeiten. Also geh jetzt dort hinüber und benimm dich so, als wärst du eine vernünftige Frau.«

Chris drehte sich um und sah Owen mit Tynan näher kommen. Beide Männer taten so, als hätten sie nicht gehört, was Asher zu ihr gesagt hatte; aber sie wußte, daß das Gegenteil der Fall war. Das war ja auch Ashers Absicht gewesen.

Owen sagte noch ein paar Worte zu Tynan, die Chris nicht hören konnte, und sah dann Ash prüfend an. »Komm mit«, befahl er dann und ließ Tynan bei Chris zurück.

»Sie konnten sich wohl nicht für eine Arbeit in der Waschküche oder im Stall entscheiden, wie?« sagte Tynan. »Nein, der Garten mußte es sein!«

Sie wirbelte auf den Absätzen herum und funkelte ihn an. »Hätte ich gewußt, daß Sie für den Garten verantwortlich sind, hätte ich mich lieber zum Kohlenschaufeln gemeldet. Wie wäre es, wenn wir mit der Arbeit begännen? Ich habe Besseres zu tun, als mir Ihre Beleidigungen anzuhören.«

»Ich hatte den Eindruck, daß der Mann, den Sie als Ihren Gatten ausgeben, Sie schlimmer beleidigt hat, als ich das je könnte.«

»Das gehört zu seiner Rolle. Diana Eskridge war eine Frau, die sich von ihrem Mann schikanieren ließ. Asher und ich tun nur das, was unsere Rolle glaubhaft macht.«

»Da müssen Sie sich aber schon noch etwas mehr anstrengen; denn Sie sehen so gar nicht wie eine Frau aus, die sich von jemandem schikanieren läßt. Jedesmal, wenn er mit Ihnen in diesem Ton spricht, machen Sie ein

Gesicht, als wollten Sie ihn in Brand stecken. Hier, nehmen Sie das.« Er gab ihr eine Kiste mit Blumenzwiebeln. »Wissen Sie, wie man diese Dinger pflanzt?«

»Man möchte meinen, daß er mehr als nur einen Gärtner anheuern würde für diese Arbeit. Der Garten meines Vaters ist nur halb so groß wie dieser, doch als er ihn noch pflegte, beschäftigte er vier Männer dafür.«

»Ah! Aber dafür mußte er ihnen ja auch einen Lohn bezahlen nebst freier Wohnung und Verpflegung auf seiner Ranch. Hamilton braucht seinen armen, dankbaren Verwandten lediglich ein Dach über dem Kopf zu verschaffen und etwas zu essen.«

»Aber er scheint doch so ein reizender Mensch zu sein.«

»Die Menschen sind nie das, was sie zu sein scheinen«, erwiderte Ty mit kalter Stimme.

»Sollte sich das auf jemanden beziehen, den ich kenne?« sagte sie und stellte eine Kiste mit Blumenzwiebeln neben sich auf den Boden.

»Nur wenn Sie sich den Schuh anziehen wollen. Ich dachte, ich hätte mal ein gutes Mädchen kennengelernt, das nicht so ist wie die anderen. Irrtum! Sie sind nicht besser als der Rest. Sie finden es aufregend, mit einem Mann zusammenzusein, der einen Ruf als Revolverheld hat, und wollen ihn für sich ausnützen. Doch als er in eine kritische Lage kommt, schlagen Sie sich auf die Seite seiner Gegner. Nein, danke, ich habe genug von den sogenannten guten Mädchen. Sie und Prescott sind wie geschaffen füreinander.«

»Ich habe mich nicht auf die Seite Ihrer Gegner geschlagen. Sie haben mich verraten! Ich habe Ihnen vertraut, und Sie schießen bei einem Picknick einen Mann nieder. Wissen Sie, wie mir zumute war, als sich plötzlich alle Leute gegen mich wandten? Sie schauten mich an, als wäre ich ein Stück Dreck. Ein Mann hat mir auf der Straße sogar vor die Füße gespuckt.«

Tynan musterte sie eine lange Sekunde. »Ja, ich weiß, was für ein Gefühl das ist. Ich habe es mein ganzes Leben lang gekannt. Warten Sie, bis Ihnen ein Mann ins Gesicht spuckt und dann einen Revolver zieht.«

»Hat Rory Sayers das bei Ihnen getan?« flüsterte sie.

»Ich drehte ihm den Arm um, damit er mich nicht niederschießen konnte, und dabei ging seine Waffe los.«

»Aber warum hat dann der Deputy Sie ins Gefängnis gesteckt, wenn das alles nur Rorys Schuld war?«

Er sah sie mit schmalen Augen an. »Aus dem gleichen Grund, aus dem Sie mich verurteilten, ohne die Tatsachen zu kennen. Auf Grund meines Rufes. Weil ich nicht einer von diesen ›guten‹ Leuten bin, zu denen Rory und Sie gehören.«

Chris nahm ein Pflanzeisen aus der Werkzeugkiste, die neben Tynans Füßen stand, und begann die weiche Erde aufzugraben, um die erste Zwiebel zu setzen. »Ich glaube, ich habe einen Fehler gemacht.«

»Nein«, sagte er und kniete neben ihr nieder. »Sie hatten recht. Menschen wie Sie und ich passen nicht zusammen. Sie verdienen jemanden wie Prescott, keinen so namenlosen Niemand wie mich.«

»Ich fürchte, ich verdiene gar keinen, nachdem ich einen Freund verraten habe«, flüsterte sie mehr zu sich selbst. »Tynan, glauben Sie, Sie können mir je verzeihen, daß ich Ihnen nicht vertraut habe?«

Er schaute sie an. »Nein«, sagte er schlicht. »Es mag eine Weile dauern, bis ich eine Lektion begreife, aber nun habe ich sie gelernt. Ich denke, ich werde in Zukunft einen noch größeren Abstand zu solchen Frauen, wie Sie eine sind, halten als bisher.«

Daraufhin rückte er gründlich von ihr ab und überließ

ihr die eine Hälfte des frisch gepflügten Feldes, während er am entgegengesetzten Ende zu arbeiten begann. Die Sonne stieg am Himmel empor und trieb ihr den Schweiß aus den Poren, und wenn ihre Haut mit Erde in Berührung kam, fing sie zu jucken an. Doch sie achtete nicht darauf, während sie die Ereignisse der letzten Wochen noch einmal vor ihrem inneren Auge vorüberziehen ließ. Seit Tynan aus ihrem Schrank gesprungen war und sie nackt in seinen Armen gehalten hatte, war sie nicht mehr die vernünftige junge Frau, die nur an einer Story interessiert war, sondern eine Amazone, die schamlos hinter einem Mann herjagte. Sie hatte sich diesem Mann im Regenwald an den Hals geworfen, hatte einer Frau, die ihr vertraute – Red –, geschworen, daß sie ihn nie verraten würde, um eben das schon bei der nächsten Gelegenheit zu tun. Sie führte sich auf wie ein verzogenes kleines Gör: Sie haßte ihn in dieser Sekunde, um ihn dann in der nächsten zu lieben.

Chris setzte sich auf die Fersen zurück, wischte sich den Schweiß von der Stirn und sah zu der Stelle hinüber, wo er mit einer Sichel das Unkraut unter den Büschen entfernte. Sein Hemd war naßgeschwitzt, und sie konnte seine Muskeln unter dem dünnen Stoff spielen sehen. Ihr schien, als habe er in den letzten Wochen ein wenig zugenommen. Gegen ihren Willen erinnerte sie sich nun wieder an die blutigen Striemen auf seinem Rücken.

Sie dachte daran, wie die ganze Stadt sich gegen sie gewandt hatte, als sie den Fehler beging, einem jungen Mann helfen zu wollen, der so aussah, als wäre er schuldig. Wie mußten die Leute diesen Mann erst an anderen Orten behandelt haben, wenn er dort auftauchte und als Übeltäter verrufen wurde. Und wie unmöglich es die »guten« Leute so einem Mann machten, von diesem Ruf herunterzukommen.

Sie fing an, die Blumenzwiebeln zu setzen, als hinge ihr Leben davon ab. Sie hatte sich keinen Deut anders verhalten als diese »guten« Leute. Sie hatte einmal für eine Reportage über Frauen recherchiert, die unter den schrecklichen Bedingungen eines Ausbeuterbetriebes arbeiten mußten, und große Sympathien für deren Lage gezeigt. Und da hatte eine dieser Frauen zu ihr gesagt: »Sie können sich dieses Mitleid auch leisten, weil Sie nie unter solchen Bedingungen leben mußten wie wir.« Diese Bemerkung hatte damals keinen sonderlichen Eindruck auf sie gemacht; doch nun begann sie zu verstehen, was die Frau damals wirklich gemeint hatte: Es war so einfach, ein Urteil abzugeben und zu sagen, was man tun würde, falls man in so eine Situation käme.

Sie hatte Tynans Freund sein wollen, ja, sogar seine Geliebte, als die einzige Person, gegen die sie Stellung beziehen mußte, ein Mann war, der zugab, er habe sie schon heiraten wollen, ehe er sie überhaupt gekannt hatte. Aber als sie sich dem Spott einer ganzen Stadt gegenübersah und den Ruf einer Nola Dallas aufs Spiel setzen mußte, hatte sie nicht so großartig abgeschnitten. Sie hatte Tynan beim ersten Anzeichen von Schwierigkeiten im Stich gelassen.

So schlecht wie in diesem Moment war sie sich noch nie in ihrem Leben vorgekommen. Da hatte sie fast das Vertrauen eines Mannes erworben, der keinen so rasch an sich heranließ, um ihn dann zu verraten. Sie war nicht besser als jenes Mädchen, das ihn lieber hängen sehen wollte, als die Wahrheit zu sagen.

Und nun hatte sie ihn verloren. Er war von ihr weggegangen, als hätte es die Tage, die sie zusammengewesen waren, nie gegeben. Die zarten Wurzeln aufkeimender Neigung waren für immer zerstört.

Sie stand auf, drückte die Hand gegen den schmerzenden Rücken, ging zur Wasserpumpe und füllte einen Eimer mit Wasser. Sie tauchte eine Kelle ein, trank daraus, beschattete die Augen mit der Hand und sah zu ihm hinüber. Er bereitete jetzt ein Stück Brachland neben den Büschen für eine neue Saat vor.

Sie schöpfte noch eine Kelle Wasser und brachte sie ihm. »Durstig?« fragte sie.

Er drehte sich mit einem Lächeln um, doch dann fing er sich wieder, und das Lächeln erlosch. Er nahm ihr wortlos die Kelle aus der Hand.

»Es scheint Ihnen ja mächtig heiß zu sein. Warum setzen Sie sich nicht eine Weile in den Schatten?«

»Nein, vielen Dank, und überdies ist das gar nichts im Vergleich zu den zwei Jahren, die ich hinter mir habe.«

»Im Gefängnis?«

»Dort, wo solche bösen Menschen wie ich eben hinkommen. Treten Sie zur Seite, damit Sie nicht von der Sichel getroffen werden.«

Sie gehorchte, und während sie beiseite trat, sah sie den Schweiß in Strömen über sein Gesicht laufen und hinuntertropfen in seinen offenen Hemdkragen. Einem Impuls folgend, hob sie den Eimer mit dem Wasser hoch, das noch die angenehm kühle Temperatur seiner unterirdischen Quelle hatte, und schüttete es über seinen Hinterkopf.

Tynan stöhnte leise unter dem Schock des kalten Wassers und drehte sich dann wütend zu ihr um.

Chris wich mit einem leisen Kichern vor ihm zurück. »Ich dachte, Sie hätten eine kleine Abkühlung nötig.«

»Bestimmt nicht von Ihnen. Von Ihnen brauche ich gar nichts.« Er begann auf sie zuzugehen.

Chris barg die Hände auf dem Rücken und wich mit einem breiten Grinsen vor ihm unter die Bäume zurück. »Das habe ich ohne irgendwelche Hintergedanken getan. Ehrlich, Ty.«

»Sie haben ja nie Hintergedanken, wenn Sie etwas tun, nicht wahr? Auch nicht im Regenwald, wo sie mich fast wahnsinnig gemacht hätten.«

»Hätte ich das?« sagte sie mit unschuldiger Stimme. »Aber gestern abend schien Sie das nicht sonderlich aufzuregen, als ich mit einem anderen Mann zusammen war.«

»Mit diesem Schwächling? Ich werde mir Gedanken machen, wenn ich sie mit einem *Mann* zusammen sehe.« Da war ein Hauch eines Lächelns auf seinen Lippen, als er weiter auf sie zuging und sie sich immer tiefer in den Schatten der Bäume zurückzog.

Und dann fand sich Chris mit dem Rücken an einem Baum wieder und machte keine Anstalten, sich von ihm wegzubewegen, als Tynan auf sie zukam. Doch sie tat so, als habe sie Angst vor ihm, obwohl man ihr anmerkte, daß die Angst nur gespielt war.

Er faßte sie um die Taille und begann, sein verschwitztes Gesicht an ihrem zu reiben. Er hatte sich an diesem Morgen nicht rasiert, und die scharfen Stoppeln zerkratzten ihr die Haut. Sie quietschte, bat, daß er damit aufhören solle, und versuchte, von ihm abzurücken, aber er hielt sie fest. Dann gelang es ihr, sich von dem Baum und ihm zu lösen und ein paar Schritte weit zu rennen. Doch er fing sie wieder ein, warf sie zu Boden und fuhr fort, sein Gesicht an ihrem Hals und ihren Wangen zu reiben.

Chris quietschte vor Entzücken, als er plötzlich innehielt.

Sie sah lächelnd zu ihm hoch, als er aufstand und mit ernstem Gesicht zu ihr hinuntersah. »Steh auf«, befahl er.

Sie streckte ihm die Hand hin, damit er ihr aufhelfen sollte, und er tat es mit einigem Widerstreben. Sie suchte sich einen Moment lang an ihn zu lehnen, doch er erlaubte ihr das nicht. Schweigend drehte sie ihm den Rükken zu, damit er die Knöpfe dort wieder schließen konnte.

»Halt dich von mir fern, Chris«, sagte er. »Du spielst mit meinem Leben, und das gefällt mir nicht.«

Sie drehte sich wieder um, so daß seine Hände nun auf ihren Schultern lagen. »Es war mein Fehler, fortzureiten und dich zu verlassen. Ich hätte bei dem Picknick an deiner Seite stehen sollen. Ich hatte mich geirrt, und ich möchte, daß du mir bitte verzeihst.«

Er wich einen Schritt vor ihr zurück. »Es ist besser, wenn wir getrennt bleiben. Tatsächlich halte ich es für besser, wenn wir die Maskerade hier beenden. Ich hatte zunächst geglaubt, dieses Theaterspiel könnte nicht schaden, weil Sie so etwas ja schon öfter gemacht haben. Aber es gefällt mir nicht. Morgen möchte ich Sie zu Ihrem Vater zurückbringen. Wenn ich Sie bei ihm abgeliefert habe, können Sie ja, wenn Sie wollen, wieder hierher zurückkommen. Das geht mich dann nichts mehr an, weil ich nicht mehr für Ihre Sicherheit verantwortlich sein werde. Aber so kann das nicht gutgehen; das habe ja ich eben wieder erlebt. Begeben Sie sich ins Haus zurück, waschen Sie sich, und packen Sie Ihre Sachen. Ich werde tun, was getan werden muß.« Damit drehte er sich um und ging wieder hinaus in die Sonne, um Unkraut zu jäten.

Schweigend schickte sich Chris an, ins Haus zurückzukehren.

Kapitel 14

Als Chris sich dem Haus näherte, sah sie Owen in eine Kutsche steigen und fortfahren. Lionel attackierte einen jungen Baum mit einer stumpfen Axt, Unity und diese liebliche Pilar hängten Wäsche an der Leine auf, und da Asher ja auswärts Besorgungen machte, hatte Chris das Haus für sich.

Sie wusch sich, zog sich ein frisches Kleid an und begann über die Tatsache nachzudenken, daß sie morgen heimreiten würde. Sie wollte sich nicht einmal mit Tynan darüber streiten, ob sie in Hamiltons Haus bleiben sollte. Vielleicht war es wirklich nicht ihre Sache, herauszufinden, was Owen mit seinem Neffen anstellte – wenn er überhaupt etwas gegen ihn unternahm.

Als sie sich mit den Knöpfen an ihrem Kleid abmühte, wurde ihr bewußt, daß sie ganz allein im Haus weilte. Und daß dies eine günstige Gelegenheit sei, in Owens Büro zu spionieren.

Sie stieg die Treppe, die sich in unmittelbarer Nähe ihres Zimmers befand, in das nächsthöhere Stockwerk hinauf und mußte drei Türen öffnen, ehe sie Owens Büro fand. Es war vollgestopft mit Papieren, und in einer Ecke stand ein mächtiger Aktenschrank aus Eiche. Sie hatte keine Ahnung, wonach sie suchte, aber vielleicht konnte sie es dort im Schrank finden. Oder doch wenigstens einen Beleg dafür, was Owen über die Eskridges wußte.

Sie hatte gerade den Aktenschrank geöffnet und darin einen dicken Ordner mit dem Namen Diana Eskridge darauf entdeckt, als sie Stimmen auf der Treppe hörte – und eine davon war das tiefe Organ von Owen Hamilton.

Christianas Herz begann heftig zu pochen, während sie sich nach einem Fluchtweg umsah. Da war nur ein Fenster in diesem Büro, und das stand offen. Ohne erst nach unten zu sehen, schob sie die Beine über das Fensterbrett und kletterte hinaus. Die Tür zum Büro ging in dem Moment auf, als sie ihren Rock aus dem Sichtfeld entfernte.

Sie stand auf dem winzig kleinen Mauersims – er besaß etwa nur die Breite einer Regenrinne –, und unter ihr gähnte ein drei Stockwerk tiefer Abgrund.

Sie preßte ihren Rücken gegen die Wand des Erkers, der das Fenster von Owens Arbeitszimmer enthielt, und klammerte sich mit den Händen links und rechts am Mauerwerk fest.

»Diese Reise war besonders ekelhaft«, drang eine Stimme aus dem Zimmer zu Chris, die sie nicht kannte. »Sind Sie sicher, daß Sie alle nötigen Informationen beisammenhaben? Ist er es auch wirklich?«

»Daran besteht kein Zweifel. Wenn ich Ihnen erzähle, wieviel Mühe es mich kostete, das alles zusammenzutragen, werden Sie mir glauben. Samuel Dysan ist der Name, nicht wahr?«

Chris beugte sich zum Fenster. Da war etwas an dem Ton, in dem sie redeten, was in ihr den Wunsch weckte, ihnen genauer zuzuhören.

»Und wie steht es mit Lionel?« fragte der Fremde. »Haben Sie den Namen dieses kleinen Bastards auf die Dokumente bringen können?«

»Warten Sie eine Sekunde, damit ich das Fenster schließen kann. Es wohnen zu viele Leute in diesem Haus, so daß ich nicht weiß, wo sie sich gegenwärtig überall herumtreiben.«

Chris zog sich wieder an die Seitenwand des Erkers zurück, als Owen das Fenster schloß und verriegelte. Nun war sie hier auf dem Sims gefangen und hatte keine Möglichkeit mehr, ins Haus zurückzugelangen.

Die Männer blieben eine Stunde lang im Büro beisammen – es war die längste Stunde ihres Lebens. Hinter sich konnte sie die gedämpften Stimmen von Owen und dem Fremden hören, aber nicht verstehen, was die beiden sagten. Sie hörte, wie Schubladen aufgezogen und wieder geschlossen wurden, Schranktüren knarrten und klapperten, und sie konnte nur hier stehen und verhindern, daß der Wind ihren Rock vor die Scheiben des Fensters wehte.

Als die Männer dann endlich den Raum verließen, versuchte Chris sofort, das Fenster zu öffnen. Doch da es fest verriegelt war, gelang ihr das nicht.

»Nun sitze ich in der Patsche«, murmelte sie. Was für eine Entschuldigung konnte sie wohl vorbringen, daß sie sich außerhalb dieses besonderen Fensters befand? Wenn Owen sich wirklich auf Kosten seines Neffen Lionel bereicherte, konnte es sehr gefährlich für sie werden, wenn er erfuhr, daß sie sich für seine Bürounterlagen interessierte.

Mit einem Seufzer drehte sie sich wieder vom Fenster weg, und dabei rutschte sie vom Sims ab. Es gelang ihr zwar noch, sich festzukrallen, ehe sie endgültig abstürzte, doch sie merkte, daß sie sich dabei die Haut an den Händen abgeschürft hatte. Die Zähne vor Schmerzen zusammenbeißend, zog sie sich am Fenstersims wieder in die Höhe. Sie war völlig außer Atem, als sie wieder mit beiden Füßen auf dem Mauervorsprung stand und sich mit den Händen an der Dachrinne festhalten konnte.

Da verharrte sie nun eine Weile, voller Angst, sich von der Stelle zu bewegen, als sie unter sich Geräusche hörte. Ein paar Sekunden später sah sie das obere Ende einer Leiter am Erkerfenster vorbeischweben und sich gegen den Dachvorsprung lehnen. Mit angehaltenem Atem sah sie nach unten, wer da zu ihrer Rettung heraufkam – oder zu ihrer Bestrafung.

Ihre Erleichterung, als sie Tynan auf der Leiter auftauchen sah, war groß. »Wie haben Sie das gewußt?« fragte sie.

Er legte nur den Finger auf die Lippen zum Zeichen, daß sie schweigen müsse, und deutete ihr dann durch Zeichen an, daß sie ihm die Hand geben solle. Er führte sie um den Sims herum und stellte sie dann, den Arm schützend um ihre Taille gelegt, auf die Leiter.

Als sie schließlich, er immer unter ihr kletternd, den sicheren Boden erreicht hatten, klammerte sie sich einen Moment lang an ihm fest. »Ich hatte ja solche Angst.«

»Sie werden noch mehr Angst haben, wenn Hamilton herausfindet, daß Sie ihn bespitzeln«, sagte er, während er ihre Arme von seiner Taille schälte. »Und nun wollen wir uns von hier verdrücken, ehe Hamilton uns entdeckt.«

Chris wandte sich ab, gerade noch rechtzeitig, um einen Schatten um die Hausecke huschen zu sehen. »Ty! Da ist jemand gewesen!«

»Das ist nur Lionel. Er hat mir ja verraten, wo Sie stekken. Kommen Sie!«

Sie rannte hinter ihm her auf einen Pfad, den sie vorher noch nicht gesehen hatte, zu einem kleinen Haus, das unter Bäumen versteckt lag. Als Ty dort die Leiter an zwei Bügeln unter der Dachrinne aufhängte, entdeckte sie Blut auf der Rückseite seines Hemds.

»Ty, Sie bluten ja!«

»Nein, das sind Sie«, sagte er, nahm ihr Handgelenk, drehte ihre Handfläche nach außen und betrachtete die Stelle, wo sie sich die Haut abgeschürft hatte. »Kommen Sie ins Haus, damit wir die Wunde reinigen und Sie mir erklären können, was Sie dort oben im Dachgeschoß suchten.«

»Ich habe gelauscht«, sagte sie, während er sie ins

Haus hineinzog. Das »Haus« bestand nur aus einem Raum – die eine Hälfte mit einem Herd, die andere mit einem großen Doppelbett ausgerüstet. »Leben Sie hier mit Pilar?« fragte sie leise.

»Ja«, antwortete er, während er ihre Hand über eine Schüssel mit Wasser hielt und die wunden Stellen zu säubern begann.

»Kennen Sie sie schon lange?«

»Seit Jahren.«

»Und sie hat Sie niemals verraten?«

»Dazu bestand wohl kein Grund. Wir standen auf derselben Seite. Halten Sie die Hand still, damit ich sie untersuchen kann.«

»Auf derselben Seite?« wiederholte Chris mit großen Augen. »Soll das bedeuten, daß Sie eine weibliche Gesetzlose ist?«

»Klar. Sie kann schneller ziehen als jeder Revolverheld.«

»Oh! Sie machen sich über mich lustig!«

Er blickte zu ihr hin, den Kopf über ihre Hand gebeugt. »Das war sehr unklug von Ihnen, daß Sie aus dem Fenster gestiegen sind. Wenn Hamilton Sie dort entdeckt hätte . . .«

»Aber es hat sich gelohnt. Ich hörte, wie Owens Besucher sich nach Lionel erkundigte. Er sagte – und jetzt zitiere ich wörtlich: ›Haben Sie den Namen des kleinen Bastards schon auf die Dokumente bringen können?‹ Hört sich das nicht so an, als hätten sie schlimme Dinge mit ihm vor?«

Ty öffnete eine kleine Zinnschachtel auf einem Wandbrett neben dem Herd und entnahm ihr saubere Bandagen. »Nein, das hört sich so an, als habe er Lionel persönlich kennengelernt. Der Junge *ist* ein kleines Scheusal.«

»Warum hat er Ihnen dann geholfen . . . Au!«

»Wenn Sie die Hand stillhalten würden, täte ich Ihnen auch nicht weh. Lionel und ich haben ein Abkommen.«

»Er sagte, er glaubt, Sie wären ein Bankräuber.«

»Hin und wieder. Schlaues Bürschchen. Setzen Sie sich hin, während ich Ihnen Milch und ein paar Plätzchen bringe. Ich brauche eine Stärkung.«

»Habe ich Ihnen angst gemacht? Warum hat Lionel mich nicht verraten? Und warum kam er zu Ihnen? Wer hat die Plätzchen gebacken?«

»Pilar hat die Plätzchen gebacken«, sagte er und setzte sich ihr gegenüber an den rohgezimmerten Tisch. »Und Lionel ist mein treuester Helfer, seit ich ihm die Peitschenschnur um den Hals geringelt habe.«

Chris nahm ein Plätzchen vom Teller, legte es dann aber wieder zurück. Sie merkte, daß ihre Hände zitterten, und langte nach Tynans Whiskyglas. Im Austausch dafür trank er ihre Milch und begann die Plätzchen aufzuessen.

»Wir reiten morgen nach Hause«, sagte Ty, ohne sie anzusehen.

»Und überlassen Lionel seinem Schicksal, nicht wahr?«

»Das ist nicht Ihr Problem.«

»Haben Sie schon jemals etwas von Samuel Dysan gehört?«

»Nein, und wechseln Sie mir jetzt nicht das Thema. Morgen verlassen wir dieses Haus.«

»Und wenn Asher nicht damit einverstanden ist? Das wären dann zwei Stimmen gegen eine.«

»Prescott kann meinetwegen hierbleiben, aber morgen brechen Sie und ich zur Wohnung Ihres Vaters auf.«

»Nur wir beide?« fragte sie und fuhr mit dem Zeigefinger an dem Whiskyglas entlang.

Er nahm ihr das Glas weg und leerte es mit einem Zug. »Es wird Zeit, daß Sie ins Wohnhaus zurückkehren. Sie können Owen Hamilton ja sagen, daß Sie sich die Hand an einem scharfen Stein verletzt haben und deshalb nicht weiterarbeiten konnten.«

Chris machte keine Anstalten, zum Haus zurückzukehren. Sie nahm statt dessen ein Plätzchen vom Teller. Sobald sie in seiner Nähe war, wollte sie dort auch bleiben. »Wie geht es Ihrem Rücken?«

»Er verheilt gut dank Pilars behutsamer Pflege. Chris, gehen Sie jetzt ins Haus zurück.«

Sie sah mit traurigen Augen zu ihm auf. »Es war mein Fehler, daß ich Sie allein ließ. Ich hätte mit Ihnen ins Gefängnis gehen sollen.«

»Die Welt ist voller *hätte.*« Er stand vom Tisch auf. »Ich gehe jetzt zurück an die Arbeit, und ich möchte, daß Sie ins Haus zurückkehren und sich nicht mehr in fremde Angelegenheiten einmischen.«

»Vielleicht sollte ich mich dort mit Asher im Schlafzimmer einschließen.«

»Wenn Ihnen das nicht zu langweilig ist?« erwiderte er, setzte seinen Hut auf und stampfte aus der Hütte.

Da mußte Chris, ob sie wollte oder nicht, ebenfalls den Rückweg zum Haus antreten. Die Sonne hatte sich hinter Wolken versteckt. Regen lag in der Luft.

»Es wird ein Gewitter geben«, sagte Unity, als Chris in die Küche kam. »Was haben Sie denn mit Ihrer Hand gemacht?«

Chris blickte hoch – und direkt in die dunklen, hübschen Augen von Pilar hinein.

»Ein Schnitt«, brachte Chris nach einer Weile über die Lippen. Kein Wunder, daß Ty diese Frau mochte. Sie war wirklich wunderschön.

»Möchten Sie vielleicht etwas Kaltes trinken?« fragte

Pilar mit sanfter Stimme. »Wir haben uns eben einen Kräutertee gemacht. Er schmeckt recht gut.«

»Nein«, antwortete Chris und war gar nicht glücklich, daß diese Frau so nett zu ihr war.

»Sie sehen ein bißchen blaß aus«, sagte Unity. »Ich habe zu Mr. Owen gesagt, daß er Sie nicht in der prallen Sonne arbeiten lassen sollte. Sie sind auch zu schmächtig für die Arbeit im Freien.«

Chris hatte keine Ahnung, warum Sonne einer grazilen Figur mehr schaden konnte als einer üppigen, aber solche Bemerkungen hatte sie sich ihr Leben lang anhören müssen. »Ja, ich würde doch gerne etwas trinken.«

»Pilar hat Plätzchen gebacken. Nehmen Sie sich welche davon.«

»Nein, danke, ich habe bereits welche gegessen«, sagte Chris, ohne erst nachzudenken, und blickte dann Pilar an. Sie sah, daß diese ihre Bemerkung richtig interpretiert hatte. »Ich werde mich ein bißchen hinlegen. Vielleicht hat der Blutverlust mich ein wenig schwindlig gemacht.«

Chris verließ die Küche und war gerade auf dem Weg nach oben, als Owen sie anrief.

»Diana, könntest du einen Moment zu mir hereinkommen? Da ist jemand, den ich dir vorstellen möchte«, rief Owen durch die offenstehende Salontür.

Chris wußte, daß es sich um den Besucher handeln mußte, den sie vor einer Stunde oben im Büro hatte sprechen hören, und sie wollte diese Person auch gern kennenlernen – aber sobald sie ihn zu Gesicht bekam, stand sie ganz still und konnte sich nicht mehr von der Stelle rühren. Nicht, daß der Mann häßlich gewesen wäre oder in irgendeiner sichtbaren Weise abstoßend, aber sie spürte sofort, daß dieser Mann böse war. Er war großgewachsen und brünett, und sein Gesicht mußte vor

Jahren sogar einmal schön gewesen sein. Doch irgendwann hatte er sich dann das Nasenbein gebrochen, und eine Messernarbe lief mitten durch eine Braue. Trotz dieser Entstellung war er immer noch ein gutaussehender Mann, doch Chris hätte sich geweigert, mit ihm allein in einem Zimmer zu bleiben.

»Diana, nun sei nicht so schüchtern«, sagte Owen neben ihr. »Das ist ein Freund von mir, Mr. Beynard Dysan. Er wird eine Weile bei uns wohnen.«

»An ... angenehm!« brachte Chris schließlich mit einer Flüsterstimme über die Lippen und reichte dem Mann die Hand, obwohl sie diese lieber auf dem Rükken versteckt hätte.

»Ich freue mich, Sie kennenzulernen. Owen hat mir von dem unglücklichen Tod Ihres Vater erzählt. Mein Beileid.«

»Ja, danke«, murmelte sie. »Ich habe mich heute morgen an der Hand verletzt«, sagte sie dann und zeigte die bandagierte Stelle vor. »Und ich fühle mich ein bißchen schwach auf den Beinen. Wenn Sie mich jetzt bitte entschuldigen wollen?« Damit floh sie aus dem Zimmer, ehe einer der beiden Männer protestieren konnte.

Oben lehnte sie sich dann eine Weile mit dem Rükken gegen die Zimmertür. Bis jetzt war sie nicht sicher gewesen, ob in diesem Haus etwas Ungehöriges oder Ungesetzliches geschah. Aber nachdem sie Beynard Dysan kennengelernt hatte, wußte sie, daß er in üble Machenschaften verwickelt war.

Sie schrak zusammen, als sie draußen die Stimmen der beiden Männer auf der Treppe hörte. Sie lauschte und öffnete die Tür einen Spalt, als die Männer ins nächsthöhere Stockwerk zu Owens Büro hinaufstiegen.

»Ich werde in einer halben Stunde fertig sein zum

Ausreiten«, hörte sie Dysan sagen. »Dann können wir uns ungestört unter vier Augen unterhalten.«

Chris machte ihre Zimmertür wieder zu. Die Männer wollten sich also an einen Ort begeben, wo sie sich unbelauscht fühlen konnten, und wenn sie herausfinden wollte, was in diesem Haus vorging, war das ihre einzige Chance; denn morgen wollte Tynan sie zu ihrem Vater zurückbringen.

Sie zog sich rasch ihr Reitkleid an, schlich dann auf Zehenspitzen die Treppe hinunter und verließ das Haus durch die schmale Tür im Musikzimmer. Sie wollte nicht, daß jemand Zeuge wurde, wie sie sich aus dem Haus stahl. Im Stall sah sie den Jungen damit beschäftigt, zwei Pferde zu satteln, und sie schlich an den Boxen entlang, bis sie eine schwarze Stute mit guten Fesseln und Proportionen entdeckte. Diese sattelte sie in ihrem Verschlag und schmuggelte sie dann durch eine Seitentür ins Freie.

Es war nicht schwierig, sich anschließend so lange unter Bäumen zu verstecken, bis sie Owen und Dysan aus dem Stall kommen und in die Sättel steigen sah. Es war auch leicht, ihnen in einem bestimmten Abstand zu folgen. Die beiden Männer ritten langsam, in eine Unterhaltung vertieft, nebeneinander her, und Owen deutete hin und wieder mit der Hand auf irgend etwas in ihrer Nähe.

Sie folgte den beiden Männern ungefähr vier Meilen weit, über eine Brücke, die einen tiefen Fluß überspannte, dann eine schmale Straße hinunter, als sie plötzlich in einen Pfad einbogen und verschwanden. Chris wartete eine Weile an der Stelle, wo der Pfad von der Straße abzweigte, und ritt ihnen dann vorsichtig hinterher. Die Bäume standen hier zu dicht beisammen, als daß sie genügend weit hätte sehen können, und ihr Herz begann wieder laut zu pochen, weil sie jeden Moment in die beiden Männer hineinreiten konnte.

Mit vorgebeugtem Kopf lauschte sie angestrengt. Plötzlich hörte sie vor sich ein lautes Lachen und zügelte sofort ihre Stute. Dann schwang sie sich rasch aus dem Sattel, ließ das Pferd im Gebüsch stehen und bewegte sich vorsichtig durch die Sträucher auf die Stelle zu, wo sie das Lachen vernommen hatte.

Sie hatte vielleicht ein Dutzend Schritte gemacht, als sie tief in die Hocke ging. Vor ihr auf einer Kuppe standen Owen und Beynard Dysan.

»Wann lerne ich Sam kennen?« fragte Beynard.

»Bald. Ich möchte keine Schwierigkeiten in der Nähe meines Hauses haben.«

Beynard sah Owen grinsend an. »Sie wollen sich Ihre Schwierigkeiten für Ihren Neffen aufsparen! Ich habe noch nie ein so widerwärtiges Kind erlebt.«

Owen lächelte. »Nicht wahr? Niemand wird ihm eine Träne nachweinen, wenn ihn sein Schicksal ereilt. Sehen Sie den Wald dort vorn? Nächstes Jahr um diese Zeit gehört er mir.«

»Und wie wollen Sie das bewerkstelligen?«

»Sein Vetter wird das für mich tun. Eskridge hat bereits Geld unterschlagen, einen Mann in den Selbstmord getrieben, und er schlägt seine kleine Frau. Es sollte ein leichtes sein, ihm auch einen Mord in die Schuhe zu schieben.«

»Und was wird mit der Frau?«

Owen und Beynard wechselten kurz einen Blick. »Sie hat ihren Zweck erfüllt. Sollen wir nicht lieber wieder umkehren? Ich möchte zu Hause sein, bevor das Gewitter losbricht.«

Zu Christianas großem Schrecken machten die Männer wie auf Befehl kehrt und kamen auf sie zu. Es sah fast so aus, als wüßten sie, wo sie sich versteckt hielt. Das war natürlich unmöglich, und so duckte sie sich nur noch tiefer, und die Männer kamen immer näher.

Da ertönte plötzlich ein Pfiff irgendwo seitlich im Unterholz, und die beiden Männer blieben stehen – einen knappen Meter von Christianas Versteck entfernt.

»Hallo!« hörte sie Tynans laute Stimme, und Chris hätte vor Erleichterung losheulen können. »Ich vermute, diese beiden Pferde gehören Ihnen, Mr. Hamilton!«

»Was machen Sie denn hier?« fauchte Owen.

Chris hob ein wenig den Kopf, damit sie Ty sehen konnte. Über der Schulter trug er zwei tote Kaninchen.

»Unity hat mich losgeschickt, Kaninchen zu jagen.«

Chris wischte sich die ersten Regentropfen aus dem Gesicht, die eben vom Himmel gefallen waren.

»Und ich wollte, daß Sie im Garten arbeiten«, sagte Owen.

Chris bemerkte, daß Dysan, der zum Wald hinübergesehen hatte, währen Owen mit Tynan sprach, sich nun zu Tynan umdrehte.

»Und erwarte, daß Sie auch schleunigst wieder dorthin zurückkehren.«

»Und mir Unitys Zorn zuziehe?« erwiderte Tynan munter und blinzelte, weil nun der Regen kräftig auf ihn herniederrauschte. »Nein, danke. Ich werde so lange hierbleiben, bis ich die drei Kaninchen erbeutet habe, wie es mir aufgetragen wurde.« Er hielt inne, als ein Blitz das Tal vor ihnen erhellte. »Sie werden noch ganz naß, wenn Sie jetzt nicht nach Hause reiten, Gentlemen«, sagte Tynan dann mit gedehnter Stimme.

Einen Moment lang hielt Chris den Atem an, denn die drei Männer sahen sich an, als wollten sie sich gegenseitig niederschießen. Aber warum? fragte sie sich im stillen.

Dysan gab als erster nach. »Gehen wir«, sagte er, und Owen folgte ihm stumm.

Chris kauerte sich noch tiefer in die Büsche, um sich vor dem Regen zu schützen und vor Tynans Blicken zu verbergen.

Aber vor ihm gab es kein Verstecken. Keine zwei Minuten nachdem die beiden Männer fortgeritten waren, packte er ihren Arm und zog sie unter den Büschen hervor. »Ich sollte Sie dafür eigentlich übers Knie legen«, sagte er. »Wissen Sie, daß die beiden Sie hätten umbringen können?«

Das Wasser lief von seiner Hutkrempe auf ihr Gesicht hinunter. »Woher wußten Sie, wo ich war?«

»Pilar hat Sie weggehen sehen und mich benachrichtigt.« Er hatte einen scheußlich harten Griff, als er sie am Oberarm hinter sich herzerrte. »Und jetzt kommen Sie mit mir.«

»Aber mein Pferd! Es ist . . .«

»Sie glauben, die Männer haben es hier für Sie stehenlassen?« Er schob sie den Abhang hinunter, aber nicht in die Richtung, aus der sie gekommen war.

Sie hielt den Kopf gesenkt, damit der Regen ihr nicht in die Augen peitschte, und stolperte hinter ihm her.

»Wohin gehen wir?«

»Nach Hause. Zu Ihrem Vater. Sie haben mich schon zwanzig Jahre meines Lebens gekostet, und viel mehr bleiben mir nicht.«

»Aber was wird aus Asher? Sie wollen Lionel umbringen und den Mord dann Asher anlasten.«

»Das ist seine Sorge, Sie sind meine.« Er hielt bei einem gesattelten Pferd an, hob sie in den Sattel und stieg dann hinter ihr aufs Pferd.

»Kommen wir auf diesem Weg zum Haus zurück?«

»Wir kommen auf diesem Weg zu Ihrem Vater zurück.«

»Tynan«, sagte sie, sich im Sattel umdrehend, und schlang die Arme um seine Brust. »Wir können Asher unmöglich allein zurücklassen. Wir müssen ihn wenigstens warnen. Bitte!« Sie sah mit flehenden Augen zu ihm auf.

Er sah sie einen Moment lang schweigend an. »Also gut, verdammt noch mal. Wir werden ihn warnen. Doch dann reiten wir zu Ihrem Vater.«

»Jawohl, Tynan«, sagte sie und klammerte sich noch immer an ihm fest, während sie ritten.

Er ritt so rasch, wie das Pferd die doppelte Last zu tragen vermochte, als dessen vordere Hufe plötzlich in die Luft stiegen und Ty Mühe hatte, das Tier wieder unter Kontrolle zu bringen und gleichzeitig zu verhindern, daß sie aus dem Sattel flog.

»Verdammt«, sagte er in einem Ton, der Chris zwang, sich zu ihm umzudrehen. Ein Blitz war in die Brücke gefahren, und der Fluß war zu einem reißenden Strom angeschwollen, den sie unmöglich durchwaten konnten.

»Wir müssen eben den anderen Weg benutzen«, sagte Chris und sah zu ihm hoch.

»Auf dem anderen Weg gibt es keine Brücke über den Fluß.«

Er hielt die Zügel des Pferdes straff. Sie waren beide bis auf die Haut naß, und Blitze zuckten ununterbrochen um sie herum. Doch Tynan machte keine Anstalten, sich von der Stelle zu bewegen.

»Sollten wir nicht besser weiterreiten?« fragte Chris und rieb sich das Wasser aus den Augen. »Das Unwetter wird von Minute zu Minute schlimmer.«

»Es gibt nichts, wo wir hinreiten könnten«, antwortete

Tynan. »Wir sind von der Fahrstraße abgeschnitten, und im Norden von uns gibt es nur Urwald.«

»Ty! Es wird bereits dunkel. Wir können nicht die ganze Nacht hier vor dem Fluß stehenbleiben. Gibt es denn keine Unterkunft hier in der Nähe? Wenn das Gewitter vorbei ist, wird der Fluß auch bald wieder abschwellen. Dann kommen wir hinüber ans andere Ufer.«

Ty sagte nichts, sondern starrte stumm in das brodelnde, reißende Wasser.

»Tynan«, überschrie Chris das Donnern. »Laß uns wieder unter die Bäume reiten. Vielleicht finden wir einen überhängenden Felsen, der uns Schutz vor dem Regen gewährt.«

»Es gibt eine Blockhütte in der Nähe.«

»Was hält uns dann noch hier auf?«

Das Pferd tänzelte nervös, und es goß wie aus Kübeln, und doch wollte sich Tynan nicht von der Stelle rühren.

»Was ist denn los?« schrie sie. »Was hält uns noch davon zurück, zu dieser Blockhütte zu reiten?«

»*Du* bist es, der mich davon zurückhält!« schrie er zurück, wendete dann aber das Pferd und ritt nach Norden.

Kapitel 15

Die Blockhütte war einst für einen Landvermessungstrupp gebaut worden, der in diesen Wäldern gearbeitet hatte. Seither war die Hütte in brauchbarem Zustand erhalten worden, vermutlich von Owen, da ihm der Wald gehörte – oder vielmehr Lionel, wie ihn Chris energisch zurechtwies. Die Hütte bestand aus einem kleinen Raum, in dem sich eine Herdstelle und ein Stapel Feuerholz befanden. Irgendwelche Möbel gab es nicht.

Tynan hatte das Pferd in einem Anbau an der Hinterseite der Hütte untergestellt, dann ein Feuer in der primitiven Herdstelle entfacht und die Kaninchen ausgenommen und abgehäutet, die nun an einem Spieß über dem Feuer brieten. Trockenes Feuerholz gab es hier in Hülle und Fülle. Dann hatte Ty den Sattel mit der Bettrolle auf den Boden geworfen, damit Chris sich darum kümmern konnte, während er das Pferd versorgte.

Sie entfernte die Decke aus der Bettrolle und freute sich, daß sie relativ trocken geblieben war. Sie schüttelte die Decke aus und erschauerte in ihren nassen Kleidern. Ihr wurde plötzlich bewußt, warum Tynan sich scheute, bei ihr in der Hütte zu bleiben. Da der Regen draußen ununterbrochen vom Himmel rauschte, das Feuer in der Hütte lustig prasselte und sie im Begriff war, ihre nassen Kleider auszuziehen, an deren Stelle sie sich nur eine Decke um den Leib wickeln konnte, wurde ihr klar, wohin das führen mußte.

Mit einem leisen Seufzer ließ sie sich auf den Sattel fallen, die Decke auf ihren Knien. Was würde ihre Mutter gesagt haben, wenn sie gewußt hätte, was ihr einziges Kind nun vorhatte? Würde sie entsetzt sein? Würde Judith Montgomery diesen Tynan geliebt haben – diesen Mann ohne Nachnamen, für den der Begriff »Heim und Herd« ein Fremdwort war?

Chris drehte die Kaninchen über dem Feuer und versuchte so ruhig und besonnen wie möglich zu überlegen. Sie hatte noch nie zuvor in ihrem Leben mit dem Gedanken gespielt, einen Mann zu verführen. Zuweilen dachte sie, was für eine Ironie es doch war, daß sie ihr ganzes Leben hindurch Männer von sich abgewehrt hatte. Das hatte schon als kleines Kind begonnen, als ihre Mutter sie davor gewarnt hatte, von fremden Männern Süßigkeiten anzunehmen, und sie später ermahnte, bis zu ihrem Hochzeitstag immer nein zu sagen. Wie konnte sie also jetzt etwas anderes sagen? Und noch wichtiger: Wie sollte sie eine Frage mit ja beantworten, die ihr überhaupt nicht gestellt wurde?

Sie stand einen Moment vor dem Herd und starrte in die Flammen. Vielleicht wollte Tynan sie gar nicht haben; möglicherweise war das sogar der Grund dafür, daß er all ihren Avancen widerstand. Vielleicht genügte ihm die schöne Pilar vollkommen.

Sie erschauerte abermals in ihren nassen Kleidern und begann sich diese vom Körper zu schälen, während sie sich, immer noch in das Feuer starrend, fragte, was sie tun sollte und ob sie es tun sollte. In diesem Augenblick kam Tynan in die Hütte zurück.

Instinktiv zog sie die Decke in die Höhe, um ihre Blöße zu verstecken.

Ty, der nur kurz in ihre Richtung schaute, hängte den Zügel an einen Nagel an der Tür, nahm dann seinen Hut ab und schüttelte das Wasser aus der Krempe. »Sieht so aus, als würde das Gewitter die ganze Nacht andauern. Sind die Kaninchen schon gar?«

Chris wickelte die Decke um ihren Leib und ging zum Herd, um das Fleisch zu kosten. »Ich denke ja, aber ganz sicher bin ich mir nicht.«

Sie sah hoch, bemerkte, daß Tynan sie anstarrte, und wurde sich bewußt, daß die Decke oben und unten klaffte. Sie senkte den Kopf, damit er ihr Lächeln nicht bemerkte, und sah dann wieder auf die Kaninchen. Wenigstens machte sie etwas Eindruck auf ihn, dachte sie, wenn sie auch nur seinen Blick auf sich zog.

»Ich werde das Fleisch kosten«, sagte Ty.

Sie blickte durch ihre Wimpern zu ihm auf.

»Treten sie zurück«, sagte er gewaltsam. »Stellen Sie sich an die Wand. Nein, nicht an diese, sondern an die entfernte. Dort bleiben Sie so lange, bis ich das Fleisch geprüft habe.«

»Tynan«, sagte sie erbost, »Sie benehmen sich so, als hätte ich eine ansteckende Krankheit. Ich kann Ihnen versichern, daß ich absolut frei von irgendwelchen Leiden oder Beschwerden bin.«

»Hmm!« machte er nur und riß eine saftige Keule aus dem Kaninchenbraten. Seine Kleider waren naß und klebten an seinem muskulösen Körper, so daß jeder Hügel und jedes Tal auf seinem Rücken deutlich zu erkennen waren. Sie konnte sehen, wo die Peitsche Narben hinterlassen hatte. »Sie sind schlimmer als jede Krankheit, Lady – Sie sind Gift.«

»War es wirklich so schlimm im Gefängnis?« fragte sie mit sanfter Stimme.

»Leider vergißt man viel zu schnell. Hier, nehmen Sie das«, sagte er, als er die Kaninchen von den Spießen nahm. »Oder besser, Sie holen sich das Fleisch, wenn ich mich dort in die Ecke gesetzt habe.«

»Du meine Güte, Tynan! Ich werde Sie schon nicht umbringen! Sie benehmen sich, als würde ich mit einem geladenen Gewehr auf Ihren Kopf zielen.«

Er musterte sie eine halbe Sekunde lang von Kopf bis Fuß. »Ich hätte es lieber mit zwanzig Gewehren zu tun als mit Ihnen. Essen Sie das Fleisch, und legen Sie sich dann dort drüben hin, um zu schlafen. Wir werden morgen früh sehr zeitig aufbrechen, damit Sie noch vor dem Morgengrauen Prescott warnen können. Dann reiten wir sofort weiter. Ich möchte Sie keine Sekunde länger in der Nähe von Hamilton lassen.«

Chris streckte sich auf dem harten Holzfußboden aus, kaute auf ihrem Stück Fleisch herum und versuchte, es sich bequem zu machen. Vergeblich. Die Decke war klein und ließ ihre Beine von den Knien abwärts frei. Sie suchte sie unter dem Stoff zu bergen, entblößte dabei jedoch nur ihre Schultern, so daß sie oben herum fror. Und wenn sie sich oben bedeckte, fror sie unten.

»Wollen Sie nicht endlich stillhalten?« rief Tynan plötzlich.

Sie sah überrascht hoch. Er saß auf dem Sattel, knabberte an seiner Kaninchenkeule und starrte ins Feuer. »Also, ich versuche nur, so zu liegen, daß ich nicht erfrieren muß, und das ist unter den gegebenen Umständen gar nicht so einfach.«

»Es war Ihre Idee, in dieser Hütte zu übernachten. Also hören Sie auf, sich zu beschweren, und machen Sie das Beste daraus. Versuchen Sie zu schlafen.«

»Wie soll ich denn schlafen können, wenn ich hier vor Kälte schlottere? Und warum haben Sie immer noch Ihre nassen Kleider an?« Sie setzte sich auf. »Schauen Sie mal Ihre Haut an! Sie ist blau vor Kälte. Gibt es denn hier nichts, was wir als Kaffeetopf verwenden können? Ich werde Ihnen etwas kochen, das Sie wärmt.«

Er machte sich nicht die Mühe, ihr zu antworten, sondern saß nur da, kaute auf seinem Fleisch herum und hielt den Blick auf die Flammen gerichtet, als wäre sie gar nicht vorhanden.

Chris setzte sich vor ihm hin, und als er fortfuhr, über sie hinwegzusehen, nahm sie seine Hände in die ihren. »Stimmt etwas nicht? Erinnert diese Hütte Sie an etwas Schlimmes, das Ihnen früher widerfahren ist? Vielleicht an eine Bande von Gesetzlosen, mit der Sie ritten? Oder an den Mann, der Ihr Freund war und aufgehängt wurde?«

Ty sah mit einem Gesicht auf sie hinunter, das zu fragen schien, ob sie nun völlig den Verstand verloren habe.

Seine Hände waren so kalt wie ein Stück Eisen, das man im Schnee vergessen hatte. Sie begann sie zu reiben, darauf zu hauchen und sie auf jede denkbare Weise zu erwärmen.

»Chris«, sagte er mit einer heiseren Flüsterstimme. »Ich glaube nicht, daß ich das noch länger ertragen kann. Also setzen Sie sich jetzt dort drüben in die Ecke und lassen Sie mich in Ruhe.«

»Es wird Ihnen nicht warm werden, wenn Sie weiter in Ihren nassen Kleidern herumsitzen. Sie sollten sie lieber ausziehen.« Sie sah zu ihm hoch und wußte, daß sich das, was sie für ihn empfand, in ihren Augen spiegelte. Doch er schien überhaupt nicht darauf zu reagieren. Er saß nur da und sah sie an, und wenn sich etwas in seinen Augen spiegelte, dann war es Trauer.

Sie wollte gerade etwas sagen, als er sich plötzlich bewegte, sie in seine Arme nahm, sie zu sich emporzog und seinen Mund auf ihre Lippen preßte. Wenn Tynan schon ein Meister im Öffnen von Knöpfen war, so konnte er mit Decken noch meisterlicher umgehen. Ehe sein Gesicht mit dem ihren in Berührung kam, flog die Decke schon in eine Ecke der Hütte. Chris stöhnte leise, als sie Tys kalte, nasse Kleider auf ihrer warmen, nackten Haut spürte; doch sie legte ihm die Arme um den Hals und zog ihn noch fester an sich.

»Tynan«, flüsterte sie, als er hungrig ihren Hals zu küssen begann, seine Hände an ihrem Rücken hinauf- und hinunterglitten, seine Finger ihr Gesäß umspannten.

Er nahm ihren Kopf in seine Hände und blickte sie an. »Chris«, murmelte er, »ich habe noch nie ein so großes Verlangen nach etwas gehabt wie jetzt nach dir. Das ist deine letzte Chance, nein zu sagen, weil es dann für mich kein Zurück mehr geben kann.«

Ihre Nasen berührten sich, so daß sie ihr Gesicht ein wenig drehte, damit sie ihm rasch einen Kuß geben konnte. »Ja«, sagte sie mit freudiger Stimme, »ja und ja und ja.« Und bei jedem Ja gab sie ihm einen Kuß.

Da huschte ein Lächeln über sein Gesicht, ein warmes, verführerisches Lächeln, daß Chris ein prickelnder Schauer über den Körper lief. Das war also das Gesicht von Tynan, dem Liebhaber, dachte sie.

Mit einem breiten Grinsen wühlte er in ihren nassen Haaren, beugte sich vor und knabberte sacht an ihrer Unterlippe. Das kam für Chris überraschend. Sie wußte zwar über die elementaren Vorgänge bei der menschlichen Paarung Bescheid, doch daß man dabei auch die Zähne benutzte, davon hatte sie bisher noch nichts gehört.

»Komm her, du kleine verführerische Elfe«, sagte er und zog sie noch weiter in die Höhe. Sie war nun zwischen seinen Beinen, und seine nasse Hose drückte gegen ihre Rippen, hielten sie fest, während er ihr Ohrläppchen küßte, ihren Hals, ihre Schultern, mit Zähnen und Lippen ihren Arm liebkoste.

Chris spürte, wie ihr der Kopf in den Nacken sank. »Oh, das tut gut«, murmelte sie mit geschlossenen Augen. Seine Hände begannen ihren Körper zu reiben, sie zu erwärmen. Sie schienen überall zugleich zu sein – an ihren Sohlen, an ihren Waden, an ihrem Gesäß, und dann massierten seine Fingerspitzen ihre Wirbelsäule.

Nach einer Weile spürte sie seine kalten Kleider nicht mehr, sondern nur noch seine heißen Hände auf ihrer Haut, seine Lippen, die sich über ihren Körper bewegten – einen Körper, der noch nie zuvor die Lippen eines Mannes gekannt hatte.

Und er konnte mit ihrem Körper genauso geschmeidig behend umgehen wie mit den Knöpfen ihres Kleides. Sie wußte gar nicht, wie sie in die Rückenlage gekommen war, spürte aber um so mehr seine Lippen, die zum ersten Mal ihre Brüste berührten. Ihre Augen flogen auf, und sie betrachtete ihn staunend.

Der dunkle Raum, die Herdflammen hinter ihm, die ihn mit einem leuchtenden Saum umgaben, ließen ihn noch besser aussehen als sonst, und es war ihr, als wäre Zeus, der Göttervater, vom Olymp herabgestiegen, um sie zu lieben. Sie vergrub ihre Hand in seinen dunklen Haaren und zog seinen Kopf zu ihrem Gesicht empor, damit sie ihn küssen konnte. »Ich liebe dich, Tynan«, sagte sie, schlang ihre Arme um ihn und küßte ihn. Sie war nicht überrascht, als sie merkte, daß er kein Hemd mehr trug. Zweifellos konnte er sich selbst genauso rasch und geschickt entkleiden wie eine Frau.

Seine Hände fuhren fort, ihren Körper zu streicheln und zu liebkosen, glitten über ihren Bauch, an ihren Schenkeln hinunter und wieder hinauf zu ihren Brüsten. Er fühlte sich so gut an – seine kräftigen breiten Schultern; die Art, wie seine Muskeln unter ihren Händen lebendig wurden, wenn er sich bewegte; dieses sanfte Schaukeln seiner Hüften an ihrer Hüfte.

Chris spürte, wie ihr das Herz bis in den Hals hinauf schlug, als seine Hände anfingen, das weiche Fleisch an der Innenseite ihrer Schenkel zu streicheln und zu kneten und weiche, ruhende Muskeln zu berühren. Ihre Beine begannen sich ganz von selbst zu öffnen.

»Ty«, flüsterte sie, »mein herrlicher Ty.«

Er sagte kein Wort, begann aber mit seinen Lippen an ihrem Leib hinunterzuwandern, während Chris den Kopf weit zurück in den Nacken bog in Erwartung dessen, was da kommen mußte. Sein heißer, feuchter Mund schloß sich um ihre Brust und entlockte ihr ein leises Stöhnen. Und während er fortfuhr, ihre Brüste mit seinen Lippen zu liebkosen, strichen seine Hände über ihre Beine hin.

Als er sich über sie schob, faßte sie mit beiden Händen nach ihm und umklammerte instinktiv seinen Leib mit ihren Beinen. Sacht löste er ihre Beine wieder von seinen Hüften und legte sie neben sich, angewinkelt mit den Knien nach oben.

Als er in sie eindrang, wimmerte sie leise und öffnete die Augen, um ihn anzuschauen. Er lag immer noch auf ihr, lächelte sie an, als wäre das alles ganz mühelos und unbeschwert, dabei standen ihm dicke Schweißperlen auf der Stirn.

Sie war auf einen Schmerz vorbereitet gewesen. Doch sie spürte keinen, nur Überraschung darüber, wie sich der Liebesakt nun wirklich anfühlte. Sie blinzelte ein paarmal und hob dann leicht ihre Hüften an, auf Ty zu, und sah, wie er nun die Augen schloß, den Kopf in den Nacken legte und ganz in sie eindrang.

Chris meinte, das Herz würde ihr jeden Moment aus der Brust springen, als er sich in ihr zu bewegen begann – so sacht und so langsam zunächst, daß sie ein absolut himmlisches Gefühl dabei hatte. Langsam, tief und rhythmisch bewegte er sich, und sie hatte das Empfinden, als würde er sie verschlingen, während sie sich auszudehnen und immer größer zu werden schien, bis sie meinte, nun müsse sie jeden Moment explodieren.

»Tynan?« sagte sie, und da lag eine leise Angst in ihrer Stimme, weil sie nicht wußte, was nun passieren würde.

Er nahm ihre Beine, legte sie sich, wie anfangs, um seine Hüften und hob dann ihr Becken an, so daß die Hälfte ihres Körpergewichts von seinen Hüften getragen wurde. Dann fing er an, sich rascher zu bewegen, um möglichst noch tiefer zu gelangen. Chris hob die Hände, um die kräftigen Muskeln auf seiner Brust zu berühren, sich an ihn zu klammern, ihre Fingerkuppen in seine Muskeln zu graben, als wollte sie sich in seinem Fleisch festkrallen. Ihr Kopf bewegte sich vor und zurück, und sie gab leise, helle Töne von sich.

Tynans Bewegungen wurden noch schneller, und nun dachte Chris wirklich, sie würde explodieren.

Danach lag sie still, immer noch an ihn geklammert, und wollte ihn nicht mehr loslassen.

»Du kannst doch, nicht wahr?« sagte sie schließlich.

Mit einem leisen Lachen löste sich Ty von ihr, hielt sie aber fest, einen Arm unter ihrem Kopf, einen Schenkel auf ihren Schenkeln.

»Das war wunderbar«, sagte sie, sich streckend. »Habe ich es richtig gemacht? Du warst nicht enttäuscht, nein?«

»Nein«, murmelte er.

»Du schläfst doch jetzt nicht, oder?«

»Nicht, wenn du fortfährst, mich auszufragen. Chris, wir müssen morgen früh sehr zeitig aufstehen und haben einen sehr anstrengenden Tag hinter uns, wenn ich dich an unsere Kletterpartie erinnern darf. Deshalb hätte ich jetzt ganz gern geschlafen.«

»Schlafen?« Sie stemmte sich mit dem Ellenbogen hoch, damit sie ihn ansehen konnte. »Aber ich habe schrecklichen Hunger, und wir haben so viel zu bereden: Wie du herausgefunden hast, daß wir zu Owen geritten sind; wann wir heiraten werden, und was wir Lionels wegen unternehmen sollen, und daß Pilar jetzt aus dem Haus muß und ...«

»Moment mal!« Seine Augen waren auf sie gerichtet. »Heiraten? Wer hat etwas von Heiraten gesagt!«

»Aber ich dachte ... ich meine, nach dem, was wir eben getan haben ...«

Er rollte von ihr weg und zog seine Hose an.

Sie sah ihm zu, die Decke an den Leib gedrückt, wie er Holz nachschürte und die Kaninchen an den Spießen über die Flammen hängte, damit das Fleisch wieder heiß wurde. Dann riß er ein großes Stück davon ab und reichte es ihr, ehe er sich an der Hüttentür aufstellte, sich umdrehte und sagte:

»Ich habe das niemals gewollt. Ich war entschlossen die Hände von dir zu lassen, wie dein Vater es von mir verlangte.«

»Wenn du dir wegen deiner Begnadigung Sorgen machst«, sagte sie mit vollem Mund, »kann ich dich beruhigen. Mein Vater schickt dich nicht ins Gefängnis zurück. Dafür verbürge ich mich.«

»Merkst du denn nicht, daß es hier um mehr geht?« fragte er gereizt. »Jemand wie ich kann eine Frau wie dich nicht heiraten, und außerdem *will* ich auch gar nicht heiraten.«

Chris hörte auf zu kauen. »O Tynan, du hast eine so schlechte Meinung von dir!«

»Du ebenfalls, sobald der Wind dir ins Gesicht bläst.«

Chris hätte sich fast verschluckt. »Ich habe einen Fehler gemacht und entschuldige mich dafür. Das wird nicht noch einmal passieren. Schon gar nicht, wenn du mein Ehemann bist.«

»Aber das werde ich eben nicht sein!« sagte er, sich wieder von der Tür entfernend. »Wenn ich jede Frau heiraten würde, mit der ich . . .«

»Schon gut, ich habe verstanden«, unterbrach sie ihn rasch. »Aber ich liebe dich, Tynan!«

»Du glaubst, in das verliebt zu sein, was du siehst. Ich versuche freundlich zu dir zu sein, Chris. Was heute abend passiert ist, passiert immer, wenn eine Frau und ein Mann zusammen eine Nacht in einer einsamen Hütte verbringen. Das war unvermeidlich.«

Chris warf den abgenagten Knochen ins Feuer, stand auf und wickelte sich die Decke um den Leib. »Vielleicht ist das in deiner Welt unvermeidlich, aber nicht in meiner. Als ich gegen die mexikanische Regierung ermittelte, verbrachte ich drei Nächte allein mit einem mexikanischen Wächter in einem Raum, aber er hat mich nicht angerührt.«

»Und wie viele Gewehre hast du auf ihn gerichtet?«

»Nur eine sehr kleine Pistole«, sagte sie mit einem Lächeln. »Tynan, ich ...«

»Es gibt nichts mehr zu sagen. Ich möchte, daß du dich hinlegst und schläfst. Am besten vergessen wir, was heute abend hier geschehen ist.«

»Vergessen? Aber ...«

»Was verlangst du von mir? Verlangst du, daß ich dir die *Wahrheit* sage? Die *Wahrheit* lautet, daß du für mich nichts anderes bist als ein heißes, appetitliches Ding, von dem ich mir ein Stück abgebissen habe. Du bist für mich nicht mehr und nicht weniger als ein Freifahrtschein aus dem Gefängnis. Und du machst einem mehr Scherereien als ein Stall voller Sheriffs. Alles, was ich möchte, ist, dich deinem Vater zu übergeben und meine Begnadigung dafür zu erhalten, wenn er sie mir noch gewährt, nachdem ich seine Tochter geschändet habe –, und mich dann so rasch wie möglich von dir und deinesgleichen zu entfernen. Habe ich mich jetzt klar und deutlich ausgedrückt?«

Sie wollte nicht, daß er sah, wie entsetzlich sie sich fühlte. Langsam drehte sie ihm den Rücken zu und begann sich ihre feuchten Kleider wieder anzuziehen.

»Was machst du denn da?«

»Nichts, was deiner Begnadigung schaden könnte.«

»Chris, warte ...«

Sie blickte ihn nicht an. »Du hast gesagt, was du sagen wolltest, und wenn du nichts dagegen hast, möchte ich jetzt nichts mehr hören. Du kannst deine Decke wiederhaben. Ich möchte dir nicht noch mehr Scherereien machen. Ich werde bis zum Morgen hier in dieser Ecke bleiben.«

Sie sah ihn nicht mehr an, als sie sich mit dem Rücken zur Wand in eine Ecke kauerte.

Kapitel 16

Die Morgendämmerung brach viel zu rasch herein. Chris hatte sehr wenig geschlafen und litt unter furchtbaren Kopfschmerzen. Zweimal hatte Tynan versucht, mit ihr zu reden, doch sie hatte sich wortlos zur Seite gedreht. Draußen hatte es zu regnen aufgehört, und schweigend verließen sie die Hütte. Tynan wollte ihr aufs Pferd helfen, doch sie wich seiner Hand aus und stieg ohne seine Unterstützung in den Sattel.

Sie mußten ziemlich weit reiten, ehe sie eine Stelle im Fluß fanden, die sie als Furt benutzen konnten. Die ganze Zeit über war Chris bemüht, jede Berührung mit Tynan zu vermeiden. Und sie redete nicht ein Wort mit ihm.

Als sie endlich das Haus von Hamilton erreichten, kam ihr sein Anblick wie eine Erlösung vor.

»Wir brechen in einer Stunde auf«, sagte Tynan, doch sie weigerte sich, ihn anzusehen. Er faßte sie am Arm, als sie von ihm weg zum Haus gehen wollte. »Hast du gehört? Ich bringe dich in einer Stunde von diesem Haus weg und heim zu deinem Vater, wo du hingehörst.«

Chris riß sich von ihm los. »Ich habe jedes Wort gehört, das du mir zu sagen hattest«, erwiderte sie, während sie sich von ihm wegdrehte und wieder auf das Haus zuging. Sie verhielt kurz am Rand des Gartens bei dem

Gedanken, wie man sie jetzt wohl dort im Haus empfangen würde, wenn Owen wußte, wo sie gewesen war, oder jemand nach ihr gesucht hatte. Sie bückte sich, pflückte eine Margerite, drehte sie zwischen den Fingerspitzen und reckte das Kinn in die Höhe, ehe sie weiterging. Als sie den Garten an der Hinterseite des Hauses betrat, sah sie Owen und Asher, der ihr den Rücken zukehrte.

Owen hörte zu reden auf, seine Augen weiteten sich, und im nächsten Moment drehte sich Asher um, sah sie und rannte mit ausgestreckten Armen auf sie zu. Er umarmte sie heftig, hob sie in die Höhe und schwenkte sie im Kreis herum.

»Chris«, sagte er, mit seinem Gesicht an ihrem Hals, »ich habe mir entsetzliche Sorgen um dich gemacht. Bist du verletzt? Fehlt dir etwas?«

Sie erwiderte begeistert seine Umarmung. Es tat so gut, so unendlich gut, wenn man gebraucht und vermißt wurde. Sie spürte, wie ihr die Tränen kamen, und flüsterte an seinem Hals: »Es ist alles okay.«

Doch im nächsten Moment vergaß sie ihre Tränen, als ein Schuß fiel. Sie konnte den heißen Atem der Kugel spüren, als diese an Ashers Hinterkopf vorbeipfiff. Chris blickte hinunter auf die Margerite, die plötzlich ihre Blüte verloren hatte, und dann auf Tynan, der ein paar Meter entfernt stand, einen rauchenden Revolver in der Hand. Er hatte die Margerite vom Stengel geschossen, die sie in der Hand hielt, als Asher sie umarmte.

Unity kam aus der Küche herbeigerannt. »Was ist los? Ich habe soeben einen Schuß gehört.«

Tynan blickte Chris an, und sie gab seinen Blick wütend zurück, den Arm noch immer um Ashers Hals gelegt.

»Ich habe nur ein Unkraut beseitigt, Ma'am«, sagte er in näselndem Ton, ehe er sich umdrehte und davonging.

»Was hatte das denn zu bedeuten?« fragte Asher.

Chris warf die geköpfte Blume auf den Boden, als wäre es Gift. »Nichts. Gar nichts«, antwortete sie. Sie sah hoch, als Owen auf sie zutrat.

»Diana, wir haben uns große Sorgen um dich gemacht. Niemand wußte, wo du stecken könntest. Wir haben die ganze Nacht nach dir gesucht.«

Zum ersten Mal betrachtete sie die beiden Männer etwas genauer und bemerkte, daß sie übernächtigt, schmutzig und unrasiert aussahen.

»Ich hatte mein eigenes Pferd gesattelt, als ich das Anwesen verließ«, murmelte sie. »Als das Gewitter losbrach, habe ich eine Unterkunft gefunden. Kann ich dich einen Augenblick sprechen?« sagte sie, sich dem Mann zudrehend, der die Rolle ihres Ehemannes spielte.

»Aber natürlich, Liebes. Du mußt schrecklich müde sein.« Wie ein besorgter Gatte nahm er jetzt ihren Arm, führte sie ins Haus und dann die Treppe hinauf zu ihrem Zimmer.

»Also«, sagte er, als sie allein in ihrem Zimmer waren, »ich möchte jetzt wissen, wo Sie gewesen sind und was sich dort zugetragen hat. Hat dieser Tynan Ihnen etwas angetan?«

»Nicht mehr, als ich von ihm forderte. Drehen Sie den Kopf zur Seite, ich möchte mich umziehen. Ich bin Owen und diesem schrecklichen anderen Mann, Beynard Dysan, in den Wald gefolgt.«

»Was macht ihn denn so schrecklich? Er hat genauso lang und gewissenhaft nach Ihnen gesucht wie die anderen auch.«

»Schauen Sie aus dem Fenster, wenn ich bitten darf. Ich weiß nicht, warum er mir vom ersten Augenblick an unsympathisch war, aber als ich die beiden belauschte, fand ich meinen Eindruck bestätigt. Er und Owen beabsichtigen, Lionel zu ermorden und Ihnen die Tat in die Schuhe zu schieben.«

»Mir? Aber was habe ich denn mit diesem Fratz zu tun?«

»Nicht Sie, aber Whitman Eskridge, der Gelder veruntreut hat und seine Frau schlägt . . .«

»Seine Frau schlägt?« wiederholte Asher mit einem Staunen in der Stimme. »Davon wußte ich ja noch gar nichts.«

»Nun, ich hoffe, Sie werden dieses Gerücht gar nicht erst bestätigen«, sagte sie rasch. »Aber ich hörte, wie Owen es diesem Beynard Dysan erzählte, als ich hinter ihnen in den Büschen kauerte und sie belauschte.«

»Sie sind den beiden nachgeritten, und die haben das nicht bemerkt?«

Chris dachte an jene Sekunden, ehe Tynan aufgetaucht war. Da hatte sie durchaus den Eindruck gehabt, die beiden Männer wüßten genau, wo sie sich versteckt hielt, und wollten sie aus den Büschen herausholen. Doch das mußte sie sich wohl eingebildet haben. »Es fing gerade an zu regnen, und im Getöse des Gewitters haben sie mich natürlich nicht hören können. Bleibt nur das Problem, daß sich dieser . . . dieser Mann nicht davon abbringen läßt, daß ich dieses Haus sofort zu verlassen hätte. Tatsächlich wollte er am liebsten gleich mit mir aus dem Wald heim zu meinem Vater reiten, ohne erst hierherzukommen und Sie zu warnen.«

Asher sagte nichts.

»Nun?« fuhr Chris fort. »Sie sehen doch ein, daß wir unmöglich von hier wegreiten können, nicht wahr? Wir müssen Lionel beschützen.« Sie hatte sich inzwischen umgezogen und stellte sich nun vor ihm hin.

Ash blickte auf sie hinunter. »Wie hat Tynan Sie gefunden?«

»Ich weiß nicht. Er ist mir vermutlich gefolgt.«

Asher legte ihr beide Hände auf die Arme. »Chris, ich glaube, Ty hat recht. Sie sollten eigentlich schon längst wieder zu Ihrem Vater unterwegs sein. Wenn Sie jetzt nicht zurückgekommen wären, würde ich noch zwei Tage nach Ihnen gesucht und mich dann ebenfalls auf den Weg zu Ihrem Vater gemacht haben. Dann wären wir alle in Sicherheit gewesen. Es war nicht sehr klug von Ihnen, in dieses Haus zurückzukommen, wenn Sie wissen, daß hier ein Mörder wohnt.«

Sie trat von ihm weg. »Aber was wird aus Lionel? Macht es denn keinem etwas aus, daß er sich in Lebensgefahr befindet?«

»Wir brauchen doch nur dem zuständigen Sheriff Bescheid zu sagen. Wenn er Hamilton verhört, wird das für Owen eine Warnung sein.«

»So daß er Lionel auf eine sehr umsichtige Weise beseitigen läßt? Ich bin sicher, es wird wie ein Unfall aussehen, und Owen wird in dem Moment, wo Lionel stirbt, weit entfernt sein von der Unfallstelle.«

»Das ist nicht meine Sorge. Meine Sorge sind Sie. Ich denke, wir sollten so rasch wie möglich von hier fortreiten. Heute noch.« Er ging zum Schrank und holte ihre Reisetasche heraus. »Ich möchte, daß Sie sofort Ihre Sachen packen. Ich werde Owen sagen, daß die Umgebung dieses Hauses für eine Lady wie Sie zu gefährlich ist und ich daher beschlossen habe, Sie wieder in den Osten zurückzubringen, wo Sie hingehören.«

»Ich werde aber nicht gehen«, sagte sie, ihn anfunkelnd.

»Dann werde ich ihm sagen, wer Sie wirklich sind. Ich glaube nicht, daß wir danach noch in diesem Haus willkommen sind. Packen Sie Ihre Sachen, ruhen Sie sich aus, und ich komme in ungefähr einer Stunde wieder, um Sie abzuholen. Ich will mich erst mit Tynan besprechen.«

»Reden Sie nicht mit ihm!« sagte Chris wütend. »Dem geht es nur darum, mich so rasch wie möglich wieder loszuwerden.«

Asher blieb an der Tür noch einmal stehen. »Auf dem Rückweg möchte ich, daß Sie mir erzählen, was zwischen Ihnen beiden gewesen ist, weil Sie die ganze Nacht weggeblieben sind. Um Sie aber jetzt daran zu hindern, noch etwas Tapferes oder Törichtes zu versuchen, werde ich diese Tür absperren. Ich sehe Sie also in ungefähr einer Stunde wieder.«

Ehe Chris antworten konnte, war er durch die Tür, und sie hörte, wie sich der Schlüssel im Schloß drehte. Einen Moment lang lehnte sie sich gegen die Tür und verfluchte alle Männer der Welt. Doch dann fiel ihr Blick auf das weiche Bett, das mit frischen, angenehm duftenden Laken bezogen war, und sie ging darauf zu, als befände sie sich in Trance. Sie war schon fast eingeschlafen, ehe sie sich auf das Bett fallen ließ.

Sonnenlicht fiel ins Zimmer. Chris schlief tief und fest, als sich eine Hand über ihren Mund legte. Ihre Augen flogen auf, und sie sah einen Mann mit einer schwarzen Kapuze über dem Gesicht vor sich stehen.

»Seien Sie still, Missy, dann wird Ihnen nichts passieren. Sie werden jetzt einen kleinen Ausflug mit uns machen.«

Sie kannte weder die Stimme noch die Gestalt dieses Mannes und versuchte, sich gegen ihn zu wehren, aber er drückte sie mühelos nieder, verpaßte ihr einen Knebel und fesselte dann ihre Hände. Als sie ihn zu treten versuchte, packte er ihre Knöchel mit seinen mächtigen Händen und wickelte ein dünnes, elastisches Seil darum, das ihr in die Haut schnitt, wenn sie eine heftige Bewegung machte. Und dieses Seil wickelte er ihr auch um den Leib, als wäre sie eine Leiche, die auf See bestattet werden sollte. Als er mit dem Verschnüren fertig war, lagen nur noch ihre Augen frei; selbst ihr Haar war auf dem Rücken festgebunden.

Mühelos hob der geheimnisvolle Besucher ihren Körper vom Bett auf, warf ihn sich über eine Schulter und trug ihn zum Fenster. Dort stand eine Leiter bereit, und er trug Chris hinunter, als wäre sie ein zusammengerollter Teppich.

Chris versuchte den Kopf zu drehen, um festzustellen, ob jemand in ihrer Nähe war. Doch die Verschnürung machte jede Bewegung unmöglich. Ein Pferd erwartete ihn unter den Bäumen, und er warf sie quer über den Sattel, ehe er sich hinter ihr auf das Pferd schwang. Dann ritt er behutsam tiefer in den Wald hinein, damit keiner die Hufschläge hörte. Chris dachte, daß sie bisher stets, wenn sie sich heimlich entfernen wollte, von irgendwelchen Leuten gesehen worden war, aber jetzt, da sie Hilfe brauchte, wollte keiner sie bemerken.

Dann dachte sie nichts mehr, weil ihr Entführer dem Pferd, auf dem sie lag, die Sporen gab und der Sattel gegen ihren Magen schlug. In den nächsten Stunden war sie ausschließlich damit beschäftigt, ihren Magen daran zu hindern, seinen Inhalt von sich zu geben.

Es wurde schon dunkel, als sie entdeckte, daß noch ein Reiter neben ihr galoppierte. Sie wußte nicht, wann er zu ihnen gestoßen war, aber als das Pferd, auf dem sie lag, endlich anhielt, hörte sie den Mann, der sie gefesselt hatte, zu dem anderen Reiter sagen:

»Hat sie dir Schwierigkeiten gemacht?«

»Nein. Deine?«

»Nicht im geringsten. Binde sie los. In diesem Zustand würde sie den Tag nicht überleben.«

Ihr Entführer zog sie vom Pferd herunter und stellte sie auf den Boden. Aus dem Augenwinkel konnte sie sehen, wie ein zweites verschnürtes Bündel, das sich ebensowenig bewegen konnte wie sie, von dem anderen Pferd heruntergehoben wurde. Der andere Reiter legte das Bündel neben ihr ab, aber da Chris den Kopf nicht bewegen konnte, wußte sie nicht, wer darin verpackt war. Erst als ihr Entführer ihr das Seil vom Körper zu wickeln begann und ihr Kopf freilag, konnte sie das Bündel betrachten – und erschrak.

Pilar lag neben ihr und sah sie ebenso erschrocken an.

Ihr Entführer entfernte den Knebel aus ihrem Mund.

»Was machen Sie denn hier?« schrie Chris.

»Mund halten?« rief der Mann, der sie gefangengenommen hatte. Der andere Reiter war groß und hager. »Wir wollen nicht euer Geschnatter hören. Wollt ihr etwas zu trinken haben oder nicht?«

Mit zitternden Händen nahm Chris dem Mann den schmutzigen Zinnbecher ab.

»Wer sind Sie?« fragte sie den Mann. »Was wollen Sie von uns?«

»Hast du Sehnsucht nach deinen Stricken?«

Chris wollte etwas darauf erwidern, spürte aber im selben Moment Pilars Hand auf ihrem Arm. Sie blickte die dunkelhaarige Frau an und sah, daß diese stumm den Kopf schüttelte. Chris wandte den Blick wieder von ihr ab, sagte aber kein Wort mehr. Ein paar Minuten später packte der Mann, der sie entführt hatte, sie bei den Schultern, riß sie vom Boden hoch und warf sie in den Sattel.

»Ich mag keine geschwätzigen Frauen«, rief er ihr ins Ohr. »Solange du deinen Mund hältst, werden wir uns gut vertragen. Machst du ihn aber auf, werde ich ihn wieder mit einem Knebel verstopfen. Hast du mich verstanden?«

Sie sah, wie er seine schwarze Kapuze auf die Erde warf, drehte sich aber nicht im Sattel, um sein Gesicht zu sehen. Sie hatte genug damit zu tun, nicht den Halt zu verlieren und die zudringlichen Hände des Mannes abzuwehren.

»Chris und ich werden in einer knappen Stunde dieses Haus verlassen«, sagte Tynan zu Asher. Sein Mund war ein dünner Strich, seine Augen voller Zorn.

»Moment mal, ich will mit Ihnen reden.«

»Dazu habe ich keine Zeit«, sagte Tynan und wandte sich zum Gehen. »Sie können mitkommen oder hierbleiben. Das bleibt ganz Ihnen überlassen.«

Asher hielt ihn am Arm fest. »Ich möchte wissen, was heute nacht passiert ist. Wo seid ihr beide die Nacht über gewesen? Und was sollte dieser Schuß vorhin bedeuten? Die Kugel ist verdammt nahe an meinem Kopf vorbeigeflogen. Ich sollte . . .«

»Was, Prescott? Was sollten Sie?«

Asher wich einen Schritt zurück. »Hören Sie, Tynan, wir sind Partner bei dieser Sache. Mathison hat Sie dafür angeheuert, daß Sie mich zu Chris bringen und mir dabei helfen, sie als Ehefrau zu gewinnen. Doch bisher haben Sie alles getan, um Chris für sich selbst zu behalten. Und nun sind Sie sogar nachts mit Chris zusammen und treiben weiß Gott was mit ihr.«

»Das ist richtig: Nur Gott weiß was, weil ich es Ihnen bestimmt nicht auf die Nase binden werde. Und jetzt sage ich es Ihnen noch einmal: Chris und ich werden spätestens in einer Stunde aufbrechen, und es steht Ihnen völlig frei, mitzureiten oder hierzubleiben.«

»Ich werde pünktlich mit meinem Gepäck zur Stelle sein«, sagte Asher. »Damit Sie sich keine falschen Hoffnungen machen.«

Mit einem wütenden Gesicht ging Asher ins Haus zurück und die Treppe zu dem Zimmer hinauf, das er mit Chris teilte. Verdammt! Was sich dieser Mann alles herausnahm. Er war zwar ein ausgezeichneter Pfadfinder, aber zuweilen vergaß er, wer er eigentlich war.

Asher bemühte sich, seine Fassung wiederzugewinnen, ehe er zu Chris hineinging. Er hatte sie ungern in ihrem Zimmer eingeschlossen, wußte aber, daß das die einzige Möglichkeit war, sie von einer Dummheit abzuhalten.

Ganz leise drehte er den Schlüssel im Schloß. Es wurde nun wirklich Zeit, daß sie ihm ihr Jawort gab, verdammt noch mal! Nach allem, was er ihretwegen durchgemacht, und nach den Anstrengungen, die er unternommen hatte, um ihr zu gefallen! Doch in diesen Augenblick konnte sie ihm das Jawort nicht geben, weil sie gar nicht vorhanden war. Sein erster Gedanke war, sie müsse aus dem Fenster geklettert sein, doch ein Blick auf den schmalen Mauerstein darunter genügte, um ihm zu sagen, daß sie das unmöglich hatte wagen können.

Er dachte nicht einen Moment an den Streit oder den Ärger mit Tynan, als er wieder aus dem Zimmer rannte, die Treppe hinunter und dann durch den Garten zu dem Häuschen, das Tynan bewohnte. Der dunkelhaarige Mann holte gerade ein paar Werkzeuge aus dem Schuppen hinter dem Gärtnerhaus.

»Sie ist fort. Ich hatte Angst, sie würde wieder etwas Dummes anstellen, und habe sie deshalb in unserem Schlafzimmer eingeschlossen. Dennoch ist es ihr gelungen, daraus zu entkommen. Sie hatte sich ernsthafte Sorgen dieses Kindes wegen gemacht.«

Noch während Asher redete, schob Tynan sich an ihm vorbei und eilte durch den Garten zum Wohnhaus. Er hielt nur kurz am Eingang seines Häuschens an, um sich seinen Revolver umzuschnallen. Im Wohnhaus nahm er immer zwei Stufen auf einmal, als er die Treppe hinaufjagte.

»Ich wünschte, sie würde nicht ständig solche Sachen machen«, rief Asher hinter ihm her. »Es ist schon schlimm genug, daß sie eine ganze Nacht mit einem . . .« Er beendete den Satz nicht, als er merkte, was er da zu sagen im Begriff war, während Tynan den Sims unter dem Schlafzimmerfenster untersuchte. »Sehen Sie dort etwas? Wie hätte sie denn durch dieses Fenster entweichen können? Es liegt doch viel zu hoch über dem Boden!«

»Sie hätte. Glauben Sie mir! Hier hat vor kurzem eine Leiter an der Hauswand gelehnt. An zwei Stellen ist der Verputz abgebröckelt.« Tynan ging zum Bett im Zimmer zurück, betrachtete nachdenklich die Zudecke, die auf dem Boden lag, und die zerwühlten Laken. »Wo ist Hamilton?«

»Ich weiß es nicht. Vermutlich in seinem Büro. Glauben Sie, daß er Chris durch sein Fenster beobachtet hat? Ich könnte mir vorstellen, daß sie die letzte Person ist, die er sehen möchte.« Asher folgte Ty wieder aus dem Zimmer. »Hat sie Ihnen auch erzählt, daß sie Hamilton belauscht hat, wie er sagte, er beabsichtige seinen Neffen zu ermorden? Nicht daß ich auch nur ein Wort davon geglaubt hätte; denn ich bin ja nur mit ihr in dieses Haus gekommen, damit ich ihren Ehemann spielen kann. Ich meine, ein Mann sollte jeden Vorteil nützen, der sich ihm bietet.«

Tynan blieb mitten auf der Treppe stehen. »Wenn Sie jetzt Ihre Klappe nicht halten, muß ich sie mit Gewalt schließen.« Dann schwang er auf den Absätzen herum und lief weiter die Stufen hinauf.

Owen Hamilton saß in seinem Büro und studierte diverse Papiere; die auf seinem Schreibtisch lagen. Tynan machte die Tür hinter sich zu, drehte den Schlüssel herum, ging dann seelenruhig zum Fenster und warf den Schlüssel auf den Rasen hinunter.

Asher stand, den Rücken gegen das Holz gepreßt, an der Tür und hielt den Atem an, doch Owen sah nur mit hochgezogenen Brauen von seiner Lektüre auf. »Was oder wem verdanke ich denn diese Scharade? Sind Ihnen die Blattläuse in den Kopf gestiegen?«

»Wo ist sie?« fragte Tynan mit leiser, aber entschiedener Stimme.

»Ich habe nicht die leiseste Ahnung, wen Sie meinen«, antwortete Owen, ein Bild der Unbekümmertheit, während er in seinen Unterlagen blätterte. »Wenn Sie sich einbilden, ich hätte etwas mit Ihrer Frau . . .«

Er konnte den Satz nicht beenden, weil Ty ihn am Kragen packte und aus seinem Stuhl zerrte. »Ich möchte wissen, wo sie steckt, und wenn Sie glauben, Sie könnten mit uns Ihr Spielchen treiben, werden Sie Ihre Meinung bald ändern. Wenn Sie mir nämlich die Antwort verweigern, werde ich Ihnen nach und nach alle Körperteile wegschießen, bis Sie mir sagen, was ich wissen möchte.«

»Ich habe keine Ahnung, wovon Sie eigentlich reden.«

»Von Chris!« rief Asher. »Von Diana, meine ich. Wo steckt sie? Sie ist nicht in ihrem Zimmer, wo ich sie eingeschlossen hatte.«

»Wer ist Chris?« fragte Owen.

Tynan schlug den Mann ins Gesicht. »Ich weiß zwar nicht, wieviel Sie wissen, aber ich vermute, es ist eine

Menge. Ich habe bereits Bücher, die Sie so nebenbei führen, einem Freund übergeben, der Experte auf diesem Gebiet ist. Ich denke, er wird rasch herausfinden, um wieviel Geld Sie bisher Ihren Neffen bestohlen haben.«

»Bücher? Was für Bücher?«

Tynan schlug ihn abermals ins Gesicht, so daß eine Ecke von Owens Mund zu bluten anfing. »Ich habe Ihre Lügen jetzt satt. Mir ist es im Grunde egal, was Sie innerhalb Ihrer Familie anstellen, aber für dieses kleine Mädchen bin ich verantwortlich, und ich möchte jetzt wissen, wo es steckt.«

»Wer ist dieses Mädchen? Diana Eskridge ist tot.«

Tys Hände zogen den Kragen um Owens Hals fester zusammen. »Ermordet – von Ihnen, wie ich vermute. Aber das zu klären wird Aufgabe des Sheriffs sein. Wo steckt Chris?«

Als Hamilton ihm keine Antwort geben wollte, schlug Ty ihn zum drittenmal, zog dann seinen Revolver und setzte ihn Hamilton an den Kopf. »Was möchten Sie als erstes verlieren, eine Hand oder einen Fuß? Ich glaube, ich kann lange genug verhindern, daß Sie verbluten, bis ich die Wahrheit weiß. Und jetzt zum letztenmal: Wo steckt sie?«

»Dysan hat sie mitgenommen.«

Tynan war offensichtlich so überrascht von dieser Neuigkeit, daß er den Griff an Owens Hals lockerte. »Was will Dysan denn von ihr?«

»Das weiß ich nicht. Er kam in der Angelegenheit eines Vetters zu mir . . .« – Owens Blick ging zur Seite – ». . . und beschloß, die Frau mitzunehmen, die sich als Diana aus gab . . .« Er sah auf Tynan zurück. »Er hat auch Ihre Frau in seiner Gewalt.«

»Pilar?« rief Tynan. »Wer ist dieser Mann?«

Tys Griff war inzwischen so locker geworden, daß

Owen seinen Kopf zurückziehen, sich den Hals massieren und ein Taschentuch an den blutenden Mundwinkel drücken konnte. »Es handelt sich um einen Mann, mit dem Sie sich bestimmt nicht anlegen möchten. Ich weiß nicht viel über ihn. Er tut sehr geheimnisvoll, was seinen Aufenthalt und seine Herkunft betrifft. Er taucht einmal im Jahr hier auf, kauft Pferde und Holz von mir und verschwindet wieder. Ich habe nie gewagt, ihn über seine persönlichen Verhältnisse auszufragen.«

»Aber er hat Chris mitgenommen«, sagte Asher. »Glauben Sie, daß er für sie ein Lösegeld erpressen möchte?«

»Ein Lösegeld?« explodierte Hamilton. »Wer ist sie denn, daß man für sie ein Lösegeld erpressen könnte?«

»Del Mathisons Tochter«, antwortete Tynan mit tonloser Stimme.

»Gütiger Himmel!« stöhnte Owen und ließ sich schwer in seinen Stuhl fallen. »Ich dachte, sie wäre eine tingelnde Schauspielerin, die sich ein Zubrot verdienen will.« Er blickte Ty an. »Wo haben Sie meine anderen Kontobücher gefunden?«

Tynan machte sich nicht die Mühe, diese Frage zu beantworten. »Ich will alles über Dysan wissen. Ich will wissen, wo ich ihn finden kann.«

»Ich sagte doch schon, daß ich kaum etwas über ihn weiß. Er taucht einfach auf und verschwindet wieder. Er sagte zu mir, daß er die beiden Frauen haben möchte, und ich war damit einverstanden. Schließlich habt ihr ja alle versucht, mich zum Narren zu halten, seid mir heimlich gefolgt, habt mein Büro durchsucht und so getan, als wärt ihr meine Verwandten. Was kümmerte es mich also, was er mit den beiden Frauen vorhatte? Wenn er sie haben wollte, okay. Ich war froh, sie loszuwerden. Ich hatte keine Ahnung, daß eine der beiden Mathisons

Tochter ist. Wenn dieser Mann das erfährt ...« Owens Stimme erstarb.

»Machen Sie Ihre Kasse auf«, sagte Ty. »Wir werden diesen Burschen verfolgen und brauchen deshalb etwas Kapital.«

»Ich möchte mich aber nicht zum Komplizen eines Raubes machen«, sagte Asher.

»Dazu hat Sie auch niemand aufgefordert. Hamilton, ich würde an Ihrer Stelle meine Geduld nicht zu sehr strapazieren. Holen Sie das Bargeld, das wir brauchen.«

Owen beeilte sich, Tynans Aufforderung nachzukommen, und sperrte einen kleinen Safe auf, der hinter einem Bild an der Wand versteckt war. »Sie werden diesen Mann niemals finden. Sie gehören nicht in die Dysan-Liga. So billige Ganoven wie Sie verspeist er zum Frühstück.«

Ty nahm ihm den dicken Packen Banknoten ab. »Dann holt er sich das schlimmste Bauchgrimmen seines Lebens. Und jetzt schnallen Sie Ihren Gürtel ab.«

Tynan nahm das Taschentuch aus der Schreibtischschublade und verband damit Hamilton den Mund. Dann wickelte er ihm den Gürtel um die Hände und nagelte das Ende mit den eingestanzten Löchern an die Decke. »Das genügt, um Sie hier ein paar Stunden festzuhalten. Der Buchprüfer wird anschließend Ihre Kontobücher den Anwälten übergeben, die Lionels Erbe verwalten. Ich habe das Gefühl, daß die Kontobücher, die Sie Lionels Anwälten zeigen, ganz anders geführt sind als jene, die ich entdeckt habe. Und den Mord an den Eskridges sollten wir auch nicht vergessen.«

Owen versuchte, sich von dem dicken Leder loszureißen, das seine Hände auf dem Rücken festhielt, während seine Füße gerade noch mit den Zehenspitzen den Boden berührten.

»Außerdem werde ich Unity mit dem Jungen zu Del Mathison schicken, bis die Angelegenheiten hier geklärt sind. Ich hatte ursprünglich vor, die beiden zu Mathison zu begleiten, aber inzwischen hat sich die Situation ja geändert. Ich hoffe nur, daß in den nächsten Stunden jemand bei Ihnen auftaucht und Sie von diesem Leder befreit, sonst könnte diese Haltung schmerzhaft werden.«

Asher trat von der Tür weg, als Tynan darauf zuging, und zur Überraschung des blonden Mannes zog Tynan nun einen Schlüssel aus seiner Hosentasche, sperrte die Tür auf und als sie im Flur waren, von außen wieder zu.

»Aber ich dachte, daß . . .«

»Sie dürfen nicht immer alles glauben, was Sie sehen oder hören«, sagte Ty, während sie nebeneinander die Treppe zur Küche hinuntergingen.

Unity saß mit bleichem Gesicht und schreckgeweiteten Augen in der Küche. Lionel stand neben ihr und sagte:

»Ich möchte nicht weg von hier. Das ist mein Haus. Die können mich nicht dazu zwingen, es zu verlassen.«

Ty sagte kein Wort, sondern faßte den Jungen nur um die Taille und trug ihn hinaus, wo ein mit zwei Pferden bespanntes Fuhrwerk wartete. »Du wirst mit diesem Wagen wegfahren und Unity beistehen. Und Prescott wird euch begleiten und dafür sorgen, daß ihr heil und gesund am Ziel ankommt. Es tut mir leid, aber ich kann nicht mit euch fahren.«

Asher faßte Ty am Arm. »Ich möchte mit Ihnen reiten.«

»Kommt nicht in Frage. Ich kann keinen Mann gebrauchen, der sich ständig mit mir anlegt. Und außerdem«, fuhr er mit verächtlicher Stimme fort, »käme nur ein Begleiter in Frage, der weiß, wo bei einem Revolver vorn und hinten ist.«

»Darf ich?« fragte Asher und deutete mit dem Kopf auf Tys Holster.

Ty gab ihm seinen Revolver.

Asher nahm die Waffe entgegen, und ehe Tynan zweimal blinzeln konnte, hatte er das ganze Magazin von Tys Revolver verschossen, wobei er mit jeder Kugel einen dünnen Zweig an einem Baum in ihrer Nähe um zwei Zentimeter kürzte. Dann gab er Tynan den rauchenden Revolver zurück. »Es gab noch andere Gründe, warum Mathison mich bat, seine Tochter heimzuholen. Ich habe schon jede Waffe in der Hand gehabt, die man heutzutage kaufen kann. Ich kann einem Sperling mit einem Gewehr die Schwanzfedern abschießen. Ich habe vielleicht nicht so viel Erfahrung mit Waffen wie Sie, aber ich kann mit ihnen umgehen!«

Tynan lud seelenruhig seinen Revolver nach und blickte dann zu Unity hoch. Lionel saß auf dem Kutschbock und starrte die beiden Männer mit offenem Mund an. »Prescott wird mich begleiten. Gibt es jemand, der mit Ihnen reisen könnte?«

»Ich . . . ich weiß nicht, wem ich jetzt noch trauen könnte«, sagte Unity mit einer den Tränen nahen Stimme. »Aber mein Bruder wohnt ungefähr zehn Meilen von hier entfernt. Vielleicht kann er . . .« Sie hielt inne, als Ty ein Bündel Banknoten aus der Tasche zog.

»Engagieren Sie Ihren Bruder als Begleiter. Und wenn Sie zu Mathison kommen, erzählen Sie ihm, was hier vorgefallen ist. Vielleicht wird er jemanden herschicken wollen, aber das müssen Sie ganz allein ihm überlassen. Sagen Sie ihm, daß ich hinter den Entführern seiner Tochter her bin, und falls ich nicht mit ihr zurückkomme, liegt es nur daran, daß ich tot bin – nichts sonst wird mich aufhalten. Und sagen Sie ihm, er hätte diesmal wirklich Grund zur Sorge – mächtig viel Grund, sich um seine Tochter zu sorgen.« Er blickte Lionel an. »Und wenn ich auch nur ein Wort der Klage über dich höre, bekommst du es mit mir zu tun. Sobald du bei Mathison bist, kannst du dich meinetwegen so benehmen wie hier, der wird dir dann schon die Hosen strammziehen. Und jetzt ab mit dir!« Tynan schlug dem einen Pferd mit der flachen Hand gegen die Hinterbacke, und das Fuhrwerk rollte davon.

Ty drehte sich um, blickte Asher an und schüttelte kurz den Kopf. »Ich hoffe, ich habe keinen Fehler gemacht. Wenn Sie einen Revolver besitzen, holen Sie ihn jetzt. Ich erwarte Sie dann mit zwei von Hamiltons besten Pferden vor dem Stall.«

Kapitel 17

Drei Tage lang schleppten die beiden Männer Chris und Pilar quer durch das Land. Die Gefangenen bekamen wenig zu essen, blieben niemals unbeaufsichtigt und durften nicht eine Stunde schlafen. Nachts fesselten die Männer den Frauen die Hände, zogen sie ihnen über die Köpfe und banden sie dann an Bäume fest, so daß es ihnen unmöglich war, Schlaf zu finden. Auch war es Chris und Pilar verboten, miteinander zu sprechen. Am Morgen ging es dann in nordöstlicher Richtung weiter, wobei die Frauen gefesselt blieben und zusammen auf einem Pferd ritten, mit dem einer der beiden Männer plötzlich aufgetaucht war – vermutlich ist es gestohlen, dachte Chris bei sich.

Trotz ihrer Erschöpfung versuchte Chris die Richtung, in die sie ritten, im Kopf zu behalten. Doch am zweiten Tag verbanden die Männer Chris die Augen und überließen es Pilar, auf die Richtung zu achten und darauf, ob das Pferd in ein Loch zu treten drohte, so daß sie Chris im Sattel festhalten konnte. Am Nachmittag durfte Chris dann Pilars Rolle übernehmen, dafür wurden ihr die Augen verbunden.

Obwohl die Frauen nie miteinander sprachen, begannen sie sich doch zu ihrem Schutz aufeinander zu verlassen. Anfangs benahm Chris sich sehr feindselig Pilar gegenüber, wollte ihr nicht helfen, mochte sich nicht von ihr anfassen lassen und haßte es, mit ihr auf einem Pferd sitzen zu müssen.

Pilar schien Christianas Einstellung zu verstehen und ließ Chris in Ruhe – bis diese einmal fast vom Pferd gestürzt wäre und sich an der anderen Frau festhalten mußte.

»Wir fahren besser damit, wenn wir uns nicht gegenseitig wie Feinde behandeln«, flüsterte Pilar Chris zu und wurde von einem der Männer ins Gesicht geschlagen, weil sie gewagt hatte, das Redeverbot zu durchbrechen.

Danach gab Chris ihre feindselige Haltung gegenüber Pilar auf. Was hatte sie auch für einen Grund, ihr böse zu sein? Tynan war das einzige Band, das sie mit dieser Frau verknüpfte, und er hatte ihr doch nur zu deutlich zu verstehen gegeben, daß er nichts mit ihr zu tun haben wollte. Wenn Tynan sich für Pilar entschied, war das sein freier Wille.

Es war schon spät am Abend des dritten Tages, als die Männer endlich die Pferde zügelten und die zwei erschöpften Frauen auf den Boden herunterzerrten, sie dann bei den Handgelenken packten und in den Flur eines dunklen Hauses hineinzogen, von dem Chris so gut wie gar nichts sehen konnte. Die Männer schleppten sie hinter sich her eine Treppe hinauf, und als Pilars Arm gegen einen Geländerpfosten schleuderte, zogen sie nur noch heftiger an ihren Handgelenken.

»Wir können schon noch allein gehen!« sagte Chris und streckte die Hand aus, um Pilar zu stützen.

Der Mann, der sie an den Handgelenken festhielt, sagte kein Wort, sondern stieß sie nur drei Treppen hoch vor sich her bis in den dritten Stock hinauf. Dort nahm Pilars Entführer einen Schlüsselring von der Wand, sperrte eine Tür auf, die aus mindestens vier Zoll dickem Eichenholz zu bestehen schien, und schob die Frauen in den Raum hinein.

Es war kein Licht in dem Zimmer; doch Christianas Augen gewöhnten sich rasch an die Dunkelheit, nachdem die Tür hinter ihnen wieder verschlossen worden war. Sie begann die Umrisse eines großen weichen Bettes in der Mitte des Zimmers auszumachen.

Mit einem ungläubigen Seufzer und Tränen in den Augen stolperte sie auf das Bett zu, Pilar dicht hinter ihr. Sie fiel auf die Decken und war sofort eingeschlafen.

Die Sonne stand schon wieder tief am Himmel, als Chris am nächsten Tag aufwachte, und zeigte ihr, daß es bereits später Nachmittag war. Einen Moment lang lag sie still, sah durch eines der winzigen Fenster hinaus und bewegte jeden Muskel, um festzustellen, ob er nur schmerzte oder für alle Zeiten zerstört war. Sie hielt ihre Arme hoch und sah, daß sie zerkratzt und an den Handgelenken bis auf das rohe Fleisch durchgescheuert waren, wobei die Wunden teils mit Schorf, teils mit getrocknetem Blut bedeckt waren. Daneben entdeckte sie noch eine Unzahl von Moskitostichen.

Sie bewegte den Kopf und sah Pilar neben sich, noch schlafend, auf dem Bauch liegen. Chris fragte sich, ob sie wohl auch so mitgenommen aussah wie ihre Leidensgenossin. Pilar war schmutzig, hatte tiefe schwarze Ringe um die Augen, und was von ihrem Körper unter dem schlammbedeckten Kleid hervorlugte, schien nur aus Kratzwunden zu bestehen.

Pilar öffnete ein Auge. »Verschwinde«, murmelte sie und drehte sich auf die andere Seite.

Chris lag still und wartete, und ein paar Sekunden später drehte Pilar sich wieder zu ihr um.

»Das kann doch nicht wahr sein«, sagte sie. »Ich dachte, ich träumte nur schlecht!« Pilar versuchte, sich mit beiden Armen hochzustemmen, stöhnte vor Schmerz und fiel auf das Bett zurück. »Wo sind wir? Noch wichtiger: *Warum* sind wir da, wo wir uns jetzt befinden? Und weißt du, ob es hier irgendwo ein Nachtgeschirr gibt?«

Chris stützte sich auf die Ellbogen und bewegte dann ihren Kopf im Kreis, um ihre verkrampften Nackenmuskeln zu lockern. »Da steht ein Wandschirm in einer Ecke. Vielleicht ist dahinter ein Nachtgeschirr versteckt.«

»Ich schätze, das ist eine Sache, die ich ganz allein erledigen muß«, murmelte Pilar, wälzte sich ächzend vom Bett herunter und bewegte sich zum Wandschirm.

Chris verließ ebenfalls das Bett und brauchte einige Sekunden, ehe sie gerade stehen und ein paar Schritte machen konnte, ohne zu taumeln. »Oh«, sagte sie, »ich glaube, so gut wie vorher werde ich nie mehr gehen können.«

Es war ein rundes Zimmer mit drei kleinen Fenstern in der Wand, die dem Bett gegenüberlag, einer Tür rechts und einem Wandschirm links. Das Bett war das einzige Möbelstück im Zimmer.

Chris bewegte sich langsam auf eines der Fenster zu. Darunter sah sie nur einen dichten Wald. Kein Baum schien hier geschlagen worden zu sein, kein Unterholz gelichtet. Und als sie in die Tiefe sah, bemerkte sie, daß ihr Zimmer mindestens drei Stockwerke über dem Boden lag.

»Wie ich sehe, ist die Flucht aus diesem Zimmer ein Kinderspiel«, meinte Pilar mit einem schiefen Grinsen, als sie hinter dem Wandschirm hervorkam und die Baumwipfel vor dem Fenster bemerkte. Sie blieb vor dem mittleren Fenster stehen und drehte Chris das Gesicht zu. »Sehe ich auch so schlimm aus wie du?«

»Noch viel schlimmer«, gab Chris ihr ernsthaft zur Antwort.

Pilar seufzte tief, ging zum Bett zurück und schob sich ein Kissen in den Nacken. »Hast du vielleicht eine Ahnung, was das alles bedeuten soll?«

»Nein«, rief Chris hinter dem Wandschirm. »Ich hoffte, du würdest es wissen. Hat man denn nichts zu dir gesagt, als du aus deinem Häuschen entführt wurdest?«

Pilar wartete, bis Chris wieder hinter dem Wandschirm hervorgekommen war. »Ich denke, du weißt mehr als ich. Tynan muß einen Grund gehabt haben, daß er sich bei Hamilton als Gärtner bewarb, nur hat er ihn mir nicht verraten.«

»So? Du bist einfach mit ihm zusammengezogen, als er den kleinen Finger hob und winkte?«

»Ich war ihm einen Gefallen schuldig, genauer gesagt mehrere. Hör mal, wollen wir jetzt wieder Katz und Maus spielen oder in dieser Sache zusammenarbeiten? Ich hätte mich nämlich gern schlau machen wollen, was und wer hinter dieser Entführung steckt, aber wenn du dich mit mir wegen einem Mann streiten möchtest, sag mir Bescheid, damit ich aussteigen kann.«

»Ich habe keinen Grund, mich mit dir wegen Mr. Tynan zu streiten. Für mich ist er gestorben. Er gehört dir.«

Chris tat so, als bemerkte sie Pilars kritischen Blick

unter hochgezogenen Brauen nicht. »Ich bin Reporterin und schreibe unter dem Namen Nola Dallas für Zeitungen. Ich ging nach . . .«

»*Die* Nola Dallas? Die sich in Schwierigkeiten bringt, damit sie darüber berichten kann?«

Pilar streckte Chris ihre Rechte hin. »Ich freue mich, Sie kennenzulernen. Handelt es sich um eine Ihrer Eskapaden, und können wir damit rechnen, daß jeden Moment ein Retter kommt, der uns aus den Händen dieser Schurken befreit?«

Chris lächelte schwach. »Ich glaube, es ist besser, wenn ich Ihnen reinen Wein einschenke.« Und nun erzählte sie Pilar alles von dem Moment an, als sie die sterbende Diana Eskridge neben der Leiche ihres Mannes Whitman fand, bis zu dem Augenblick, wo Tynan zu ihr sagte, daß sie in einer Stunde Hamiltons Haus verlassen würden.

Pilar setzte sich im Bett auf und umklammerte mit beiden Händen ihre Knie. »Ich glaube, Ty hat etwas in Hamiltons Haus entdeckt. Jede Nacht ist er nämlich davongeschlichen und stundenlang weggeblieben, und eines Nachts kam er mir einem großen Buch unter dem Arm zurück, über dem er dann bis zum frühen Morgen saß. Aber bis ich ihm das Frühstück gemacht hatte, war es verschwunden, und ich habe es danach nie mehr gesehen.«

»Was war das für ein Buch?«

»Eines mit Zahlen. So eines, wie Red es hat. Sie wissen schon.«

»Red?« fragte Chris. »Meinen Sie damit die Bekannte von Tynan, die in der Stadt . . .«

». . . diese Hurenhäuser hat, ja.« Pilar blickte Chris mit schmalen Augen an. »Die Häuser, wo ich arbeitete.«

»Oh«, war alles, was Chris dazu zu sagen wußte.

Natürlich würde sich Tynan so eine Art von Frau als Gattin wünschen – oder als angebliche Gattin, oder was sie sonst darstellte. Sie kehrte mit ihren Gedanken wieder zum eigentlichen Thema zurück. »Vielleicht ist das der Grund für unsere Entführung, daß Tynan ein Kontobuch aus Hamiltons Büro gestohlen hat. Es könnte aber auch ... Haben Sie schon mal von Del Mathison gehört?«

Pilar lächelte schwach. »Das ist freilich einige Jahre vor meiner Zeit gewesen; aber ich habe Geschichten über ihn gehört. Ein Haus hat ihm am Tag vor seiner Hochzeit ein großes Abschiedsfest gegeben.«

Christianas Mund wurde schmal wie ein Strich. »Mathison ist mein Vater.«

»Das tut mir leid«, sagte Pilar, sah aber gar nicht so aus, als ob es ihr leid täte. Dann ruckte ihr Kopf in die Höhe. »Wenn Sie Mathisons Tochter sind, müssen Sie sehr reich sein. Vielleicht hat man Sie entführt, um ein Lösegeld von Ihrem Vater zu erpressen.«

»Dieser Gedanke ist mir auch schon gekommen. Mein Vater hatte immer einen Horror davor gehabt, daß man mich entführen könnte. Einer von unseren Weidereitern meinte, das käme davon, wenn man so viele Feinde hätte. Aber welche Gründe es auch dafür geben mag: Ich war stets auf so etwas vorbereitet.«

»Und weshalb bin ich dann hier?« fragte Pilar ein wenig ungehalten. »Glauben Sie, man hat mich mitgenommen, damit ich Sie bedienen soll?«

»Keine Ahnung! Aber ich hoffe, daß unsere Entführer wenigstens für unsere Ernährung sorgen.«

»Und uns auch heißes Wasser bringen. Ich glaube, ich habe eine ungefähr drei Zoll dicke Lehmschicht auf meiner Haut.«

Kaum hatte Pilar den Mund wieder zugemacht, als ein

Geräusch von der Tür her kam. Im nächsten Moment schwang die schwere Eichentür nach innen, und die beiden Männer, die sie entführt hatten, standen auf der Schwelle, und hinter ihnen zwei Frauen mit verstörtem Blick, die zwei Tabletts mit Speisen trugen. Die Männer forderten Chris und Pilar mit einer schroffen Handbewegung auf, an die Fensterwand zurückzutreten, während die beiden Frauen die Tabletts auf den Boden stellten. Als nächstes trugen sie Waschschüsseln und Kübel mit heißem Wasser ins Zimmer. Dann wurden zwei Kleider aufs Bett geworfen und eine Nähkiste danebengestellt.

Eine der beiden Frauen blieb am Türpfosten stehen. »Ihr sollt diese Kleider heute abend tragen. Wenn sie nicht passen, könnt ihr sie ändern.« Damit waren sie schon wieder aus der Tür. Die Männer drängten nach und sperrten ab.

»Erst das Essen oder das heiße Wasser?« fragte Chris ihre Leidensgenossin, als sie wieder allein waren.

»Beides zugleich«, antwortete Pilar, und das taten sie dann auch: sich mit einer Hand waschen und mit der anderen essen.

»Es ist möglich, daß meine Entführer gar nicht wissen, wer ich bin«, sagte Chris mit vollem Mund, während sie ihren linken Arm wusch. »Vielleicht halten sie mich für Diana Eskridge, und Owen Hamilton wollte mich aus dem Weg haben, damit er ungestört seine schmutzige Arbeit verrichten und Lionel beseitigen kann.«

»Das erklärt aber noch nicht, warum ich auch entführt wurde«, sagte Pilar. »Ich hatte keine Ahnung von all diesen Plänen und Machenschaften.«

»Aber das konnten die Leute, die uns entführten, nicht wissen. Wenn Tynan nachts Sachen aus Hamiltons Haus stahl, mußte es doch so aussehen, als ob Sie auch von Owens Plänen wußten, da Sie doch jede Nacht bei ihm schliefen.« Chris hatte große Mühe bei der Formulierung dieses Satzes: Nicht weil sie noch irgendein Gefühl für Tynan aufbrachte – das hatte sie in der kleinen Blockhütte in der Gewitternacht abgewürgt –, sondern weil sie Niederlagen haßte.

»Wenn das stimmt«, sagte Pilar nachdenklich, »haben sie vermutlich auch Tynan gefangen und verschleppt. Glauben Sie, daß er sich ebenfalls mit Ihrem jungen Mann hier in der Nähe befindet?«

»Mit Asher? Ich kann mir nicht vorstellen, weswegen sie Asher entführt haben sollten. Der kam doch nur mit, weil ich für meine Rolle einen Ehemann brauchte.«

»Was auch der Grund gewesen sein mag, ich verstehe ihn noch immer nicht. Ich bin nach wie vor der Ansicht, daß man Sie entführt hat, um ein Lösegeld zu erpressen, und die Männer mich mitnahmen, weil . . . Ehrlich gesagt, ich weiß es nicht, weshalb ich hier bin. Ich habe nichts, was jemand sich wünschen könnte.«

Pilar stand nun im Licht, größtenteils unbekleidet, das lange schwarze Haar aufgelöst auf dem Rücken, der Körper fest und wohlgerundet, und Chris dachte bei sich: »Du hast etwas, das sich jeder Mann wünscht.«

»Ich bin hier, weil man sich von mir Geld verspricht, und du vermutlich, weil dein Entführer sich in dich verliebt hat«, sagte Chris leise und bemüht, nicht ihren Neid und ihren Schmerz durchschimmern zu lassen.

Pilar schwieg und fuhr fort, sich zu waschen.

Als die beiden Frauen sauber waren und sich mit den Speisen, die man ihnen ins Zimmer gestellt hatte, gestärkt hatten, betrachteten sie die Kleider auf dem Bett.

»Nicht unbedingt mein Stil«, sagte Chris, die ihr Kleid hochhob. Über der Gürtellinie war es mit dem Stoff nicht mehr weit her.

»Also – mich dürfen Sie gar nicht anschauen. Ich habe so etwas schon seit Jahren nicht mehr getragen. Ihres ist zu lang und an manchen Stellen, fürchte ich, auch zu weit.«

Chris seufzte, weil Pilar recht hatte. »Vielleicht hat man Sie mitgenommen, weil Sie gut mit einer Nähnadel umgehen können.«

»Nun ja, machen wir uns gleich daran, es zu ändern.«

»Allein für das Oberteil werden wir Stunden brauchen«, murmelte Chris.

Sie nähten, bis die Sonne unterging, und zogen sich dann beim Mondlicht an, das durch die Fenster sickerte. Sie hatten keine Kerze, keine Kämme, um ihre Haare von Kletten befreien zu können, keinen Schmuck und keine Ahnung, wohin man sie bringen würde.

Als die Eichentür wieder aufgeschlossen wurde, waren sie so gut vorbereitet, wie das unter diesen Umständen möglich war. Chris merkte gar nicht, wie sehr sie zitterte, bis Pilar ihre Hände nahm und sie fest drückte, um ihr Mut zu machen.

Einer der Männer stieß Chris nach vorn und Pilar hinterher, und die beiden Frauen stiegen die Treppen hinunter.

»Woher wissen Sie denn, in welche Richtung wir reiten müssen?« rief Asher Tynan nach, als sie im vollen Galopp einen Weg hinuntersprengten.

Tynan gab sich gar nicht erst die Mühe, ihm zu antworten, sondern ritt in scharfem Tempo immer in südöstlicher Richtung, bis er zu einem schmutzigen kleinen Platz kam, auf dem Zelte standen. Dieser Platz verdiente die Bezeichnung »Ortschaft« nicht. Die Straßen waren vom Gewitterregen, der kurz vorher gefallen war, so aufgeweicht, daß man bis zu den Waden im Schlamm versank, und als sie an einem Zelt vorbeiritten, an dem ein großes Schild mit dem einzigen Wort »Frauen« hing, sahen sie zwei sich prügelnde Männer, die sich im Schlamm wälzten. Ashers Pferd machte einen Satz zur Seite, als die beiden ineinander verkeilten Männer auf ihn zurollten. Er hatte einen Moment lang Mühe, das Tier wieder unter Kontrolle zu bringen, ehe er wieder aufblicken konnte und Tynan eben in einem der größeren Zelte verschwinden sah. Asher schwang sich hinunter in den Modder und folgte ihm.

Tynan lehnte an der Theke, als habe er es überhaupt nicht eilig. Mehrere Tische standen im Zelt, an denen Männer saßen und pokerten. Ty beobachtete einen Mann, der im Vergleich zu den übrigen Männern sauber aussah mit seiner goldbestickten Weste und den zwei Revolvern mit Perlmuttgriffen.

Asher bestellte sich ein Bier und hatte eben einen langen Schluck aus seinem Glas genommen, als sich die Pokerrunde auflöste. Sofort blickte der Mann mit der goldbestickten Weste zu Tynan hoch.

»Ich dachte, du wärest wegen irgendeiner Geschichte im Knast.«

»Sie haben mich wegen derselben Geschichte wieder freigelassen«, antwortete Ty. »Und nun bin ich hier, um eine Schuld einzukassieren.«

Der Mann mit der bestickten Weste nickte kurz und stellte sich dann neben Ty an die Theke. »Zwei Whisky«, rief er und senkte dann die Stimme: »Was verlangst du von mir?«

»Auskünfte.«

»Die kommen teuer.«

»Ich habe bereits dafür bezahlt«, sagte Tynan. »Hast du schon mal von einem Mann namens Beynard Dysan gehört?«

Der Spieler verschluckte sich fast an seinem Whisky. Als er den Hustenanfall überwunden hatte, blickte er Tynan an. »Vor dem mußt du dich in acht nehmen. Der ist schlimm, wirklich schlimm.«

»Er hat etwas, das mir gehört, und ich will es mir zurückholen. Wo kann ich ihn finden?«

»Laß es ihm! Was es auch sein mag: es lohnt nicht. Ja, wenn du nur dein Leben dabei zu verlieren hättest, würde ich nichts sagen, aber dieser Mann kann dir mehr nehmen als nur das Leben.«

Tynan schwieg eine Weile, ehe er sagte: »Willst du mir jetzt eine Antwort geben oder so tun, als wärst du meine Mutter?«

»Es war wirklich nett, dich gekannt zu haben, Tynan. Ich werde dir Blumen zur Beerdigung schicken. Ich weiß nicht viel über ihn, nur was die Leute sich so hinter vorgehaltener Hand zuflüstern. Er hat irgendwo nördlich von hier eine Niederlassung. Es gibt eine Stadt dort, die Sequona heißt, und wenn jemand etwas über ihn weiß, dann sind es die Leute in dieser Stadt. Du kannst dich ja schon auf dem Weg dorthin nach ihm erkundigen, aber dann riskierst du, eine Kugel in den Kopf zu bekommen, höchstwahrscheinlich in den Hinterkopf. Dieser Mann liebt es, im verborgenen zu leben. Er kann es nicht leiden, wenn ihm jemand in die Karten guckt.«

Der Mann mit der gestickten Weste leerte sein Glas. »Was hat er, das dir gehört?«

»Del Mathisons Tochter.«

Der Mann ließ ein leises Pfeifen hören. »Mathisons Macht gegen Dysans Macht. Das kann ein Krieg werden, der alle Kriege beendet. Aber sei vorsichtig, wer hinter dir steht. Dysan hat überall seine Finger drin, und er engagiert Revolvermänner, die jeden für ihn beseitigen, der ihm im Wege steht oder unbequem wird. Du solltest es Mathison selbst überlassen, sich seine Tochter zurückzuholen.«

»Er hat mich dafür engagiert. Vielen Dank, Frank. Du kannst deine Schuld als getilgt betrachten.« Damit drehte sich Ty von der Theke weg und verließ das Zelt. Asher trank rasch sein Bier aus und folgte ihm.

Tynan blieb einen Moment vor dem Zelt stehen und sagte, ohne Asher dabei anzusehen: »Sie haben gehört, was Frank mir erzählt hat. Sie können jetzt immer noch aussteigen. Wenn Sie bei dieser Geschichte mit dem Leben davonkommen, könnte es sein, daß Sie danach nicht mehr derselbe Mann sind.«

»Aussteigen und Mathisons Tochter verlieren?« sagte Asher noch, ehe eine Kugel knapp an Tynans Kopf vorbeischwirrte. Ty ließ sich zu Boden fallen, sein Arm schoß vor und zog Asher mit hinunter in den Schlamm. Asher, der darauf nicht vorbereitet war, fiel mit der Nase in den Dreck. Er kam hoch, den Mund voller Schlamm, und spuckte. Eine zweite Kugel pfiff zwischen ihren Köpfen hindurch, und Asher tauchte mit dem Gesicht wieder im Modder unter. Hinter ihnen ertönte das laute Poltern umstürzender Tische und ein Brüllen aus Männerkehlen, als die beiden Kugeln im Zelt einschlugen.

Asher blickte auf Tynan, auf das saubere Gesicht, das er aus dem Schlamm heraushielt, und auf den Revolver in dessen Hand. Hinter ihnen rief eine Stimme:

»Ich möchte wetten, das ist Dysan.«

Asher drehte sich um und sah Frank, den Spieler, mit einem Revolver in der Hand geduckt im Zelteingang stehen.

»Wartet hier, und ich werde sehen, ob ich euch helfen kann!«

Kurz darauf konnte Asher den Spieler schreien hören: »Sie haben eben eine frische Ladung Huren im Zelt gegenüber abgeladen – alles Jungfrauen!«

Tynan rief Asher zu, daß er sich rasch zur Seite rollen sollte, und Ash war froh, daß er diese Anweisung befolgte, denn in der nächsten Sekunde kamen alle Männer in wildem Galopp aus dem Zelt und jagten über die Straße. »Jetzt!« hörte Asher Tynan rufen, und er kämpfte sich durch den zähen Schlamm zur Rückseite des Zeltes. Er war ein wenig verwirrt, was er denn nun als nächstes tun sollte, als Tynan mit den Pferden erschien. »Wir wollen weiterreiten«, war alles, was Ty sagte, ehe er sich in den Sattel schwang und die Zeltstadt und das, was sich wie ein Aufstand anhörte, hinter sich ließ.

Tynan ritt jetzt nach Norden, und zwar in einem so scharfen Tempo, daß der trocknende Schlamm von seinen Kleidern abblätterte und Asher um die Ohren flog. Am frühen Nachmittag lenkte er sein Pferd unter die Bäume und auf einen Pfad, den Asher erst bemerkte, als er sich schon darauf befand. Sie ritten hügelan, während die ersten Regentropfen fielen, weshalb die beiden Männer sich die Hüte tiefer ins Gesicht zogen.

Es war schon dunkel, als Tynan endlich anhielt und vom Pferd stieg. »Dort drüben sehe ich eine Höhle. Wir werden sie als Nachtlager benutzen«, rief er, das Rauschen des Regens übertönend.

Ein paar Minuten später hatten sie ein kleines Feuer entfacht, kochten Bohnen und Kaffee, und die Kleider, die sie trugen, waren schon fast wieder trocken.

»Glauben Sie, daß wir sie finden werden?« fragte Asher, während er mit einem Stock im Feuer herumstocherte.

»Ich habe es jedenfalls vor«, sagte Tynan. Er lehnte sich gegen seinen Sattel zurück, den Hut über dem Gesicht.

»Wenn Dysan nur Geld will, wird er Chris doch wohl nichts tun, oder?«

»Oder Pilar.«

»O ja«, sagte Ash. »Ich kann mich erinnern, sie in der Küche gesehen zu haben. Sie macht sauber, nicht wahr?«

Tynan schob sich den Hut wieder aus dem Gesicht, und nach einem Blick auf Ashers Hinterkopf nahm er die Bohnen vom Feuer und verteilte sie gleichmäßig auf zwei Blechteller.

Ash nahm ihm einen Teller und einen Becher mit Kaffee ab. »Ich schätze, Sie haben bereits einen Plan, nicht wahr? Ich meine, Sie *wissen* schon, wie Sie Chris retten müssen. Denn ihr Vater wäre außer sich, wenn Sie zuließen, daß ihr etwas zustößt.«

»Und Sie würden Ihr Geld verlieren«, sagte Tynan.

»Chris ist eine sehr attraktive junge Dame, vielleicht zuweilen ein wenig eigenwillig, aber dennoch attraktiv. Und ich sehe wirklich nicht, was daran verkehrt ist, wenn ich die Leitung der Betriebe ihres Vaters übernehme. Er hat keinen Sohn, und Chris ist offensichtlich nicht daran interessiert, jemand zu finden, der die Geschäfte für sie führt.« Er warf Tynan einen scharfen Blick zu. »Sie denken doch wohl nicht daran, sie selbst zu heiraten, oder? Mathisons Geld würde eine recht gute . . .«

»Wir würden viel besser miteinander auskommen, wenn Sie Ihre Meinung für sich behielten. Und jetzt löschen Sie das Feuer, und legen Sie sich aufs Ohr. Wir reiten morgen früh sehr zeitig weiter.«

Es war noch nicht Morgen – noch lange nicht –, als Tynan Asher weckte, indem er ihm eine Hand auf den Mund legte. Der Blick aus Tys Augen verriet Asher, daß er sich ganz still verhalten mußte, als er ihm ein Zeichen gab, ihm aus der flachen Höhle zu folgen. Sie trugen ihre Sättel und Taschen hinaus und führten die Pferde so leise wie möglich den Hügel hinunter. Es nieselte immer noch.

»Welche Stunde haben wir?« fragte Asher gähnend.

»Unsere letzte hier auf Erden, wenn wir nicht so rasch wie möglich von hier verschwinden. Da war jemand draußen vor der Höhle.«

»Ich habe niemanden gehört.«

»Gut. Sie können ja hierbleiben. Ich reite.«

Asher warf einen Blick auf den ihn umgebenden dunklen Wald, stieg in den Sattel und ritt hinter Tynan her.

Sie ritten den ganzen Tag hindurch bis in die Nacht hinein, so daß Asher im Halbschlaf im Sattel hin und her pendelte. Als Tynan dann endlich anhielt, vermochte Asher nicht einmal den Stall zu erkennen, in dem sie sich beide befanden.

»Nehmen Sie Ihrem Gaul das Lederzeug ab«, befahl Ty. »Oder wollen Sie hier auf Ihrem gesattelten Pferd sitzen bleiben?«

Langsam gehorchte Asher, schob Hafer und Heu zu seinem Pferd in den Verschlag und folgte Ty dann blind hinaus in die Nacht und die Treppe auf der Rückseite des Hauses hinauf. Er stellte nicht einmal Fragen, als Ty sich auf das Dach hinaufschwang, geduckt darüber hinlief und dann mit einem Sprung auf das nächste Hausdach übersetzte. Asher war froh, daß es schon dunkel war, so daß er nicht sehen konnte, wie tief er fallen würde, wenn er das nächste Dach verfehlte. Nachdem sie auf diese Weise drei Dächer hinter sich gebracht hatten, zog Tynan einen Schlüssel aus der Tasche, schloß damit eine Falltür auf und stieg dann die Sprossen von etwas hinunter, das vermutlich eine Speichertreppe war. Sobald sie sich im Innern des Gebäudes befanden, ging Tynan leise einen langen Korridor hinunter und öffnete die dritte Tür auf der linken Seite.

Eine junge Frau drehte sich im Bett herum und blickte verschlafen zur Tür. »Alice, das ist Asher, und er braucht einen Platz zum Schlafen.«

Die Frau zog sich die Zudecke wieder über die Schultern, drehte sich auf die Seite und schlief weiter. Tynan schob Asher in das Zimmer hinein, machte die Tür hinter ihm zu, ging dann noch an zwei Türen vorbei und öffnete die letzte auf der linken Seite.

Dort stieg Red gerade aus dem Bett und zog sich einen Morgenmantel über. »Dachte ich mir doch, daß ich jemanden draußen auf dem Flur gehört hatte.«

»Warum ist es denn heute hier so ruhig?« fragte Ty und goß sich einen Whisky ein.

»Vier Männer kamen hierhergeritten und schossen im Haus wild um sich. Ich habe es daraufhin für heute geschlossen. Ty, die vier sind deinetwegen hier gewesen.«

Tynan trank sein Glas in einem Zug leer. »Sie reiten schon seit zwei Tagen auf meiner Spur. Hast du etwas zu essen für mich?«

Red öffnete einen Schrank und holte Brot und Käse heraus. »Ich habe mir schon gedacht, daß du hierherkommen würdest. Nur kannst du hier nicht bleiben.« Red setzte sich auf ein Sofa. »O Ty, was hast du denn nun schon wieder angestellt? Ich dachte, du würdest eine Weile ehrlich bleiben.«

»Sie sind nicht hinter mir her, sondern wollen nur verhindern, daß ich Chris wiederfinde«, sagte er mit vollem Mund.

»Chris« – Reds Kopf ruckte in die Höhe –, »dieses doppelzüngige kleine Biest? Ich vertraute ihr, und sie lief davon und hätte dich im Gefängnis verrotten lassen, obwohl du unschuldig warst.«

»Nun ja, da siehst du mal, was wahre Liebe ist. Was

sie mir auch angetan haben mag – ich bin dafür verantwortlich, daß sie wieder nach Hause kommt zu ihrem Vater.«

»Auch auf die Gefahr hin, daß du dein Leben verlierst?«

Ty gab ihr darauf keine Antwort, kaute nur weiter und sagte dann: »Hast du irgendwo ein leeres Bett für mich? Ich habe Prescott bei Alice einquartiert.«

»Du kannst mein Bett haben«, sagte Red mit einem Seufzer. »Heute nacht werde ich sowieso keinen Schlaf mehr finden. Und wen möchtest du dazu haben? Das letzte Mal scheint es ja prächtig geklappt zu haben mit dir und Leora.«

»Nur schlafen«, sagte Ty und füllte sein Glas mit Whisky auf. »Keine Frauen.«

Er merkte gar nicht, wie Red dastand und ihn mit offenem Mund anstarrte. »Also gut«, sagte sie nach einer Weile. »Dann gib mir deine Kleider, damit ich sie waschen lassen kann.«

Sie stand schweigend dabei, während er sich bis auf die Unterwäsche auszog. Sie sah ihm zu, als er ins Bett schlüpfte. Sie saß bei ihm und strich ihm die Haare aus der Stirn, als er einzunicken begann. Und als er eingeschlafen war, küßte sie ihn auf die Stirn und schlich auf Zehenspitzen aus dem Zimmer.

»Tynan!« rief Red aufgeregt, als sie in sein Schlafzimmer kam. »Sie sind wieder hier und suchen dich!«

Ty warf die Zudecke beiseite und schwang die Beine aus dem Bett. »Wo zum Teufel sind meine Hosen?«

»Naß. Du hast erst drei Stunden geschlafen, aber du mußt das Haus verlassen. Es sind diesmal sechs Männer, die unten stehen und nach dir fragen.«

Tynan fuhr sich mit der Hand durchs Haar. »Drei

ganze Stunden? Dysan läßt ja nun wirklich nichts anbrennen.«

»*Dysan*?« rief Red. »Du bist hinter Beynard Dysan her?«

»Ich brauche jetzt niemand, der mich bemuttert, sondern ein Paar trockene Hosen. Besorge mir etwas zum Anziehen.«

»Ich sollte mich weigern. Ich sollte den Sheriff holen, um dich vor dir selbst zu retten, indem er dich einlocht.«

Ehe Tynan etwas darauf erwidern konnte, stürzte eine der Frauen ins Zimmer und rief entrüstet: »Er ist tot! Habe ich nicht gleich gesagt, daß er sich übernimmt, wenn er es gleich mit dreien von uns auf einmal . . .« Sie hielt inne und sah mit großen Augen zum Bett hin. »Nanu! Ich habe ja gar nicht gewußt, daß du hier bist, Tynan!«

»Und er wird auch nicht lange hierbleiben«, sagte Red, schob die Frau wieder aus dem Zimmer und machte die Tür hinter ihr zu. »Nun wird bald jeder im Haus wissen, daß du hier bist und . . .« Sie stockte und bekam ganz helle Augen. »Setz dich hin. Rühr dich nicht von der Stelle. Ich habe eine Idee.« Damit ging sie aus dem Zimmer, während Tynan nach etwas suchte, das er als Hose benutzen konnte.

Knapp eine Minute darauf kehrte Red mit einem Anzug aus weißem Leder und Fransen an den Säumen ins Zimmer zurück. »Dieser Mann, der eben das Zeitliche segnete, war bei einer Wildwest-Show beschäftigt und braucht diese Klamotten nicht mehr.« Damit hielt sie die verrücktesten und auffallendsten Kleider in die Höhe, die ein Cowboy im Zirkus oder auf der Prärie jemals getragen hatte: eine weiße Lederjacke mit meterlangen perlenbestickten Fransen, die von der Schulter bis zu den Handgelenken hinunterreichten, dazu eine Hose aus dem gleichen Material mit Silbertalern an den Hosenbeinen und einen Hut, dessen Band mit pfenniggroßen falschen Diamanten besetzt war.

Tynan warf nicht einmal einen Blick auf das seltsame Kostüm. »Wenn du mir nicht ein Paar Hosen beschaffst, werde ich . . .

»Hier!« rief Red und warf ihm die lederne Hose zu.

»So was trage ich nicht!« erwiderte Tynan und legte die Hände auf den Rücken, so daß die Hose vor ihm auf dem Boden landete.

»Moment mal, Tynan! Unten warten sechs Männer, und du bist allein. Außerdem haben sie das Haus umstellt. Rachel erzählte mir, sie hätte ein Gewehr auf einem Nachbardach gesehen. Also mußt du schlimmstenfalls mit einem ganzen Dutzend Leuten rechnen. Wenn du aus der Tür kommst, hast du nicht die kleinste Chance. Aber sie lauern natürlich auf einen Mann, der so aussieht wie du, nicht auf einen fetten, ollen betrunkenen Schlangenölhändler.«

Tynan setzte sich aufs Bett. »So was ziehe ich nicht an.«

»Du willst also lieber sterben als so etwas tragen?« meinte Red entsetzt.

»In meinen eigenen Hosen und Stiefeln. Denke nur, ich würde in so einer Kluft begraben!«

Red verdrehte die Augen und sah zur Zimmerdecke. »So etwas Dummes habe ich in meinem ganzen Leben noch nicht gehört! Paß auf, Ty, Liebling – wie willst du denn dieses Mädchen retten, wenn du tot bist? Und genau das wirst du sein, wenn du in deinen eigenen Klamotten aus dem Haus gehst. Doch in diesem Kostüm kannst du sogar unbesorgt den Hauptausgang benutzen. Jeder wird von den Silbertalern und den Diamanten so geblendet sein, daß sich keiner die Mühe macht, dein

Gesicht näher zu betrachten. Und du hast ja noch gar nicht mal alles gesehen; denn da gehören noch weiße Stiefel dazu und silberbeschlagene Revolver mit silbernen Patronen! Ein wahrhaftiges Prunkstück ist das.«

Ty saß mit zusammengepreßten Kiefern auf dem Bett.

»Wenn du dich dort draußen umbringen läßt, werde ich dafür sorgen, daß du in *diesem* Kostüm begraben wirst!« sagte Red.

Ty schüttelte den Kopf. »Ich hoffe nur, daß Mathison zu würdigen weiß, was ich alles seinetwegen auf mich nehme, damit er seine Tochter wiedersieht.«

»Ja, doch jetzt mußt du erst einmal von meinem Bett aufstehen, damit wir dich auspolstern können, weil dir sonst die Sachen nicht passen.«

Eine Stunde später stand Tynan oben im Salon, umgeben von kichernden Damen. Asher, eine Zigarre von einem Zoll Durchmesser im Mundwinkel, saß in einem Sessel mit Alice auf dem Schoß.

»Das steht Ihnen gut, Tynan«, sagte Asher. »Es paßt ausgezeichnet zu Ihnen.«

Red legte rasch ihre Hand über Tynans Hand, die auf dem Griff des silberbeschlagenen Revolvers ruhte, während sie seine Haare prüfte, die sie mit Talkpuder weiß gefärbt hatte.

Die Frauen hatten Kissen in die Hose des verblichenen Zirkusdarstellers genäht, damit Ty das Kostüm auch richtig ausfüllte. Er hatte nun einen Bauch, der über den Gürtel mit der Silberschnalle hinausquoll, und der Zwikkel der Hose hing ihm fast zwischen den Knien.

»Zu schade, daß wir das hier kaschieren mußten«, sagte Leora und fuhr ihm mit der Hand über die Pobakken.

»Jetzt«, sagte Red, »siehst du zwar echt aus, doch fehlt es dir noch an der richtigen Stimmung. Der Mann kam mit knallenden Pistolen ins Haus, und genauso mußt du es wieder verlassen.«

»*Ich* habe es gern, wenn du mit deiner Pistole ballerst«, sagte Leora laut in Tynans Ohr.

»Dazu hat er jetzt keine Zeit«, sagte Red. »Sind Sie soweit, Mr. Prescott?«

»Jederzeit.«

»Dann können Sie ihm durch die Tür auf die Straße hinaushelfen. Denn du bist viel zu betrunken, Ty, um ohne Begleitung noch gehen zu können, verstanden?«

Ty nickte stumm.

»Ist das Pferd bereit?« fragte Red.

»Was für ein Pferd?« fragte Ty.

»Sie werden es wissen, wenn Sie es sehen«, sagte Asher lachend. »Und übersehen können Sie es nicht.«

Red schob ihre Arme unter Tys Achseln: »Honey, ich möchte dich wiedersehen – und das ist die einzige Möglichkeit, mir diesen Wunsch zu erfüllen. Und jetzt küsse mich und geh.«

Ty hielt sie eine Minute lang fest, küßte sie auf die Wangen und verließ dann den Salon. Seine prächtigen langen Sporen klirrten über den Parkettboden. Auf der Treppe über der Halle hielt er an, zog die beiden silberbeschlagenen Pistolen und schoß damit in die Decke. Dann stiefelte er, mit Frauen behangen, hinunter ins Erdgeschoß.

Dort brüllte er: »Ich bin tückischer als eine Schlange und doppelt so schnell!«, torkelte nach vorn, fiel einer Frau um den Hals und schoß dabei mit einer Pistole in die Decke, mit der anderen auf einen Tisch, der von Männern besetzt war. Er traf zwei volle Biergläser und verfehlte nur knapp einen Hünen von Cowboy.

Der Cowboy stand auf und wollte auf Tynan losgehen, doch Asher verstellte ihm den Weg.

»Er ist betrunken«, sagte Asher. »Es war ein Unfall.«

»Dann schaff ihn möglichst rasch hier raus«, sagte der Cowboy grollend, die Hand an dem Holster, »bevor er einen Unfall erleidet ...«

»Ich bin so stark wie ein Grislybär und so scharfäugig wie ein Falke«, brüllte Ty.

»Komm, Falke, laß uns gehen«, sagte Asher zu ihm und schob ihn auf den Ausgang zu.

»Ich kann schneller reiten und schießen als jeder andere ...«

Asher, der bemerkte, daß Ty schon wieder mit seiner Pistole auf den Tisch zielte, wo die Cowboys – vermutlich von Dysan gedungene Männer – saßen und ihn beobachteten, schlug Tys rechten Arm in die Höhe, so daß die Kugel das Gemälde über der Bar traf und ein Loch in den ansehnlichen Hintern der nackten Schönheit riß, die sich dort auf einem Pfuhl räkelte.

»Ich bin so rank wie eine Tanne und so häßlich wie ein Muli, aber die Mädchen reißen sich um mich, weil er so groß ist und so hart steht wie ein Steven«, grölte Ty, während Asher ihn zur Vordertür hinausschob.

»Steigen Sie auf dieses verdammte Pferd«, zischelte Asher, »ehe Sie uns alle beide umbringen«.

Vor ihm stand ein schneeweißer Schimmelhengst mit hellroten Augen und weißem Sattel. Ty zögerte keine Sekunde, sondern sprang in den Sattel, wickelte den Zügel um den Sattelknopf und zog das Gewehr, das rechts neben ihm im Sattelschuh steckte. Sich in den Steigbügeln aufstellend, daß die Fransen wie Standarten hinter ihm herflatterten, ballerte Ty mit dem Gewehr auf die Dachtraufen, während das Pferd in nördlicher Richtung aus der Stadt galoppierte. Ein paar von den Männern, die sich auf den Dächern versteckt hatten, standen auf, um nachzusehen, was da unten los wäre, und Ty schoß nur wenige Zentimeter an ihren Köpfen vorbei.

Asher, der Ty auf einem zweiten Pferd folgte, war überzeugt, daß sein Gesicht so weiß sein müsse wie Tynans Lederkostüm. Doch die Männer auf den Dächern dachten, daß ihnen hier eine Wildwestshow gratis geboten würde, und einige von ihnen bedankten sich dafür, indem sie gleichfalls ihre Gewehre gen Himmel richteten und die Magazine leerschossen.

Asher wagte erst wieder durchzuatmen, als sie bereits meilenweit von der Stadt entfernt waren und Tynan plötzlich hinter ein paar Bäumen verschwand. Als Asher zu ihm stieß, wühlte Ty wie besessen in den weißen Satteltaschen.

»Was ist denn los?« fragte Asher, sich von seinem Pferd herunterschwingend.

»Ich hatte gehofft, sie hätten mir noch ein paar vernünftige Sachen eingepackt. Verdammt! Red hat mir nicht mal meine Hosen mitgegeben!«

»Mich deucht, die Hosen, die Sie jetzt anhaben, hätten Sie immerhin gesund bis hierher gebracht. Ist Ihnen eigentlich klar geworden, daß Sie um ein Haar einen von Dysans Männern erschossen hätten?«

»Ich habe alles in allem elf Männer gezählt. Und Sie?«

»Was ich?«

»Wie viele Sie gezählt haben? Weshalb, glauben Sie wohl, habe ich einen solchen Lärm gemacht? Ich wollte, daß sie alle aus ihren Löchern herauskommen, um nachzusehen, was dieser Krach zu bedeuten habe. Vier von ihnen saßen im Puff in der Halle, fünf auf den Dächern entlang der Straße, und zwei kamen noch aus den Hinterhöfen. Ich schätze, daß noch einige von ihnen im Süden der Stadt auf mich lauern. Ich gebe ihnen zwei Stunden Zeit, bis sie begriffen haben, daß ich in diesen weißen Lederklamotten stecke. Also haben wir zwei Stunden Zeit, damit ich mir neue Sachen besorgen und das da loswerden kann.« Er blickte das rotäugige Pferd ungläubig an. »Sonst könnten wir ebensogut versuchen, einen Berg in einer Puppenstube zu verstecken. Ich wünschte, wir fänden jemanden, der diese Klamotten für mich anzieht. Dann könnten Dysans Männer ihn verfolgen und mir eine Verschnaufpause gönnen.«

Asher schnaubte: »O ja, und wo finden wir so einen Trottel? Ich wüßte keinen, der selbst gegen gute Bezahlung so ein Kostüm anziehen würde. Und wenn Sie versuchen, es jemandem zu schenken, wird er sofort mißtrauisch und fragt nach dem Grund. Am besten wäre es, wir würden die Sachen verbrennen. Wir können nicht erwarten, jemand zu finden, der dumm genug ist, sie zu tragen.«

»Ich weiß nicht«, sagte Ty, der sich wieder auf den Schimmel schwang und fluchte, weil er sich erst noch die Fransen unter dem Hintern hervorziehen mußte. »Die Welt ist voll von allen möglichen Typen.«

Kapitel 18

Tynan stand wie angewurzelt an der weißen Wand eines Hauses, als hoffte er, sich auf diese Weise unsichtbar machen zu können. Asher nahm sich verdammt viel Zeit, neue Kleider für ihn zu finden, damit er sie gegen die weiße Lederkluft vertauschen konnte. Einige Minuten lang hatte Ty sogar ernsthaft daran gedacht, Asher das lose Maul zu stopfen – vielleicht sogar mit einem Knebel. Doch dann war es ihm gelungen, Asher davon zu überzeugen, daß es auch in seinem eigenen Interesse sei, wenn er ihm zu neuen Kleidern verhülfe.

Vorsichtig schob Ty den Kopf um die Hausecke herum, um zu erkunden, ob jemand in der Nähe war. Als er sicher war, daß sich niemand auf der Straße befand, ging er die zwei Schritte bis zum Pferdetrog und steckte den Kopf hinein. Asher hatte sich nicht entblöden können, anzügliche Bemerkungen über den strengen Veilchenduft zu machen, der Tys Haaren entströmte und offenbar auf Reds weißen Talkumpuder zurückzuführen war.

Als er eben den Kopf wieder aus dem Wasser heben wollte, spürte er etwas Kaltes im Nacken, das vom Stahl einer Waffe herrühren mußte.

»Sprich ein Gebet«, sagte der Mann, der ihm die Waffe ins Genick drückte, »denn das ist die letzte Minute deines Lebens.«

»Lester Chanry«, sagte Tynan, den Kopf drehend, um den Mann hinter sich ansehen zu können: Dieser war so groß und so dünn wie eine Bohnenstange und hatte rote Haare, die ihm bis zu den mageren Schultern hinunterreichten. Sein Gesicht war von Sommersprossen bedeckt, die ihm etwas Farbe verliehen; denn seine Brauen und Wimpern waren so hell, daß man zweimal hinsehen mußte, um ihr Vorhandensein zu bemerken. Er trug ein hellrotes Hemd mit einer vier Zoll breiten indianischen Perlenstickerei auf den Schultern und drei Silberconchos in den Haaren. »Lester, es tut gut, dich wiederzusehen. Tatsächlich habe ich erst vor zehn Minuten über dich gesprochen.«

»So, so. Hast du davon gesprochen, wie du meinen Bruder getötet hast?«

»Das war ein Unfall.«

Lester drängte Tynan gegen die Hausmauer. »Du hast ihn umgebracht, und dafür wirst du nun bezahlen.«

»Ich war es nicht, und das weißt du auch.«

»Dieser Sheriff war hinter dir her, und daher hättest du ihn ebensogut töten können. Deshalb bist du auch derjenige, der dafür bezahlen wird. Bist du bereit zu sterben?«

»Nur wenn du mir versprichst, mich in meinem neuen Anzug zu beerdigen.«

Zum erstenmal blickte Lester auf die prächtige Lederkluft hinunter, mit der Ty bekleidet war, und Tynan beobachtete Lesters Gesicht. »Du versprichst mir doch, daß du mich darin beerdigst, nicht wahr, Lester? Das ist mein letzter Wunsch, und der letzte Wunsch eines Sterbenden sollte immer respektiert werden.«

»Wo hast du denn diese Klamotten her?« fragte Lester mit ehrfürchtiger Stimme.

»Ein Mann mußte erst sein Leben aushauchen, ehe ich sie haben konnte«, sagte Tynan. »Du versprichst mir doch, daß du mich darin beerdigst, Lester?«

»Nun ... vielleicht würdest du sie mir vorher noch verkaufen. Ich mag nämlich solche Sachen.«

»Verkaufen! Was soll ich denn mit dem Geld, wenn ich tot bin? Wie wäre es, wenn wir uns auf einen Handel einigten? Ich schenke sie dir, und du läßt mich dafür laufen.«

Lester stieß Ty wieder zurück gegen die Hauswand. »Ich werde dich erschießen und sie mir dann einfach nehmen.«

»Ich bin aber ein starker Bluter. Ich brauche mich nur beim Rasieren zu schneiden, und schon ist alles voller Blut. Ich würde den Anzug so versauen, daß du ihn nicht mehr tragen könntest, und außerdem entginge dir das dazu passende Pferd.«

»Pferd?« fragte Lester. »Belügst du mich auch nicht, Ty? Denn wenn du das tust, werde ich dir ...«

»Lester, ich kämpfe um mein Leben. Du läßt mich laufen und bekommst dafür diesen weißen Lederanzug und ein weißes Pferd mit einem weißen Sattel.«

»Weißen Sattel?« sagte Lester atemlos. »Ich habe in meinem ganzen Leben noch keinen weißen Sattel gesehen. Tynan, wenn du mich auf den Arm nehmen willst, werde ich dir . . .«

»Nun, fuchtle bitte nicht so viel mit deinem Revolver herum, Lester, sondern laß dich von mir zu der Stelle bringen, wo das weiße Pferd versteckt ist, und ich gebe dir das alles einschließlich einem Kaufvertrag, damit die Sache auch legal ist. Aber wenn du mich erschießt, bekommst du nur einen blutigen Anzug – und du weißt ja selbst, wie steif Leder von Blut wird –, und du wirst auch niemals das weiße Pferd finden, sondern irgendein Bauernlümmel, der dann den einzigen weißen Ledersattel besitzt, den es auf der Welt gibt. Habe ich dir eigentlich schon gesagt, daß am weißen Zaunzeug lauter kleine silberne Medaillons hängen?«

Lester brauchte einige Sekunden, um zu verdauen, was Tynan zu ihm gesagt hatte, während Tynan einen Arm hochhob, damit er die langen Lederfransen bewundern konnte, die vom Ärmel herunterhingen.

»Also schön, ich nehme das Angebot an. Aber wenn du versuchen solltest, mich zu betrügen, werde ich . . .«

»Ich und einen Chanry betrügen? Lester, ich bin nicht so alt geworden, weil ich ein Narr bin. Komm, laß uns gehen. Es wird mir leichter fallen, mich von meinem Anzug zu trennen, wenn wir nicht so lange darüber reden«, sagte Ty mit einem Seufzer.

Als Chris die Treppe hinunterstieg, versuchte sie das Oberteil ihres Kleides etwas über ihre Brüste hinaufzuziehen; doch der Stoff reichte nicht hin, um das zu bedekken, was bedeckt werden sollte. Mit einem Blick auf Pilar bemerkte sie, daß diese Frau mehr heraushängen ließ, als sie selbst in ihrem ganzen Leben zu entblößen nicht hoffen durfte.

Am Fuß der Treppe blieben die beiden Männer stehen und ließen die beiden Frauen plötzlich in einem großen Raum mit einem aus Ziegeln bestehenden Fußboden allein. Er war mit schweren Möbeln eingerichtet, die mit seidenen Schärpen bedeckt waren. Außer ein paar Sesseln und einem kleinen Tisch an einer Wand konnten sie nicht viel von der Einrichtung sehen.

Links befand sich eine Tür mit einem Fenster daneben. Sogleich eilte Chris zur Tür und probierte die Klinke aus, aber die Tür war verschlossen. Als sie eben zum Fenster gehen wollte, hörte sie eine Stimme hinter sich.

»Sie werden alle Ausgänge blockiert finden, Miss Eskridge.« Es war eine Stimme, die sie kannte. »Sie!« rief sie, auf den Absätzen herumwirbelnd.

»Ich dachte, das hätten Sie inzwischen längst erraten«, sagte Beynard Dysan, »nachdem Sie mir im Haus und auch im Wald nachspioniert haben. Ich dachte, Sie würden sofort wissen, daß nur ich derjenige sein kann, der Sie entführen ließ.«

»Ich habe Owen nachspioniert«, sagte sie mit einem halben Flüstern, »nicht Ihnen.«

»Und ich sollte davon nichts wissen, nicht wahr? Wollen die Damen jetzt die Freundlichkeit haben, mich zum Dinner zu begleiten?«

Unwillkürlich wich Chris einen Schritt vor ihm zurück.

»Nur zu gern«, sagte Pilar rasch, faßte nach Christianas Hand und zog sie mit sich, während sie die andere Hand unter Dysans Arm schob. »Wir verhungern schon fast.«

Chris überließ es Pilar, mit Dysan zu reden, während er sie beide in ein Speisezimmer führte. Sie mußte ihr Gleichgewicht wiederfinden und ihre instinktive Abneigung gegen diesen Mann überwinden, wenn sie erfahren wollte, was er mit seiner Entführung bezweckte. Als Dysan dann am Tisch einen Stuhl für sie zurechtrückte, konnte sie sich schon so gut beherrschen, daß sie nicht gleich zurückzuckte, als seine Hand ihren Arm streifte.

Als sie alle am Tisch Platz genommen hatten und die Speisen aufgetragen waren, blickte Dysan Chris an, die am anderen Ende der langen Tafel saß, während Pilar rechts neben ihm Platz genommen hatte und sagte: »Nun erzählen Sie mal, warum Sie im Haus der Hamiltons spioniert haben. Was glaubten Sie denn dort zu entdekken?«

Chris nahm sich Zeit mit ihrer Antwort. Ehe sie diesem Mann etwas erzählte, mußte sie erst erfahren, ob er etwas von den wahren Zusammenhängen wußte. »Mein Vater . . .«, begann sie und schob sich dann einen Bissen in den Mund, den sie bedächtig zerkaute.

»Ja«, sagte Dysan. »Ich weiß, daß Ihr Vater Selbstmord beging. Aber da hatte doch auch Ihr Mann mitgeholfen, nicht wahr?«

Nun war Chris sich sicher, daß Dysan keine Ahnung von ihrer wahren Identität hatte und sie tatsächlich für Diana Eskridge hielt. »Whit und ich haben . . .« Sie sah auf ihren Teller nieder und brachte es fertig, zwei Tränen unter ihren Wimpern hervorzupressen. »Ich liebe ihn wirklich; aber mein Vater . . .«

Sie blickte durch feuchte Wimpern zu Dysan hinüber und bemerkte, daß er sie mit großer Ungeduld und abfällig gekräuselten Lippen betrachtete. Gut, dachte Chris bei sich, soll er doch glauben, daß ich ein schüchternes, feiges kleines Ding bin. Pilar, die ihr einen ungläubigen Blick zugeworfen hatte, sah nun wieder auf ihren Teller.

»Was hofften Sie in Hamiltons Haus zu finden?« fragte Dysan zum zweitenmal und sagte das in einem Ton, als könnte er ängstliche Frauen nicht ausstehen.

»Mein Vetter Lionel war in Gefahr. Ich wollte ihm nur helfen. Warum haben Sie uns entführen lassen? Was haben Sie mit uns vor? Ich hatte doch nur Lionel helfen wollen. Und Pilar hat mit der ganzen Sache überhaupt nichts zu tun.«

Dysan begann zu essen. »Betrachten Sie sich als meine Gäste. Ich fürchte, ich kann Sie zwar nicht frei in meinem Haus herumlaufen lassen, aber solange Sie hier wohnen, soll es Ihnen an Bequemlichkeit nicht mangeln.«

»Aber *warum* sind wir hier?« sagte Chris, sich vorbeugend.

Dysan sah sie nur an, sagte aber kein Wort mehr.

»Sie werden unserer Spur folgen, das wissen Sie doch«, sagte Pilar leise in die Stille hinein.

»Meinen Sie damit Ihren Mann? Glauben Sie wirklich, er kommt hierher, um Sie zu retten? Will er mich mit einer Gartenharke bedrohen?«

»Mit einer ...«, begann Chris, fing sich dann aber rasch und sagte: »Jemand kommt bestimmt hierher und findet uns.«

Dysan lehnte sich in seinem Stuhl zurück und legte seine Gabel auf den Teller. »Ich habe über hundert Männer ausgeschickt, die das Gelände zwischen hier und Hamiltons Haus absuchen. Sie sollen jeden töten, der es auch nur wagt, nach Ihnen oder nach mir zu fragen. Ich garantiere Ihnen, daß niemand hierherkommen und Sie retten wird.«

»Dann ist es also Lösegeld, was Sie für uns verlangen wollen?« fragte Chris, ohne erst nachzudenken.

»Und wie könnte ich ein Lösegeld für Sie erhalten?« fragte Dysan, als wäre er sehr an einer Antwort interessiert. »Wer würde für Sie beide Geld bezahlen?«

»Niemand würde für uns Geld bezahlen«, sagte Pilar leise. »Aber jemand könnte bereit sein, mit seinem Leben zu bezahlen, um uns wiederzufinden. Und das wird ihm auch gelingen.«

Dysan musterte Pilar ein paar Sekunden mit einem hitzigen, hochmütigen Blick. »Sie mögen recht haben, aber das wollen wir doch erst einmal abwarten, nicht wahr? Und jetzt, fürchte ich, habe ich keine Zeit mehr für Sie. Man wird Sie wieder in Ihr Zimmer hinaufbringen, und dort werden Sie warten.«

»Warten worauf?« fragte Chris.

»Auf meinen Beschluß, was mit Ihnen geschehen soll«, sagte Dysan, ehe er aufstand und das Zimmer verließ. Chris wickelte rasch ein paar Scheiben von dem Braten in ein Taschentuch und schob das Päckchen in die Tasche ihres Kleides. Kurz darauf kamen schon die beiden Männer, die sie entführt hatten, und geleiteten sie zurück in den Vorraum und dann die Treppe zu ihrem Zimmer hinauf.

»Was haben wir nun herausgefunden, außer daß wir unsere Mahlzeiten abbrechen müssen, wenn wir ihn ärgern?« fragte Pilar, als sie wieder allein in ihrem Zimmer waren. »Glauben Sie, daß er tatsächlich *hundert* Männer ausgeschickt hat, die auf unserer Fährte lauern und jeden Verfolger abfangen sollen? Oder meinen Sie, daß das nur eitle Prahlerei gewesen ist?«

Chris blickte aus dem Fenster und schätzte die Entfernung bis zum Boden hinunter. »Ich glaube, dieser Mann ist zu jeder Bosheit fähig. *Weshalb* sind wir hier?« jammerte sie mit einem Schluchzen in der Stimme. »Er weiß nicht, wer mein Vater ist; also hält er uns nicht fest, weil er ein Lösegeld will. Ich dachte, da er uns diese Kleider aufs Zimmer schickte, er wollte vielleicht etwas ... etwas Körperliches von uns. Doch das scheint ihn nicht zu interessieren. Was will er dann von uns?«

»Vielleicht wissen Sie etwas, das er von uns erfahren möchte?«

»Natürlich«, antwortete Chris. »Er glaubt, ich wüßte, wo der verlorengegangene Schatz der Inkas ist. Wenn er etwas von uns wissen wollte, warum hat er uns dann beim Essen nicht danach gefragt?«

»Aber er fragte uns doch, ob wir meinten, daß Tynan uns hierher folgen würde«, sagte Pilar nachdenklich. »Glauben Sie, er hat es auf Ty abgesehen?«

Christianas Mund wurde zu einem Strich. »Mir scheint, die einzigen Leute, die es wirklich auf Tynan abgesehen haben, sind jene, die auf der Seite des Gesetzes und der Ordnung stehen. Ich glaube nicht, daß Dysan Tynan für ein Verbrechen oder für etwas festnehmen möchte, das er in den letzten acht Tagen mal wieder angestellt hat.«

Pilar blickte Chris eine Weile stumm an. »Sie haben ja einen mächtigen Zorn auf ihn. Was hat er Ihnen denn getan?«

»Oh – nur eine Närrin aus mir gemacht. Das ist alles.« Chris setzte sich aufs Bett. »Ich glaube nicht, daß Dysan hinter Tynan her ist. Wenn ja, hätte er keine so umständliche Methode gewählt, sondern sich seiner auf eine viel leichtere Art bemächtigen können. Er hätte ihn nur beim Picknick zu einem Duell mit dem Revolver einzuladen brauchen, und Tynan hätte diese Aufforderung mit Freuden angenommen. Nein, da muß es schon noch einen anderen Grund geben. Ich glaube, Dysan *weiß*, wer mein Vater ist, und wir werden festgehalten, weil er ein Lösegeld für uns verlangen will. Dann ergeben auch diese hundert bewaffneten Männer einen Sinn, die etwaige Verfolger abfangen sollen, denn Dysan möchte natürlich verhindern, daß jemand erfährt, daß er uns beide in seinem Haus gefangenhält.«

»Uns?« gab Pilar zurück. »Sie haben mir nie eine Erklärung geben wollen, warum ich hier gefangengehalten werde.«

»Wer weiß? Pilar, glauben Sie, daß wir den Boden erreichen könnten, wenn wir unsere Bettücher zusammenbinden?«

»Sind Sie wahnsinnig?« sagte Pilar, die ans Fenster getreten war. »Sehen Sie denn nicht die Männer mit den Gewehren dort draußen? Glauben Sie, die wollen Ihnen nur damit zuwinken, wenn sie aus dem Fenster klettern?«

»Und wenn wir mitten in der Nacht aus dem Fenster klettern?«

»Chris«, antwortete Pilar mit geduldiger Stimme, »lassen Sie uns hier sitzen und warten, bis Ihr Vater das Lösegeld bezahlt hat, und dann sind wir frei.«

Chris blickte die dunkelhaarige Frau eine Weile an. »Frei, damit wir Dysan als Kidnapper identifizieren können? Daß wir zu einem Bundesmarshal gehen und ihn als Kapitalverbrecher anzeigen und gegen ihn aussagen können? Nein, ich glaube nicht, daß er uns freilassen wird. Dysan wird vielleicht ein Lösegeld für uns kassieren; er kann aber nicht riskieren, uns freizulassen, damit wir jedem erzählen können, wer uns gefangennehmen ließ.« Sie schwieg einen Moment still und hielt Pilars Blick fest. »Ich glaube, er wird uns töten, sobald er das Geld von meinem Vater erhalten hat. Er kann es sich nur noch nicht leisten, uns umzubringen, falls mein Vater von ihm einen Beweis verlangt, daß ich noch am Leben bin.«

Pilar ging zum Bett zurück und ließ sich darauf fallen. »Wie lange haben wir also Ihrer Meinung nach noch zu leben?«

»Mein Vater wird Himmel und Hölle in Bewegung setzen, um das Geld aufzutreiben, das Dysan von ihm fordern wird, und ...« Sie stockte, da ihr die Tränen in die Augen stiegen. Vielleicht würde sie ihren Vater nie mehr wiedersehen – vielleicht war das letzte, was sie auf dieser Erde sehen würde, die Innenwände dieses Zimmers. »Er wird das Geld so rasch hierherschaffen, wie Roß und Reiter die Strecke bewältigen können. Wenn Dysan einen Brief mit seiner Lösegeldforderung nach Süden schickte, während wir nach Norden gebracht wurden, schätze ich, daß es noch ungefähr achtundvierzig Stunden dauern wird, bis das Lösegeld hier eintrifft.«

»Zwei Tage«, wiederholte Pilar erschrocken, und dann ruckte ihr Kopf in die Höhe. »Das bedeutet, daß Tynan schon heute abend hier sein könnte.«

»Damit können wir nicht rechnen«, sagte Chris und legte ihre Hand auf Pilars Rechte. »Wollen Sie mit mir fliehen oder hier warten und hoffen, daß ich mit jemandem zurückkomme, der mir hilft, Sie hier herauszuholen?«

»Ich möchte, daß wir beide hierbleiben und warten«, sagte Pilar und seufzte dann. »Also gut. Ich werde hierbleiben. Vielleicht kann ich für eine Weile die Tatsache vor diesen Männern geheimhalten, daß sie aus unserem Gefängnis entflohen sind.«

»Sobald Dysan meine Flucht entdeckt, sagen Sie zu ihm, daß Sie Christiana Mathison wären. Dann wird er Sie bestimmt so lange in Ruhe lassen, bis mein Vater ihm das Lösegeld geschickt hat. Wollen Sie mir jetzt helfen, die Bettücher zu zerreißen und zu einem Seil zusammenzubinden?«

»Wenn ich muß«, sagte Pilar und entdeckte zu ihrem Mißvergnügen, daß ihre Hände zitterten. »Ich werde Ihnen helfen, wenn ich muß.«

Tynan hob die Hand, damit Asher sein Pferd zügeln sollte, als sie den Rand der kleinen Stadt Sequona erreichten. »Ich möchte, daß Sie zuerst in die Ortschaft hineinreiten. Begeben Sie sich zu dem großen Saloon, den Sie dort in der Mitte der Straße auf der rechten Seite sehen können, und nehmen Sie sich einen Ecktisch. Bestellen Sie sich nur ein Bier und warten Sie auf mich. Und reden Sie mit niemandem ein Wort, verstanden?«

»Machen Sie sich meinetwegen keine Gedanken. Ich komme schon zurecht.«

»Nehmen Sie dort Ihren Revolver aus dem Holster, legen Sie ihn unter Ihren Hut und warten Sie ab. Ich will, daß Sie sofort eingreifen können, wenn die Schießerei losgeht.«

»Schießerei?« flüsterte Asher. »Wie können Sie so sicher sein, daß es zu einer Schießerei kommen wird?«

»Was soll diese Frage? Wie können Sie nur so alt geworden sein, ohne das zu wissen? Sind Sie bereit?«

Asher nickte nur, als er sein Pferd wieder antrieb, die lange, staubige Straße entlangtrabte und vor dem Saloon anhielt. Als er hineinging, flog jemand auf die Straße hinaus und verfehlte ihn nur knapp.

»Und bleib draußen!« rief ein Mann, der eine grüne Schürze trug und seine kräftigen Muskeln an seinen dikken Armen spielen ließ.

Asher wartete, bis die Pendeltüren frei waren, und ging dann in den Saloon hinein. Er mußte eine Weile an der Theke stehen, bis die Männer am Ecktisch ihr Pokerspiel beendeten und ihre Stühle räumten, und nahm dann mit seinem Bierglas dort Platz. So unauffällig wie möglich zog er seinen Revolver aus dem Holster und versteckte ihn unter seinem Hut, der auf dem Tisch lag. Asher lehnte sich auf seinem Stuhl zurück, die Augen halb geschlossen, als Tynan hereinkam, und sofort, wie er bemerkte, drehten sich ein halbes Dutzend Augenpaare in die Richtung des Neuankömmlings. Ty hatte also recht behalten, dachte Asher: Sie wurden hier schon von mehreren Männern erwartet.

Tynan bestellte einen doppelten Whisky, und während er sein Glas leerte, kam ein Saloonmädchen auf ihn zu, legte ihm einen Arm um die Taille und strich ihm mit einer Hand über den Rücken.

»Wie wär's, wenn du einer Lady einen Drink spendieren würdest?«

Asher richtete sich in seinem Stuhl auf und tat so, als interessierte er sich für den Inhalt seines Bierglases, in Wahrheit aber versuchte er die Männer in seiner Nähe zu beobachten. Da saß ein dicker, schmutziger Cowboy rechts von ihm, dessen Hand immer näher an seinen Holster herankroch. Geh aus dem Schußfeld, schien er in Gedanken das Mädchen dort vorne zu beschwören.

Tynan bewegte sich ein kleines Stück von dem Saloonmädchen weg. »Honey, ich würde gern mit dir noch mehr teilen als nur einen Drink. Glaubst du, das ließe sich einrichten?«

Die Frau lächelte, daß ihre Augen fast gänzlich in der Schminke verschwanden.

»Warum gehst du nicht schon nach oben und wartest dort auf mich? Ich muß mir nur erst die Kehle ein bißchen anfeuchten, dann komme ich gleich nach.«

Das Saloonmädchen in dem schmutzigen rot-schwarzen Kleid warf der Handvoll Frauen, die im Gastraum verteilt waren, einen triumphierenden Blick zu und schickte sich dann an, die Treppe hinaufzusteigen. Als sie die halbe Strecke zur Galerie zurückgelegt hatte, drehte sich Ty zum Barkeeper um und sagte laut: »Was ich wirklich brauche, ist eine Auskunft. Wissen Sie, wo ich Beynard Dysan finden kann?«

Es verstrichen höchstens drei Zehntel Sekunden, ehe der erste Schuß fiel. Tynan, der offensichtlich den Gastraum im Spiegel über der Theke beobachtet hatte, wirbelte auf seinen Absätzen herum, knickte in den Knien ein und schoß dem fetten Cowboy, der rechts neben Asher saß, in den Bauch. Asher sprang vom Tisch auf, riß seinen Revolver unter dem Hut hervor und erschoß einen zweiten Mann oben auf der Galerie, die freies Schußfeld auf den Gastraum darunter gewährte. Eine Kugel schwirrte nur wenige Zentimeter an Ashers Ohr vorbei, und er warf sich auf den Boden, stürzte den runden Tisch, der vor ihm stand, um, und ging dahinter in Deckung.

Während er mit Schüssen aus seinem Revolver zwei andere Männer niederhielt, versuchte er auszumachen, wo Ty sich in diesem Moment befand, um ihm notfalls Feuerschutz zu geben. Ty bewegte sich, rückwärts gehend, auf einen Ausgang zu und duckte sich immer wieder, um ein möglichst kleines Ziel für die herumschwirrenden Kugeln abzugeben.

In dem Augenblick, als Ty die Tür erreichte, sah Asher den Kopf eines Mannes in einem Fenster links neben Tynan auftauchen. Asher richtete sich auf und brüllte: »Tynan!«

Ty drehte sich blitzschnell um und schoß. Der Mann hinter dem Fenster taumelte nach hinten und stürzte. Ty verließ den Saloon just in dem Moment, als Asher einen sengenden Schmerz in seinem linken Bein spürte, ehe er sich wieder hinter seinem Tisch in Sicherheit gebracht hatte.

Nun war Asher im Saloon ganz auf sich allein gestellt, und alle Revolver richteten sich nun auf ihn, ballerten ununterbrochen und nagelten ihn hinter dem kleinen runden Tisch fest. Die Vordertür des Saloons war nur ein paar Schritte von ihm entfernt, unter diesen Umständen jedoch für ihn unerreichbar. Er machte sich ganz dünn hinter dem Tisch, um seinen Revolver nachzuladen, und betrachtete das Blut, das aus seinem Hosenbein sickerte, als er den gedämpften, aber um so tödlicheren Knall eines Gewehrs im Saloon hörte.

Er schielte um den Tischrand und sah Ty im Eingang stehen, ein Gewehr an der Schulter. »Der nächste, der sich bewegt, fängt eine Kugel ein. Komm zu mir, Prescott«, rief er mit lauter Stimme.

Als Asher die Deckung hinter dem runden Tisch verließ, schoß Tynan auf einen Mann in einer Ecke, und ein Revolver polterte über die Dielen.

»Ich suche Beynard Dysan, und ich möchte wissen, wo ich ihn finden kann. Halte mir den Rücken frei«, setzte er leise, an Asher gewendet, hinzu.

Jetzt befanden sich nur noch vier Männer – und fünf Leichen im Saloon. Die anderen, die sich im Saloon aufgehalten hatten, waren entweder ins Freie gerannt, als die Schießerei begann, oder lagen tot auf den Brettern.

»Du!« sagte Ty zu einem großen, kräftigen Mann mit einer Narbe über den Augen. »Du wirst der erste sein. Ich werde dir in ungefähr zwei Sekunden dein linkes Bein um drei Zoll verkürzen, wenn du mir nicht sagst, was ich wissen möchte. Wo finde ich Dysan?«

Tynan zog das Gewehr fester in die Schulter.

»Er hat ein großes Haus zehn Meilen nördlich von hier«, antwortete der Mann. »Aber es ist gut bewacht, und wen er dort nicht sehen möchte, dem wird es niemals gelingen, in seine Wohnung einzudringen.«

»Das ist mein Problem.« Ty fing an, sich wieder rückwärts aus dem Saloon hinauszubewegen, während Asher, seinen Rücken an Tynans Rücken, vor ihm herging und die Menge beobachtete, die sich draußen auf der Straße anzusammeln begann. Ihre Sattelpferde warteten bei der Zügelstange.

»Reite, wie du noch nie in deinem Leben geritten bist«, rief Tynan Asher zu, ehe er in nördlicher Richtung aus der Stadt hinaussprengte.

Asher folgte Ty dichtauf, der sein Pferd in einen Wald hineinlenkte, und eine Weile glaubte Asher, Ty wüßte genau, welche Route sie nehmen müßten, bis er nach kurzer Zeit vom Pfad abwich und sein Pferd zwischen die Bäume hineintrieb. Er sah auch, daß Ty dort mehrere Male anhielt und sich umblickte. »Du kennst diese Gegend gar nicht – oder doch?« fragte Asher.

»Wenn ich sie kennen würde, hätte ich auch gewußt, wo Dysan wohnt. Steig vom Pferd. Ich glaube, das ist die richtige Stelle.« »Was für eine Stelle? Wo sind wir?«

»Dort, wo wir jemanden treffen werden.«

»Wen?« fragte Asher, bekam aber diesmal keine Antwort, während Ty sich von seinem Pferd herunterschwang und die Satteltaschen abschnallte. Die Zähne vor Schmerz zusammenbeißend, schwang auch Asher sich aus dem Sattel.

»Laß mich mal dein Bein sehen«, sagte Ty, als Asher sich vorsichtig auf die Erde hinunterließ. Nach einer groben, aber gründlichen Untersuchung holte Ty eine Whiskyflasche aus seiner Satteltasche. »Das wird zwar höllisch brennen, aber damit ist auch jede Möglichkeit einer Bleivergiftung gebannt. Du hast Glück gehabt. Das ist eher eine Verbrennung als ein Streifschuß. So eine Wunde heilt rasch wieder, wenn sie dir auch vorläufig Beschwerden machen wird.«

Ash hätte fast laut aufgeschrien, als Tynan ihm den Whisky in die offene Fleischwunde goß, doch gelang es ihm, sich zu beherrschen.

»Deine erste Schußwunde?« fragte Ty amüsiert.

»Die erste in dieser Woche«, antwortete Asher und versuchte, seinen Atem wiederzufinden.

Eine Stunde später lagen beide Männer lang hingestreckt unter einem Baum, als Asher ein Geräusch hörte, das sich Tynan von rückwärts näherte. Er blickte Ty an, doch der sah ihn nur warnend an, damit er stumm bleiben sollte. Dann tat Tynan so, als würde er schlafen, und Ash beobachtete fasziniert, wie eine Frau, nicht mehr ganz jung, aber auch noch nicht alt, sich von hinten an Ty heranpirschte und dabei so wenig Geräusche zu machen suchte, wie das einem Menschen im Wald nur möglich war.

Als sie eben Ty erreichte, der, seinen Hut über dem Gesicht, zu schlafen schien, langte er mit dem Arm rasch hinter sich, packte sie und zog sie auf seinen Schoß.

»Laß mich los!« schrie sie ihn an.

»Aber, Belle, solltest du noch immer einen Zorn auf mich haben?«

»Ich würde dir ein Messer zwischen die Rippen stechen, wenn ich könnte!«

Tynan hielt sie mühelos fest, rang nur mit ihren Händen, mit denen sie ihm offensichtlich ins Gesicht fassen und die Wangen zerkratzen wollte. »Du weißt, daß ich nie die Absicht hatte, dir etwas anzutun, aber das Mädchen war erst dreizehn Jahre alt. Ich konnte nicht zulassen, daß du es an diesen alten Bock verkaufst.«

»Du hättest nicht mein ganzes Haus zusammenschießen müssen, um die Kleine zu retten. Ich habe damals alles verloren und mußte zurück auf die Straße, um für den Schaden aufkommen zu können, den du angerichtet hast.«

Tynan begann, ihren Hals zu liebkosen. »Ich wette, du hast dabei ein Vermögen verdient.«

»Habe ich nicht!« schrie sie ihn an, beruhigte sich dann aber etwas. »Nun ja, vielleicht habe ich mir etwas damit verdienen können. Was machst du denn hier? Und nach Dysan zu fragen – bist du etwa lebensmüde?«

»Ich möchte ihn nur finden. Weißt du etwas über ihn?«

»Nicht genug, daß ich mein Leben verlieren möchte, indem ich dir etwas über ihn sage. Was hat er dir angetan?«

»Er hat Chris Mathison entführt«, mischte Asher sich hier ein. »Erlauben Sie, daß ich mich vorstelle? Asher Prescott, stets zu Ihren Diensten, Ma'am!« rief er und nahm seinen Hut ab.

Die Frau versuchte, ihre Hände aus Tynans Griff zu befreien, doch der ließ das nicht zu. »Also gut – was verlangt ihr von mir?« Und mit einem Seufzer fügte sie hinzu: »Eines Tages wird es ein Gefallen zuviel sein, um den du mich bittest, Tynan!«

»Was mir an euch Frauen so gut gefällt, ist eure Gebefreudigkeit«, sagte Tynan.

Da wurde die Frau auf Tynans Schoß plötzlich ganz steif. »Chris? Ist das etwa deine Frau? Tynan, wenn du mich hierhergelockt hast, damit ich dir helfen soll, eine andere Frau zu finden, dann ist das . . .«

Ty küßte sie, um sie zum Schweigen zu bringen. »Diesmal ist es rein geschäftlich. Ihr Vater hat mich engagiert, daß ich sie ihm nach Hause bringe, und nun hat Dysan sie in seine Gewalt gebracht.«

»Dann bist du besser dran, wenn du Sie dort läßt, wo sie sich im Augenblick befindet. Sie wird nicht mehr viel wert sein, wenn Dysan mit ihr fertig ist.«

Tynan runzelte die Stirn. »Sprichst du aus eigener Erfahrung?«

»Ich habe ein Mädchen gesehen, nachdem er mit ihr fertig war. Er mag keine Frauen. Tatsächlich mag er niemanden außer sich selbst. Er hat eine Wohnung nicht weit von hier, aber meines Wissens hält er sich dort nicht oft auf. Ich glaube, er fährt sehr häufig in den Osten, und ich könnte dir beim besten Willen nicht sagen, warum er sich überhaupt so einen gottverlassenen Winkel als Wohnung ausgesucht hat. Er hat genügend Geld, um überall in der Welt wohnen zu können, wo es ihm gefällt.«

Tynan ließ ihre Hände los, hielt sie jedoch immer noch auf seinem Schoß fest. »Wie ich hörte, soll er hier in der Nähe geschäftlich zu tun haben.«

»Die Leute munkeln, daß er an allen üblen Geschäften beteiligt ist, die man sich überhaupt nur vorstellen kann; doch bisher hat ihm noch keiner etwas Unrechtes nachweisen können. Die Gesetzeshüter haben Angst vor ihm.«

Tynan schwieg eine Weile. »Du hast gesagt, seine Wohnung sei bewacht. Wie gut bewacht?«

»Ein Fort der Armee könnte noch von ihm lernen. Er hat Männer, die Tag und Nacht um sein Haus herum patrouillieren – und nachts führen sie auch Hunde an Leinen mit. Wenn sich jemand dem Haus nähert, lassen sie die Hunde los. Die Bestien sollen so scharf sein, daß sie jeden in Stücke reißen.«

»Ist es schon mal *irgendeinem* gelungen, in das Haus einzudringen?« fragte Asher.

»Warum sollte jemand so dumm sein, diesen Versuch zu wagen?« fragte die Frau, von einem zum anderen sehend.

»Belle, *kennst* du jemand, der schon mal in seinem Haus gewesen ist? Jemand, den wir fragen können?«

Belle blickte auf ihre Hände hinunter. »Um die Wahrheit zu sagen: Ich bin im letzten Jahr einmal in seinem Haus gewesen. Mit ein paar anderen Mädchen, um ... Tynan, ich möchte nicht gern an jene Nacht erinnert werden.«

Tynan zog die Frau an sich und barg ihr Gesicht an seiner Schulter. »Dysan hält im Augenblick eine junge Frau gefangen. Prescott und ich haben vor, sie aus seiner Gewalt zu befreien, und deshalb brauchen wir jede Hilfe, die wir bekommen können. Wenn du mir irgend etwas sagen kannst, das dir im Gedächtnis haften geblieben ist: über den Eingang, den Grundriß, irgend etwas, das dieses Haus betrifft und uns weiterbringt, werde ich dir ewig dafür dankbar sein.«

Belle schob sich von seiner Schulter weg. »Du verdienst meine Hilfe nicht, nachdem du mein eigenes Haus ruiniert hast, aber ich werde tun, was ich kann.« Sie blickte ihn auf eine verführerische Weise an. »Ich werde es tun im Gedenken an jene Zeit unten in San Antonio. Erinnerst du dich noch daran?«

»An jeden Tag meines Lebens«, antwortete Ty lächelnd. »Ich benutze sie, um alles andere daran zu messen. Prescott, hast du ein Stück Papier bei dir? Belle wird uns einen Plan des Hauses aufzeichnen.«

Ty schob sie von seinem Schoß herunter, während Asher sich bemühte, sein steif werdendes Bein in Gang zu setzen, um zu den Pferden zu gelangen. Minuten später saßen die drei über eine Skizze gebeugt, die Belle anfertigte, und eine Stunde darauf bestiegen die beiden Männer wieder ihre Gäule.

Belle blickte zu Tynan hoch. »Und damit ich es nicht vergesse: Da kam gestern jemand in die Stadt, Ty, der sich nach dir erkundigte.«

»Wie sah denn dieser Jemand aus?«

»Groß und hager, mit langen roten Haaren. Er trug den rechten Arm in der Schlinge, zog das rechte Bein nach und schien wirklich ein großes Bedürfnis zu haben, dich zu sehen.«

Ty beugte sich vom Pferd zu ihr hinunter und gab ihr einen langen Kuß. »Sag ihm bitte, daß du mich vierzig Meilen südlich von hier gesehen hast, wenn du ihm wieder begegnest, ja?«

Sie lächelte zu ihm hinauf. »Vielleicht sage ich ihm das. Es könnte mir einfallen, ihm das auszurichten, wenn du auf dem Rückweg wieder durch die Stadt kommst und mich für das entschädigst, was du damals in meinem Saloon angerichtet hast.«

»Ich könnte es einrichten.« Ty lächelte ihr noch einmal zu und galoppierte dann nach Norden, wo sich Dysans Haus befand.

Kapitel 19

Pilar saß auf dem Boden, gegen die Bettstatt gelehnt, und schlief trotz ihrer guten Vorsätze so fest, daß sie nicht hörte, wie jemand ins Zimmer kam, bis sich eine Hand über ihren Mund legte und sie aus dem Schlaf schreckte.

»Tynan?« fragte sie ungläubig. »Bist du es?«

»Wo ist Chris?« fragte er sofort.

Pilar setzte sich kerzengerade auf. »Ich weiß es nicht. Sie ist schon seit Stunden fort. Ich hörte zwar die Hunde bellen und Männer rufen, doch keinen Laut mehr von ihr. Ty, ich mache mir schreckliche Sorgen ihretwegen.«

Tynans Gesicht zeigte, was er darüber dachte, daß Chris das Zimmer verlassen hatte. »Wie hat sie aus diesem Zimmer entweichen können?«

Pilar begann, sich an der Bettstatt hochzuziehen. »Wir haben die Laken in Streifen gerissen. Sie seilte sich damit aus dem Fenster in den Hof ab. Du bist ja verletzt, Ty! Setz dich, daß ich mir die Wunde . . .«

»Dafür habe ich jetzt keine Zeit. Ich muß Chris finden, und zwar rasch. Laß das, es ist nichts Schlimmes – nur ein paar Hundebisse. Warum zum Teufel hast du sie aus dem Fenster klettern lassen? Von ihr konnte ich keine Vernunft erwarten, dafür um so größere Besonnenheit bei dir, Pilar! Hatte ich dir nicht gesagt, daß du über sie wachen sollst?«

»Wie hätte ich sie denn an der Flucht hindern können? Dysan erzählte uns, er habe über hundert Männer ausgeschickt, die jeden töten sollten, der nach ihm fragt oder sich nach seiner Wohnung erkundigt. Du hättest tot sein können nach allem, was wir wußten. Und dann sagte Chris noch zu mir, Dysan würde uns nie mehr in die Freiheit entlassen, weil wir ihn sonst als Entführer identifizieren und gegen ihn aussagen könnten.«

»Hat er sich bereits mit Mathison in Verbindung gesetzt?«

»Das ist ja das Seltsame an der Geschichte: Ich bin mir gar nicht sicher, daß Dysan weiß, wer Chris ist. Er sprach davon, daß ihr Vater Selbstmord begangen habe und ihr Mann ein Betrüger sei. Wenn er nicht weiß, daß Chris eine wohlhabende Frau ist, warum hat er uns dann entführen lassen.«

»Ich werde mir später Gedanken darüber machen, was in dem Kopf dieses Mannes vorgeht. Im Augenblick sind seine bewaffneten Leute meine größte Sorge. Hast du beobachten können, was Chris tat, als sie den Hof erreichte? Hat sie versucht, das Grundstück zu verlassen, oder ist sie wieder ins Haus hineingegangen? Sie schnüffelt ja zu gern in den Papieren anderer Leute herum.«

»Ich weiß es nicht, weil ich damit beschäftigt war, das Seil wieder einzuholen. Doch ich glaube, daß sie sich wohl ins Haus zurückziehen mußte, denn schon Sekunden nachdem sie den Boden erreicht hatte, kamen die Hunde um die Hausecke. Sie hatte vorher ihre Schuhe in Stoffetzen eingewickelt und diese mit Fleischfett eingerieben. Sie wollte die Stoffetzen wegwerfen, sobald sie den Waldrand erreicht hatte.«

»Das scheint wohl nicht funktioniert zu haben, denn ich habe draußen weder sie noch Stoffreste gesehen. Nun möchte ich, daß du mir zuhörst und genau befolgst, was ich dir sage. Prescott – der Mann, der mit ihr in Hamiltons Haus zusammen war – wird jede Minute hier sein, und ich will, daß du dir von ihm zur Flucht verhelfen läßt. Er wird dich über das Dach entführen. Ich werde nach Chris suchen.« Mit dieser Bemerkung ging er zum Fenster und kletterte an einem Seil, das von oben herunterhing, auf das Dach hinauf. Pilar konnte seine Schritte über ihrer Zimmerdecke hören, und dann wurde es wieder still.

Tynan gab Asher ein Zeichen, der hinter einem Erkertürmchen auf dem hohen Haus kauerte, band nun das Seil um einen etwas entfernt stehenden Kamin und kletterte daran wieder nach unten. Dank Belles Skizze wußte er recht gut über die Räume im Haus Bescheid und suchte jetzt das Fenster von Dysans Büro zu erreichen. Das war das Zimmer, das Chris vermutlich am ehesten aufsuchen und erkunden würde.

Im Büro war es stockdunkel. Tynan fand auch keine Spuren, daß hier vor kurzem noch jemand gearbeitet oder etwas gesucht hatte – keine Dokumente oder Briefe, nur ein paar Bücher, jedoch keine Journale mit verräterischen Bilanzen und schon gar keine hübschen kleinen Blondinen, die darin herumschnüffelten.

Vorsichtig schlich Tynan sich nun aus dem Büro hinaus in den dunklen Korridor. Er lauschte angestrengt und vernahm Stimmen im Erdgeschoß, aber sie klangen nicht sonderlich aufgeregt, wie das zu erwarten gewesen wäre, wenn man Chris soeben beim Herumschnüffeln in einem der Zimmer ertappt hätte. Mit dem Rücken zur Wand begann er vorsichtig die Treppe hinunterzusteigen und hielt alle paar Stufen an, um wieder zu lauschen, ob sich irgendwo im Haus etwas Verdächtiges rührte.

Nach Belles Schilderung war es ein weitläufiges Gebäude, und Ty wußte nicht recht, wo er nun weitersuchen sollte. Doch schien sich nun die Bibliothek als vielversprechende Möglichkeit anzubieten – nicht weil Dysan dort etwas Wichtiges versteckt haben mochte, sondern weil Chris sich ganz bestimmt dort umschauen würde.

Er blieb zweimal auf einem Treppenabsatz stehen und lauschte. Da er aber nichts Verdächtiges hörte, durchquerte er das Eßzimmer zu der verschlossenen Tür, die seines Wissens nach auf den Korridor hinausführte. Immer wieder horchend und so leise wie eine Katze auftretend, öffnete er die Tür und trat hinaus in den Korridor. Die erste Tür rechter Hand führte in die Bibliothek.

Sobald er sich dort Zutritt verschafft hatte, blieb er stehen, lehnte sich mit dem Rücken gegen die Türfüllung und lauschte. Er war sich nicht sicher, was es war, aber er war überzeugt, daß hier etwas nicht stimmte. Er stand so still, daß er mit den Schatten, die ihn umgaben, eins zu werden schien.

Das Geräusch eines Streichholzes, das angerieben wurde, zwang seinen Kopf zur Seite – und er sah Beynard Dysan in einem Sessel schräg neben sich sitzen, der das brennende Streichholz an die Spitze einer Zigarre führte.

»Bravo!« sagte Dysan. »Sie waren fast so leise wie eine Fledermaus.« Er beugte sich vor, um die Flamme an den Docht einer Laterne zu bringen, die vor ihm auf einem Tisch stand.

In diesem Licht vermochte Tynan nun Chris in einem Sessel neben Dysan zu erkennen, mit gefesselten Händen und Füßen und einem Knebel im Mund. Ihre Augen waren wild und verstört, als habe sie etwas Schreckliches mit ansehen müssen.

»Ich würde so etwas nicht wagen«, sagte Dysan, als Ty einen Schritt auf ihn zu machte. »Ich halte eine Waffe auf sie gerichtet und würde mich nicht scheuen, sie abzudrücken.«

Tynan blieb an der Tür stehen, bewegte keinen Muskel, versuchte aber, sich im Raum umzublicken.

Dysan lächelte. »Ich kann Ihnen versichern, daß es hier keinen Fluchtweg gibt. Sie sind nur in dieses Haus eingedrungen, weil ich das geschehen ließ.« Er nahm die Zigarre aus dem Mund und betrachtete sie. »Ich fragte mich nämlich, welche von den beiden Frauen Sie zuerst aufsuchen würden.«

Dysan stand auf und trat hinter Chris, drückte einen Revolver gegen ihre Schläfe und zog ihren Kopf nach hinten. »Warum habe ich nur so ein Gefühl, als ob sie nicht das ist, was sie zu sein scheint? Hamilton behauptete, sie sei seine Kusine, ein mausiges kleines Ding, das sich von ihrem Mann schlagen ließ; aber hier ist sie nun, nachdem sie sich im Dunkeln aus dem dritten Stock mit den zusammengeknoteten Streifen eines Bettlakens abgeseilt hat, und das brachte mich auf den Gedanken, daß sie unmöglich sein kann, was sie zu sein scheint.«

»Was verlangen Sie? Wenn es um Geld geht, werden Sie es bekommen. Alles, was Sie dafür tun müssen, ist, sie freizulassen.«

»Geld?« sagte Dysan in einem ehrlich überraschten Ton. »Sie haben Geld bei sich, um Sie auszulösen?«

»Ich kann es beschaffen.«

Dysan trat wieder von Chris fort, aber nicht so weit, daß er sie nicht sofort hätte erschießen können, falls Tynan einen Befreiungsversuch wagte. »Und was besitzen Sie schon, das Sie mir im Tausch gegen diese Frau geben könnten? Verfügen einige der Prostituierten, die Sie kennen, etwa über ein Vermögen? Oder werden sie ihre kranken Körper so lange zu Markte tragen, bis sie das Geld beisammenhaben, das Sie brauchen? Oder ist etwa dieser Goldgräber, den Sie kennen, endlich auf eine Goldader gestoßen?«

Tynan blickte den Mann an, ohne ein Wort zu sagen.

»Aha, der tapfere Ritter, der seine Söhne retten will, möchte mir nicht sagen, was er weiß. Was muß ich tun, um seine Zunge zu lockern? Ein paar Teile dieser kleinen Lady abschneiden?«

Tynan bewegte sich noch immer nicht von der Stelle.

Dysan trat wieder näher an Chris heran und begann seine Hände über ihre Arme gleiten zu lassen. »Haben Sie etwas dagegen, daß andere Männer sie anfassen? Bestehen Sie etwa darauf, daß diese Dame Ihnen allein gehört?«

»Machen Sie mit ihr, was Sie wollen«, sagte Tynan. »Sie ist nur ein Auftrag für mich. Ich werde dafür bezahlt, sie zu ihrem Vater zurückzubringen.«

»Und wer ist der Vater, der für so einen Auftrag sogar bezahlt?«

Tynan ließ sich Zeit mit seiner Antwort. »Del Mathison«, sagte er dann in die Stille hinein.

Das einzige Zeichen, mit dem Dysan zu erkennen gab, daß er den Namen verstanden hatte, war eine leichte Erschütterung der Zigarre, die er in der Hand hielt.

Nach längerem Schweigen, das Dysan dazu benützte, Tynan durchbohrend anzusehen, sagte er: »Ich fürchte, ich habe Sie unterschätzt. Ich glaubte, Sie würden sich nur für Huren interessieren.«

»Das stimmt. Ich möchte nichts zu tun haben mit so einem Mädchen wie ihr. Sie hat mir die ganze Zeit über nichts als Scherereien gemacht. Wenn Sie also glauben, ein Hühnchen mit mir rupfen zu müssen, können Sie die Lady aus dem Spiel lassen.«

Dysan fuhr mit beiden Händen an Christianas Armen entlang. »Soll ich die Probe aufs Exempel machen? Soll ich mich davon überzeugen, wie wenig Sie für diese kleine Lady übrig haben?«

»Mathison würde nicht gerade begeistert sein, wenn Sie seine Tochter mißhandelten, und ich bezweifle, daß Sie mächtig genug sind, sich mit einem Mann wie ihm anzulegen.«

Dysan schien über Tynans Worte nachzudenken. Doch nach einigen Sekunden ging er zur Tür, den Revolver immer auf Chris gerichtet, und sah rasch auf den Korridor hinaus. Sofort kamen zwei Männer in die Bibliothek.

»Bringt die beiden in den Keller und sperrt sie dort ein.«

Tynan trat zurück und sah zu, wie die Männer Chris die Fesseln abnahmen. Als sie davon befreit war, fiel sie nach vorn. Einer der beiden Männer packte sie am Arm und riß sie brutal in die Höhe. Ty verharrte regungslos auf der Stelle, während sie zu ihm hochsah, als die Männer sie zur Tür zerrten.

Ohne gegen diese Behandlung zu protestieren, folgte Ty Chris aus der Bibliothek, während ein dritter Mann, der mit einem Gewehr auf Tynans Rücken zielte, die Nachhut bildete.

Sie wurden hinuntergeführt in ein tiefes Kellergeschoß und vor eine Tür in einer Mauer. Einer der drei Männer holte einen Schlüssel aus der Tasche und sperrte die Tür auf, während der andere Chris in den dunklen, feuchten Raum dahinter stieß. Tynan begab sich freiwillig in dieses Verlies und blieb bei der Tür stehen, bis die Männer sie wieder zugesperrt und verriegelt hatten.

Da hatte er auch schon den kleinen Raum durchquert und tastete im Dunkel nach ihr. »Chris, Chris«, flüsterte er immer wieder, während er mit beiden Händen über ihren Körper fuhr, als müsse er sie genau untersuchen. »Bist du verletzt?« fragte er leise.

Chris klammerte sich an ihn wie eine Ertrinkende. »Das ist ein furchtbarer Mann«, schluchzte sie und schluckte dann rasch ihre Tränen hinunter. »Er hat mir von drei Frauen erzählt, die hier gewesen sind. Er hat mir genau beschrieben, wie er eine davon so lange mit der Reitpeitsche schlug, bis . . .«

»Sst«, sagte Ty und streichelte ihren Rücken. »Das ist jetzt vorbei.«

Chris bekam einen Schluckauf. »Er hat sie *getötet*. Er hat sie umgebracht! Er hat mir genau beschrieben, was er alles mit ihr anstellte und wie er die anderen beiden Frauen dazu zwang, ihm dabei zuzuschauen. Die Frau ist verblutet!«

»Chris, hör auf zu weinen. Er wird dir jetzt nichts mehr tun.«

»Aber wie kann ein Mensch nur so etwas mit einem anderen Menschen machen? Er hat mir alles genau beschrieben und nichts davon bereut. Warum wurde er nicht dafür bestraft?«

»Ich weiß nicht. Solange er sich nicht an dir vergriffen hat . . .«

Es dauerte einige Sekunden, bis Chris sich so weit gefaßt hatte, ihn zu fragen: »Und wenn er es getan hätte – was bedeutet Ihnen das schon?« Sie schob ihn von sich und wich bis zu der hinteren Wand zurück. »Ich bin nicht in einer so schlechten Verfassung, daß Sie befürchten müßten, ich könnte nicht zu meinem Vater weiterreisen. Wenn das Ihre ganze Sorge ist, kann ich Sie beruhigen.« Sie schniefte.

Ty nahm die Hände von ihren Armen und sagte mit resignierender Stimme: »Ich werde mal nachsehen, ob ich etwas finde, womit ich Licht machen kann.«

Sie lehnte sich gegen die Wand und hörte, wie er den kleinen Raum systematisch mit den Händen abtastete. Ihr Kopf schmerzte, und sie hatte Brandwunden an den Handgelenken und den Knöcheln von dem Seil, das sie aus den Bettüchern fabriziert hatte. Dysans schreckliche Geschichten gellten ihr noch in den Ohren und dazu Tynans Worte, daß er nicht das mindeste für sie übrig habe.

Sie sah zu, wie er ein Streichholz anrieb und dann eine Kerze anzündete. Es war ein armseliger kleiner Raum, in dem sie sich befanden – mit Lehmwänden an drei Seiten und einer dicken Holztür in der vierten gemauerten Wand. An der einen Seite stand ein primitiv zusammengefügter hölzerner Schrank, dessen Tür schief an zwei Lederschlaufen hing und ihnen seinen Inhalt präsentierte: ein paar Gläser mit eingemachten Früchten und ein paar zur Hälfte heruntergebrannte Kerzen. Abgesehen von ein paar Pflanzen, die versuchten, im spärlichen Licht an den Wänden eine kümmerliche Existenz zu fristen, war der Raum kahl und kalt.

»Lassen Sie mich das mal anschauen«, sagte Tynan mit kalter Stimme und verkniffenem Gesicht.

Chris wich seinen Händen aus, die nach ihr greifen wollten. »Fassen Sie mich nicht an. Mir fehlt nicht das geringste. Meinetwegen brauchen Sie sich keine Sorgen zu machen.«

Ty setzte sich auf die Fersen zurück. »Wir werden viel besser fahren, wenn wir zusammenarbeiten. Wenn Sie mich bekämpfen, werden wir nicht weit kommen.«

»Nicht zu meinem Vater kommen, wollten Sie vermutlich sagen, damit Sie Ihr Geld kassieren können, nicht wahr? Vielleicht läßt Dysan Sie jetzt wieder frei, nachdem Sie ihm gesagt haben, wer ich wirklich bin. Vielleicht können Sie sich das Lösegeld sogar mit ihm teilen.«

»So etwas Undankbares habe ich doch in meinem ganzen Leben noch nicht ...! Ich sollte Sie wirklich hier allein lassen und ...«

»Bitte, dort ist die Tür!«

Tynan öffnete den Mund, um etwas darauf zu erwidern, und klappte ihn dann wieder zu. Er stand auf, ging zur Tür und untersuchte sie genauer.

»Sie haben sich inzwischen schon wieder neue Kleider besorgt«, sagte Chris nach einer Weile. Tynan gab ihr keine Antwort, sondern fuhr fort, die Tür zu betrachten.

Chris versuchte, sich auf die Beine hochzurappeln, und benützte die Wand als Stütze. »Ich vermute, daß Sie Pilar vorher in Sicherheit gebracht haben.«

»Wären Sie in Ihrem Zimmer geblieben, wären Sie jetzt auch in Sicherheit.«

»Er wußte doch, wann Sie sich im Haus befanden. Wie kommen Sie also auf den Gedanken, er hätte nicht gewußt, wann Sie sich in dem Zimmer im dritten Stock aufhielten?«

Ty blickte nicht zu ihr hin, sondern untersuchte nun die Wände des Raumes genauer, dann die Decke, die immer feucht zu sein schien, und den Boden, der aus gestampftem Lehm bestand.

»Dysan behauptete, er habe hundert Männer ausgeschickt, die jeden daran hindern sollten, uns zu finden. Wie ist es Ihnen denn gelungen, hierherzukommen?«

»Das Geld Ihres Vaters war ein mächtiges Lockmittel. Es hat mich durch Wolken aus Gewehrkugeln getragen.«

Chris lehnte sich gegen die feuchte Wand und bewegte ihre schmerzenden Knöchel. »Schön, vielleicht war ich ein wenig grob zu Ihnen, und ich entschuldige mich dafür. Ich danke Ihnen, daß Sie versucht haben, mich zu retten, und es tut mir leid, daß ich schuld bin an Ihrem . . . daß ich schuld bin an allem, was uns widerfahren ist und wird.«

Er drehte ihr das Gesicht zu. »Ich glaube, die Erwähnung, daß Sie Mathisons Tochter sind, wird ihn zwingen, alles abzublasen, was er mit Ihnen anstellen wollte. Und nun würde ich Ihnen vorschlagen, sich hinzusetzen und sich, so gut es geht, auszuruhen, weil ich glaube, daß er uns hier herausholen wird, sobald der Morgen anbricht.«

Chris setzte sich auf den Boden und schwieg eine Weile still. »Sie hätten sich retten können. Bevor er die beiden Männer in die Bibliothek rief, hätten Sie ohne weiteres flüchten können. Warum haben Sie das nicht getan?«

Tynan streckte sich aus, den Rücken gegen die Tür gelehnt, die Augen halb geschlossen. »Vielleicht hätte ich das, vielleicht auch nicht. Warum versuchen Sie jetzt nicht ein bißchen zu schlafen? Morgen früh werden Sie eventuell ein Stück weit Ihre Beine in die Hand nehmen müssen.«

Chris konnte keinen Schlaf finden; aber sie schwieg, während sie Tynan betrachete, der ihr gegenüber an der Tür lehnte. Seit der gräßlichen Nacht in der Blockhütte hatte sie sich bemüht, nicht mehr an diesen Mann zu denken, sich nicht mehr daran zu erinnern, wie er aussah, wie er roch, wie er sie angerührt hatte. Doch nun, da er ihr wieder greifbar nahe war, konnte sie gar nicht vermeiden, daß alles, was sie mit diesem Mann erlebt hatte, ihr wieder gegenwärtig war.

Und mit diesen angenehmen Erinnerungen kamen auch seine Worte zurück: Er wolle sie nur zu ihrem Vater zurückbringen, sei lediglich an der Aussicht einer endgültigen Begnadigung interessiert, und daß sie nur eine von Hunderten sei, mit denen er geschlafen habe – nicht mehr und nicht weniger. Voller Scham dachte sie an ihre eigenen Worte, mit denen sie ihn zur Heirat hatte überreden wollen. In diesem flackernden Wechsel aus Licht und Dunkelheit konnte sie spüren, wie ihr Gesicht sich blutrot färbte. Wie kindisch war sie gewesen, wie unreif!

Und wie kindisch benahm sie sich auch jetzt, indem sie sich immer wieder in den Gedanken verrannte, er habe sie verraten, während er doch in Wahrheit mehr als aufrichtig zu ihr gewesen war und nie mehr verlangt hatte als einen Job und ein paar schöne Stunden.

Während sie ihn betrachtete, öffnete er die Augen und sah sie an, und eine Sekunde lang war Chris versucht, sich ihm in die Arme zu werfen. Was sie auch für ihn empfinden mochte: es wurde nicht erwidert, und sie sollte sich lieber an diese Tatsache gewöhnen. Er liebte sie nicht, und sie würde aufhören, ihn zu lieben – auch wenn sie das umbringen sollte.

»Möchten Sie sehen, was ich gefunden habe?« fragte sie.

Er nickte nur, saß da und betrachtete sie mit heißen Augen.

Er denkt vermutlich daran, daß er mich schon einmal gehabt hat und eine Wiederholung nicht schaden könne. Kommt gar nicht in Frage, Cowboy!

Sie drehte sich von ihm weg, knöpfte ihre Bluse auf und holte einen langen schmalen Gürtel hervor, der sich aus kleinen silbernen Maschen zusammenzusetzen schien. »Er gehört mir«, sagte sie, ihn streichelnd und sich viel Zeit mit ihm nehmend, ehe sie ihn Tynan hinüberreichte.

»Er sieht abgenützt und alt aus. Wo hatten Sie ihn aufbewahrt? In Ihrer Reisetasche?«

»Nein«, sagte sie, als sie den Gürtel wieder in Empfang nahm. »Ich fand ihn hier, als ich in Dysans Sachen stöberte. Er hatte mehrere solcher Schätze in einem kleinen Schrankfach. Ich vermute, es handelt sich um Strandgut – angeschwemmt von einem untergegangen Schiff. Aber ich wußte sofort, daß er mir gehört, und nahm ihn an mich.«

Tynan blickte sie einen Moment verwirrt an. »Wollen Sie damit sagen, daß Sie diesen Gürtel noch nie zuvor gesehen, aber sogleich gewußt haben, daß er Ihr Eigentum ist?«

Sie sah ihn trotzig an.

»Ist das wieder Ihr Zweites Gesicht gewesen?« fragte er unbeirrt mit einem Lachen in der Stimme weiter.

Chris sagte nichts, schob das Kinn vor und versteckte den Gürtel wieder unter ihrer Bluse.

»Wozu ist er noch nütze?«

»Ich denke, ich werde versuchen, jetzt zu schlafen«, sagte Chris und reckte die Nase in die Luft.

»Ich wollte damit nicht . . .«, begann Ty, stockte dann aber mitten im Satz. »Sie wollten doch wissen, warum ich schon wieder neue Kleider trage, nicht wahr?« sagte er dann nach einer kurzen Pause.

Chris versuchte, ihre Neugierde zu zügeln, aber es gelang ihr nicht. Sie war Reporterin bis in die Fingerspitzen und konnte der Versuchung, daß ihr hier vielleicht Stoff für eine Geschichte geboten wurde, nicht widerstehen. Sie nickte verhalten.

Er begann mit dem Moment, wo er sich über das Dach in Reds Haus eingeschlichen hatte, und berichtete dann von den Männern, die draußen auf ihn gewartet hatten. Er erzählte von seinem Widerstreben, sich das weiße Lederkostüm eines Schaustellers anzuziehen, und wie er schließlich doch nachgegeben hatte.

Chris hörte ihm mit angehaltenem Atem zu, mehr aus Ehrfurcht vor dem, was er ihr nicht erzählte: wie schwierig es nämlich gewesen war, bis zu ihr vorzudringen. Sie lachte auch nicht, als er ihr von Chanry erzählte und wie sehr der Mann in das Lederkostüm verliebt gewesen sei.

»Aber würden die Männer ihn nicht jagen, sobald er den weißen Lederanzug trug, und würden sie nicht glauben, daß Sie darin steckten?«

Ty sah sie grinsend an. »Das war ja der Trick.«

»Oh, Ty, wie abscheulich von Ihnen. Dieser Mann könnte getötet werden.«

»Hmmm! Wäre es Ihnen lieber, ich hätte den Anzug behalten, damit man mich erschießt?«

»So habe ich es nicht gemeint, und das wissen Sie sehr gut!«

»Dann wird es Sie sicherlich freuen, von mir zu hören, daß Chanry, wie ich inzwischen erfahren habe, ihnen entkommen ist – ein wenig lädiert zwar, aber immerhin lebendig.«

»Und jetzt zweifellos wieder auf der Suche nach Ihnen.«

»Ich scheine ein gefragter Zeitgenosse zu sein«, sagte Ty.

»Haben Sie eine Ahnung, was Dysan von Ihnen möchte? Er schien sehr an Ihnen interessiert zu sein.«

»Das bezweifle ich. Er wollte nur wissen, ob es gelingt,

durch die Maschen des Netzes zu schlüpfen, das er um sein Haus herum aufgespannt hat. Chris, da dies vielleicht unsere letzte Nacht ist, könnten wir da nicht . . .«

Er konnte den Satz nicht beenden. »Von allen unverschämten, abscheulichen Dingen, die ich mir bisher habe gefallen lassen müssen, ist das wohl der Gipfel! Nach allem, was Sie zu mir gesagt haben! Wie können Sie es da wagen, mir so einen Antrag zu machen? Für wen halten Sie mich eigentlich? Für eine . . .«

»Aber in der Blockhütte . . .«

»In der Hütte hatte ich mir eingebildet, daß ich in Sie verliebt wäre, und geglaubt, Sie würden mich heiraten. Das war, bevor ich herausfand, was für ein elender, niederträchtiger Bursche Sie in Wirklichkeit sind. Und daß Sie nicht mehr Gefühl für eine Frau haben als das, was sie Ihnen zu geben bereit ist. Aber ich kann Ihnen versichern, daß Sie von mir nie, niemals mehr etwas Derartiges bekommen werden.«

»Ich dachte nur, ich könnte ja mal fragen«, sagte er, und da war der Schatten eines Lächelns in seinen Zügen. »Dann wollen wir wenigstens versuchen, noch ein paar Stunden zu schlafen.«

Chris sagte keinen Ton mehr, aber Schlaf fand sie auch nicht. Sie saß mit kochendem Blut da und dachte: Wie konnte er nur? Wie konnte er nur so unverschämt sein, sich zu erdreisten zu fragen, ob sie nicht . . .

Sie war immer noch wütend, als die Tür ihres Verlieses aufgesperrt und geöffnet wurde.

Kapitel 20

Ein Mann packte Chris am Arm, ehe sie durch die Tür gegangen war, und stieß sie brutal auf die Treppe zu.

»Du gehörst uns, sobald er mit dir fertig ist«, flüsterte der Mann ihr ins Ohr, als sie die Stufen hinaufstolperte. »Und nachdem er deinen hübschen Jungen umgebracht hat«, setzte er hinzu, womit er Tynan meinte, der hinter ihnen ging. Abermals bildete ein Mann mit einem Gewehr die Nachhut.

Am Kopfende der Treppe wurden sie dann ins Speisezimmer hineingestoßen, wo Dysan sie bereits erwartete. Dysan sagte kein Wort, während die Männer Tynan an einen Stuhl fesselten und dann das Zimmer wieder verließen.

Dysan zündete sich eine Zigarre an und betrachtete Chris, die am Ende des Tisches stand, und dann Tynan, der gefesselt auf einem Stuhl am Fenster saß.

»Ich habe lange auf diesen Augenblick gewartet«, sagte er schließlich. »Ich habe viele Jahre über einem Plan gebrütet – was ich tun würde und wie ich es tun würde. Ich hätte mir nicht träumen lassen, daß ihr mir die Antwort so einfach in die Hände liefert.«

Während Dysan sprach, blickte er Tynan an. Es war, als befände sich Chris gar nicht in diesem Zimmer, doch sie hatte den Eindruck, sie sei die Antwort, auf die er soeben angespielt hatte. Daß sie das Instrument war, welches er benutzen wollte, um ihm das anzutun, was er ihm anzutun sich vorgenommen hatte.

»Bevor wir . . . sterben«, sagte Chris, »können Sie uns da nicht sagen, warum? Was haben wir Ihnen getan?«

Dysan nahm einen tiefen Zug aus seiner Zigarre. »Ich habe nicht die Absicht, Ihnen irgend etwas zu verraten. Morgen wird dieses Haus nur noch ein Berg rauchender

Asche sein, und in dieser Asche wird man die verkohlten Leichen zweier Menschen finden. Niemand wird diese Leichen mehr identifizieren können. Ihr Vater wird nie erfahren, was aus seiner kleinen Tochter geworden ist.«

»Und wie steht es mit der restlichen Welt? Will die nicht wissen, was mit Nola Dallas passiert ist?«

Dysan schwieg eine Weile, ehe er erwiderte: »Sie stekken wirklich voller Überraschungen.« Er drehte sich wieder Tynan zu, der stumm und regungslos auf seinem Stuhl saß. »Ganz anders als die Frauen, mit denen Sie sich sonst abgeben.«

»Was haben Sie eigentlich gegen Tynan? Und wenn Sie glauben, daß er mich für irgend etwas benötigte, irren Sie sich. Ich bedeute ihm nichts, absolut nichts.«

Dysan zeigte ein kleines, entzücktes Lächeln. »Natürlich bedeuten Sie ihm nichts. Und jetzt kommen Sie her.«

Chris wurde ganz steif. »Das werde ich nicht tun.«

»Für jeden Befehl, den Sie mir verweigern, verkürze ich sein Leben um eine Stunde. Wenn Sie gehorchen, lebt er länger.«

»Ich kann nicht . . .«, begann Chris und stockte wieder beim Anblick von Dysans Gesicht. Sie wagte nicht, Tynan anzusehen, weil sie spürte, daß sie schon wieder der Zorn gegen ihn ergriff. Warum machte er denn so gar keinen Versuch, in irgendeiner Form zu protestieren? Hatte er so wenig für sie übrig, daß er einfach geschehen ließ, was dieser Mann sich für sie ausgedacht hatte?

Chris bemühte sich, klaren Kopf zu behalten. Von Tynan war also keine Hilfe zu erwarten. Der sagte nicht einmal etwas, das Dysan entmutigen konnte. Nur sie allein konnte ihre Lage verbessern. Was würde sie also tun, wenn sie mit diesem angriffslustigen Mann allein im Zimmer war?

Sie versuchte sich im Zimmer umzusehen, ohne daß Dysan es merkte, und entdeckte auf der Anrichte zwei eingebaute Sammelbehälter für Silberbestecke. Darunter mußte sich auch ein Messer befinden, das man zum Vorschneiden des Bratens benützte. Wenn sie Dysan dazu bringen konnte, sich dorthin zu begeben ...

Sie begann sich auf Dysan zuzubewegen, und sein Blick ließ sie keine Sekunde los. »Wie kommen Sie auf die Idee, ich hätte auch nur einen Funken für ihn übrig? Er ist doch nur ein Cowboy, den mein Vater angeheuert hat, damit er mich durch den Regenwald brächte. Wußten Sie eigentlich, daß er im Gefängnis saß und mein Vater ihn aus einer Zelle herausholen mußte, damit er diesen Auftrag übernehmen konnte? Er ist wahrhaftig nicht mein Typ.«

Dysan beobachtete sie, und Chris war froh, als sie merkte, daß sein Blick immer wieder zu ihren Hüften hinunterging – kein Wunder, da sie auch heftig damit wackelte.

»Ich schätze einen Mann von Einfluß und Macht.« Sie stand nun dicht vor ihm, und sie befanden sich beide in unmittelbarer Nähe der Anrichte. »Wissen Sie eigentlich, wie reich mein Vater ist? Können Sie sich vorstellen, wie groß Ihr Imperium wäre, wenn Sie Ihres mit seinem vereinigten?«

Dysan machte ein amüsiertes Gesicht. »Versuchen Sie etwa, mich zu verführen? Meinen Sie, es würde Ihnen gelingen, mich vergessen zu lassen, was ich wirklich will? Sie sind nur eine Nebenfigur, die zufällig ins Schußfeld geraten ist.«

Chris war jetzt nur noch wenige Zentimeter von ihm entfernt, ihr Gesicht unter dem seinen. »Ich bemühe mich nur, meinen Hals zu retten. Wenn Sie und ich uns zusammentun, haben wir Macht über viele und vieles.

Wenn Sie mich jedoch umbringen, wird mein Vater Sie bis ans Ende der Welt verfolgen. Ihr Leben wird die Hölle sein.«

»Und er?«

»Was spielt er schon für eine Rolle? Lassen Sie ihn laufen. Wir brauchen ihn nicht.«

Dysan lächelte zu ihr hinunter. »Ein hübscher Versuch, Prinzessin, aber er zieht bei mir nicht. Ihr werdet beide sterben. Mathison würde niemals einem Mann, der einmal sein kleines Mädchen bedroht hat, Zutritt zu seinem Königreich gewähren.«

Plötzlich packte er Chris um die Taille, zog sie an sich, preßte seinen Mund auf den ihren, zwang ihre Lippen auseinander und schob seine Zunge in ihren Mund. Als er sie wieder losließ, konnte man den Abscheu in ihrem Gesicht lesen.

Er stieß sie von sich. »Und du glaubst, du könntest mir etwas vormachen?« sagte er mit schmalen Lippen. »Ich mag es nicht, wenn man mich für so dumm hält, daß ich auf irgendein Theater hereinfalle. Und jetzt komm her.«

Nun hatte Chris wirklich Angst vor Dysan. Er hatte ihr Spiel durchschaut, daß sie angeblich eine Schwäche für ihn habe. Er würde sie vor Tys Augen quälen und foltern und anschließend Tynan auf eine ähnlich grausame Weise umbringen – und wollte ihr nicht einmal sagen, warum sie sterben mußte.

Sie bezwang ihren Widerwillen, ging noch einmal auf ihn zu, und als sie vor ihm stand, legte sie ihm freiwillig die Arme um den Hals. Sie fing an, seinen Hals zu küssen, bewegte ihren Mund über seine Lippen und versuchte, ihn ganz auf sich zu konzentrieren – und während sie ihn küßte, bemühte sie sich, den im Büfett eingebauten Besteckkasten hinter ihm zu erreichen.

Die Leidenschaftliche mimend, als er wieder die

Zunge in ihren Mund steckte, gelang es ihr, den Deckel des Besteckfaches zu öffnen, und während sie ein Auge öffnete, sah sie, daß dort sechs silberne Tafelmesser mit dem Griff nach oben in ihren Halterungen steckten. Nun mußte sie nur noch eines von diesen Messern in die Hand bekommen. Sie hatte ihr Ziel fast erreicht, als Dysan sich plötzlich umdrehte und das Gelenk ihrer rechten Hand packte, deren Fingerspitzen nur einen Zentimeter über einem Messergriff schwebten.

»Wolltest mir das in den Rücken stechen, nicht wahr, meine Teure?« sagte er, ehe er ihr eine schallende Ohrfeige gab.

Chris flog zu Boden, und ihre Hand ging zum rechten Mundwinkel, aus dem Blut sickerte.

Dysan rückte gegen sie vor, und Chris rutschte auf dem Boden vor ihm bis zur Wand zurück.

Und genau in dem Moment, als Dysan sie erreichte und mit der Hand zum nächsten Schlag ausholte, sprang Tynan aus seinem Stuhl heraus, packte Dysan am Hals und hielt dem Schurken ein kleines Messer an die Kehle. »Ich denke, es wird Zeit, daß du dir für deine Spielchen einen Mann von deiner Größe aussuchst«, sagte Tynan.

Bei diesen Worten schwenkte Ty den Mann herum und knallte ihm die Faust ins Gesicht.

Dysan stürzte über einen Stuhl und fiel neben Chris zu Boden. Tynan gab ihm keine Gelegenheit, zu Atem zu kommen, sondern packte ihn bei den Schultern und knurrte: »Du jämmerlicher Feigling!« Erneut begann er ihn mit beiden Fäusten zu bearbeiten.

Chris stand vom Fußboden auf und versuchte Tynan daran zu hindern, Dysan mit bloßen Fäusten zu erschlagen, doch Tynan war so wütend, daß er nicht hörte, was sie sagte. Und so sah sie beständig zur Tür aus Sorge, einer ihrer Wächter könnte jeden Moment hereinkommen und sie in den Keller zurückbringen. Sie mußten fliehen, solange für sie eine Chance zur Flucht bestand.

Und so sprang sie Ty einfach auf den Rücken, in der Hoffnung, ihr Gewicht würde wenigstens Eindruck auf ihn machen.

Doch Tynan schüttelte sie einfach ab, so daß sie abermals über den Boden schlitterte. Eine endlose Sekunde verging, ehe Tynan begriff, was er da soeben gemacht hatte. Er stieß Dysan weg, daß dieser an der Wand entlangrutschte und als blutende Masse zu Boden sackte, und kam Chris zu Hilfe.

»Man springt niemand von hinten an«, sagte er vorwurfsvoll, ihr vom Boden aufhelfend.

Chris schüttelte den Kopf, um den Nebel daraus zu vertreiben. »Wir müssen aus dem Haus, solange das noch möglich ist. Warum haben Sie so lange gebraucht, sich von Ihren Fesseln zu befreien?«

»Haben Sie schon mal versucht, anderthalb Zentimeter dicke Stricke mit einem Federmesser zu durchschneiden? Und es sah ja auch gar nicht danach aus, als wären Sie in Nöten. Wollen Sie nicht lieber bei Dysan bleiben, statt mit mir zu fliehen? Vielleicht gelingt es Ihnen doch noch, zwei Imperien miteinander zu verschmelzen, sobald Sie diesen Cowboy los sind.«

»Könnten Sie Ihre Eifersuchtsausbrüche vielleicht für später aufheben? Ich möchte nämlich dieses Haus gern lebend verlassen, und dazu müssen wir erst an den Wachen und dann an den Hunden vorbei.«

Nachdem Tynan Chris vom Boden aufgeholfen hatte, ging er zu Dysan und zerrte ihn auf die Beine. »Du kommst mit uns, und falls uns die Hunde zu nahe kommen, werde ich dich ihnen zum Fraß vorwerfen. Chris, geben Sie mir den Strick dort.«

Während Tynan Dysan fesselte, sah Chris zum Fenster hinaus. »Wie, glauben Sie, stehen unsere Chancen? Draußen wimmelt es nur so von Wächtern.«

»Ich hoffe, daß Pilar und Prescott flüchten konnten.«

»Das konnten sie nicht. Sie befinden sich in meinem Keller«, sagte Dysan, ehe Tynan ein schmutziges Taschentuch aus seiner Gesäßtasche ziehen und ihm damit den Mund zubinden konnte.

»Dann müssen wir erst die beiden befreien«, sagte Chris und lief zu der Tür, die auf die Kellertreppe hinausging.

Tynan warf Dysan wieder gegen die Wand und haschte nach Christianas Arm. »Warum glauben Sie alles, was er sagt? Wenn sie wirklich im Keller eingesperrt sind, komme ich wieder zurück, nachdem ich Sie in Sicherheit gebracht habe, und hole sie heraus. Allein! Haben Sie mich verstanden?«

»Weil Sie ins Gefängnis zurückwandern, wenn Sie mich nicht heil zu Hause abliefern? Pilar und Asher bedeuten Ihnen wohl nichts, wie?«

Tynan schloß für einen Moment die Augen, drehte sich dann wieder Dysan zu, begann ihn zu durchsuchen und entdeckte eine kleine Derringer-Pistole in der Innentasche seines Jacketts. »Schön, gehen wir. Chris, ich steige zuerst mit ihm durchs Fenster, und ich möchte, daß Sie uns auf dem gleichen Weg folgen, sobald das gefahrlos für Sie ist.« Er hielt einen Moment inne und blickte sie an. »Und ich möchte, daß Sie mir jetzt versprechen, daß Sie nichts Dummes anstellen werden, wozu auch solche Einfälle gehören, in den Keller hinunterzugehen, um die anderen zu befreien. Haben Sie mich verstanden?«

Chris nickte, mußte dabei aber an Pilar und Asher denken, die in dem dunklen Kellerloch eingesperrt waren. Wäre es denn nicht gescheiter, wenn sie zunächst daran gingen, die beiden aus dem Verlies zu befreien, statt daß Tynan später allein zurückkam und dasselbe versuchte?

»Chris!« zischelte Tynan vor dem Fenster. Dysan machte ihm Schwierigkeiten, und er dämpfte dessen Aktivitäten mit einem Faustschlag seitlich gegen den Kopf.

Hinter dem Haus befand sich eine niedrige Ziegelmauer, die einen Garten für Schnittblumen und Küchenkräuter begrenzte. Ty duckte sich dahinter und zwang Dysan, vor ihm in die Hocke zu gehen. Dabei sah er sich ständig nach Chris um, als erwartete er, daß sie jeden Moment verschwinden könne und er ihr so rasch wie möglich nachspringen mußte, bevor er sie gänzlich aus den Augen verlor.

Sie waren am Ende der Mauer angelangt, als Ty stehenblieb und den Kopf hob. Der Waldrand war noch etliche Meter entfernt, und Chris konnte Männer hören, die sich in ihrer Nähe auf der anderen Seite der Mauer unterhielten, und japsende Hunde, die an der Mauer entlangliefen. Es konnte nur noch Sekunden dauern, bis die Wächter sie entdeckten.

Tynan lehnte sich gegen die Mauer zurück und überzeugte sich, daß Dysans Derringer auch geladen war. »Chris, ich will, daß du direkt hinter uns bleibst. Ich werde Dysan als Schild benützen, damit wir den Wald erreichen. Glauben Sie, daß es Ihnen gelingt, sich strikt an meine Anweisung zu halten? Ich möchte nicht noch mehr Schwierigkeiten erleben, als wir sowieso schon haben. Also bitte kein Versuch, wieder umzukehren und die anderen zu holen!«

Offenbar hatte er ihr nicht geglaubt, als sie ihm versicherte, sie würde seinen Anordnungen gehorchen.

Tynan blickte einen Moment zum Wald hinüber und dann auf Dysan zurück. »Und wenn Sie versuchen, mir

Schwierigkeiten zu machen, schieße ich Ihnen den Kopf weg.

Also – hinüber in den Wald!« sagte er dann, packte Dysan am Kragen und riß ihn in die Höhe. Sie verließen ihre Deckung hinter der Mauer und traten hinaus auf den ungeschützten Geländestreifen, blieben dort jedoch wieder stehen, weil sich niemand für sie interessierte. Sie konnten ungefähr ein Dutzend Wachen sehen – einer mit vier Hunden an einer Leine – doch kein einziger sah zu ihnen hin. Die Wächter schienen an den Stellen, wo sie sich gerade befanden, Wurzeln zu schlagen, und starrten auf etwas, das sich hinter der Ecke des Gebäudes befand.

Chris konnte das helle Läuten von Glöckchen in der Ferne hören.

»Zurück!« raunte Tynan Chris ins Ohr und schob Dysan wieder hinter die niedrige Ziegelmauer.

»Was hat das zu bedeuten?« fragte Chris.

»Ich glaube, da kommt ein Trödler- und Gauklerwagen«, antwortete Ty. »Pilar ist früher mit so einem Fuhrwerk über Land gefahren. Wenn Pilar und Asher auf dem Wagen sitzen, sollten wir lieber mit ihnen das Grundstück verlassen. Denn die Hunde nehmen im Nu unsere Fährte auf, wenn wir zu Fuß in den Wald flüchten.«

»Aber wie sollen wir es anstellen, zu dem Fuhrwerk zu gelangen? Wir können doch nicht einfach hingehen. Und was machen wir mit ihm?«

»Wir lassen ihn hier und versuchen dann, die Vorderseite des Hauses zu erreichen. Wir werden schon eine Möglichkeit finden, Prescotts Blicke auf uns zu lenken.«

Chris schaute zu, wie Tynan Dysans Knöchel mit einem Seil an eine aus der Mauerkrone ragende Eisenstange band und das Seil so lang machte, daß Dysan zwar nicht mit den Füßen in der Luft schwebte; aber große Mühe hatte, mit den Beinen auf dem Boden zu bleiben.

»Etwas sagt mir, daß ich dich jetzt lieber töten sollte«, murmelte Ty. »Ich fürchte, wir haben nur Schlimmes von dir zu erwarten, wenn ich dich am Leben lasse, und es wird eine Zeit kommen, wo ich bitter bereuen werde, daß ich diese Chance ausgelassen habe.« Er blickte Chris an. »Sind Sie bereit?«

»Ty, sind Sie sicher, daß Asher und Pilar auf dem Trödelwagen sitzen? Vielleicht ist es tatsächlich ein Gaukler, und die beiden sind unten im Keller eingesperrt.«

Ty antwortete nicht, sondern faßte sie am Arm und schob sie wieder auf das Haus zu. Er blickte durch das Speisezimmerfenster, überzeugte sich davon, daß es leer war, und half Chris dann über den Fenstersims in den Raum hinein.

Sie folgte ihm, als er sie durch das Haus führte, den Rücken an die Wand gedrückt, wie er es ihr befohlen hatte, während er bei jedem Zimmer, an dem sie vorbeikamen, erst nachsah, ob es von einem Wächter besetzt war. Einmal schlich er sich in ein Zimmer hinein, und Chris hörte einen dumpfen Laut, als würde ein Körper zu Boden stürzen; und dann kam er in den Korridor zurück und gab ihr ein Zeichen, ihm wieder zu folgen.

Chris fragte ihn nicht, wie es kam, daß er sich so gut in diesem Haus auskannte, sondern vertraute ihm blindlings. Er blieb in einem Schlafzimmer an der Hinterseite des Hauses stehen.

»Es ist wirklich Pilar«, sagte er, nachdem er dort einen Blick aus dem Fenster geworfen hatte. »Sie ist auf dem Wagen und tanzt, und Prescott lenkt das Fuhrwerk. Ich weiß nicht, wieviel Zeit wir noch haben, ehe die Wächter müde werden, ihr zuzuschauen. Allerdings könnte es sein, daß wir für den Rest der Woche unbeobachtet bleiben, wenn ich bedenke, was Pilar anhat.«

Er drehte sich zu Chris um. »Wie schnell können Sie laufen?«

»Ich . . . ich weiß es nicht. Wenn mich jemand jagt, kann ich ziemlich schnell laufen.«

»Ich werde die Wächter mit einem Manöver ablenken, während Sie hier aus dem Fenster steigen, zum Wagen rennen und sich hinten auf dem Fuhrwerk verstekken. Glauben Sie, Sie können das schaffen?«

»Aber was wird aus Ihnen? Ich kann nicht einfach davonlaufen und Sie hier zurücklassen.«

»Nachdem Sie Dysan so leidenschaftlich geküßt haben, werden Sie sich doch meinetwegen keine grauen Haare wachsen lassen.«

»Dysan?« gab sie verwirrt zurück. »Ich wollte doch nur an die Messer im Büfett herankommen. Ich mußte ihn auf irgendeine Weise ablenken. Sind Sie etwa eifersüchtig, Tynan?«

»Ganz gewiß nicht! Wollen wir nun aus diesem Haus entkommen oder unsere Chance mit Reden vertrödeln und hier umkommen?«

Sie nickte zögernd, war aber dennoch nicht sonderlich glücklich über sein Vorhaben. Sie fürchtete, er könne mit seinem Manöver Dysans Wächtern zum zweitenmal in die Hände fallen. Und sie glaubte nicht, daß Dysan sich noch einmal so leicht übertölpeln ließ.

»Gutes Mädchen«, sagte er und wandte sich bereits wieder von ihr ab, als er sich plötzlich noch einmal umdrehte und sie in seine Arme zog. Sein Kuß war heftig – und schnell – so schnell, daß er dabei nur drei Knöpfe auf ihrem Rücken öffnen konnte, aber es war ein an Gefühlen reicher Kuß. Er ließ sie genauso abrupt wieder los, wie er sie an sich gerissen hatte. »Mir passiert schon nichts«, sagte er über die Schulter. »Und du springst aus dem Fenster, sobald du die Schüsse hörst.«

Für Chris schienen das die längsten Minuten ihres Lebens zu sein, als sie am Fenster auf Tys Revolverschüsse wartete. Sie kauerte unter dem Fensterbrett, spähte durch die Scheiben und sah dort draußen einen hohen, buntbemalten Wagen, der von bewaffneten Männern umringt war. Auf diesem Wagen tanzte Pilar, mit einer seltsam unförmigen Pumphose aus blauer Seide und einem winzigen Oberteil aus dem gleichen Stoff bekleidet. Es war überdeutlich, daß das Kostüm nicht für jemand angefertigt worden war, der Pilars Maße besaß, weil der Stoff ihr oben so straff anlag, daß er jeden Moment zu platzen drohte. Vermutlich war die Faszination der Männer größtenteils auf die Erwartung zurückzuführen, daß die Säume platzten, während sie Pilar beim Tanzen zuschauten.

Während Chris beobachtete, wie Pilar wellenförmige Bewegungen mit ihrem Bauch machte, hörte sie plötzlich das Knattern von Revolverschüssen an der Rückseite des Hauses, was eine sofortige Reaktion bei den Wächtern hervorrief. Sie rannten alle auf die Stelle zu, aus der der Lärm zu kommen schien.

Chris verlor jetzt keine Zeit, aus dem Fenster zu klettern. Sie rannte über den Rasen, öffnete die Tür auf der Rückseite des Fuhrwerks und stieg ein. Sie hörte noch, wie Prescott Asher zurief: »Sie ist drin!« Und dann rollte das Fuhrwerk auch schon in halsbrecherischem Tempo davon.

Chris hielt sich links und rechts an den Streben des Kastenwagens fest. Das Fuhrwerk war mit Waren jeglicher Art beladen: mit Stoffrollen, Pfannen, Töpfen, Ackerwerkzeugen, und fast alles war irgendwo festgebunden, damit es nicht durcheinanderflog, wenn das Fuhrwerk über unebenen Boden dahinrollte.

Die Hintertür des Kastenaufbaus flog in dem Moment auf, als Chris ihr Gleichgewicht wiederfand. Als sie die Tür wieder schließen wollte, sah sie, daß sie sich sehr schnell von Dysans Haus entfernten.

»Nein!« stöhnte sie; aber da war niemand hinten im Wagen, der sie hören konnte.

Wenn sie Asher dazu bewegen wollte, wieder umzukehren, mußte sie etwas unternehmen, und zwar schnell. Indem sie, die Schaukelbewegungen des Wagens auspendelnd, über Kästen und Säcke nach vorn stieg, holte sie eine kleine, an einem Stiel befestigte Axt von der Seitenwand herunter.

Sie mußte dreimal ausholen, ehe die Axt die vordere Trennwand durchschlug und die Schneide in besorgniserregender Nähe von Ashers rechtem Ohr aus dem Holz herausragte.

Er drehte sich um und blickte sie ungläubig an, als sie den Rest der zersplitterten Bretter mit den Füßen aus dem Rahmen entfernte. »Sie müssen umkehren«, brüllte sie Asher zu. »Sie können Tynan dort nicht allein lassen.«

Pilar hing mit dem Oberkörper über dem oberen Rand des Kastenaufbaus. »Sie hat recht!« schrie sie, das Rattern des Fuhrwerks übertönend. »Wir müssen Tynan herausholen.«

»Dann kehre ich meinetwegen wieder um, aber Sie beide bleiben hier!« brüllte Asher zurück und zog die Zügel der Zugpferde straff.

»Nein!« schrien die beiden Frauen wie aus einem Mund.

Asher wendete wortlos mit dem Fuhrwerk und raste zu Dysans Haus zurück.

Kapitel 21

Chris mußte sich nun abermals an den Seitenwänden festkrallen, um nicht zwischen Säcke und Kästen geschleudert zu werden; während das Fuhrwerk in hohem Tempo auf dem holprigen Fahrweg dahin fuhr. Die einzige Hoffnung, Tynan retten zu können, bestand darin, daß Dysan noch nicht entdeckt worden war und die Wächter nicht gemerkt hatten, daß der Gaukler- und Trödelwagen als Fluchtfahrzeug benützt wurde.

Über ihrem Kopf konnte sie Pilar singen und tanzen hören, um die Aufmerksamkeit wieder auf das Fuhrwerk zu lenken.

»Das Loch muß verdeckt werden!« rief Asher von vorn, während er die Pferde zu noch größerer Eile antrieb.

Auf unsicheren Beinen stehend – ein paarmal schlug sie der Länge nach hin, als sie die Streben an der Seite losließ – gelang es Chris, mit einer Plane das Loch zu verhängen, das sie vorne in den Kastenaufbau geschlagen hatte. Und als sie die Plane zwischen zwei gespaltenen Brettern feststeckte, rief Asher: »Ich seh' ihn, und er rennt auf uns zu! O gütiger Himmel, werft euch hin, ihr beiden, und macht euch so klein wie möglich!« Und denn knallte es auch schon.

Chris warf sich mit pochendem Herzen zwischen die Waren auf der Ladefläche. Über sich hörte sie Pilar mit einem lauten Plumps auf das Wagendach fallen. Und sofort nahm das Gewehrfeuer draußen an Heftigkeit zu.

Chris kroch nun auf dem Bauch zu einer der drei Türen im Kastenaufbau und stieß sie auf. Tynan rannte die Straße herunter, Hunde und Männer ihm dicht auf den Fersen. Die Männer feuerten im Laufen ihre Gewehre auf ihn ab. In regelmäßigen Abständen schlugen die Gewehrkugeln in der Hinterwand des Fuhrwerks ein, und einige schwirrten nur wenige Millimeter über Christianas Kopf hinweg.

Sie kroch noch dichter an die Tür heran und streckte ihren Arm hinaus. »Komm!« rief sie Tynan zu. »Nun komm schon!«

Ty brüllte etwas zurück, aber das Blut rauschte so heftig in ihren Ohren, daß sie nicht verstand, was er sagte. »So wirst du niemals aus dem Zuchthaus freikommen!« schrie sie ihm zu.

Und in diesem Moment traf Ty eine Kugel ins Bein. Er stolperte. Chris glaubte schon, er würde der Länge nach hinschlagen, aber er fing sich wieder und rannte weiter.

Chris machte einen Hechtsprung zwischen Kisten und Stoffballen hindurch, wobei ein Kasten das Gleichgewicht verlor und gegen ihre Hüfte stieß. Aber sie wühlte sich weiter nach vorn, bis sie das mit der Plane verkleidete Loch erreichte, ihren Kopf hindurchsteckte und Asher zurief, daß er langsamer fahren solle, weil Tynan von einer Kugel getroffen worden sei und nicht mehr laufen könne.

Und dann war sie auch schon wieder am Heck des Wagens und streckte ihre Hand nach Ty aus. Asher konnte nicht sehr viel langsamer fahren, weil Dysans Männer sonst das Fuhrwerk eingeholt hätten.

Tynan erreichte das Heck des Wagens und Christianas Hand genau in dem Augenblick, als die Hunde nach Tys Fersen schnappten. Chris half Ty in den Wagen hinein, während Ty bereits Asher zurief, er solle fahren, als ob der Teufel hinter ihnen her sei. Es gelang Tynan gerade noch, den Hund, der sich in seinen Knöchel verbissen hatte, abzuschütteln, ehe der Wagen einen mächtigen Satz nach vorn machte und Dysans Männer mitten auf der Straße stehenließ.

Sofort begann Chris die Schußwunde an Tys rechtem Schenkel zu untersuchen.

»Weißt du, ob Prescott Reitpferde für uns bereitgestellt hat?« rief Ty, das Getöse der Räder übertönend.

»Ich weiß gar nichts. Ty, die Wunde blutet stark.«

»Es gibt eine Stelle hier in der Nähe, wo wir uns verstecken können. Wie geht es Pilar? Ist sie immer noch oben auf dem Wagendach?«

»Ja, aber ich habe nichts mehr von ihr gehört, seit die Wächter den Wagen unter Beschuß nahmen.«

Tynan runzelte die Stirn. »Hast du etwas, das du mir um den Schenkel wickeln kannst, um die Blutung zu stillen? Wir sind mindestens vier Stunden unterwegs, bis wir den Platz erreichen, wo wir Rast machen können.«

»Ja, natürlich habe ich etwas, womit ich die Blutung zum Stehen bringen kann, aber du brauchst einen Arzt, Ty.«

»Mindestens drei von Dysans Leuten brauchen einen Leichenbestatter. Warum ist Prescott mit dem Wagen zurückgekommen? Warum habt ihr euch nicht sofort aus dem Staub gemacht?«

»Wir sind zurückgekommen, um deine undankbare Haut zu retten«, sagte sie, während sie einen langen Streifen von ihrem Unterrock abriß und sich anschickte, seine Schenkelwunde damit zu verbinden.

Sie hatte gerade den letzten Knoten in die Bandage gemacht, als Asher das Gespann anhielt, wobei sie beide fast aus der Hintertür des Kastenaufbaus hinausgeflogen wären. Binnen zwei Sekunden stand Asher vor der hinteren Wagentür.

»Ich habe hier Pferde bereitgestellt. Pilar erzählte mir, Sie würden hier in der Nähe einen alten Mann kennen, der eine Mine besitzt, und Sie könnten uns dorthinführen.«

»Wie geht es Pilar?« fragte Ty.

Asher kletterte auf das Wagendach hinauf, und nach einem langen bangen Augenblick rief er herunter, daß sie von einer Kugel getroffen worden sei.

Ty, der sein frisch verbundenes Bein steif vor sich hin hielt, hüpfte von der Ladefläche herunter. »Wie schlimm ist es?«

»Sie lebt, aber sie hat viel Blut verloren.«

Chris kletterte bereits die Leiter, die seitlich am Kastenaufbau angebracht war, hinauf und kniete sich dann neben Pilar nieder. Sie gab einen Schreckenslaut von sich, als sie die Frau mit schneeweißem Gesicht in einer großen Blutlache liegen sah.

»Ty«, rief Chris hinunter, »sie hat eine Wunde an der Schulter und ist bewußtlos. Ihr Herzschlag ist noch kräftig, aber sie selbst vom Blutverlust sehr geschwächt. Kannst du uns helfen, sie vom Wagen herunterzuheben?«

»Selbstverständlich«, rief er ungeduldig. Chris arbeitete, so rasch sie konnte, packte mehrere Lagen Stoff auf die Wunde, nur war es ihr unmöglich, an dieser Stelle einen Preßverband anzulegen. Das laute Poltern, das sie über sich gehört hatte, mußte Pilar gewesen sein, als sie, von der Kugel getroffen, auf dem Dach des Kastenaufbaus zusammengebrochen war. Die Wächter hatten sich das leichteste Ziel aufs Korn genommen: die auf dem Wagen tanzende Frau.

»Wir tragen sie jetzt zu Ty hinunter«, sagte Chris zu Asher, nachdem sie Pilar, so gut sie es vermochte, verbunden hatte. »Helfen Sie ihm, denn seine Wunde ist auch nicht von Pappe«, flüsterte Chris in Prescotts Ohr.

Ty fing Pilar mit beiden Armen auf und begann dann mit ihr zu den wartenden Pferden zu gehen, während sich sein Hosenbein rot färbte von Blut.

»Überlassen Sie die Frau mir«, sagte Asher, Pilar in seinen Arm nehmend, »Sie müssen voranreiten und uns den Weg zeigen.«

Tynan nickte nur, während er Asher Pilars reglosen Körper überließ und auf die Pferde zuging. »Wir haben rauhes Terrain vor uns. Ich meine aber, daß Dysans Männer uns dennoch nicht einholen werden. Und ich möchte keine Frauen dabeihaben, die sich als Heldinnen beweisen wollen. Hast du mich verstanden, Chris? Wenn ich dir sage, du sollst geradeaus reiten, erwarte ich, daß du nicht umkehrst, verstanden?«

»Ich werde jedem vernünftigen Befehl gehorchen. Sollen wir jetzt nicht lieber reiten, ehe Dysans Männer uns hier beim Palaver neben den Pferden antreffen?«

Asher stieg in den Sattel. Dann hob Ty Pilar zu ihm aufs Pferd, damit er sie vor sich in den Sattel setzen konnte. »Ich hoffe, Sie können sie auch festhalten, wenn wir querfeldein reiten, ja?« fragte Ty mit einem Bedauern in der Stimme, das, wie Chris vermutete, daher rührte, daß er sich nicht selbst um Pilar kümmern konnte.

In den nächsten zwei Sekunden saßen dann auch Chris und Ty im Sattel und gaben ihren Pferden die Zügel frei.

Ty hatte nicht zuviel versprochen, als er ihnen ein schwieriges Gelände ankündigte. Zunächst ging es steil hügelan, anschließend mußten sie ein sumpfiges Gelände durchqueren, das an den Hufen der Pferde saugte, und dann ging es durch mehrere kalte, reißende Flüsse, wie sie für Washington typisch waren. Ungefähr eine Meile lang führten sie die Pferde am Zügel im Wasser, um Hunde und Verfolger von ihrer Fährte abzulenken.

Chris sah sich immer wieder nach Pilar um, die mit geschlossenen Augen, von Asher gestützt, auf dem Pferd saß. Sie schien noch blasser geworden zu sein, wenn das überhaupt möglich war.

»Passen Sie auf, wohin Sie treten«, sagte Tynan mit gepreßter Stimme, die verriet, wie groß seine Sorge um Pilar war.

Einmal hörten sie die Hunde auf einem Hügelkamm über sich bellen und brachten die Pferde unter dichten überhängenden Zweigen bei einer Stromschnelle in Deckung. Christianas Pferd wäre fast von den reißenden Fluten mitgerissen worden, doch Ty fing noch rechtzeitig den Zügel ein und half dem Pferd ins ruhigere Wasser am Ufer zurück.

Als die Männer und Hunde wieder von der Kuppe verschwunden waren, ritten sie weiter im Wasser in den Wald hinein und bewegten sich dann in eine Richtung, die von ihren Jägern fortführte.

Es war schon fast dunkel, als Tynan sein Pferd anhielt und steif aus dem Sattel stieg. »Wartet hier auf mich. Er mag keine fremden Besucher.«

»Wer mag das nicht?« fragte Chris. Doch Ty war bereits im Wald untergetaucht und gab ihr keine Antwort.

»Der alte Mann.« Es war ein mühsames Flüstern, das Chris Bescheid gab. Und dann: »Könnte ich einen Schluck Wasser haben?«

Rasch stieg Chris von ihrem Pferd und band eine Feldflasche von der Sattelpausche los. Asher hielt Pilar die Feldflasche an die Lippen, während Chris Pilars Wunde untersuchte. Die Blutung hatte aufgehört; doch Pilar sah nicht so aus, als ob noch viel Kraft in ihr wäre.

Christianas Kopf nickte in die Höhe, als sie in der Nähe das Krachen einer Schrotflinte hörte.

Pilar lehnte sich gegen Ashers Brust »Es ist der alte Mann«, flüsterte sie wieder. »Der Mann, der Tynan fand, als er geboren wurde.«

»Der Goldgräber?« fragte Chris.

»Wie er sich auch immer nennen mag. Die meiste Zeit verkauft er das, was ihm über den Weg läuft, ob es ihm gehört oder nicht.«

»So zum Beispiel sechs Jahre alte Knaben«, sagte Chris mit angewiderter Stimme, während sie die Kappe wieder auf die Feldflasche schraubte.

Pilar gab ihr keine Antwort mehr, sondern lehnte sich mit geschlossenen Augen zurück, während Asher ihr einen Blick zusandte, der ihr sagte, daß auch sie eine Ruhepause dringend nötig hätte.

Tynan, der sich trotz seiner Verletzung lautlos zwischen den Stämmen bewegte, kam nun zu ihnen zurück. Er schien vom Himmel heruntergefallen zu sein, als er plötzlich vor ihnen stand.

»Wir haben einen Platz für ein paar Tage, aber nicht mehr«, sagte er und beobachtete, wie Chris sich wieder in den Sattel schwang. Dann musterte er Pilar mit einem besorgten Blick. Er ließ diesmal Asher voranreiten und blieb mit Christianas Pferd auf gleicher Höhe. »Er ist nicht so wie andere Leute«, sagte er zu ihr, den Blick auf den engen Pfad, dem sie folgten, gerichtet. »Du darfst ihm nie den Rücken zukehren und ihm niemals trauen. Erzähl ihm nicht, wer dein Vater ist, und denke nicht, daß auch nur ein Quentchen Gutes in ihm stecken würde. Und stell ihm keine Fragen.«

»Du haßt diesen Mann, nicht wahr?« flüsterte sie.

»Ja, ich hasse ihn von ganzem Herzen«, erwiderte Ty, während er sich wieder an die Spitze setzte und sie einen steilen Hügel zur Hütte des Goldgräbers hinaufführte.

Es war eine häßliche, unglaublich schmutzige kleine Behausung, die an einer Felswand über einer Schlucht zu kleben schien. Chris dachte, daß der Felsen sich vor Grausen schütteln müßte, um sich von so viel Schmutz zu befreien. Da lagen halbverfaulte Kadaver vor der Türschwelle, und die Fliegenschwärme darüber waren so dick, als würde ein schwarzer, sich im Wind bewegender Vorhang vom Felsen herunterhängen. In der Nähe befanden sich noch ein Stapel Tierhäute und ein Topf mit verdorbenem Fleisch. Ein struppiger, magerer Hund, den Chris zunächst ebenfalls für einen Kadaver gehalten hatte, war an der Vorderwand der Hütte festgebunden.

»Wir lassen Pilar so lange hier, während wir saubermachen«, sagte Ty und löste die Kette, die den halbverhungerten Hund an die Wand fesselte. Das bedauernswerte Tier humpelte zu einem Topf mit fauligem Wasser und leckte gierig.

Ty half Pilar vom Pferd herunter, während Chris auf den herumliegenden Unrat starrte, die Fliegen verscheuchte und sich die Nase zuzuhalten versuchte, damit ihr nicht übel wurde vom Gestank.

»Ich bin doch kein Wohltätigkeitsverein«, hörte sie eine Stimme hinter sich. »Ihr zahlt für das, was ihr euch nehmt. Ich habe euch nicht gebeten, hierherzukommen. Warum mußtet ihr den Hund losbinden? Damit er alles auffrißt, was ihm vor die Augen kommt?«

Chris drehte sich um und sah einen vertrockneten kleinen Mann mit schwarzen, verfaulten Zähnen hinter sich, mit einem vor Habgier verzerrten Gesicht, als er sah, daß Tynan damit begonnen hatte, die halbverfaulten Tierkadaver in die Schlucht hinunterzuwerfen.

Der alte Mann lief auf Ty zu. »Was machst du da?« klagte er. »Das sind *meine* Vorräte. Du willst mich wohl umbringen, wie du das mit deiner leiblichen Mutter getan hast! Du willst mich zum Hungertod verurteilen.«

Tynan achtete nicht auf den Alten, der ihn am Arm festhalten wollte, sondern blickte über die Schulter auf

Chris, die benommen die Szene betrachtete. »Kümmere dich um Pilar«, rief er ihr zu. »Und Sie, Prescott, nehmen das Gewehr und versuchen, uns frisches Fleisch zu besorgen. Chris, nimm diesen Topf dort und schrubb ihn mit Sand aus. Dann gehst du damit den Hügel hinauf und holst frisches Wasser.«

»Immer nur nehmen! Etwas anderes hast du nicht gelernt! Deiner Mutter das Leben vor deinem ersten Atemzug! Und nun mein Eigentum!«

Tynan nahm ein Werkzeug, das früher einmal eine Schaufel gewesen war, und begann damit, eine etwa einen halben Meter hohe Schicht aus Abfällen vor der Hütte abzutragen und in die Schlucht hinunterzukippen. Bei einem Tierkadaver zögerte er kurz, untersuchte ihn und warf ihn dann dem Hund zu, der ein paar Schritte entfernt geduckt lauerte und ihn mit hechelnder Zunge beobachtete.

Der alte Goldgräber machte einen Satz auf den Hund zu, riß ihm das halbverfaulte Fleisch aus dem Rachen, und das Tier wurde wieder zu einem Instinktwesen und begann um sein Leben zu kämpfen. Und Chris, die den beiden zuschaute, sah, daß der alte Mann aus den Lumpen, die er auf dem Leibe trug, eine uralte Pistole hervorzog und den Hund ins Bein schoß. Das Tier begann zu wimmern.

Mit einem triumphierenden Blick nahm der Alte dem Hund das Fleisch wieder weg, klemmte es unter den Arm und entfernte sich damit zu seiner Hütte.

Tynan folgte ihm, ohne sich sonderlich zu beeilen, nahm ihm das Fleisch wieder weg und brachte es dem Hund zurück. »Chris«, sagte er, während er dessen Bein untersuchte, »kannst du dich seiner annehmen? Ich glaube nicht, daß es eine schwere Verletzung ist. Mit einer Schußwaffe konnte er noch nie umgehen.«

Es dauerte eine Weile, ehe Chris reagierte und sich von Pilars Seite entfernte. Mit geweiteten Augen ging sie zu der Stelle, wo Ty neben dem Hund am Boden kniete.

»Leg ihm einen Verband an, und hier« – er gab ihr seinen Revolver – »nimm das. Wenn er den Hund noch einmal belästigt, erschießt du ihn. Er ist kein großer Verlust für die Welt.«

Chris sah mit offenem Mund zu, wie Ty dem Hund das wiedererbeutete Fleisch gab und das Tier zu fressen begann.

Ty legte seine Hand unter ihr Kinn und klappte ihren Mund zu. »Bei der Menge von Fliegen, die hier herumschwirren, kannst du dir ein so offenkundiges Staunen nicht leisten. Versorge zuerst den Hund und hole uns dann frisches Wasser. Anschließend muß noch die Hütte gereinigt werden. Wenn du glaubst, es sähe schon hier schlimm genug aus, dann warte erst mal, bis du einen Blick in seine Wohnung geworfen hast.«

»Hat er einen Namen?« fragte sie, mit dem Kopf auf den alten Mann deutend.

»Ich wüßte nicht, daß er ihn jemals preisgegeben hätte. Aber ich habe ihm auch nie Geld dafür geboten.«

»Willst du damit etwa sagen, daß du seit deiner Geburt Umgang mit diesem Mann hattest und dennoch seinen Namen nicht weißt?«

»Das ist richtig.«

»Du willst mir mein Gold stehlen, nicht wahr?« jammerte der Alte. »Du möchtest alles haben, was ich besitze!«

»Ich möchte nur eine Unterkunft in einer Gegend, wo so etwas schwer zu finden ist«, sagte Ty und fuhr fort, den Vorplatz von Unrat zu säubern. »Sonst brauche ich nichts von dir und würde es nicht einmal geschenkt nehmen.«

Chris überzeugte sich, daß der Hund tatsächlich nur leicht an der Pfote verletzt war, und holte sich dann den Wassereimer. Er war mit grünem Schleim bedeckt. »Ty, dein Bein!« rief sie, zu ihm zurückschauend, als sie hügelan ging. Der Preßverband hatte sich gelöst, und da er das Bein ständig bewegte, war der Schorf aufgerissen, und frisches Blut sickerte aus der Wunde.

»Ich kann jetzt nicht mit der Arbeit aufhören«, sagte er. »Geh und hole uns Wasser.«

Als Chris weiter bergan gehen wollte, vertrat ihr plötzlich der Alte den Weg. Sein saurer Geruch nahm ihr fast den Atem. »Er hat keine Mutter. Er hat sie umgebracht.«

Chris wich ihm aus, wie sie den verfaulenden Kadavern ausgewichen war.

Nachdem sie den Eimer gesäubert und mit frischem Wasser gefüllt hatte, kam auch Prescott mit einem erlegten Reh aus dem Wald zurück, und Tynan hatte einen Platz unter dem Dach des Anbaus für Pilar gesäubert. Chris sah, daß die Wunde an seinem Schenkel ständig blutete.

Asher zündete ein Feuer an und begann, das Fleisch des erlegten Rehbocks am Spieß darüber zu rösten. Der alte Mann hockte am Rand des Lagerplatzes und beobachtete sie alle mißtrauisch.

Tynan ließ sich unweit der Stelle, wo Pilar auf einer Decke über aufgeschüttetem Heu lag, nieder. Chris sah, wie sich sein Gesicht eine Sekunde lang vor Schmerz verzerrte. Dunkelheit senkte sich auf den Wald herab, nur das Lagerfeuer spendete Licht.

»Wir müssen die Wache für eine Nacht einteilen«, sagte Ty, und seine Stimme klang sehr müde. »Prescott, wir beide werden abwechselnd diese Aufgabe übernehmen.«

»Wache halten?« meinte Chris erstaunt. »Aber Dysans Männer werden uns hier bestimmt nicht finden. Kein Hund kann unsere Fährte aufnehmen, nachdem wir so viele Flüsse durchquert haben. Außerdem hast du Ruhe dringend nötig, Ty.«

»Ich danke dir für deine Fürsorglichkeit, aber nicht vor Dysans Männern müssen wir uns vorsehen, sondern vor ihm.« Er deutete mit dem Kopf zu dem alten Goldgräber hinüber. »Wenn er glaubt, sich eine Belohnung damit verdienen zu können, daß er jemandem unseren Aufenthaltsort verrät, wird er das sofort tun. Wir müssen aufpassen, daß er das Lager nicht verläßt.«

»Oh«, sagte Chris, ließ sich von Asher ein Stück gebratenes Fleisch geben, stützte Pilar mit einem Arm und fütterte sie mit Fleischbrocken. Morgen wollte sie versuchen, ihr eine Brühe zu kochen. Doch heute mußte sie sich mit dieser Nahrung zufriedengeben. »Solange wir uns bei seiner Hütte aufhalten, müssen wir ihn also ständig beobachten?«

»Wenn wir am Leben bleiben wollen – ja.«

Asher zerteilte eine Rehkeule. »Pilar braucht dringend ärztliche Versorgung und Ruhe. Ihre Verfassung ist schlimmer, als Sie zugeben wollen.«

»Ich komme schon zurecht«, erwiderte Ty. »Aber ich gebe zu, daß Pilar eine bessere Betreuung braucht; nur weiß ich keinen anderen Platz in dieser Gegend, wo wir sicherer sind als hier – oder wären, wenn es ihn dort nicht gäbe.«

Asher warf dem alten Mann ein Stück Fleisch zu, als ob er ein Hund wäre. Der fing es auf und versteckte es vor den anderen, ehe er es mit wachsamen Augen verzehrte. »Was wir brauchen, ist Hilfe«, sagte Asher und sah dabei Chris an. »Wenn wir eine Botschaft an Ihren Vater schickten, könnte er uns einen Trupp bewaffneter

Männer senden, der uns bis zu seinem Haus Geleitschutz gibt. Selbst Dysan würde es meiner Meinung nach nicht wagen, einen von Mathisons Leuten anzugreifen.«

Chris zog die Knie an die Brust und lächelte ein wenig. »Ja, mein Vater könnte ihn wohl besiegen. Aber wir sind hier, und er ist dort.«

»Sie müssen zu ihm reiten, Prescott«, sagte Tynan. »Sie müssen mich und die Frauen hierlassen, so rasch wie möglich zu Mathison reisen und ihn hierherbringen.«

»Und euch der Willkür dieses Mannes ausliefern?« sagte Asher und deutete mit dem Kopf auf den Alten. »Haben Sie eine Ahnung, wie viele Leute nach Ihnen suchen?«

Tynan sah einen Moment zum dunklen Himmel hinauf. »Ungefähr ein halbes Dutzend von Chanrys Männern, schätzungsweise hundert von Dysans Leuten und . . .«

»Rory Sayers möchte dir wahrscheinlich ebenfalls gern ein Stück Fleisch aus den Rippen schneiden«, sagte Chris.

»Und wie heißt der Mann doch wieder, der auf der anderen Seite des Regenwaldes wohnt?«

»Ach ja«, gab Chris lächelnd zurück, »Hugh Lanier. Ich glaube nicht, daß sein Zorn über das, was ich über ihn geschrieben habe, bereits verraucht ist.« Sie blickte lächelnd zu Ty hinüber, als sie sich wieder daran erinnerte, wie er ihr damals geholfen hatte.

Tynan lehnte sich an die Wand des Schuppens zurück. »Die halbe Welt sucht also nach uns. Zwei von uns sind verwundet, und wir haben einen Verräter in unserer Mitte, wenn wir ihm die Chance zu einem Verrat geben. Das ist keine Garantie für eine sichere Zukunft.«

»Ich werde ihn mitnehmen«, sagte Asher leise. »Ich

werde den alten Mann mit auf die Reise nehmen, euch drei hier zurücklassen und mit so vielen Männern, wie Mathison entbehren kann, zurückkommen.«

»Aber der Alte wird Ihnen die Kehle durchschneiden, sobald Sie ihm den Rücken zukehren oder schlafen.«

»Ich werde ihm nicht den Rücken zukehren, und ehe ich mich zum Schlafen niederlege, werde ich ihn fesseln. Das ist unsere einzige Chance, und jeder von euch weiß das. Sie sind verletzt und können nicht ständig auf ihn aufpassen, und ich muß ihn nur fünfzig Meilen weit nach Süden transportieren, wo sich Mathison seiner annehmen wird. Es ist unsere einzige Chance. Ein Mann schafft es vielleicht, sich bis zu Mathisons Haus durchzuschlagen, aber bestimmt nicht zwei Frauen und ein verletzter Mann.«

Chris sah, wie Tynan die Stirn runzelte und über Ashers Worte nachdachte. Sie konnte sehen, wie wenig sie ihm gefielen – wie sehr es ihm widerstrebte, ihr aller Schicksal in die Hände eines anderen Mannes zu legen. Und zugleich begriff sie, daß er schlimmer verletzt sein mußte, als er ihnen eingestehen wollte, weil er sonst gar nicht erst über Ashers Vorschlag nachgedacht hätte.

»Ty, es ist die einzige Möglichkeit«, flüsterte Chris. »Pilar ist nicht transportfähig, und wir können sie nicht hier bei dem Alten lassen. Dysan lauert mit seinen Männern irgendwo dort draußen, und jemand muß Hilfe herbeiholen.« Sie zog eine Braue in die Höhe. »Oder hast du Angst, du würdest deine Begnadigung nicht bekommen, wenn ein anderer Mann meinen Vater hierherbringt?«

Tynan sah sie lange an, ehe er sagte: »Prescott, Sie werden morgen in aller Frühe aufbrechen. Ich werde heute nacht aufbleiben und den alten Mann beobachten, während Sie schlafen. Ich möchte, daß Sie morgen ausgeruht auf die Reise gehen. Und jetzt legt ihr euch beide zum Schlafen nieder.«

Kapitel 22

Sobald Tynan sich auf den Boden niedergelassen hatte, schien er nicht mehr die Kraft zum Aufstehen zu haben. Chris legte ihm einen neuen Verband an und stellte dabei aufatmend fest, daß die Kugel nicht in der Wunde steckte, wie sie zunächst befürchtet hatte. Während sie ihn verarztete, lag er still, lehnte sich mit geschlossenen Augen an die Schuppenwand zurück und schien nicht zu merken, wenn sie seinen Schenkel mit ihren Händen berührte. Sie faßte ihn so behutsam wie möglich an und versuchte, ihm nicht zu zeigen, wie besorgt sie war, als sie das zerrissene Fleisch an seinem Schenkel betrachtete.

»Ich glaube nicht, daß Prescott mit dem alten Mann zurechtkommt. Prescott ist nicht gemein genug. Er ist zu vertrauensselig.«

»Hast du lange bei diesem Mann gelebt, Ty? Hast du wirklich bei ihm wohnen müssen?«

»Mit Unterbrechungen ab meinem sechsten Lebensjahr. Aber Kinder lernen rasch. Es dauerte nicht lange, bis ich begriff, daß ich auf mich selbst aufpassen mußte.«

»Da du schon mit so jungen Jahren selbständig warst – warum bist du dann nicht fortgerannt, als er ... er dich verkaufte? Hättest du denn nicht in Reds Haus zurückkehren können?«

Ty öffnete die Augen und sah sie an. »Ich war betrunken, und zwei Tage lang flößte er mir immer wieder Alkohol ein, bis er mich ...« – Tys Gesicht zuckte – »... auf dem Markt verkauft hatte.«

»Aber du warst damals doch erst sechs Jahre alt.«

»Ich habe noch keinen kleinen Jungen getroffen, der nicht mal gern ein Glas Bier getrunken hätte. Doch du solltest jetzt schlafen. Du mußt neue Kräfte für morgen sammeln.«

Sie stand auf und nahm den Eimer mit dem blutgetränkten Wasser vom Boden. Während sie wieder hügelan ging, betrachtete sie ihn, wie er so regungslos dasaß, den Rücken gegen die Schuppenwand gelehnt, als würde er schlafen, doch sie vermochte das dunkle Licht seiner Augen zwischen den Wimpern zu erkennen. Er hatte sich vorgenommen, die ganze Nacht hindurch wach zu bleiben, um sie vor dem Alten zu beschützen – doch er fesselte ihn nicht oder machte ihn auf eine andere Weise bewegungsunfähig. Und sie wunderte sich darüber.

»Chris.«

Sie erschrak, weil sie Ashers Stimme so nahe hinter sich hörte.

»Kann ich mit Ihnen reden?«

»Sie sollten schlafen. Sie haben morgen einen anstrengenden Ritt vor sich, und Ty sagte ...«

»›Ty sagte!‹ Das ist alles, was ich von Ihnen zu hören bekomme: Ty sagte dies, Ty sagte das.«

»Er ist der Anführer unseres kleinen Trupps«, erwiderte Chris, »und seine Entscheidungen haben uns bis jetzt am Leben erhalten.« Sie ging weiter den Hügel hinauf.

Er hielt sie am Arm fest. »Ich wollte mich nicht erzürnen. Vermutlich ist es die Eifersucht, die aus mir spricht. Chris, der wahre Grund, weswegen ich mit Ihnen reden sollte, ist ...«

»Ja?« unterbrach sie ihn und blickte im Mondlicht zu ihm hoch. »Was wollten Sie mir eigentlich sagen?«

»Ich wollte Sie fragen, ob Sie mich heiraten möchten.«

Chris war einen Augenblick so verblüfft, daß sie kein Wort herausbringen konnte. In den letzten Tagen hatte sie nur daran gedacht, wie sie aus Dysans Haus flüchten und ihr Leben retten konnte. »Kommt das nicht ein wenig plötzlich?«

»Sie wissen, daß das nicht der Fall ist, Chris. Ich habe mich in Sie verliebt, in Ihre Beherztheit und Courage. Eine Frau, die mit einer Axt ein Loch in die Wand eines Wagens schlägt, um sich Gehör zu verschaffen, ist die Frau, mit der ich mein Leben verbringen möchte – nicht mit so einem zimperlichen, sich gar vor Mäusen fürchtenden Frauenzimmer.«

»Und ist es auch nicht das Geld meines Vaters, das Sie zu diesem Antrag veranlaßt? Oder die Tatsache, daß er Ihnen eine Stellung in seinem Betrieb angeboten hat? Das macht mich hoffentlich nicht in irgendeiner Weise für Sie attraktiver, oder doch?«

Asher öffnete den Mund, um etwas darauf zu erwidern, brachte aber keinen Ton heraus. Statt dessen zog er Chris an sich und küßte sie sanft und zärtlich. »Es gab eine Zeit, wo ich glaubte, daß ich Del Mathisons Tochter heiraten würde, auch wenn sie so häßlich wäre wie das Lieblingsmuli meines Vaters. Aber dann lernte ich Sie persönlich kennen, und alles war anders. Chris, Sie sind eine Frau, die sich mit keiner anderen vergleichen läßt. Ich wünsche mir von ganzem Herzen, daß Sie mich zum Mann nehmen. Und wenn Sie glauben, daß es Ihr Geld ist, hinter dem ich her bin, so würde ich auf der Stelle auf jeden Anspruch auf dieses Geld verzichten. Ich glaube, daß ich wieder ganz von vorn anfangen könnte, wenn ich Sie an meiner Seite wüßte, und diesmal gewiß nicht versagen würde.«

Sie immer noch in seinen Armen haltend, lächelte er auf sie hinunter. »Ich glaube nicht, daß Sie mir ein Versagen durchgehen lassen würden. Ich bin sicher, daß Sie mir die Peitsche um die Ohren schlügen, wenn ich meine Finanzen nicht in Ordnung brächte. Sie würden niemals zulassen, daß ich aufgäbe.«

Sie lächelte zurück. »Nein, ich glaube nicht, daß ich aufgeben würde – nicht, wenn ich mir etwas ganz fest vornehme.« Plötzlich mußte sie an Tynan denken. »Es sei denn, daß ich aufgeben muß«, murmelte sie.

»Ich glaube, wir würden ein gutes Paar abgeben«, sagte er. »Mein gesunder Menschenverstand und Ihr Temperament. Ich sorgte dafür, daß Sie mit beiden Beinen auf der Erde bleiben, und Sie verhinderten, daß ich aufgebe, wenn es hart auf hart geht.«

Sie lachte. »Das klingt ja wie die Fusion zweier Firmen.«

Er drängte sich an sie. »Zuweilen können Fusionen sehr erfolgreich sein. Chris, bitte, sagen Sie, daß Sie über meinen Antrag nachdenken werden. Ich werde alles tun, was Sie von mir verlangen. Wenn Sie möchten, daß ich auf das Geld Ihres Vaters verzichten soll, werde ich es tun. Alles, was Sie von mir verlangen.«

»Das scheint mir aber eine sehr drastische Maßnahme zu sein, und mein Vater braucht jemanden, der ihm bei der Leitung seiner Geschäfte hilft.«

»Soll das heißen, daß Sie meinen Antrag annehmen?« fragte er mit leuchtenden Augen.

»Einen Teufel bedeutet es!« ertönte Tynans Stimme hinter Ashers Rücken. »Nehmen Sie Ihre Hände weg von ihr, Prescott! Wenn Sie sich weigern, werde ich Sie Ihnen wegschießen!

Chris entfernte sich von Asher. »Du solltest jetzt eigentlich schlafen.«

»Hast du dir das erhofft, damit du dich hinter meinem Rücken mit ihm treffen kannst?«

»Moment mal, Tynan«, meldete sich Asher zu Wort. »Ich habe jedes Recht dazu, das zu tun, was Miss Mathison von mir verlangt. Schließlich wurden Sie dafür angestellt, mir zu helfen, daß ich sie zur Ehefrau gewinne. O Chris«, sagte er, als ihm klar wurde, was er da soeben gesagt hatte.

»Schon gut. Ich wußte das bereits. Tynan, du hast kein Recht, dich in meine Angelegenheiten einzumischen. Und jetzt möchte ich, daß du zurückgehst und . . .«

Sie beendete den Satz nicht, weil Tynan sie am Arm packte und an sich zog. Er konnte nicht besonders gut gehen, weil sein verletztes Bein wieder steif wurde; aber er konnte sie zwingen, dichter an ihn heranzutreten. »Prescott, gehen Sie ins Lager zurück, und passen Sie auf Pilar und den Alten auf. Ich werde in einer Minute nachkommen.«

Asher wollte protestieren. Aber nach einem Blick auf Tynans Gesicht überlegte er es sich anders und wandte sich wortlos der Blockhütte zu.

»Nimm die Hände von mir weg!« sagte Chris und versuchte, ihm ihren Arm zu entreißen, hatte aber keinen Erfolg damit. »Du hast wirklich kein Recht, dich in diese Sache einzumischen. Außerdem glaube ich, daß mein Vater dich dafür angeheuert hat, ihm zu *helfen*, daß er sich in mich verliebt.«

»Ich möchte von dir nicht einmal wissen, wie du das herausbekommen hast; aber das war, ehe . . .«

»Ja? Das war, ehe was passierte?« Sie blickte mit zornigen Augen zu ihm hoch.

Er fing sie wieder ein, preßte sie an sich, vergrub sein

Gesicht einen Augenblick lang an ihrer Schulter und küßte sie dann wie ein Verdurstender.

»Tu das bitte nicht, Ty«, sagte sie mit einer Stimme, als stünde sie große Qualen aus. »Bitte laß mich in Ruhe.« Sie versuchte ihn von sich wegzuschieben, aber er wollte sie nicht loslassen.

»Chris, ich kann nicht ertragen, daß er dich anfaßt. Ich kann das einfach nicht mit ansehen.« Seine Hände glitten an ihrem Rücken auf und nieder, streichelten sie, berührten ihren Hals, während seine Daumen mit ihren Ohrläppchen spielten.

Sie konnte sich etwas von ihm lösen, um ihn befremdet anzusehen.

»*Du* kannst das nicht ertragen? Welches Recht hast du, mich an etwas zu hindern? Welches Recht hast du, dich zu meinem Verhalten zu äußern? Ich habe mich deinetwegen zum Narren gemacht, und du hast mir alles, was ich dir sagte, ins Gesicht zurückgeschleudert. Und nun stehst du hier und sagst zu mir, ich dürfe nicht mit einem Mann sprechen, der die ehrenhaftesten Absichten hat?«

»Mein Verhalten ist nicht weniger ehrenhaft. Ich bin stets fair und aufrichtig zu dir gewesen. Und nun habe ich dir gerade angekündigt, daß ich auf Prescott schießen werde, wenn er es noch einmal wagen sollte, dich anzufassen. Ehrlicher als ich kann man gar nicht sein.«

»Du!« fauchte sie und löste sich mit einem Ruck aus seinem Griff. »Was du von mir verlangst, ist überhaupt nicht ehrenhaft. Alles, was du von mir willst, ist, daß ich . . . daß ich . . .« Sie war froh, daß man im Dunkeln ihr rotes Gesicht nicht sehen konnte.

»Und was ist so verkehrt daran? Du scheinst jedenfalls damals nichts dagegen gehabt zu haben. Aber, Chris, ich möchte mich nicht mit dir streiten. Es war eine schöne

Nacht, die wir miteinander verbracht haben. Außerdem habe ich seither keine Frauen mehr gehabt.«

Chris war sicher, daß sie jeden Moment vor Wut platzen würde. »Du hattest seitdem keine *Frauen* – man beachte die Mehrzahl – gehabt? Soll ich dich deswegen vielleicht bedauern? Erwartest du, daß ich mich deinen Wünschen füge, weil du auf der Flucht bist und daher keine Gelegenheit hattest . . .«

»Ich hatte genügend Gelegenheiten«, widersprach er. »Ich wollte nur nicht haben, was sich mir bot.«

Chris schluckte ein paarmal. Glaubte er wirklich, Anspruch auf ihr Mitgefühl zu haben? »Du erwartest also von mir, daß ich . . . Das ist doch . . . So etwas Ungeheuerliches ist mir in meinem ganzen Leben noch nicht zugemutet worden! Dann sollst du jetzt wissen, daß Asher mich soeben gefragt hat, ob ich ihn *heiraten* möchte! Er bat mich nicht um ein Schäferstündchen, sondern ob ich bereit wäre, mein Leben mit ihm zu teilen.«

»Er möchte sein Leben mit dem Geld deines Vaters teilen.«

»Wo ist denn da der Unterschied zwischen euch beiden? Er will mein Geld, und du meinen Körper. Keiner von euch beiden scheint *mich* haben zu wollen. Nun, lassen Sie sich eines gesagt sein, Mr. Tynan«, fuhr sie fort und rückte ihm dabei dicht auf den Leib. »Ich bin mir gar nicht sicher, ob ich einen von euch haben möchte. Ganz gewiß habe ich kein Verlangen nach dem, was Sie mir anzubieten haben.«

Er faßte nach ihrem Arm. »Chris, du möchtest mich haben. Ich weiß es. Ich sehe es in deinen Augen. Und ich möchte dich haben. Wo ist da das Problem?«

Sie blickte ihn ernst an, während ihre Wangenmuskeln zuckten. »Und beabsichtigen Sie auch die Heirat in Ihr Angebot mit aufzunehmen?« fragte sie leise.

Er wich einen Schritt vor ihr zurück, als sei sie mit einer ansteckenden Krankheit behaftet. »Heirat? Du weißt, daß das unmöglich ist, Chris. Dein Vater würde mich mit meinem lebenslänglichen Urteil ins Gefängnis zurückschicken, und du würdest keinen Ehemann mehr haben. Das kann ich dir nicht antun.«

»Männer!« schnaubte sie. »Euer Gedächtnis funktioniert nur dann, wenn es euch in den Kram paßt. Mein Vater hat Sie gewarnt, daß Sie ins Gefängnis zurückmüssen, wenn Sie mich *anfassen*; und Sie waren mehr als bereit, diese Gefahr auf sich zu nehmen, weil Sie das, worum es ging, haben wollten. Doch nun führen Sie diese Klausel als Hinderungsgrund an, wenn ich von Heirat spreche. Hören Sie mir jetzt gut zu, Tynan. Ich denke nicht daran, noch einmal mit Ihnen ins Bett zu gehen, und das ist endgültig!« Mit diesen Worten schwenkte sie auf dem Absatz herum und stieg, den Wassereimer wütend unter den Arm geklemmt, wieder hügelan.

»Du wirst es doch wieder tun«, sagte Ty hinter ihr. »Und ich würde dir empfehlen, dich nicht von Prescott anfassen zu lassen.«

»Du dickschädliger, aufgeblasener . . . Cowboy. Ich werde dir nie mehr erlauben, mich anzufassen!« Sie warf den Eimer in die Quelle und badete dann, einem Impuls folgend, ihr Gesicht im kalten Gebirgswasser. Sie wußte nicht, ob sie eine Abkühlung brauchte oder sich nur Tynans Küsse von der Haut spülen wollte. Beides wohl, denn es kochte in ihr.

Sie blieb eine Weile neben der Quelle sitzen, ehe sie zur Holzhütte zurückkehrte und sich neben Pilar zum Schlafen niederlegte. In der Nacht wachte sie ein paarmal auf, richtete sich kerzengerade auf und blickte um sich. Und immer, wenn sie hochschreckte, sah sie Tynan regungslos vor der Wand des Anbaus sitzen und den alten Mann beobachten.

Als der Morgen hereinbrach, hatte sie das Gefühl, nicht eine Minute geschlafen zu haben. Sie setzte sich auf, rieb sich den schmerzenden Rücken und blickte sich um. Ty hatte seinen Posten verlassen, und Asher stand vor der Blockhütte und sattelte sein Pferd. Sie ging zu ihm.

»Der alte Mann macht Ty Schwierigkeiten«, sagte Asher statt einer Begrüßung zu ihr. »Wir müssen ihn vermutlich auf einem Pferd festbinden, um ihn von hier wegzubekommen.«

Chris unterdrückte ein Gähnen. »Ich hoffe, Ty wirft ihn quer über den Sattel und bindet ihn mit dem Gesicht nach unten fest.«

Asher faßte sie am Arm und zog sie dichter an sich. »Wir werden uns jetzt eine Weile nicht sehen. Ich hoffe, Sie werden mich vermissen. Außerdem hoffe ich, daß Sie über meinen Antrag nachdenken werden.« Er fing an, ihren Hals zu küssen. »Und ich hoffe, daß du ja sagst.«

In der nächsten Sekunde lag Asher auf dem Boden, und Tynan riß Chris von ihm weg. Dann stellte sich Ty breitbeinig über ihn, die Arme mit den Fäusten angewinkelt.

»Kommen Sie, Prescott, stehen Sie auf. Sie haben sich schon lange eine Abfuhr verdient. Oder sind Sie nicht Manns genug, sich mit jemandem zu schlagen, der Ihnen gewachsen ist? Sind Sie etwa nur bei Frauen stark?«

»Um Himmels willen, was soll denn das?« sagte Chris und half Asher vom Boden auf.

Tynan rückte mit angewinkelten Armen gegen Asher vor.

»Wenn Sie ihn noch einmal anfassen«, sagte Chris,

»werde ich, so wahr ich hier stehe, mit ihm zu meinem Vater reiten. Was in aller Welt ist nur in Sie gefahren?«

Tynan senkte seine Fäuste und blickte sie verwirrt an. »Ich weiß es nicht«, antwortete er verdutzt. »Sie sollten jetzt aufbrechen, Prescott, und das Tageslicht nützen. Der alte Mann wird mit Ihnen reiten, aber Sie dürfen ihn keine Sekunde aus dem Auge lassen. Ich bin sicher, er weiß jetzt, daß wir uns hier nur verstecken, und er wird alles daransetzen, sein Wissen zu Geld zu machen.«

Er blickte Asher noch einmal ein wenig verlegen von der Seite an, ehe er sich zu Chris umdrehte. »Sie werden doch nicht mit ihm reiten, oder? Ich meine, es war vereinbart, daß ich Sie zu Ihrem Vater zurückbringe. Außerdem muß sich jemand um Pilar kümmern.«

Chris blickte ihn eine Weile an. »Nein«, sagte sie schließlich, »ich werde nicht mit ihm reiten. Es sei denn, Sie versuchen Asher noch einmal zu schlagen. Und könnten Sie uns jetzt einen Augenblick allein lassen? Ich möchte mich nämlich von ihm verabschieden.«

Tynan rührte sich nicht von der Stelle. »Dann sagen Sie ihm jetzt Lebewohl. Er muß sofort aufbrechen.«

»Falls Sie sich einbilden . . .«, schnaubte Chris und wollte ihm noch einmal gründlich die Meinung sagen, als sie Pilar ihren Namen rufen hörte. »Ja, ich komme«, rief sie zurück, drehte sich dann zu Asher um und legte ihm mit Vorbedacht die Arme um den Hals, weil sie ihm zum Abschied einen Kuß geben wollte, um Tynan zu zeigen, daß er kein Recht hatte, ihr irgendwelche Vorschriften zu machen.

Doch ihre Lippen erreichten den Mund von Asher nicht, weil Tynan sie wieder von ihm wegriß und an sich drückte.

»Steigen Sie auf Ihr Pferd, Prescott«, sagte er in einem bedrohlich ernsten Ton.

Asher zögerte einen Moment, setzte dann aber mit einem Seufzer einen Fuß in einen Steigbügel. »Wir werden das später regeln«, sagte er und sah auf den alten Mann zurück, der aufbruchbereit auf Tynans Pferd saß.

Tynan, der Chris immer noch festhielt, trat zurück. »Passen Sie auf ihn auf. Sie dürfen ihn niemals unbewacht lassen, weder bei Tag noch bei Nacht. Wenn Sie ihn auch nur einen Moment aus den Augen verlieren, nimmt er Ihnen alles weg, was Sie haben, vielleicht sogar noch das Leben.«

»Ja«, murmelte Asher, und mit einen raschen Blick auf Chris trieb er sein Pferd an. »Vorwärts, Alter«, rief er dann über die Schulter, und kurz darauf waren die beiden hinter den Bäumen verschwunden.

Chris schob sich von Tynan weg. »Lassen Sie mich los, Sie Lümmel!«

Sie drehte sich mit zornigen Augen zu ihm um. »Woher nehmen Sie sich das Recht, mir zu sagen, was ich tun oder lassen soll? Für wen halten Sie sich eigentlich?«

Tynan blickte sie wieder verwirrt an, schien etwas sagen zu wollen, machte dann aber wortlos auf dem Absatz kehrt und ging den Hügel hinauf zur Quelle.

Chris blickte ihm wütend nach, ehe auch sie sich umdrehte und zu Pilar ging.

»Ich dachte schon, es würde zu einer Schlägerei kommen«, sagte Pilar, als Chris ihr Wasser aus der Feldflasche einflößte.

»Am liebsten gäbe ich ihm mit dem Stock eins über den Schädel«, sagte Chris. »Er will mich nicht haben, schlägt aber jeden, der mich haben möchte.«

Pilar lehnte sich ins Heu zurück, während Chris ihr den Verband an der Schulter erneuerte. »Oh, er will Sie haben. Und ob er Sie haben möchte!«

»Und ich weiß auch genau, wie er mich haben möchte.«

Pilar lächelte. »So wie jetzt habe ich ihn noch nie erlebt. Selbst damals nicht, als er mit dieser Ranchertochter zusammen war. Wir hofften damals alle, daß er seßhaft würde; aber daraus wurde nichts.«

»War das die Geschichte, die ihn ins Gefängnis brachte?«

»Hat Red Ihnen davon erzählt?«

»Das meiste davon. Pilar, wie gut kennen Sie Tynan eigentlich? Warum wohnten Sie in Owen Hamiltons Gärtnerhaus mit ihm zusammen?«

»Er hat meinem Mann das Leben gerettet.«

Chris hörte auf, Pilars Wunde zu säubern. »Ihrem Mann?«

»Ich habe, als ich noch jünger war, bei Red gearbeitet. Tynan wohnte damals bei ihr – der hübscheste und süßeste Junge, den man sich vorstellen kann –, und wir vergötterten ihn alle. Dann, als er sechs Jahre alt wurde, nahm der alte Mann ihn ihr weg, und danach sah ich Tynan nur noch selten. Und wenn ich ihn sah, hatte er sich erheblich verändert, war härter geworden und zynischer. Er hatte eine Menge erlebt in seinen jungen Jahren, und das hatte ihn so verwandelt. Doch inzwischen war ich mit einem Rancher verheiratet, hatte zwei Kinder und wollte vergessen, woher ich Ty kannte.«

»Kinder?« flüsterte Chris.

Pilar lächelte. »Zwei kleine Jungen von neun und sieben Jahren.« Sie hielt einen Moment inne. »Eines Tages war ich in der Stadt und sah Tynan auf der Straße. Er grinste mich an und ging auf mich zu, und in diesem Moment konnte ich nur daran denken, daß er den ›guten‹ Stadtleuten jetzt die Augen öffnen würde, wo ich eigentlich herkam und daß ich gar nicht die ehrbare Rancherfrau war, für die sie mich alle hielten. Ich muß zu meiner Schande gestehen, daß ich mich so betrug, als würde ich ihn gar nicht kennen, und in einen Laden flüchtete. Tynan freilich benahm sich wie ein perfekter Gentleman, und als ich ihm zwei Tage später wieder auf der Straße begegnete, tat er so, als habe er mich noch nie in seinem Leben gesehen.«

»Und wie hat er dann das Leben Ihres Mannes gerettet?«

»Ich benahm mich damals unmöglich. Ich weigerte mich, auf der Straße auch nur ein Wort mit Ty zu reden; aber eine Woche später, als mein Mann von einem großen Rancher bedroht wurde, der uns von unserem kleinen Besitz vertreiben wollte, zögerte ich nicht, Ty um Hilfe zu bitten – und Ty zögerte auch nicht, mir prompt zu Hilfe zu kommen.«

»Und als er Sie dann später bat, ihm zu helfen, in Hamiltons Haus einzudringen, waren Sie auch dazu bereit.«

»Ich habe ihn nicht einmal danach gefragt, was er vorhatte. Ich sagte meiner Familie nur Lebwohl und ging mit ihm. Selbst Jimmy fragte ihn nicht, was er vorhabe, weil er wußte, daß er Ty vertrauen konnte.«

Christianas Hände verharrten einen Moment auf Pilars Schulter. »Warum wollte er unbedingt, daß Sie mitkommen und sich als seine Ehefrau ausgeben sollten?«

Pilar lächelte. »Er wollte mir das nicht sagen, mochte mir keine Antwort geben, wenn ich ihn danach fragte. Doch eines Tages murmelte er etwas von einer kleinen reizvollen Blondine, die ihn höllisch in Versuchung brächte.«

»Hmmm«, machte Chris da, »in Versuchung habe ich ihn allerdings gebracht! Ich beging den verhängnisvollen Fehler, mich einfach in ihn zu verlieben. Mir gefiel die Art, wie er seine Verantwortung wahrnahm, als er uns durch den Regenwald führte. Und er half mir, als ich ihn brauchte.«

»Und zufällig ist er auch noch der schönste Mann, dem ich in meinem Leben begegnet bin«, sagte Pilar.

»Das hatte damit nichts zu tun. Er war so still. Bei den meisten Männern, die still sind, stelle ich sehr rasch fest, daß sie nichts zu sagen haben. Aber ich dachte, daß Ty vielleicht doch etwas zu sagen hätte, es aber nur unterdrückte. Ich bin mir nicht sicher, was es war, aber etwas zog mich zu ihm hin.«

»Zog?« sagte Pilar. »Sie fühlen sich nicht länger zu ihm hingezogen?«

Chris setzte sich auf die Fersen zurück. »Er ist nicht anders als andere Männer. Er will nur das eine. Ich dachte, er würde dasselbe für mich empfinden, was ich für ihn empfand. Doch er sagte zu mir, daß er nichts mit mir zu tun haben wolle, daß ich mich in ihm getäuscht hätte. Er sagte, ich sollte ihn in Ruhe lassen – es sei denn, ich wollte lediglich . . .«

»Mit ihm ins Bett gehen?«

Chris nickte mit hängendem Kopf. »Für ihn bin ich nur eine unter hundert anderen Frauen.«

»Aber ich habe noch nie erlebt, daß er sich bei einer anderen Frau so angestellt hat wie vorhin. Ich habe ihn noch nie wegen einer Frau eifersüchtig werden sehen. Sind Sie sicher, daß Sie für ihn nicht etwas Besonderes sind?«

Chris stand auf und nahm die Schlüssel mit dem schmutzigen Wasser vom Boden. »Ganz sicher. Er hat mir deutlich zu verstehen gegeben, was er von mir verlangt. Er möchte nur nicht zulassen, daß ein anderer Mann bekommt, was ihm verwehrt wird. Tynan liebt mich nicht mehr, als er diesen . . . diesen alten Hund dort drüben liebt. Nun will ich aber, daß Sie wieder ruhen, während ich für Sie etwas koche, vorausgesetzt natürlich, ich finde etwas Eßbares hier in der Nähe.«

»Das wird sich sicherlich finden lassen«, sagte Pilar nachdenklich. »Ty wird Ihnen dabei helfen. Er ist in der Lage, jede Situation zu meistern.«

»Aber die Liebe meistert er nicht«, sagte Chris leise. »Da er die Liebe nicht am Ende eines Revolvers findet oder indem er seine Fäuste gebraucht, rennt er einfach von ihr weg. Und nun legen Sie sich hin und schlafen.«

Kapitel 23

Chris verbrachte eine Stunde damit, aus den wenigen Zutaten, die sie in der Nähe der Hütte und in den Satteltaschen fand, so etwas wie ein Ragout herzustellen. Sie hatten nicht viel Zeit gehabt zum Packen, als sie aus Dysans Haus flohen, und nun machte sich der Mangel an Vorräten unangenehm bemerkbar. Sie blickte zur Blockhütte hinüber und beschloß, nachzusehen, ob sich dort vielleicht doch noch ein paar Vorräte oder Konserven befanden. Bisher hatte der üble Geruch, den diese Behausung verströmte, sie daran gehindert, ihr zu nahe zu kommen.

Mit angehaltenem Atem ging sie zur Tür und blickte in die Hütte hinein. Diese sah wie die Schatzhöhle des alten Mannes aus. Er schien hier alles zu horten, was er je in seinem Leben besessen hatte. Gleichgültig, wie abgenützt, verschlissen oder verdorben es war – und wenn es darin von Maden nur so wimmelte: der Alte hatte es aufbewahrt.

Chris blickte über die Schulter zu der Stelle hin, wo Pilar ruhte, und spürte einen neuen Schub von Courage. Was bedeuteten schon ein bißchen übler Geruch oder ein paar Maden, wenn es um das Wohlbefinden eines Mitmenschen ging?

Sie nahm die Schaufel, die Tynan außen gegen die Hüttenwand gelehnt hatte, und schickte sich an, einen Weg in diese Schatzhöhle zu graben.

Zwei Stunden später hatte sie einen riesigen Scheiterhaufen am Rand der Schlucht errichtet. Sie wollte nichts in den Abgrund hinunterstürzen, ehe sie es nicht im Tageslicht untersucht hatte. Doch größtenteils schien es sich hier um nicht genügend behandelte oder getrocknete Häute zu handeln oder vertrocknete Speisereste, in denen sich Ameisen tummelten.

In der hinteren Ecke der Hütte fand sie eine kleine Holzkiste, wie man sie auf Schiffen verwendet, um darin zerbrechliche Güter zu transportieren. Sie hob sie auf und trug sie hinaus in die Sonne.

Sie war mit einem großen Vorhängeschloß versehen, das aber, wie alles andere in der Hütte, verdorben war vom Rost, so daß er nach einer mäßigen Kraftanstrengung nachgab und sich entfernen ließ. In der Kiste befanden sich ein paar Dollarscheine, mit einer dicken Schimmelschicht versehen, ein großer Brocken, der aus purem Gold zu bestehen schien, und unten am Boden ein Foto von einer jungen hübschen Frau. Chris hielt das Foto ins Licht, wischte den Schimmel von den Rändern und studierte das Bild. Die Frau sah glücklich und zufrieden aus und schien bereit, die Welt wie einen Stier bei den Hörnern zu packen. Lächelnd steckte Chris das Foto in ihre Tasche und begann, die anderen Sachen wieder in die Kiste zurückzulegen. »Etwas Interessantes?« hörte sie Tys Stimme hinter ihrem Rücken.

»Sie sollten schlafen«, sagte sie. »Sie sind die ganze Nacht hindurch wach gewesen.«

»Ich habe lange genug geschlafen. Was machen Sie da? Ich habe in meinem ganzen Leben noch keine Frau erlebt, die so viel spioniert wie Sie.«

»Ich habe nicht spioniert. Ich habe saubergemacht.«

Mit einem wissenden, kleinen Lächeln setzte er sich neben sie. »Sie haben in verschlossenen Kisten saubergemacht?« fragte er und deutete mit dem Kopf auf das verrostete, gesprengte Schloß, das neben ihr auf dem Boden lag. »Haben Sie etwas Interessantes gefunden?«

»Ungefähr ein Kilo reines Gold«, sagte sie mit selbstgefälliger Stimme und hielt ihm den großen Goldklumpen hin. »Das ist der Grund, weshalb der Alte seine Hütte nicht verlassen wollte.«

Ty nahm den Klumpen entgegen, lehnte sich auf einen Ellbogen zurück und betrachtete ihn. »Katzengold«, sagte er, »der alte Mann kann nicht einmal echtes Gold von Katzengold unterscheiden. Dort oben im Hügel ist eine Stelle, wo er seit Jahren nach Gold gräbt. Er hat dort schon gegraben, als er noch ein kleines Kind war.«

Chris nahm ihm den Gesteinsbrocken wieder aus der Hand. »Warum bleibt er hier, wenn hier gar kein Gold zu finden ist? Und warum lebt er in so unbeschreiblich primitiven Verhältnissen?«

»Er glaubt, es gäbe hier Gold, und Fakten haben keinen Einfluß auf den Glauben dieses Mannes. Und warum er so lebt, hängt mit seiner Angst zusammen, sich von etwas trennen zu müssen. Was er heute nicht verkaufen kann, wird er so lange aufheben, bis es vielleicht etwas wert ist.«

»Wie Babys. Sie sind nicht viel wert als Neugeborene, aber kräftige kleine Jungen können arbeiten.«

Tynan gab ihr darauf keine Antwort, blickte nur hinauf zu einem kleinen Vogel über seinem Kopf, schien diesen Moment, in dem er still daliegen konnte, zu genießen. »Aber wie konnte er hier denn existieren? Er mußte doch Geld haben, um Proviant oder Vorräte einkaufen zu können. Hat er denn immer nur Sachen gestohlen und sie dann verhökert?«

Tynan brauchte eine Weile, ehe er antwortete: »Anfangs hat er vom Stehlen gelebt. Doch jetzt schicke ich ihm Geld, wenn ich kann.«

»Sie? Aber weshalb? Nach allem, was er Ihnen angetan hat und bei dem Haß, den Sie auf ihn haben, hätte ich gedacht, daß Sie keinen Finger für ihn krumm machen würden.«

»Dieser alte Mann war trotz allem, was er mir angetan hat, das, was einem Vater am nächsten kam. Zudem wollte ich verhindern, daß er noch einmal Kinder verkaufte.«

»Ich frage mich, wie ein Mensch wie er zu dem wurde, was er heute ist. Ich frage mich, was für schreckliche Dinge er erlebt haben mußte, damit er so wurde, wie ich ihn erlebt habe. Ich wette, er war einmal verliebt. Vielleicht hat er seine Liebe verloren und nie mehr wiedergefunden.«

Ty sah sie an, als habe sie den Verstand verloren. »Wie kommen Sie auf die Idee, daß der alte Mann jemals ein anderes Wesen geliebt haben könnte?«

»Ich fand ein Foto von der Frau, die er liebte.«

»Lassen Sie mich das Foto mal sehen«, sagte Ty leise.

Chris holte es wieder aus ihrer Tasche und gab es ihm. Er betrachtete es lange, ehe er es zurückgab. »Er erzählte mir, er habe es in die Schlucht geworfen, und ich habe ihm das geglaubt.«

»Sie kennen das Bild?«

»Es war viele Jahre mein kostbarster Besitz.«

Sie zögerte. »Wer ist diese Frau?«

»Sie soll meine Mutter gewesen sein.«

»Ihre Mutter? Aber, Ty, ist Ihnen denn nicht bewußt, daß Sie anhand dieses Fotos vielleicht herausfinden können, wer ihre Mutter war? Herausfinden können, wer Sie sind?«

»Wer ich bin, weiß ich«, sagte er durch zusammengepreßte Zähne.

Chris betrachtete das Foto eine Weile. »Wie war der Name dieser Frau?«

»Ich habe keine Ahnung.«

»Aber haben Sie denn nie danach gefragt?«

Er sah sie an. »Wen sollte ich denn danach fragen? Der alte Mann erzählte mir, sie habe nur ein Wort gesagt, ehe sie starb, und das lautete: ›Tynan‹.«

»Haben Sie das Foto jemals Red gezeigt oder den anderen Frauen, die ... die bei ihr arbeiten?«

»Klar, die kennen das Foto. Doch keine wußte, wen es darstellt. Sie dachten, es wäre alles schrecklich romantisch, und kauften ständig neue Rahmen für das Foto. Dann kam der alte Mann, nahm das Foto wieder aus den Rahmen heraus und verkaufte diese anschließend. Jahrelang waren diese Bilderrahmen für ihn eine große Einnahmequelle.«

Chris drehte das Foto um. »Da steht etwas auf der Rückseite, aber ich kann es nicht entziffern.«

»*Sa*. Es fängt mit den Buchstaben ›Sa‹ an, doch die restlichen Schriftzeichen sind verblichen. Ich hatte mir eingebildet, daß der Name meiner Mutter Sarah gewesen ist.«

»Sie haben viel Zeit damit verbracht, dieses Foto zu studieren, nicht wahr?« Tynan antwortete nicht, sondern streckte sich auf dem Rücken aus und blickte in den Himmel hinauf. »Ich habe diesen Himmel vermißt, als ich im Gefängnis saß. Der Himmel, den man dort sieht, ist fast gänzlich von Gitterstäben verdeckt. Und auch den Lärm im Gefängnis konnte ich nicht leiden.«

Chris wollte noch mehr über dieses Bild erfahren.

»Wie ist der alte Mann zu diesem Foto gekommen? Wenn es in seinem Besitz war, mußte er doch auch noch andere Sachen von dieser Frau gehabt haben.«

»Alles andere hat er verkauft, selbst ihre Kleider und ihre Unterwäsche. Ich vermute, er hat ihre nackte Leiche dort hinunter in den Abgrund geworfen. Oder vielleicht liegt sie hier irgendwo vergraben.«

»Tynan! Wie können Sie sich nur so ausfallend darüber äußern! Diese Frau war Ihre Mutter, hat Sie auf die Welt gebracht.«

Er setzte sich auf. »Sie starb mit drei Revolverkugeln im Rücken.«

»Aber wer wollte sie töten? Und warum?«

»Gibt es hier vielleicht irgend etwas zu essen? Vielleicht könnte ich im Wald ein Reh oder einen Hasen schießen.«

»Wollen Sie mir denn nicht antworten? Haben Sie eine Ahnung, warum jemand eine Frau erschießen wollte, die hoch in anderen Umständen ist?«

Er blickte auf sie hinunter. »Warum betrügen Männer beim Kartenspiel? Warum betrinken sich Männer und versuchen sich dann gegenseitig umzubringen? Ich weiß es nicht. Sie kam hierher mit drei großen Löchern im Rücken, legte sich hin, brachte mich auf die Welt, sagte ›Tynan‹ und starb. Das ist die Summe dessen, was ich weiß. Der Goldgräber sah zu, wie sie einen Jungen auf die Welt brachte, und nahm sich vor, beide hier liegenzulassen, ehe ihm der Gedanke kam, daß er die Kleider, die nicht von ihrem Blut verdorben waren, und diesen schreienden Säugling verkaufen könne. Also zog er ihr die Kleider aus und trug mich den Berg hinunter. Das ist es, Chris. Mehr gibt es darüber nicht zu berichten. Er verkaufte alles bis auf dieses Foto. Niemand wollte ein Foto von einer Frau haben, die er gar nicht kannte, und so nahm ich es eines Tages an mich, als er mich hierherholte, damit ich für ihn arbeitete. Kann ich jetzt essen?«

Chris setzte sich wieder auf den Boden und betrachtete das Bild. »Sie ist eine sehr hübsche Frau.«

»War. Sie *war* hübsch. Sie ist schon viele Jahre tot. Chris, warum sind Sie so furchtbar neugierig darauf, wer meine Mutter gewesen ist?«

»Ich bin daran interessiert, zu ...« Sie stockte mitten im Satz. Fast hätte sie gesagt, daß sie an ihm interessiert sei. »Ich bin Reporterin«, sagte sie, sich vom Boden erhebend. »Ich bin einfach neugierig. Das ist alles. Alles, was mir in meinem Beruf begegnet, weckt meine Neugierde.«

»Also – ich bin neugierig, was dort in dem Topf kocht.« Er rückte dichter an sie heran. »Vielleicht könnten Sie mit mir auf die Jagd gehen.«

»Ich kann Pilar nicht allein lassen.«

»Sie kann uns ja begleiten. Ein Spaziergang täte ihr nur gut.«

»Das glaube ich nicht. Und überhaupt muß ich hier erst aufräumen, was ich ...«

Ty schob sich noch dichter an sie heran und berührte dann mit der Hand ihre rechte Wange. »Chris, nun gehen Sie doch mit. Ich verspreche, daß ich mich benehmen werde. Ich werde nichts tun, was Sie nicht wollen.«

Sie rückte einen Schritt von ihm fort. Mit dieser Stimme konnte er andere Menschen dazu bringen, daß sie alle ihre Vorsätze vergaßen. »Ich sollte nicht ...«

»Was solltest du nicht?« fragte er, während er einen Schritt auf sie zuging.

»Chris!« rief Pilar. »Ich würde mir gern ein wenig Bewegung verschaffen. Könntest du – mir zuliebe – Ty begleiten?«

»... ich denke schon«, begann Chris, ehe sie in Tynans lächelnde Augen blickte. »Aber kommen Sie mir ja nicht auf falsche Gedanken«, warnte sie ihn. »Ich werde Ihnen nicht nachgeben.«

Er senkte die Lider. »Ich habe dich ja noch gar nicht darum *gebeten*, mir nachzugeben.«

Nachdem Tynan den größten Teil des Ragouts aufgegessen hatte, das Chris für sie alle zubereitet hatte, nahm er sein Gewehr, half Pilar, von ihrem Heulager aufzustehen, und ging dann den schmalen Pfad hinter der Hütte hinunter. Chris machte ihm zweimal Vorwürfe, weil er nicht vorsichtig genug mit seinem verwundeten Bein umging; aber er grinste nur.

»Erinnerst du dich noch daran, wie du mit den Chanry-Jungs die Bank in Texas beraubt hast und ...«, begann Pilar.

»Eine Bank beraubt?« sagte Chris und wiederholte dann entsetzt: »Eine Bank beraubt!«

Ty zwinkerte Pilar zu. »Sie glaubt, ich wäre so unschuldig wie frisch gefallener Schnee und hätte noch nie etwas Ungesetzliches getan.«

»Oh, ich habe gesehen, wie er Männer niedergeschossen hat. Und als ich ihn zu einem Picknick mitnahm, fing er mit einem Mann Streit an, so daß dieser schwerverletzt in die Stadt zurückgefahren werden mußte. Von einem Picknick der Kirchengemeinde, wohlgemerkt!«

»Rory Sayers«, sagte Ty zu Pilar, als wäre das Antwort genug.

»Ich habe noch keinen Mann getroffen, der eher eine Kugel verdient hätte als Rory Sayers«, sagte Pilar. »Ty, hast du als Kind nicht einen Garten hier oben auf dem Hügel angelegt?«

Chris ging hinter den beiden her und hatte das Gefühl, auf einer Party zu sein, wo alle Gäste sich kannten, sie aber keinen. Pilar und Tynan unterhielten sich angeregt über Dinge, von denen sie keine Ahnung hatte. Sie erinnerten sich gegenseitig an die Namen von Leuten, mit denen sie an bestimmten Orten zusammengewesen waren, sprachen über abenteuerliche Begebenheiten, die sie mit dem Sheriff in Konflikt gebracht hatten, von Schießereien mit Banditen und Begegnungen mit Gesetzlosen, von denen sie nur in der Zeitung gelesen hatte.

Als sie oben auf dem Hügel angelangt waren, suchte Tynan eine Weile im Unterholz, bis sie eine kleine Lichtung vor sich sahen. »Hier war es«, sagte er, »wo ich Karotten, Kartoffeln und Erdbeeren angebaut habe. Die Erdbeeren haben es nicht geschafft, und die Kaninchen fraßen sofort jeden Halm auf, der sich bei den Karotten über der Erde zeigte. Und schaut euch das an«, rief Ty und hielt eine flachgedrückte verrostete Konservendose hoch. »Eine meiner ersten Zielscheiben. Ich habe hier oben stundenlang mit dem Revolver geübt.«

»Viel anderes gab es hier wohl auch nicht zu tun«, sagte Pilar. »Ist die Mine des alten Mannes nicht irgendwo in der Nähe?«

»Ja – nur hier ein Stück den Pfad hinunter.«

Pilar drehte sich um und ging in die angedeutete Richtung; aber Chris hielt sich zurück. Tynan ging zu ihr, und ehe sie ihn daran hindern konnte, hatte er schon die Arme um sie gelegt. »Du fühlst dich ein wenig vernachlässigt, nicht wahr?«

Sie wollte ihn von sich wegschieben; aber er hielt sie fest. »Nein, keineswegs.«

»Wir könnten Pilar sagen, daß sie ins Lager zurückgehen und uns allein lassen soll. Ich kenne hier eine Stelle, die wie geschaffen scheint für die Liebe – still und geschützt, in der Nähe eines Baches, wo Blumen den ganzen Sommer hindurch blühen. Würde es dir nicht gefallen, mich auf einem Bett aus Blumen zu lieben?«

»Nein, das würde mir gar nicht gefallen«, sagte sie, aber ihre Stimme klang nicht sehr überzeugend. »Ich möchte für keinen Mann eine Frau ohne Moral sein.«

»Moral? Was ist daran unmoralisch, daß man sich liebt? Chris, ich kann dafür sorgen, daß du dich himmlisch fühlst. Wir können uns gegenseitig so ein Gefühl verschaffen.«

Sie wand sich aus seinen Armen. »Laß mich in Ruhe, Tynan. – Ich werde niemals eine von deinen Frauen sein, und du solltest dich lieber an diesen Gedanken gewöhnen. Ich werde zu meinem Vater heimkehren, und vielleicht bleibe ich diesmal dort, heirate einen Rancher und bekomme ungefähr ein Dutzend Kinder.«

»Wen hast du da im Sinn?« fragte er zornig. »Prescott etwa?«

»Ich bin sicher, daß Asher einen guten Ehemann abgeben würde, und er hat mir bereits einen Heiratsantrag gemacht. Ich könnte sein Angebot annehmen. Und was kümmert es dich eigentlich, ob ich ihn heirate oder nicht? Du möchtest doch keine Ehefrau und Kinder haben. Du hast deine Wahl getroffen, ich meine – worüber sich also noch beschweren?«

Sie konnte den Zorn in seinen Augen sehen.

»Du hältst dich für moralisch. Aber wo ist der Unterschied zwischen einer Frau, die sich für ein paar Dollar, und einer, die sich für ein Stück Papier und einen goldenen Ring verkauft?«

Sie funkelte ihn an. »Wenigstens kann *ich* dabei den Preis bestimmen – nicht Sie!« Damit drängte sie an ihm vorbei und ging den Weg hinunter, den Pilar genommen hatte.

Sie fand sie vor einem dunklen Loch stehen, das offenbar den Eingang der Mine darstellte, mit einem Gesteinsbrocken in der Hand, wie Chris ihn in der Kiste im hintersten Winkel der Hütte gefunden hatte.

»Die Mine ist voll davon. Ich vermute, der Alte hält das tatsächlich für echtes Gold und glaubt, alle anderen wären zu dumm, das zu erkennen.« Pilar blickte zu Chris hoch. »Oh – mir scheint, Sie haben sich wieder mit ihm gestritten, wie?«

»Nein, das habe ich nicht. Mir ist nur noch kein Mann begegnet, der so stur gewesen wäre wie er. Er scheint nicht begreifen zu wollen, daß ich *nein* meine, wenn ich *nein* sage. Hat sich denn bisher noch keine Frau seinen Wünschen verweigert?«

»Ich glaube nicht«, sagte Pilar ernsthaft. »Aber ich habe auch noch nie erlebt, daß er eine Frau so hartnäkkig verfolgt hätte wie Sie. In der Regel hat er sich einfach hingesetzt, und sein Gesicht besorgte dann den Rest. Schlimmstenfalls mußte er ein paarmal den Mund aufmachen und sprechen, und wenn eine Frau nicht schon vorher aufgetaut war, geschah das spätestens dann, wenn sie zum erstenmal seine Stimme hörte.«

»Ich erwarte mehr von einem Mann als gutes Aussehen und eine schöne Stimme. Und Tynan scheint nicht fähig zu sein, mir dieses Mehr zu geben, das ich von ihm erwarte.«

Sie hörten einen Gewehrschuß in einiger Entfernung. »Ich glaube, er hat uns etwas zu essen besorgt. Kommen Sie, wir wollen ihm entgegengehen«, sagte Pilar.

Als Chris entschlossen schien, dort zu bleiben, zu verharren, wo sie gerade stand, nahm Pilar ihren Arm. »In ein paar Tagen wird Ihr Vater hier eintreffen, und dann brauchen Sie Ty ja nie mehr wiederzusehen. Das ist die erste Rast, die wir alle seit einer Ewigkeit hatten. Also lassen Sie uns das Beste daraus machen, ja?«

Leicht widerstrebend gab Chris nach und ließ sich von Pilar fortziehen. Sie wollte niemandem zeigen, wie ihr das Herz bei dem Gedanken, daß sie Ty nie mehr wiedersehen würde, bis in den Hals hinauf klopfte.

Als sie Tynan erreichten, häutete er bereits einen kleinen Rehbock ab, und Chris zündete ein Feuer an. Alsbald erfüllte der Duft von Wildbretbraten die Luft.

»Ein hübscher Ort, nicht wahr?« sagte Ty, als er ein Stück von dem Braten für Chris abschnitt.

Sie blickte um sich und begriff, daß dies die Stelle sein mußte, von der er vorhin gesprochen hatte – der Ort, wo er sie lieben wollte. »Er scheint mir in Ordnung zu sein«, sagte sie kalt. »Pilar, wollen Sie uns nicht etwas von den Freuden des Ehelebens erzählen? Und von Ihren Kindern? Wie alt, sagten Sie neulich, sind die beiden?«

Sie überhörte das Stöhnen, das Tynan aus dem tiefsten Herzen zu kommen schien, während sie den Kopf zur Seite drehte und der heimwehkranken Pilar zuhörte, die von ihrem Ehemann und ihren beiden Kindern berichtete. Sie versuchte nicht, die Mühen ihres Daseins zu verklären oder ihr die Armut zu unterschlagen, mit der sie zu kämpfen hatten. Doch dahinter stand ein wunderbares Gefühl der Zusammengehörigkeit, das sie für alles zu entschädigen schien, und Chris wußte, daß sie eben dieses Gefühl in ihrem Leben suchte. Anschließend fragte Pilar Chris über ihr Leben als Reporterin aus und fand es wunderbar aufregend.

»Das stimmt. Nur bin ich jetzt bereit, seßhaft zu werden.«

»Sie ist dazu bereit, seit ein gewisser Jemand aus ihrem Kleiderschrank heraussprang«, mischte sich Tynan hinter ihr mit sarkastischer Stimme ein. »Sie meint, daß ein Mann, der sie anfaßt, sie auch heiraten muß.«

»Das ist nicht wahr!« sagte Chris, sich zu ihm umdrehend. »Ich weiß nicht, wie ich je auf den Gedanken kommen konnte, Sie zu lieben! Sie sind von einer unerträglichen Eitelkeit und gewöhnt, daß sich alles nur nach Ihren Wünschen richtet. Ich bezweifle, daß ich Sie heiraten würde, selbst wenn Sie mich jetzt darum bäten!«

»Sie brauchen sich gar nicht so zu ereifern, denn in einer Woche werde ich frei sein – der Verantwortung ledig, für die Sicherheit eines kleinen, verwöhnten, reichen Mädchens sorgen zu müssen, das meint, es könne alles – oder jeden – haben, indem es einfach danach verlangt. Ich werde frei sein – haben Sie das gehört? Weder Sie noch ein anderer wird mir meine Freiheit nehmen.«

»Hört auf damit!« rief Pilar. »Ihr redet wie meine beiden kleinen Söhne. Aber da wir in den nächsten Tagen beisammenbleiben müssen, sollten wir versuchen, auch miteinander auszukommen. Ty, du bist vermutlich wütend, weil du die ganze Nacht über wachgeblieben bist und dir das Bein weh tut. Warum legst du dich nicht hin, bettest deinen Kopf in ihren Schoß, und Chris erzählt uns eine Geschichte? Ich würde meinen eigenen Schoß zur Verfügung stellen, aber ich habe vor, mich hier auszustrecken und selbst ein bißchen zu schlafen.«

Chris sah Tynan nicht an, und es folgte eine lange Minute des Schweigens. »Also gut«, sagte sie schließlich. »Vielleicht haben wir etwas Ruhe bitter nötig. Sie dürfen meinen Schoß als Unterlage für Ihren Kopf benützen.«

»Nur wenn Sie schwören, das nicht als Heiratsantrag zu betrachten.«

»Wenn du mein Sohn wärst, würde ich dir jetzt dafür einen Klaps auf den Hintern geben. Nun leg dich hin und benimm dich.«

Chris lehnte sich gegen einen Baum, und Ty legte seinen Kopf in ihren Schoß. Einen Moment waren sie ganz steif und bemühten sich, so wenig körperlichen Kontakt wie möglich miteinander zu haben.

»Ich habe im letzten Jahr *Der Graf von Monte Christo* gelesen. Ich könnte euch die Geschichte erzählen«, sagte Chris.

»Aber nur, wenn die Leute sich nicht am Ende kriegen und glücklich bis an ihr seliges Ende leben«, sagte Tynan mit geschlossenen Augen, den Kopf zur Seite gedreht.

»Es ist eine Geschichte von Habsucht, Verrat, Untreue, Mord und Rache. Es könnte fast Ihre Autobiographie sein.«

»Hört sich ja gut an«, sagte er, seinen Kopf in ihren Schoß kuschelnd.

»Ich bin sicher, die Franzosen werden sich freuen, wenn Ihnen die Geschichte eines ihrer Autoren gefällt.« Dann begann sie mit ihrer Story einer Rache, die mit der Liebe zweier Männer zu einer Frau begann.

»Typisch«, murmelte Ty, sagte aber nichts mehr, während Christianas Stimme leiser wurde und weicher, je länger sie erzählte.

Schon nach einigen Minuten hörte sie regelmäßige Atemzüge von Pilar, die in der warmen Nachmittagssonne eingeschlafen war. Auch Tynan schien der Schlaf übermannt zu haben, und so fühlte sie sich sicher genug, ihm die Haare aus dem Gesicht zu streichen. Er sah so jung aus, wie er so gelöst dalag. Der Verband an seinem Schenkel war schmutzig vom vielen Umherlaufen im Wald. Sie konnte ihn durch das Loch in der Hose sehen, das die Kugel in den Stoff gerissen hatte.

Sie fuhr mit dem Erzählen fort, obwohl sie wußte, daß ihre beiden Zuhörer schliefen, denn sie erzählte gern Geschichten. Nach dem tragischen Ende der Story legte sie die Hand auf Tynans Wange, wickelte sich eine Locke von seinen dunklen Haaren um den Finger und lauschte dem Gesang der Vögel.

»Das hat mir gefallen«, sagte er leise in das Schweigen hinein.

»Ich dachte, Sie würden schlafen«, sagte sie und wollte die Hand von seiner Wange nehmen.

Er griff nach ihrer Hand und hielt sie fest. »Nein, ich wollte die Geschichte hören. Ein Angestellter in einem Laden erzählte mir einmal, daß ihm der Goldgräber so um die Zeit herum, als ich geboren wurde, ein Buch verkauft habe. Ich habe mich immer gefragt, ob das Buch nicht meiner Mutter gehört haben könnte, und wenn ja, wovon das Buch wohl handelte. Ich habe immer gern Geschichten gehört.« Und dann begann er ganz beiläufig ihre Fingerspitzen zu küssen, als ob das die selbstverständlichste Sache der Welt wäre.

»Wollen Sie das bitte unterlassen?«

»Chris, falls ich einmal heiraten sollte, schwöre ich, daß du die erste bist, die dafür in Frage käme. Tatsächlich ist der Gedanke, mit dir zu leben, das verlockendste Angebot meines Lebens. Du bist hübsch, begeisterungsfähig im Bett . . .«

Chris warf einen ängstlichen Blick zu der Stelle hinüber, wo Pilar lag, aber diese schien fest zu schlafen.

»Und du bist die interessanteste Frau, die mir je begegnet ist. Ich habe dir Sachen erzählt, wie ich sie niemand anderem anvertraut habe, aber die Wahrheit ist, daß ich für die Ehe einfach nicht tauge. Ich glaube nicht, daß ich es lange an einem Ort aushalten kann – das heißt, wenn ich jemals wieder aus dem Gefängnis herauskommen sollte, in das dein Vater mich wieder stecken würde, wenn ich daran zu denken wagte, seine kostbare Tochter zu heiraten. Begreifst du denn nicht, daß das einfach nicht gutgehen kann?«

Chris ließ sich ihren Zorn nicht anmerken. Es schien, daß Männer für alles irgendeine Begründung fanden. Er wollte sich nicht binden – hatte vermutlich eine panische Angst davor, wenn er nur daran dachte – und versuchte ihr deshalb einzureden, daß er aus Rücksichtnahme auf ihre Interessen sie gar nicht heiraten könne. »Ich verstehe«, sagte sie mit einer Stimme voller Mitgefühl. »Sie wollen nicht heiraten, und ich weigere mich, mit einem Mann zu schlafen, der mich nicht heiraten möchte. Dabei wollen wir es belassen.«

Er bewegte den Kopf, um zu ihr hinaufzusehen. »Aber sollten wir nicht das Glück genießen, wo wir es finden, Chris? Ehe wir für immer getrennt werden und uns nie mehr wiedersehen?«

Sie zeigte ihm ihr süßestes Lächeln. »Selbst dann nicht, wenn es um mein Leben ginge.«

Einen Moment lang fürchtete sie, er würde sie wieder anschreien, doch dann sah sie den Hauch eines Lächelns auf seinen vollen Lippen. »Du kannst einem Mann keinen Vorwurf daraus machen, daß er es versucht.« Er drehte den Kopf wieder zur Seite und fuhr fort, ihre Fingerspitzen zu küssen. »Nach meiner Schätzung wird es noch mindestens vier Tage dauern, bis Prescott mit Ihrem Vater hiersein kann. Wer weiß, was in dieser Zeit alles passieren wird?«

»Ich weiß, was *nicht* passieren wird«, sagte sie in selbstgefälligem Ton. Doch Tynan schien das nicht glauben zu wollen, als er mit den Zähnen sanft an der empfindlichen Innenseite ihrer Hand zu knabbern begann.

»So wird es gehen, alter Mann«, sagte Asher Prescott, als er die Fesseln seines Begleiters zum drittenmal neu knüpfte. Etwas in Asher war bekümmert über das, was sie dem Alten antaten – daß sie ihn aus seinem Haus verschleppten und an Händen und Füßen fesselten, denn der Mann hatte seines Wissens eine solche Behandlung eigentlich nicht verdient. Und als nun der Alte sich darüber beklagte, daß die Stricke zu stramm säßen, hatte sich Asher seiner erbarmt und die Fesseln gelockert.

»Ich werde mich jetzt für ein paar Stunden aufs Ohr legen«, sagte Asher, sich die Augen reibend. Er hatte fast zwei Tage lang ununterbrochen im Sattel gesessen, und wenn er jetzt keine Rast einlegte, würde er es niemals, wie er wußte, bis zu Del Mathisons Haus schaffen.

Mit einem letzten mitleidigen Blick auf den alten Mann, der sich mit dunklen mißtrauischen Augen gegen einen Baum lehnte, legte sich Asher zum Schlafen nieder und bettete seinen Kopf auf seinen Sattel.

Der alte Mann tat so, als ob er ebenfalls schliefe, bis er Asher schnarchen hörte. Dann zappelte er ein bißchen mit den Händen und murmelte »Dummkopf!«, als ihm die Fesseln von den Gelenken fielen. »Dummkopf!« wiederholte er mit einem verächtlichen Blick auf den Schlafenden, während er sich die Stricke von den Fußknöcheln wickelte.

»Hornochse!«

Er stand geräuschlos auf, blickte sich um und sah einen Stein in seiner Nähe liegen. Er nahm ihn an sich und kroch auf seinen schnarchenden Wächter zu. Dann schlug er dem Schlafenden mit dem Stein auf den Kopf.

Der alte Mann stand einen Moment lang abwartend über dem Bewußtlosen und begann dann dessen Taschen zu plündern. Es dauerte eine knappe Viertelstunde, bis er Asher alles, was von einigem Wert war, abgenommen hatte und ihn in seiner Unterwäsche liegen ließ – ohne Sattel und Waffen, ohne einen Penny und ohne Stiefel.

Einen Moment lang überlegte der Alte, ob er ihm nicht auch noch die Unterwäsche ausziehen oder wenigstens die Knöpfe abschneiden sollte, die sich daran befanden, aber dann hörte er in der Nähe ein Pferd schnauben und beschloß, rasch das Feld zu räumen.

Als er sich auf ein Pferd schwang und das andere beim Zügel nahm, begann er zu murmeln: »Du hältst dich für besonders klug, Mr. Muttermörder Tynan, aber ich kenne jemand, der mir gutes Geld dafür bezahlt, daß ich ihm sage, wo er dich finden kann. Ich kenne da jemand. Ich werde es dir zeigen.« Er fluchte und murmelte abwechselnd etwas vor sich hin, während er nach Norden ritt, zu der Stelle, wo Dysan sein Haus hatte.

Kapitel 24

Chris bemühte sich, in den nächsten beiden Tagen Distanz zu Tynan zu halten, aber das war verflixt schwierig. Wenn sie Wasser holen ging, war er bereits vor ihr an der Quelle. Wenn sie eine Weile anhielt, um die Aussicht zu genießen, tauchte er neben ihr auf und blickte sie einladend an. Einmal zuckte sie zusammen, als sie ein Geräusch im Unterholz hörte, und dann war Ty bei ihr, schlang ihr die Arme um den Leib und hielt sie fest. Am Morgen des zweiten Tages hörten sie Schüsse in einiger Entfernung, und ihr Herz klopfte ihr bis zum Hals hinauf, als Tynan, das Gewehr in der Hand, den Berg hinunterstieg, um nachzusehen, wer da geschossen hatte. Sie weinte fast vor Erleichterung, als er zurückkam, um ihr zu sagen, daß es nur Jäger waren, die sich weit von ihrem Lagerplatz entfernt aufhielten.

»Machst du dir Sorgen meinetwegen?« fragte er mit heißen Augen, die sein Begehren verrieten.

Chris raffte ihre Röcke hoch und floh vor ihm.

»Stimmt etwas nicht?« fragte Pilar mit unschuldiger Stimme. Sie hatte das Kochen übernommen, seit Chris einen Teil ihrer kostbaren Mehlvorräte bei dem Versuch, Pfannkuchen zu backen, verdorben hatte.

»Dieser Mann ist doch der Gipfel!« antwortete Chris mit klopfendem Herzen.

»Er mag Sie sehr.«

»Ich ihn aber nicht.«

Pilar schnaubte: »Hat Ihnen Ihre Mutter nicht beigebracht, daß man nicht lügen darf?«

»Ich glaube, es gibt viele Dinge, die meine Mutter mir beizubringen vergessen hat«, sagte Chris leise. »Zum Beispiel, wie man einem Süßholz raspelnden Revolverhelden auf die Finger klopft. Ich glaube, ich werde allmählich schwach, Pilar. Wenn er mir noch zwei Tage so zusetzt, werde ich zu nichts mehr nein sagen können, was er von mir verlangt.«

»Ich habe den Verdacht, daß Ty das weiß.«

»Nun, ich muß stark bleiben. Ich werde *nicht* nachgeben, und das ist endgültig. Egal, was er zu mir sagen und wie er mich anschauen wird, ich werde nicht nachgeben.« Sie blickte Pilar mit großer Sorge und Trauer an. »Aber wenn er mich noch einmal hinten auf den Hals küßt, bin ich verloren.«

Pilar wandte sich mit einem Lächeln auf ihrem Gesicht wieder ihren Pfannkuchen zu.

Chris gelang es, sich für den Rest des Tages von Tynan fernzuhalten. Aber am Abend fragte er sie, ob sie mit ihm einen Spaziergang machen würde.

»Ich habe Sie nicht gebeten, mit mir durchzubrennen, sondern nur ein Stück mit mir spazierenzugehen«, sagte er rasch, als er merkte, daß sie »nein« sagen wollte. »Ich schwöre, daß ich Sie nicht anfassen werde, daß ich weiß, wie wenig Sie sich selbst trauen können, wenn Sie in meiner Nähe sind. Aber ich . . .«

»Mir selbst nicht trauen können! Ich kann mich sehr wohl auf mich selbst verlassen, wenn ich mich in Ihrer Nähe befinde. Ich könnte den Rest meines Lebens mit Ihnen allein auf einer Südseeinsel verbringen und Ihnen dennoch widerstehen«, log sie.

»Das ist ja großartig«, antwortete er mit einem Grinsen. »Dann können Sie auch unbesorgt eine Weile mit mir im Mondschein umherwandern.«

Chris wußte, daß sie sich mit ihrem Gerede in eine Ecke hineinmanövriert hatte, und deshalb blickte sie Pilar hilfesuchend an. Doch Pilar weigerte sich, mitzukommen, weil ihr angeblich der Arm zu weh tat. Zwar hatte er vorhin, als sie den Teig anrührte, überhaupt nicht weh getan, doch nun konnte sie ihn kaum noch bewegen.

Widerstrebend machte Chris sich mit Ty auf den Weg zu der Quelle auf der Hügelkuppe. Tynan ging hinter ihr.

»Veranstalten wir einen Wanderwettbewerb, oder haben Sie Angst, neben mir zu gehen?« fragte er.

Sie blieb stehen und drehte sich zu ihm um. »Natürlich habe ich keine Angst, neben Ihnen herzugehen. Sie merken nur nicht, wie langsam Sie mit Ihrem verletzten Bein dahinschleichen.«

»Das ist also der Grund?« sagte er mit einem wissenden Lächeln. »Dann könnten Sie doch einen armen kleinen Invaliden wie mich beim Gehen stützen.«

Sie gingen eine Weile nebeneinander her, wobei Chris es tunlichst vermied, mit ihm in Berührung zu kommen, obwohl er sich bei ihr eingehakt hatte.

»Vor ein paar Wochen konnte ich Sie nicht loswerden. Jedesmal, wenn ich mich umdrehte, standen Sie hinter mir und forderten mich auf, mein Hemd auszuziehen oder meine Schuhe. Als ich Sie zum erstenmal sah, trugen Sie nicht einen Faden auf dem Leib. Und jetzt versuchen Sie plötzlich, jeden Kontakt mit mir zu vermeiden.«

»Das war davor«, sagte sie und fixierte dabei einen Baum auf der Hügelkuppe.

»Vor jener Nacht in der Blockhütte? Vor der Nacht, in der wir uns liebten und wunderschöne Stunden miteinander verlebten?«

»Für Sie waren die Stunden doch gar nicht so wunderschön, wie Sie nun behaupten. Sie sagten zu mir, daß Sie nichts mit mir zu tun haben wollten und ich nur eine von vielen Frauen für Sie wäre.«

»Vielleicht bin ich in jener Nacht ein bißchen zu schroff zu Ihnen gewesen. Aber Sie haben mich zu Tode erschreckt mit Ihrem Gerede von Heirat und Kindern. Warum wollen Sie das nicht vergessen, damit wir einen neuen Anfang machen können? Wir kamen so gut miteinander aus, bis Sie glaubten, mir diese Schlinge um den Hals legen zu müssen.«

Sie entzog ihm ihren Arm. »Ich habe nicht vor, Ihnen eine Schlinge um den Hals zu legen. Eine Ehe ist etwas anderes. Sie ist für zwei Menschen bestimmt, die einander lieben, und ich habe dummerweise geglaubt, daß wir das in jener Nacht getan hätten – uns zu lieben. Ich war in Sie verliebt, sonst hätte ich mich nicht so verhalten ... Ich hätte nicht zugelassen, daß Sie mich anfassen. Aber für Sie war es keine Liebe. Sie lieben mich nicht, haben mich nie geliebt. Sie haben damals bekommen, was Sie wollten, ich aber nicht.«

Sie drehte sich zur Seite, damit er ihre Tränen nicht sah.

Er zog sie an sich, drehte sie so, daß ihr Gesicht an seiner Brust begraben war. »Chris, ich glaube nicht, daß ich schon mal eine Frau gehabt habe, die mich liebte, und ich weiß nicht, was es bedeutet, jemanden zu lieben. Es tut mir leid. Ich wollte Ihnen nicht weh tun. Vielleicht bilden Sie sich nur ein, in mich verliebt zu sein, weil ich mit einem Revolver umgehen kann und überhaupt anders bin als die Männer, die Sie bisher gekannt haben . . .«

Sie blickte zu ihm hoch: »Ich habe in meinem Leben schon Dutzende von Revolvermännern gekannt und Dutzende von Außenseitern und Verbrechern. Und ich kann es schon gar nicht leiden, wenn Sie mir ständig einreden wollen, ich würde meinen eigenen Verstand nicht kennen. Ich darf Ihnen versichern, daß ich . . .«

Sie kam nicht weiter, weil Tynan sie küßte, hungrig von ihren Lippen trank, ihren Rücken liebkoste, ihre Hüften gegen die seinen drängte, sie mit seinem harten, heißen Körper zu umfangen versuchte. Chris wußte, daß sie nicht lange widerstehen konnte, wenn er fortfuhr, sie zu berühren.

»Laß das bitte«, flüsterte sie, als seine Lippen zu ihrem Hals hinunterwanderten. »Bitte, faß mich nicht länger an. Ich kann das nicht ertragen. Ich kann dir nicht widerstehen.«

»Das sollst du auch nicht«, sagte er, während er behutsam ihr Ohrläppchen zwischen die Zähne nahm.

Erst als seine Lippen den äußeren Winkel ihres Auges berührten und dort eine salzige Träne schmeckten, hörte er auf. Abrupt löste er sich von ihr. »Dann geh weiter«, sagte er mit mühsam unterdrücktem Zorn. »Geh zurück zu deinem kalten Bett und bleib dort allein.«

Da begannen ihr die Tränen erst richtig zu fließen, und sie flüchtete den steilen, dunklen Pfad hinunter zur Hütte. Pilar sagte kein Wort, als Chris auf den Strohsack neben ihr fiel.

Chris weinte lange still in sich hinein, bis sie zu einem

Entschluß kam. Es war ihr nun völlig egal, ob er sie heiratete oder nicht, und sie fragte auch nicht länger danach, ob er sie liebte oder nicht. Im Augenblick spürte sie nur ein Verlangen nach ihm und wünschte sich, daß es wieder so sein möge wie damals in der Blockhütte. Sie wollte seine Hände auf ihrem Körper spüren, wollte, daß er sie wieder in seine Arme nahm und sich mit ihr vereinigte.

Schniefend, aber sich schon etwas besser fühlend, weil sie nicht länger unschlüssig war, stand sie auf und verließ ihren Strohsack im Anbau. Sie wußte, daß Tynan in der Nähe schlief, einige Meter entfernt unter den Bäumen, so daß ein Fremder, der sich nachts der Hütte näherte, ihn nicht sehen konnte. Sie ging zu seinem Schlafplatz, aber er war nicht da.

Langsam, mit Vorbedacht, entfernte sie ihre Kleider, streckte sich auf seinen Decken aus und wartete auf ihn. Als er nicht kam, schlief sie ein und lächelte bei dem Gedanken, wie er sie wecken würde.

»Chris«, sagte Tynan, sie in seine Arme ziehend. »O meine schöne, herrliche Chris.«

Schlaftrunken öffnete sie die Augen. Es war heller Tag, die Vögel sangen, der morgendliche Duft des Waldes umgab sie – und Tynans Hände ruhten auf ihrem Leib, schoben die Decken beiseite und liebkosten ihre Haut. Seine Hände glitten über ihre Hüften mit dem Eifer eines Jungen, der seinen ersten Welpen geschenkt bekommt.

»Du bist zu mir gekommen«, flüsterte er. »Du bist zu mir gekommen. Ich habe die ganze Nacht nicht geschlafen, bin im Wald umhergewandert. O Chris, du machst mich ganz verrückt. Meine schöne, wunderschöne Chris, du machst mich unglücklicher, als ich im Gefängnis gewesen bin.«

Chris spürte, wie ihre Haut erglühte vor Freude über seine Worte. Sie hoffte sehr, daß sie ihn unglücklich machte – mindestens ebensosehr, wie er sie unglücklich machte.

Er hob ihren Kopf und küßte sie, seine Hände in ihren Haaren, als wollte er sie nie mehr loslassen.

Sie umfaßte seinen Hals, um ihn näher an sich heranzuziehen. Das war es, wonach sie sich so lange gesehnt, aber gegen das sie sich, so schien es ihr, eine Ewigkeit gewehrt hatte.

Er streckte sie auf den Decken aus und legte sich neben sie, berührte sie sacht, während er sein Hemd auszog.

Sein Bein zwischen ihren Beinen, rieb er seine rauhe Haut an ihrem Körper, während er sie küßte.

Plötzlich bewegte er sich von ihr fort und hob den Kopf, als lauschte er. »Ich muß gehen. Da ist jemand in der Nähe.«

»Das ist nur Pilar«, sagte sie und versuchte ihn wieder zu sich hinunterzuziehen. »Sie wird uns nicht stören.«

Tynan richtete sich auf und zog sich wieder sein Hemd an. »Jemand kommt den Berg herauf.« Er blickte Chris mit einem resignierenden Blick an. »Mein Glück oder auch mein Unglück will es wohl so, daß dein Vater bereits hier eingetroffen ist«, sagte er, und Chris fürchtete schon, er würde in diesem Moment in Tränen ausbrechen. »Du solltest dich lieber anziehen. Wenn es doch nicht dein Vater ist, können wir das später noch fortsetzen. Aber wenn er es ist, könnte er handeln, ohne viel zu fragen, wenn er seine Tochter dabei ertappt, wie sie ihren angeheuerten Pfadfinder küßt.« Als sie den Mund öffnete, um zu widersprechen, legte er rasch die Hand darüber. »Bitte jetzt nicht! Mach es mir nicht schwerer, als es sowieso schon ist, sondern zieh dich bitte an, und laß mich nachsehen, wer da den Berg heraufkommt.«

Tynan trat von ihr weg und betrachtete sie mit einem Blick, in dem sich Trauer, Begehren und Schmerz miteinander mischten. Als sie angezogen war, faßte er sie am Arm und zog sie an sich. »Seit ich dich kennengelernt habe, bin ich um zwanzig Jahre älter geworden. Ich hoffe inbrünstig, daß das *irgend jemand*, nur nicht dein Vater ist.« Nach einem raschen Kuß ließ er sie wieder los, nahm sie bei der Hand und führte sie auf die Lichtung hinaus.

Chris konnte Pilar im Anbau auf ihrem Heulager sehen. Sie schlief.

»Schau in meinen Satteltaschen nach. Dort wirst du einen Feldstecher finden. Bring ihn mir.«

Chris beeilte sich, Tynans Bitte nachzukommen. Pilar stützte sich auf einen Ellbogen und blickte sie an.

»Glücklich heute morgen?« fragte Pilar.

»Ich bin schon glücklicher gewesen«, erwiderte Chris, während sie in den Satteltaschen suchte. »Ich wäre außerordentlich glücklich, wenn Tynan es vorgezogen hätte, die Nacht in seiner Bettrolle zu verbringen.«

Pilar stöhnte und fragte dann: »Was ist denn nun wieder los?«

»Ty sagt, er würde jemand den Berg heraufkommen hören. Ich habe bisher nicht das leiseste Geräusch vernommen, aber er will nachsehen, wer es ist. Ah, hier ist ja der Feldstecher.«

»Ich komme mit euch«, sagte Pilar, war in der nächsten Sekunde aus den Decken heraus und lief hinter Chris den Berg hinunter.

Tynan lag auf einem Felsen, so flach und unauffällig wie eine Eidechse, und mußte sich den Frauen durch Zuruf bemerkbar machen, weil sie sonst an ihm vorbeigelaufen wären. »Sie sind es«, sagte er mit todtrauriger Stimme. »Ich wußte doch, daß es so kommen würde.« Er streckte die Hand nach dem Feldstecher aus, den Chris in ihrer Rechten hielt.

Pilar und Chris kletterten neben ihm auf den Felsen. »Bist du sicher, daß es mein Vater ist?« fragte Chris aufgeregt.

»Wer es auch ist – ich hoffe sehr, daß er uns Lebensmittel mitbringt«, sagte Pilar.

»Nach der Größe des Trupps zu schließen, muß Mathison seine ganze Ranch mitgebracht haben.«

Chris nahm ihm den Feldstecher aus der Hand. Ihr Vater war nicht zu übersehen, schien zu groß zu sein für das Pferd, das er unter dem Sattel hatte, und ritt so gerade, als habe er einen Ladestock im Rücken. Selbst auf diese Entfernung sah er noch zornig aus. Sie setzte das Glas ab und merkte, daß Ty sie mit einem spöttischen Blick von der Seite musterte.

»Möchtest du dir von mir einen Revolver leihen, damit du dich gegen ihn verteidigen kannst?« fragte er mit hochgezogener Braue.

»Wer ist der Mann, der neben ihm reitet?« fragte Pilar, die jetzt durch das Glas schaute.

»Den habe ich noch nie gesehen«, antwortete Ty.

Chris stemmte sich vom Felsen hoch. »Ich schätze, ich sollte das so rasch wie möglich hinter mich bringen. Wenn einer von euch beiden zart besaitet ist, muß er sich noch rasch ein dickes Fell wachsen lassen. Das Temperament meines Vaters ist . . .« Ihr wollte kein Wort einfallen, das es zutreffend beschrieb.

Sie holte tief Luft, nahm ihren ganzen Mut zusammen und ging dann den Berg hinunter, ihrem Vater und den Männern, die ihn begleiteten, entgegen. Zunächst langsam und zögerlich, doch dann, als er immer deutlicher ins Blickfeld rückte, etwas schneller, bis er sie ebenfalls sah.

Da sprengte Del Mathison so rasch auf sie zu, daß die anderen stehenzubleiben schienen.

Chris hob ihre Röcke an und lief ebenfalls so schnell, wie ihre Füße sie zu tragen vermochten – und Dels Pferd raste noch immer im gestreckten Galopp auf sie zu. Als er sie erreichte, verlangsamte er das Tempo nicht, sondern streckte nur den Arm aus, zog sie in die Höhe und warf sie hinter sich in den Sattel. Das war ein Trick, den er ihr als Kind beigebracht hatte, und er war ihr schon öfter zugute gekommen – zuletzt in der Bretterbudenstadt, wo Tynan im Galopp mitten durch das Frachtbüro geritten war.

Während Chris sich an ihrem Vater festhielt, sah sie, daß Ty ihr den Berg hinunter gefolgt war, mit gezogenem Revolver, um sie zu beschützen, weil sie sich außerhalb der das Lager umgebenden Felswände befand. Sie drehte sich um und bemerkte, daß der Mann, der neben ihrem Vater geritten war, anhielt und Tynan auf sein Pferd hinaufhalf.

Del verlor keine Zeit, als er die Hütte auf dem Berg erreichte. Noch ehe er sich aus dem Sattel geschwungen hatte, brüllte er Chris schon an: »Von all den närrischen und verrückten Sachen, die du in deinem Leben angestellt hast, ist diese die schlimmste. So wahr ich hier sitze – ich werde dich nie mehr aus den Augen lassen! Du und die ganze Familie deiner Mutter haben noch nie auch nur einen Funken Vernunft besessen!«

Chris stellte sich auf die Zehenspitzen und legte ihm die Arme um den Hals. Sie war froh, daß er so aussah wie immer: groß, eindrucksvoll, mit dem Kopf eines Löwen und dichten grauen Haaren, die sein hübsches Gesicht wie eine Mähne umstanden.

Er umarmte sie kurz und schob sie dann wieder von sich weg. »Weißt du eigentlich, was ich deinetwegen durchgemacht habe? Hast du eine Ahnung, wie viele Leute zu mir kamen und mir erzählten, daß du haarscharf am Tod vorbeigeschrammt bist?«

»Wie viele?« fragte sie mit feierlich-ernster Stimme.

»Nun werd' mir ja nicht frech, junge Dame. Ich werde jetzt tun, was diese Männer mit dir hätten tun *sollen*. Wo ist dieser junge Dachs, den ich dir nachgeschickt habe? Er hatte den Auftrag, dich zu *beschützen*.«

Tynan trat vor. Die Lichtung vor der Hütte füllte sich allmählich mit Männern und Pferden. »Fragen Sie nach mir?«

Del blickte Tynan von Kopf bis Fuß an und betrachtete den schmutzigen Verband an dessen Schenkel. »Wie ich sehe, hat sie Sie ja auch beinahe geschafft.«

Tynan richtete sich kerzengerade auf. »Ich übernehme die volle Verantwortung für alles, was geschehen ist. Es gab eine Reihe von Anlässen, wo ich Gelegenheit hatte, sie wieder in Sicherheit zu bringen.«

»Oho!« schnaubte Del. »Sie konnten sie ja unmöglich unter Kontrolle behalten, als Sie im Gefängnis saßen. Und was habe ich da gehört? Ihr beide sollt euch verlobt haben?«

Chris hielt den Atem an, als sie von ihrem Vater zu Tynan blickte. Es sah so aus, als würde Ty sich mit keinem Wort dazu äußern, und Chris erkannte plötzlich, wie ernst dieser Moment war. Wenn sie sagte, daß sie verlobt wären, konnte ihr Vater ihn ins Gefängnis zurückschikken. Sie dachte daran, wie sie Tys Rücken im Regenwald gesehen hatte. Sie glaubte, Macht über ihren Vater zu haben, aber sie war sich dessen in diesem Augenblick nicht sicher. Und wenn sie sich nun irrte? Dann mußte Ty ins Gefängnis.

»Wir sind nicht verlobt«, sagte sie leise. »Ich sagte das nur, um einen Streit zu verhindern. Er hat sich mir gegenüber immer als Gentleman betragen und alles getan, um mich zu beschützen. Er befreite mich sogar aus Dysans Klauen.«

Chris beobachtete ihren Vater, während dieser fortfuhr, Tynan zu studieren, und danach schnaubte er wieder, ohne einen Kommentar zu ihrer Erklärung abzugeben.

»Ich hoffe, daß Chris meinen Antrag annehmen wird«, sagte jemand hinter ihrem Rücken. Sie drehte sich um und sah Asher hinter sich stehen. Er trug einen Verband um die Stirn. Mit einem besitzergreifenden Lächeln legte er einen Arm um ihre Schultern. Ihr Vater blickte sie an, wie er das getan hatte, als sie noch ein Kind war und er sich schlüssig zu werden versuchte, ob sie die Wahrheit sagte oder ihm nur eine ihrer höchst erfindungsreichen Geschichten erzählte. Chris konnte seinem Blick nicht standhalten und schaute auf ihre verschränkten Hände hinab.

Pilar brach endlich das Schweigen. »Wenn ich mich vorstellen darf«, sagte sie, mit ausgestreckter Hand auf Del zugehend, »ich bin Pilar Ellery. Ich sehe Sie heute zum erstenmal, habe aber schon sehr viel von Ihnen gehört. Sie haben wohl nicht zufällig ein paar Lebensmittel in Ihren Satteltaschen mitgebracht? Wir mußten nämlich die letzten Tage am Hungertuch nagen.«

Del schüttelte ihr die Hand, ohne zu lächeln, und Chris wußte, daß ihn etwas bekümmerte – außerordentlich bekümmerte, wenn er bei einer so schönen Frau nicht einmal lächelte.

Sie entzog sich Ashers besitzergreifendem Arm und hängte sich bei ihrem Vater ein. »Es tut mir leid, daß ich dir so viel Mühe und Sorgen gemacht habe. Das war nicht meine Absicht.«

Del blickte sie eine Weile an, und da lag Betrübnis in

seinen Augen. Gab es neben der Gefahr, in der sie sich befand, noch einen weiteren Anlaß für seinen Kummer?

»Miss Mathison, darf ich mich Ihnen vorstellen?«

Vor ihr stand der Mann, der neben ihrem Vater geritten war. Er mußte ungefähr im gleichen Alter sein wie er, war groß, schlank, schwarzhaarig mit grauen Schläfen und hatte dieses hagere, harte Aussehen eines Mannes, der gewohnt war, körperliche Strapazen auf sich zu nehmen, sie jedoch mit einer Eleganz des Auftretens und der Bewegung verband, die man nicht erwerben, sondern nur durch wahlverwandtschaftliche Bindungen über Generationen hinweg entwickeln konnte. Obwohl der Revolver an seiner Hüfte so selbstverständlich zu ihm zu gehören schien wie die Stiefel und Sporen, konnte sie sich ihn ebensogut in einem Ballsaal mit einem Weinglas zwischen den schlanken Fingern vorstellen.

»Ich bin Samuel Dysan«, sagte er mit einer tiefen, sonoren Stimme.

»Samuel Dysan?« Sie blickte zwischen Tynan, der etwas abseits stand, und dem älteren Mann hin und her. »Dann sind Sie es also, den Beynard . . .«

»Er sucht mich?« fragte Samuel Dysan überrascht.

»Ich hörte nur, wie er sagte, daß er seit Jahren auf der Suche nach einem Samuel Dysan sei.«

Sam und Del wechselten einen Blick. »O ja, ich verstehe. Und wann hat er das zu Ihnen gesagt?«

Tynan trat nun einen Schritt vor. »Sie hatte sich in den Büschen versteckt und spioniert.«

»Spioniert für einen guten Zweck!« schnaubte sie Ty an. »Lionel war . . .«

»Lionel?« sagte Del. »Willst du damit sagen, daß du etwas für diesen ungezogenen Lümmel tun wolltest, den du mir ins Haus geschickt hast? Ich habe dieses Früchtchen dreimal täglich übers Knie legen müssen.«

»Du hast Lionel *geschlagen*?« entrüstete sie sich. »Er ist doch ein kleiner Junge!«

»Auch bei dir hätte mir öfter die Hand ausrutschen sollen! Aber nein, ich hatte ein zu weiches Herz und dachte, kleine Mädchen sind eben ganz anders. Aber diesen Fehler werde ich nicht ein zweites Mal machen! Ich habe mir vorgenommen, diesen Jungen richtig aufzuziehen, damit er nicht so unvernünftig wird wie du, in großen Städten herumreist und Geschichten schreibt, die ihn in Lebensgefahr bringen. Hast du eigentlich eine Ahnung, wie viele Leute in der letzten Zeit zu mir gekommen sind und gesagt haben: ›Ja, die war hier und hat drei Tote hinterlassen, ehe sie weitergeritten ist!‹« Er blickte Tynan an. »Dank euch beiden gibt es ungefähr hundert Leute weniger auf der Welt.«

»Das ist nicht fair von dir«, sagte Chris. »Tynan hat nur getan, was er tun mußte. Er ...«

»Außer damals, als ich auf Rory Sayers schoß«, wandte Ty ernsthaft ein.

Sie drehte sich zu ihm. »Was hätten Sie denn sonst tun sollen? Dastehen und sich von ihm erschießen lassen? Sie haben doch gemerkt, wie die Leute Sie herausforderten und dazu drängten, irgend etwas Aufregendes zu vollbringen. Sie konnten gar nicht anders handeln. Sie haben sich selbst schützen müssen.«

Da hielt sie plötzlich inne, als sie begriff, was sie sagte. Sie hatte ihm eben gestanden, daß sie unrecht gehandelt hatte, als sie ihn allein im Gefängnis zurückließ. Doch das war das Ergebnis ihrer Überlegungen, die sie allerdings leidenschaftlich vortrug.

Tynan stand da, ein strahlendes Lächeln auf dem Gesicht, und drehte sich nun zu Del um. »Sir, sie gerät nur in Schwierigkeiten, weil sie alle Ungerechtigkeiten auf dieser Welt abschaffen möchte. Ich denke, Sie haben mit ihrer Erziehung eine verdammt gute Leistung vollbracht. Also – möchte jetzt jemand essen?« Er streckte einen Arm aus. »Darf ich Sie zu Tisch führen, Miss Mathison?«

Chris fühlte sich ein wenig schwach in den Kniekehlen, als sie Tys Arm nahm. Sie war noch nie einem Mann begegnet, der in Gegenwart ihres Vaters nicht gekuscht hatte. Jeder andere Mann hätte getan, was auch Asher soeben tat: im Hintergrund bleiben und den Mund halten.

Sie traten zu den anderen – Del hatte ungefähr fünfzig Bewaffnete mitgebracht – und nahmen die erste richtige Mahlzeit seit über einer Woche ein. Chris lächelte ihren Vater an, der ein finsteres Gesicht machte, während sie versuchte, alle seine Fragen zu beantworten, ohne ihm die Wahrheit über die Gefahren zu sagen, in denen sie geschwebt hatte. Sie wollte ihn nicht noch mehr aufregen, als er es ohnehin schon war; und wenn sie ihn auch nicht direkt belog, so unterschlug sie doch vieles, was seinen Nerven nicht guttun konnte.

»Du bist in Hamiltons Haus gezogen, obwohl du wußtest, daß er seine Kusine hatte umbringen lassen?«

»Dessen war ich mir nicht sicher. Ich meine, es war ein schrecklicher Unfall mit dem Fuhrwerk. Viele Leute hätten bei so einem Unfall umkommen können, und ich wollte doch nur einem kleinen Jungen helfen. Außerdem hatte ich zwei große, kräftige Männer an der Seite, die du mir zu meinem Schutz geschickt hast. Was konnte da schon schiefgehen?« Sie wagte bei diesen Worten nicht, Pilar, Asher oder Tynan in die Augen zu sehen.

Del lehnte sich zu ihr. »Was schiefging, war Dysan. Hast du eine Vorstellung, wozu dieser Mann fähig ist?«

»Ja, die habe ich«, sagte sie leise. »Glaubst du, daß wir über ihn reden sollten, Papa?« fuhr sie mit einem Blick auf Samuel Dysan fort.

Mr. Dysan stellte seinen Teller auf den Boden. »Sie

können mich nicht damit verletzen. Ich weiß besser als jeder andere, was für ein Mensch mein Großneffe ist. Ich hatte das Unglück, ihn aufwachsen zu sehen.«

Chris' Neugierde kam an die Oberfläche. »Warum sagte er dann, daß er schon seit vielen Jahren nach Ihnen gesucht habe? Wußte er nicht, wo er Sie finden konnte?«

Del ermahnte seine Tochter, sich nicht ständig in fremde Angelegenheiten einzumischen; doch Chris war mit ihren Augen und ihrem Kopf nur bei Samuel, der wieder Tynan mit so lebhaftem Interesse betrachtete, daß Chris begann, zwischen beiden Männern hin und her zu schauen. Da gab sich Samuel einen Ruck und sagte: »Ich habe nie begriffen, was in dem Verstand dieses Jungen vor sich geht. Seine Mutter heiratete meinen Neffen, weil sie glaubte, er sei der Erbe meiner Besitzungen. Als sie aber feststellte, daß er es nicht war, hat sie ihren Sohn gegen mich aufgehetzt.«

»Und wer ist nun Ihr Erbe?«

»Christiana«, rief Del ihr mit donnernder Stimme zu, »ich bin nicht gewillt, mir deinen Mangel an Manieren noch länger gefallen zu lassen!«

»Ich bitte um Entschuldigung, Mr. Dysan. Das ist nur der Reporter in mir. Ich dachte, es könnte ja Zweifel bestehen, wer Ihr Erbe ist, da die Frau, die Sie eben erwähnten, glaubte, ihr Mann sei Ihr Erbe.«

Samuel legte die Hand auf Dels Arm. »Es ist schon gut. Mich stört diese Frage nicht. Ich habe einen Sohn, aber er ist vor vielen Jahren auf hoher See verschollen. Vielleicht bin ich ein Tor, aber ich hatte immer gehofft, ihn wiederzufinden. Doch selbst wenn ich ihn nie mehr wiederfinden sollte, würde ich meinem Großneffen nicht einen Cent hinterlassen.«

»Er scheint mir auch so genügend Geld zu besitzen.«

Samuels Gesicht wurde hart. »Was er auch besitzt – er hat es durch Diebstahl, Betrug, Unterschlagung und Mord erworben.«

»Oh«, sagte Chris und blickte auf ihren Teller hinab.

»Mr. Tynan«, sagte Samuel, »ich habe einige Erfahrungen mit Wunden. Dürfte ich mir mal Ihr Bein anschauen?«

Tynan sah ihn überrascht an. »Wenn Sie sich zuerst um Pilar kümmern?«

»Ja, natürlich«, sagte Samuel und lächelte Tynan zu.

»Wissen Sie, daß Sie und er ...«, begann Chris, von einem Mann zum anderen blickend.

»Und was war das, was du über Hugh Lanier geschrieben hast? Du hast den Mann eines Verbrechens beschuldigt, das zu den schlimmsten dieses Jahrhunderts gehört!« schrie Del seine Tochter an.

Chris mußte sich wieder ganz darauf konzentrieren, sich gegen ihren Vater zu verteidigen.

Kapitel 25

Chris konnte während des ganzen Abends ihrem Vater nicht eine Minute entrinnen. Sie wollte mit Tynan unter vier Augen sprechen, aber er schien immer so beschäftigt zu sein. Und dann war da noch Asher. Er versuchte offenbar Del zu beweisen, daß er seine Pflicht getan habe und Chris ihn zu heiraten gedachte, denn er wich ihr nie mehr als zwei Schritte von der Seite. Und dauernd machte er solche Bemerkungen wie: »Nimm dir noch ein Biskuit. Ich weiß doch, wie gern du sie ißt!«, als wären sie tatsächlich intim miteinander.

Tynan wiederum redete sie dauernd mit »Miss Mathison« an und lüftete dabei auf eine überaus förmliche Weise den Hut.

»Hat er sich dir gegenüber ordentlich betragen?« fragte Del, als sie stirnrunzelnd Tys Rückseite betrachtete, weil er sie wieder einmal so behandelt hatte, als hätten sie sich vor diesem Abend noch nie gesehen.

»Wie hast du ihn aus dem Gefängnis herausbekommen?«

Del Mathison erwiderte mit einem leisen Schnauben: »Ich habe nicht die Absicht, dich in alle meine Geheimnisse einzuweihen. Ich habe ihn herausgeholt. Alles andere geht dich nichts an. Hat er dir erzählt, daß er im Gefängnis saß?«

»Ich vermutete es, und er beantwortete mir eine diesbezügliche Frage. Wem willst du denn deine Geheimnisse anvertrauen? Dem Mann, den du als Ehemann für mich ausgesucht hast?«

»Du stellst heute aber eine Menge Fragen. Du und Prescott – ihr seid gut miteinander zurechtgekommen?«

»Gut genug«, antwortete sie. »Er hat mich gefragt, ob ich ihn heiraten möchte, wenn du das hören willst.«

Del sah sie eine Weile stumm an. »Es wird Zeit, daß du seßhaft wirst und mir Enkelkinder schenkst.«

»Ja«, sagte sie leise, »genau das möchte ich auch tun.«

Sie sprachen kein Wort mehr, während sie sich darauf vorbereiteten, zu Bett zu gehen. Del stellte mit dem Vormann der kleinen Armee, die er mitgebracht hatte, den Wachplan für die kommende Nacht auf. Chris, in ihre Decken gewickelt, beobachtete ihren Vater, der im Mondlicht bei Tynan stand und einige Minuten lang mit ihm redete.

»Er scheint mir ein so vernünftiger junger Mann zu sein«, sagte Samuel in ihrer Nähe. »Aber Del erzählte mir, daß er wegen Mordes gesessen hat.«

»Ja, aber er hat den Mann, dessentwegen er verurteilt wurde, gar nicht getötet und – ja, er ist ein überaus kompetenter Mann.«

»Sie hatten kein . . . keine Angst vor ihm? Ich meine, keine Angst, mit ihm allein zu sein?«

Chris drehte sich um und warf dem Mann einen ungläubigen Blick zu. »Ich würde Ty jederzeit mein Leben und das Leben eines jeden, den ich liebe, anvertrauen. Er ist ein guter, gütiger und intelligenter Mann, der nie in seinem Leben eine Chance gehabt hat. Trotzdem ist er in hohem Maße vertrauenswürdig und besitzt die höchsten Ideale.« Sie hielt inne und fügte etwas verlegen hinzu: »Nein, ich hatte nie auch nur ein bißchen Angst vor ihm.«

Samuel Dysan lächelte ihr im Dunkeln zu. »Ich verstehe. Nun, gute Nacht, Miss Mathison. Ich sehe Sie morgen früh wieder.« Und dann ging er pfeifend davon.

Am nächsten Tag weckte Del das Lager lange vor Sonnenaufgang. Verschlafen blickte Chris aus ihren Decken und sah, daß Tynan bereits zwei Packpferde fertig machte. Sie warf ihre Decke zur Seite und ging zu ihm.

»Guten Morgen«, begrüßte sie ihn lächelnd.

Er sah sie nicht an, sondern ging auf die andere Seite des Packpferds hinüber. Sie folgte ihm dorthin.

»Kümmere dich um den Morgenkaffee«, murmelte er. »Wir werden einen ganzen Kessel voll davon brauchen.«

»Ty . . .«, begann sie.

Er blickte sie an. »Hör zu, Chris, es ist vorbei. Du kehrst in deine Welt zurück, ich in meine. Du wirst wieder das kleine reiche Mädchen sein, ich der Ex-Sträfling. Es ist aus und vorbei. Und jetzt koch den Kaffee für die Leute.«

Ihr schossen die Tränen in die Augen. »Es ist nicht aus und vorbei, Ty. Du weißt, was ich für dich empfinde.«

Er legte die Hände auf ihre Schultern. Die Pferde

schirmten sie gegen die Blicke der anderen ab. »Chris, ich habe dir von Anfang an gesagt, daß es mit uns nichts werden kann. Du ... du bildest dir ein, daß du mich liebst, aber das ist nicht der Fall. Du liebst das Abenteuer und die Aufregung. Ebensosehr liebst du den Luxus, den das Haus deines Vaters dir bietet. Bald wirst du einsehen, daß ich recht habe. Wenn du erst einmal ein paar Partys gegeben, ein paar Bäder genommen und dir ein paar Kleider gekauft hast, wirst du dich nicht einmal mehr an meinen Namen erinnern. Wenn ich dann in deinen Salon käme, hättest du Angst, ich würde dir mit meinen Kleidern die Möbel schmutzig machen. Und du wirst überhaupt nicht mehr begreifen können, daß du einmal glaubtest, du hättest dich in so einen wie mich verliebt.«

Sie sah ihn eine Weile stumm an, ehe sie erwiderte: »Ich hoffe, du glaubst selbst einmal, was du da redest. Ich hoffe, du kannst nachts schlafen. Ich hoffe, du ...« Ihr Zorn verließ sie. »Ich hoffe, du wirst eines Tages begreifen, daß du mich genauso liebst wie ich dich.« Sie trat von ihm weg. »Ich muß Kaffee kochen. Wenn du Manns genug bist, dir die Wahrheit einzugestehen, laß es mich wissen. Ich werde so lange warten.«

Sie rannte von ihm weg, stolperte dabei über Samuel Dysan, blickte diesen jedoch auch nicht mehr an. Sie hielt den Kopf gesenkt und half dem Ranchkoch bei der Zubereitung des Frühstücks für die vielen Cowboys, die sich zum Ausreiten fertig machten.

Als sie in die Sättel stiegen, sah Chris, daß alle Männer um sie herum ihre Revolver schußbereit in der Hand hielten. Ihr Vater, Sam, Tynan und drei Weidereiter ihres Vaters bildeten einen Kreis um sie. Auch Asher und Pilar wurden auf ähnliche Weise beschützt. »Glauben Sie, daß Dysan uns dort draußen vor dem Lager erwartet?« fragte sie Samuel neben sich.

»Ja, ich denke, er erwartet uns dort draußen irgendwo«, antwortete Samuel mit grimmiger Stimme. »Wir haben nämlich etwas, das ihm gehört, wie er meint.«

Ihr Vater rief ihnen zu, daß sie losreiten sollten, ehe sie weitere Fragen stellen konnte.

Sie ritten zwei Stunden in südlicher Richtung, ehe sie auf Beynard Dysans Männer stießen. Er näherte sich ihnen mit der Zuversicht eines Mannes, der sich des Ausgangs der Sache, die sie nun erwartete, absolut sicher war.

Del rief der kleinen Armee, die hinter ihm ritt, zu, daß sie anhalten sollte, und Tynan stellte sich mit seinem Pferd direkt vor Chris. Er, Del und Sam ritten an der Spitze von Mathisons Männern, die sich nun Dysans Truppe, die ungefähr hundert Köpfe zählte, gegenübersah.

»Du hast mich gesucht?« rief Samuel mit so viel Haß in der Stimme, daß es Chris kalt über den Rücken lief.

»Nicht dich«, antwortete Dysan. »Du weißt, was ich haben möchte. Das, was mir berechtigterweise zusteht.«

»Nein«, war alles, was Samuel darauf erwiderte.

»Dann werde ich es mir eben nehmen«, antwortete Beynard. »Und euch alle dazu.«

Da trieb Samuel sein Pferd vorwärts und entriß Del den Zügel, als dieser ihn zurückhalten wollte. Sam ritt zu der Stelle, wo Beynard ihn erwartete. Chris hörte, wie hinter ihrem Rücken Gewehre entsichert und die Trommeln der Revolver gedreht wurden, ob sie auch vollständig mit Patronen gefüllt waren.

Während Sam und Beynard miteinander redeten, bewegte Ty sein Pferd, bis es neben Chris stand. »Wenn ich dir ein Zeichen gebe, möchte ich, daß du im gestreckten Galopp dort hinten zwischen die Bäume reitest«, sagte er leise. »Hast du mich verstanden? Keine Heldentaten!«

Chris sah hoch und bemerkte, daß sich ihr Vater im Sattel umwandte und ihr mit einem Nicken bedeutete, sie sollte tun, was Tynan ihr befahl.

»Pilar?« rief Ty über die Schulter. »Du reitest in die gleiche Richtung, wenn ich das Zeichen gebe.«

Mit einem vor Angst zugeschnürten Hals sah Chris zu, wie Tynan wieder seinen Platz neben ihrem Vater einnahm. Die beiden Männer, die sie am meisten auf dieser Welt liebte, warteten vor ihr, würden die ersten sein, die getötet wurden, wenn Dysans Männer das Feuer eröffneten. Sie meinte, das Herz würde ihr die Rippen zersprengen, als sie den Hals reckte, um Samuel im Gespräch mit Dysan zu beobachten.

Eine Ewigkeit schien zu vergehen, ehe Samuel zu Del zurückritt.

»Dieser Kampf findet nur zwischen uns beiden statt«, sagte Samuel. »Der Sieger bekommt alles.«

Del nickte Sam zu, während Tynan mit dunklen Augen nach vorne sah.

Chris trieb ihr Pferd vorwärts. »Was geht hier vor?«

»Nichts, was dich etwas angeht«, erwiderte Del, den Blick auf Samuels Rücken geheftet.

»Die beiden tragen die Sache unter sich aus«, sagte Tynan. »Der Sieger bekommt die Kriegsbeute.«

»Aber Samuel ist doch ein alter Mann«, sagte Chris. Er kann unmöglich die Reflexe seines jüngeren Gegners besitzen. Und außerdem hat er ein Recht dazu, seinen Besitz demjenigen zu hinterlassen, den er als Erben haben möchte.«

Del warf ihr einen von jenen Blicken zu, die ihr bedeuteten, daß sie ihren Mund halten sollte. »Ich bin sein Testamentsvollstrecker. Sollte Sam verlieren, werde ich dafür sorgen, daß die richtige Person sein Vermögen bekommt.«

»Doch dann wird Dysan hinter dir her sein und . . .«

»Chris«, sagte Tynan leise. »Kommen Sie hierher und seien Sie still.«

Sie ignorierte den Blick ihres Vaters, als sie Tynan gehorchte und ihr Pferd neben das seine lenkte. Ihre Hände klammerten sich um den Sattelknopf, bis die Knöchel ganz weiß waren, während sie zusah, wie Samuel und Beynard den Pfad hinunterritten und zwischen den Bäumen verschwanden. Es schien eine Ewigkeit zu dauern, bis sie den ersten Schuß hörte.

Chris atmete heftig ein und wartete mit angehaltenem Atem.

Dann fiel ein zweiter Schuß. Und dann herrschte Stille.

Sie blickte auf Tynan und sah, daß dessen Wangenmuskeln zuckten, ehe er seinem Pferd die Zügel freigab und an den hundert bewaffneten Männern, die Dysan angeheuert hatte, vorbeigaloppierte. Er ritt genau auf die Stelle zu, wo Samuel und Dysan unter den Bäumen verschwunden waren.

Chris sah einen Augenblick lang der Staubwolke nach, trieb dann ebenfalls ihr Pferd an und folgte Ty. Ihr Vater schrie hinter ihr her und brüllte dann seinen Männern etwas zu, aber sie hielt nicht an, sondern folgte Ty unter die Bäume.

Sie erreichte genau in dem Augenblick eine Lichtung, als Ty sich dort vom Pferd schwang.

Samuel und Beynard lagen beide blutüberströmt auf dem Boden. Chris sprang von ihrem Pferd herunter und kam schlitternd zum Stehen, als Tynan Samuels Oberkörper anhob.

Der ältere Mann lächelte zu Tynan hinauf. »Es ist nur ein Kratzer. Ich kann von allein aufstehen.«

Tynan drehte sich zu Chris um. »Was zum Teufel suchst du hier?« rief er leise. »Reite sofort wieder zu deinem Vater zurück.«

»Ich wollte mich nur vergewissern, daß dir nichts passiert ist«, gab sie mit zorniger Stimme zurück. »Und ich dachte, vielleicht könntest du eine Hilfe gebrauchen.«

»Doch nicht von so einer halben Portion. Und jetzt scher dich zum . . .«

Da richtete sich Sam, Tynans Arm zu Hilfe nehmend, auf und ächzte: »So gern ich dem Liebesgeplänkel von euch beiden lausche, doch ich fürchte, ich werde inzwischen hier verbluten.«

Chris lächelte Tynan mit einem »Was-habe-ich-dir-gesagt?«-Gesicht zu, während er zweimal den Mund öffnete und wieder schloß, ohne einen Ton herauszubringen.

In diesem Moment kam Del Mathison in einer Wolke aus Sand, Steinen und zornigem Gebrüll, das seiner Tochter galt, auf die Lichtung gesprengt.

»Was ist hier passiert?« rief Tynan mit einer Lautstärke, die offenbar darauf abzielte, Dels Tiraden zum Verstummen zu bringen.

Sam mühte sich noch einmal, gerade zu sitzen, während Chris zu ihrem Pferd rannte, um Verbandszeug aus den Satteltaschen zu holen. »Wir zogen die Revolver, und ich habe gewonnen. Ich dachte, er wäre tot, als ich zu ihm ging. Er war der Sohn meines Bruders, und ich kannte ihn schon als kleinen Jungen. Es gab Zeiten, wo ich glaubte, es bestünde noch Hoffnung für ihn; doch seine Mutter gestattete ihm nicht, auch nur eine Sekunde lang zu vergessen, was er ihrer Meinung nach war. Egal, wen er auch schädigte oder verletzte, sie stand immer hinter ihm und sagte ihm, daß er jedes Recht habe, zu machen, was er wollte. Sie haßte mich.«

»Und übertrug ihren Haß auf ihn«, fuhr Chris fort, während sie Tynan Verbandszeug zureichte. Ty schnitt Samuels Hemd auf. Die Wunde saß im fleischigen Teil des Oberarms, war nicht lebensgefährlich, aber sehr schmerzhaft. Chris bewegte sich so, daß Sam sich an sie lehnen konnte, während Ty den Verband anlegte.

»Ja, er haßte mich. Er sagte, er wollte mir beweisen, daß er ein genauso großes Vermögen aufhäufen könne, wie ich es besaß.« Er hielt einen Moment inne. »Doch jetzt ist es vorbei.«

»Wie hat er Ihnen diese Kugel verpaßt?« fragte Ty.

»Ich ging zu ihm, nachdem ich ihn getroffen hatte. Er hatte einen Derringer im Ärmel versteckt. Er benutzte seinen letzten Atemzug dazu, auf mich zu schießen.«

Chris beugte sich vor und küßte Samuel auf die Stirn. »Jetzt ist es vorbei, und wir können alle nach Hause gehen.«

Samuel nahm Christianas Hand und blickte dabei zu Del hinauf. »Das ist es, was ich mir wünschte«, sagte er leise.

Chris wollte ihn fragen, was er denn damit meine. Doch Del kam ihm mit seinen Befehlen zuvor, wer hier was aufräumen sollte.

Sie begruben Beynard an der Stelle, wo er gestorben war, und stellten ein rohgezimmertes Kreuz auf die Lichtung, um das Grab zu markieren. Die Männer, die Dysan aufgeboten hatte, zerstreuten sich stumm zwischen den Bäumen, und nachdem Samuel ein paar Minuten allein am Grab gestanden hatte, ritten sie weiter nach Süden.

Chris wußte, daß sie nun erleichtert sein konnte, weil sie jetzt mehr oder weniger frei waren und ungefährdet ihren Weg fortsetzen konnten; doch je näher sie ihrem Vaterhaus kam, um so schlimmer fühlte sie sich.

Asher kam zu ihr und begann mit ihr über alles zu reden, was sie gemeinsam erlebt hatten. Er sprach unnatürlich laut, als er sie an die ersten Augenblicke ihres Kennenlernens erinnerte: sie ohne einen Faden auf dem Leib. Und Chris hatte den Verdacht, Asher wünschte aus irgendeinem Grund, daß ihr Vater diese Geschichte mitbekommen solle. Und Asher war erst an die Spitze des Zuges gekommen, als alle Gefahren vorüber waren. Es war schwer für sie, dem zuzuhören, was er sagte.

Am zweiten Tag befahl Tynan der Truppe anzuhalten und sagte dann zu Del, sie befänden sich nun in der Nähe von Pilars Haus und er beabsichtige, sie sicher dorthin zu bringen.

»Ich werde Sie jetzt verlassen, da Sie Ihre Tochter gesund wiederbekommen haben«, sagte Ty, die eine Seite Chris zugewendet.

»Wir werden hier auf Sie warten, oder wir geben alle der Lady ein sicheres Geleit nach Hause. Anschließend können Sie mit uns weiterreiten«, sagte Del.

»Nein, Sir, es war meine Aufgabe, Ihre Tochter zu Ihnen zurückzubringen – und das habe ich getan. Es wäre mir nun lieber, wenn ich meiner Wege ziehen könnte.«

Del brauchte ziemlich lange, um ihm darauf eine Antwort zu geben.

»Del«, sagte Samuel, »ist da nicht noch eine Begnadigung, die er bekommen sollte?«

»Ja, natürlich. Sie steckt in meiner Tasche.« Es dauerte eine Weile, ehe er das Papier gefunden und Tynan überreicht hatte.

»Vielen Dank, Sir. Ich hoffe, zufriedenstellende Arbeit geleistet zu haben.«

»Das Geld, Del«, kam ihm Samuel zu Hilfe.

Chris saß steif auf ihrem Pferd. Mit jeder Sekunde, die nun verstrich, erwartete sie, daß er sagen würde, er könne sich nicht von ihr trennen, sie bedeute ihm mehr als alles Geld dieser Welt und er riskiere lieber das Gefängnis, wenn das bedeutete, daß er sie haben könnte.

Aber Tynan sah nicht einmal zu ihr hin. Und Del brauchte ziemlich lange, um seine Satteltasche zu öffnen und einen Lederbeutel herauszuziehen.

»Es sind zehntausend Dollar. Das hatten wir doch so vereinbart, nicht wahr?«

»Jawohl, Sir.« Tynan streckte den Arm aus, um Del die Hand zu schütteln. »Wenn Sie mich wieder einmal brauchen sollten – ich werde in der Nähe sein. – Mr. Dysan?« Tynan tippte gegen die Hutkrempe, während er den älteren Mann ansah.

Chris stockte der Atem, als er sich ihr zudrehte – aber er sah sie wieder nicht an, nickte nur in ihre Richtung, tippte auf diese abscheuliche, ihren Zorn erregende Weise mit dem Finger an die Krempe und murmelte: »Leben Sie wohl, Miss Mathison.« Dann drehte er ihr den Rücken zu und ritt an Pilars Seite.

Chris saß eine Weile wie erstarrt im Sattel, wurde kaum gewahr, wie Pilar ihr zuwinkte, lehnte sich dann zu ihrem Vater hinüber und nahm seinen Revolver aus dessen Halfter. Dann zielte sie mit der Waffe auf Tynans Hinterkopf.

»Was, glaubst du, tust du da eigentlich?« hörte sie Del brüllen, der ihr im selben Moment den Arm in die Höhe schlug.

Der Revolverschuß löste sich, die Kugel flog hoch über Tynans Kopf hinweg, aber er wandte sich trotzdem nicht nach ihr um.

Del nahm seiner Tochter den Revolver weg. »Von allen verrückten Dingen, die du bisher . . .«

Er hielt inne, als er sah, wie Chris ihr Gesicht in den Händen vergrub und zu weinen begann. Sie war also wirklich nur ein *Job* für ihn gewesen, eine Möglichkeit, sich Geld zu verdienen, und er hatte nicht einen Funken Gefühl für sie übriggehabt.

Wie immer, wenn Del eine Frau weinen sah, wußte er nicht, was er tun sollte. Doch da drängte Sam mit seinem Pferd näher heran und zog Chris in seine Arme.

Chris erholte sich rasch, bewegte sich dann wieder von Samuel weg und sah ihren Vater mit klaren Augen an. »Entschuldigung. Ich bin so weit, daß wir weiterreiten können.« Dabei spürte sie nur zu sehr die Verlegenheit der Männer, die sie umgaben.

»Hör zu, Chris – wenn du willst, daß wir hierbleiben und . . .«, sagte Del linkisch in dem Bemühen, sie zu trösten.

»Sie ist wieder in Ordnung, Del. Du hast es doch gehört«, sagte Sam. »Darum denke ich, daß wir jetzt weiterreiten sollten.«

Chris blickte ihn dankbar an, und ein paar Sekunden später waren sie alle auf dem Weg nach Hause.

Kapitel 26

Chris legte ihr Buch beiseite und lehnte sich an den Baum, der hinter der kleinen Bank aus Stein wuchs. Sie war nun schon seit drei Wochen im Haus ihres Vaters und wußte, daß sie es nie wieder verlassen würde. Sie würde nicht mehr nach New York zurückkehren und nie mehr Geschichten über die Ungerechtigkeiten dieser Welt schreiben. Statt dessen würde sie Asher Prescotts Frau werden und für immer im Haus ihres Vaters leben.

Mit einem Seufzer klappte sie das Buch zu. Sie hatte Asher bereits ihre Zusage gegeben und mußte nur noch ihren Vater davon in Kenntnis setzen. Aus irgendeinem

Grund haßte sie es, ihm davon Mitteilung zu machen. Natürlich würde er sich schrecklich darüber freuen, daß sie endlich einmal etwas getan hatte, was er von ihr verlangte. Und dennoch zögerte Chris.

»Kann es ebensogut gleich hinter mich bringen«, murmelte sie zu sich selbst und stand auf. »Ein Leben lang Mrs. Prescott zu sein ist doch gar nichts im Vergleich dazu«, fügte sie murmelnd hinzu.

Sie drückte ihre Schultern gerade und ging zum Haus zurück. Unterwegs kam sie an Samuel Dysan vorbei, der nach ihrer Rettung bei ihnen geblieben war und jetzt so gut wie zur Familie gehörte. Zweimal hatte Chris mit dem Gedanken gespielt, ihn in ihre Probleme einzuweihen, aber irgend etwas hatte sie immer wieder davon abgehalten.

Sie klopfte an die Tür des Arbeitszimmers ihres Vaters.

»Herein«, rief er, und wie gewöhnlich hatte seine Stimme einen ärgerlichen Klang. Seit sie wieder nach Haus gekommen war, schien er ständig schlechter Laune zu sein und redete manchmal kein Wort mit Chris, als sei er ihr aus irgendeinem Grund böse.

Er blickte zu ihr hoch. »Was ist denn?« fragte er mit kalter Stimme.

»Ich habe dir etwas zu sagen. Etwas, das dich sicherlich sehr freuen wird.«

Del sagte kein Wort, sah sie nur mit hochgezogenen Brauen an.

»Ich habe Asher Prescotts Heiratsantrag angenommen. Wir werden heute in einer Woche getraut.«

Sie erwartete einen Freudenausbruch ihres Vaters. Doch statt dessen wurde sein Gesicht noch finsterer. Hatte sie denn nicht getan, was er wünschte.

»Du hast mir doch noch nie eine Freude machen können, nicht wahr?« begann er und erhob sich aus dem Stuhl hinter seinem Schreibtisch. »Ich wollte, daß du zu Hause bleibst – aber du wolltest nicht. Ich wollte, daß du heiratest und Kinder bekommst – das wolltest du auch nicht. Ich wollte, daß du einen *Mann* heiratest – und nicht einmal diesen Wunsch willst du mir erfüllen, nicht wahr?«

Chris stand einen Moment mit verdattertem Gesicht vor ihm. »Ich heirate doch den Mann, den du mir geschickt hast, weil *du* ihn als meinen Ehemann haben wolltest.«

»Einen Teufel tust du! Ich habe dir Tynan geschickt. Ich wollte, daß du *ihn* heiratest.«

»Tynan?« antwortete Chris, als habe sie diesen Namen noch nie zuvor gehört. »Aber du hast doch zu ihm gesagt, wenn er mich anfassen würde, müßte er ins Gefängnis zurück.«

Del seufzte, ging zu einem Bücherschrank, öffnete eine Tür und holte eine Flasche Whisky und ein Glas heraus. Er goß sich eine tüchtige Portion ein und kippte sie hinunter. Als er seine Tochter wieder ansah, schien er seine Beherrschung zurückgewonnen zu haben.

»Da ich wußte, daß du niemals das getan hast, was ich von dir erwartete, dachte ich, ich würde dich wenigstens diesmal dazu bringen können, mir meinen Willen zu erfüllen, indem du etwas tätest, von dem du annehmen mußtest, daß es meinen Wünschen widerspricht. Ich habe dir zwei Männer geschickt: einen Schwächling, der kaum richtig auf einem Pferd sitzen kann, und einen anderen – einen Mann im besten Sinne des Wortes. Ich dachte, du wärst klug genug, dir den richtigen herauszusuchen. Ich habe dir nur deshalb ein paar Hindernisse in den Weg gelegt, um die Sache für dich spannender zu machen.«

Chris wäre nicht Dels Tochter gewesen, wenn sie nicht etwas von seinem Temperament geerbt hätte. »Von allen hinterhältigen, gemeinen Tricks, die mir bisher begegnet sind, ist dies der schmutzigste! Willst du damit sagen, du hast die ganze Geschichte nur erfunden, damit mein Interesse für ihn größer wird?«

»Es spielt jetzt keine Rolle mehr, warum ich was tat, da der Schuß offenbar nach hinten losgegangen ist. Du hast diesen ... diesen ... Weißt du denn nicht, daß er nur hinter deinem Geld her ist?«

Chris brauchte eine Weile, um nun ihrerseits ihre Fassung zurückzugewinnen. »Ich weiß sehr genau, was er von mir haben möchte. Aber zu deiner Information: Es war dein von dir ausgesuchter Tynan, der mich abgewiesen hat, und nicht umgekehrt. Dein kostbarer, für mich ausgesuchter Mann hat sich geweigert, irgend etwas mit mir zu tun haben zu wollen.«

»Und was hast du ihm getan, daß er nichts mit dir zu tun haben wollte?«

Chris schloß für einen Moment die Augen, damit sie ihren Vater nicht anschrie. »Ich habe nichts getan, was seine Abneigung gegen mich hätte wecken können«, sagte sie leise. »Im Gegenteil, der Grund, warum ich Prescott heirate, ist der Umstand, daß ich Tynans Kind unter dem Herzen trage.«

Das reichte, um Del den Mund zu verschließen. »Ich werde ihm nachreiten und ihn hierherbringen«, sagte er endlich. »Ich werde ...«

»... so etwas nicht tun. Ich werde keinen Mann heiraten, der mich nicht haben will.«

Del ließ sich schwer in seinen Sessel zurückfallen. »Aber Prescott ...«

Chris setzte sich auf den Stuhl, der vor dem Schreibtisch stand. »Asher will mein Geld und ich einen Namen für mein Kind. Ich halte das für eine perfekte Regelung.«

Del schien vor ihren Augen um Jahre zu altern. »Sam und ich glaubten, alles perfekt geplant zu haben. Ich konnte keinen Fehler oder Stolperstein darin entdekken. Wie sehr haben wir beide uns doch getäuscht!«

»Was hat denn Mr. Dysan mit der ganzen Sache zu tun?«

»Sam ist Tynans Großvater. Tatsächlich ist Tynans wahrer Name Samuel James Dysan der Dritte.«

Chris konnte eine Weile nichts sagen. »Er ist wer? Was in aller Welt behauptest du da? Tynan hat keine Ahnung, wer er ist.«

»Sam weiß das selbst noch nicht sehr lange.«

»Würde es dir etwas ausmachen, mir zu erklären, was du da redest? Wie lange weißt du schon, wer Tynan wirklich ist? Hast du es bereits gewußt, als du ihn aus dem Gefängnis geholt – hast?«

»Natürlich habe ich es damals gewußt. Du traust mir hoffentlich nicht zu, daß ich mein einziges Kind einem Verbrecher anvertraue, oder? Ich habe schon immer gewußt, wer er ist.« Er lehnte sich in seinem Sessel zurück und fuhr fort: »Ich glaube nicht, daß es jetzt noch eine Rolle spielt, wenn ich dir alles offenlege, da ja Sams und meine Pläne gescheitert sind. Sam hofft zwar immer noch, daß Tynan zurückkommen wird, aber ich habe die Hoffnung letzte Woche aufgegeben.«

»Und bist dabei zu dem Ergebnis gekommen, daß es allein meine Schuld ist, wenn er nicht zurückkommt«, rief sie empört. »Wie bist du, was Tynan betrifft, der Wahrheit auf die Spur gekommen?

»Du bist zu jung, um dich noch daran erinnern zu können, aber Sam und ich kennen uns schon seit vielen, vielen Jahren. Er war ein Bewerber um die Hand deiner

Mutter.« Del lächelte. »Das war eine Frau mit Vernunft. Die wußte, welchen Mann sie zu wählen hatte! Egal – Sam hat dann schon kurz nach mir geheiratet und bekam auch gleich einen Sohn von seiner Frau geschenkt, den er nach sich selbst Sam nannte. Es hätte keinerlei Probleme gegeben, wenn nicht dieses Höllenweib gewesen wäre, die Sams Bruder heiratete. Sam erwarb sich sein Vermögen aus eigener Kraft, während alles, was sein Bruder anfaßte, mißlang. Sams Schwägerin schimpfte deshalb Tag und Nacht mit ihrem Mann und dann mit ihrem Sohn, der wie sein Vater war. Beide Männer starben jung. Erst als ihr Enkel geboren wurde, sah sie in ihm eine Hoffnung aufkeimen, endlich das zu erreichen, was sie sich immer gewünscht hatte.«

»Und dieser Enkel war Beynard«, sagte Chris.

»Ja, diese Frau war jahrelang fest davon überzeugt, daß Beynard Sams Erbe sein würde, weil Sam der Zweite keine Kinder zeugte. Aber dann beschlossen er und seine Frau, nach Washington zu fahren, weil sie dort ein größeres Waldstück kaufen wollten, kamen aber von dieser Reise nicht mehr zurück.«

»Sie wurden umgebracht«, sagte Chris leise. »Ty erzählte mir, seine Mutter habe drei Kugeln in ihrem Rücken gehabt.«

»Sam konnte nur vermuten, daß ihnen etwas zugestoßen sein mußte. Man hatte ihm mitgeteilt, daß sein Sohn und seine Schwiegertochter vor der Küste von Washington mit einem Boot gekentert seien und es nicht bis ans Ufer geschafft hätten. Jahrelang hatte er geglaubt, er müsse seinen Besitz tatsächlich Beynard hinterlassen, obwohl er den Jungen nicht ausstehen konnte. Doch vor sechs Jahren besuchte eine Freundin seiner Schwiegertochter Sam und fragte ihn, was denn aus Lilians Kind geworden sei. Bis dahin hatte Sam noch nicht einmal gewußt, daß seine Schwiegertochter schwanger gewesen war.« Del blickte Chris hart an und meinte: »Manchmal sind die Väter die letzten, die erfahren, was sich im Leben ihrer Kinder abspielt.«

Del faltete die Hände vor sich auf der Schreibtischplatte und fuhr fort: »Also setzte Sam vor sechs Jahren Himmel und Hölle in Bewegung, um herauszufinden, ob seine Schwiegertochter ein Kind bekommen hatte – und wenn ja, ob es noch lebte. Er fand dieses Enkelkind dann vor drei Jahren. Es ist Tynan. Wir glauben, daß seine Mutter ›Dysan‹ gesagt haben muß, der Goldgräber sich jedoch verhört hat und Tynan daraus machte.«

»Wer hat Tynans Eltern umgebracht?«

»Sam kann nur vermuten, daß seine Schwägerin einen Mann angeheuert hat, der diese Arbeit übernahm. Vielleicht hatte sie herausgefunden, daß da ein Rivale unterwegs war, der die Stelle ihres Enkels als Sams Erbe einnehmen würde.«

»Deswegen hat also Beynard so dringend nach uns verlangt. Damals im Wald in der Nähe von Hamiltons Haus hatte er Tynan gemeint, als er Sams Namen aussprach, nicht wahr?«

»Wahrscheinlich. Aber Beynard hatte sowieso keine Chance als Erbe. Seine Großmutter war verrückt, und sie hat seinen Verstand vergiftet und ihn gegen Sams Familie eingenommen. Sie hat seinen Geist so verwirrt, wie du ihn vermutlich kennengelernt hast. Sam machte nur den Fehler, dem Jungen zu sagen, daß er glaube, er habe endlich sein Enkelkind gefunden. Beynard brach daraufhin in Sams Büro ein, stahl die Dokumente über Tynan und fuhr in das Territorium von Washington, um ihn dort aufzustöbern. Einiges von dem, was Tynan in den letzten Jahren widerfahren ist, hat Beynard inszeniert.«

»Also hat er tatsächlich Pilar und mich nur entführen lassen, um so Tynan in seine Hand zu bekommen?«

»Wir können das heute nicht mehr genau nachprüfen. Aber Sam und ich glauben, Beynard wußte, daß Tynan für ... für eine von euch beiden eine Schwäche hatte, nur wußte er nicht, für wen. Deshalb ließ er gleich euch beide entführen.«

Chris schwieg eine Weile, um das Gehörte zu verdauen. »Warum hast du dir dann diesen komplizierten Plan für Tynan und mich ausgedacht? Warum sorgte Mr. Dysan nicht einfach dafür, daß sein Enkel aus dem Gefängnis entlassen wurde, und nahm ihn dann in sein Haus auf? Was hatte ich denn mit dem Ganzen zu tun?«

»Sam kannte nur den Ruf, der seinem Enkel vorausging: an wie vielen Schießereien er beteiligt gewesen war, wie oft er im Gefängnis gesessen, wie viele Banken er beraubt, in wie vielen Klemmen er gesteckt und wie viele Frauen er bereits gehabt hatte.« Del sah Chris dabei scharf an, doch Chris sagte nichts. »Sam wollte wissen, wie sein Enkel wirklich war. Er hatte Angst, er könnte seinem Großneffen Beynard allzu ähnlich sein. Und außerdem hofften wir beide auf eine Verbindung unserer Familien.«

»Und dafür hast du mich mißbraucht«, sagte Chris und schob das Kinn vor. »Du hast mich als Versuchsperson für euer Kuppelexperiment verwendet!«

Dels Stimme wurde lauter: »Ich hoffte, du könntest vielleicht davon profitieren, daß du einen richtigen Mann kennenlernst, nicht solche Hampelmänner, wie man sie in New York auf irgendwelchen Partys trifft. Aber gib einer Frau einen Job, und sie macht das Dümmste ...«

»Ich halte es nicht für sinnvoll, das Ganze noch einmal durchzuhecheln«, fiel ihm Chris ins Wort. »Wenn es dein

Wunsch war, ihn mit mir bekannt zu machen, hätte es doch genügt, ihn in dieses Haus einzuladen und mir vorzustellen. Aber nein, du mußtest ein absurdes Drama inszenieren, um uns beide zusammenzubringen. Du mußtest ihm damit drohen, daß er wieder ins Gefängnis zurückkehren und sein Leben dort verbringen müsse, und mir obendrein noch diesen Prescott schicken, der mich mit seinen scheinheiligen Komplimenten und seinem Liebesgefasel verfolgte.«

»Und den du nun heiraten willst!«

»*Muß*! Denn dieser *Mann*, den du für mich ausgesucht hast, hat mit der Ehe nichts im Sinn. Er bekommt schon einen tödlichen Schrecken, wenn man das Wort Heirat nur in den Mund nimmt. Und er würde alles tun, nur um zu vermeiden, daß er ins Gefängnis zurückgeschickt wird.«

»Hat er dir das gesagt?«

»Ja, das hat er. Ich habe ihn gebeten, mich zu heiraten. Aber er hat mich abgewiesen. Du wirst jetzt sicherlich erfreut sein, von mir zu hören, daß dein Plan, was mich betrifft, hundertprozentig aufgegangen ist. Ich habe mich in Tynan – oder Sam oder wie er nun wirklich heißen mag – schon in dem Augenblick verliebt, als ich ihn zum erstenmal sah. Aber alles, was er von mir wollte, war . . . nun das, was er bekommen hat, und die Folge meiner Verliebtheit trage ich nun mit mir herum.«

»Er hat eine Frau zurückgewiesen, die sein Kind unter dem Herzen trägt?«

»Ich habe ihm davon natürlich kein Wort gesagt!«

Del stand auf. »Nun, wir werden ihn finden und dafür sorgen, daß er dich heiratet.«

»Wenn du das tust, werde ich dein Haus auf der Stelle verlassen, und du wirst mich und dein Enkelkind nie mehr wiedersehen. Ich werde mich keinem Mann aufzwingen, der mich nicht haben will. Ich habe mit Asher gesprochen und ihm von dem Baby erzählt, und er ist bereit, mich zu heiraten und das Kind als sein eigenes aufzuziehen. Ich halte das für eine zufriedenstellende Lösung.«

»Zufriedenstellend!« schnaubte Del. »Ich hätte Sams Enkel so etwas nie zugetraut! Ich hätte gedacht, daß er mehr Stehvermögen und Mumm hätte ...«

»Er hat gesagt, daß er meinetwegen auf mich verzichten würde, und ich glaube, daß er teilweise sogar von dem, was er sagte, überzeugt ist. Er meinte, er tauge nicht für die Ehe, und daß ich besser fahren würde mit einem Mann, der schon ›stubenrein‹ sei.«

»Aber das könnte er doch lernen. *Ich* habe das doch auch gelernt, nicht wahr?«

Chris blickte auf den Boden. »Ich möchte jetzt nicht mehr darüber reden. Tynan liebt mich nicht. So sehr du und Mr. Dysan euch gewünscht habt, daß sich aus dieser Geschichte eine gegenseitige Zuneigung entwickeln möge, es ist leider nicht dazu gekommen. Ich werde in einer Woche Asher heiraten, in diesem Haus bleiben, mein Kind großziehen und Tynan in meinem Leben vermutlich nie mehr wiedersehen. Auch steht zu befürchten, daß er bei seinem großen Talent, in Schwierigkeiten zu geraten, wahrscheinlich an dem Tag, an dem ich heiraten werde, schon wieder im Gefängnis sitzt. Und jetzt lege ich mich etwas hin und ruhe mich aus.«

Mit diesen Worten verließ sie das Zimmer.

Kapitel 27

»Glaubst du wirklich, du hättest ein Recht dazu, in Weiß zu heiraten?« fragte Asher Chris, als sie im Garten ihres Vaters beisammensaßen. »Ich meine, gibt das nicht Anlaß zum Klatsch?«

Chris antwortete ihm nicht. Da sie ja eigentlich ihn gebeten hatte, sie zu heiraten, hatte er nun seinerseits damit begonnen, ihr zu zeigen, was er wirklich war. Er war zutiefst verärgert darüber, daß sie eine Nacht mit »so einem Kerl« verbracht und ihm das obendrein so lange verheimlicht hatte. Sie hatten sich darauf geeinigt, daß das Kind als seines zu gelten habe, so daß er mit einem bescheidenen Stolz auf die Bemerkung reagieren konnte, das Baby sei ungefähr drei Monate zu früh auf die Welt gekommen. Er hatte nichts dagegen, wenn die Leute glaubten, er habe die reiche Nola Dallas verführt, wollte aber nicht zulassen, daß Außenstehende von der Existenz eines anderen Mannes in ihrem Leben erfuhren. Er war wütend gewesen, daß sie ihrem Vater die Wahrheit gesagt hatte.

»Wird man es denn nicht bald sehen können?« fuhr er fort.

Chris schloß für einen Moment die Augen. »Wie soll ich das wissen? Ich hatte noch kein Baby. Hat mein Vater denn keine Arbeit für dich? Ich dachte, du wolltest etwas von seinen Geschäften lernen, damit du ihm später behilflich sein kannst.«

»Ich konnte heute morgen nicht. Bei Frederikson soll eine wunderschöne Stute versteigert werden, und ich muß sie noch einmal besichtigen, ehe ich sie kaufe.«

»Aber du hast in dieser Woche doch schon zwei Pferde gekauft.«

Er trat einen Schritt zurück und blickte sie an. Chris

wußte genau, was er in diesem Moment dachte. Hatte er denn nicht Del Mathison dessen schwangere Tochter abgenommen? Konnte er für diese noble Tat nicht als Preis den Schlüssel zu dessen Königreich verlangen? Er arbeitete nicht, und Chris hatte den Verdacht, daß er auch nicht vorhatte, jemals zu arbeiten, sondern darauf spekulierte, im Haus ihres Vaters zu leben, sich alles anzueignen, was dieser sich erarbeitet hatte, ihm dafür aber keine Gegenleistungen zu erbringen. Und ihrem Vater war es völlig gleichgültig, was Asher tat oder nicht tat. Er war zu wütend auf Chris, um noch an etwas anderes denken zu können. Und Samuel fuhr fort, sie mit seinen tieftraurigen Blicken zu verfolgen.

»Ich hatte mir überlegt, ob ich dieses Pferd nicht für dich kaufen sollte«, sagte Asher. »Du wirst ein Pferd brauchen, wenn du sein Kind auf die Welt gebracht hast.«

»Ja, natürlich«, murmelte sie. »Natürlich brauche ich ein Pferd.«

Sie wußte, daß sie alles sagen würde, was er gern hörte, wenn sie ihn dadurch nur loswerden konnte. Als sie ihn weggehen sah, dachte sie, daß sie nach der Geburt ihres Kindes Washington wahrscheinlich verlassen und an die Ostküste zurückkehren würde. Ihr Kind würde einen Namen haben, und sie würde Asher nicht täglich um sich ertragen müssen.

Sie versuchte sich wieder in ihr Buch zu vertiefen, aber nichts vermochte ihre Tränen zurückzuhalten. Sie rannte ins Haus zurück, während ihr die Tränen über die Wangen liefen, rannte an Samuel vorbei und hinauf in ihr Zimmer, wo sie wieder einmal einen Tag mit Weinen verbrachte.

Am Tag ihrer Hochzeit war der Himmel bewölkt, und es

sah nach Regen aus. Mrs. Sunberry half Chris beim Ankleiden, und eine traurigere Vorbereitung der Braut auf ihre Hochzeit hatte es bisher noch nicht gegeben. Mrs. Sunberry liefen die Tränen über die Backen, während sie immer wieder Feststellungen von sich gab wie: »Er ist nicht der Mann, den sich Ihre Mutter für Sie gewünscht hätte.« Oder: »Er hat schon doppelt so viel ausgegeben wie Ihr Vater in einem ganzen Jahr.« Und auch: »Es ist noch nicht zu spät, Ihre Meinung zu ändern.«

Chris mußte jedesmal mit den Zähnen knirschen, wenn die Frau den Mund aufmachte. Asher war Mrs. Sunberry von Anfang an unsympathisch gewesen, weil er sie ständig herumkommandierte, sobald Chris ihm von dem Baby erzählt hatte.

Chris strich ihr weißes Brautkleid glatt, reckte das Kinn in die Luft und verließ das Zimmer.

Ihr Vater erwartete sie am Fuß der Treppe, und es gelang ihm, ihr seinen Arm anzubieten, ohne sie dabei ansehen zu müssen. Der Zorn, den er gegen sie hegte, leuchtete aus jeder Falte seines Gesichts. Samuel ging hinter ihnen und versuchte gute Miene zum bösen Spiel zu machen, aber Chris vermutete, daß sich dahinter ein todunglückliches Gefühl versteckte.

Sie hätte die beiden Männer am liebsten angeschrien, daß dies wahrscheinlich nicht passiert wäre, wenn sie sich nicht so heftig eingemischt hätten. Wenn sie Tynan nicht gesagt hätten, daß er ins Gefängnis zurückmüsse, wo er ausgepeitscht wurde und nicht genug zu essen bekam, hätte er sich vielleicht mit dem Gedanken, sie zu heiraten, angefreundet.

Sogleich schossen ihr die Tränen in die Augen, weil sie das nicht eine Sekunde lang glaubte. Es war nicht die Drohung mit dem Gefängnis, die Tynan davon abgehalten hatte, sie zu heiraten. Es war die Tatsache, daß er sie nicht liebte.

Die Kirche war brechend voll. Da waren Leute, die sie seit ihrer Kindheit nicht mehr gesehen, und auch viele, die sie überhaupt noch nie gesehen hatte. Auch die Verwandtschaft mütterlicherseits war gekommen, die Montgomerys, die in der ersten Bank standen und zusahen, wie sie langsam am Arm ihres Vaters den Mittelgang entlangschritt. Asher wartete vorne beim Altar auf sie, ein triumphierendes Lächeln auf dem Gesicht.

»Vermutlich denkt er an die Herde von Vollblutpferden, die er sich morgen kaufen wird«, sagte Del leise zu ihr. »Weißt du, warum er mit seinem Geschäft pleite gegangen ist?«

»Ich will es nicht wissen!« zischelte sie zurück. »Er ist der Mann, den *du* für mich ausgesucht hast.«

»Doch nur als Kontrastfigur. Ich dachte, du wärest klug genug, das zu erkennen.«

»Ich schon, aber Tynan nicht.«

»Du hättest ihn . . .«

»Ihm Zwillinge auf die Welt bringen können?« fragte sie und funkelte ihn zornig an, als sie den Altar erreichten.

Erst als der Prediger mit der Trauungszeremonie begann, wurde Chris sich des ganzen Ausmaßes ihrer Entscheidung bewußt. Sie versprach mit ihrem Jawort, ihren Mann ihr Leben lang zu lieben, zu ehren, zu schätzen und ihm zu dienen. Tränen stiegen in ihr auf und schnürten ihr den Hals zu, so daß der Pastor sie dreimal um ihre Antwort bitten mußte. Sie merkte, daß Asher sie ansah, als wollte er ihr auf der Stelle eine Ohrfeige geben, wenn sie dem Pastor nicht bald die richtige Antwort gab. Sie konnte hören, wie die Leute hinter ihr bereits unruhig wurden.

Es war in dem Augenblick, wo sie versuchte, eine Antwort zu geben, als die Hölle losbrach. Ein Schuß wurde vor der Kirche abgefeuert, und plötzlich wurde das Gebäude von bewaffneten Männern überrannt: Sie kamen durch die Fenster, durch die Hintertür und aus der Sakristei. Zwei Männer mußten sich oben auf der Galerie versteckt haben, denn sie erhoben sich jetzt mit entsicherten Gewehren, die sie auf die Leute unten im Kirchenschiff richteten.

»Ich würde das an Ihrer Stelle nicht versuchen, Mister«, sagte ein Mann mit einem Revolver, den er auf einen Onkel von Christianas Montgomery-Verwandtschaft richtete, der mit der Hand unter seine Weste griff.

Alle standen wie erstarrt und blickten auf die ungefähr zwanzig Männer, welche die Hochzeitsgemeinde umzingelt hatten. Die große Doppeltür des Haupteingangs stand offen und wurde von drei Männern bewacht.

Chris beobachtete mit geweiteten Augen, wie sich ein Reiter dem Hauptportal langsam näherte, als hätte er den ganzen Tag Zeit.

Durch den Haupteingang ritt Tynan auf einem mächtigen kastanienbraunen Hengst in die Kirche, seinen Revolver in dem Halfter, als befände er sich auf einem Spazierritt an einem schönen Sonntagmorgen. Ungefähr in der Mitte des Gangs hielt er sein Pferd an. Während ihn alle mit offenem Mund angafften, wobei zwanzig Revolver auf die Hochzeitsgäste gerichtet waren, zog er einen Tabaksbeutel und Papier aus der Tasche und begann sich eine Zigarette zu drehen.

»Ich glaube, ich kann nicht zulassen, was du da eben machen willst, Chris«, sagte Tynan leise, während er das Zigarettenpapier anfeuchtete.

Chris machte einen Schritt auf ihn zu, aber ihr Vater kam ihr blitzschnell zuvor.

»Du nimmst meine Tochter nicht mit, ohne mit ihr verheiratet zu sein«, sagte Del. »Du machst aus ihr keine Hure.«

»Das hatte ich auch nicht vor. Deswegen bin ich ja heute in die Kirche gekommen.« Er hatte Chris noch nicht angesehen, sondern sah nur hinunter auf seine Zigarette, die zu drehen er verdammt lange brauchte.

Del trat zurück. »Sie können mit der Trauung fortfahren. Dieser Junge dort heiratet meine Tochter.«

»Aber . . .«, begann Asher. Doch Del packte ihn nur beim Ohrläppchen, als wäre er ein ungezogener kleiner Junge, und zog ihn mit sich zum Chorgestühl.

»Ihr könnt euch jetzt alle wieder setzen!« brüllte Del der versammelten Gemeinde zu, als ob es die normalste Sache der Welt wäre, daß der Bräutigam mitten in der Kirche auf einem Pferd saß. »Und ihr da, Leute«, rief er den bewaffneten Männern zu, die an den Wänden des Kirchenschiffs standen, »nehmt gefälligst eure Hüte ab!«

Sie taten, was er ihnen befohlen hatte.

Chris hörte ein leises Kichern im Kirchenschiff, und dann setzten sie sich alle hin. Sie drehte sich wieder dem Pastor zu, der ein bißchen bleich aussah und nicht zu wissen schien, was er nun tun solle.

»Vielleicht beeilen Sie sich ein wenig, ehe das Pferd die Kirche schmutzig macht«, flüsterte sie ihm zu. »Sein Name ist Samuel James Dysan der Dritte, auch Tynan genannt.«

Dieses Mal hatte Chris keine Mühe, die Frage des Pastors zu beantworten. Ihr herzhaftes »Ich will« wurde von der Gemeinde mit einem lauten Lachen begrüßt.

Als der Pastor dann die gleiche Frage an Tynan richten wollte, drehte sie sich zu ihm um. Sie wollte sein Gesicht sehen, wenn sein richtiger Name genannt wurde.

Tynan blinzelte ein paarmal, zögerte und warf einen Blick zu Samuel hinüber, sah den Mann einmal nicken und blickte dann Chris an, zum erstenmal, seit er in die Kirche gekommen war. »Ich will«, sagte er, und die versammmelte Gemeinde applaudierte laut.

Chris stieß ein »Halleluja« aus, riß sich den Schleier vom Kopf, warf ihn in die Richtung, wo Asher stand, und rannte zu Tynan, der immer noch auf seinem Pferd saß. Er faßte ihren ausgestreckten Arm, schwang sie hinter sich aufs Pferd und ritt dann rückwärts aus der Kirche, begleitet von den Hurrarufen der Gemeinde und den Schüssen, die zur Feier des Ereignisses in die Luft gefeuert wurden.

Sie hielt sich mit aller Kraft an ihm fest, während er im gestreckten Galopp quer über die Felder ritt.

Erst zwanzig Minuten später hielt er wieder an, holte sie hinter seinem Rücken hervor, setzte sie vor sich in den Sattel und begann sie zu küssen. Ihr Kleid war bereits nach dem ersten Kuß bis zur Taille hinunter aufgeknöpft.

»Moment mal«, sagte er dann, sich von ihr zurückziehend. »Ist jemand hinter uns her? Ich meine, beabsichtigt dein Vater, uns mit einem Aufgebot bewaffneter Männer zu verfolgen?«

»Höchstens, um sich bei dir zu bedanken«, antwortete sie und versuchte, mit dem Küssen fortzufahren.

»Was war das vorhin in der Kirche? Warum hat der Mann gesagt, mein Name wäre Dysan?«

»Weil es dein richtiger Name ist. O Tynan, ich habe dir ja so viel zu erzählen! Ich weiß, wer du bist, und von deiner Mutter und deinem Vater, und daß Sam dein Großvater ist und ich ein Kind von dir bekomme. Aber was hat dich dazu gebracht, zu mir zurückzukommen?«

Er saß da, sah sie einen Moment an und war offenbar nicht imstande, das alles auf einmal in sich aufzunehmen. »Wird dein Vater mich jetzt ins Gefängnis zurückschikken?«

»Nur wenn du mich noch einmal verläßt.«

»Au!« sagte er, als sie mit ihren Händen an seinen Rippen entlangfuhr. »Laß das.«

»Du bist schon wieder verwundet? Was ist passiert?«

Er grinste sie an. »Lester Chanry hat mich zum zweitenmal gefunden.«

»Und was hast du diesmal mit dem armen Mann gemacht?«

»Ich gab ihm ein Stück von dem Gold aus der Mine des Alten und sagte ihm, wo er die Mine findet.«

»Und nun ist der arme Lester zu der Mine unterwegs und trifft dort auf den alten Mann?« fragte sie und lächelte.

»Sie verdienen sich gegenseitig.« Er begann wieder ihren Hals zu küssen. »Wenn niemand hinter uns herjagt und wir soeben geheiratet haben, heißt das doch, daß wir uns irgendwohin begeben und dort mit der Hochzeitsnacht beginnen können.«

»So früh am Tag?« fragte sie mit geheucheltem Entsetzen. »Sollten wir damit nicht warten, bis es dunkel wird?«

»Bis ich damit fertig bin, deinen hübschen kleinen Körper zu küssen, *ist* es dunkel.«

»Oh, dann ist dagegen wohl nichts einzuwenden.«

»Morgen kannst du mir dann alles von meinem . . .« – er grinste – ». . . Großvater erzählen. Aber im Augenblick habe ich wichtigere Dinge zu tun.«

Er hielt sie ganz fest, trieb sein Pferd an und raste im Galopp die Straße hinunter.

Drei Sekunden später hallten alle vier Ecken der

Landschaft von Tynans Ruf wider: »*Ein Baby?*« Und kurz darauf konnte man Christianas lautes Lachen hören . . .